ear Jerry,

hat last letter must have made me sound like a very grim and weary person o I want, first of all, to amend that picture, not only because a depression s so boring but also because I am really quite cheerful; it is the people round me who seem miserable--spiritless, at least...why are they always leeping? When I am unhappy, then, it is only because I am so rarely find eople to be happy with. Happy? Well, not quite--joyful. (I bet that ounds like one of those awful posters they tack up on the walls of church outh group coffee houses, but I mean it, really.) It is the dilemma f my life that friends matter terrifically to me, that I like to like eople, but find so many so unlikeable. I was not raised by my parents o much as I was sharpened, schooled and burdened with a critical sense can never turn off. I wear it like a pair of X-ray glasses or--do ou know Andersen's Snow Queen fairy tale?--that snow-child with the chip f glass in his heart, who sees the ugliness in everything. What all his comes down to is that landsmen--oh, yes, I know the word well, the eople who it revers to very little--well, landsmen are, to me, a rare nd valuable group of just a few. Finding one--a kindred spirit, perhaps; don't use the phrase lightly--makes me happier than I can say.

Do you know, this letter comes harder than it should. I feel the urden of maintaining your faith in my writing; competition, almost, ecause your own letters are so fine and here is mine, with a dash in very sentence. I've used my quota already: no more.

Joyce Maynard
Tanzstunden

Joyce Maynard

# Tanzstunden

## Mein Jahr mit Salinger

Aus dem Amerikanischen
von Ursel Schäfer und
Reiner Pfleiderer

Piper
München Zürich

Die Originalausgabe erschien 1998 unter dem Titel
»At Home in the World. A Memoir«
bei Picador USA in New York.

ISBN 3-492-04129-9

Gesetzt aus der Stempel Garamond
Satz: Dr. Ulrich Mihr GmbH, Tübingen
Druck und Bindung: Ebner, Ulm
Printed in Germany

*Für meine Schwester Rona,*
*in Bewunderung und Liebe.*

*Und für Audrey, mein erstes Kind*
*und meine einzige Tochter,*
*die vielleicht denkt, daß ihr Vater und ich*
*sie zur Welt gebracht haben.*
*In Wahrheit aber hat sie mich zur Welt gebracht.*

# *Vorbemerkung der Autorin*

Ich möchte etwas über Briefe sagen, weil Briefe eine höchst bedeutende Rolle in meinem Leben gespielt haben.

Über mehr als vierzig Jahre hinweg hat meine Mutter ihr Leben und die Wechselfälle unseres Familienlebens in Briefen an ihre Eltern und ihre Freunde dokumentiert. Ich habe die Durchschläge von vielen hundert maschinengeschriebenen Seiten vor mir, die sie als ihr wertvollstes Vermächtnis meiner Schwester und mir hinterlassen hat und jedem sonst, der das große Glück hat, sie zu lesen. Die Briefe meiner Mutter – aus denen ich auf den folgenden Seiten immer wieder zitiere – waren für mich bei der Arbeit an diesem Buch als Quelle ebenso unschätzbar wie die Briefe meines Vaters an meine Mutter aus den sechs Jahren, in denen er um sie geworben hat – zu seiner Korrespondenz gehören auch Zeichnungen und Gedichte als außergewöhnlicher Ausdruck seiner Liebe. Sicher hat der Umstand, daß ich die Frucht einer Liebe bin, die ihre schönsten Augenblicke auf dem Papier erlebte, einigen Anteil daran, daß ich Jahre später selbst eine solche Beziehung einging.

Meine Schwester und ich hielten, als wir erwachsen waren und das Elternhaus längst verlassen hatten, bis zu einem gewissen Grad an der Familientradition des Briefeschreibens fest. Ich bin Rona Maynard von Herzen dankbar, daß sie meine Briefe aus dem Jahr, in dem ich mit J. D. Salinger zusammenlebte, und aus späterer Zeit aufbewahrt hat. Als ich sie nach mehr als zwanzig Jahren wieder las, kamen sie mir vor wie eine Flaschenpost, die mir vor die Füße gespült worden war. Die Worte und die Gefühle, die ich als Achtzehnjährige gesagt und gespürt hatte, überfluteten mich wie eine mächtige Woge.

Ein entscheidender Teil meiner Geschichte sind die Briefe, alles in allem etwa vierzig Seiten, die ich von April 1972 bis August 1973 mit J. D. Salinger gewechselt habe. Lange bevor ich den Verfasser der Briefe persönlich kennenlernte, verliebte ich mich in seine Stimme auf dem Papier. Bisweilen lustig, dann wieder liebevoll, oft weise, ahnungsvoll und geradezu unheimlich vorausblickend bildeten Jerry Salingers Worte die Grundlage meiner starken, dauerhaften Zuneigung zu ihm, und sie verfolgten mich noch Jahre, nachdem er aus meinem Leben verschwunden war.

Bei der Beschäftigung mit dem vorliegenden Buch wurde mir klar, daß mir zwar die Blätter gehören, auf denen J. D. Salingers Briefe geschrieben sind, daß aber die Stimme der Briefe dem Mann gehört, der sie mir geschrieben hat, und daß er mir niemals erlauben würde, seine Worte hier oder anderswo ausführlich zu zitieren.

Bei der Vorstellung, diese Geschichte erzählen zu müssen, ohne den Inhalt der Briefe vollständig wiedergeben zu können, fühlte ich mich zunächst verloren. Ich bedaure es immer noch, daß ich die präzise und einzigartige Sprache jener Briefe nicht mit meinen Lesern teilen kann, aber ich habe mich sehr bemüht, ihren Gehalt zu vermitteln und die Gefühle, die sie bei der jugendlichen Empfängerin auslösten. Die durch jene Sprache geweckten Gefühle mitzuteilen, ohne die Sprache selbst zu wiederholen, war die bisher größte Herausforderung an mich in meiner schriftstellerischen Laufbahn, und schließlich fühlte ich mich ihr doch gewachsen. Sicher entgeht den Lesern viel, dadurch, daß ich nicht wörtlich aus den Briefen zitieren kann, aber ich glaube, ich bin dem Geist des Verfassers treu geblieben.

Eine weitere große Herausforderung bei diesem Vorhaben bestand darin, daß ich Ereignisse und Gespräche zu erzählen hatte, die ein Vierteljahrhundert oder noch länger zurückliegen.

Ich wurde von klein auf dazu erzogen, *Beobachterin* zu sein. Meine Eltern ermutigten mich, die Besonderheiten meiner Umwelt mit Auge und Ohr eines Reporters aufzunehmen. Ob man es gut findet oder nicht, mein ganzes Leben lang habe ich mir immer im Geist Notizen gemacht. Die Tatsache, daß ich so gelebt habe, ist nicht nur Teil der Geschichte, die ich hier erzähle; sie ist auch der Grund dafür, daß ich das, was ich erlebt habe, so genau wiedergeben kann. Die Gespräche aus der Vergangenheit habe ich rekonstruiert, so gut ich konnte, und ebenso die Einzelheiten der Geschehnisse. Ich kann zwar nicht die Hand dafür ins Feuer legen, daß jede auf den folgenden Seiten zitierte Silbe wahr ist, aber ich glaube, wenn die Geschichten, die ich hier wiedererstehen lasse, mit Kamera oder Bandgerät aufgenommen worden wären, dann würde mein Bericht auf verblüffende Weise mit der Aufnahme übereinstimmen.

Einige Namen wurden verändert. In einigen wenigen Fällen habe ich die Abfolge der Ereignisse geändert oder Einzelheiten ausgelassen, die mir überflüssig erschienen und die in keiner Weise zum Verständnis des Lesers für meinen Weg durch das Leben beitragen würden. Ich habe keinen Zweifel, daß manche Menschen meine Entscheidung, diese Geschichte offen und ehrlich zu erzählen, als Eindringen in die Privatsphäre von anderen auffassen werden, doch ich habe mich sehr bemüht, nur die Vorfälle und die Erfahrungen zu schildern, die sich direkt auf die Geschichte auswirkten, die vollständig zu erzählen ich meines Erachtens das Recht habe: meine eigene Geschichte.

Das Buch enthält Dinge, die nach Einschätzung mancher Menschen ein Elternteil mit halbwüchsigen Kindern lieber nicht erzählen sollte. Meine Meinung ist es, daß ich von meinen Kindern nicht verlangen kann, daß sie ehrlich sind, wenn ich nicht finde, daß ich selbst ihnen ebenfalls Ehrlichkeit schuldig bin. Jeder Satz wurde in dem Bewußtsein geschrieben, daß sie eines Tages diese Seiten vor Augen haben werden, und in der felsenfesten Überzeugung, daß ich keine Geschichte erzählen könnte – daß es keine Geschichte gibt –, die etwas an der Liebe und Achtung meiner Kinder für ihre Eltern ändern könnte, ihre Selbstsicherheit beeinträchtigen oder ihr Wissen, wie teuer sie uns sind. Eine Ehe, aus der drei Kinder wie die unseren hervorgegangen sind, kann nicht als gescheitert bezeichnet werden. Daß es aber auch in unserer Familie Auseinandersetzungen und Schmerz gegeben hat, wird niemanden überraschen, der das kennt. Ich bete darum, meinen Kindern möge durch meine Geschichte die Scham erspart bleiben, die ich als junges Mädchen erlebt habe, und sie mögen daraus die Lehre ziehen, daß es jedem Kind, jeder Frau und jedem Mann frei steht, mit seiner oder ihrer eigenen Stimme zu singen und zu sprechen.

Viele Menschen haben mich bei der Arbeit an dem Buch unterstützt.

Als ich mich daranmachte, die Geschichte eines Briefes niederzuschreiben, der mein Leben veränderte, dachte ich an all die vielen anderen Briefe von Lesern, die ich seither bekommen habe.

Jener erste Brief warnte mich vor den Gefahren, die damit verbunden seien, wenn ich auf die Stimmen der Leser hörte. Tatsächlich haben gerade diese Stimmen mich in meinem ganzen Leben als Schriftstellerin getragen. Sie erinnern mich immer wieder daran, warum ich schreibe, und sie antworten mir, wenn ich schreibe. Nichts anderes hat mein Werk mehr geprägt als die Worte der Leser, die mir Briefe geschrieben haben – jene vielen Frauen und Männer, die meine Kolumne »Häusliche Angelegenheiten« gelesen und sich dazu geäußert haben, und die Menschen, die meine Seite im Internet anklikken und mit denen ich jeden Tag zur Kaffeestunde plaudere. Den Website gäbe es nicht ohne die großzügige Hilfe und Wachsamkeit meiner Freunde Joe Rosen und Myrna Uhlig.

Im Laufe der Monate des einsamen Schreibens habe ich immer wieder Teile des Buches Freunden und Lesern gezeigt und laut vorgelesen. Ihre Anmerkungen und Vorschläge haben entscheidend dazu beigetragen, daß ich meine Geschichte in dieser bestimmten Weise erzählt habe. Mein Dank gilt Vicky Schippers in Brooklyn, New York, Lyla Fox in Kalamazoo, Michigan, Tom Gribbon in St. Petersburg, Florida, Susanna Clark in Nashville, Tennessee, Lin Oliver in Los Angeles, Kalifornien, Rosemary Daniell in Savannah, Georgia, Billy Hults in Cannon Beach, Oregon, Mike Mills in San Francisco, Kalifornien, Patti Hedge in Mill Valley, Kalifornien, Dub Cornett in Nashville, Tennessee, Jack Young in Orinda, Kalifornien, Gay Norton Edelman in Red Bank, New Jersey, Leslie Goodman-Malamuth in Washington D. C., Ronnie Rogers in Berkeley, Kalifornien, John Stickney in New York, Gail Venable in San Francisco, Kalifornien, Julia Scolnik in Andover, Massachusetts, Francisco Sainz in Easthampton, New York, Jim Atherton in Fort Worth, Texas, Laurie Buchar in Bradford, New Hampshire, Mary Keil in San Francisco, Kalifornien, Tom Luddy in Berkeley, Kalifornien, Bill Ratner in Los Angeles, Kalifornien, Chris Zenowich in Columbus, Ohio, und Stephen Hinerman in Pleasanton, Kalifornien.

Phyllis Theroux, Jerry Burt, Leila Hadley, Cathy Carr, Glenn Pfeffer und Jessica Christ haben mir großzügig ihre Zeit gewidmet und mich an ihrem Wissen teilhaben lassen. Lisa Paradis und Naomi Shulman haben mir bei hundert wichtigen Kleinigkeiten geholfen.

Kim Makris, C. C. H., aus Peterborough in New Hampshire hat unschätzbaren Rat in Fragen der Homöopathie beigesteuert. Dr. John Gerson, Dr. Mary Stewart und Dr. Stephen Newmark haben mein Verständnis für mich und meine Geschichte bereichert. Dr. phil. Lonnie Barbach aus Mill Valley in Kalifornien hat gesehen, was nicht auf den Seiten stand, und mich dazu gebracht, genauer hinzuschauen. Besonderen Dank schulde ich meiner Freundin und einstigen Therapeutin Peggy Cappy aus Dublin in New Hampshire, die mir nicht nur geholfen hat, meine Vergangenheit zu untersuchen, sondern auch mich aus ihren Fesseln zu befreien.

Mein Freund Ken Burrows hat mir mit wichtigem juristischem Rat und moralischer Unterstützung geholfen. Heather Florence geleitete mich nicht nur sicher durch das Gestrüpp des Urheberrechts, sie half mir darüber hinaus mit ihrem wachen Gespür für die Feinheiten der Sprache, ihrer Einfühlung in meinen Text und ihrer enormen Geduld.

Würde ich Leonard Wagman nur als meinen Berater in Rechtsfragen bezeichnen – obzwar er in Rechtsfragen der denkbar klügste Berater ist –, ließe ich unerwähnt, in wie vielen Dingen und mit welcher Sensibilität er mir in den Jahren unserer Zusammenarbeit geholfen und wieviel mir das bedeutet hat. Solange ich Leonards Stimme am Telefon höre, werde mich nie ganz vaterlos fühlen.

Mein Sandkastenfreund Joseph McElroy hat meiner Mutter auf dem Sterbebett versprochen, auf mich aufzupassen, und das hat er getan. Er hat meine Sicht auf dieses Buch verändert.

Margaret Lowe-Smith, die jene kleinen Geschichten herausgibt, die ich manchmal in der Reihe »Alles in allem« erzähle, hat mir viele Male am Sonntagmorgen zugehört, wenn ich ihr laut Passagen vorgelesen habe, während im Hintergrund ihre Kinder lautstark Waffeln einforderten, und sie hat immer konzentriert zugehört. Ich habe nie jemanden kennengelernt, der ein besseres Ohr für Sätze gehabt oder den Rhythmus des Geschichtenerzählens besser verstanden hätte.

Jim Dicke II., ein treuer Leser aus New Bremen in Ohio, hat die letzten, entscheidenden Monate der Arbeit an dem Buch in einer Weise begleitet, die es mir erlaubte, mich zum ersten Mal sorgenfrei und ohne andere Jobs nebenher mich ganz diesem Projekt zu widmen. Damit hat er mir nicht nur die nötigen finanziellen Mittel zur Verfügung gestellt, daß ich in einer ganz neuen Weise arbeiten konnte, er hat mir zugleich das Geschenk seines großen, zutiefst ermutigenden Vertrauens gemacht.

Lee und Kathy Larson, treue Leser aus Portland in Oregon, überließen mir ihr Haus in Cannon Beach in Oregon, wo ich allein sein und die meiste Zeit eines langen, verregneten Winters hindurch schreiben konnte. Der größte Teil des Textes entstand in einem Zimmer mit Blick auf Haystack Rock und den Pazifischen Ozean. Ich danke all den furiosen Musikern, die jeden Montagabend bei der Jam Session in der Cannon Beach American Legion Hall spielen. Jedes Buch, das ich schreibe, hat seinen eigenen Soundtrack. Dieses Buch ist untrennbar verbunden mit den Klängen des Waschbretts und der Saiten der Musiker in Cannon Beach und mit den überirdischen Gospelgesängen des Glide Ensemble von Reverend Cecil Williams Glide Methodist Church in San Francisco.

Heidi Majano und Jim Lafferty haben sich, während ich fern von zu Hause arbeitete, wunderbar um meine Söhne gekümmert. Heidis Mutter Estella Majano war für mich da, als ich sie am dringendsten brauchte.

Meine Söhne Charlie und Willy Bethel haben mich ermutigt, nach Oregon zu gehen und dieses Buch zu schreiben. Sie haben sich nichts gebrochen, solange ich weg war, und bei meiner Rückkehr bereiteten sie mir einen Empfang wie einer heimkehrenden Heldin. Was ich tue, wäre nicht möglich ohne das Geschenk ihrer Zustimmung und ihres Verständnisses, das gleiche gilt für ihre Schwester.

Meine Agentin und Freundin Gail Hochman hat mir einen Schubs gegeben, wenn ich es brauchte, hat sich unermüdlich für mich eingesetzt und mich uneingeschränkt unterstützt. Ich kann gar nicht mehr zählen, wie oft Gail mich durch die schwersten Entscheidungen begleitet hat, die ein Schriftsteller treffen muß – geschäftliche Entscheidungen, aber auch inhaltliche –, mit ihrer außerordentlichen Gabe, stets den Kern eines Problems und auch seine Lösung zu erkennen.

Meine Lektorin Diane Higgins hat mich ausgewählt und den Wunsch bekundet, mit mir zu arbeiten, zu einem Zeitpunkt in meiner schriftstellerischen Laufbahn, als niemand anderer sich einen Weg zu mir bahnte. Mehr als für jedes andere Buch, das ich geschrieben habe, gilt für dieses Buch, daß es aus einer echten Zusammenarbeit zwischen Schriftsteller und Lektor entstanden ist. Diane hat nicht nur in den vielen Stadien der Bearbeitung jede Seite jeder neuen Fassung angeschaut, sie hat auch einen entscheidenden und unersetzlichen Beitrag zur Konzeption des Buches geleistet. Auf diesen Seiten steht kein einziger Satz, der nicht ihr einzigartig waches Ohr und Auge widerspiegelt. Meine Art zu schreiben hat sich durch die Zusammenarbeit mit ihr für alle Zeit verändert.

Schließlich möchte ich noch etwas zu meinen Eltern sagen, Max Maynard und Fredelle Bruser Maynard. Die Bilder, die ich von ihnen zeichne, enthalten einige dunkle, beunruhigende Züge. Zwei so vielschichtige und schwierige Charaktere zu schildern und dabei diese Züge auszulassen, hätte jene Art von Kompromissen verlangt, vor denen mich meine Eltern immer gewarnt haben, auch wenn sie selbst in ihrem Leben viele solche Kompromisse eingehen mußten. So schmerzlich dieser Teil der Geschichte auch sein mag, besonders für Menschen, die meine Eltern kannten und liebten, ich glaube gleichwohl, daß meine Mutter und mein Vater mich verstanden und mir sogar dazu gratuliert hätten, daß ich schließlich doch noch die Freiheit gefunden habe, so zu schreiben, wie ich heute schreibe. Ich kann die Geschichte unserer Familie und der außergewöhnlichen, streckenweise auch schädlichen Erziehung, die meine Eltern mir und meiner Schwester angedeihen ließen, nicht erzählen, ohne anzuerkennen, daß ich, wenn sie mich anders erzogen hätten, vielleicht nicht das Handwerkszeug besäße, das es mir ermöglicht, diese Geschichte zu erzählen. Mein Vater lehrte mich zu sehen. Meine Mutter gab mir den Stift in die Hand. Dafür und aus vielen anderen Gründen werde ich sie für alle Zeit von ganzem Herzen lieben.

»Wirklich – *das hat nichts damit zu tun, was man in sich oder an sich hat«, antwortete das Spielzeugpferd,* »wirklich – *das ist etwas, das dir passiert! Wenn dich ein Kind ganz, ganz lange liebhat, nicht nur so zum Spiel, sondern wirklich liebhat, dann wirst du* wirklich.«
*»Tut das weh?« wollte der kleine Hase wissen.*
*»Manchmal schon«, sagte das Pferd, denn es sagte immer die Wahrheit. »Wenn du* wirklich *bist, macht es dir nichts aus, wenn es weh tut.«*
*»Geschieht das auf einmal, wie beim Aufziehen, oder nach und nach?« fragte der Hase.*
*Und das Pferd antwortete: »Nein, nicht auf einmal. Es dauert lange, bis du wirklich wirst. Deshalb passiert es denen so selten, die leicht zerbrechlich sind oder scharfe Kanten haben oder ganz vorsichtig angefaßt werden müssen. Man kann sagen, daß dann, wenn du wirklich geworden bist, fast alle deine Haare verschwunden sind – vor lauter Liebe, weißt du! Und daß deine Augen herausgefallen sind und du ganz ausgeleiert und ziemlich schäbig bist. Aber das macht dir dann überhaupt nichts aus. Denn wenn du erst* wirklich *bist, kannst du nie mehr häßlich sein, außer für Leute, die gar keine Ahnung haben.«*

*aus: Der kleine Kuschelhase*
*von Margery Williams*

# *Einleitung*

Mit achtzehn schrieb ich für eine Zeitschrift einen Artikel, der mein Leben verändern sollte. Die Überschrift hieß »Eine Achtzehnjährige blickt auf ihr Leben zurück«. Der Artikel erschien im *New York Times Magazine*, mit einem Foto von mir auf dem Titelblatt. Ich schilderte, wie es gewesen war, in den sechziger Jahren aufzuwachsen, und sprach viel von Lebensüberdruß und Entfremdung. Ich schrieb von dem Wunsch, aufs Land zu ziehen und der Welt den Rücken zu kehren. »Rückzug klingt verlockend« waren meine Worte.

Auf den Artikel hin erhielt ich Hunderte von Briefen. Ein Briefeschreiber teilte mir mit, daß meine Worte ihn tief berührt hätten und daß er die Sorge habe, ich könnte in den nächsten Monaten und Jahren ausgebeutet werden. J. D. Salinger schrieb mir von seinem Haus weit draußen in den Hügeln auf dem Land, wohin er sich viele Jahre zuvor zurückgezogen hatte.

In jenem Frühjahr begann ich einen Briefwechsel mit Salinger. Ich verliebte mich in die Stimme, die aus seinen Briefen sprach, und sobald die Ferien begannen, besuchte ich ihn. Ein paar Monate später verließ ich das College und zog zu ihm. Den Großteil dieses Jahres lebte ich mit ihm zusammen, in völliger Isolation, schrieb an einem Buch und glaubte – trotz des Altersunterschiedes von fünfunddreißig Jahren –, daß wir für immer zusammenbleiben würden.

Kurz vor der Veröffentlichung meines Buches *Looking*

*Back* im Frühjahr darauf schickte J. D. Salinger mich fort. Ich liebte ihn immer noch schrecklich.

Mehr als zwanzig Jahr lang verehrte ich einen Mann, der nichts mit mir zu tun haben wollte. J. D. Salinger war für mich fast so etwas wie eine Religion. Was zwischen uns gewesen war, prägte mein Leben in vielerlei Hinsicht noch lange, nachdem ich von ihm fortgegangen war. Aber ich sperrte die Erinnerung innerlich weg, genau wie ich den Stapel seiner Briefe an mich wegsperrte.

Ich bemühte mich, mit dem Leben weiterzumachen. Einen Monat nach meinem Auszug aus Jerry Salingers Haus kaufte ich mir von dem Geld, das ich mit meinem ersten Buch verdient hatte, ein Farmhaus mit zwanzig Hektar Land am Ende einer Sackgasse in einer kleinen Stadt, in der ich niemanden kannte. Dort lebte ich zweieinhalb Jahre allein.

Ich fand einen Job als Reporterin für eine New Yorker Zeitung. Ich verliebte mich und heiratete. Wir bekamen ein Kind und dann noch zwei Kinder. Wir legten hinter dem Haus einen Teich an, und im Winter liefen wir bei Mondlicht dort Schlittschuh. Mein Mann malte, bisweilen malte er mich. Irgendwann malte er mich nicht mehr.

Ich veröffentlichte Zeitschriftenartikel und Bücher. Ich arbeitete viel, machte bei Fahrgemeinschaften mit, ging zu Hunderten von Fußball- und Baseballspielen, las unseren Kindern vor, spielte mit ihnen, saß am Strand und ließ ihre Köpfe im Wasser nicht aus den Augen. Mein Mann und ich stritten und kämpften um den Fortbestand unserer Ehe.

Mein Vater starb. Ich schrieb noch mehr Zeitschriftenartikel und Zeitungskolumnen, weil wir Geld brauchten. Ich kümmerte mich um meine Mutter, als sie im Sterben lag, und stritt mich wegen ihrer Pflege so fürchterlich mit meiner Schwester, daß ich nicht zum Begräbnis gehen konnte. In derselben Woche trennten mein Mann und ich uns.

Ich zog aus dem Haus am Ende der Sackgasse aus. Wir stritten nicht um das Haus, aber wir führten Krieg um das Sorgerecht für unsere Kinder. Ich verliebte mich wieder, und als diese Liebe vorüber war, kamen noch andere Männer. Einige waren die richtigen zum jeweiligen Zeitpunkt. Einige waren schrecklich.

Ich richtete mir ein neues Heim ein. Ich fand gute Freunde und verlor einige andere. Ich schrieb ein weiteres Buch. Meine Söhne brachten mir bei, wie man einen Baseball wirft. Meine Tochter hängte Rosen über ihrem Bett auf und lehrte mich durch ihr Beispiel, was es heißt, ein optimistischer, hoffnungsvoller Mensch zu sein und mit offenen Armen auf die Welt zuzugehen.

Ich pflanzte Blumen im Garten. Wir schafften uns einen Hund an. Ich brachte vielen Frauen und ein paar wenigen Männern bei, Pasteten zu backen, wie ich es von meiner Mutter gelernt hatte. Ich schwamm viele Kilometer in zahllosen Seen und Teichen in New Hampshire und kraulte, wie ich es von meinem Vater gelernt hatte.

Ich wurde vierzig. Ich verkaufte eines meiner Bücher an eine Filmgesellschaft, und eine Zeitlang hatte ich weniger Geldsorgen. Ich schrieb noch ein Buch. Immer noch verschüttete ich ab und zu aus Wut über irgendein nicht sehr bedeutendes Ärgernis einen halben Liter Milch auf dem Küchenfußboden. Aber das geschah zunehmend seltener.

Meine Söhne wuchsen mir über den Kopf. Meine Tochter wußte Dinge, die ich nicht wußte. Ich verkaufte das Haus, das ich nach dem Ende unserer Ehe erworben hatte, breitete den größten Teil unserer Besitztümer im Hof aus und veranstaltete einen Flohmarkt. Dann zog ich mit meinen Kindern in eine kalifornische Stadt, wo uns niemand kannte. Wir suchten uns ein neues Haus und fanden neue Freunde. Das war vor zwei Jahren.

Weil ich oft Züge von mir für die Figuren in meinen Büchern verwende, habe ich über die meisten dieser Erfahrungen geschrieben. Im Laufe der Jahre lernte ich, meinen Lesern immer mehr Wahrheit zuzumuten. Ich veröffentlichte Geschichten und Artikel über meine Erlebnisse und Erfahrungen, die manche Menschen als beschämend und peinlich empfinden würden. Ich wollte die Geschichte einer wirklichen Frau mit all ihren Schwächen erzählen. Ich hoffte, durch dieses Beispiel würden sich andere vielleicht weniger für ihre unaussprechlichen Fehler und Geheimnisse schämen.

Vor zwei Jahren ist meine Tochter Audrey achtzehn geworden, so alt, wie ich war, als ich von zu Hause fort und aufs College ging und als ich den besagten ersten Brief von J. D. Salinger bekam.

Audrey besuchte die letzte Klasse der High-School. Wir lebten immer noch in New Hampshire. Ich wußte, daß meine Tochter nach Ablauf dieses Jahres wohl nie wieder zu Hause wohnen würde.

Mir war es immer wichtig, die Unabhängigkeit meiner Kinder zu fördern. Doch nun erfaßte mich von einem Tag auf den anderen schreckliche Angst um sie. All die Jahre hatte ich miterlebt, wie viele meiner Freunde heftige Kämpfe mit ihren halbwüchsigen Töchtern ausfochten, während Audrey und ich gut miteinander auskamen. In dem Jahr, als sie achtzehn wurde, taten wir das nicht mehr.

Sie löste sich allmählich von mir, und ich mußte mitansehen, wie ich mich selbst immer mehr in eine klammernde und herrschsüchtige Person verwandelte. Hatte ich meiner Tochter wirklich alles beigebracht, was sie wissen mußte, wenn sie sich allein in die Welt hinauswagte? Mir blieben nur noch wenige Monate. Ich war noch nicht so weit, daß ich sie gehen lassen konnte.

Ich hatte in Audreys Alter an Eßstörungen gelitten. Mittlerweile war es lange her, seit ich das letzte Mal eine ganze Packung Eiscreme verschlungen und mir den Finger in den Hals gesteckt hatte. Und nun beobachtete ich meine schöne Tochter und geriet in Panik, wenn ich sah, daß sie aß, weil sie Ablenkung oder Trost brauchte. »Du hast die halbe Packung Häagen-Dazs gegessen«, sagte ich, während sich mein Magen zusammenzog und ich nach dem Rest der Packung griff. Eines Tages löffelte ich selbst das Eis, nur damit sie es nicht essen konnte, und ich glaubte, es wäre nur zu ihrem Besten.

Ich stand an der Absperrung, wenn sie Rennen lief, wartete, daß sie die Ziellinie passierte, und merkte, daß ich im selben Rhythmus atmete wie sie. Ich erlebte mit, wie die sehr lange und sehr liebevolle Beziehung zu ihrem Freund auseinanderging, und ich weinte, als sie sich trennten. Einmal ging ich, während sie in der Schule war, in ihr Zimmer und las in ihrem Tagebuch – dabei hatte ich mir im Alter von zwölf Jahren geschworen, daß ich das niemals bei meinem eigenen Kind tun würde, denn meine Mutter hatte es bei mir getan. Ich hörte schnell wieder auf, aber ich hatte den Impuls nicht unterdrücken können.

»Ich möchte einfach nicht, daß du in Situationen gerätst, in denen du verletzt wirst«, rechtfertigte ich mich.

»Die einzige Situation, in der ich verletzt werde«, entgegnete sie mit einer ganz ungewohnten Schärfe, »schaffst du. Was ist los mit dir?«

Viel war los mit mir. Mein ältestes Kind, meine einzige Tochter, war fast so alt, wie ich gewesen war, als sich für mich alles änderte.

In meinem letzten High-School-Jahr ging ich von meiner öffentlichen Schule in New Hampshire ab und schrieb mich als externe Studentin an der Phillips-Exeter-Akademie ein, einer sehr anspruchsvollen privaten Einrichtung zur Vorbereitung auf das College, die hundertneunzig Jahre lang nur junge Männer aufgenommen hatte. Weil ich es nicht über mich brachte, mit den anderen im Speisesaal zu essen, und immer größere Ängste entwickelte vor dem College, vor Jungen, daß ich es meinen Eltern nicht recht machte und meinen Lehrern, ernährte ich mich schließlich hauptsächlich von Erdnußbutter und Schokolade und nahm fast fünf Kilo zu. Meine Mutter – die ihr Leben lang Diät gehalten hatte und immer stolz auf ihre dünne Tochter gewesen war – machte eine Bemerkung darüber. Ich achtete auf die Kalorien und trieb so rigoros Sport, daß ich im Frühjahr meines letzten Jahres nur noch 40 Kilo wog.

Ich bewarb mich in Harvard, Princeton und Yale. Ich saß

Stunden über meinem Schreibblock und feilte an meinen Bewerbungsaufsätzen. Keinen Augenblick fragte ich mich, ob ich diese Colleges tatsächlich besuchen wollte. Ich wußte nur, daß ich die Aufnahmeprüfung bestehen wollte.

Meine Tochter ist vollkommen anders als die vom Ehrgeiz getriebene junge Frau, die ich damals war. Sie ist eine gute Studentin, aber sie nimmt ihr Studium locker; eine junge Frau mit einem gesunden Körper, die auf fast allen Fotos, die ich von ihr besitze, lächelt. Zu der Zeit, als bei ihr die Bewerbung für das College anstand, ging sie jedes Wochenende mit ihren vielen Freunden zum Snowboarden in die Berge von New Hampshire und Vermont. Ihr lag nichts daran, eine Eliteschule zu besuchen.

Ihren Bewerbungsaufsatz schrieb sie an einem Nachmittag, als der Schnee einfach zu schlecht war, und sie meinte, daß sie eventuell noch daran feilen würde, wenn ihr die Zeit dazu blieb. Ich sagte ihr, daß ihr Text unbedingt überarbeitet werden müsse. Wenn ich von etwas Ahnung hatte, dann davon, wie ein solcher Aufsatz aussehen mußte. Ich sagte ihr, wir würden ihn zusammen überarbeiten, so wie meine Eltern mir geholfen hatten.

Meine Tochter schob es immer weiter hinaus. Der Abgabetermin rückte näher, ihre Bewerbungsunterlagen waren vollständig, nur der Aufsatz fehlte noch. Jeden Tag fragte ich sie, wann wir uns an die Überarbeitung machen würden.

Die Woche brach an, in der sie ihre Unterlagen abschicken mußte, und sie reagierte immer noch nicht auf mein Drängen. Schließlich blieb nur noch ein Tag. »Komm nach der ersten Stunde nach Hause«, sagte ich zu ihr, »ich warte auf dich.« Ich versuchte, das so beiläufig wie möglich zu sagen, obwohl ich mich ganz und gar nicht so fühlte.

Es wurde Mittag, ein Uhr, zwei Uhr. Sie kam nicht. Um halb drei schaltete ich meinen Computer ein und tippte ihren Aufsatz selber. Um halb vier war die neue Fassung fast fertig. Kurz vor vier spazierte meine Tochter zur Tür herein. Über meine Schulter warf sie einen Blick auf den Bildschirm. Sie war nicht erleichtert und lächelte auch nicht.

»Wie konntest du nur?« fragte sie. »Das sind nicht meine Worte. Ich bin nicht du.« Sie packte mich bei den Schultern. »Ich bin nicht das Wunderkind, das mit achtzehn seine Autobiographie schreibt. Ich will es auch gar nicht sein.«

»Ich wollte dir nur helfen«, rechtfertigte ich mich. »Ich wollte dir Kummer ersparen. Ich wollte nur das Beste für dich. Ich wollte, daß du auf ein College kommst, wo es dir gutgeht.«

Nie zuvor hatte ich meine Tochter so wütend erlebt. »Du hast mir meine Stimme gestohlen«, schrie sie mich an. »Du willst mir vorschreiben, wie ich mein Leben leben soll. Verschwinde. Hau ab!«

Ich spürte, daß sie mich schlagen wollte, aber sie konnte nicht. Als ich sie umarmen wollte, stieß sie mich weg. Wir landeten auf dem Fußboden, wälzten uns wie zwei Ringer, die Beine umeinander geschlungen. Wir hielten uns gegenseitig an den Schultern gepackt. »Ich will dir nicht weh tun«, stieß sie hervor, »aber du mußt aufhören. Ich bin inzwischen stärker als du.«

Wir waren gleich stark. Sie war jünger und hatte den ganzen Herbst Cross-Country-Rennen trainiert. Aber ich hatte drei Kinder geboren, ich besaß mehr Durchhaltevermögen und konnte mehr Schmerz ertragen, als sie ahnte. Die Rangelei auf dem Fußboden ging noch einige Minuten lang weiter, bis uns beiden der Schweiß herunterlief. Dann erschlafften unsere Körper beide zugleich, wir lagen uns weinend in den Armen.

Am Abend überarbeitete Audrey ihren Aufsatz ohne meine Hilfe. Am nächsten Morgen schickte sie ihre Bewerbungsunterlagen ab, einen Tag zu spät.

Daß die Grenzen zwischen meiner Tochter und mir verschwimmen, war schon immer ein Problem, genau wie bei meiner Mutter und mir. Aber erst als Audrey achtzehn wurde, schaffte ich es nicht mehr, unsere beiden Geschichten auseinanderzuhalten.

Ich wußte, was die Krise zwischen meiner Tochter und mir

ausgelöst hatte. Es war ihr grenzenloses Vertrauen, ihre Schutzlosigkeit gegenüber Verletzungen, ihr anscheinend durch nichts zu erschütternder Optimismus. Ich durchlebte noch einmal, wie für mich in ihrem Alter so viele Hoffnungen zerplatzt waren. Ihr Gesicht wurde mein Spiegel. Ihr Körper war mein Körper. Ihr neunzehntes Lebensjahr war mein neunzehntes Lebensjahr.

Wir überlebten es. Audrey legte nach der Schule ein Jahr Pause ein, arbeitete in einem Wintersportort und fuhr viel Snowboard. Ich verließ New Hampshire, wo ich mein ganzes bisheriges Leben verbracht hatte, und zog mit Audreys jüngeren Brüdern nach Nordkalifornien. Doch etwas hatte sich in jenem Jahr in mir verändert. In dem Gesicht meiner Tochter war etwas aufgeflackert, was mich nicht mehr losließ.

Ich erzähle meinen Kindern nicht alles, aber sie haben genug gehört, um zu wissen, daß meine Jugend sehr schwierig war. Als ich so alt war wie sie, schickte ich bereits meine Geschichten an Zeitschriften. Meine Samstagabende verbrachte ich meistens in Gesellschaft meiner Eltern. Ich ging nie spät ins Bett. Ich wußte, daß ich früh aufstehen mußte, um zu schreiben.

Mehr als alles andere habe ich mir gewünscht, daß meine Kinder anders aufwachsen. Als Kind schon habe ich darüber nachgedacht, wie ich einmal als Mutter sein würde. Ich wollte, daß meine Kinder das Zuhause als einen sicheren Ort erleben konnten, an den sie ihre Freunde gern mitbringen würden, ohne die dauernde Furcht, daß ihr Vater betrunken hereinstolpern und einen Vortrag über die Hoffnungslosigkeit des Lebens halten könnte oder daß ihre Mutter sie über Einzelheiten ihres Sexuallebens ausforschen würde, wie meine Mutter es getan hatte unter dem Vorwand, sie brauche Material für einen Zeitschriftenartikel, an dem sie gerade schrieb.

Vielleicht ging es mir darum, daß ich ihnen Selbstvertrauen mitgeben wollte. Ich hatte von klein auf das Gefühl gehabt, nicht dazuzugehören, deshalb wollte ich, daß meine Kinder sich in der Welt zu Hause fühlten.

Meine drei Kinder haben durchaus auch Kummer erlebt. Dennoch ist offensichtlich allen dreien der Glaube erhalten geblieben, daß es im Leben eher gutgeht als schlecht. Für mich ist es immer wieder verblüffend, daß ich blutsverwandt mit drei Menschen bin, die dem Leben zutiefst optimistisch gegenüberstehen.

»Manchmal erscheint mir das Leben wie eine endlose Reihe von Abschieden«, sagte ich einmal zu Audrey.

»Komisch«, erwiderte sie und sah mich ehrlich überrascht an, »mir kommt das Leben eher vor wie eine Reihe von Begrüßungen.«

Über Jahre hinweg habe ich jeden Tag innerlich einen Handel abgeschlossen: *Mach, daß es meinen Kindern gutgeht. Mehr will ich nicht.* Und trotzdem nagte der Gedanke an mir, daß eines Tages einem Kind etwas zustoßen könnte. Jetzt konnte ich mir vorstellen, wie es für mich wäre, wenn ein fünfunddreißig Jahre älterer berühmter Schriftsteller von Audrey das verlangen würde, was von mir verlangt wurde, als ich in ihrem Alter war. Ich malte mir aus, wie es wäre, wenn meine Tochter die gleichen schrecklichen Dinge erlebte, die ich mit neunzehn erlebt habe, und anschließend die gleiche Beschämung.

In all den Jahren hatte ich Jerry Salinger nie kritisch betrachtet. Ich hatte immer gedacht, ich schulde ihm ewiges Stillschweigen, Loyalität und Schutz. Der Gedanke war für mich neu, daß das Mädchen, das er mit seinem ersten Brief in sein Leben geholt hatte, auch eigene Rechte haben könnte.

Immer hatte ich versucht, in den Ereignissen meines Lebens einen Sinn zu sehen, aber einen entscheidenden Teil meiner Geschichte hatte ich dabei außer acht gelassen. Vor zwei Jahren hätte ich nicht sagen können, was aus der Zeit vor der Begegnung mit Jerry Salinger dazu geführt hat, daß er so viel und so lange Macht auf mich ausüben konnte. Ich hätte auch nicht sagen können, wie jenes Jahr mit Jerry mein weiteres

Leben geprägt hat. Nun sah ich dies alles in Gestalt meiner Tochter vor mir. Stets hatte ich die Geheimnisse unter Verschluß gehalten, die mir hätten helfen können, mich zu verstehen. Ich wußte, daß nun der Zeitpunkt gekommen war, meine eigene Geschichte zu erforschen.

# *Kapitel Eins*

Das Haus in Durham in New Hampshire, in dem ich aufgewachsen bin, ist das einzige Haus in der ganzen Straße mit einem Zaun drumherum. Das ist bezeichnend. Unsere Familie – meine Mutter, mein Vater, meine ältere Schwester Rona und ich – gehörten nie wirklich nach Durham. Und, so schien es mir, wir hätten auch nirgendwo anders dazugehört, wir gehörten nur in jenes Haus, wir alle zusammen, wir bildeten unser eigenes kleines Reich, ein Fürstentum mit einer Bevölkerung von vier Personen. Eigentlich nur mit drei Personen, denn meine Schwester setzte sich soweit wie möglich ab.

In unserer Familie gab es einen stehenden Ausdruck: »einer von uns«. Wir gebrauchten ihn nicht sehr oft, und er bedeutete, daß wir jemandem begegnet waren, der womöglich den Zaun überwinden und in die Familienfestung eindringen könnte. Richtig eingedrungen ist allerdings nie jemand. Wirklich »einer von uns« waren nur wir Familienmitglieder.

Mein Vater kommt jeden Morgen kurz nach sechs in mein Zimmer und weckt mich damit, daß er die Rolläden an den Fenstern hochzieht. »Zeit zum Aufstehen, Kleine.« Er lebt mittlerweile seit über vierzig Jahren in Amerika, aber man hört immer noch den englischen Tonfall. Jahre später, ich bin über dreißig und mein Vater ist längst tot, gehe ich manchmal ins Kino, und wenn Sir John Gielgud auf der Leinwand erscheint, breche ich in Tränen aus, sobald ich seine Stimme höre, obwohl er ganz anders aussieht als mein Vater.

Die Art, wie mein Vater mich weckt, hat nichts Unfreundliches. Er meint nur, daß es gedankenlose Verschwendung ist, im Bett zu bleiben, wenn draußen die Sonne scheint. Und auch wenn sie nicht scheint. Zeit meines Lebens konnte ich morgens nicht lange schlafen.

Jeden Morgen bringt mein Vater meiner Mutter Kaffee ans Bett, und dann macht er sich unten Frühstück. Wenn ich herunterkomme, ist er beim Essen. Oft Porridge, manchmal ein Ei. Immer liest er beim Frühstück. Einmal sind es die Briefe von Harold Nicolson, ein anderes Mal die Tagebücher von Simone Weil. Obwohl er Miltons *Verlorenes Paradies* auswendig kennt – die Literatur des achtzehnten Jahrhunderts ist sein Spezialgebiet, das er an der Universität von New Hampshire unterrichtet –, studiert er morgens manchmal den Abschnitt, von dem seine Vorlesung an jenem Tag handeln wird. Ab und zu liest er beim Frühstück auch in der Bibel – ein weiteres Buch, das er gut kennt.

Die Eltern meines Vaters waren Missionare der britischen Fundamentalisten. Sie traten aus der Heilsarmee aus, weil sie deren Lehre zu tolerant fanden, und schlossen sich einer Sekte namens Plymouth-Bruderschaft an. Das vorletzte ihrer sieben Kinder, mein Vater Max Maynard, wurde irgendwann um das Jahr 1900 in Indien geboren, wo seine Eltern zu der Zeit missionierten. Die Familie meines Vaters umgeben viele Geheimnisse, angefangen bei seinem Geburtsdatum. Er sagte immer, seine Eltern hätten ihm erzählt, sie seien so mit dem Herrn beschäftigt gewesen, daß sie vergessen hätten, sein Geburtsdatum aufzuschreiben. Ich habe die Eltern meines Vaters nie kennengelernt und auch keine anderen Eltern, die so in Gott aufgegangen wären, daß sie vergaßen, die Geburtsdaten ihrer Kinder zu notieren. Die Geschichte gab mir in erster Linie Aufschluß darüber, wie mein Vater seine Eltern sah.

Als kleiner Junge hatte mein Vater gern geschauspielert und gesungen, aber seine größte Liebe galt der Malerei. Er wußte schon früh, daß er malen wollte, aber er wagte nicht, seine Eltern um Farben zu bitten. Mit zehn Jahren besorgte er sich schließlich selbst einen Farbkasten, und der war fortan sein wertvollster Besitz. Er malte und las ununterbrochen, so in sich versunken, daß er die unverletzliche Regel seiner Familie brach, die da hieß, die Sonntagsruhe einzuhalten und an diesem Tag allenfalls in der Heiligen Schrift zu lesen. Sein älterer Bruder sah, daß er malte, und meldete es umgehend den Eltern.

Sein Vater rief ihn ins Arbeitszimmer.

»Bring mir deinen Farbkasten«, sagte er. Mein Vater holte den Farbkasten. Sein Vater legte ihn in die Schreibtischschublade und schob sie mit einem Knall zu. »Ein Jahr lang, Max, wirst du nicht malen.«

Noch als junger Mann brach mein Vater mit der Kirche und mit den meisten Mitgliedern seiner Familie, die inzwischen England verlassen und sich in Britisch-Kolumbien angesiedelt hatten. Die Geschwister lebten weiter im Schoß der Kirche – ein Bruder, Theodore Maynard, wurde sogar ein recht bekannter katholischer Theologe –, mein Vater hingegen schloß sich einer Gruppe moderner Maler in Victoria an, die als Radikale galten. Eine ältere Malerin namens Emily Carr scharte in den zwanziger und dreißiger Jahren etliche junge, moderne Künstler um sich. Einige aus diesem Kreis wurden später in Kanada berühmt als Mitglieder der sogenannten »Gruppe der Sieben«.

Nach den wenigen Informationen, die ich über die jungen Jahre meines Vaters – Jahrzehnte bevor ich geboren wurde – zusammentragen konnte, führte er das Leben eines Bohemiens: Er malte, liebte, dichtete und wachte morgens regelmäßig mit einem schweren Kater auf. Er war gutaussehend und elegant – blaue Augen, blonde Haare, von untersetztem, aber athletischem Körperbau, mit den breiten Schultern eines guten Schwimmers. Seine Gesichtszüge waren scharf geschnitten und kantig, aber mehr noch als sein gutes Aussehen dürfte die Frauen für ihn eingenommen haben, wie er für sie schrieb und zeichnete. Er konnte mühelos verspielte Verse oder ein

Sonett in makellosen jambischen Pentametern aufs Papier werfen, illustriert mit der lustigen oder erotischen Darstellung eines Paares in leidenschaftlicher Umarmung oder mit einem karikaturhaften Selbstporträt, das ihn auf Knien zeigte mit einem riesigen Blumenstrauß im Arm.

Mit sechzehn erfuhr ich, daß mein Vater bereits einmal verheiratet gewesen war, bevor er meine Mutter heiratete. Diese Entdeckung war für mich ein furchtbarer Schock, aber trotzdem waren die Geschichten über die amourösen Eskapaden meines Vaters in Manitoba und Britisch-Kolumbien in unserer Familie fast eine Quelle des Stolzes, eine Art Legende. Ich glaube, daß der Gedanke, was für ein ausschweifendes, romantisches Liebesleben mein Vater geführt hatte, meiner Mutter gefiel. Er sagte immer wieder, sie habe ihm wahrscheinlich das Leben gerettet. Er habe so wild und zügellos gelebt, erst sie habe ihn »an die Kandare genommen«.

Er lernte sie in Winnipeg kennen, wohin er nach einer unglücklichen Liebesaffäre geflohen war. An der Universität von Manitoba fand er eine Anstellung, weil er in letzter Minute für einen anderen Professor einspringen konnte – die einzige Möglichkeit für ihn, ohne eine weitere Qualifikation als seinen Magisterabschluß in eine akademische Position zu gelangen.

Ihm fehlte zwar die formelle Ausbildung in Literatur, aber er erwarb sich rasch den Ruf eines fesselnden Dozenten. Meine Mutter – damals neunzehn und in ihrem Abschlußjahr die beste Studentin im englischen Fachbereich – wurde als seine Assistentin ausgewählt; ihre Aufgabe war es, die Arbeiten der Studenten zu lesen. Teilweise fiel die Wahl wohl deshalb auf sie, weil sie als ernsthaft und vernünftig genug galt, um seinen Verführungsversuchen zu widerstehen. Nach allgemeiner Meinung war sie eine selbständig denkende, strebsame junge Frau, der eine glänzende akademische Karriere bevorstand.

Meine Mutter saß über dem ersten Stapel Arbeiten und fügte akribisch Korrekturen und Kommentare ein. Nachdem sie sie abgeliefert hatte, sprach mein Vater sie vor seinem Seminarraum an und lobte ihre Arbeit.

»Aber Sie müssen sich nicht die Mühe machen und bei allen unbelegten Zitaten heraussuchen, wo sie abgeschrieben wurden«, meinte er.

»Ich mußte sie nicht suchen«, erwiderte meine Mutter, »ich weiß, woher sie stammen.«

In der Lebensgeschichte meines Vaters ist vieles dunkel (es gibt Verwandte, die wir nie kennengelernt haben, eine Ex-Frau, von der ich erst als Teenager erfuhr, und vage Gerüchte über Jobs als Cowboy, als Nachrichtensprecher, als Tauchlehrer). Die Geschichte meiner Mutter hingegen ist mir aus ihren vielen Erzählungen so vertraut, daß sie eine fast mythologische Aura angenommen hat.

Meine Mutter wurde als Freidele Bruser geboren, sie war die zweite Tochter und das jüngste Kind jüdischer Immigranten, die Anfang des zwanzigsten Jahrhunderts vor den Judenpogromen in Rußland nach Kanada geflohen waren. Ihr Vater war ein kleiner Ladenbesitzer und ein Träumer – ein sanftmütiger, nicht besonders lebenstüchtiger Mann, der einmal alle Kekspackungen der Marke Cracker Jack in seinem Laden öffnete, bis er in einer die Überraschung fand (einen wertlosen Ring), die meine Mutter sich so sehnlich gewünscht hatte. Mit seinen Läden – im Laufe der Zeit waren es eine ganze Reihe, alle hießen »The OK Store« – ging er regelmäßig bankrott.

Meine Großmutter war sehr stolz auf ihre Kinder und hegte ehrgeizige Pläne für sie, insbesondere für meine Mutter. Sie schickte Freidele zum Sprechunterricht und ließ sie öffentlich Gedichte vortragen, was damals, während der Wirtschaftskrise, in den ländlichen Gebieten sehr beliebt war. Seit meine Mutter vier Jahre alt war, wurde sie in irgendwelchen Gemeindesälen auf die Bühne geschoben und mußte Gedichte aufsagen – manchmal komische, manchmal tragische und ergreifende – mit einer nicht nur lauten, sondern verblüffend klaren Stimme, mit der sie die Menschen zum Lachen oder zum Weinen bringen konnte.

Ich bin damit aufgewachsen, daß meine Mutter Gedichte

rezitierte. Beim Abendessen, auf dem Weg zum Einkaufen oder wenn ich erzählte, was auf dem Spielplatz in der Schule passiert war, kramte sie Gedichtzeilen aus ihrem Gedächtnis hervor – mal war es Shakespeare, mal Milton –, die einen Bezug zu dem hatten, was gerade geschah. Solange meine Mutter lebte, wußte ich immer, wen ich fragen konnte, wenn ich eine Gedichtzeile suchte für einen Aufsatz oder einen Vortrag – und eines Tages dann für meine Hochzeit.

Das enzyklopädische Wissen meiner Mutter über Literatur hing nicht nur mit ihrem fotografischen Gedächtnis zusammen. Sie liebte Gedichte, und vor allem liebte sie es, sie laut aufzusagen. Selbst wenn sie keine Gedichte rezitierte, prägte der Rhythmus von Gedichten ihre Sprache, und dasselbe galt für die Sprache meines Vaters.

Ich glaube, daß es meinen beiden Eltern ein sinnliches Vergnügen bereitete, die Worte von Keats, Donne, Yeats, Dylan Thomas und Wordsworth auszusprechen. Sie spielten beide kein Musikinstrument. Für sie war die Sprache Musik. Sie liebten den Klang der menschlichen Stimme, wenn sie das Schönste aussprach, was die englische Sprache zu bieten hat.

Sie liebten Rhythmus, Metrum, Klangfarbe und Tonfall. Wenn sie Gedichte vortrugen, wußten sie instinktiv, wann sie Atem holen, wann sie die Stimme ein wenig zurücknehmen, wann sie eine Pause machen oder einen Augenblick bei einer Silbe verharren mußten – und darin waren sie so perfekt, daß auch jemand, der kein Wort Englisch verstand, allein vom Zuhören gewußt hätte, daß dies Dichtung sein mußte, und ihnen Aufmerksamkeit geschenkt hätte.

Meine Mutter wurde mit sechzehn mit einem Preis des Gouverneurs für den besten Schulabschluß des Jahres 1938 in ganz Kanada ausgezeichnet. Das bedeutete ein volles Stipendium an einem College der Manitoba-Universität in Winnipeg. Bis dahin hatte sie nur in abgelegenen Kleinstädten gelebt.

Meine Mutter war achtzehn (und nannte sich mittlerweile

Fredelle, nicht mehr Freidele), als sie in Winnipeg meinen Vater kennenlernte. Er nannte sie Fredelka und umwarb sie mit selbstverfaßten Sonetten, mit wunderschönen Zeichnungen von ihr und humorvollen Karikaturen von ihm, wie er vor ihr kniete und sie anflehte, ihn zu erhören. Aber sie war Jüdin, und er war kein Jude. Ihre Eltern hatten ihr eingeschärft, daß sie keinen Nichtjuden heiraten durfte, und sie hatte immer getan, was ihre Eltern verlangten.

Doch genau die Eigenschaften, die meinen Vater in den Augen ihrer Eltern als Ehemann inakzeptabel erscheinen ließen, machten zweifellos einen Teil seiner Anziehung auf meine Mutter aus. Er war eine dunkle, gefährliche Figur, jemand, der sich über jegliche Konventionen hinwegsetzte; noch nie hatte meine Mutter einen so romantischen Mann kennengelernt. Er erschloß ihr die Welt der modernen Kunst und der klassischen Musik. Ihr ganzes Leben lang war sie die brave Tochter gewesen. Er war der mißratene Sohn. Sie verliebte sich leidenschaftlich in ihn.

Meine Mutter war der Liebling meiner Großmutter, und als Liebling entfiel auf sie die Verantwortung, Ruhm und Ehre – das jiddische Wort dafür ist *naches* – zu Füßen ihrer Mutter aufzuhäufen. Weil ihre Mutter sich für sie aufopferte – damit sie Sprechunterricht nehmen konnte, damit sie anders als ihre ältere Schwester die Universität besuchen konnte –, war es selbstverständlich, daß sie als Gegenleistung bedingungslose Treue und Ergebenheit erwarten konnte. Das Leben meiner Mutter, ihre Leistungen, ihre Erfolge, gehörten nicht ihr allein, sondern ebenso ihrer kritischen und überaus fordernden Mutter.

Jeden Sommer kehrte sie nach Saskatchewan zurück, in die Prärie, und half im Laden ihres Vaters. Mein Vater umwarb sie mit Briefen, aber ihre Eltern fingen seine Briefe ab. Mein Vater erreichte, daß er eine Radiosendung in Winnipeg bekam, und las ihr unter dem Pseudonym John Gregory seine Gedichte über den Äther vor. Seine Stimme war unverkennbar. Am Valentinstag 1943 sandte er ihr das folgende Gedicht:

Nicht einmal die liebsten Worte
Reimen sich auf dich, Fredelle,
Aber meine zartesten Gedanken
Sind deinem Zauber unterworfen.
Wie Honig tropft aus goldnen Waben,
Fließen sie in süßen Strömen.
Meine Lilienblume, mein weicher Pfirsich,
Mein Tintenfisch, mein Blutsauger,
Mein Schwertfisch, der mit scharfem Pfeil
Mein Herz durchbohrt,
Meine Buchvandalin, die
Mit einem Blick alle Seiten in meinem Buch zerstört,
Mein betörendes Juwel, vor dessen Glanz
Die Sonne verblaßt,
Mein Himmelsgewölbe, mein Erdenrund,
Mein Tod, mein Leben, meine zweite Geburt,
Mein sonnenwarmes Feld, mein schattenspendender
  Baum,
Meine Zeit und meine Ewigkeit,
Meine Zigarette, mein Nikotin,
Mein Kaffee, mein Tee und alle Nahrung,
Mein Brotlaib, mein Weinkrug,
All dies und mehr, meine Allerliebste!

Meiner Mutter war klar, daß sie einen jüdischen Ehemann finden mußte, und sie schuf Abstand zwischen sich und meinen Vater, indem sie sich zum weiteren Studium in Toronto einschrieb. Ein junger Jude, der gerade hochdekoriert vom Militär zurückgekehrt war, umwarb sie. Er war intelligent, nett und sehr verliebt – alles an ihm sprach dafür, daß er ein wunderbarer Ehemann und ein guter Vater werden würde. Aber Harold Taubman verursachte meiner Mutter nicht im entferntesten so viel Herzklopfen wie Max Maynard. Jeden Tag kam ein Brief von meinem Vater, in seiner feinen Künstlerhandschrift auf hauchzartem Luftpostpapier, manchmal mit Zeichnungen am Rand.

Wenn ich diese Briefe heute lese, mit mehr als fünfzig Jahren Abstand, beeindrucken mich sein Witz und seine außergewöhnliche Formulierungskraft. Aber ich sehe auch etwas anderes. Es sind nicht in erster Linie die Briefe eines Mannes, der sich sehnlich eine Beziehung zu einer Frau aus Fleisch und Blut wünscht, sondern eher die Worte eines Mannes, der in die Vorstellung einer solchen Beziehung verliebt ist. Seine Leidenschaft hat etwas Unwirkliches. Mein Vater hat sich zu einer Person stilisiert, die aus der Feder eines romantischen Dichters stammen könnte. Er ist magisch vom Unmöglichen, Tragischen, Unerreichbaren angezogen. Die Vorstellung, ohne Fredelka leben zu müssen, flößt ihm eine an Selbstmordgedanken rührende Verzweiflung ein. Aber an keiner Stelle der Hunderten von Seiten malt er sich realistisch aus, wie ein Leben *mit* ihr aussehen könnte.

Auf die Mitteilung, daß Harold Taubman meiner Mutter einen Heiratsantrag gemacht hatte und daß sie sich vor der Entscheidung fürchtete, antwortete mein Vater mit dem folgenden Gedicht:

Ich kann mich einfach nicht entscheiden,
Einerseits geht's ums Beschneiden
Und alles, was dazugehört.
Andererseits: Überleg es dir gut.
Hab Vertrauen und Mut.

Sie widerstand seinem Werben noch fünf Jahre. 1946 verließ sie Toronto und ging nach Radcliffe, wo sie ihre Doktorarbeit schrieb. Ihre Arbeit wurde mit *summa cum laude* ausgezeichnet. Thema war das Motiv der Keuschheit in der englischen Literatur. Später sagte sie gern, sie sei die weltweit führende Expertin für Keuschheitsgürtel.

Mein Vater suchte eine Anstellung möglichst nahe bei Cambridge, damit er in ihrer Nähe sein konnte. Er fand eine Stelle an der Universität von New Hampshire in Durham. An den Wochenenden fuhr er nach Cambridge und drängte sie, ihn zu heiraten. Sieben Jahre nachdem er begonnen hatte, um sie zu werben, sagte sie ja. Ihren Eltern brach es das Herz.

Zum ersten Mal in ihrem Leben hatte meine Mutter etwas getan, was ihrer Mutter mißfiel.

So viel habe ich über die Lebensgeschichte meiner Eltern mitbekommen, während ich heranwuchs. Das weitere erfuhr ich erst später.

Meine Eltern hatten sich zwar viele hundert Seiten Briefe geschrieben, aber sie lebten in verschiedenen Städten, die meiste Zeit Hunderte und zeitweilig Tausende von Kilometern voneinander getrennt. Sie kannten einander vorwiegend durch Worte auf Papier.

An dem Tag, als meine Mutter in die Junggesellenwohnung meines Vaters einzog, fand sie ganz hinten in einem Schrank versteckt lauter leere Wodkaflaschen – sie sagte später, es sei ihr ergangen wie Blaubarts Frau, die die Tür zu dem verbotenen Zimmer öffnete und deren Leben für immer zerstört wurde durch das, was sich hinter der Tür befand. Am selben Tag stieß sie noch auf einen Brief, den er an seine Ex-Frau geschrieben hatte – ohne Zweifel in betrunkenem Zustand. »Ich habe einen schrecklichen Fehler gemacht«, hieß es darin. »Ich habe ein schlaues kleines jüdisches Mädchen geheiratet.«

Bis meine Mutter zu meinem Vater zog, wußte sie so gut wie nichts über Alkohol; in ihrer Familie kam Wein höchstens einmal im Jahr auf den Tisch. Doch nun hatte meine Mutter sich ihren Eltern widersetzt und meinen Vater geheiratet, also konnte sie nicht umkehren und ihnen die Wahrheit sagen: daß die Ehe von Anfang an in Schwierigkeiten steckte. So verbarg sie den Umstand, daß mein Vater trank, vor ihrer Familie und vor den meisten anderen Menschen in ihrer Umgebung – und, soweit sie konnte, auch vor sich selbst.

Um die Zeit, als meine Schwester zur Welt kam, im Jahr 1949, war der einst grenzenlose Optimismus meiner Mutter im Hinblick auf eine glanzvolle Zukunft ziemlich geschwunden. Bei meiner Geburt im Jahr 1953 war die Ehe in vielerlei Hinsicht am Ende.

»Du wurdest gezeugt, als wir zum letzten Mal miteinander

schliefen«, eröffnet mir meine Mutter Jahre später. Ihre Worte verursachen mir einen fast körperlichen Schmerz.

Ich besitze ein Foto meiner Mutter aus der Zeit in Durham, als sie jung verheiratet gewesen sein muß. Sie sitzt auf der Veranda der kleinen Wohnung, die meine Eltern damals gemietet hatten. Sie ist noch nicht dreißig. Meine Mutter sagte immer, sie sei nur hübsch gewesen, ihre ältere Schwester Celia hingegen wirklich schön. Aber die junge Frau auf dem Foto ist wie die ältere Frau, die sei einmal werden sollte, von exotischer Schönheit. Sie trägt ein einfaches Baumwollkleid, das ihr lose von den Schultern fällt. Ihr Körper – um den sie sich immer viele Gedanken machte und der möglichst schlank sein mußte – ist nicht schwer, sondern eher reif. (In einer Zeit, als die Frauen ermuntert wurden, ihre Babys mit der Flasche und Fertigmilch aufzuziehen, bestand sie darauf zu stillen.) Sie hat lockige schwarze Haare, dunkle, unverkennbar intelligente Augen, und ihre Haut ist so dunkel, daß ihr in jungen Jahren mehr als einmal in Lokalen der Zutritt verwehrt wurde mit der Begründung, sie sei, wie es damals hieß, *farbig*.

Nicht nur die Hoffnungen, die meine Mutter mit der Ehe verbunden hatte, zerbrachen rasch. In den fünfziger Jahren fand sie als verheiratete Frau keine Arbeit. Die Universität von New Hampshire verfolgte strikt die Politik, daß keine Ehefrauen von Fakultätsangehörigen angestellt wurden. Sie bewarb sich als Lehrkraft an Oberschulen und bekam zu hören, daß sie dafür nicht die richtigen Zeugnisse habe, sie brauche eine pädagogische Fachausbildung. Sie hätte noch einmal studieren können, aber sie hatte nicht die Zeit und nicht das Geld und mußte sich um ihre Kinder kümmern.

Als Ehefrau eines Universitätsangestellten in einer Kleinstadt in New Hampshire in den vierziger und fünfziger Jahren gab es für meine Mutter keine richtige Aufgabe. Sie platzte förmlich vor Ehrgeiz und Tatkraft, die einzige Jüdin weit und breit in einer Welt voller traditionsbewußter angelsächsischer Protestanten, fern ihrer Familie, gefangen in einer einsamen und schwierigen Ehe, und so konzentrierte sie ihre ganze Energie auf die allzu enge häusliche Sphäre. Sie backte, nähte, bewirtete Gäste, kaufte Sonderangebote ein, pflanzte Blumen, kochte ein und erzog ihre beiden Töchter so, daß sie einmal all das erreichen würden, was ihr verwehrt war: Ruhm, Geld, Karriere, Erfolg, der Weg in die weite, glitzernde Welt der Großstadt.

Meine Mutter hat immer wunderbar geschrieben und Geschichten erzählt, aber in jener Zeit beschränkt sich das Schreiben auf Briefe an ihre Eltern in Manitoba und an zwei alte Freundinnen aus gemeinsamen Studientagen in Radcliffe, Marion und Phyllis. Sie muß wohl erkannt haben, daß die Briefe ihr authentischstes Ausdrucksmittel sind, denn sie bewahrt Durchschläge von Hunderten von Seiten auf: lauter lustige Geschichten über ihren Ehemann und ihre Kinder und ihr Leben als Ehefrau eines Dozenten in einer Kleinstadt in New Hampshire, die unermüdlich Ausschau hält nach einem Betätigungsfeld, das ihrem Leben ein neues Ziel geben könnte.

In ihrem Archiv findet sich der folgende aus dem Jahr 1959 an den Haushaltsgeräte-Hersteller Sunbeam:

> Sehr geehrter Herr,
> ich möchte meine tiefe Unzufriedenheit mit dem Sunbeam-Staubsauger und den Leistungen Ihrer Reparaturabteilung im Rahmen der einjährigen Garantiefrist zum Ausdruck bringen.
>
> Im Mai diesen Jahres habe ich nach gründlichem Studium der Testberichte in Verbraucherzeitschriften einen Sunbeam-Bodenstaubsauger des Typs 635 erworben in der Überzeugung, daß ich ein erstklassiges Gerät zu einem günstigen Preis bekäme. Von Anfang an war der Staubsauger laut und die Saugleistung schwach, doch ich versuchte mich zu überzeugen, daß ich mich wohl getäuscht hatte. Im Oktober entwickelte das Gerät ein Geräusch wie ein Düsenflugzeug, es roch und lief heiß, die Saugleistung hingegen sank gegen null. Ich brachte das

Gerät in den Laden zurück, in dem ich es gekauft hatte, und bat um Reparatur im Rahmen der Garantie. Mein Staubsauger verschwand und blieb zehn Wochen verschwunden – für eine Hausfrau eine lange Zeit.

In der letzten Woche erhielt ich meinen Sunbeam zurück, mit tadellos aufgewickelter Schnur und einem frischen Staubsaugerbeutel. Voller Freude steckte ich den Stecker ein. Doch nun stellen Sie sich meine Überraschung vor. Das Gerät gibt ein Geräusch wie ein Düsenflugzeug von sich, es riecht und läuft heiß, saugen tut es hingegen überhaupt nicht. Krümel und Flusen auf dem Teppich widerstehen den kraftvollen Angriffen des Sunbeam 635 mühelos.

Es hat wohl keinen Sinn, dieses nutzlose Gerät für weitere »Reparaturen« noch einmal zurückzugeben. Nach Lage der Dinge muß ich – nach gerade einmal fünf Monaten Gebrauch – einen neuen Staubsauger kaufen. Ich bin ziemlich sicher, daß es diesmal kein Gerät der Firma Sunbeam sein wird. Da ich meine Wohnung einmal in der Woche sauge, hat mich jeder Saugvorgang mit dem Gerät, für das Sie mit dem Satz werben: »Einstecken und los«, etwas über vier Dollar gekostet. Eine angemessenere Werbung scheint mir zu sein: »Einstecken auf eigenes Risiko«.

Hochachtungsvoll …

Von Geld ist in den Briefen meiner Mutter viel die Rede. Geld ist immer knapp, und immer sind meine Eltern auf der Suche nach neuen Einnahmequellen. Noch wichtiger ist nur das Bemühen meiner Mutter, irgendwo ihre unerschöpflichen Energien einzusetzen.

»Ihr wißt«, schreibt sie im Sommer 1954 an ihre Eltern, »daß ich immer gesagt habe, ich würde niemals Klinken putzen, lieber würde ich verhungern. Und nun putze ich Klinken und verkaufe die Enzyklopädie *Buch des Wissens.* Wer weiß, vielleicht entdecke ich noch bislang unerforschte Talente bei mir.

Zumindest werde ich dabei wohl mit unschätzbarem Lesestoff versorgt werden ...«

Meine Mutter gibt sich große Mühe mit dem *Buch des Wissens* und bekommt schließlich eine komplette Gratisausgabe für ihre Familie. Aber die Schecks mit den hohen Provisionen bleiben aus. In einem weiteren Brief ein paar Monate später berichtet sie ihren Eltern, daß sie sich für ein Guggenheim-Stipendium für Recherchen in England und Wales über den kürzlich verstorbenen Dylan Thomas beworben hat.

»Es ist unwahrscheinlich, daß man bei Guggenheim meine Bewerbung mit Jubelrufen (und dicken Schecks) begrüßen wird. In erster Linie spricht dagegen, daß keine Stiftung eine Forscherin ernst nimmt, die mit zwei kleinen Mädchen an der Hand und einem Stapel Windeln im Gepäck daherkommt ...«

Meine Mutter erhält das Stipendium nicht. Im Jahr darauf spricht sie in den Briefen an ihre Eltern nicht mehr von akademischen und wissenschaftlichen Plänen. Die Briefe sind heiter, lebhaft, unbekümmert – überwiegend Berichte darüber, was meine Schwester und ich treiben, und ein bißchen Klatsch aus der Anglistik-Fakultät.

Ein einziger Brief an ihre alte Freundin Phyllis aus gemeinsamen Radcliffe-Tagen läßt ahnen, wie unglücklich sich meine Mutter in New Hampshire als Hausfrau gefühlt haben muß.

> Du hast gefragt, ob ich glücklich bin. Vor zehn Jahren hätte ich mit einem klaren Ja oder Nein geantwortet. Ja, ich denke, ich bin glücklich, aber ich bin mittlerweile ein anderer Mensch, und ich stelle mir Glücklichsein nicht mehr als ungetrübte Heiterkeit oder höchste Ekstase vor ... Ich könnte sagen, daß ich die *Ode an die Melancholie* und Wordsworths *Andeutungen* inzwischen besser verstehe als vor zehn Jahren. Ich denke, ich bin in mancher Hinsicht ein »besserer« Mensch und zugleich weniger Mensch ... Ich fürchte, ich bin nicht mehr ganz das Mädchen, an das du dich erinnerst. Übermäßiger

persönlicher Ehrgeiz ist nichts Gutes, aber solange ich ihn hatte, hätte ich auf einem Nagelbett tanzen können.

Obwohl die finanziellen Verhältnisse beschränkt sind, richtet es meine Mutter ein, daß ich all die Abenteuer erleben kann, von denen sie, als sie in den Kleinstädten in der Prärie von Saskatchewan aufwuchs, nur träumen konnte. Weil sie Walt Disney verabscheut (er hat in ihren Augen viele ihrer Lieblingsbücher verunstaltet), fährt sie mit uns nie an mein Traumziel, nach Disneyland, auch mit mehr Geld wären wir nicht hingefahren. Aber sie fährt mit mir und meiner Schwester mit dem Bus nach Boston in die Oper und ins Ballett. Sie meldet uns zu Tanzstunden und Französischkursen an. Wir gehen selten ins Kino – *Sein Freund Jello* und *Alle lieben Pollyanna* sehe ich mit Freunden und deren Eltern –, aber wir gehen mit ihr in *Tod eines Handlungsreisenden, Wer hat Angst vor Virginia Woolf?* und in viele Bergman-Filme. Im Anschluß an solche Filme kommentiert sie dann ein oder zwei Stunden lang die schauspielerischen Leistungen, die Regie und das Drehbuch.

Geld ist immer knapp, und während mein Vater sich anscheinend nicht weiter darum kümmert, macht meine Mutter sich dauernd Sorgen um irgendwelche Rechnungen. Sie gibt für einen Dollar in der Stunde Nachhilfeunterricht in Französisch und Latein. Sie nimmt Jobs als Aushilfslehrerin an und unterrichtet auf dem nahegelegenen Luftwaffenstützpunkt Aufsatzschreiben. Ich bin mir sicher, daß sie das Interesse ihrer Schüler – lauter Männer – genießt. Schließlich bekommt sie eine Stelle als Englischlehrerin an einer High-School.

Meine Mutter ist die geborene Lehrerin, geboren für Auftritte aller Art – sie ist witzig, selbstsicher, aufrichtig interessiert an ihren Schülern und von einer nicht zu bremsenden Energie. Sie gibt ihren Schülern Tips zu ihrem Stil, aber auch zu ihren Beziehungen zu Freunden, Freundinnen und Eltern. Mindestens ein Dutzend Schüler kommen regelmäßig bei uns zu Hause vorbei. Ich kenne von allen die Namen und ihre Geschichte.

Meine Mutter unterrichtet gern in unserem Wohnzimmer. Sie trägt dann einen ihrer bodenlangen Kaftane aus Seide oder Wolle, die sie selbst entworfen und genäht hat, und reicht selbstgebackene Plätzchen, während die Schüler ihre Aufsätze laut vorlesen und alle – vor allem aber meine Mutter – Kommentare und Kritik äußern.

Nie lasse ich mir die Gelegenheit entgehen, bei den Stunden dabeizusein. Ich bin so stolz auf meine glanzvolle, kluge, extravagante Mutter. Ich sauge Wort für Wort auf, was sie ihren Schülern über das Schreiben sagt. Zwischen den Stunden sitze ich neben ihr auf dem Sofa, wenn sie die schriftlichen Arbeiten der Schüler korrigiert, und lese alle ihre Randbemerkungen. Oft sind ihre Randbemerkungen länger als der Aufsatz.

Wenn ein Schüler eine abgedroschene Wendung gebraucht hat, kritisiert sie ihn witzig, aber unbarmherzig. »Bist du sicher, Cynthia, daß du sagen wolltest, dein Herz sei aufgegangen wie Popcorn auf dem Ofen? Das sollten wir uns noch mal genau überlegen …«

»O Linda«, wendet sie sich einer Schülerin zu. »Möchtest du wirklich, daß ich dir sage, wie viele Arbeiten, die ich tagein, tagaus lese, mit der Formulierung beginnen ›Websters Dictionary definiert …‹? Ich glaube nicht, daß du das wirklich möchtest.«

»So brauchst du nicht weiterzumachen, Rick. Damit treibst du den Leser schnurstracks auf die Toilette.«

Mit zwölf oder dreizehn habe ich so viele Kommentare meiner Mutter gehört, daß ich bei jedem Aufsatz, den ein Schüler vorliest, sofort weiß, was sie sagen wird. Wenn ich schreibe, höre ich immer ihre Stimme.

Als meine Schwester und ich größer sind, beginnt meine Mutter eine überraschende neue Karriere als Autorin für Frauenzeitschriften. Sie schreibt Artikel für *My Baby* und *Baby Talk* – im Plauderton verfaßte hilfreiche Geschichten über Sauberkeitserziehung und Geschwisterrivalität. An die Zeitschrift *Good Housekeeping* schickt sie eine Geschichte mit dem Titel »*Ein jüdisches Mädchen erlebt Weihnachten*«. Sie schildert, wie sie als einziges jüdisches Kind in ihrer kleinen Heimatstadt Weihnachten unter lauter Nichtjuden erlebte und als einzige keine Geschenke bekam. Ein paar Wochen später trifft ein Brief ein mit der Mitteilung, daß die Zeitschrift ihre Geschichte in der Weihnachtsausgabe veröffentlichen wird. Ich habe meine Mutter selten glücklicher gesehen.

Mit dem ersten Scheck von einer Zeitschrift kauft meine Mutter einen modernen dänischen Eßtisch aus Teakholz. Ihre Wahl ist bezeichnend. Die Mahlzeiten sind die wichtigsten Ereignisse im Tagesablauf unserer Familie.

In all den Jahren meiner Kindheit und Jugend sind wir kein einziges Mal in ein Restaurant gegangen. Mindestens einmal in der Woche kommt meine Mutter darauf zu sprechen, wieviel besser und wieviel billiger es ist, wenn wir zu Hause essen. »Ich wette, dieses Essen hätte uns im Restaurant zehn Dollar gekostet«, sagt sie, während sie das Fleisch aufschneidet. »Elf sogar, mit Trinkgeld.«

Sie liebt das Ritual der Mahlzeiten im Familienkreis und achtet darauf, daß wir jeden Abend gemeinsam essen. Sie ist eine gute Köchin – eine »rustikale Köchin«, sagt sie über sich selbst. Jeder Gast schwört, daß er noch nie eine so gute Pastete gegessen hat. Aber den wirklichen Reiz der Mahlzeiten in unserer Familie machen die Gespräche aus. Wenn meine Mutter erzählt, wird ein Einkauf beim Gemüsehändler oder ein kurzer Wortwechsel mit dem Zeitungsjungen zu einem Schauspiel in drei Akten, je nachdem Komödie oder Tragödie, mit meiner Mutter in der Hauptrolle. Der strikten Wahrheit schenkt sie nicht so große Beachtung, sehr wohl aber den Regeln für den Spannungsbogen und die richtige Plazierung von Pointen. Ich liebe die Stimme meiner Mutter, wenn sie uns als Leckerbissen beim Abendessen ihre Erlebnisse erzählt, und kann mir gar nicht vorstellen zu essen, ohne daß ich sie höre.

Die nächste Anschaffung meiner Mutter mit Geld von

*Good Housekeeping* ist ein moderner dänischer Schreibtisch. Bis zu dem Zeitpunkt hat sie auf dem Sofa in unserem Wohnzimmer gearbeitet oder ihre Papiere auf dem Eßtisch ausgebreitet. Nun richtet sie sich im Schlafzimmer ein Büro ein. Sie besorgt sich eine elektrische Schreibmaschine und einen kleinen Aktenschrank. Ähnlich wie mein Vater Malutensilien zusammenträgt, kauft meine Mutter Schreibblöcke und Bleistiftspitzer, Stempelhalter und Aktenordner in leuchtenden Farben. Sie läßt sich Briefpapier mit ihrem Namen drucken: FREDELLE BRUSER MAYNARD.

Bis dahin waren meine einzigen Reisen die jährliche Einkaufsreise nach New Hampshire zu Schuljahresbeginn, zweimal im Sommer ans Meer nach Ogunquit in Maine, die Fahrten mit meiner Mutter nach Boston ins Ballett und in die Oper und die sechswöchigen Besuche bei den Eltern meiner Mutter im kanadischen Winnipeg jedes Jahr im Sommer – bei denen mein Vater uns nie begleitet.

Die Zweizimmerwohnung meiner Großmutter ist sehr heiß und stickig. Meine Großmutter scheint die gesamte Aufmerksamkeit meiner Mutter zu beanspruchen, für mich und meine Schwester interessiert sie sich nicht sonderlich. Ich kenne in Winnipeg keine anderen Kinder in meinem Alter. Jeden Tag müssen wir mit einem Bus zu dem Pflegeheim fahren, in dem mein Großvater liegt, er erkennt nicht einmal mehr meine Mutter. Ernie, ein Cousin meiner Mutter, und seine Frau Naomi gehen mit meiner Schwester und mir immer in die Kanada-Ausstellung und nehmen uns zu Ausflügen mit, so etwas gibt es in unserer Familie nicht. Allerdings werden bei den Ausflügen meistens nur Verwandte besucht, in der Mehrzahl sehr alte Leute. Lange Zeit habe ich deshalb geglaubt, Kanada sei ein jüdisches Land, genau wie Israel.

Im Sommer 1964 kündigt meine Mutter an, daß sie mit uns zur Weltausstellung nach New York fahren wird. Ich bin begeistert, aber auch erstaunt, denn wir sind bisher nie an dieselben Orte gefahren wie andere Familien. Wir werden bei unseren alten Freunden Joe und Joan McElroy wohnen, und meine Mutter wird sich mit ihrer Redakteurin bei *Good Housekeeping* treffen.

Ich recke den Hals, damit ich nur ja alles mitbekomme, als unser Bus in den Busbahnhof von New York einfährt. Es ist Nacht, und bei Joe und Joan in der East Thirtiest Street angekommen, verlangt meine Mutter, daß Rona und ich schnurstracks ins Bett gehen. Aber ich kann nicht einschlafen. Ich kann mich nicht vom Verkehrslärm und den vielen blinkenden Lichtern draußen losreißen.

Am nächsten Tag fährt meine Mutter mit uns nach Flushing im Stadtteil Queens zur Weltausstellung. Doch mich fasziniert nicht die Weltausstellung, sondern Manhattan. Wir gehen nach Chinatown und Little Italy und ins Museum of Modern Art, so kann ich meinem Vater erzählen, daß ich die Picassos gesehen habe. Joan stellt mir zwei ihrer Freunde vor, und meine Mutter sagt mir, daß sie ein Paar sind. Sie hat mir schon früher von homosexuellen Beziehungen erzählt, aber ich habe bis dahin noch niemanden kennengelernt, der offen homosexuell war. Bei Don und Phil beschäftigt mich am meisten, warum sie so gar nicht verlegen wirken. Das macht mich verlegen. Ich kann nicht verstehen, warum sie nicht darauf bedacht sind, die Sache geheimzuhalten.

Am zweiten Tag geht meine Schwester nach Greenwich Village, und meine Mutter nimmt mich mit zu Betty Frank, ihrer Redakteurin bei *Good Housekeeping.* Ich bin noch nicht oft mit einem Aufzug gefahren, nur ein paarmal bei unserem jährlichen Ausflug nach Boston. Meine Mutter trägt ein Kostüm, und ich habe mein Sonntagskleid an. Betty zeigt uns die Versuchsküche und einen Raum voller Gratisproben, die mit der Post gekommen sind. »Vielleicht wirst du eines Tages hier arbeiten«, sagt sie zu mir.

Das Tor zur Welt öffnet sich erneut. In dem Sommer nach meinem zwölften und Ronas sechzehntem Geburtstag fährt meine Mutter mit uns und unserer Cousine Gail nach Mexiko – zuvor hat sie ein Jahr lang gespart und Spanisch gelernt. »Fahrt nie in ein Land, wenn ihr nicht wenigstens versuchen könnt, euch einigermaßen in der Landessprache auszudrükken«, sagt sie zu uns.

Wir unternehmen keine Rundreise. Wir überqueren die Grenze mit einem Zug, der »Adler der Azteken« heißt, und steigen in Städten aus, in die es selten Amerikaner verschlägt – und ganz bestimmt keine Frauen, die mit drei jungen Mädchen allein unterwegs sind. Wir fahren mit mexikanischen Bussen staubige Dorfstraßen entlang, ohne daß uns jemals ein anderer Amerikaner begegnet, auf der Suche nach einem Künstler, von dem meine Mutter in einem ihrer Bücher über Mexiko gelesen hat. Mein Vater ist wie üblich nicht dabei, aber meine Mutter hat eine seiner Zeichnungen im Gepäck: die Skizze eines Pferdes, gezeichnet mit rotem Kugelschreiber während einer Sitzung der Anglistik-Fakultät. In dem kleinen Dorf Teotitlán del Valle spürt sie einen Weber auf, der nach der postkartengroßen Zeichnung einen Wandteppich aus Wolle weben wird. Ein Jahr später trifft der Wandteppich bei uns ein: ein perfektes Abbild der Zeichnung im Format ein Meter mal eineinhalb Meter. Sehr viele Jahre später wird der Teppich bei der Totenfeier für meinen Vater an der Kirchenwand hängen.

Von der Zeitschrift *Good Housekeeping* bekommt meine Mutter nun zum ersten Mal einen Auftrag für regelmäßige Beiträge: Sie verfaßt als Ghostwriterin die monatliche Ratgeberkolumne einer bekannten Psychologin. Meine Mutter hat keinerlei psychologische Ausbildung, aber die Psychologin scheint sich selbst auch nicht so gut auszukennen, wenn man danach geht, was sie meiner Mutter an Hintergrundmaterial zukommen läßt – hauptsächlich Ausschnitte aus alten Artikeln aus *Reader's Digest* und *Coronet.*

Bald bekommt meine Mutter noch einen zweiten Auftrag von *Good Housekeeping*: Sie schreibt in der ersten Person Geschichten für eine monatliche Rubrik unter der Überschrift »Mein Problem und wie ich es gelöst habe«. In einem Monat schlüpft sie in die Haut von Frauen, die feststellen, daß ihr Mann ein besessener Spieler ist, homosexuell, untreu oder impotent. Im nächsten Monat wird dann ihr Sohn erwischt, wie er Drogen nimmt, oder die halbwüchsige Tochter verkündet, daß sie schwanger ist, oder ihre Mutter hat Krebs, oder sie selbst hat Krebs.

Nur ein Problem behandelt meine Mutter nie in ihren Kolumnen für *Good Housekeeping*: Was passiert, wenn der Ehemann trinkt. Auch gegenüber meiner Schwester und mir erwähnt sie das Thema nie. In all den Jahren, die ich mit unglaublich redegewandten Eltern, die jederzeit druckreif über englische Literatur, Religion, Kunst und Politik sprechen können, zusammenlebe, verliert meine Mutter nie ein Wort darüber, daß mein Vater trinkt. Alkohol wird nicht erwähnt. Das Wort »Wodka« wird nie ausgesprochen. Auch nicht »trinken«, »betrunken«, »Kater«.

Instinktiv erkenne ich die Ironie darin, daß meine Mutter anderen Leuten gute Ratschläge zu Beziehungen, Eheproblemen und Kindererziehung erteilt, während in unserer Familie das schreckliche, unaussprechliche Geheimnis, daß mein Vater ein Trinker ist, totgeschwiegen wird. In unserer Familie wird scheinbar über alles so frei geredet, daß ich mit fünf weiß, was die Wörter »Sodomie«, »misogyn« und »Antisemit« bedeuten, aber erst mit zehn lerne ich, was ein Alkoholiker ist. Der einzige andere Betrunkene, den ich je gesehen habe, ist ein Komiker in der *Jackie Gleason Show* namens Crazy Googenham. Meine Schulkameraden finden ihn sehr lustig und machen sein Gelalle und seinen schwankenden Gang gern nach. Ich kann nicht über ihn lachen.

Daß mein Vater getrunken hat, weiß ich, wenn ich zur Wohnungstür hereinkomme und Mozarts Bläserkonzerte höre. Seine Lieblingsaufnahme ist eine alte Langspielplatte mit Dennis Brain als Solohornist. Die Platte ist sehr verkratzt, wahrscheinlich weil mein Vater meistens betrunken ist, wenn er sie auflegt. Die Nadel rutscht erst ein paarmal über die Rille, bevor er sie richtig daraufbekommt. Dann setzt er sich in unseren Sessel aus der Kollektion moderner dänischer Möbel, den Rücken zum Plattenspieler, und dirigiert mit erhobenen

Armen ein imaginäres Orchester in unserem Wohnzimmer. »Starb mit gut dreißig. Autounfall«, erzählt er mir über Dennis Brain. »Aber die Musik! Mein Gott, was hat er für Musik gespielt. Was hat dieser Mann geschaffen!«

Dann seufzt er vielleicht, steht auf und geht zu dem Gemälde über dem Kamin. Es ist von ihm und heißt *Frau mit rotem Hut.*

»Wer Weib und Kind besitzt, hat dem Schicksal ein Pfand gegeben«, sagt er feierlich. Diesen Satz zitiert er oft. Seltsamerweise begreife ich, daß das Zitat sich darauf bezieht, daß die Kunst der Elternschaft geopfert wird, aber ich komme niemals auf die Idee, daß mein Vater meine Existenz bereuen oder beklagen könnte. Ich weiß, daß er mich abgöttisch liebt und begeistert ist von allem, was ich tue. Während er diesen Satz sagt, zeige ich ihm eine Zeichnung, an der ich arbeite.

»Warte hier, Daddy«, sage ich zu ihm, obwohl ich weiß, daß er sich nicht von der Stelle rühren wird. Ich laufe hinaus, hole zwei Seidenschals von meiner Mutter und ziehe meinen Gymnastikanzug an. Dann komme ich zurück. Ich wirble in unserem Wohnzimmer zur Musik von Mozarts Bläserkonzerten herum, ich tanze für meinen Vater.

Mein Vater würde seine Tage am liebsten damit ausfüllen, zu malen, über das Wesen der Kunst, die Definition von Schönheit und die Existenz Gottes nachzudenken. Statt dessen nimmt er Mittwochnachmittag an der Sitzung in der Anglistik-Fakultät teil und hört zu, wie über Feinabstufungen bei der Notengebung und das Für und Wider eines Antrags auf neue Stühle für das Sekretariat diskutiert wird. Seine postkartengroßen Skizzen aus den Sitzungen sprechen Bände: wunderschöne, mit rotem Tintenstift gefertigte Zeichnungen von Bergen, Pferden, Bäumen, Stränden – herrliche, menschenleere Landschaften oder wütende abstrakte Kritzeleien. An ein Bild aus den Fakultätssitzungen erinnere ich mich besonders gut. Es zeigt einen Hahn mit zurückgeworfenem Kopf und glühenden Augen, ein Pfeil hat seine Brust durchbohrt. Mein Vater.

Eine Gruppe von Studenten hat Unterschriften gesammelt für einen Antrag, daß Kurse wie »Die Literatur des achtzehnten Jahrhunderts« durch Kurse über die Schriften von Minderheiten, Dissidenten, Liedermachern und politischen Aktivisten ersetzt werden. Ein Dozent der Fakultät, den mein Vater schätzt und respektiert, ist nicht befördert worden, weil er nicht genug publiziert hat. (Daß mein Vater nicht befördert wird, wissen wir alle seit langem.) An solchen Tagen geht mein Vater zu Hause direkt hinauf in sein Arbeitszimmer unter dem Dach und gießt sich einen Wodka ein. Wenn wir ihn von diesem ersten Glas abhalten können, ist der Abend gerettet. Wenn er aber dieses erste Glas trinkt, wird es nicht dabei bleiben, das wissen wir alle.

Er kann sehr heftig werden, und wenn er betrunken ist, kann er grausame Dinge zu anderen sagen. Aber zu mir ist mein Vater, wenn er getrunken hat, immer nur sanft und melancholisch. Er erzählt dann von seiner Familie, vor allem von seiner jüngeren Schwester Joyce, die früh an Diabetes gestorben ist, und auf deren viele Briefe er nicht geantwortet hat. »Joyce, Joyce, Joyce«, seufzt er. Ich weiß nie, welche von uns beiden er meint.

Mein Vater erhebt nie die Hand gegen mich, weder nüchtern noch betrunken. Ich kann mich nicht daran erinnern, daß es einmal eine Zeit gegeben hat, in der ich es nicht als meine Aufgabe betrachtet habe, über ihn zu wachen. Natürlich habe ich als Kind Freunde und Spielkameraden, aber mein wichtigster Kamerad ist mein Vater.

Wir tun so, als wäre alles in Ordnung. Es sind zwei Welten: auf der einen Seite das wirkliche Leben in unserer Familie, auf der anderen Seite das Bild, das wir nach außen hin zeigen. Wir haben ein Tagleben und ein Nachtleben. In unserem Tagleben gibt es einen Vater, der jeden Morgen Cordhose, Halbschuhe und Tweedjackett anzieht, seinen Filzhut aufsetzt und mit einem alten Dreigangrad in sein Büro in der Universität fährt, wo er alljährlich bei den Beförderungen übergangen wird, weil er nur seinen einfachen Studienabschluß hat. Der Vater meines Taglebens ist ordentlich, gutaussehend, klug, witzig und höflich. Seine Kleidung ist abgetragen, sogar schäbig, aber trotzdem wirkt er außerordentlich stilvoll und elegant. Dieser Vater kann einen Raum oder einen Hörsaal fesseln – und er tut es oft – mit seinen vernichtenden Bemerkungen über Dwight Eisenhower (»zweitklassig«) oder Norman Vincent Peale (»primitiv«), seinen Ausführungen über ein Gedicht von Eliot, ein Gemälde von Rembrandt, seiner Sicht der Paulusbriefe oder seiner unerwarteten Begeisterung für *Gilligan's Island.* Der Vater meines Taglebens ist so brillant, daß er Menschen, die seinen außerordentlich hohen Maßstäben nicht genügen, Furcht einflößt. Aber Menschen, die sie erfüllen – auf mich trifft das zu und auch auf meine Schwester, wenngleich sie wenig daraus macht –, ist er der glühendste Zuhörer und Förderer, den man sich denken kann.

Doch es gibt noch den anderen Vater, Nachtdaddy, und die Nachtseite greift vor allem in meinen letzten Jahren zu Hause immer öfter auf den Tag über. Dieser Vater ist unrasiert, ungekämmt, hat rotunterlaufene Augen und schwadroniert vor sich hin. Der Vater der Nachtstunden schläft in einem anderen Zimmer als meine Mutter, in einem Einzelbett, umgeben von Kleiderhaufen und Stapeln von Büchern, deren Leihfrist seit Jahren abgelaufen ist, halbkorrigierten Arbeiten von Studenten, deren Blätter in alle Richtungen verstreut sind, und angefangenen Briefen an alte Freunde in Britisch-Kolumbien, die er seit fünfzehn Jahren nicht mehr gesehen hat. Der Vater der Nachtstunden tobt und versinkt in Depressionen – nachts um zehn kann er auf die Idee kommen, daß seine Probleme an der Universität nur daher rühren, daß wir kein besseres Auto haben oder daß er eine bestimmte Art Regenmantel nicht besitzt. (Mit dem Ergebnis, daß er am nächsten Tag mit dem Bus nach Boston fährt und einen solchen Mantel kauft. Den er dann allerdings im Bus vergißt. Was meine Mutter noch jahrelang vor Freunden zum besten geben wird.)

Mein Nachtdaddy rumort einmal stundenlang herum und versucht eine Fledermaus zu fangen, die sich ins Zimmer meiner Schwester verirrt hat, doch beim Einfangen bringt er sie aus Versehen um, und daraufhin ist er so verzweifelt, daß er sich hinsetzt und den Kopf in den Händen vergräbt. Nachtdaddy holt mich oft abends, wenn ich schon längst im Bett liegen sollte, hinauf in sein Zimmer und zeigt mir halbfertige Bilder. Auf die Bilder sind kleine Stücke Bastelpapier geklebt mit Landschaftselementen, die er hin und her schiebt. Nun, kurz vor Mitternacht, stehe ich barfuß und frierend in seinem Zimmer und sehe zu, wie er ein Stück Papier dahin und dorthin schiebt. Was halte ich von diesem Felsen? Von diesem Ast? Dieser Wolke? »Es ist gut da«, sage ich. »Meinst du nicht, Kleine, daß es so besser wäre?« fragt er und schiebt den Felsen an eine andere Stelle. Ich stimme zu und gehe wieder ins Bett.

Wir sprechen nie über die Auftritte von Nachtdaddy, aber Rona und ich wissen ganz genau, welche Umstände sie besonders wahrscheinlich machen, und wir tun, was wir können, um sie zu verhindern. Wir sagen unseren Freunden, sie sollen nicht nach acht Uhr abends anrufen, damit sie unseren Vater nicht wecken, denn er geht sehr früh zu Bett, wenn er nicht gerade sehr spät geht. Wenn er durch einen Telefonanruf geweckt wird, kann es einen schrecklichen Ausbruch geben. »Mein Gott! Warum um Himmelswillen rufst du um diese Zeit an?« Es ist halb neun abends.

Über mich ärgert sich mein Vater nie, aber durchaus über meine Schwester, wenn sie ungezogen ist, nicht auf Vorhaltungen hört, oder wenn sie ihn ganz einfach ignoriert, was sie so oft wie möglich tut. Es reicht schon, daß wir zu laut Musik laufen lassen oder daß die Bemerkungen unseres Lehrers am Rand einer Englischarbeit offenbaren, wie mittelmäßig unsere Schule ist, und schon greift Vater nach der Wodkaflasche. Rona wählt früh die Strategie, sich in ihr Zimmer zurückzuziehen, möglichst weit weg vom Zentrum des Sturms – sie liest und spielt Gitarre. Ich mache das Gegenteil. Wenn ich in der Nähe bleibe, nach Gefahr Ausschau halte, wird es vielleicht gutgehen. Ich erzähle Daddy alles mögliche, nur damit er fröhlich bleibt. Wenn ich nur nett und lieb bin und meinen Vater gut unterhalte – und meine Gesellschaft scheint ihn gut zu unterhalten, wenn wir zusammen zeichnen und Hausaufgaben machen und spazierengehen –, dann braucht er nicht in sein Dachzimmer hinaufzusteigen.

Wenn ich meinen Tagdaddy bitte, daß er mir bei einem Referat über Dinosaurier hilft, fährt er mit mir in die Bücherei und wir suchen Material über Dinosaurier zusammen – nicht nur ein oder zwei Lexikoneinträge, sondern Stapel von Büchern. Zu Hause produzieren wir die schönsten Bilder von einem Triceratops, die die vierte Klasse der Oyster-River-Schule jemals gesehen hat. Aber wenn sich die Arbeit bis nach sechs Uhr hinzieht und er das erste Glas getrunken hat, dann gewinnt Nachtdaddy die Oberhand. Um Mitternacht kann ich kaum noch die Augen offenhalten, und mein Vater sitzt immer noch über dem Schaubild für Trias, Jura und Kreidezeit.

»Ich kann nicht weitermachen«, sagt er, den Kopf in die Hände gestützt. »Morgen werde ich völlig kaputt sein.« Auf einmal wirft er den Stapel Karteikarten, die wir für mein mündliches Referat zusammengestellt haben, quer durch das Zimmer. »Mein Gott!« ruft er aus. »Wir brauchen mehr Zeit, damit wir das richtig machen können! Wir sind ja noch nicht einmal bis zu den Flugsauriern gekommen.«

Meine Schwester trifft sehr früh die Entscheidung, sich in die Welt der Bücher zurückzuziehen. Schon als Kind sitzt sie stundenlang in ihrem Zimmer und liest und denkt nach. Ich lese natürlich auch die Kinderbücher von Beverly Cleary und Nancy Drews. Aber ich bin keine Leseratte. Seltsam genug für das Kind von Eltern, deren Bücherregale bis unter die Decke reichen und die offensichtlich einen beträchtlichen Teil der englischen Literatur auswendig kennen: Mein Zufluchtsort ist das Fernsehen.

Wir bekommen 1960 unseren ersten Fernsehapparat – ich bin noch nicht ganz sieben –, und von dem Tag an ist Fernsehen ein wichtiger Bestandteil meines Tagesablaufs. Wenn ich nicht mit meinen Puppen spiele oder male, sitze ich vor dem Fernsehapparat.

Ich schaue mir alles an: *Romper Room* (obwohl ich dafür

eigentlich zu groß bin), *Truth or Consequences, Art Linkletter* und *Bozo*. Ich sehe *Bowling for Dollars* und *Jack LaLanne*, wenn es sein muß. Ich sehe *Death Valley Days* und *Highway Patrol*. Aber am meisten gefallen mir die Comedy-Serien, in denen es um Familien geht: *Ozzie and Harriet. Pete and Gladys. Make Room for Daddy. Donna Reed. Leeve It to Beaver.* Im Laufe der Jahre kommen noch *My Three Sons* hinzu, die *Dick Van Dyke Show* und meine Lieblingssendung, die *Andy Griffith Show*.

*I Love Lucy* sehe ich mir zwar auch an, aber es fasziniert mich nicht so wie andere Sendungen. Lucy und Desi sind wie meine Eltern ein Paar, das aus dem Rahmen fällt. Aber ich suche im Fernsehen – vor allem in den Comedy-Serien – das ganz normale amerikanische Familienleben, so wie ich es mir vorstelle.

Darum liebe ich die Andersons aus *Father Knows Best* so sehr. Der Vater in der Serie wirkt so herrlich durchschnittlich. Es gefällt mir, wenn die Ehemänner sich morgens im Anzug auf den Weg zur Arbeit machen und zur Abendessenszeit nach Hause kommen, ihre Ehefrau auf die Wange küssen, ins Wohnzimmer gehen und die Zeitung lesen. Es gefällt mir, wenn die Mütter in Hemdblusenkleid und Schürze in ihren ordentlichen Küchen stehen, wenn sie sich mit ihren Kindern beschäftigen und den nächsten Bridgeabend organisieren.

Über die Stränge schlagen in solchen Familien nur die Kinder. Beaver Cleaver gerät dauernd in irgendeinen Schlamassel. Genauso ergeht es Opie in der *Andy Griffith Show*, Kitten in *Father Knows Best* und Rusty in *Make Room for Daddy*. Aber wenn die Kinder etwas anstellen, sind die Eltern eigentlich immer ruhig und vernünftig – streng vielleicht und sogar ärgerlich. Aber man weiß immer, woran man bei ihnen ist.

Diese Shows werden mir nie langweilig. Es macht mir nichts aus, wenn eine Wiederholung läuft. Ich mag es sogar, wenn die Folgen mir vertraut werden.

Bei den Sendungen befolge ich ein kleines Ritual. Ich erzähle es niemandem, aber ich merke mir nicht nur die Namen der Schauspieler, sondern sämtliche Namen auf dem Abspann. Ich spreche sie leise mit, wenn die Titelmusik verklingt, bis zum letzten Namen: »Glenn Glenn Sound«.

In einer Situation trinkt mein Vater todsicher, und zwar wenn meine Mutter verreist ist. Sie fährt nicht oft weg. Aber jedes Jahr in der Woche zwischen Weihnachten und Neujahr (in der Woche, in der mein Vater Geburtstag hat, auch wenn niemand weiß, wie alt er wird), fährt sie mit dem Bus nach Princeton in New Jersey zu einer Versammlung von mehreren hundert Englischlehrern aus dem ganzen Land. Sie benoten die Aufsätze für die Aufnahmeprüfung am College. Für meine Mutter ist das jährliche Treffen in Princeton die einzige Woche von zweiundfünfzig Wochen des Jahres, in der sie sich entsprechend ihrer Ausbildung mit akademischen und wissenschaftlichen Fragen beschäftigt.

Es ist weder Florida noch Hawaii, aber für meine Mutter doch fast so etwas wie Urlaub, die einzige Gelegenheit, einmal im Hotel zu wohnen und im Restaurant zu speisen, und sie ist endlich einmal keine Dozentengattin, sondern Lehrerin. In Durham hat meine Mutter mit anderen, nicht berufstätigen Ehefrauen von Fakultätsangehörigen keine engen Freundschaften, in Princeton ist sie bei den anderen Lehrern sehr beliebt, weil sie so herrlich komisch aus den schlimmsten Arbeiten der Studenten vorlesen kann.

Meine Mutter liebt die Reisen zu den Versammlungen des College Board und freut sich immer das ganze Jahr auf diese Woche. Ich habe das ganze Jahr Angst davor. Weihnachten ist sowieso eine schlimme Zeit für meinen Vater, weil dann die Erinnerungen an seine verstorbene jüngere Schwester und an seinen Bruch mit der Kirche hochkommen. Er läßt es über sich ergehen, daß meine Mutter und meine Schwester und ich Weihnachten feiern mit Weihnachtsdekoration, Stapeln von Geschenken und blinkenden Lichtern überall, aber das Ganze deprimiert ihn schrecklich. »Ich lebe unter lauter Primitiven«, empört er sich einmal, nachdem er eine Stunde lang im Verkehrschaos der Weihnachtseinkäufer gesteckt hat. »Mein Gott! Die Welt ist verrückt geworden.«

Von dem Augenblick an, in dem meine Mutter in den Bus nach Princeton einsteigt, bis zu dem Augenblick fünf Tage später, in dem sie unsere Wohnung wieder betritt, trinkt mein Vater in einem fort. Um uns herum feiern lauter glückliche Familien Weihnachten. In unseren Fenstern strahlen zahllose Lichter. Aber hinter den Fenstern ist von weihnachtlicher Stimmung keine Rede. Wir legen Weihnachtslieder und den *Messias* auf, die Nadel bleibt an einer Stelle hängen und spielt endlos dieselben drei Takte. Unser wunderschöner Weihnachtsbaum steht schief, und einmal kippt er um, weil mein Vater dagegen torkelt. Der Baum begräbt ihn in einem heillosen Durcheinander aus zerbrochenem Weihnachtsschmuck und blinkenden Lichterketten.

An einem schrecklichen Abend während einer solchen Reise meiner Mutter erscheinen zwei Polizisten an unserer Tür und erklären meiner Schwester und mir, daß unser Auto mit laufendem Motor und voll beleuchtet mitten auf der Straße stehe. Mein Vater ist oben in seinem Dachzimmer, und wir hüten uns, ihn zu holen. Wir leben in einer Kleinstadt in den sechziger Jahren. Polizisten sehen darüber hinweg, daß manche Leute sich hin und wieder vollaufen lassen. Sie fahren unseren Buick in die Einfahrt, weil Rona und ich noch nicht alt genug sind. Fünfundzwanzig Jahre später erklärt Rona, daß diese Nacht ein wesentlicher Grund dafür war, daß sie erst mit über vierzig den Führerschein machte. Wie hätte sie sich auf der Straße je sicher fühlen können?

In dem Winter nach meinem sechzehnten Geburtstag machen meine Eltern Urlaub in Mexiko – soweit ich zurückdenken kann, das einzige Mal, daß sie gemeinsam verreisen. Meine Schwester ist da schon aus dem Haus, sie studiert in Kanada. Ich gehe auf die High-School. Aber meine Mutter bezahlt eine Studentin dafür, daß sie während der Reise bei uns wohnt, damit ich nicht allein bin. Ich sage es ihr nicht, aber ich denke es: *Nicht das Alleinsein macht mir Angst. In all den Jahren hatte ich nur Angst, wenn du mich mit Daddy allein gelassen hast.*

Der jüdische Glaube spielt für meine Mutter keine Rolle. Aber sie ist ganz und gar von der jüdischen Kultur durchdrungen.

Schon lange vor dem Holocaust hat meine Mutter von ihrer Mutter die Vorstellung übernommen, daß die Welt zweigeteilt ist: in Juden und Nichtjuden. Ihr ganzes Leben lang sah meine Mutter überall die Spaltung zwischen *uns* und *ihnen.* In dem Sommer, als Ethel und Julius Rosenberg hingerichtet wurden, war sie mit mir schwanger – der Prozeß gegen die Rosenbergs und ihre Hinrichtung haben sie sehr beschäftigt. Im selben Jahr wurde sie gebeten, zusammen mit meinem Vater eine Tanzveranstaltung zu eröffnen in einem Verein, zu dem Juden keinen Zugang hatten.

Meine Mutter erlebt die Welt der fünfziger Jahre – zumal aus dem Blickwinkel einer Kleinstadt in New Hampshire – als fremd und feindselig gegenüber jemandem wie ihr. Bei ihrem eigenen Ehemann glaubt sie einen stumm-vorwurfsvollen Antisemitismus zu spüren, der Ausdruck findet in seiner Abneigung gegen ihre üppigen, stark gewürzten Speisen, ihre auffallenden selbstgenähten Kleider, ihre dunkle Haut. Sie kümmert sich nicht um die Sabbatruhe, geht nicht in die Synagoge, feiert das Passahfest nicht und vermittelt meiner Schwester und mir ein höchst seltsames Bild des kulturellen Mischmaschs in unserer Familie. Sie bezeichnet sich selbst als Jüdin, aber niemals uns; Christen sind wir allerdings auch nicht.

Weihnachten feiert meine Mutter mit mehr Aufwand als die meisten Christen, die ich kenne. Aber die Weihnachtsfeste in unserer Familie mit Musik, herrlichem Essen und glitzerndem Weihnachtsschmuck deprimieren meinen Vater.

»Du hast aus der Geburt Christi ein heidnisches Ritual gemacht, Fredelle«, sagt er. »Du feierst den Gott Mammon.«

Seit fast einem halben Jahrhundert gehört mein Vater nicht mehr der Plymouth-Bruderschaft an und auch keiner anderen Religionsgemeinschaft. Aber er liest immer noch fast täglich in der Bibel. Seine Sprache ist geprägt vom Rhythmus des Alten Testaments.

Mein Vater liebt die Sprache, aber englische Literatur an der Universität von New Hampshire zu unterrichten ist nicht das, was er sich vom Leben erwartet hatte. In den frühen Briefen an meine Mutter, als er um sie warb, spricht er von »Kastration« – damals glaubte er noch, die Arbeit an der Universität werde nur eine kurze Episode sein.

Wenn mein Vater beim Frühstück nicht die Bibel liest, hat er einen Kunstband aus der Bücherei vor sich. Während er einen Löffel Porridge zum Mund führt, studiert er eine Reproduktion von Cézanne oder Raphael oder Caravaggio. Viele Jahre zuvor, als ich noch sehr klein war, ist er allein nach Florenz gefahren. Ich weiß, daß er diese Reise wieder durchlebt, wenn er in seinen Kunstbüchern blättert.

Die Malerei bedeutet meinem Vater mehr als alles andere auf der Welt. Solange ich denken kann, habe ich eines genauso sicher gewußt wie meinen Namen: daß mein Vater eigentlich malen will, aber damit nicht seinen Lebensunterhalt bestreiten kann. An der Universität gibt er einen allgemeinen Einführungskurs in die Geisteswissenschaften, und er ist bald bekannt dafür, daß er mit Kreide die Gemälde alter Meister an der Tafel skizziert. Heute El Greco. Morgen Tizian.

Doch abgesehen von den Skizzen für die Studenten und den riesigen, wandbildgroßen Zeichnungen, die er bei unserem alle zwei Jahre stattfindenden Familienurlaub in Maine mit einem Stock in den Sand malt, bekommt außer meiner Mutter, meiner Schwester und mir nur selten jemand die Werke meines Vaters zu sehen. Da er nicht der Fakultät für Kunst angehört, darf er seine Werke nicht bei der jährlichen Ausstellung auf dem Campus präsentieren. Er zeigt sie statt dessen bei der städtischen Kunstausstellung. Seine kargen, abweisenden Landschaften mit toten Bäumen, schroffen Felsformationen an der kanadischen Küste und einsamen Straßen irgendwo in New Hampshire wirken immer deplaziert inmitten all der heiteren Stilleben mit Weidenkätzchen und Obstschalen. Obwohl sie wenig kosten, wird nie eines verkauft.

Hin und wieder macht ein Gast in unserem Haus eine Bemerkung zu den Bildern. In unserem Wohnzimmer hängt ein einziges Ölgemälde, ein Porträt, *Frau mit rotem Hut* nennt er es, und viele Besucher meinen fälschlicherweise, es sei ein Bildnis meiner Mutter (später, als das Bild in meinem Haus hängt, halten es meine Besucher für ein Porträt von mir). Im Eingangsbereich hängen zwei wundervolle Zeichnungen. Eine zeigt meine Mutter, wie sie ein Hemd flickt. Das ist meine Lieblingszeichnung. Ich stelle mir gern die Szene vor, wie meine Mutter näht und mein Vater sie zeichnet.

Die andere Zeichnung muß ein Selbstporträt sein, denn meinem Vater zufolge ist ihr Titel *Ich in jungen Jahren*. Aber der Mann auf dem Bild wirkt so furchteinflößend – zugegebenermaßen hat er eine eigenartige Ähnlichkeit mit meinem Vater –, daß ich es nicht gern anschaue. Sein Oberkörper ist nackt, und er ist sehr dünn, die Haut spannt sich über den Knochen, das Gesicht erinnert an einen Totenschädel und drückt tiefe Melancholie aus. Die Landschaft um ihn herum sieht aus wie die Oberfläche des Mondes – keine Bäume, keine Häuser. Es ist die gemalte Verzweiflung.

Niemand hat so einen Vater wie meinen. Zeitweise wünsche ich mir, auch ich hätte keinen solchen Vater: wenn er mit mir ins Schwimmbad geht und erst seine Badekappe aufsetzt, bevor er ins Becken steigt, oder wenn wir spazierengehen und er einen Spazierstock mitnimmt und zu allem Überfluß mir noch sagt, daß ich meinen kleineren Spazierstock im selben Rhythmus schwingen soll, wie er seinen schwingt. In solchen Augenblicken und in vielen anderen hätte ich gern einen dieser Väter, die Golf spielen, grillen, Pfeife rauchen, wie ich sie bei meinen Freundinnen erlebe oder im Fernsehen.

Aber ich bin auch auf fürsorgliche Weise stolz auf meinen Vater. Kein anderer Vater, den ich kenne, kann wie mein Vater aus dem Stegreif einen Limerick verfassen, kein anderer Vater setzt sich abends ans Bett und rezitiert Wordsworth oder Yeats mit einer Stimme wie ein Schauspieler der Royal Shakespeare Company. Kein anderer Vater kann, ohne zu zögern, sein Urteil über die Zeichnungen von William Blake darlegen oder eine Definition von Schönheit geben.

Mein Vater ist nicht so groß und athletisch wie manche anderen Väter, aber mit seiner Stimme beherrscht er ohne weiteres einen Raum. Später, in den höheren Klassen, wenn ich einen Beitrag für eine Debatte schreiben muß oder in eine politische Diskussion verwickelt bin oder ein Referat verfassen soll, bitte ich oft meinen Vater, daß er mir zu einer Sprache für meine Gedanken verhilft. In solchen Augenblicken zitiert er dann aus der Bibel oder aus der Literatur – und ich zitiere mein Leben lang ihn.

Und kein anderer Vater kann so zeichnen wie mein Vater. Wenn ich ein Bild haben möchte, sei es von einem Mädchen auf einem Fahrrad oder von den Muskeln rund um das Herz, dann brauche ich ihn nur zu fragen, und ich bekomme eine perfekte Darstellung. Mal mir eine Hand, die ein Kätzchen streichelt, sage ich zu ihm. Mal mir einen Soldaten, der in der Schlacht von Gettysburg fällt. *Voilà.*

Für ihn ist die Liebe zur Malerei untrennbar mit der Liebe zur freien Natur verbunden – nicht die rauhe Wildnis, sondern eine staubige Straße, die einen öden Landstrich durchschneidet, verlassene Boote am Ufer, ein Obstgarten oder (ein Motiv, das mehrfach in seinen Bildern auftaucht) eine Kirche mitten im Wald. Mein Vater liebt Licht, Bäume, die geschwungene Linie eines Hügels, den Winkel eines Daches – Schatten und Farben. Solange ich zurückdenken kann – seit ich fünf oder sechs Jahre alt bin –, marschieren wir an den Wochenenden mit unseren Wanderstöcken zur Gartenbauanlage der Universität. Ab und zu kommen meine Mutter und meine Schwester mit, aber meistens stehen nur wir beide allein zwischen den Apfelbäumen einer neuen, versuchsweise angebauten Sorte und zeichnen eine Wiese mit Kühen oder eine stillgelegte Eisenbahnstrecke.

Manchmal bleibt mein Vater unterwegs abrupt stehen, als hätte ihn ein Stromstoß durchzuckt. Er deutet mit dem Wanderstock irgendwo in den Himmel.

»Schau dir das an, Kleine.«

»Was denn?«

»Siehst du, wie das Licht auf den Ast fällt? Und schau dir diese Wolkenformation gut an.«

Mein Vater sitzt nicht gern am Steuer, und so fährt er hin und wieder mit dem Überlandbus nach Boston oder New York zu einer bestimmten Ausstellung – Van Gogh, Picasso, die Niederländer. Wenn er zurückkommt, ist er sehr bewegt, den Tränen nahe. Er bringt meiner Schwester und mir bei, jeden Maler und jeden Malstil zu erkennen. Manchmal, wenn er getrunken hat, höre ich ihn, wie er spät abends mit dem einzigen Malerfreund telefoniert, mit dem er in Kontakt geblieben ist, mit Jack Shadbolt, einem inzwischen berühmten Maler in Kanada.

»Wer Weib und Kinder hat...« höre ich ihn sagen, der alte Refrain.

Für den Samstagmorgen haben wir ein festes Ritual. Fast jede Woche fahren mein Vater und ich und unser Hund Nicky, der meinem Vater nicht von der Seite weicht, zu dem Geschäft für Künstlerbedarf in Dover. Meine Mutter hält ihm vor, daß er doch schon so viele Malutensilien hat, aber es gibt immer etwas, das er braucht: eine neue Schachtel Zeichenkreide, einen Skizzenblock. Kohlestifte. Eine Tube von den neuen Acrylfarben, die er so liebt.

Vom Geschäft für Künstlerbedarf fahren wir zur Spirituosenhandlung. Ich bleibe im Auto. Dann halten wir an dem Kiosk auf der Hauptstraße und kaufen einen Beutel frisch geröstete spanische Erdnüsse.

Am Nachmittag unternehmen wir einen Ausflug: Wir zeichnen oder suchen Einsiedlerkrebse in der Great Bay oder fahren mit dem Rad über das Universitätsgelände und betrachten ein neues Gebäude, oder wir schauen uns in der Kunstgalerie eine Ausstellung an. Oft gehen wir zu den Ställen der landwirtschaftlichen Abteilung der Universität und besuchen einen Bullen, den wir ins Herz geschlossen haben. Er ist riesig und wirkt dabei so wütend in seiner Box mit den Eisenstäben, Schaum tritt aus seinen Nüstern, und mit einem riesigen Huf scharrt er auf dem Boden. Sein Anblick macht uns traurig. Eines Tages ist seine Box im Bullenstall leer. Wir fragen jemanden, wo der Bulle ist. »Er ist zu groß geworden«, erklärt er uns, »wir mußten ihn schlachten.« Den Rest des Tages ist mein Vater sehr schweigsam.

Im Sommer bebauen wir ein kleines Stück Garten auf dem Universitätsgelände, und er bringt mir bei, wie man Tomaten pflanzt (tief, damit die Wurzeln gut Halt finden) und wie man einen richtigen Kürbishügel anlegt und wie der Mais besonders hoch wird. *»Neun Reihen Bohnen will ich hier anlegen und einen Bienenstock«*, zitiert er, während wir mit unseren Hacken den Boden bearbeiten, *»und ich will allein leben auf der Lichtung mit dem Summen der Bienen.«*

Jedes Frühjahr, wenn das Eis auf den Bächen schmilzt, falten wir Papierschiffchen, setzen sie in unsere Fahrradkörbe und werfen sie in den kleinen Strom hinter der Fakultät für Kunst. Dann springen wir wieder auf unsere Räder und verfolgen den Bach mit seinen Windungen quer über den Campus, gespannt, ob unsere Schiffe unbeschadet die Stellen passieren, wo der Bach durch Rohre geleitet wird, und wir jubeln, wenn sie wieder an der Oberfläche auftauchen. Wenn ich für die Schule ein Referat zu einem bestimmten Thema vorbereiten muß, halten wir an der Bibliothek. Einmal ist mein Thema der Augapfel, und wir halten am Institut für Biologie. Ein Kollege meines Vater gibt uns ein Glasgefäß, in dem lauter Kuhaugen schwimmen, wir nehmen sie mit nach Hause und sezieren sie im Dachzimmer meines Vaters. Er findet die Linsen wundervoll, schön wie Juwelen. Lange Zeit betrachten wir das schillernde Gewebe der Netzhaut.

Meine Mutter besitzt mehr Energie als jeder andere Mensch, den ich kenne. Sie kann an einem Abend zwei Kleider nähen – eines für mich und das gleiche noch einmal im Miniaturformat für meine Puppe. Am nächsten Tag näht sie noch ein drittes Kleid in der gleichen Art, diesmal in ihrer Größe. Eines Tages verkünde ich, daß zwei meiner Stofftiere – ein Bär und ein Hase – geheiratet haben und demnächst ein Baby bekommen. Meine Mutter näht ein Umstandskleid für die Häsin. Ein paar Wochen später zieht sie mich, als ich aus der Schule komme, die Treppe hinauf. »Lucy hat Wehen«, sagt sie zu mir. Unter der Decke im Puppenbett zieht sie den Nachwuchs hervor, nicht größer als mein Daumen, eine perfekte Kreuzung zwischen einem Hasen und einem Bären.

Sie kann aus dem Stegreif dichten, Lady Macbeths Blut-an-den-Händen-Monolog rezitieren und noch zwei Dutzend andere, die Argumente einer Diskussion auseinandernehmen, lateinische Verben konjugieren, Zinnien ziehen und in Kronkorken winzige Kuchen für meine Puppen backen. Eines Tages in der vierten Klasse stelle ich zu Hause fest, daß ich irgendwo auf dem anderthalb Kilometer langen Heimweg von der Oyster-River-Grundschule meine Brille verloren habe. Meine Mutter macht sich sofort auf die Suche, aber ausgerechnet an diesem Tag laden Arbeiter Sand für einen neuen Gehweg ab. Also holt meine Mutter ihren Rechen und bearbeitet damit den Sand. Nach der Hälfte der Strecke hat sie meine Brille gefunden.

Einmal sage ich meiner Mutter, daß ich einen Pullover für einen bestimmten Stoffbären brauche (den Ehemann der Häsin, keine zehn Zentimeter groß), und sie strickt mir einen Pullover auf Zahnstochern. Weil ich heikel beim Essen bin und die Cafeteria in der High-School verabscheue, paßt mich meine Mutter jeden Mittag vor dem Schulhaus ab und bringt mich rasch nach Hause, wo eine spezielle Art Auflauf, eines der wenigen Gerichte, das ich esse, im Ofen steht und genau in dem Augenblick fertig ist, in dem ich am Tisch sitze.

Wenn ich von der Schule nach Hause komme, empfängt mich meine Mutter an der Tür in einem bodenlangen, selbstgeschneiderten Hauskleid mit Jett-Perlen-Besatz am Hals und an den Handgelenken. Sie hat an einem Beitrag für eine Zeitschrift gearbeitet, aber sobald ich da bin, läßt sie alles liegen. Sie möchte hören, wie es mir ergangen ist.

Später will sie auch alles hören, was in sexueller Hinsicht bei mir vor sich gehen könnte. Ich erzähle ihr nichts. Genaugenommen sorge ich dafür, daß es nichts zu erzählen gibt, denn es ist undenkbar, meiner Mutter nicht alles zu erzählen. Sexuelle Vorgänge finden nur in meinem Kopf statt, denn das ist der einzige Ort, wohin meine Mutter nicht eindringen kann.

Als ich vierzehn bin, kommt sie immer noch ins Bad, wenn ich in der Wanne liege. »Schau dir diese kleinen Brustwärzchen an!« lacht sie. »Ich glaube, du wirst langsam eine Frau.« Trotzdem kauft sie mir keinen Büstenhalter. Meine Schulkameradinnen tragen schon jahrelang Büstenhalter, nur ich habe immer noch Unterhemden an – deshalb stürze ich vor dem Turnunterricht immer als erste in den Umkleideraum, denn so ergattere ich eine der beiden Kabinen und kann mich dort umziehen.

Samstags fahren wir oft zu einem Laden einige Kilometer weit draußen auf dem Land, weil es dort eine bestimmte Sorte süßes Maisbrot gibt, das wir gern als Toast essen. Meine Mutter hat als Dauerauftrag zwei Laib bestellt. Aber zu unserem Programm gehört auch noch eine andere Abteilung von Calefs Country Store. Wir verlassen den Laden nie, ohne daß wir uns das Sortiment altmodischer Bücher in einer Ecke angeschaut haben. Ein Buch, das meine Mutter jedesmal aufschlägt (doch nie kauft), heißt *Witze fürs WC.* Auf dem Heimweg oder später zu Hause beim Abendessen unterhält uns meine Mutter (dieselbe Frau, die Shakespeare und Chaucer zitiert) mit schmutzigen Witzen. Meine Schwester schweigt. Mein Vater sagt: »Fredelle, bitte. Nimm dich zusammen. Denk an die Mädchen.«

Welche Tochter hat schon eine Mutter, die ihr erklärt, was das Wort »Cunnilingus« bedeutet?

Wie kommt es, daß ich ihr vergebe? Sie meint es nicht böse.

Jeden Morgen klettere ich zu meiner Mutter ins Bett zu unserer »Schmusestunde«, wie sie es nennt. Ich tue das als sehr kleines Kind. Meine eigenen Kinder kommen auch, solange sie klein sind, zu ihrem Vater und mir ins Bett. Aber bei mir geht es noch in der High-School weiter, vielleicht länger, doch meine Schwester ist von zu Hause ausgezogen, als ich dreizehn war, und da nur sie sich genau an alles erinnert, weiß ich mit Sicherheit bloß, daß es bis dahin so war.

Rona hat die Schmusestunden mit ziemlichem Unbehagen beobachtet und mit unserer Mutter auch darüber gesprochen, wie sie mir später erzählt. »Ich habe ihr gesagt, daß ich es nicht richtig fand.« Ellen, eine Bekannte, die uns manchmal besuchte, hat das gleiche gesagt. Unsere Mutter habe die Bemerkungen einfach weggewischt, erinnert sich Rona. »Joycie kuschelt einfach so gern«, habe meine Mutter lachend gesagt. »Kannst du dir vorstellen, wie sie später mit Männern sein wird?«

Woran ich mich erinnere: an die dunkle Haut meiner Mutter und an üppige Brüste, die durch ihre fadenscheinigen, fast durchsichtigen Nachthemden schimmern, einstmals luxuriöse, aber inzwischen abgetragene, von ihrer Schwester Celia ererbte Kleidungsstücke; an ihren Duft und den Duft ihres schwarzen Haares, das ich so gerne frisiere, weil es so lockig ist, ganz anders als meine glatten Haare. Sie küßt mich auf die Lippen, und ich erwidere ihren Kuß. Wir haben Namen für die verschiedenen Küsse: *Saugekuß. Schmusekuß. Leinwandkuß.*

Sie macht manchmal Bemerkungen über meinen Körper, inspiziert, ob mir schon Schamhaare wachsen, oder mokiert sich über meine rosaroten, kindlichen Brustwarzen. Sie nennt mich »Triangulo« wegen der Form meines Bauches. »Schau dir deine Beine an«, sagt sie. »Die Leute werden denken, daß du in einem Konzentrationslager gewesen bist.« (Später, als ich ein bißchen zunehme, wird das auch erörtert. »Ich bin fast bei 48 Kilo«, schreibe ich ihr aus einem Ferienlager. »Ich traue mich vor Scham gar nicht nach Hause.«)

Meine Großmutter bringt bei jedem Besuch einen Tiegel einer seltsamen grünen Salbe namens Zambuk mit, die nur in Kanada erhältlich ist. Meine Mutter findet es nicht ungewöhnlich und nicht beschämend, daß sie noch in den ersten Jahren meiner High-School-Zeit abends meine Vagina mit Zambuk einreibt. Ich vermute, daß ihre Mutter das gleiche bei ihr getan hat, allerdings wird mir nie klar, was Zambuk bewirken soll.

Für meine Schwester ist es anders. Rona erinnert sich daran, daß sie am Schlafzimmer meiner Mutter vorüber ins Bad geht und hört, wie meine Mutter und ich schmusen, aber sie ist nie dabei. Alle in der Familie wissen, daß Rona sich nicht gern berühren läßt.

Eines Tages finde ich zu Hause unsere Lokalzeitung aufgeschlagen auf dem Tisch, mit der Sportseite oben, was bei uns ungewöhnlich ist. Sie hat mit leuchtend rotem Filzstift einen Pfeil zu einem Footballspieler eines High-School-Teams in voller Montur gezogen. Mit dem Marker hat sie einen Kreis um den Hosenschlitz gemalt und ein Ausrufezeichen danebengesetzt.

»Kannst du dir vorstellen, daß es so etwas gibt wie da in der Zeitung?« sagt sie. Ich verstehe sofort, was sie meint, denn ich kenne sie. Sie weiß nicht, daß Footballspieler an dieser Stelle zum Schutz gepolstert sind. Sie denkt, daß der Junge einen riesengroßen Penis hat – daß er eine Erektion hat und sie vor allen Sportfans zur Schau stellt –, und darauf mußte sie einfach hinweisen.

Meine Mutter ist in vielerlei Hinsicht frustriert. Sie wirkt so entschlossen optimistisch und fröhlich, aber tatsächlich sind ihre Träume von der großen Liebe und von einer Karriere schon vor langer Zeit zerplatzt. Sie schreibt regelmäßig ihre Zeitschriftenartikel und sie hat ihre Kurse, aber ihre größten Hoffnungen ruhen inzwischen auf ihren Töchtern, und weil ich empfänglicher und nachgiebiger bin, setzt sie besonders ehrgeizige Erwartungen in mich.

Ihr Leben lang führt sie Diät, aber sie ist in ihrem Kampf nie ganz erfolgreich; ich soll dünn sein. Ich soll die beste Ausbildung bekommen. Ich soll einen wunderbaren Mann finden. Ich soll mir einmal nicht so viele Sorgen um Geld machen müssen wie sie. Ich soll mehr von der Welt sehen als nur New Hampshire.

Obwohl mein Vater als junger Mann Tauchwettbewerbe

gewonnen hat und immer noch erstaunlich kräftig ist und ausgezeichnet krault, interessiert er sich nicht für Sportveranstaltungen. In unserer Familie gibt es keinen einzigen Ball und bis auf unsere Krocketausrüstung keinerlei Sportgeräte. Mit zwölf Jahren teile ich meinen Eltern mit, daß ich gerne Fahrradfahren lernen möchte – bis dahin sind sie gar nicht auf die Idee kommen, daß ich mir so etwas wünschen könnte. Von nun an habe ich den Ruf, die Sportlerin in der Familie zu sein. Meine Schwester lernt nie Fahrradfahren.

Meine Mutter und mein Vater leiten meine Schwester und mich zum Schreiben an. Solange wir selbst noch nicht schreiben können, diktieren wir. Wir sprechen, unsere Mutter schreibt auf, was wir sagen, und erklärt uns, wie wir es besser machen können. Sehr früh bekommen wir eine Schreibmaschine von ihr.

In unserer Familie finden die Sportveranstaltungen im Wohnzimmer statt. Dort, inmitten der schäbigen Möbel, umgeben von den Bildern meines Vaters, lesen meine Schwester und ich unseren Eltern unsere Manuskripte vor. Sie sitzen mit Karteikarten und einem gelben Schreibblock da, machen sich Notizen und analysieren unsere Texte Zeile für Zeile, Metapher für Metapher, Adjektiv für Adjektiv. Sie sprechen über den Rhythmus unserer Sätze, den Satzbau, die Zeichensetzung. Mein Vater ist ein sorgfältiger und anspruchsvoller Lektor, der Kritik meiner Mutter entgeht nichts. Ihre Hinweise sind einzigartig, aber sie haben ihren Preis. Sie lehrt uns nicht nur, wie wir zu schreiben haben, sondern auch, was wir zu sagen haben. In unserem Wohnzimmer übernehme ich von meiner Mutter nicht nur die Zeichensetzung und den Rhythmus der Sätze. Auf dem Papier kann ich zwischen ihren Gefühlen und meinen eigenen nicht unterscheiden.

Meine Schwester Rona gilt als das Schreibtalent in unserer Familie. Ich male lieber und tanze, spiele gern Theater, spiele Gitarre und singe. Aber die Geschichte meines Vaters steht mir immer sehr deutlich vor Augen. Ich weiß genau, daß man mit etwas, was man gern tut, nicht unbedingt auch seinen Lebensunterhalt verdienen kann, und daß es auch nicht sicher ist, daß irgend jemand das eigene Talent überhaupt erkennt. Mit Singen und Tanzen würde ich vielleicht glücklich werden, aber wohl nicht unbedingt erfolgreich – und Erfolg zählt sehr viel in unserer Familie.

Teilweise in der Erwartung, daß unsere Schreibereien später bedeutungsvoll werden könnten, hat meine Mutter alles, was wir seit der Vorschulzeit produziert haben, abgetippt und jedes Gedicht, jede Geschichte in Koffern aufbewahrt – einen Koffer für meine Schwester, einen Koffer für mich.

Mein Koffer enthält nicht nur die üblichen Muttertagsgedichte und Referate für die Schule, sondern auch ein Theaterstück in drei Akten, geschrieben mit neun Jahren, über das Leben und die Frauen Heinrichs VIII. einschließlich seiner sexuellen Eskapaden. Der Koffer enthält weiterhin handgezeichnete Modemagazine, schwermütige Lieder, Entwürfe für Komödien und mehrere Romananfänge. Dutzende von Gedichten. Ernste, idealistische Erörterungen über den Wahlkampf zwischen Goldwater und Johnson im Jahr 1964 (damals war ich elf), über die Schulbusbeförderung und den Vietnamkrieg. Zu meinem siebten Geburtstag schenkt meine Mutter mir einen Vervielfältigungsapparat, und ich drucke eine Zeitung, die ich den Leuten in unserer Straße anbiete. Ich komme gar nicht auf die Idee, daß unsere Nachbarn sich nicht dafür interessieren könnten, was ich geschrieben habe. Oder daß ich vielleicht nicht fünf Cent für meine Zeitung verlangen sollte. Später zehn Cent.

Meine Mutter bringt mir früh bei, das, was ich geschrieben habe, als wertvoll anzusehen. Und sie bringt mir noch etwas anderes bei: Was immer in meinem Leben geschieht, ich kann es als etwas *Materielles* betrachten.

Als meine Schwester dreizehn oder vierzehn ist, ermutigt unsere Mutter sie, daß sie sich am Schreibwettbewerb der Schülerzeitung, des *Scholastic Magazine*, beteiligt. Sie gewinnt den

Wettbewerb – in jenem Jahr, im darauffolgenden Jahr, jedes Jahr, und streicht Preisgelder von 25 Dollar, 50 Dollar, manchmal sogar 100 Dollar ein.

Die Preisgelder erscheinen mir wie ein Vermögen. Sobald ich alt genug bin, mache ich auch bei dem Wettbewerb mit – in dem Gefühl, daß ich mit meiner Schwester gleichziehen und sie möglichst noch übertrumpfen muß. Ich beteilige mich in allen Kategorien an dem Wettbewerb: Geschichten, Essays, Gedichte, Drama. Fast meine gesamte High-School-Zeit hindurch sind der Monat vor Abgabeschluß und die Woche, in der die Sieger bekanntgegeben werden, für mich die beiden wichtigsten Termine im Jahr. Wenn ich nur in einer Kategorie gewinne, bin ich enttäuscht.

Als Rona sechzehn ist, schickt meine Mutter eine Geschichte von ihr mit dem Titel »Papierblumen« an das *Ladies' Home Journal.* Die Zeitschrift kauft die Geschichte für 500 Dollar. In der Ausgabe 1964 der jährlich erscheinenden Anthologie der besten amerikanischen Kurzgeschichten bekommt sie eine lobende Erwähnung. Ich bin damals elf und stolz auf meine Schwester, aber an mir nagen auch der innere Zwang, es ihr gleichzutun, und die Angst, ich könnte es nicht schaffen.

Im Herbst 1965, kurz vor meinem zwölften Geburtstag, beginne ich ein Tagebuch zu führen. Ich schreibe jeden Abend – manchmal fülle ich fünf oder sechs Seiten auf einmal. Meinem Tagebuch vertraue ich meine dunkelsten Geheimnisse an: Wie unangenehm es mir ist, daß meine Mutter immer noch dabeisteht, wenn ich bade. Die Eifersucht und Rivalität gegenüber meiner Schwester. Meine Ungeduld mit meinen Klassenkameraden und meine Sehnsucht nach einer besten Freundin. Mein Gefühl, daß mich niemand versteht außer meine Mutter. Ich schreibe von meinem heimlichen und verschmähten Interesse für Jungen, meinem Wunsch, tanzen zu gehen, und meiner Überzeugung, daß meine Mutter in einer Million Jahren nicht auf die Idee kommen würde, daß ich solche Gedanken habe. Mich verzehrt der Ehrgeiz, Wettbewerbe zu gewinnen, Geld zu verdienen, Anerkennung von der Welt, vor allem aber von meinen Eltern zu bekommen. Außerdem beschäftige ich mich mit dem Tod, dem Sinn des Lebens und dem Universum.

Ein paarmal schreibe ich in meinem Tagebuch darüber, daß mein Vater am Abend »stürmisch« gewesen sei. So stürmisch, daß er mir eines Abends mein Tagebuch wegnimmt und mich ins Bett schickt. Meine Mutter kommt mir schließlich zu Hilfe. »Stürmisch« steht für das Wort, das ich nicht einmal in meinem Tagebuch niederzuschreiben wage: *betrunken.*

5. September 1965
...Heute habe ich eine Platte von Judy Collins gehört. Musik macht mich ganz aufgeregt. Aber wenn ich die Musik höre und wenn Rona Gitarre spielt, fühle ich mich so hoffnungslos und unterlegen... Ich kann wohl nie etwas wirklich gut. Ich tippe zu langsam. Meine Figuren beim Tanzen sind einfach falsch und schrecklich phantasielos. Mummy würde sagen, daß meinem Tagebuch jede Form und Richtung fehlt. Oje.

6. September
...In den letzten Tagen denke ich viel über den Tod nach, und darüber daß ich mich als den Mittelpunkt aller Dinge betrachte, so wie sich das Universum um die Erde bewegt! Mein Gott, ich bin so inkonsequent! Ich muß etwas tun...

7. September
...Ich habe unsere Familie immer als eine Art heiligen Kreis betrachtet und selbst bei engen Freundinnen über ihre Grenzen nachgedacht – was an ihnen nicht ganz richtig ist. Jetzt entdecke ich langsam, daß selbst Mummy Fehler hat! Ich denke wirklich, daß niemand in den »heiligen Kreis« kommen kann außer mir. Man ist immer so allein!

9. September
... Ich wünsche mir verzweifelt, daß ich mit jemandem sprechen könnte, aber jeder, mit dem ich spreche, gehört zu meiner Verzweiflung, und deshalb kann ich mit niemandem sprechen. Wie wenig ich mit ihnen allen gemeinsam habe ...

27. September
... Ich muß etwas tun. Ich muß dieses Jahr den Schreibwettbewerb gewinnen!

6. Oktober
Es ist so traurig für Daddy, daß er außer uns keine eigene Familie hat. Ich höre Daddy oft davon sprechen, wie es wäre, wenn er nicht verheiratet wäre und *wirklich malen* könnte. Wieviel hat er für Mummy aufgegeben. Es macht mich oft traurig, daß er sein Talent nicht entwickeln konnte. Er denkt dauernd an Malerei! Wenn ich es irgendwie vermeiden kann, werde ich keinen Mann heiraten, der so viel älter ist.

7. Oktober
Ich lese die Autobiographie von Maria Trapp von der singenden Trapp-Familie. Es ist viel Religiöses darin. Wie einfach es wäre, religiös zu sein. Wie sicher ...

11. Oktober
... Die Menschen sind immer eine solche Enttäuschung ...

14. Oktober
Ein Artikel über Raumfahrt hat mich deprimiert. Es ist darin ganz munter die Rede davon, daß die Menschen unterirdisch leben oder in den Weltraum auswandern könnten, wenn die Erde zu klein wird. Vielleicht werde ich es wirklich noch erleben, daß es keine Ziele mehr im Leben gibt, daß das einzige Ziel das Überleben ist. In

Abwandlung von Anne Frank: »Ich glaube immer noch, daß alle Menschen gut sind.« Sind sie es wirklich?

11. November
Daddy hat gerade eine schreckliche Szene gemacht. Er hat mir mein Tagebuch weggenommen (es war erst viertel nach neun) und gesagt, so spät dürfe ich nicht mehr auf sein und schreiben. Glücklicherweise ist Mummy mir zu Hilfe gekommen ... Ein Vater sollte zuverlässig sein, nicht unbedingt glücklich und ausgeglichen, aber zuverlässig. Wenn er einen bestraft, weil er einen schlechten Tag hatte oder weil ihm die Schulter weh tut, hat keine Strafe mehr eine Bedeutung...

17. November
... Heute hatten wir in Mathe das Problem der Unendlichkeit. Geht der Raum einfach immer weiter und weiter? ... Wenn nicht, endet alles irgendwo ganz plötzlich, wie es sich die Menschen früher von der Erde vorgestellt haben? Und was kommt dann dahinter? Nichts. Und was ist nichts? ... Ich bin so klein und unwichtig ... Ich muß etwas leisten!

28. November
Heute morgen habe ich *Vom Winde verweht* ausgelesen. Ich habe so geweint, weil Bonnie gestorben ist, Melanie so gut ist und weil Scarlett leider so allein ist und keine Schulter hat, an der sie sich ausweinen kann. Ein verpfuschtes Leben. Es hat mich besonders erschüttert, weil Rhett mich irgendwie an Daddy erinnert und mir das Ganze deshalb besonders zu Herzen gegangen ist. Ich merke natürlich, daß das Buch sentimental ist, keine richtige Struktur und keine Symbolik und keine Form hat, aber wenn ein Buch so traurige Vorgänge so lebhaft darstellen kann, dann muß doch etwas daran sein. Jedenfalls ist es das beste Buch, das ich je gelesen habe.

1. Dezember
Daddy ist heute abend stürmisch und will, daß ich ins Bett gehe, also muß ich mich beeilen …

Ein paar Tage später schreibe ich wieder über das ärgerliche Verhalten meines Vaters. Diesmal nenne ich die Dinge beim Namen.

8. Dezember
Als ich gestern abend nach Hause gekommen bin, war Daddy betrunken und schlecht gelaunt – er hat durch den ganzen Flur nach Alkohol gerochen. Für manche Menschen ist das Leben so einfach, so sicher. Ganz normale Väter mit Bürstenschnitt, nett und langweilig, die am Monatsende den Gehaltsscheck nach Hause bringen. Bei uns nicht.

In dem Tagebucheintrag vom 8. Dezember verwende ich für die Trunksucht meines Vaters zum ersten Mal keine beschönigenden Worte. Als ich am nächsten Abend mein Tagebuch aufschlage und etwas hineinschreiben will, finde ich zwischen den Seiten einen Brief auf gelbem Papier. Es ist die Handschrift meiner Mutter:

Meine liebste Joyce,
ja, ich habe heute morgen in deinem Tagebuch gelesen … Weil wir uns nach Gefühl und Veranlagung so nahe sind, habe ich eigentlich nicht viel erfahren, was ich nicht schon wußte. Ich verstehe sehr gut, daß du dich in gewisser Weise nach einem durchschnittlichen Vater sehnst, einem Vater wie alle anderen. (Meinst du nicht, daß ich mich auch manchmal wehmütig gefragt habe, wie es wäre, einen solchen Ehemann zu haben?) Aber wenn du einen solchen Vater hättest, wärest du natürlich nicht so, wie du bist. Du hast einen außergewöhnlichen (und außergewöhnlich schwierigen) Vater – und im Leben hat alles seinen Preis. Denk nur an die kleine Meerjungfrau, was hat es sie ge-

kostet, daß sie sich mit kleinen Menschenfüßen an Land bewegen konnte? Jeder hat sein Problem, und dies ist unser Problem. Und alles in allem ist es doch keine Katastrophe. Wenn Daddy betrunken ist, ist er traurig, abstoßend, peinlich, jämmerlich ... all dies. Aber er ist nicht böse und nicht grausam und nicht gewalttätig. Und – das ist das Ausschlaggebende – was für Verrücktheiten er nachts auch anstellt, morgens steht er auf, geht zur Arbeit und bringt – wie du es sagst – seinen Gehaltsscheck heim, das heißt, er erfüllt seine Pflichten. Lies ein bißchen in Biographien von Malern und Dichtern, und du wirst sehen, daß wir gar nicht so schlecht wegkommen.

Ich denke, nach zwanzig Jahren habe ich eine ausreichend gute Antwort. Selbstmitleid ist sinnlos. (»Warum ausgerechnet ich? Andere Menschen haben es so leicht.«) Und es ist ganz bestimmt sinnlos zu klagen, zu schimpfen und zu wüten – oder auch nur darüber zu sprechen. Ich kann zu Daddy nichts sagen, was er sich nicht schon selbst gesagt hätte. Versuch dir vorzustellen, wie es ist, wenn man mit dem Wissen von der eigenen furchtbaren Schwäche leben muß. Positiv gesagt gibt es genau zwei Dinge, die man tun kann: Situationen vermeiden, von denen man weiß, daß sie die Lage verschlimmern, und ohne sich aufzulehnen die Tatsache akzeptieren, daß es so ist, wie es ist. Du wirst erstaunt feststellen, welche Gelassenheit einkehrt, wenn man es akzeptiert. Ich habe in schrecklichen Augenblicken geweint und Vorwürfe gemacht und versucht, die Lawine aufzuhalten. Das war schmerzhaft und vollkommen zwecklos. Jetzt schalte ich einfach das Licht aus und gehe ins Bett mit der Gewißheit, daß morgen früh Kaffee gekocht werden wird und die Getreideflocken bereitstehen werden.

Eine letzte Bemerkung noch. Wenn du genau nachrechnest, ist unser Los gar nicht so übel. Ein Tag hat vierundzwanzig Stunden, eine Woche sieben Tage – ergibt 168 Stunden. Davon sind im Durchschnitt, sagen wir mal, sechs Stunden unerfreulich – oder 3,36 % der gesamten Zeit. Und die ganze übrige Zeit hast du einen Vater, der hochintelligent ist, begabt, sensibel, geistreich, freundlich und der dich über alles liebt. Wie viele Kinder können das schon sagen?

Mit mehr als dreißig Jahren Abstand, inzwischen selbst Mutter einer Tochter, lese ich den Brief, den mir meine Mutter geschrieben hat, als ich zwölf war, mit allergrößtem Bedauern. Es ist schon schlimm genug, wenn ein Elternteil einem Kind sagt, es dürfe über seine schmerzlichsten Gefühle nicht sprechen. Aber meine Mutter geht noch weiter. Sie sagt mir, daß ich nicht einmal selbst meine Gefühle wahrnehmen darf. Sie verlangt von mir, daß ich ihre Verleugnung mitmache. Sie präsentiert mir sogar den mathematischen Beweis: An den Rand hat sie eine Rechnung gekritzelt, die ergibt, daß nur ein Anteil von 3,36 % in meinem Leben tatsächlich durch die Trunksucht meines Vaters beeinträchtigt ist.

Die Zwölfjährige, die an jenem Abend diesen Brief in ihrem Tagebuch findet, sieht das alles nicht. Ich sehe nur, wie klug und überzeugend meine Mutter argumentiert. Ich bin so an die Übergriffe meiner Mutter gewöhnt, daß ich gar nicht erkenne, daß es sich um einen Übergriff handelt – ich sehe nur, daß sie mich vollkommen versteht.

9. Dezember 1965
Liebes Tagebuch,
heute habe ich eine Mitteilung von Mummy in meinem Tagebuch gefunden. Sie hat darin gelesen. Wie gut sie mich doch versteht! Und was nützt schon ein Geheimnis, wenn es keines ist? Sie ist, was sie immer war – unfehlbar, der Gott in meinem Leben, allwissend! Jetzt weine ich so, daß ich nicht weiterschreiben kann. Ich gehe schlafen.

In meiner Teenagerzeit kommen die »stürmischen« Episoden meines Vaters regelmäßig nachts vor, nicht nur gelegentlich; der Prozentsatz der Stunden, in denen er betrunken ist, steigt.

Aber nach dem Vorfall mit dem Tagebuch spreche ich jahrelang weder mit meiner Mutter noch mit sonst jemandem mehr über die Trunksucht meines Vaters, und ich schreibe auch an keiner noch so geheimen Stelle etwas darüber.

Hin und wieder, wenn mein Vater getrunken hat, stolpert er in die Küche, weil er sich eine Tasse Tee machen will, und vergißt den Kessel und stellt den Herd nicht ab. Am nächsten Morgen finden wir in der Küche ein silbernes Häufchen von der Größe einer Münze vor – alles, was von unserem Kessel übriggeblieben ist. Ich habe eine kleine Sammlung von solchen Münzen. Meine Mutter macht in ihren Geschichten aus Daddy einen Zauberer wie Mr. Magoo – nur daß er besser sieht.

Ich spreche mit meiner Mutter nie darüber, daß sie in meinem Tagebuch gelesen hat und daß ich nach jenem 9. Dezember 1965 nichts mehr in mein Tagebuch geschrieben habe. Von nun an konzentriere ich mich ganz darauf, Dinge zu schreiben, mit denen ich Preise gewinnen und Geld verdienen kann.

Mit acht oder neun schreibe ich an den Leiter der Fernsehanstalt CBS und teile ihm mit, daß ich als Ersatz für den Kinderstar Angela Cartwright zur Verfügung stehe und ihre Rolle in der *Danny Thomas Show* übernehmen kann, falls sie einmal verhindert sein sollte. Mit fünfzehn schreibe ich an den Arbeitskreis Kinderfernsehen und schlage vor, daß sie eine jugendliche Rolle in die Sesamstraße aufnehmen, diese Rolle würde ich dann gern spielen. Im selben Jahr schicke ich einen Brief an die Zeitschrift *Seventeen* und biete an, daß ich einen Artikel für sie schreibe, ich lege Proben meiner Arbeiten bei. Die Zeitschrift kauft mir einen kurzen Beitrag ab. Ich bekomme einen Scheck über 100 Dollar.

Nach diesem ersten Geschäft schreibe ich noch öfter für *Seventeen.* Ich reiche selbst Vorschläge ein, wie meine Mutter es mir beigebracht hat. Ich bekomme erste Aufträge: eine Übersicht über das Angebot an Ferienlagern für Jugendliche, einen Bericht über Hochzeitsmode. Ich fahre nach New York, spreche mit Redakteuren und präsentiere eine lange Liste mit Themenvorschlägen. Ich habe zwar immer noch nicht die Absicht, Schriftstellerin zu werden, aber ich denke, daß das Schreiben mich nach New York bringen wird, in die Stadt, in die ich seit unserem Ausflug zur Weltausstellung unbedingt zurückkehren will.

Ich habe Schulfreunde. Ich spiele in Theaterstücken mit. Aber trotzdem werde ich das Gefühl nie ganz los, daß ich hier fremd bin und nicht dazugehöre. Mehr als alles andere – Ruhm, Erfolg und Preise für das, was ich geschrieben habe – wünsche ich mir, daß ich irgendwo dazugehöre. Vielleicht ist New York dieser Ort.

Ich denke auch viel an Jungen. Bei Partys stehe ich am Rand der Tanzfläche und hoffe, daß mich jemand auffordert. Ein Junge in der Schule sagt zu mir: »Hast du dir die Nummer von dem Traktor aufgeschrieben, der dir übers Gesicht gefahren ist?« Tagelang betrachte ich mein Spiegelbild. Ich weiß, daß ich nicht schön bin, aber ich hatte immer gedacht, ich würde ganz nett aussehen. Ich habe mich wohl geirrt. Natürlich werde ich nicht von Jungen angerufen.

Am Ende der Mittelstufe geschieht dann etwas, das mir viel wunderbarer und überraschender erscheint als jede Trophäe im Debattierclub und jeder Kurzgeschichtenpreis. Ein Junge will mit mir ausgehen, und er ist klug, selbstbewußt, lustig und beliebt an unserer Schule. Ich kann mir nicht erklären, warum er gerade mich ausgesucht hat.

Jim ist siebzehn, ein Jahr älter als ich. Er ist groß und kräftig wie ein Baum, seit vier Jahren ist er der Torwart der Fußballmannschaft unserer High-School. In dem Herbst schaue ich mir ihre Spiele an. Weil viele Spieler in der Mannschaft kurz vor der Abschlußprüfung stehen, hat jedes Spiel etwas besonders Bedeutungsschweres, und selbst jemand wie ich, der nicht das Wohl und Wehe der Mannschaft verfolgt hat, kann sich dieser Atmosphäre nicht entziehen. Es sind ihre letzten gemeinsamen Spiele. Und die Jungen haben nie besser gespielt. Im Oktober jenes Jahres werden sie in ihrer Altersstufe Meister im Bundesstaat.

Jim hat blonde, lockige Haare, eine Brille und einen scharfen Verstand, aber anders als ich verspürt er keinen brennenden Ehrgeiz. Er hat augenscheinlich kein Interesse, seine Intelligenz auf ein anderes Ziel zu richten als das einzige, das für ihn zählt: erfolgreich den Raum zwischen den beiden Pfosten im Tor der Oyster-River-Mannschaft zu verteidigen. Er hat sein ganzes Leben in der kleinen Stadt verbracht und will im nächsten Jahr an die Universität von New Hampshire gehen. Er mag gegrillte Steaks, spielt gern Sologitarre zu Platten von Jimi Hendrix und schippert mit seinem kleinen Boot herum, das er unten in der Bucht liegen hat.

Bald nachdem die Fußballmannschaft siegreich mit ihrem Pokal heimgekehrt ist, nach einer Woche ununterbrochener Feiern, an denen sogar ich teilnehme (im Unterschied zu fast allen anderen trinke ich allerdings nichts und rauche auch kein Hasch), fragt mich Jim, ob ich Lust hätte, einmal an einem Abend eine kleine Spritztour mit ihm zu machen. Sein Auto hat Kultstatus an unserer Schule: ein Ford Model A, das er und sein Vater zusammengebastelt haben.

Wir fahren hinaus nach Great Bay, Ziel so vieler Zeichenausflüge mit meinem Vater. Auf einem einsamen Straßenstück, wo keine anderen Autos zu sehen sind, hält Jim an. An einer Stelle im Gebüsch, die er offensichtlich gut kennt, hat jemand einen Sechserpack Bier versteckt. Aus dem Kofferraum holt er eine alte Decke und ein Kissen heraus. Mit der einen Hand nimmt er meinen Arm, in der anderen trägt er Decke und Bier, und so führt er mich zwischen Bäumen und Gebüsch hindurch zu einer Lichtung. Dort breitet er die Decke aus. Wir legen uns drauf. Er öffnet zwei Dosen Bier. Es ist kühl, aber er hat mir seine Fußballjacke umgehängt. Er nimmt seine Brille ab und küßt mich.

Den ganzen Winter und das Frühjahr hindurch gehe ich mit Jim. Nach der Schule treffen wir seine Freunde in einem Café in der Stadt, die meisten Spieler aus der Fußballmannschaft mit ihren Freundinnen, wir trinken Cola und albern herum. Die Familie eines Jungen hat eine Hütte im Wald, und als der erste Schnee fällt, trinken wir dort heiße Schokolade mit einem Schuß Rum und rodeln. Der steile Hang und das Tempo des Rodelschlittens machen mir angst, aber wenn Jim hinter mir sitzt und seine Arme um mich schlingt, fühle ich mich sicher und rodle wie die andern hinunter.

Jim hat eine Eigenschaft, die unter den Jungen an der High-School selten ist: Er hat Sinn für Ironie. Er liebt einige wenige Dinge: sein Auto, sein Boot, Bier und Rum, Jimi Hendrix und seine Kameraden aus der Fußballmannschaft. Er träumt nicht von New York. Und er empfindet mir gegenüber anscheinend eine wunderbare Mischung aus Leidenschaft und Zuneigung. Wir knutschen stundenlang: auf der alten Decke, im Keller seines Elternhauses, in den Dünen am Strand von Ogunquit, auf dem Rücksitz seines Ford, dessen altersschwache Fensterblenden wir herunterlassen.

Im Frühjahr erfahre ich, daß die Phillips-Exeter-Akademie, die angesehene, nur Jungen offenstehende Vorbereitungsschule für das College in der übernächsten Stadt, zum ersten Mal in ihrer einhundertneunzigjährigen Geschichte eine Handvoll Mädchen aufnehmen wird. Jahrelang habe ich neidvoll und resigniert mit angesehen, wie die klügsten, ehrgeizigsten Jungen aus meiner Schule in der Oberstufe nach Exeter wechselten. (Jim nicht, obwohl er klug genug gewesen wäre. »Warum sollte ich dorthin gehen?« fragt er lachend. »Haben die dort eine bessere Fußballmannschaft?«)

Jim holt mich ein paar Tage nach seiner Abschlußprüfung ab, und wir fahren zum Schwimmbad, das noch nicht für die Badesaison geöffnet ist. Greg, Jims bester Freund aus der Fußballmannschaft, wird am nächsten Morgen zu einer Tramptour quer durch das Land aufbrechen. Seine Freunde haben beschlossen, den Abschied mit ein paar verbotenen Runden im Becken zu feiern.

Abgesehen davon, daß ich mit Jim hin und wieder Bier getrunken habe, habe ich noch nie etwas Verbotenes getan. Jetzt hebt er mich hoch, damit ich mit den anderen über den Zaun klettern kann. Wir ziehen uns bis auf die Unterwäsche aus und springen in das uns allen vertraute Becken. Viele

Sommer in meiner Kindheit ist meine Mutter mit mir hierhergekommen, und später hat mein Vater unermüdlich versucht, mir die richtigen Kraulbewegungen beizubringen. Das Sprungbrett ist noch nicht montiert, aber Greg führt von der Steinmauer an der tiefen Seite des Beckens Wasserbomben vor.

Am Himmel leuchten Sterne. Das Wasser ist sehr kalt. Wir zittern alle. Jim läßt eine Thermosflasche mit Rum kreisen. Greg fragt ihn wieder einmal, ob er nicht doch auf die Tramptour mitkommen will. »Warum sollte ich woanders hinfahren?« fragt Jim zurück. »Mir gefällt's hier.«

Seitdem klar ist, daß ich nach Exeter gehen werde, hat sich unsere Beziehung verändert. Ich bin immer noch aufgeregt, wenn ich samstagabends seine Hupe vor unserem Haus höre, und wir fahren immer noch mit einer Flasche Rum, ein paar Dosen Bier und der alten Decke irgendwohin. Aber ich empfinde unsere Beziehung jetzt als etwas Begrenztes, das Ende ist absehbar. Ich spreche es nicht aus, aber als der Sommer näherrückt, finde ich, daß ich mein Leben in Exeter ungebunden beginnen sollte, bereit für eine, so stelle ich es mir vor, wunderbare Collegeliebe.

Drei Wochen nach seiner Abreise ist Greg wieder da, zurück aus Kalifornien. Für seine Kumpel ist das wieder ein Grund zum Feiern. Diesmal sind es nur Jungen. Aus irgendeinem Grund geht Jim nicht mit.

Auf einem zweispurigen Straßenabschnitt, den ich im nächsten Herbst jeden Tag auf dem Weg von Durham an die Phillips-Exeter-Akademie befahren werde, wird das Auto mit Jims Freund Greg und einem halben Dutzend anderer Jungen, die meisten aus der Fußballmannschaft, aus der Kurve getragen und prallt auf ein entgegenkommendes, ebenfalls mit lauter jungen Leuten besetztes Auto. Die Insassen beider Fahrzeuge sind tot.

Ich erfahre von dem Unfall erst am nächsten Abend, als Jim mich wie jeden Samstag abholt. Ich habe Karten für ein Shakespeare-Stück besorgt und bin besser angezogen als sonst. Während wir zu Jims Auto gehen, erzähle ich ihm, was ich von meiner Mutter über die Aufführung gehört habe. Jim ist ungewöhnlich einsilbig.

»Ich glaube, ich kann nicht in dieses Stück gehen«, sagt er unterwegs.

»Was ist los?«

Wir fahren von der Straße herunter, breiten die Decke aus und halten uns umschlungen. Ich habe zwar meinen Vater verzweifelt erlebt, wenn er getrunken hatte, aber bis dahin habe ich noch nie einen Jungen oder einen Mann weinen gesehen.

Nach jenem Abend ist Jim nicht mehr derselbe. Wir treffen uns noch ein paarmal, und immer trinkt er – Scotch pur, kein Bier. Er hat einen harten, bitteren Zug. Er wirkt unerreichbar.

Ich nehme einen Job als Bedienung in Ogunquit an und miete mir ein Zimmer nicht weit vom Strand. Jim besucht mich noch einmal, dann kommt er nicht mehr.

An meinem ersten Unterrichtstag in Exeter in jenem Herbst bin ich ganz von dem Gedanken erfüllt, daß ich vielleicht endlich einen Kreis gefunden habe, in dem ich dazugehöre. Anders als an meiner alten Schule, wo man gut daran tat, die eigenen Begabungen und Interessen nicht zu deutlich zu zeigen, prahlen die Jungen in Exeter mit ihren intellektuellen und künstlerischen Obsessionen. Zum ersten Mal in meinem Leben muß ich kein Hehl daraus machen, wie wichtig mir Leistung und Erfolg sind. In der Schule sind lauter junge Männer in Jackett und Krawatte, die genauso ehrgeizig sind wie ich. Sogar noch mehr.

In Exeter finde ich zwar mehr intellektuelle Anregung als in all den Jahren an der Oyster-River-Schule, aber die Atmosphäre an der Schule ist gespannt und gezwungen. Es ist der erste gemischte Jahrgang. Wir sind nur zehn Mädchen in der Oberstufe, und keiner weiß so recht, wie mit uns umzugehen ist. Ab und zu fragt uns einmal ein Lehrer nach dem weiblichen Standpunkt zu einer Frage. Die meisten Jungen sind eingeschüchtert, weil es nur so wenige Mädchen gibt, und machen einen Bogen um uns.

Zu Hause fragt mich meine Mutter nun immer, was die Jungen zu mir gesagt haben und wen ich mag. Ich bin befangen, gehemmt und gelähmt. Ich denke Tag und Nacht an Jungen, und je mehr ich daran denke, desto weniger bin ich in der Lage, mich auch nur halbwegs entspannt und normal zu verhalten. Das Thema Sex wird immer schwieriger und beängstigender.

In Exeter gibt es eine kleine Gruppe von Rebellen, die beschlossen haben, im nächsten Jahr nicht aufs College zu gehen, sondern irgendwo auf dem Land eine Farm zu betreiben. Sie tragen Overalls zu ihren Jacketts und Krawatten und hören dauernd *Nashville Skyline* von Bob Dylan. Wenn ich sie sehe, bekomme ich immer Sehnsucht nach den Jungen aus der Fußballmannschaft. Die Jungen in Exeter können sich zwar in der Cafeteria oder auf den Sofas in der Kunsthalle wunderbar über Nietzsche und Sartre verbreiten, aber sie erscheinen mir weltfremd und sehr behütet, wenn ich an die Clique denke, mit der ich die Winternachmittage in der Waldhütte verbracht habe, und an Jim und unsere Fahrten mit seinem Ford.

Ich fühle mich so unbehaglich, daß ich nicht mit den anderen im Speisesaal essen kann. Ich lebe vorwiegend von Brötchen mit Erdnußbutter und Schokoriegeln und nehme zu. »Du wirst runder im Gesicht«, sagt meine Mutter eines Tages zu mir. »Ich glaube, wir brauchen uns keine Sorgen mehr zu machen, daß man dich für einen KZ-Häftling halten könnte.« Ein anderes Mal fragt sie mich: »Weißt du eigentlich, wie viele Kalorien ein Eßlöffel Erdnußbutter hat?«

Ich beschließe, meine Nahrungsmittelzufuhr auf das absolute Minimum zu reduzieren. Von Januar, als ich meine letzten Bewerbungen an Colleges abschicke – nach Harvard, Princeton und Yale –, bis Juni, als ich in Exeter meinen Abschluß mache, sieht mein Leben so aus, daß ich meine Kurse besuche, Zeitschriften meine Beiträge anbiete und dann möglichst schnell nach Hause fahre, damit ich mit meiner Mutter ins Elaine-Powers-Fitneßcenter gehen kann. Abends schlafe ich mit einem Schlankheitsgürtel, und innerhalb von fünf Monaten nehme ich vierzehn Kilo ab. Im Frühjahr bekomme ich Zusagen von allen Colleges, bei denen ich mich beworben habe, und ich entscheide mich für Yale.

Ich schlage Doubleday ein Ratgeberbuch für den Bau von Puppenmöbeln vor; seit meiner Kinderzeit habe ich immer Puppenmöbel gebaut. Sie schicken mir einen Vertrag und einen Scheck über 1500 Dollar, und ich kaufe mir eine Laubsäge, Werkzeuge und Balsaholz.

Ich kaufe mir auch eine platinblonde Wuschelperücke. Sie gehört zu meinem Plan, mich in eine vollkommen andere Person zu verwandeln. Es gefällt mir, daß ich nun nicht mehr zu erkennen bin, nicht einmal für mich selbst.

In der Woche nach dem Abschluß in Exeter trampe ich, 40 Kilo leicht und mit meiner blonden Perücke, nach Boston und stelle mich für einen Job als Sekretärin in einer Versandhandelsfirma vor. Ich bekomme den Job, allerdings sage ich nicht, daß ich im Herbst wieder gehen und mein Studium in Yale beginnen werde. Ich miete mir für die Sommermonate ein Zimmer in Beacon Hill. Ich stelle mir einen Stundenplan zusammen, nach dem ich um sechs Uhr aufstehe, eine Stunde schreibe, drei Kilometer zur Arbeit gehe, von neun bis fünf im Büro an der Schreibmaschine sitze, wieder nach Hause gehe, bis acht trainiere, an meinem Buch über Puppenmöbel arbeite, einen Apfel und eine Eistüte esse und um halb elf ins Bett gehe.

Das Wort »Magersucht« kenne ich zu dem Zeitpunkt noch nicht. Aber ich kenne den Zustand.

# *Kapitel Zwei*

Wir wohnen keine dreihundert Kilometer von New Haven entfernt, aber ich nehme einen Greyhound-Bus zum College. Meine Eltern fahren keine großen Strecken, wenn es sich irgendwie vermeiden läßt.

Die Tatsache, daß ich mich allein in Yale einschreibe – daß ich am Busbahnhof ein Taxi nehme und meine schweren Koffer und die Stereoanlage drei Stockwerke bis zu meinem Zimmer hinaufschleppe –, erscheint mir Jahre später viel verwunderlicher als damals in der Situation. Im Herbst 1971 sehe ich nur mit einem Anflug von Neid die vielen anderen Neulinge, die mit einem Elternteil, meistens sogar mit beiden, gekommen sind.

Das Studienjahr 1971/72 ist in Yale das dritte seit Öffnung des Colleges für Frauen. Der erste gemischte Jahrgang steht vor dem Abschluß, und ich hatte erwartet, daß die Situation für Mädchen (die wenigsten von uns bezeichnen sich als Frauen) hier nicht so schwierig sein würde wie in Exeter. Doch die Atmosphäre in Yale ist immer noch wie an einer Jungenschule, die Mädchen *hereingelassen* hat. Eine Studentin auf dem Campus fällt auf, auch wenn sie nicht wie ich einen riesigen Koffer hinter sich her schleift und ein kurzes, selbstgenähtes Hängerkleid trägt, das nach Pfadfinderlager aussieht.

Wir sind tausend Studenten in unserem Jahrgang – darunter nicht einmal zweihundert Mädchen. Am ersten Tag erhalten wir alle ein Buch mit Fotos der anderen Anfänger und Angabe ihrer Zimmernummer. Ich bin mit meinem ersten Vornamen Daphne darin verzeichnet, obwohl mich niemand so nennt. Wenn mich jemand mit Daphne anspricht, wie es in den ersten Wochen in Yale häufiger vorkommt, weiß ich immer, daß der oder die Betreffende mich in dem Buch gefunden haben muß. Warum überrascht mich das? Ich grüble darüber nach. Der Gedanke, nach den Bildern in dem Buch beurteilt zu werden, ist beunruhigend – mein Bild ist nicht sehr vorteilhaft. Natürlich könnte es noch viel schlimmer sein. Ein Mädchen bekommt jeden Tag mehrere Telefonanrufe, nur weil sie in Zimmer Nummer 69 wohnt.

Yale im Herbst 1971 erscheint mir wie der Schauplatz eigentümlicher Paarungsrituale, die ich nicht verstehe, obgleich ich gern daran teilhaben würde. Ich weiß, daß ich unterwegs auf dem Campus über Studieninhalte nachdenken, Schreibblöcke und Bücher kaufen und mich für Kurse eintragen sollte. Statt dessen geht mir durch den Kopf, daß ich, seit ich mich erinnern kann, nach jemandem suche, der mich aus meiner Isolation herausholt.

Das hat weniger mit physischem Verlangen zu tun – meine Mitstudenten nennen es *Geilheit*, was mich immer ganz verlegen macht – als mit emotionaler Sehnsucht. Mein Körper ist verschlossen, unerweckt. Ich wünsche mir einen wirklich engen Freund.

Die neuen Studenten werden auf verschiedene Zimmer auf dem gesamten Campus verteilt, die Studentinnen werden alle in einem überwachten Trakt untergebracht, Vanderbilt Hall. Ich komme in ein Drei-Zimmer-Apartment – zwei winzig kleine Schlafzimmer mit jeweils zwei Stockbetten und einem gemeinsamen Aufenthaltsraum – mit drei anderen Mädchen: Shana, Pat und Susan.

Bei der Ankunft in Yale bin ich so dünn wie nie zuvor. Am ersten Tag ziehe ich mich dreimal um, bevor ich in den Speisesaal gehe, und als ich dann endlich an der Essensausgabe stehe, plaziere ich auf meinem Tablett nur einen einzigen Apfel. Ich gehe ein paarmal zwischen den Tischen hindurch auf der Suche nach einer sicheren Ecke und als ich keine finde, stecke ich den Apfel in meine Umhängetasche, stelle das Tablett ab und kehre in mein Zimmer zurück. Fast das gesamte erste Jahr bleibt es so: einsame Ausflüge in den Speisesaal, verzweifelte Suche nach jemandem, zu dem ich mich setzen kann, und dann, meistens, Rückzug in mein Zimmer mit Obst oder Getreideflocken.

Die meisten Collegestudenten schlafen am Wochenende lang, aber durch meinen Vater bin ich so daran gewöhnt, früh aufzustehen, daß ich es nach Sonnenaufgang nicht mehr lange im Bett aushalte. Ich klettere die Leiter von dem oberen Stockbett herunter und unternehme einen Spaziergang über den Campus. Ich schreibe viele Briefe an meine Eltern. Weil meine Mutter alles, was ich schreibe, als wertvoll und bedeutend ansieht, hebt sie meine Briefe auf.

Aus meinen Briefen spricht unverhohlener Neid. Hinter den geistreichen Bemerkungen schimmern Sehnsucht, Einsamkeit und Isolation durch. Ich gehe zwar mit anderen, die ich als Freunde bezeichne, ins Kino und ab und zu ins Konzert, aber es gibt niemanden, mit dem ich wirklich über meine Gefühle sprechen kann.

> Im Augenblick ist es sehr ruhig im vierten Stock des Vanderbilt-Gebäudes. Ich bin als einzige schon auf, das Mädchen von gegenüber ist gerade erst ins Bett gegangen. Sie tauchte aus ihrem Zimmer auf, als ich im Bad stand, mit einem zerzausten jungen Mann im Schlepptau. Kaum war er weg, kam sie eilends zu dem Waschbecken neben meinem und erzählte von seinem tollen Schachspiel und daß sie stundenlang (ich kann's mir denken!) gespielt hätten. Wie schnell doch die Zeit vergeht und so weiter und wie gern sie Schach spielt. So nennen sie es also. Dabei hat sie so getan, als müßte sie sich die Hände waschen. Für mich sahen sie eigentlich ziemlich sauber aus.

Im Laufe der Monate erzähle ich in meinen Briefen von den Kursen, die ich belegt habe. Um meinem Vater eine Freude zu machen, lasse ich mich über Milton und Spenser und mittelalterliche Kunstgeschichte aus. Aber tatsächlich beschäftigt – ja beherrscht – mich der Gedanke an Sex. Meine Mitstudenten sprechen so unbekümmert über ihr offensichtlich höchst vielfältiges Liebesleben, daß ich mir vorkomme wie ein Wesen von einem anderen Stern.

In den Briefen an meine Eltern schlage ich den in unserer Familie üblichen Ton an – witzig, trocken und überlegen. Ich berichte über das Verhalten meiner Kommilitoninnen wie Margaret Mead über die Lebensweise eines Eingeborenenstammes in der Südsee.

> Pat – die so zurückhaltend wirkende Studentin mit Hauptfach Mikrobiologie – hat den gestrigen Tag größtenteils in ihrem Zimmer verbracht mit irgendeinem Bob, einem anderen Bob als am Tag zuvor. Hin und wieder sind sie herausgekommen und haben eine neue Platte aufgelegt. Dann haben sie sich seltsam steif miteinander abgegeben – mit Worten, meine ich – und sind wieder im Stockbett verschwunden. Sie können einfach nicht miteinander reden.
>
> Shanas Art gefällt mir besser. Sie macht anscheinend phantastisch viele Eroberungen. Selbst drei Stockwerke schrecken den nächtlichen Zug ihrer Verehrer nicht ab. Inzwischen gehen wir gar nicht mehr an die Tür, wenn es klopft. Wir rufen nur: »Shana ist nicht da.« Sie ist nie da.

Ich erzähle niemandem, daß mein Vater trinkt. Oder daß es mir Sorgen macht, daß ich immer noch Jungfrau bin. Bei der Mutter meiner Freundin Joanie wird in unserem ersten Jahr am College Lungenkrebs festgestellt – sie erzählt es mir erst fünfundzwanzig Jahre später. Eine Studentin läßt eine Abtreibung machen – auch davon erfahre ich damals nichts. Eine andere hat irgendeine Art Zusammenbruch und kann ihr Zimmer nicht mehr verlassen, ihre Mitbewohnerinnen bringen ihr das Essen ans Bett. Auch darüber sprechen wir nicht.

Zwei meiner sporadischen männlichen Begleiter in jenem ersten Jahr entpuppen sich als Homosexuelle. Wir verbringen zwar viel Zeit zusammen, diskutieren über Theaterstücke und Musik, über unsere Kurse, Referate und Freunde, aber keiner der beiden Jungen verliert mir gegenüber jemals ein Wort über seine sexuellen Neigungen. Beide tun so, als interessierten sie sich für Frauen.

Es ist eine seltsame Mischung von Erfahrungen. Meine Zimmergenossin schläft im unteren Bett mit ihrem Freund, während ich stocksteif im oberen Bett liege und warte, daß sie endlich fertig sind. Zu jeder Tages- und Nachtzeit spazieren halbnackte Jungen in unser Bad.

Wenn Shanas Liebhaber aus der Abschlußklasse zu Besuch kommt, setzt sie sich auf seinen Schoß. Er schiebt ihr die Hand unter den Rock, während wir anderen auf dem Sofa gegenüber sitzen und das *Oxford Book of English Poetry* studieren. Aber wenn er weg ist – und seit fünf Stunden nicht angerufen hat, obwohl keine von uns telefonieren durfte, um nur ja nicht die Leitung zu blockieren –, dann ist sie überhaupt nicht mehr locker und entspannt. Sie wirkt dann eher wie eine Klosterschülerin aus den fünfziger Jahren, die inständig hofft, daß jemand sie zum Ball einlädt.

Zu Studienbeginn in Yale habe ich mein Essensquantum auf weniger als tausend Kalorien am Tag reduziert, nach jeder Mahlzeit und jedem Gang auf die Toilette steige ich auf die Waage. Viele Mädchen im Vanderbilt-Trakt machen es genauso. Ich lebe auf einem Campus mit einer der größten Bibliotheken, mit brillanten Dozenten, mit Sporthallen und einem herrlichen Schwimmbecken, mit Kino, Theater, Vorträgen und Konzerten jeden Abend, aber neben dem Umstand, daß ich immer noch keinen Freund habe, beschäftigt mich nur ein Thema, nämlich Essen und der Drang, dünn zu sein. Meine Muskeln sind mir zwar egal, aber trotzdem beginne ich jeden Morgen damit, daß ich hundertmal aus der Rückenlage den

Oberkörper aufrichte, und jeden Abend mache ich es wieder hundertmal.

Im Jahr 1972 nimmt die Frauenbewegung ihren Anfang. In diesem Jahr wird die Zeitschrift *Ms.* auf den Markt gebracht. In Yale werden die ersten Kurse zu Frauenforschung angeboten. Aber ich bezweifle, daß viele Frauen in meinem Jahrgang sich als stark und unabhängig sehen und meinen, daß wir als Frauen wirklich über unser Leben bestimmen können.

»Unsere feministische Tat bestand darin, nach Yale zu gehen«, wird meine Freundin und Kommilitonin Jessica viele Jahre später sagen. Mir erschien der Studienbeginn in Yale wie die Ankunft an einem Bestimmungsort, während es doch tatsächlich nur der Ausgangspunkt für mein weiteres Leben sein sollte.

»Wir hatten keine Sprache für das, was damals passierte«, erinnert sich Jessica weiter. Nicht nur die Magersucht hatte damals keinen Namen. »Es war die Zeit der sexuellen Revolution. Wir wußten jetzt, daß wir ja sagen konnten. Wir hatten allerdings nicht begriffen, daß wir auch nein sagen konnten.«

Auf dem Campus von Yale erregte es 1971/72 kein besonderes Aufsehen, wenn ein Assistent oder auch ein ordentlicher Professor eine Affäre mit einer Studentin hatte. »Das wußte man einfach von bestimmten Dozenten«, sagt Jessica. »Der eine rauchte Pfeife. Der andere hatte lange Haare. Der dritte schlief mit Studentinnen. Niemand hat damals über sexuelle Belästigung oder sexuelle Ausbeutung gesprochen.«

Der Gedanke, daß ein älterer Mann sich mit einer jüngeren Frau einließ, erschien damals nicht so sehr anstößig als vielmehr romantisch. Ein paar Jahre zuvor hatte Frank Sinatra mit über fünfzig Mia Farrow geheiratet – eine besonders unschuldig und verloren wirkende Zwanzigjährige. In dem Jahr, bevor wir nach Yale kamen, hatte der kanadische Premierminister Pierre Trudeau im Alter von einundfünfzig seine Heirat mit einer Zweiundzwanzigjährigen angekündigt.

Wir waren im selben Alter, und wir hätten den Gedanken

von uns gewiesen, daß eine Achtzehn- oder Zwanzigjährige noch nicht in der Lage sein sollte, in Liebesdingen ein Urteil zu fällen und Lebensentscheidungen zu treffen. Wir wußten alles, was wir wissen mußten. Wir waren so klug, daß Yale uns aufgenommen hatte. Wir konnten alles.

Zu Thanksgiving in unserem ersten Jahr zieht Shana aus unserer Vierergemeinschaft aus und bei dem Studenten aus der Abschlußklasse ein, der der Tutor für ihre Philosophiekurse ist.

Ich bin immer noch Jungfrau. Ich denke dauernd daran. Ich bin überzeugt, daß meine sexuelle Unerfahrenheit und Schüchternheit für jeden um mich herum so offensichtlich sein muß, als würde ein riesiges V für »Virgo« auf meiner Bluse prangen. Jedenfalls schreibe ich das in einem Artikel zu dem Thema, der im folgenden Sommer unter der Überschrift »Wie peinlich es ist, noch Jungfrau zu sein« in der Zeitschrift *Mademoiselle* erscheint. Ich bin zu gehemmt, um einen Jungen, der mir gefällt, im Speisesaal anzusprechen oder um mich zu einem Unbekannten an den Tisch zu setzen. Aber ich kann einen Artikel darüber schreiben, daß ich noch nie Sex hatte. Mein Leben findet immer mehr auf dem Papier statt.

Seit meiner High-School-Zeit schicke ich Artikel an Zeitschriften, aber nun suche ich – trotz meines vollen Stundenplans – noch verbissener nach Aufträgen. Mit meiner Freundin Joan McElroy arbeite ich immer noch an dem Buch über Puppenmöbel. Ich mache beim Gastredakteur-Wettbewerb von *Mademoiselle* mit – das ist der Wettbewerb, den Sylvia Plath während ihrer Studienzeit am Smith College gewonnen hat und der sie dazu anregte, *Die Glasglocke* zu schreiben, über den Sommer in New York City, ihren glühenden Ehrgeiz, ihre Eßstörungen und ihren Zusammenbruch. Von der Zeitschrift *Seventeen* habe ich den Auftrag bekommen, im Weißen Haus ein Interview mit Julie Nixon Eisenhower zu führen, der Tochter unseres amtierenden Präsidenten.

Vor der Reise nach Washington fahre ich über das Wochenende nach Hause, damit meine Mutter mir etwas Passendes zum Anziehen nähen kann. Wir wählen ein Schnittmuster im Matrosenstil aus und kaufen roten, weißen und blauen Stoff – weiß für das Kleid, blau für die Passe vorn und rot für die Schleife.

In meiner Familie galt Adlai Stevenson als der einzige würdige Präsidentschaftskandidat der letzten fünfundzwanzig Jahre. Nixon ist für meinen Vater ein ungehobelter Kerl und ein Kriegstreiber. Doch auf Anweisung meiner Redakteurin bei *Seventeen* hin beschränken wir das Gespräch auf unverfängliche Themen: Julies Lieblingsgerichte, welche Filme sie mag, wie es ist, im Weißen Haus zu leben. Kein Wort über Vietnam.

Wir sitzen auf kleinen Sofas mit Seidenbezug – ich, Julie Eisenhower und ein weiteres Mädchen, das für das Interview mit ausgewählt wurde. Wir unterhalten uns sehr höflich über Nichtigkeiten. Julie Nixon Eisenhower hat eine Frisur wie die Puppe aus meiner Kinderzeit und sitzt mit brav zusammengepreßten Knien da. Ich schreibe eifrig mit, und nach dem Gespräch posieren wir für ein Foto.

Ich schlage meiner Redakteurin bei *Seventeen* ein neues Thema vor: einen Artikel über das Drumherum bei der Wahl zur Miss Teenage America. Sie sagt, *Seventeen* sei an einem solchen Beitrag nur interessiert, wenn er aus der Perspektive einer Teilnehmerin geschrieben wäre. Ihr schwebt ein Augenzeugenbericht aus der Sicht eines Mädchens vor, das bei dem Wettbewerb mitmacht.

Ich weiß, daß ich nie Miss Teenage New Hampshire werden könnte. Also überlege ich mir einen anderen Weg, wie ich an dem Wettbewerb teilnehmen kann. Ich rufe den Leiter des Wettbewerbs an – seinen Namen habe ich durch ein paar Anrufe beim Fernsehsender CBS, dem Veranstalter, herausbekommen. Ich sage, daß ich für *Seventeen* über den Wettbewerb berichte, aber daß es ein Bericht aus der Sicht einer Teilnehmerin sein soll. Könnten sie mir vielleicht einen Platz in der Jury geben? Kein Problem.

In der letzten Woche vor den Herbstferien lasse ich die

Kurse ausfallen, fliege nach Fort Worth in Texas und erlebe mit, was in den Augen eines Mädchens, das sich selbst als Außenseiterin ihrer Generation fühlt, eigentlich der Gipfel aller Träume sein müßte: Ich sitze über fünfzig sehr hübsche, beliebte und allem Anschein nach selbstbewußte Mädchen zu Gericht, die gerade mal ein oder zwei Jahre jünger sind als ich.

Von Fort Worth fliege ich nach New York. Meine Freundin Marguey wurde von der Junior League als eine der zwölf Debütantinnen der Saison ausgewählt. Bisher kenne ich nur das Leben in einer Kleinstadt in New Hampshire, und der Debütantinnenball ist für mich ein aufregendes Ereignis. Marguey hat das Lycée Français in New York besucht, ihre Familie wohnt in Central Park West. Sie sagt mir, daß sie überhaupt keine Lust hat, aber ihre Großmutter hat ihr Geld für ihre Einführung in die New Yorker Gesellschaft vermacht. Also muß sie da durch.

Meine Mutter hat mir aus einem ihrer alten Taftkleider aus den fünfziger Jahren ein langes, enganliegendes Abendkleid genäht. Ich ziehe mich im Penthouse von Margueys Eltern um, während Margueys Mutter noch den Saum ihres am Nachmittag bei Bergdorf erworbenen Kleides umnäht. Es ist mir schleierhaft, wie Margueys Familie so ruhig sein kann.

Wir fahren im Taxi mit ihren Brüdern und ihren Eltern zum Plaza-Hotel. Dort verschwinden mehrere aus unserer Gruppe umgehend auf die Toilette und rauchen erst mal Hasch. Ich möchte gern tanzen, aber außer Margueys Brüdern kenne ich hier niemanden, und im Gegensatz zu allen anderen bin ich nie in die Tanzstunde gegangen. Ich stehe am Rand der Tanzfläche und unterhalte mich mit Margueys Tante.

An jenem Abend im Plaza, während das Orchester spielt und die Paare so elegant durch den Raum schweben, nehme ich mir vor, daß ich eines Tages auch in New York leben und mit einem eigenen Begleiter ins Plaza gehen will, und ich werde ein wunderschönes, gekauftes Abendkleid tragen. Ich rauche kein Hasch auf der Damentoilette, aber ich sehe den anderen Mädchen dabei zu und stecke einen Aschenbecher mit dem Emblem des Plaza in meine Handtasche, ein Mitbringsel für meine Mutter.

Zu Weihnachten stelle ich den Antrag auf ein Einzelzimmer für Sonderfälle, wie das heißt – ein Zimmer in einem anderen Schlaftrakt, auf der anderen Seite des Campus, ohne Zimmergenossinnen.

Nach den Weihnachtsferien beschließe ich, bei einem Theaterstück mitzumachen, einem Musical mit dem Titel *Punks,* das zwei Studenten geschrieben haben. Die Story ist ähnlich wie die von *Bye Bye Birdie*: Ein Rockstar kommt für ein Wochenende in seine Heimatstadt zurück und wird begeistert begrüßt.

Die Rolle des Rockstars spielt ein Kunststudent aus einem höheren Semester, ein androgyn wirkender junger Mann namens Buddy, der als besonders abgeklärt gilt. Es geht das Gerücht, er sei mit Tennessee Williams und Andy Warhol befreundet. Ein paar Leute sagen sogar, Andy Warhol werde sich *Punks* anschauen.

Ich spiele ein junges Mädchen, das den Rockstar anhimmelt. Mein Text ist sehr kurz. Hauptsächlich besteht meine Rolle darin, daß ich mich ekstatisch winde, sobald Buddy auftaucht. In meiner einzigen großen Szene sitze ich neben ihm, während er singt, und mache alle möglichen Bewegungen auf dem Stuhl. Damals verstehe ich es nicht, erst später geht mir auf, daß die Anweisung des Regisseurs, ich solle mich an der Rückenlehne reiben und verzückt die Augen verdrehen, bedeutet, ich solle auf der Bühne masturbieren.

In dem Stück spielt auch ein Kunststudent namens Steve mit, er ist ein Jahr über mir. Steve ist sehr still, ich glaube, während der gesamten Proben haben wir höchstens zwei Sätze gewechselt, obwohl er mich sehr beschäftigt. Er sieht ungeheuer gut aus, das Idealbild des netten, gesunden amerikanischen Jungen. Einmal fragt er mich nach der Probe aus heiterem Himmel, ob ich mit ihm tanzen gehen will. Er nimmt mich mit in den Gemeindesaal einer Kirche, wo eine altmodische Band Polka spielt, und wir wirbeln über die Tanzfläche. Bei der nächsten Probe verliert er kein Wort über den Abend.

Nach fünfundzwanzig Jahren an der Universität von New Hampshire tritt mein Vater in den Ruhestand.

Meine Mutter hat bei der Universität angefragt, ob man zu diesem Anlaß eine Ausstellung seiner Werke in einem der Kunstsäle veranstalten könnte, die er und ich bei unseren Fahrradausflügen so oft besucht haben. Der Dekan der Fakultät antwortet, daß dies zu seinem Bedauern nicht möglich sei, da mein Vater Dozent für Englisch ist und in keiner Verbindung zur Fakultät für Kunst steht.

So organisiert meine Mutter eine Ausstellung in unserem Haus. Sie läßt die Böden renovieren und streicht unten die Holzvertäfelung neu. Mein Vater rahmt seine Bilder und entscheidet, welche von Hunderten bislang ungezeigter Gemälde und Zeichnungen wo in unserem Haus aufgehängt werden sollen. Er hat ein Lebenswerk geschaffen – und viele Bilder hat außer meiner Mutter, meiner Schwester und mir noch niemand gesehen.

Ich fahre zu der Ausstellung nach Hause. Meine Schwester, im achten Monat schwanger, kommt mit dem Flugzeug aus Toronto. Unser Haus sieht wundervoll aus. Seit Tagen schon bereitet meine Mutter Häppchen vor. Sie macht sich Sorgen, daß die Aufregung für meinen Vater zuviel sein und ihn »aus der Bahn werfen« könnte (ihre Umschreibung dafür, was passiert, wenn er nach dem Wodka greift). Mein Vater ist tatsächlich aufgeregt, aber er schafft es, nüchtern zu bleiben, sogar als ich Wein und Cocktails herumreiche.

Meine Mutter trägt zu dem feierlichen Anlaß eins ihrer üblichen bodenlangen, mit Perlen besetzten Kleider. Mein Vater erscheint mir zum ersten Mal alt – kleiner, als ich ihn in Erinnerung hatte, und ein bißchen traurig in dem buntkarierten Hemd, das meine Mutter ihm extra für den Anlaß gekauft hat, weil sie fand, es würde so »fröhlich« wirken. Viele Bilder sind für 100 Dollar zu kaufen. Er verkauft ein paar und sagt später, was für eine Menge Geld er doch eingenommen hat – über 800 Dollar –, aber etwas an der Art, wie er dasteht und die Schecks zählt, erschüttert mich so, daß ich aus dem Zimmer gehen muß.

Ich liefere meinen Artikel für *Seventeen* über die Wahl der Miss Teenage America ab. Die Zeitschrift kauft ihn, aber ich bin nicht zufrieden. Ich habe zwanzig Seiten geschrieben, gespickt mit scharfzüngigen Bemerkungen und, wie ich finde, sehr klugen Beobachtungen, und sie haben ihn mir auf sechs oder sieben Seiten gekürzt und alle bissigen Kommentare gestrichen, so daß nur noch ein glatter, nicht unfreundlicher Bericht über einen Schönheitswettbewerb junger Mädchen übrigbleibt.

Ich ärgere mich so darüber, daß ich eine Fotokopie der ursprünglichen Fassung an einen Redakteur der *New York Times* schicke, Lester Markel – den Namen habe ich mir aus dem Impressum herausgesucht. In einem Begleitschreiben stelle ich mich vor und teile Mr. Markel mit, daß ich für künftige Aufträge der *Times* gerne zur Verfügung stehe. Vielleicht, schlage ich ihm vor – in Anbetracht der Tatsache, daß wir ein Wahljahr haben und daß so viel darüber gesprochen wird, wie wichtig die Stimmen der jungen Leute sind –, hätte er von mir gern einen Artikel, was Collegestudenten heute denken? In diesem Fall wäre ich hervorragend geeignet, die Leser der *Times* darüber aufzuklären.

Eine Woche später finde ich in meinem Briefkasten in Yale einen Brief aus New York, nicht von Lester Markel, sondern von Harvey Shapiro, Redakteur beim *New York Times Magazine*, an den Mr. Markel offensichtlich mein Schreiben weitergeleitet hat.

Sehr geehrte Miss Maynard,
bitte schreiben Sie für uns einen ungefähr 3500 Worte umfassenden Artikel, wie man sich als Achtzehnjährige in unserem Land fühlt. Sind Sie optimistisch, pessimistisch oder was sonst? Wie denken Sie über das, was Sie um sich

herum beobachten und was Sie erleben? Wie fühlen Sie sich von den verschiedenen politischen Bewegungen in unserem Land angesprochen, sofern Sie sich überhaupt angesprochen fühlen? Betrachten Sie sich zum Beispiel als eine emanzipierte Frau oder nicht und warum?

Ihr Artikel sollte Ihre eigenen Eindrücke widerspiegeln – wie Sie sich sehen und wie Sie Ihre Generation sehen. Wir erwarten den Artikel in den nächsten Wochen, wie vereinbart. Wenn Sie über den Fortgang Ihrer Arbeit sprechen möchten, rufen Sie mich, ohne zu zögern, per R-Gespräch an.

Mein ganzes Leben war Schreiben immer mit meinem Elternhaus verbunden. Alle Beiträge für den Schreibwettbewerb des *Scholastic Magazine* sind in meinem Zimmer entstanden. Jedesmal, wenn ich etwas fertig hatte, bin ich damit zu meinen Eltern gegangen. Mein Vater hat Tee gekocht, meine Mutter hat selbstgebackene Plätzchen auf einen Teller gelegt und Tee samt Plätzchen auf einem Teewagen ins Wohnzimmer geschoben. Ich habe ihnen vorgelesen, was ich geschrieben habe, meine Mutter hat sich Notizen auf einem Schreibblock gemacht, mein Vater hat seine Anmerkungen auf Karteikarten geschrieben. Dann haben sie abwechselnd ihre Einwände vorgetragen, ich habe sie mir notiert, bin zurück in mein Zimmer gegangen, habe meinen Text umgeschrieben und ihre Vorschläge eingearbeitet, und schließlich bin ich wieder zu ihnen gegangen und habe ihnen die neue Fassung vorgelesen. Schließlich sind beide zu der Auffassung gekommen, daß ich mein Bestes getan habe, meine Mutter hat den Text abgetippt und zur Post gebracht.

Als ich lese, daß die *New York Times* mir den Auftrag gibt, weiß ich, daß aus dem Artikel nur etwas wird, wenn ich ihn zu Hause schreibe. Am Freitag mache ich mich nach dem letzten Kurs auf den Weg zum Highway – Route 91 nach Norden – und strecke den Daumen raus. Es dauert nicht lange, bis ein Auto anhält.

Der Fahrer ist sehr dick, sein Atem strömt den mir wohlvertrauten Alkoholgeruch aus. Unterwegs erzählt er mir, daß er ein nagelneues Gewehr hinten liegen hat, ich soll es mir doch mal anschauen. »Ganz schöner Prügel, was?« fragt er mich. Ich schaue auf den Rücksitz. Allerdings.

Irgendwo in Massachusetts sagt er, daß er Hunger hat, und wir fahren zu einem Truckstop. Ich trinke ein Glas Wasser, er vertilgt zwei Hamburger und einen Berg Pommes frites. Nach dem Essen erklärt er, daß er jetzt müde ist und ein Nickerchen braucht. Höchstens eine Stunde.

Ich sitze zehn Minuten neben ihm, er hat die Augen geschlossen, aber ich sehe, daß er nicht schläft. Irgendwann bewegt er sich in seinem Sitz so, daß sein Bein meines berührt.

Inzwischen ist es fast dunkel, und vor mir liegen mindestens noch hundertfünfzig Kilometer. Ich sage ihm, daß ich mir eine andere Mitfahrgelegenheit suche, wenn es ihm recht sei, und klettere aus seinem Wagen. Er versucht nicht, mich aufzuhalten.

Als nächster liest mich ein paar Minuten später ein LKW-Fahrer auf. Er sei unterwegs nach Portland in Maine, sagt er, aber er würde mich trotzdem bis vor die Haustür bringen, es mache ihm nichts aus, denn ein junges Mädchen wie ich sollte nicht allein trampen. Man könne nie wissen, wer einen mitnehme. Es gebe eine Menge Perverse auf der Welt.

»Sie glauben ja gar nicht, was die für Filme heute drehen«, klärt er mich auf. Dann erzählt er mir von den Filmen. Einer mit dem Titel *Die Krankenschwestern* hat ihn besonders beeindruckt. Er schildert jede Szene und beschreibt mir genau, wie die Brüste der Krankenschwestern ausgesehen haben. Das dauert von Springfield in Massachusetts bis Durham in New Hampshire.

Genau vor unserem Haus lehnt er sich zu mir rüber und küßt mich, dabei schiebt er mir seine Zunge in den Mund. Er sagt mir noch mal, daß Trampen gefährlich ist. Ich springe aus dem Fahrerhaus und renne den Weg zu unserem Haus hinauf, wo meine Eltern mich schon erwarten.

Sie wissen, daß ich nach Hause getrampt bin – ich mache das meistens so, und sie hatten noch nie etwas dagegen –, aber ich erzähle ihnen weder von dem Mann mit dem Gewehr im Auto noch von dem LKW-Fahrer mit der Vorliebe für Pornofilme. Meine Mutter hat Plätzchen und Milch bereitgestellt, und mein Vater will mir in seinem Dachzimmer ein paar neue Bilder zeigen. Unser Hund Nicky springt freudig an mir hoch. Ich rolle mich auf dem Sofa im Wohnzimmer zusammen, schiebe mir ein Plätzchen in den Mund und höre mir an, was meine Eltern zu dem Auftrag von der *Times* sagen. »Da haben wir eine schöne Aufgabe vor uns«, meint mein Vater.

Am nächsten Morgen stehe ich um sechs auf, nehme meinen Block und beginne zu schreiben. Ich schreibe den ganzen Tag bis zum Abend. Irgendwann am Sonntagvormittag sage ich meinen Eltern, daß ich fertig bin und ihnen meinen Artikel vorlesen möchte, und mein Vater setzt Teewasser auf. Meine Eltern machen ihre Anmerkungen. Ich schreibe mit. Mein Vater fährt mich zur Bushaltestelle in Portsmouth.

Ein paar Tage später habe ich meinen Artikel fertig getippt und schicke ihn an die *New York Times.* Harvey Shapiro ruft mich an und teilt mir mit, daß die Zeitung ihn im nächsten Monat bringen wird. Sie brauchen ein Foto von mir und werden einen Fotografen nach Yale schicken.

In der darauffolgenden Woche ruft Harvey Shapiro noch einmal an und schlägt vor, ich könnte doch nach New York kommen und mir die redigierte Fassung meines Artikels dort ansehen. Ich fahre mit dem Zug nach New York und gehe zu Fuß zur Redaktion der *Times.* Harvey Shapiro stellt mich dem Chefredakteur des Magazins vor, Lewis Bergman. Ein paar andere Redakteure schauen herein, begrüßen mich und sagen mir, wie gut ihnen mein Artikel gefallen hat.

»Ach übrigens«, frage ich, »wissen Sie zufällig schon, wieviel Sie mir bezahlen können?«

»750 Dollar.«

Das hört sich gut an.

An zwei Dinge erinnere ich mich noch. Zunächst einmal haben sie meinen Text ziemlich stark gekürzt, und wie üblich ärgert mich das. Es tut mir so leid um die Passagen, die gestrichen wurden, daß ich Lewis Bergman frage, ob ich mit dem Geld, das ich für den Artikel bekomme, nicht Platz im Magazin kaufen könnte, so wie jemand Platz für eine Anzeige kauft, damit nicht so viel gestrichen werden muß. Das sei nicht möglich, teilt er mir mit.

Und das zweite, woran ich mich erinnere: In meinem Artikel taucht das Wort »Penis« auf – überraschenderweise, denn ich bin mir nicht sicher, ob ich das Wort jemals laut ausgesprochen habe.

Der Schlußredakteur weist mich leicht belustigt darauf hin, daß ich es falsch geschrieben hatte. Ich hatte »Penus« geschrieben.

# *Kapitel Drei*

Mein Artikel mit der Überschrift »Eine Achtzehnjährige blickt auf ihr Leben zurück« erscheint im *New York Times Magazine* vom Sonntag, dem 23. April 1972. Ich schreibe über die verschiedenen sozialen, kulturellen und politischen Vorgänge, die mich und meine Generation beeinflußt haben, und darüber, in welcher Weise dies alles zu dem frühreifen Gefühl von Weltverdrossenheit beigetragen habe, das ich bei mir und meinen Altersgenossen wahrnähme.

Heute, fünfundzwanzig Jahre später, wird mir unbehaglich, wenn ich den Artikel lese. Das Mädchen, das ihn geschrieben hat, beherrscht auf eine altkluge Weise die Sprache. Aber sehr viel mehr fällt mir ein fast unerträglich anmaßender Ton in jeder Zeile auf. Die Stimme, mit der ich die Einleitung beginne und den ganzen Artikel beibehalte, spricht nicht allein für mich, sondern für meine Generation. *»Meine Generation ist die Generation der unerfüllten Erwartungen«*, schreibe ich. »Wer behauptet das?« würde ich heute fragen. Wer hat mir erlaubt, für alle jungen Leute zu sprechen?

> Wir haben die abgelegten Kleider der Generation vor uns geerbt, die Nähte enger gemacht, die Säume kürzer, damit sie uns passen. Wir haben die Drogen von den Collegestudenten übernommen und an den High-Schools verbreitet. Auch wir hatten die Beatles, aber nicht die vier netten, zum Verwechseln ähnlichen jungen Männer mit

gleichen Anzügen, Pilzköpfen und Liedern, die einen zum Weinen bringen. Unsere Generation hat ihre Karikatur bekommen – gealtert, bärtig und zerstritten. Und wir haben den Vietnamkrieg kurz nach dem Höhepunkt geerbt – zu spät, um Musterungsbescheide zu verbrennen, und zu früh, um nicht mehr einberufen zu werden. Die Jungen des Jahrgangs 1953 – meines Jahrgangs – werden als letzte gehen.

In dem Artikel spreche ich davon, welche politischen Ereignisse die Weltsicht meiner Generation geprägt haben: die Kubakrise, die Ermordung Kennedys. »Wie überängstliche Patienten bei der Analyse hüten wir das Andenken an die traumatischen Erlebnisse unserer Kindheit.« Aber die wirklichen traumatischen Erlebnisse meiner Kindheit erwähne ich mit keinem Wort: daß mein Vater trank, daß meine Mutter mein Tagebuch las, daß sie jahrelang dabei war, wenn ich badete, und daß in unserer Familie über all dies nicht gesprochen wurde.

Wahrer und ehrlicher klingt die Sprache da, wo ich über meine Einstellung zum Fernsehen schreibe, über meine Begeisterung für Joan Baez und Jackie Kennedy, über meine Sehnsucht nach Religion. Aber wenn ich den Artikel heute lese, höre ich ununterbrochen die Stimme meiner Eltern – vor allem die Stimme meiner Mutter –, nicht nur im Rhythmus meiner Sätze, nein, beunruhigender noch, in meinen Gedanken. »Eine Achtzehnjährige blickt auf ihr Leben zurück« ist das Werk der perfekten Tochter, der extreme Versuch eines Mädchens, das verzweifelt versucht, es seinen Eltern recht zu machen.

In dem Abschnitt über Drogen spreche ich davon, daß ich kein Hasch rauche – das allein würde genügen, um mir als Sprecherin meiner Generation zu mißtrauen. Beim Thema Drogen schlage ich einen gouvernantenhaften, puritanischen Ton an. Bei Sex bin ich noch viel vorsichtiger.

Wir alle haben die Broschüre »Sex in Yale« bekommen, eine dicke, schwarz eingebundene Sammlung von Karten und Diagrammen mit Erläuterungen zu Verhütungsmethoden. Bei der ersten Versammlung der Studentinnen verlagerte sich die Diskussion bald von den Einschreibeverfahren zu gynäkologischen Fragen, und da blieb sie dann auch den Rest des Abends. Eine Studentin meldete sich und fragte, wo sie sich die Pille verschreiben lassen könne, eine andere wollte etwas über Abtreibung wissen. Es gab kein Entrinnen – entweder hat man Papier und Kugelschreiber hervorgeholt und die Telefonnummern aufgeschrieben, die genannt wurden, oder man hat stur vor sich hin geschaut und damit zu verstehen gegeben, daß man diese Nummern niemals brauchen würde. Damit war eine Grenze gezogen, und man gehörte entweder auf die eine oder auf die andere Seite.

Aber das Problem besteht gerade darin, daß es keine Grenzen gibt, keine Barrieren. Vor fünf Jahren wurde noch für ein Mädchen entschieden (sie mußte um Mitternacht zu Hause sein, und wenn sie – zu Hause – mit ihrem Freund überrascht wurde, dann ...), heute muß sie diese Entscheidungen ganz allein treffen. Sie ist von lauter wissenden, sexuell erfahrenen Mädchen umgeben, und wenn sie nicht mit ihrem Freund schlafen will, wird es eine andere tun. Das ist der Gruppenzwang anno 1972 – die Verlegenheit, noch Jungfrau zu sein.

Der Großteil des Artikels ist in der Ichform geschrieben. Beim Thema Sex wechsle ich ins unpersönliche »man«. Ich bringe es einfach nicht über mich zu sagen, daß diese Verlegenheit meine eigene ist. Wie bei dem ständigen Gedanken, daß ich nicht zuviel essen darf und dünn sein muß, dem anderen Thema, das mich seit mindestens einem Jahr verfolgt, eher länger, kann ich einfach nicht darüber sprechen.

Heute, fünfundzwanzig Jahre später, erkenne ich, wie durch und durch unehrlich die Stimme in diesem Artikel ist, und ich erkenne auch, daß das von einem tiefen Gefühl der Scham und dem Drang nach Verbergen herrührt. Ich habe mir so sehr gewünscht, auf dem Papier eine Person zu sein, die die Leser mögen, mit der sie sich identifizieren und der sie vertrauen. Ich wollte die Verkörperung des netten amerikanischen Mädchens sein, die Miss Teenage America des gedruckten Wortes. 1972 wäre mir nie in den Sinn gekommen, daß irgend jemand sich für die Stimme des Mädchens interessieren könnte, das ich tatsächlich war, eines Mädchens, das jeden Tag zweimal eisern Gymnastik macht und das sich von klein auf jeden Morgen als erstes die Frage stellt: »Was werde ich heute Bedeutendes leisten?«

Vielleicht hat mein jahrelanger Fernsehkonsum dazu beigetragen, daß mir der Gedanke so vollkommen fremd war, ein Leser könnte einen Erzähler akzeptieren, der nicht meiner eigenen naiven Vorstellung von der amerikanischen Idealfamilie entsprach. Meine Stimme in dem Artikel war darum nicht einmal eine wirklich weibliche Stimme, sie war die völlig verallgemeinerte, undifferenzierte Stimme der amerikanischen Jugend. Wenn ich wenigstens auf dem Papier eine solche Person sein konnte, dann würde es mir vielleicht doch noch gelingen, mich in eine in den Augen der Leser normale, glückliche, ausgeglichene und glaubwürdige Erzählerin zu verwandeln. Mehr noch, wenn ich auf dem Papier so klang, würde ich vielleicht eines Tages tatsächlich so sein.

An dem Wochenende, als mein Artikel erscheint, nehme ich den Bus von New Haven nach Hause. Es gehört zum Sonntagmorgenritual, daß ich, wenn ich zu Hause bin, mit meinem Vater in die Stadt fahre, wo wir die Sonntagsausgabe der *New York Times* kaufen und eine Tüte frischgeröstete spanische Erdnüsse. Diesmal kaufen wir noch drei oder vier Exemplare der Zeitung mehr und halten dann, wie üblich, am Milchladen an.

Ich sitze auf dem Beifahrersitz, und auf der Heimfahrt in die Madbury Road blättere ich rasch durch die Zeitung auf der Suche nach meinem Artikel. Mein Foto ist auf dem Titelblatt der Beilage, ich sitze mit übereinandergeschlagenen Beinen auf dem Fußboden in der Bibliothek von Yale in Schlaghosen, einem alten grauen Pullover und rot-weißen Turnschuhen.

Am linken Handgelenk trage ich eine übergroße Herrenuhr, deren Armband so weit ist, daß sich das Zifferblatt nach vorn gedreht hat. Weil ich immer an mein Gewicht denke, suche ich auf dem Foto angstvoll nach Anzeichen für ein Doppelkinn oder einen runden Bauch. Ich finde weder das eine noch das andere – mein Gesicht ist mager, und durch das lange Hungern bin ich geradezu flachbrüstig geworden. Trotzdem sehe ich keineswegs so aus wie die von mir so sehr beneideten Fotomodelle. Meine Haare hängen formlos herunter, der Pony ist schief geschnitten. Ich lächle zwar, aber unter meinen Augen sind dunkle Ringe.

Mit der Veröffentlichung des Artikels habe ich nicht nur für mich etwas erreicht. Er ist auch die Entschädigung für die Opfer und schrecklichen Enttäuschungen, die meine Eltern in all den Jahren erleiden mußten. Den ganzen Vormittag läutet ununterbrochen das Telefon, Freunde und Kollegen meiner Eltern gratulieren ihnen.

Später am Tag fahre ich mit dem Bus zurück nach New Haven, allein und im Dunkeln komme ich in meinem Einzelzimmer an. An jenem Abend sehe und spreche ich niemanden mehr. Am nächsten Tag fühle ich im Speisesaal die Blicke all meiner Kommilitonen auf mich gerichtet, als ich mir einen Platz suche. *Wofür halte ich mich? Was soll an mir so Besonderes sein?*

Natürlich gibt es auf dem Campus auch Studenten, die hinreichend selbstsicher und tolerant sind und mir den Artikel nicht übelnehmen, sich vielleicht gar keine Gedanken über mich machen. Aber viele andere begegnen mir nach der Veröffentlichung in der *New York Times* mit Ärger und Mißtrauen.

Bei den Studenten aus meinen Kursen finde ich nicht viel Beifall für meine Leistung, sehr wohl aber in der Welt von New York, zu der ich so lange schon gehören will. Innerhalb von vierundzwanzig Stunden nach dem Erscheinen der *Times* kommen Telefonanrufe von allen möglichen Redakteuren, die mich zum Essen nach New York einladen. Was sich meine Mutter für mich erträumt hat, ist Wirklichkeit geworden.

Normalerweise hole ich meine Briefe aus einem Postfach im Postamt von Yale ab. Aber am Dienstag morgen nach jenem Wochenende stehen vor meiner Tür im Wohnheim zwei Postsäcke mit Briefen aus dem ganzen Land. Hunderten von Briefen.

Ich leere die Säcke auf meinem Bett aus und beginne zu lesen. Einige schreiben mir, wie gut ihnen mein Artikel gefallen hat. Aber es sind auch viele ärgerliche, wütende, verletzende Briefe dabei, in denen es heißt, ich sei oberflächlich, dreist, anmaßend und abstoßend ehrgeizig.

Es kommen immer mehr Briefe von Zeitungsleuten und Fernsehproduzenten, sie gratulieren mir und schreiben, daß sie mich gern kennenlernen würden. *Rufen Sie in meinem Büro an,* heißt es. *Wir könnten zusammen essen gehen.* Ein Filmregisseur lädt mich ins Plaza-Hotel ein. Mehrere Verlage fragen an, ob ich schon einen Vertrag für ein Buch habe. Senator Hubert Humphrey schreibt mir, ich sei ein Vorbild für meine Generation.

Die Absender der meisten Briefe in den beiden Postsäcken sind junge Männer etwa in meinem Alter, die mir versichern, daß wir Seelenverwandte seien. Sie hören die gleiche Musik, haben beim Heranwachsen das gleiche empfunden, kennen mein Gefühl von Entfremdung in der High-School, die Einsamkeit, die Sehnsucht nach Liebe.

»Ich finde in Ihnen die weitblickenden, tiefgründigen Züge eines Menschen, der über die Garbo weinen und lachen kann, verhalten Dr. Hannah Arendt bewundert (deren Buch im *New York Times Book Review* vom 7. Mai rezensiert wird), den Unterschied zwischen Jung und Freud kennt und Germaine Greer Paroli bieten könnte«, schreibt ein junger Mann. »Die Aufklärung ist so nah und so fern wie das unbezwingbare Elektron.«

»Das ist mein dritter Brief an Sie«, schreibt ein weiterer (gleichfalls männlicher) Absender. »Die ersten beiden habe ich nicht abgeschickt. Sie klangen zu sehr wie Liebesbriefe ... Ihr Artikel hat mich sehr angesprochen, oder vielleicht war es auch ihr Foto auf dem Titelblatt. Sie haben einen Punkt sehr tief in meinem Inneren berührt, an dem mich noch nie Worte und Bilder berührt haben.«

»Beim Lesen deines Artikels ging es mir genauso wie beim ersten Mal in *Hair.* Es war, als würde ich mir den Film über Woodstock ansehen oder an einem Protestmarsch teilnehmen oder wieder über Gene McCarthy reden. Komm nach Kalifornien, und wir machen eine Spritztour auf dem Hollywood Freeway. Na ja, mein Gott, du hast doch wohl nicht erwartet, daß ein heißblütiger junger Amerikaner von zwanzig Jahren dir einen ganzen Brief schreibt und dann nichts von dir will?«

Und es ist noch ein Brief dabei. Ich hätte ihn leicht übersehen können. Nachdem ich diesen Brief gelesen habe, sind die anderen unwichtig.

Die Adresse auf dem Umschlag ist mit der Hand geschrieben. In dem Umschlag steckt ein einziges Blatt Papier, Luftpostpapier, wie man es für Briefe nach Europa verwendet – dünn, fast durchsichtig. Nach dem Schriftbild kann ich sagen, daß der Brief nicht von einer Sekretärin auf einer IBM-Schreibmaschine getippt wurde. Die Abstände sind unregelmäßig. Manche Buchstaben sind unter die Zeile gerutscht. Manche hängen in der Luft. Der Brief kommt aus Cornish in New Hampshire, einer kleinen Stadt rund hundert Kilometer nördlich von da, wo ich aufgewachsen bin. Die Anrede lautet: »Sehr geehrte Miss Maynard«.

Der Briefschreiber betont, daß das, was er mir mitteilt, unbedingt unter uns bleiben muß. Wie ich sei er halb jüdischer Abstammung, Rechtshänder und lebe in New Hampshire.

Bis hierhin habe ich den Brief nur überflogen, ich habe schon so viele Briefe gelesen. Bei einer Zeile im zweiten Abschnitt bleibe ich hängen. Er erwähnt ein Foto zu dem *Times*-Artikel, auf dem ich in einem Minnie-Maus-Kostüm bei einer Tanzveranstaltung in der High-School zu sehen bin, wie üblich sitze ich irgendwo allein. Der Verfasser des Briefes macht dazu eine bittere, sarkastische Bemerkung über sich selbst. Ich bin verblüfft. Wer auch immer das geschrieben hat, er hat genau die Art Bemerkung gemacht, die auch von mir kommen könnte.

Er fährt fort, er könne sich vorstellen, daß ich eine Menge interessante Post zu meinem Artikel bekommen würde. Ich solle nur ja vorsichtig sein und kein Angebot voreilig unterzeichnen. Er beschreibt die Typen von Menschen, die sich wohl bei mir melden werden, und während ich seine Liste lese, ist mir, als hätte er mir die ganze Zeit über die Schulter geschaut und die gestapelten Briefe von Verlegern, Zeitschriftenredakteuren, Fernsehredakteuren, Talkshowproduzenten und Filmleuten aus Hollywood gesehen. Er hat sie alle treffend dargestellt.

Er sagt, er spreche aus eigener leidvoller Erfahrung, wenn er mich warne, daß all diese Leute, die mir dies und das und jenes vorschlügen, keine Spur von echtem Interesse für mich und die Gabe, die ich zweifellos besäße, aufbringen würden. Meine schriftstellerischen Fähigkeiten müßten sich langsam und in Ruhe entwickeln und dürften nicht wahllos über die Seiten irgendwelcher Zeitschriften ausgeschüttet werden. Ich solle sehr vorsichtig sein mit Lektoren und den Leuten aus New York. Er wolle mir sagen, daß ich das Zeug dazu hätte, eine wirkliche Schriftstellerin zu werden, aber ich müsse so sorgfältig auf mich achten, wie kein anderer Mensch es tun würde.

Ich sitze in meinem Zimmer im Wohnheim und lese seine Worte. An der Wand hängt ein Poster von Janis Joplin, am Fenster windet sich Efeu empor, davor steht ein kleiner Schreibtisch aus Holz, in den vor vielen Jahren ein früherer Bewohner seine Initialen geritzt hat. Ich kann meine Reiseschreibmaschine sehen, meine Stereoanlage und die Schallplatten von Bob Dylan und Joni Mitchell, mein durchgelegenes Einzelbett und das Fenster, das auf den viereckigen alten Campus-Square von Yale hinausgeht, wo Mädchen neben Gitarre spielenden Jungen auf dem Rasen sitzen oder Frisbee spielen oder Seifenblasen in den Himmel pusten. Von irgendwoher, aus einem offenen Fenster, höre ich einen Song von Paul Simon, der in jenem Frühjahr allgegenwärtig ist: *Me and Julio Down by the Schoolyard.* Ich höre das Wasser in der

Dusche laufen, höre Stimmengewirr vom Gang. Ich sehe Jungen und Mädchen Hand in Hand auf dem Weg zum Seminargebäude oder in den Speisesaal, wo sie zusammen essen werden, gemeinsam auf dem Weg in die Bibliothek, ins Kino und später vielleicht gemeinsam in ein Zimmer.

Zwei Dinge an dem Brief fesseln mich. Zum einen gefällt mir ganz einfach die Stimme, die aus den Zeilen spricht. Zum anderen kommt es mir vor, als würde der Fremde mit der außergewöhnlichen Stimme *mich kennen.* Während ich seinen Brief lese, weiß ich, daß ich niemals so wie die anderen sein werde, die dort unten auf dem Rasen Frisbee spielen, und ich weiß wohl auch, daß ich nie ganz der Liebling der New Yorker Szene/der Medienstar/die Karrierefrau sein werde, wie es mir so viele andere Briefeschreiber prophezeien.

Der Verfasser des Briefes schließt mit einer Entschuldigung dafür, daß er die Dinge so düster darstelle, aber meine Art zu schreiben gefalle ihm nun einmal ziemlich gut, und er kenne die Schattenseite wie die Sonnenseite von Erfolg in jungen Jahren aus eigenem Erleben. Der Brief schließt mit »Hochachtungsvoll«. Unterzeichnet ist er mit *J. D. Salinger.*

Auf dem Campus von Yale – auf jedem Campus, überall, wo junge Leute sind oder Leute, die einmal jung waren und noch wissen, wie das gewesen ist – hat wohl kein anderer Schriftsteller einen vergleichbaren Kultstatus wie J. D. Salinger. Meine Kommilitonen beneiden mich, weil ich so früh etwas veröffentlicht habe, aber wie neidisch und mißgünstig würden sie erst sein, wenn sie wüßten, wer mir geschrieben hat. Ich erzähle es ihnen nicht.

Ich bin wahrscheinlich einer der wenigen Menschen auf dem gesamten Campus von Yale – auf jedem Campus im Jahr 1972 und überhaupt in den letzten zwanzig Jahren –, die den *Fänger im Roggen* nicht gelesen haben. Oder die *Neun Erzählungen.* Ich habe tatsächlich kein einziges Buch von Salinger gelesen. Ich weiß vage, daß er öffentlichkeitsscheu ist, aber ich habe keine Ahnung, daß seine Zurückgezogenheit geradezu legendär ist. Ein Brief von Bob Dylan oder Johnny

Carson oder Peter Bogdanovich (dessen Film *Die letzte Vorstellung* mich vor kurzer Zeit selbst dazu gebracht hat, einen Fanbrief zu schreiben) hätte mir mehr bedeutet als ein Brief von Salinger.

Trotzdem beeindruckt mich der Name. Die Tatsache, daß ein berühmter Mann mir geschrieben hat, daß meine Arbeit ihm gefällt, elektrisiert mich. Das hat weniger mit dem Ehrgeiz zu tun, Schriftstellerin zu werden, als mit meinem ewigen Wunsch zu gefallen.

Ich habe den Preis seines Lobes und seiner Bewunderung gewonnen, und nun empfinde ich Freude, aber auch Angst: Nachdem er mir gesagt hat, daß ich gut schreiben kann, muß ich jedes Wort, das ich niederschreibe, noch kritischer prüfen.

Ich sitze lange über meiner Antwort an J. D. Salinger vor meinem gelben Schreibblock. Die handgeschriebene Fassung tippe ich sorgfältig ab. Wie meine Mutter mache ich einen Durchschlag mit Kohlepapier.

»Ich werde jeden Tag meines Lebens an Ihren Rat denken«, schreibe ich. »Ich lese Ihren Brief immer wieder und trage ihn dauernd in der Hosentasche mit mir herum. Inzwischen brauche ich ihn nicht mehr zu lesen. Ich kenne ihn auswendig. Nicht nur die Wörter, sondern auch die Gefühle ...«

Instinktiv spüre ich, daß mein Brief an J. D. Salinger nicht besonders literarisch klingen muß. Ich ahne, daß mein fehlendes Interesse an der literarischen Welt einen Teil meiner Anziehung auf ihn ausmacht. Er braucht nicht noch einen bewundernden Leser und Fan, der sein Werk analysiert und diskutiert.

Genausowenig brauche ich ihm die intellektuelle Überheblichkeit von New York oder Yale vorzuspiegeln. Ich bin ein Mädchen aus New Hampshire. Ich weiß, wie man Mais pflanzt, und ich erkenne den Ruf eines Goldspechts. Ich kann über die *Dick Van Dyke Show* mehr sagen als über Thomas Pynchon. Ich bin noch nie in Europa gewesen.

Ich erzähle J. D. Salinger, daß ich gern mit meinem Fahrrad aus New Haven hinaus aufs Land fahre. Ich habe nicht viele Freunde hier. Ich baue Puppenmöbel. Ich höre viel Musik, und ich zeichne. Schreiben ist mir nicht so wichtig. Ich spiele gern Theater, später würde ich gern Schauspielerin werden.

Ich gebe mir in meinem Brief große Mühe, J. D. Salingers hohe Meinung von meinen Qualitäten im Beschreiben und Beobachten der Welt zu rechtfertigen. So unterhalte ich ihn mit Geschichten aus meiner Welt – Eindrücken aus dem Wohnheim in Yale, aus dem Englischseminar, dem Speisesaal, dem Stück, in dem ich mitspiele.

Ich passe nicht richtig hierher, schreibe ich ihm. Ihm gegenüber brauche ich mich nicht zu verstellen wie gegenüber den Jungen meines Alters und vorzugeben, daß ich cool bin und alles weiß über Dinge, die mich in Wahrheit sehr beunruhigen. Nachdem ich das ganze Jahr hindurch versucht habe, mich so zu verhalten wie die anderen Mädchen, spüre ich, daß ich bei diesem Mann, von dem ich so gut wie nichts weiß, so offen sprechen kann, wie es mir möglich ist.

Sein erster Brief trug das Datum 25. April – zwei Tage nach Erscheinen meines Artikels. Ich bekam seinen Brief am 27. oder 28. und antwortete am Tag darauf. Sein nächster Brief ist vom 2. Mai. Er schreibt mir im Flugzeug auf dem Weg nach New York, er hat mit der Antwort nicht einmal bis zur Rückkehr gewartet.

Er bedankt sich für meinen Brief und nennt ihn nett – zweimal. Er bietet mir so etwas wie eine Entschuldigung dafür an, daß er sein Privatleben so abschirmt. Ich wäre nie auf die Idee gekommen, mich mit J. D. Salinger zu vergleichen, aber er vergleicht sich mit mir und meint, daß ich anscheinend vernünftiger sei, als er es in meinem Alter war. Trotzdem, warnt er mich, könne die erste Ahnung von Ruhm einen Schriftsteller ablenken, und darum sei es vielleicht ganz gut, daß mir die Schauspielerei mehr gefalle. Er denke jedoch, daß meine Berufung das Schreiben sei.

Der Brief endet mit ein paar Sätzen über das Wetter und der Mitteilung, daß er kürzlich mit seinem zwölfjährigen Sohn Matthew bei einem Baseballspiel in Dartmouth gewesen sei. Bei diesen Worten entsteht in mir die beruhigende Vorstellung, daß J. D. Salinger ein ganz normaler amerikanischer Vater ist.

Wieder antworte ich postwendend. Ich berichte ihm von den vielen Briefen, die ich seit Erscheinen des Artikels immer noch bekomme. Ich berichte, daß ich einen neuen Auftrag für das *New York Times Magazine* übernommen habe – eine Geschichte über einen High-School-Ball in der wohlhabenden Kleinstadt Cheshire in Connecticut –, und erzähle ihm von meiner Angst, daß ich die nun in mich gesetzten Erwartungen womöglich nicht erfüllen könnte.

Auf der Leserbriefseite des *Times Magazine* wurden etliche höchst kritische Briefe zu meinem Artikel abgedruckt. Ich schreibe, daß mich das verletzt und verunsichert. Ich hätte nie erwartet, daß jemand mich so ablehnen könnte für etwas, was ich geschrieben habe.

J. D. Salinger antwortet wieder umgehend. Ich fühle mich geschmeichelt, daß er die Leserbriefe auch gelesen hat und daß er sich über die kritischen ärgert. Es erstaune ihn immer wieder, wie mißgünstig und neidisch die Menschen doch sein können. Während ich das lese, spüre ich seinen Zorn, und bei dem Gedanken, daß er mich beschützen will und mich lobt, packt mich ein wohliger Schauder. Er wisse ganz sicher, daß ich zum Schreiben geboren sei. Ich solle schreiben, was ich schreiben wolle und schreiben müsse und mir von niemandem Vorschriften machen oder mich verunsichern lassen. Keine andere Stimme dürfe für mich wichtiger sein als meine eigene. Vor mir liege ein wundervolles Leben.

Er schließt damit, daß ich ihn Mr. Salinger nennen könne, wenn ich wolle, aber die meisten Menschen würden Jerry zu ihm sagen.

Es kommen weitere Briefe, und sie sprechen genau die Dinge an, die mich bewegen. Er wisse um die schrecklichen Wirkungen, die unerbetene Briefe auf einen Schriftsteller haben können, denn wohl kein lebender Schriftsteller habe so viele Briefe bekommen wie er.

Ich verstehe allmählich, was er mit der Bemerkung meint, daß die Worte eines Fremden in einem Brief sehr mächtig sein können, weil sie sich im eigenen Kopf festsetzen. Obwohl ich nur eine kleine Kostprobe von Kritik bekommen habe, bin ich tief verletzt durch die Worte von mir vollkommen fremden Menschen, die mir die Post bringt.

Nicht nur die kritischen Briefe sind ein Problem, betont Jerry. Auch Lob kann gefährlich sein. Ein Schriftsteller muß sich hüten vor Lesern, die sagen, daß ihnen alles gefällt, was er schreibt, denn damit beeinflussen sie ihn bereits (ob er es will oder nicht), genauso weiterzumachen, und ein Schriftsteller muß in erster Linie auf sein eigenes Herz hören.

Ich hatte Jerry geschrieben, wie mich meine Mitstudenten im Speisesaal schneiden. In seinem Antwortbrief ist er außer sich vor Entsetzen. Wieder einmal weiß er genau, was ich durchmache – die Verleumdungen mancher Kommilitonen, die plötzliche Freundlichkeit anderer, die bis dahin keine Notiz von mir genommen hatten und sich nun nach dem Namen meines Agenten erkundigen. Er weiß, daß das alles widerlich und deprimierend ist. Rücksichtsloses Eindringen. Der Tod für schriftstellerische Arbeit.

J. D. Salinger schreibt mir, daß er nach seinem Durchbruch gelernt habe seine Verwandten zu hassen. Nicht daß er sie bis dahin besonders geliebt hätte. Stundenlang könne er Geschichten erzählen über Verwandte, die in der Zeit (wohl nach dem Erscheinen von *Der Fänger im Roggen),* als er berühmt wurde, plötzlich auf der Bildfläche erschienen. Mit seiner Bemerkung, daß er mir die widerlichen Einzelheiten nur bei einem gemeinsamen Glas Scotch erzählen könne, gibt er mir das Gefühl, erwachsen und lebenserfahren zu sein. Ich habe bis dahin nie mit jemandem zusammen getrunken, abgesehen von meinem Vater.

In seinen Briefen spricht er scheinbar über mich. Doch wenn ich sie heute lese, sehe ich etwas anderes. In seinen Briefen geht es um ihn: seinen frühen Ruhm. Seine Qualen. Das Eindringen in seine Privatsphäre und die Versuche fremder Menschen, sich seines Lebens zu bemächtigen. Aus seinen

Bemerkungen über die Reaktionen der Leser auf das Werk eines Schriftstellers und über die Verlagswelt – die Welt schlechthin – spricht tiefste Verachtung.

Ich stehe im Sonnenschein vor dem Postamt von Yale, reiße den letzten Brief aus Cornish auf und sauge jedes Wort von ihm als die reinste Wahrheit in mich hinein. Ganz gewiß merke ich nicht – und fast zwanzig Jahre werde ich es nicht merken –, daß Jerry Salingers Briefe mittlerweile genau die Gefahr sind, vor der er mich gewarnt hat: unerbetenes Lob von einem Leser, der sagt, daß ihm alles gefällt, was ich schreibe, und der mehr in dieser Art von mir sehen möchte. In fast jedem Brief versichert er mir, daß er kein Weiser sei. Dann gibt er mir neue Ratschläge. Selbst als er mir sagt, ich dürfe nie darauf aus sein, den Menschen zu gefallen, denke ich daran, daß es einen Menschen gibt, dem ich mehr als jedem anderen gefallen möchte. Ihm.

In jenem Frühsommer besuche ich weiter meine Kurse. Ich schreibe Hausarbeiten und lerne für Prüfungen. Aber es liegt mir nichts mehr daran. Ich spiele in einem neuen Stück mit – einer mit Jazz unterlegten Version von *Maß für Maß*. Ich fahre einige Male mit dem Zug nach New York auf Einladung von Verlegern und Redakteuren, die mich in teure Restaurants ausführen und mir Projekte vorschlagen, für die ich noch ein paar Wochen zuvor Feuer und Flamme gewesen wäre. Ich soll für eine Hauptrolle in dem Film *Der Exorzist* vorsprechen. Wahrscheinlich haben die dunklen Ringe unter meinen Augen die Aufmerksamkeit des Casting-directors auf sich gezogen. Aber die Rolle bekommt Linda Blair.

Ich bekomme andere Aufträge: Die *New York Times* schickt mich zu einem High-School-Ball in Connecticut, ich soll einen Bericht schreiben, wie die Teenager dort leben. Ich esse zu Mittag mit Redakteuren von *Mademoiselle, McCall's* und einem Lektor von Random House. Innerhalb von zwei Wochen habe ich einen Vertrag mit Doubleday unterschrieben – dem Verlag meines zunächst aufgeschobenen Buches über Puppenmöbel – und soll mehr Geld bekommen, als mein Vater in einem Jahr an der Universität verdient hat. Ich werde meine Memoiren schreiben.

Das ist nun der Erfolg, nach dem ich mich so lange gesehnt habe, ich habe erreicht, wofür meine Mutter mich all die Jahre vorbereitet hat, und trotzdem empfinde ich eine seltsame Gleichgültigkeit. Zum Teil kommt sie wohl aus der Erkenntnis, daß der ganze Wirbel der Pseudo-Berühmtheit nichts daran ändern wird, daß ich auf dem Campus von Yale und auch sonst allein und isoliert bin. Aber der eigentliche Grund, warum es mir so schwerfällt, mich auf die vielen Angebote zu konzentrieren, liegt an meiner Zuneigung zu einem Mann, den ich noch nie gesehen habe.

Mein Briefkasten in Yale quillt immer noch über. Auch meine Eltern bekommen viele Briefe. Eine Woche nach Erscheinen meines Artikels in der *Times* berichtet mir meine Mutter:

> Liebste Joyce,
> ich habe in der letzten Woche viel an dich gedacht, mit einer Mischung unterschiedlicher Gefühle, wie du dir vorstellen kannst: Stolz, Liebe, Angst, Freude, Begeisterung, Besorgnis. Auch mit Verblüffung. Ich habe nie daran gezweifelt, daß du eines Tages großen Erfolg haben würdest, wahrscheinlich mit Schreiben. Ich habe nur nicht gedacht, daß es so plötzlich und so bald passieren würde und mit so dramatischen Auswirkungen. Haben wir dich ins kalte Wasser geworfen? Warst du schon bereit, hineingeworfen zu werden? Wohin wird die Strömung dich tragen? Ich weiß es nicht, aber nun hat die Strömung dich erfaßt ...

Obwohl der Briefwechsel mit J. D. Salinger noch nicht lange geht, wird schon deutlich, wie seine Stimme auf dem Papier meine Stimme beeinflußt. Meine Briefe an ihn sind voller leicht affektierter Bandwurmsätze, garniert mit Wörtern in Großbuchstaben und kursiv, mit Einschüben in Klammern,

Adjektiven, innerem Monolog. Die Meßlatte liegt jetzt höher, aber zugleich bin ich auch selbstsicherer.

»Lieber Mr. Salinger«, schreibe ich (mein Brief hat sich mit demjenigen gekreuzt, in dem er mir anbietet, ich könne ihn Jerry nennen):

> Ich beginne diesen Absatz zögernd, wie ein Kandidat der Sendung *Ihr Einsatz bitte* (kennen Sie die Show? Wahrscheinlich nicht. Meine Anspielungen auf Fernsehsendungen werden meistens von meinen Freunden nicht verstanden, weil sie sich mit ganz anderen Dingen abgeben), bei dem der Kandidat mit jedem neuen Preis mehr zu verlieren hat. Ich möchte nicht in Bereiche eindringen, die mich nichts angehen, weil ich dann womöglich nicht nur aus den verbotenen Räumen, sondern gleich aus dem ganzen Haus hinausgejagt werde.
>
> Aber wenn ein Gespräch nicht in beide Richtungen geht, braucht man es gar nicht erst zu führen; in dem Haus sollte ich dann wirklich nicht sein. (Entschuldigung, daß ich die Metaphern vermische – aber ich bewege mich auf Zehenspitzen, wie Sie sehen, und dabei verliert man manchmal das Gleichgewicht.) Abgesehen davon kann die Korrespondenz zwischen Fremden von einer rauschhaften Offenheit sein, die nicht einmal gute Freunde, die zusammen in einem Zimmer sitzen, erreichen.
>
> Also frage ich. Wie sieht ein Tag in Ihrem Leben aus? Sitzen Sie am Schreibtisch und arbeiten? Hören Sie Musik, besuchen Sie jemanden, mögen Sie Erdnußbutter? Vielleicht stelle ich mir ein Drama oder ein Geheimnis vor, wo gar keines ist. Aber sicher wissen Sie, daß es eine Mythologie gibt... Ich will nicht aufdringlich sein. Ich bin ganz bestimmt kein Fan auf der Suche nach etwas Persönlichem (handgeschriebenen Texten vielleicht? Oder einem Stückchen Holz vom Zaun?). Ich bin nur – ich hoffe, Sie glauben mir – eine anteilnehmende Freundin, die vertrauensvoll ein wenig ihre Tür geöffnet hat –

und findet, daß die andere Seite es auch tun sollte.

In banger Erwartung, Joyce M.

Seine Antwort kommt umgehend, wie immer. Bei ihm in Cornish sei oft ein Tag wie der andere. Einen großen Teil seiner Zeit widme er der Homöopathie. Heute zum Beispiel habe er seinen Mentor in Colorado angerufen, Dr. Lacey, und eine Diagnose seiner Tochter mit ihm besprochen. Sie hätten mehrere Stunden miteinander telefoniert.

Jerry beklagt in seinem Brief, daß die Beschäftigung mit Homöopathie wie die Beschäftigung mit Religion und Mystik ihn immer wieder lange vom Schreiben abhält. Aber ihn tröste der Gedanke, daß die Dinge, für die er sich interessiert, letztendlich wohl auch Eingang in sein Schreiben finden würden.

Er zählt auf, was ihm lieb und wichtig ist und womit er seinen Tag ausfüllt: Jane Austen, Varieté, wenn seine Tochter Basketball spielt, Hui Neng, die Nachbarn in *I Love Lucy,* Samadhi, Bert Parks. Als letztes steht mein Name auf der Liste.

Mittelpunkt meines Tagesablaufs ist mittlerweile der Gang zur Post, wo ich J. D. Salingers Briefe abhole. Nie zuvor habe ich solche Aufregung und freudige Erwartung erlebt, wie ich sie jetzt spüre, wenn ich durch die Glasscheibe meines Postfachs schaue und einen Umschlag mit seiner Handschrift oder dem vertrauten Druckbild seiner mechanischen Schreibmaschine sehe.

Ich antworte immer schnell. Aus meinen Briefen spricht jetzt noch mehr Weltüberdruß, ich gleiche mich darin den seinen an.

»Lieber Jerry«, schreibe ich am 17. Mai – nicht einmal drei Wochen nach seinem ersten Brief.

Im letzten Brief habe ich wohl ziemlich bitter und müde geklungen, und jetzt möchte ich als erstes dieses Bild korrigieren, nicht nur weil eine Depression so langweilig ist, sondern weil ich eigentlich ein fröhlicher Mensch bin; nur die Menschen um mich herum kommen mir so jammervoll vor – antriebslos, um das wenigste zu sagen ... Warum schlafen sie dauernd? Ich bin nur deshalb unglücklich, weil ich so selten Menschen finde, mit denen ich glücklich sein kann. Wirklich glücklich? Na ja, vielleicht nicht ganz. Freudig. (Ich wette, das klingt wie auf einem dieser scheußlichen Poster, die im Versammlungsraum der jungen Kirchengemeinde an der Wand hängen, aber ich meine es wirklich so.) Es ist das Problem meines Lebens, daß Freunde mir so furchtbar wichtig sind, daß ich die anderen so gern mögen würde, aber so viele unausstehlich finde. Meine Eltern haben mich zu einer kritischen Einstellung erzogen oder vielmehr den kritischen Geist in mir geschärft, geschult und mich damit belastet, und jetzt kann ich nicht mehr anders. Ich trage ihn wie eine Brille mit Röntgengläsern oder – kennen Sie Andersens Märchen von der Schneekönigin? – wie der kleine Junge mit dem Glassplitter im Herzen, der in allem das Häßliche sieht.

Als ich das schreibe, habe ich immer noch nicht den *Fänger im Roggen* gelesen. Ich kenne die Szene nicht, in der Phoebe zu Holden sagt, er solle etwas nennen, was ihm sehr viel bedeutet. Und wie Holden seinen toten Bruder nennt und die Situation, wie er auf dem Bett sitzt und mit Phoebe spricht, und dann fällt ihm nichts mehr ein, was er noch gern mag. Ich weiß sehr gut, wie es ist, wenn man das meiste um sich herum nicht mag.

Er fragt, ob mir das Wort »Landsmann« geläufig ist – es ist mir geläufig. Meine Mutter hat es oft gebraucht, gleichbedeutend mit der in unserer Familie häufigen Wendung »einer von uns«. Wortwörtlich ist ein Landsmann jemand, der aus dem gleichen Land kommt, aus der gleichen alten Heimat. Ein Landsmann ist jemand, mit dem man sich im Herzen und in der Seele verbunden fühlt.

Jerry sagt, daß wir Landsleute sind, er und ich.

Ich antworte wie immer am selben Tag. »Ja, ich kenne das Wort Landsmann gut, aber wenige Menschen, auf die es paßt – nun, Landsleute sind für mich eine seltene und wertvolle Gruppe mit nur wenigen Mitgliedern. Einen Landsmann zu finden macht mich unsagbar glücklich.«

Zwischen Landsleuten geht es nicht um sexuelle Leidenschaft und nicht einmal um Liebe im üblichen Sinn. Es ist etwas viel Tieferes. Man *kennt* den anderen. Man nimmt Dinge in ähnlicher Weise wahr. Man versteht einander.

Auf meiner Liste der Landsleute stehen zwei Personen: meine Mutter und mein Vater. Ihr Urteil in jeder Frage, mit der ich mich an sie wende – der Artikel für das *New York Times Magazine,* eine Interpretation von Chaucer, die Ausdrucksweise von Spiro Agnew oder was dagegen spricht, Drogen zu nehmen –, ist immer brillant, einwandfrei und unwiderlegbar.

Aber wer bleibt da übrig, wenn ich über *sie* sprechen will? Ich habe mich immer gefragt: Werde ich jemals jemanden finden, der stark genug ist, den Platz meiner Eltern in meinem Leben einzunehmen? Wo werde ich mich jemals so zu Hause fühlen können wie in dem Haus, in dem ich aufgewachsen bin?

In der Zeit vor Jerry Salinger war ich an den meisten Wochenenden von New Haven nach Hause getrampt – mit meinen Eltern im Wohnzimmer Tee zu trinken und ihnen Selbstgeschriebenes vorzulesen, damit sie ihre Kritik dazu äußern, war mir wichtiger als Filmnächte oder Sportveranstaltungen, als Hasch zu rauchen, als bis spät in die Nacht mit Gleichaltrigen im Pepe's Pizza herumzuhängen.

Achtzehn Jahre lang hat mich der Gedanke erschreckt, meine Eltern zu verlassen, und gleichzeitig habe ich davon geträumt, von ihnen loszukommen. Ich bin ans Bett meiner Mutter und ins Dachzimmer meines Vaters gelaufen und habe mich zugleich nach einem anderen, sichereren Zuhause gesehnt.

Binnen weniger Wochen nach dem ersten Brief wird Jerry mein Retter, mein Ziel.

Ich sehe in Jerry Salinger – und das ist für mich viel bedeutsamer als seine Berühmtheit als Schriftsteller – die Möglichkeit, daß es auf der Welt vielleicht doch einen anderen Menschen geben könnte, in dessen Gegenwart ich meine wahre Identität nicht verbergen muß. Was zählt schon der Wunsch eines Jungen, mich zu küssen oder mit mir zu schlafen, im Vergleich zu dem außerordentlichen Gefühl von Trost und Erleichterung, daß ich einen Mitmenschen gefunden habe, der mich erkennt und aufnimmt wie eine lange verschollene verwandte Seele? Nicht sein Ruhm als Schriftsteller zieht mich zu ihm hin. Es ist seine Stimme. Irgendwann werde ich seine Stimme am Telefon lieben, seine Stimme im selben Zimmer. Aber zuerst liebe ich seine Stimme auf dem Papier.

Oberflächlich betrachtet könnten wir nicht verschiedener sein. Der Altersabstand von fünfunddreißig Jahren ist nur der erste Punkt auf einer sehr langen Liste von Unterschieden. Wir sind beide (wie er in seinem ersten Brief betont hat) halb jüdischer Abstammung, aber er ist in den zwanziger und dreißiger Jahren in New York in einer Familie mit stetig wachsendem Wohlstand groß geworden. Ich bin ein Mädchen aus einer Kleinstadt. Er hat im Zweiten Weltkrieg gekämpft und war bei der Landung in der Normandie dabei. Ich habe in unserer von Bäumen gesäumten Straße in Durham in New Hampshire die Aktion »Kinder für Lyndon B. Johnson« geleitet und später in der Fabrikstadt Berlin, New Hampshire, für McCarthy Gänseblümchen-Anstecker verteilt. Er war verheiratet – zweimal. Ich habe in meinem ganzen Leben nur einen einzigen Jungen geküßt.

Dann ist da das große Thema unserer Einstellung zu Ruhm und Erfolg. Er war mit Anfang Dreißig der New Yorker Szenestar und hat all dem den Rücken gekehrt. Er liebt Ruhe und Einsamkeit, möchte lesen und nachdenken und sich jeden Tag stundenlang ungestört mit Dingen beschäftigen. Ich will auf Partys gehen und lauter berühmte Leute treffen. Ich will mich schön anziehen, Restaurants besuchen, Interviews geben, fotografiert werden, im Plaza tanzen. Ich will nach Hollywood. Ich sehe mich, wie ich im Dorothy-Chandler-

Pavillon auf der Bühne stehe und einen Oscar entgegennehme, ich sehe mich am Broadway Theater spielen, im Elaine's speisen, für *Vogue* posieren. Wenn es damals das Magazin *People* schon gegeben hätte, hätte ich da hineinkommen wollen. Ich will Geld, Ruhm und schöne Kleider.

Für mich hat Anerkennung immer bedeutet, irgendwo dazuzugehören. Für meine Schwester – immer bescheidener als ich – war das höchste Ziel, Bundessiegerin im Rechtschreibewettbewerb zu werden. Sie hatte die Vorstellung, wenn sie das erreichen würde und ihr Name in der Zeitung stünde, dann würde sie auch Freunde haben. Und ich habe mir immer vorgestellt, ich müßte es nur schaffen, ins Fernsehen zu kommen, dann würde auch ich irgendwo dazugehören.

Jeden Abend, solange ich mich erinnern kann, habe ich vor dem Einschlafen in meinem Kopf eine Liste von Dingen aufgestellt, die ich am nächsten Tag schaffen mußte. Ich habe gesungen und getanzt, gemalt und Geschichten geschrieben, immer als wollte ich damit sagen: »Hier bin ich! Seht mich an! Sagt mir, daß es euch gefällt.«

Im Alter von achtzehn Jahren kann ich mir einfach nicht vorstellen, daß Menschen aufwachsen und halbwegs zufrieden mit sich sind. Es dauert noch Jahre, bis ich begreife, daß manche Menschen jeden Abend zufrieden ins Bett gehen, ohne daß sie einen Preis gewonnen oder eine Geschichte veröffentlicht haben.

Im Frühjahr 1972 sind wohl nirgendwo sonst im Land auf einem Quadratkilometer so viele ehrgeizige, kluge junge Leute versammelt wie im Epizentrum des Campus von Yale. Damals weiß ich es nicht, aber im Speisesaal der juristischen Fakultät, wo ich als Stipendiumsjob die Tische abdecke, essen auch ein Student namens Bill Clinton und eine Studentin namens Hillary Rodham. In der Theaterakademie ein Stück weiter die Straße hinunter besuche ich ab und zu die Vorstellungen einer Schauspielschülerin namens Meryl Streep.

Mit der Veröffentlichung meines Artikels im *New York Times Magazine* sieht es so aus, als würde ich tatsächlich all die Dinge bekommen, die ich mir gewünscht habe. Und ausgerechnet da kreuzt Jerry Salinger auf und spricht mit mir in Briefen, auf die ich inzwischen so aufgeregt warte, daß ich immer genau weiß, wann der neue Posteingang im Postamt von Yale sortiert wird. Mit außerordentlichem Verständnis und nüchternen, klugen Argumenten sagt er mir Dinge, die meine Mutter, meine Agentin und all die Redakteure und Lektoren in New York mir nicht sagen.

Er sagt, ich solle mich nicht um Geld kümmern – dabei ist mir Geld ungeheuer wichtig, weil ich nie welches hatte. Er würde es schrecklich finden, wenn er den Rest seines Lebens »seufzend den Kopf schütteln müßte«, weil ich meine eigentliche Begabung für Fernsehjournalismus oder irgendeine andere Arbeit aufgegeben habe, die weniger schmerzvolle Auseinandersetzung und weniger Introspektion erfordert. In der Woche, in der er mir das schreibt, bekomme ich einen Anruf von Richard Salant, dem Präsidenten des CBS-Nachrichtenkanals, mit einer Einladung zu einem Gespräch und einen weiteren Anruf von Osborne Elliot, dem Herausgeber der *Newsweek,* der mir anbietet, eine Kolumne in einer neuen Rubrik zu übernehmen unter der Überschrift »Ich bin dran«.

Jerry schreibt, er sei kein Guru. Er habe eine ganz gute Intuition, lese sehr viel und mache sich über alle möglichen Dinge Gedanken. Falls er jemals einen klugen Schritt getan habe, dann nur aus tiefstem Zynismus hinsichtlich der Beweggründe seiner Mitmenschen.

Von meinen Eltern abgesehen habe ich noch keinen Menschen erlebt, der seine Worte so sorgfältig wählt wie Jerry. Er nennt einen Abschnitt »flegelhaft« und einen anderen »wortgewaltig« und einen dritten »spätabendlich«. Er spricht von meinem »Nichthiersein«. Er macht wunderbar feine Unterschiede zwischen einem Wort und einem anderen. Er liebt »Dauerhaftigkeit« und mag »Versteinerung« nicht. Er liebt Wörter wie »Ganzheitlichkeit« und »Bleibendsein«. Er denkt nicht einfach, er »wälzt Gedanken«, kennt »dunkle Grübeleien« und »elegischen Gefühlsüberschwang«, stellt »hübsche jüdische Erwägungen« an und hat »kleine große Sorgen«.

Er kommentiert meine Wortwahl in meinen Briefen mit einer Freude und Begeisterung, wie sie manche Menschen nur für die Beschreibung von Haar, Augen, dem Körper eines anderen Menschen aufbringen würden. Er schließt Formulierungen regelrecht ins Herz.

Wie Holden Caulfield verabscheut Jerry vieles. Wahrscheinlich das meiste. Aber er kann auch lustig und aufmerksam und sehr zärtlich – sogar sentimental sein, wenn er von den Dingen spricht, die er liebt. Oft geht es dabei um seine Kinder oder um eine seltene Erkenntnis aus der Welt der wahren Unschuld und Einfachheit.

Ihm sind die gleichen Dinge wichtig, die auch mir wichtig sind. Er berichtet von seinem Garten, daß seine Tochter Basketball spielt und den Kummerkasten in der Zeitung liest, von seiner Vorliebe für einen bestimmten Drehbuchautor von Hitchcock-Filmen und einen Nebendarsteller in englischen Filmen aus den dreißiger Jahren. Er geht mit Matthew in *Anatevka* und ist nicht von den glänzenden Einfällen der Regie beeindruckt, sondern von einer einzigen Einstellung, die einen einsamen Bahnhof irgendwo auf dem Land zeigt. Was ich von Jerrys Leben und Erleben erfahre, unterscheidet sich auf den ersten Blick zwar sehr von meinem Leben, aber die Vorgänge in seinem Haus und in seinem Kopf sind für mich bald realer als alles, was in New Haven geschieht.

Das ganze Frühjahr über bin ich, während ich Seminare besuche, die Tische im Speisesaal abwische und meinen Text für *Maß für Maß* lerne, im Geiste in Cornish. Seit es Jerry gibt, führe ich nicht mehr meinen ermüdenden, unaufhörlichen inneren Monolog. Ich führe ein wundervolles Gespräch.

Seine Briefe enthalten nie auch nur die kleinste Anspielung auf sexuelle Empfindungen. Ich erzähle ihm alle möglichen Geschichten, aber ich erzähle nicht vom Treiben meiner Zimmergenossinnen in den Stockwerkbetten und auch nicht, wie schrecklich wertlos ich mich gefühlt habe, weil nichts dergleichen in meinem Bett stattfand. Ich erwähne nie, daß ich keinen Freund habe. Er spricht nie von einer Frau in seinem Leben, weder einer gegenwärtigen noch einer früheren, auch nicht von der Mutter seiner Kinder.

Für mich ist es in gewisser Weise beruhigend, daß Jerry nicht physisch anwesend ist. Zu diesem Zeitpunkt weiß ich bereits, daß wir uns eines Tages treffen müssen, aber ich habe es überraschenderweise nicht eilig. Mir gefällt er da, wo er ist – auf dem Papier, in meinem Postfach. Weil ich so unerfahren und ängstlich bin und mich in meiner Haut so unwohl fühle, ist es für mich eine Erleichterung, daß ich mit den ganzen körperlichen Vorgängen, mit Küssen und Nacktheit, nichts zu tun habe. Ich stelle mir nicht die Frage, welchen Gewinn er aus unserem physischen Getrenntsein zieht – warum ein Mann seines Alters eine mittlerweile ziemlich intensive Korrespondenz mit einem Mädchen, das er nie gesehen hat, unterhält.

So wichtig es mir ist, etwas zu veröffentlichen und Preise zu gewinnen, ich habe trotzdem nie ernsthaft daran gedacht, Schriftstellerin zu werden, und nun erinnert er mich in jedem Brief daran, daß ich eine Schriftstellerin sei. Schreiben war für mich immer etwas, was ich getan habe, weil ich es konnte. Ich habe mir Schreiben nie als Hauptbeschäftigung oder als einen wesentlichen Teil meiner Identität vorgestellt. Da kommt dieser Schriftsteller, den sehr viel belesenere Menschen als ich bewundern, und wählt unter all jenen, denen er vielleicht Briefe geschrieben hat, mich aus als diejenige, der er am meisten zutraut.

Mein Bild von mir wandelt sich. Nach einem seiner Briefe, in dem er mich so übertrieben lobt, daß es mir geradezu peinlich ist, schreibe ich ihm von meinen Selbstzweifeln und daß mich manchmal mit einem Schrecken der Gedanke überfällt, daß ich womöglich nie mehr etwas Gutes schreiben werde. Er antwortet, er könne sich nicht vorstellen, daß das, was in mir ist, jemals ausgelöscht werden könnte, ganz egal, was die Zukunft bringt.

Er sagt immer wieder, daß er nichts davon hält, Ratschläge zu erteilen, und daß ihm das nicht zusteht. Trotzdem tut er es.

Ein Schriftsteller müsse sich ganz in sein Werk einbringen. Ich dürfe nie darauf verzichten, über etwas zu schreiben, was mir am Herzen liegt, und ich dürfe nie auf zweifelnde Stimmen in mir oder außerhalb von mir hören. Mein ganzes Leben lang bin ich immer nur so gut gewesen, wie es das *Scholastic Magazine* befand oder wie meine Eltern es behaupteten. Nun sagt Jerry mir, ich müsse »cool« sein, mich nie durch die Meinung eines anderen verunsichern oder deprimieren lassen, aber – genauso wichtig – mich auch nicht zu sehr über fremde Meinungen freuen.

Es ist wohl nicht verwunderlich, daß ich seine Briefe immer und immer wieder lese. Er schreibt, er und ich seien aus demselben Holz geschnitzt, und das erfüllt mich mehr als jeder andere Satz mit Zuversicht und Freude. Vielleicht habe der Umstand unserer halbjüdischen Abstammung dazu beigetragen, daß wir uns beide so sehr als Außenseiter und Beobachter fühlen, aber dann führt er eine lange Liste anderer Schriftsteller mit halb jüdischer Abstammung an und meint, daß er sich mit keinem von ihnen in vergleichbar tiefer Weise verbunden fühle. So etwas wie die Bindung zu mir habe er noch nie erlebt.

Auf dem Papier spielen all die Unterschiede zwischen uns keine Rolle, wir sind einfach zwei Menschen, die dieselbe Sprache sprechen. In einem meiner Briefe habe ich mich mit dem Wort »besonnen« beschrieben. Jerry betont, wieviel besser ihm das gefallen habe als »vernünftig«. Ich habe mir nichts dabei gedacht, als ich dieses Wort hingeschrieben habe. Nun überlege ich bei jeder Zeile. Ich weiß, was ihm gefällt, und ich wähle meine Formulierungen so, daß sie ihm gefallen.

»Sie haben eine zu hohe Meinung von mir«, schreibe ich.

Wohl kaum, antwortet er. Vor mir liege ein wunderbares Leben. Ein einzigartiges Leben. Ich könne die Welt um den Finger wickeln.

Jetzt, wo mir seine Stimme auf dem Papier immer vertrauter wird, erkenne ich die Ironie darin, daß J. D. Salinger von so vielen Leuten meiner Generation verehrt wird. Der reale

Mann hinter dem populären Helden Holden Caulfield und den Mitgliedern der Familie Glass hat für das meiste, was junge Leute auf einem Campus wie in Yale fasziniert, nur Verachtung übrig. Er verabscheut die, wie er findet, verwässerte Version der östlichen Mystik, die seit den Besuchen der Beatles bei den indischen Maharishi so hoch im Kurs steht. Auf Politik und die Vorgänge in der Welt kommt er so gut wie nie zu sprechen – obwohl wir ein Wahljahr haben, der Vietnamkrieg immer noch andauert und die ersten Nachrichten über den Einbruch im Watergate-Komplex durchsickern. Wenn er die aktuelle Studentenbewegung erwähnt, dann geht es immer um die Beweggründe hinter den scheinbar liberalen politischen Forderungen der Studenten, und vor allem geht es ihm um Mode und Konventionen – die Faszination durch die Nonkonformisten-Uniform.

»Es gibt so viel Perversion um mich herum«, schreibe ich Jerry.

Perversionen, antwortet er. Ja: geistige, kulturelle, sexuelle Perversion.

Scheinbar aus heiterem Himmel spricht er von Masters und Johnson, deren Sextherapie und Kliniken für Paare mit sexuellen Problemen in jenem Jahr viel Aufsehen erregen. Bis dahin hat Jerry Sex in seinen Briefen nie erwähnt, jetzt schreibt er, daß die Veröffentlichung des Masters-Johnson-Reports mit zum Schlimmsten gehöre, was jungen Leuten angetan werden könne. Alles Heuchelei, meint er, denn in unserer Zeit gebe es keine »orgastische Normalität«. Ich habe keinen blassen Schimmer, was er meint, aber ich sauge jedes Wort auf.

Seine Themen sind ein wildes Durcheinander: Masters und Johnson, Hemingway, Ring Lardner, Lao-Tse. Die vierziger Jahre in New York, die siebziger Jahre im Fernsehen; die verstaubte Atmosphäre im Carlyle Hotel, der *New Yorker*, Westport in Connecticut, Biltmore, das unprätentiöse Leben im ländlichen New Hampshire. In jungen Jahren sei er mit Eugene O'Neills Tochter ausgegangen, in Lokale wie den

Stork Club in New York, bis sie dann Charlie Chaplin heiratete – bei der Hochzeit war sie achtzehn und Chaplin dreiundfünfzig.

Jerry fährt nicht mehr in die Stadt. Seine häufigsten Besucher in Cornish sind Eva und Vernon Barrett, ein Ehepaar über sechzig – sie machen bei ihm sauber und erledigen alle möglichen kleinen Aufträge –, sowie eine Hausfrau aus der Stadt namens Sally Kemp, die sich mit ihm zusammen in die Homöopathie vertieft.

Er ist immer noch ein New Yorker. Ab und zu erwähnt er in seinen Briefen, daß er mit S. J. Perelman – Sid – telefoniert hat, daß er in Manhattan essen geht mit William Shawn, dem Herausgeber der Zeitschrift *The New Yorker*, oder daß zwei Autoren, die seit langem für den *New Yorker* schreiben, auf dem Weg nach Cape Cod bei ihm hereingeschaut haben. Aber in der Regel erscheinen bei ihm nur Sally zur gemeinsamen Beschäftigung mit Homöopathie und die Barretts, mit denen er über den Komposthaufen, Klafterholz und Tomatenpflanzen spricht. Er sagt viel über das Schreiben, aber nichts über Schriftsteller, ausgenommen tote, und äußert sich nie zum aktuellen Literaturbetrieb, den er meidet. (Allenfalls erwähnt er eine besondere Abneigung gegenüber John Updike, der sich einmal sehr kritisch über sein Werk geäußert hat.) Er berichtet von seinem Dackel Joey, einer Fahrt zum Naturkostladen in White River Junction, einer Wette mit Matthew, die zur Folge hatte, daß er sich eine Woche nicht rasieren durfte, und daß er sein Auto reparieren läßt.

In einem meiner Briefe frage ich in aller Unschuld, wie es nur Achtzehnjährige fertigbringen, ob er in letzter Zeit etwas geschrieben habe. Er antwortet, er schreibe jeden Tag. Habe immer jeden Tag geschrieben. Während sich unsere Freundschaft entwickelt, berichtet er vom Schreiben so beiläufig, als wäre es selbstverständlich, und ab und zu erwähnt er, daß in der letzten Woche die meisten Seiten im Papierkorb gelandet seien.

Eines Tages gegen Ende des Frühjahrtrimesters fahre ich mit dem Fahrrad zum Kaufhaus in Yale und greife nach einem Exemplar des *Fängers im Roggen* mit dem vertrauten roten Einband. Es ist ein seltsames Gefühl, als ich den Namen, den ich von der Unterschrift so gut kenne, nun mit gelben Buchstaben auf dem Titel gedruckt sehe. In der Schlange an der Kasse ist es mir fast peinlich, so als würde ich Kondome kaufen oder *Die Geschichte der O.* Ich stopfe das Buch in meine Tasche und fahre zurück ins Wohnheim. Den Rest des Nachmittags verbringe ich mit Lesen.

Es ist zwar meine erste Begegnung mit Salingers gedrucktem Werk, aber ich erkenne seine Stimme sofort wieder. Ich höre ihn förmlich sprechen. Jerry hat in den *Fänger im Roggen* nicht nur seine Ansichten über Film, Bücher, Schauspieler und Musik einfließen lassen. Vertraut sind mir vor allem die Sichtweise und der Standpunkt des jungen Holden Caulfield, er ist ein Abbild des Mannes, mit dem ich in den letzten Wochen Briefe gewechselt habe.

Mit besonderem Interesse lese ich die Passagen, in denen es um Holdens Kontakte zu Mädchen geht. Holden Caulfield bleibt wie ich unberührt, obwohl er behauptet, er hätte viele Gelegenheiten gehabt, das zu ändern. Sex hat für ihn eine solche Bedeutung, daß er sich nicht einfach so darauf einlassen kann. Er muß ein Mädchen wirklich gern haben. Aber letzten Endes liebt er nur ein Mädchen, seine kleine Schwester.

Die Zärtlichkeit, mit der Jerry Phoebe darstellt, läßt alle anderen Mädchen in dem Roman verdorben und im Vergleich mit ihr geradezu häßlich erscheinen. Beim Lesen ihrer Beschreibung schließe ich sie ins Herz. Ich möchte, daß Jerry mir gegenüber das gleiche empfindet wie gegenüber Phoebe.

In meinem nächsten Brief, nachdem ich das Buch gelesen habe, stelle ich Jerry eine einzige Frage: Wie hat es Holden Caulfied nur geschafft, so viele Dinge in einer einzigen Nacht unterzubringen?

Jerry antwortet, er habe keine Ahnung, wir müßten jemand wirklich Klugen fragen. Vielleicht die Freundin meiner Mutter, die berühmte Psychologin.

Ein andermal erklärt er mir, wie er auf den Namen Holden Caulfield gekommen ist (es sind Namen von einem Kinoplakat: William Holden und Joan Caulfield). Ein- oder zweimal erwähnt er, daß jemand sich um die Filmrechte für den Roman bemüht hat – und daß er sie nie verkaufen würde. Davon abgesehen sprechen Jerry und ich nicht über den *Fänger im Roggen.*

In seinen Briefen erwähnt er immer wieder die Kinder. Seine Tochter Peggy geht auf ein Internat, kommt aber an den Wochenenden oft nach Hause und besucht ihren Freund in Dartmouth. Jerry erzählt, daß er als Teenager keine Freundin hatte und befürchtet habe, er werde nie jemanden finden, und ich spüre wieder einmal, daß der Altersunterschied zwischen uns weniger zählt als die Übereinstimmung in unseren Ansichten und die gemeinsame Erfahrung, ein Außenseiter zu sein.

Matthew pendelt zwischen dem Haus seiner Mutter ganz in der Nähe und dem Haus seines Vaters hin und her. Jerry schreibt, daß er mit Matthew zu jedem Heimspiel der Footballmannschaft von Dartmouth gehe. Ich sehe das als Liebesbeweis eines Mannes, der sich selbst nicht für Football interessiert, der es verabscheut, im Kalten und auf unbequemen Plätzen in einem überfüllten Stadium zu sitzen, und sich selbst als »Weichling« bezeichnet.

Ruhe und Ungestörtheit sind die zentralen Punkte in Jerrys Leben. Durch die Kinder wird das kompliziert. Sie besuchen zwar Internate und verbringen viel Zeit bei ihrer Mutter, wenn sie zu Hause sind, aber sie wollen auch zu Sportveranstaltungen gehen, bei ihm fernsehen und Freunde einladen. Ich bin überrascht, daß Jerry diese Störungen duldet. Peggy lebt weitgehend ihr eigenes Leben. Aber wenn Matthew da ist, setzt Jerry seine Regeln hinsichtlich Ruhe, Nicht-Gestört-Werden, Zeit zum Meditieren und Studieren außer Kraft.

Jerry hat mir in seinen Briefen ausführlich von seiner jahrelangen Beschäftigung mit Homöopathie erzählt. In fast jedem Brief ist davon die Rede, daß er eines seiner Kinder behandelt hat. Jetzt erwähne ich, daß ich mir bei einer Fahrradtour in der Umgebung von New Haven durch den Kontakt mit Giftefeu einen Ausschlag geholt habe. Zwei Tage später bekomme ich ein Päckchen: ein Mittel, das er für mich zusammengerührt hat – zerstoßenes Springkraut aufgegossen mit hochprozentigem Wodka. Ich trage es sofort auf, und der Ausschlag ist verschwunden. Kein Wunder. Jerry Salinger besitzt geheime Kräfte wie kein anderer Mensch, den ich kenne.

# *Kapitel Vier*

Der Briefwechsel beginnt Ende April. Während des ganzen restlichen Semesters – knapp vier Wochen – wandern fast täglich Briefe zwischen uns hin und her. Anfang Mai hat er mir seine Telefonnummer gegeben und schlägt vor, ich solle ihn anrufen, per R-Gespräch.

Ich war immer aufgeregt, wenn ich Jungs anrufen sollte. Ich übte mit meiner Mutter, die jede Probe mit einem »Klingeling« einleitete. Doch jetzt, in meinem Zimmer in Yale, greife ich ohne Zögern zum Telefonhörer und wähle seine Nummer.

Er hat eine wunderbar tiefe, volltönende Stimme – kein hörbarer New Yorker Akzent, nur eine Färbung, die auf eine jüdische, vielleicht auch nur halbjüdische Herkunft schließen läßt –, und sie verrät Intelligenz und Humor und eine Selbstsicherheit und Autorität, wie sie nur wenige besitzen.

»Jerry?« beginne ich, als er an diesem ersten Abend den Hörer abnimmt. »Hier spricht Joyce Maynard.«

»Das ist aber eine Überraschung! Wie schön«, sagt er. Er ist etwas außer Atem. »Ich war gerade unten im Garten. Ich habe meine letzten Tomaten gepflanzt. Die Kriebelmücken sind dieses Jahr eine wahre Plage. Was habe ich Ihnen gesagt? Alles Blutsauger.«

»Ich dachte, ich ruf mal an und sag guten Tag«, sage ich.

»Weil ich so ein *alter* Freund bin«, erwidert er. »Ich freue mich, mein Kind. Was treiben Sie?«

Ich erzähle ihm aus meinem Leben – von meinen Kommilitonen, meinen Dozenten, dem Uni-Alltag in Yale, der Aufführung, meinen Eltern, den aufregenden Fortschritten in meiner Laufbahn als Autorin – womit ich Aufträge von *McCall's*, *Newsweek* und *Mademoiselle* meine.

»Ich weiß, daß Sie es nicht gut finden, wenn ich so viele Angebote annehme...«, beginne ich.

»Sie werden der Sache bald überdrüssig werden«, sagt er. »Ich selbst habe früher für die *Saturday Evening Post* geschrieben. Irgendwann kommt der Tag, da wollen Sie nichts mehr davon wissen. Das Ganze verliert sehr schnell seinen Reiz.«

Ich erzähle Jerry ausführlich von dem Junior-Ball, den ich neulich abends in Cheshire, Connecticut, besucht habe und über den ich für die *New York Times* schreibe. Wie bei der Wahl der Miss Teenage America, über die ich im Frühjahr berichtet habe, bin ich nur ein oder zwei Jahre älter als die meisten Teilnehmer, aber meine Schilderung des Balls und der Artikel, den ich schließlich in der *New York Times* veröffentlichen werde, lassen an jemand Älteren denken, für den Bälle und Jungs mit Blumenbouquets, Tanzen zur Musik einer Rock-and-Roll-Band mit anschließender Knutscherei im Auto und ähnliche Dinge einfach *Material* sind.

»Die ganze Geschichte nimmt das arme kleine Ding doch allzusehr mit«, sagt er.

In meinen Briefen habe ich Jerry mit Geschichten aus meinem Leben in New Haven unterhalten: von einem Jungen, der ganz verrückt nach Kindersendungen im Fernsehen ist und sich keine Folge von *Mr. Roger's Neighborhood* entgehen läßt. Von dem Mädchen, das in Kolonialgeschichte neben mir sitzt und bei jeder Klausur an einem Schnuller nuckelt. Von unserem Dozenten, der beim Sprechen seine Krawatte vor der Brust rauf- und runterrollt und den Eindruck macht, als hätte er besser in die Zeit der Puritaner gepaßt als in die unsrige. Von meinem Freund Josh, der mir das Klavierspielen beibringen will, aber nicht mit Tonleitern und

Fingerübungen, sondern Takt für Takt aus Mozart-Stücken. Ich habe ihm von meinem Trickfilm-Seminar erzählt, in dem ich als Abschlußarbeit die Vorlagen für einen einminütigen Film zeichne, der einen tanzenden Fred Astaire zeigt.

Ich erwähne es Jerry gegenüber nicht, aber das ganze Semester über habe ich für einen Kommilitonen in diesem Seminar geschwärmt: einen Comic-Zeichner (etwas, was ich selbst gern wäre), der so begabt ist, daß er mit seinem neuen *Doonesbury*-Comic auf dem Campus schon eine gewisse Berühmtheit erlangt hat. Mein dunkelhaariger, gutaussehender Mitstudent Garry Trudeau erscheint mir – obwohl er nur ein paar Jahre älter als ich ist und mir in dem kleinen Seminar direkt gegenübersitzt – schon als Freund absolut unerreichbar, geschweige denn als Mann.

Inzwischen telefonieren wir fast jeden Abend miteinander, und Jerry interessiert sich für alles, was ich zu erzählen habe. Er will wissen, wie mein »Einzelzimmer für Problemfälle« aussieht. Was ich zu Abend gegessen habe (ein Brokkoli-Röschen und einen Becher Joghurt). Ich verschweige ihm meine obsessive Beschäftigung mit meinem Körpergewicht. In letzter Zeit verspüre ich einen unstillbaren Appetit und habe fünf Pfund zugenommen. Das macht mich schrecklich nervös.

»Was macht der alte Shakespeare? Hatte New Havens Antwort auf Elia Kazan wieder ein paar brillante neue Regieeinfälle?« fragt er. Ich habe ihm bereits von der modernen, effekthascherischen Aufführung von *Maß für Maß* erzählt, bei der ich mitwirke, und daß der Regisseur – zweifellos vom Kinostart des *Paten* dazu inspiriert – versucht hat, das Stück im Gangstermilieu anzusiedeln, obwohl das mit der Handlung überhaupt nichts zu tun hat. Tatsächlich, sage ich, ist dieser Typ in Yale zum neuen Regietalent hochgejubelt worden.

»So ein Musterknabe kann es 1972 weit bringen«, sagt Jerry.

»Mir ist es richtig peinlich, da mitzuspielen«, erzähle ich ihm. »Jetzt hat der Regisseur beschlossen, einen Teil der Inszenierung in die Zukunft zu verlegen. Die Nonne ist ein Go-Go-Girl, und der Mönch läuft mit Sonnenbrille herum und sagt: ›Ich werde euch ein Angebot machen, das Ihr nicht ablehnen könnt.‹«

Jerry lacht, dann seufzt er. »Nichts liebe ich mehr, als wenn Shakespeare mit scharfer Gesellschaftskritik gewürzt wird.«

»In der hiesigen Theaterszene herrscht zur Zeit offenbar die Auffassung vor, daß die Aufführung eines alten Stücks nur dann gerechtfertigt ist, wenn man alle möglichen sexuellen Perversionen einbaut«, sage ich, jetzt ganz Zynikerin und mehr denn je verbitterte Chronistin einer Welt, die – künstlerisch, sexuell – auf den Abgrund zutreibt, obwohl ich im Gegensatz zu Jerry die gute alte Zeit gar nicht selbst erlebt habe. »Bei dieser Inszenierung wird die Hälfte der Männerrollen von Frauen gespielt und umgekehrt. Ich selbst spiele zwar eine Frauenfigur, aber ich schwebe an einem Flaschenzug auf die Bühne, ohne jeden ersichtlichen Grund.«

»So ist es heute überall, wohin ich auch blicke«, sagt Jerry. »Kunst und Kultur sind auf dem direkten Weg in die Klapsmühle.«

Wir sprechen und schreiben viel über das Theaterspielen, über Aufführungen, die ihm gefallen haben, über Schauspieler (viele unbekannte britische Nebendarsteller), die er besonders bewundert. »Ich bin kein großer Fan von all diesen hundertprozentigen Schauspielertypen«, erzählt er mir. Er mag Brando. Paul Newman nervt ihn. Dustin Hoffman ist ihm zu eingebildet.

»Laurette Taylor in *Die Glasmenagerie.* Das hätte Ihnen gefallen. Es war ebenso ihr Stück wie das von Tennessee Williams.«

Ich habe noch nie ein Broadway-Stück gesehen. Ich kenne den Namen Marlon Brando, aber nur wenige andere, die er erwähnt. Dennoch tauschen wir Eindrücke aus: über meine Theatergruppe an der High-School, über das West End. Meine Darstellung der Lady Macbeth, als ich sechzehn war. Oliviers *Hamlet.*

»Er ist brillant, keine Frage«, sagt mir Jerry. »Und trotzdem, wenn man ihn sieht, muß man ständig daran denken, wie brillant er ist. Da ist was faul.«

Was soll ich dazu sagen? Ich habe Laurence Olivier nie gesehen, außer vielleicht in einem Interview in der Sendung *Today.*

»Mehr als alles andere – Jogi, Homöopath, Schmierenkomödiant, Erbsenzüchter, Filmvorführer – bin ich Schriftsteller«, sagt er mir. »Wir sind ein merkwürdiger Menschenschlag. Niemand würde Schriftsteller werden wollen, wenn er wirklich eine andere Wahl hätte. Ein elender, unangenehmer Beruf, wirklich.«

»Ein Mann wie ich«, sagt er, »hat sich dafür entschieden, sein Leben auf dem Papier zu leben. Und Sie tun es auch, wie es aussieht. Wer würde nicht lieber Schauspieler werden?«

Jerry hat früher selbst Theater gespielt. Er hat davon geträumt, sich selbst Rollen auf den Leib zu schreiben und dann zu spielen.

»Jerry Lewis hat jahrelang versucht, die Rolle des Holden zu kriegen«, erzählt er mir. »Er wollte nicht locker lassen.« Dazu wird es nie kommen, das ist uns beiden klar. Wenn jemand Holden Caulfield hätte spielen können, dann Jerry Salinger, sonst keiner.

»Das Dumme ist nur, daß ich das Theater eigentlich gar nicht mag. Das richtige Theater, meine ich. Das große Theater. Es macht mich nervös. Auftritte, Abgänge, Beleuchtung – die ganze Sache wirkt auf mich wie kleine Dosen Arsen. Erspart mir bitte diese schönen Bühnenbilder, die das Publikum zu Beifallsstürmen hinreißen, sobald der Vorhang aufgeht. Die kahlen Bühnen könnt ihr auch behalten. Das hat etwas fürchterlich Affektiertes. Und ist wahrscheinlich noch schlimmer. Diese ganze Pseudo-Modernität, die Minimalismus mit Wahrheit verwechselt.«

»Ja«, sage ich. »So sehe ich das auch. Einmal war ich in *Die kahle Sängerin …*«

Obwohl wir regelmäßig miteinander telefonieren, schreiben wir uns weiter. Er schreibt über seine Lieblingsfilme – er liebt den Film, aber keine Unterhaltungsfilme –, und daß er sich vor einigen Jahren einen 16-mm-Projektor gekauft hat, damit er sich alte Filme, die ihm gefallen, zusammen mit seinen Kindern in seinem Wohnzimmer ansehen kann: *39 Stufen, Der dünne Mann, Tödliche Botschaft, Der verlorene Horizont.* So abfällig Jerry nahezu alles beurteilt, was Film, Theater, Kunst und Literatur gegenwärtig hervorbringen, so liebevoll und mitunter ehrfürchtig äußert er sich über das, was aus den dreißiger Jahren stammt – jener Zeit, als er ungefähr so alt war wie ich jetzt. Bis auf wenige Ausnahmen – *Verdammt in alle Ewigkeit, Der rosarote Panther* – wurden alle seine Lieblingsfilme lange vor meiner Geburt gedreht.

Wenn wir abends miteinander sprechen, läuft in meinem Wohnheim meist Musik von Led Zeppelin, James Taylor, Carole King oder *Sticky Fingers*, das neueste Album der Rolling Stones mit einer Großaufnahme von Mick Jaggers Hosenschlitz vorn drauf, dessen Reißverschluß man richtig aufmachen kann. Als ich Jerry frage, was für Musik er hört, nennt er Namen wie Blossom Dearie, Glenn Miller, die Andrews Sisters, Benny Goodman.

Unser gemeinsamer Bezugspunkt ist das Fernsehen – das einzige moderne Medium, bei dem sein sonst vernichtender kritischer Verstand auszusetzen scheint. Er spricht und schreibt mit größter Wertschätzung über Mel Brooks, Johnny Carson und die *Dick Van Dyke Show.* Wir haben beide eine Vorliebe für Mary Tyler Moore, aber wir mögen auch Carl Reiner sehr und eine ganze Anzahl von Schauspielern, die kleine Nebenrollen spielen. »Aber ohne Morey Amsterdam könnte ich leben«, erzählt er mir.

»Wir sind beide *Zuschauer,* Sie und ich«, sagt er – aber natürlich weiß ich das von mir selbst schon seit Jahren, und auch an ihm ist es mir gleich zu Anfang aufgefallen. Und wir meinen das nicht nur in bezug aufs Fernsehen.

Wenn seine Kinder krank sind, so erzählt er, sieht er oft eine Woche lang ununterbrochen fern. »Ich könnte auch ins

Nebenzimmer gehen und schreiben, aber dann wären meine Kinder ganz allein auf dem Sofa und hätten niemand, der es zu schätzen weiß, wenn Laura Petrie mit dem Zeh im Wasserhahn steckenbleibt.«

»Je schlimmer das Fernsehen – je *amerikanischer* –, desto besser gefällt es mir«, sagt er. Wir ergehen uns in Erinnerungen an bestimmte Episoden der *Andy Griffith Show,* die auch ich kenne: an die eine Folge, als Barney von Andy im Restaurant dabei überrascht wird, wie er seiner Freundin Juanita am Telefon ein Ständchen bringt; oder als Briscoe T. Darling das Angebot, im Gefängnis zu nächtigen, mit den Worten ablehnt: »Riecht verdächtig nach Almosen, Sheriff. Wir haben nicht die Absicht, unseren Ruf in der Gemeinde aufs Spiel zu setzen.«

»Erinnern Sie sich an die Folge, als Andy Opie einen Vortrag übers Erwachsenwerden und die Pflichten im Leben hält und Opie zwingt, einfach nur dazusitzen und darüber nachzudenken?« fragt Jerry.

Ich hätte nie gedacht, jemals einen Menschen zu treffen, der sich an solche Dinge erinnert. Ich beeende den Satz für ihn. »Und Opie fragt: ›Muß ich, Pa?‹ Und Andy sagt ja.«

»Opie sagt: ›Das macht mich irgendwie traurig, Pa‹«, fährt Jerry fort. Unsere Worte überschneiden sich.

»Wissen Sie«, setzt er hinzu, »dem kleinen Opie dämmerte was.«

Es ist fast nie der Hauptdarsteller, der Jerry gefällt, sondern der unscheinbare Typ, von dem die meisten Leute nicht einmal den Namen kennen würden. Ich schon. (Nicht umsonst habe ich es mir früher zur Aufgabe gemacht, jeden Namen aus dem Nachspann von *Leave it to Beaver* laut vorzulesen.)

Wir können zehn Minuten lang über den Charakter von Barney Fife reden, der von Don Knotts gespielt wird, oder über die Episode, in der Opie, dargestellt von Ron Howard, die hausgemachten Konserven verhökert, mit denen Tante Bea bei der County-Ausstellung einen Preis gewinnen wollte.

Das bringt Jerry auf das Thema Kinderstars. »Schrecklich, einem Kind so etwas anzutun – es so mir nichts, dir nichts vor ein Mikrofon oder eine Kamera zu stellen.«

In meinem Artikel für die *New York Times* habe ich über das vorzeitige Ende meiner Kindheit geschrieben – über den frühreifen Zynismus bei jungen Leuten meiner Generation. Obwohl meine eigene Kindheit noch gar nicht so lange zurückliegt, teile ich Jerrys Interesse für Kinder. Im Frühjahr sah ich mir für ein Seminar einen ganzen Samstagvormittag lang Trickfilme im Fernsehen an. Ich versuchte, wenn auch erfolglos, einen Platz in Maurice Sendaks Seminar über Kinderliteratur zu ergattern, und meine Hausarbeit in Geschichte des Puritanismus schrieb ich über den »Kindheitsbegriff der frühen Kolonisten« – genauer gesagt darüber, daß es gar keinen gab.

Es ist nicht schwer zu erraten, daß Jerrys Faszination für Kinder in erster Linie mit ihrer Unschuld und Arglosigkeit zusammenhängt– Eigenschaften, die er auf der Welt stets gesucht und selten gefunden hat. Er liebt an Kindern, daß sie überhaupt nichts Künstliches haben. Selbst wenn Kinderstars das glatte Gegenteil davon sind, so gibt es doch Ausnahmen – und wir sind uns einig, daß Ron Howard eine ist, denn er bewahrt sich selbst vor der Kamera seine natürliche Offenherzigkeit und Naivität. Meist jedoch sind Kinderstars die größten Schwindler von allen, denn sie schaffen es, unschuldig zu wirken, obwohl sie es in Wahrheit gar nicht sind.

»Allein dieser Gedanke könnte einem das Herz brechen«, sagt Jerry.

Eines Abends erzähle ich ihm am Telefon, daß ich von der Zeitschrift *Ms.* den Auftrag erhalten habe, im Juli zum Parteikonvent der Demokraten nach Miami zu fliegen und über die Bedeutung der Jungwähler zu schreiben. »Ah, Florida«, seufzt Jerry. »Dort habe ich viel Zeit vertan.« Ich erwähne den Prozeß gegen die Chicago Seven und die anhaltenden Sympathiekundgebungen für Abbie Hoffman und Bobby Seale in Yale. Er macht eine Bemerkung über den

Tod des Herzogs von Windsor. Ich weiß nicht genau, wer das ist.

Die Nachrichten aus Jerrys Alltag drehen sich um kleine Begebenheiten: Mal ist ein Waldmurmeltier in seinen Garten eingedrungen, mal ist eines seiner Kinder erkrankt, und er behandelt es homöopathisch. Die aufregendste Neuigkeit in seinem Leben ist, daß wir uns kennengelernt haben, sagt er.

Ich könnte dasselbe von mir sagen. Doch in meiner Welt ist zur Zeit eine Menge los. Ich habe den Vertrag für mein Buch unterzeichnet – und eigentlich war zu erwarten, daß er dagegen Bedenken anmelden würde, doch er tadelt mich inzwischen nicht mehr. Er freut sich mit mir und macht mir Mut für meine bevorstehenden Aufträge.

»Zeigen Sie mir ihn auf jeden Fall, wenn Sie fertig sind«, sagt er und meint den Artikel über den Studentenball. »Schikken Sie mir ein paar Seiten.« Was immer er auch vom Thema meines Artikels für *McCall's* halten mag – ein Artikel mit der Überschrift »Meine Eltern sind meine Freunde« über meine wunderbare Beziehung zu meiner Mutter und meinem Vater und darüber, wie gut wir uns verstehen –, er macht nicht die leiseste kritische Bemerkung. »Großartig«, sagt er zu mir. »Das müssen ja wunderbare Menschen sein.«

Er schreibt jeden Tag, obwohl er seit 1965 keine Geschichte mehr veröffentlicht hat. Ein andermal, als ich auf meinem Bett sitze und einen Becher Joghurt, mein Abendessen, löffele, frage ich ihn, warum er seine Arbeiten nicht publiziert.

»Publizieren ist eine unerquickliche Sache«, antwortet er. »Eines Tages werden Sie verstehen, was ich meine. All diese Flegel, die auf Cocktailpartys herumhängen, zu allem ihren Senf dazugeben und immer gleich mit einem Urteil bei der Hand sind. Schlimm genug, wenn sie das dem Autor antun. Aber wenn sie auf die Figuren losgehen – und das tun sie –, dann ist das Mord.«

»Ich kann diese verdammten Störungen einfach nicht mehr ertragen«, sagt er mir. Dies ist bei Jerry ein Dauerthema: nicht nur die unerwünschten Kritiker, sondern auch all die wohlmeinenden und sogar liebenswerten Menschen – alte Freunde, selbst seine geliebten Kinder – halten ihn von der Arbeit ab. Wenn er von Störungen redet, habe ich das sichere Gefühl, daß er nie mich damit meint.

Ein ständig wiederkehrendes Thema bei unseren Gesprächen ist, wie sehr ihm meine Texte gefallen. Er wisse nicht, was für eine Art von Schriftstellerin aus mir werde, sagt er. Er verabscheut Literaturpreise, Rezensionen, New Yorker Intellektuelle. Er haßt manierierten Stil und Schriftstellergehabe und Autoren, die sich mit der Berechnung von Filmstars ein Image zulegen – Typen in Tweedkleidung, die auf den Umschlägen ihrer Bücher Zigarren paffen, oder hypersensibel aussehende Frauen in schwarzen Rollkragenpullovern. Jerry kennt sie alle mit Namen, verfolgt ihren Werdegang genauer, als ich vermutet hätte, und hat für das, was er vom Literaturbetrieb mitbekommt, kaum mehr als Verachtung übrig.

Wenn Jerry davon spricht, welche Wirkung meine Texte auf ihn haben, gebraucht er Worte, mit denen ein anderer eher körperliche, sexuelle Erfahrungen beschreiben würde. Irgend etwas an meiner Art zu schreiben und zu denken gebe ihm ein gutes Gefühl. Meine Texte weckten »zärtliche Gefühle«. Sie verschafften ihm Befriedigung.

»Wissen Sie, mein Kind, eine solche Freundschaft hatte ich noch nie«, sagt er eines Abends. »Ich weiß nicht so recht, was ich davon halten soll, und ich möchte mir auch gar nicht allzu viele Sorgen machen. Es macht mich einfach glücklich, daß es Sie gibt auf diesem Planeten voller Außerirdischer. Aber vielleicht sind ja auch Sie und ich die Außerirdischen. So oder so, ohne Sie wäre es für mich eine einsame Welt.«

Jerry sagt, daß ich so schreibe, wie ich aussehe. Und was er von meinen Texten hält, weiß ich ja bereits. Irgendwann im Laufe unseres Briefwechsels fängt Jerry an, seine Briefe mit »in Liebe« zu unterschreiben.

Ich denke an ihn, wenn ich aufwache. Den ganzen Tag über

verfasse ich in Gedanken Briefe an ihn. Vielleicht, so sagt er mir bei einem unserer Telefongespräche, die wir mittlerweile jeden Abend führen, falle es ihm deswegen immer schwerer, den Briefwechsel fortzusetzen, weil wir sehr enge Freunde werden könnten.

»Ihretwegen würde ich am liebsten den Champagner hochholen«, sagt er. »Uns ist nämlich etwas ganz besonderes passiert, mein Kind.«

Bei Beginn unseres Briefwechsels grabe ich in der Bibliothek von Yale eine alte Ausgabe der Zeitschrift *Life* mit Fotos von ihm aus. Von diesen fünfzehn Jahre alten Fotos weiß ich, daß er ein großer, schlanker Mann ist, mit einem länglichen und schönen Gesicht. Auf einem anderen, älteren Foto, das ich mir ebenfalls in der Bibliothek angesehen habe, sitzt er auf einer Stuhlkante und hält eine Zigarette in der Hand. Fast noch eingehender als sein Gesicht studiere ich seine Hände: lange, gepflegte Finger, wie von Hirschfeld gezeichnet. Seitdem bin ich mehrmals in die Bibliothek zurückgekehrt, um die Fotos zu betrachten.

Ende Mai berichte ich ihm in einem Brief von einer Radtour, die ich »mit einem Freund« in ein Waldstück am Stadtrand von New Haven gemacht habe. Mitten im Wald liegt ein Teich, in den sich ein Wasserfall ergießt.

> Ich bin ein unglaublicher Feigling.
>
> Ich wurde in der, wie ich glaube, alten jüdischen Tradition des Tu-dir-nicht-weh und, vor allem, Gib-auf-deinen-Kopf-acht erzogen. Deshalb habe ich, obwohl ich schwimmen kann, panische Angst davor zu tauchen, oder auf Leitern und Bäume zu klettern und an Autos vorbeizufahren, selbst wenn meilenweit gestrichelte weiße Linien vor mir sind, und vor tausend anderen Dingen, die, alle zusammen genommen, ein ebensolches Handikap darstellen wie eine körperliche Behinderung.
>
> Aber, und damit zurück zu dem Teich, mein Freund wußte das nicht und er zog mich direkt unter den Was-

serfall, so daß das Wasser wie aus umgeworfenen Badewannen auf mich herunterbrach. Ich bekam Panik, mir wurde schwindlig – ich war überzeugt, daß ich verbrennen, ertrinken, auf jeden Fall sterben müßte. Ich hatte nie zuvor in meinem Leben solche Angst gehabt (und das will was heißen, denn mein Leben ist erfüllt von übertriebenen Ängsten). Doch als es vorüber war, fühlte ich mich so glücklich wie noch nie.

Ich verschweige in meinem Brief, daß der Freund jener Steve ist, mit dem ich einmal Polka getanzt habe – der blendend aussehende Junge, den ich bei den Proben zu meiner ersten Theateraufführung kennengelernt habe. Ich verschweige, daß ich, als ich mich bis auf mein Unterhemd auszog und zu dem Wasserfall schwamm, ständig daran denken mußte, wie deutlich meine Brustwarzen unter dem nassen Unterhemd zu sehen waren.

Doch obwohl ich Jerry dies alles verschweige, versuche ich, ihm etwas über mich mitzuteilen. Ich fürchte mich vor dem Wasserfall und fühle mich gleichzeitig zu ihm hingezogen. Was ich gegenüber dem Tauchen empfinde, empfinde ich auch gegenüber Sex. Ich habe schreckliche Angst, aber auch ein großes Verlangen.

Anfang Juni endet der Vorlesungsbetrieb in Yale. Irgendwann in jenen letzten Tagen steige ich, den Kleinanzeigenteil in der Hand, auf mein Rad, strample kreuz und quer durch New Haven und suche mir für den Herbst, wenn ich ans College zurückkehre, eine Wohnung außerhalb des Campus. Ich finde eine und leiste mit Geld aus dem Vorschuß für mein Buch eine Mietvorauszahlung.

Meine Kommilitoninnen suchen sich Feriensjobs – als Bedienung am Kap, als Telefonistin in der Rechtsanwaltskanzlei irgendeines Vaters. Ein paar von meinen Freundinnen wollen durchs Land trampen oder in Europa herumreisen und in Jugendherbergen absteigen. Einige werden mit ihren Freunden zusammenziehen.

John Oakes, der für die Leitartikel der *New York Times* verantwortlich ist, lädt mich zu einem Gespräch ein. Ich nehme wieder den Zug nach New York – eine Fahrt, die ich in den letzten Wochen mehrmals unternommen habe. Ich begebe mich in die West Forty-third Street und gehe durch die Drehtür. Die Gepflogenheiten bei der *Times* sind mir inzwischen vertraut – ich nenne dem Pförtner meinen Namen und warte, bis er nach oben telefoniert hat und mich durchwinkt. Obwohl ich anstelle meiner Jeans diesmal ein Kleid und einen Blazer trage – eine eigens für dieses Gespräch zusammengestellte Kombination, damit ich erwachsener aussehe –, erkennen mich im Aufzug mehrere Leute von dem Foto, das vor ein paar Wochen erschienen ist, und grüßen mich.

Ich fahre in den zehnten Stock hinauf, zu den Redaktionsbüros. John Oakes ist ein freundlicher Mann, grauhaarig und ungefähr im selben Alter wie Jerry Salinger. Von seinem großen Ledersessel aus, teilt er mir mit, daß Fred Hechinger, einer der Redakteure, in diesem Sommer zwei Monate Urlaub macht. Er fragt mich, ob ich bei ihm hospitieren möchte, und bietet mir Fred Hechingers Büro an.

Ich habe die Leitartikel der *New York Times* noch nie gelesen. Überhaupt habe ich das ganze Jahr über kaum einen Blick in die *New York Times* oder irgendeine andere Zeitung geworfen. Ich habe mit dem Gedanken gespielt, den Sommer im Haus meiner Eltern in Durham zu verbringen, um Jerry näher zu sein und an meinem Buch zu arbeiten. Aber jetzt sage ich ja, der Job würde mir gefallen.

Etwa zur selben Zeit bekomme ich ein völlig anders geartetes Angebot, das ich ebenfalls meinem *Times*-Artikel verdanke. Ein Manhattaner Psychotherapeut und seine Frau, die ganz in der Nähe in Central Park West ein Sandsteinhaus besitzen, verbringen den Sommer außerhalb der Stadt. Obwohl wir uns nie begegnet sind, schreiben sie mir und fragen, ob ich nicht Lust hätte, umsonst dort zu wohnen und mich um ihre Hunde zu kümmern.

So kommt es, daß ich jetzt eine Stelle als Hospitantin und einen Job als Haus- und Hundesitter habe, Putzfrau inbegriffen, und das in der Stadt, in der zu leben seit jenem ersten Besuch der Weltausstellung mein Traum gewesen ist.

Bevor ich jedoch mit meinem Sommerprogramm beginne, möchte ich ein paar Tage in New Hampshire verbringen. Ich muß mich mit Jerry Salinger treffen.

# *Kapitel Fünf*

Ich habe mir vorzustellen versucht, was wohl im Kopf meiner Eltern vorging, als sie mich vom Bus aus Yale abholten. Niemand macht eine Andeutung, daß mein bevorstehender Besuch in Cornish möglicherweise keine gute Idee sei, niemand fragt, was ein dreiundfünfzigjähriger Mann, der eine Achtzehnjährige übers Wochenende zu sich einlädt, im Sinn haben könnte. (Allerdings halten es meine Eltern auch nicht für merkwürdig oder gefährlich, wenn ich per Anhalter fahre. Und sie haben kaum ein Wort über meinen erstaunlichen Gewichtsverlust im letzten Jahr verloren, was immer sie darüber denken mögen. Meine Mutter geht mit mir sogar ins Elaine-Powers-Fitneßcenter, wie immer darauf erpicht, selbst abzunehmen, und stolz auf ihre spindeldürre Tochter.)

Bei uns zu Hause existieren die widersprüchlichsten Haltungen nebeneinander: äußerste Vorsicht und Überängstlichkeit in allem, was mit Sport und dergleichen zu tun hat, jedoch totale Gleichgültigkeit gegenüber den unzähligen Gefahren, die mit dem Alkoholismus meines Vaters verbunden sind, mit meinem zwanghaften Hungern und jetzt mit meiner rasch aufblühenden Beziehung zu einem eigenbrötlerischen und verschlossenen Mann, der fünfunddreißig Jahre älter ist als ich.

Ich habe meinen Vater noch nie in einer so schlechten Verfassung gesehen: verzehrt von Sorgen um unseren Hund und von Problemen des Anglistik-Instituts (obwohl er im Ruhestand ist), von Sorgen wegen des moralischen Verfalls der Gesellschaft und seiner Arthritis. Mag sein, daß er nicht mehr trinkt als früher, doch allem Anschein nach verkraftet es sein Körper schlechter. Er wirkt zerbrechlich. Jahrelang hat er stimmungsvolle Landschaften gemalt, jetzt malt er nur noch abstrakt. Großformatige Bilder mit roten und orangefarbenen Schrägstrichen, die sich in der Mitte kreuzen.

Meine Mutter ist ungemein stolz darauf, daß ich die Aufmerksamkeit eines so berühmten und großartigen Mannes erregt habe. Und sie ist noch etwas anderes – aufgeregt. In wenigen Wochen wird meine Mutter fünfzig, das richtige Alter, um sich von einem Dreiundfünfzigjährigen den Hof machen zu lassen. Gerade in einer Zeit, da ihr eigenes Sexual- und Liebesleben beendet scheint, ihr Interesse an Sex und Liebe aber noch längst nicht erloschen ist. Jahrelang hat sie indirekt durch ihre Töchter gelebt, selten mehr als jetzt.

Oben in meinem Zimmer, umringt von den Regalen, in denen vor wenigen Jahren noch meine Barbie-Puppen aufgereiht waren, breiten sie und ich die Stoffteile für ein Kleid aus, das wir für meine Reise nach Cornish nähen wollen, so wie wir letzten Herbst für meinen Besuch im Weißen Haus und mein Interview mit Julie Nixon Eisenhower selbst ein Kleid für mich angefertigt haben. Und wie beim letzten Mal, als wir zusammen etwas nähten, bezeichnet sie das Kleid, das wir machen, als »Kostüm«. Diesmal verkleide ich mich als unschuldiges Kind.

Das Kleid, das wir nähen, ist fast identisch mit dem, das ich an meinem ersten Schultag trug. Der Stoff, den wir dafür ausgesucht haben, war vermutlich für Vorhänge in einem Kinderzimmer gedacht: ein steifer weißer Baumwollstoff, bedruckt mit Buchstaben in leuchtenden Grundfarben. Der Schnitt ist derselbe, den wir für das Kleid verwendeten, das ich an meinem ersten Tag in Yale trug, und so einfach, daß wir nicht einmal ein Schnittmuster zu kaufen brauchen. Es ist ein ärmelloses Hängerkleid, das an den Schultern mit übergroßen Perlmuttknöpfen befestigt wird, so daß ich beim Anziehen nur die Hände zu heben und es mir über den Kopf zu streifen brauche wie ein Kind. Es ist sehr kurz und hat riesige einfarbige Stofftaschen, auf die meine Mutter Buchstaben aufnäht, die sie aus dem bedruckten Stoff ausschneidet – ein A auf eine Tasche, ein Z auf die andere. Ich bin so dünn und flachbrüstig, daß das Kleid keine Abnäher braucht. Dazu trage ich purpurrote Schuhe im Mary-Jane-Stil mit flachen Absätzen.

Ich habe zwar einen Führerschein, aber unsere Familie besitzt nur einen Wagen, und Jerrys Einladung gilt fürs ganze Wochenende. Außerdem halten es meine Eltern für zu gefährlich, wenn ich die rund sechzig Meilen Landstraße von unserem Haus nach Cornish alleine fahre, und so beschließe ich, den Bus zu nehmen. Aber dann erfahre ich, daß Mark, mein Englischlehrer aus Exeter, mit dem wir gut befreundet sind, am Wochenende in Dartmouth zu tun hat und mich bis nach Hanover mitnehmen kann, wo uns Jerry erwarten wird.

Während ich mit Mark und seiner Frau Anna auf der Route 89 nach Norden fahre und durch das Fenster die Landschaft von New Hampshire betrachte, tauschen wir Neuigkeiten über ehemalige Mitschüler in Exeter aus, sprechen über das Buch, das ich schreiben werde, über die Seminare, die ich dieses Jahr in Yale besucht habe, über meine Pläne für das weitere Studium. Mark war der erste Lehrer, der mich gezielt zum Schreiben ermuntert hat. Ein hochintelligenter, ruhiger und einfühlsamer Mann, der nicht die kleinste Andeutung macht, daß mein bevorstehender Besuch Anlaß zur Sorge geben könnte.

Obwohl ich sein Gesicht nur aus der alten Ausgabe von *Life* kenne, entdecke ich ihn sofort. Jerry steht auf der Veranda des Hanover Inn, als ich ihn zum ersten Mal sehe. Er ist sehr groß – an die einsneunzig –, und er wirkt noch größer, weil er so schmal ist. Er trägt Bluejeans und einen rund ausgeschnittenen Pullover von der Art, wie ihn ein früherer Dartmouth-Student tragen könnte, der zu einem Klassentreffen oder einem Baseballspiel auf seinem alten Campus fährt. Sein Arm lehnt mit der lässigen Eleganz eines alten

Musicalstars oder eines Steptänzers an einer Säule des Vordachs.

Die einzigen Fotos, die ich von ihm gesehen habe, sind mindestens zehn Jahre alt. Er hat noch immer das dichte Haar eines jungen Mannes, doch während es auf den Bildern noch schwarz war, ist es inzwischen ergraut. Es ist glattrasiert wie immer und tadellos gepflegt, mit einem auffallend länglichen Gesicht und tiefen Falten.

Er hat mir einmal erzählt, daß ihm vor ein paar Jahren, bei einem Besuch in New York, Lauren Bacall über eine belebte Straße hinweg etwas zurief, weil sie ihn für Jason Robards hielt, ihren damaligen Ehemann.

Er wirkt schlaksig und jugendlich – lange Beine, lange Arme, lange Finger. Mit der einen Hand fährt er sich durchs Haar, als er mich erblickt, die andere hebt er hoch über den Kopf und winkt, ohne jede Spur von Verlegenheit über eine solche Geste in der Öffentlichkeit.

Ich habe Mark und Anna völlig vergessen. Ich springe in meinem Buchstabenkleid und meinen roten Schuhen aus dem Wagen. Jerry steigt über das Geländer und kommt mir entgegen.

Ich renne, als träfe ich einen alten Freund, den ich seit Jahren nicht gesehen habe. Er rennt nicht gerade, aber sein Gesicht strahlt vor aufrichtiger Freude.

Er hat nicht das konventionelle gute Aussehen eines Filmstars, aber ich bin hingerissen von seinem Aussehen und der Art, wie er sich bewegt. Man sieht gleich, daß er ein guter Tänzer sein muß. Seine Bewegungen erinnern nicht im geringsten an das Macho-Gehabe junger Männer – sie sind weit entfernt von jeglicher Protzerei mit Körperkraft, Schnelligkeit oder Athletik, und dennoch kann ich mir vorstellen, daß er beim Kartenmischen oder Billardspielen eine gute Figur macht. Selbst wenn ich nicht gewußt hätte, wer er ist, Jerry wäre mir aufgefallen.

Nichts an ihm kommt mir alt oder fremd vor. Es erscheint mir absolut natürlich, daß ich die Arme um ihn lege, als er mich umarmt. Wenn er über meine Aufmachung schockiert ist, läßt er sich nicht das Geringste anmerken. »Du trägst dieselbe Uhr wie auf dem Foto«, sagt er.

Ich stelle Mark und Anna vor. Jerry ist höflich, sogar freundlich. Er sieht ihnen in die Augen und drückt ihnen die Hand. Er bedankt sich bei ihnen dafür, daß sie mich hergebracht haben. »Joyce hat mir viel von Ihnen erzählt«, sagt er. »Sie müssen ihr im Unterricht eine Menge beigebracht haben.« Mark holt meine Tasche aus seinem Wagen und verstaut sie im Kofferraum von Jerrys BMW. Jerry öffnet mir die Wagentür, und ich steige ein. »Ich kann es noch gar nicht fassen, daß du endlich hier bist«, sagt er. Wir fahren schnell aus der Stadt hinaus auf den Highway, und ich habe das Gefühl, daß ich für immer in diesem Wagen bleiben könnte. Ich wünsche mir, daß diese Fahrt nie zu Ende geht.

Wir unterhalten uns auf der gesamten Strecke bis zu seinem Haus – eine zwanzigminütige Fahrt auf einem zweispurigen Highway, dann bergan auf gewundenen, geteerten Straßen, die irgendwann in Schotter übergehen. Ich betrachte seine Hand auf dem Schaltknüppel – die eleganten Finger, die ich auf dem Foto in der Zeitschrift studiert habe. Meine Mutter arbeitet auch im Garten, und ihre Fingernägel beweisen es: eingerissen, unterschiedlich lang, meist mit kleinen Trauerrändern vom letzten Unkrautjäten. Jerrys Fingernägel sind tadellos gepflegt und sauber.

Er redet über seine Pläne fürs Wochenende. Wir werden einen Spaziergang auf den Hügel machen, auf dem er wohnt. Ich darf mir aussuchen, welchen Film ich mir ansehen will. So viele Filme, wie ich will. Ob ich noch Probleme mit Giftefeu hatte? Für den Fall habe er Springkraut besorgt.

»Matthew ist heute bei seinem Freund Matthew«, sagt er. Ich weiß bereits von diesem anderen Matthew. Peggy, die aus dem Internat zu Besuch ist, spielt wahrscheinlich Basketball mit ihrem Freund.

»Peggy spielt Basketball mit ihrem Freund«, sagt er.

Er fährt schnell und gut, doch hin und wieder sieht er zu

mir herüber und lächelt mich an. Endlich bin ich hier. Ich weiß nicht recht, wo ich anfangen soll. Doch andererseits scheint keine Notwendigkeit zu bestehen, etwas zu sagen. Zum ersten Mal, seit ich denken kann, habe ich nicht das Bedürfnis zu reden.

»Wir sind *Landsleute*, nicht wahr«, sagt er. Ich fühle mich erleichtert.

Wir kommen durch die Ortschaft Windsor in Vermont – die Art von Kleinstadt, die ich gut kenne, mit einer Hauptstraße, einem Postamt, einer Eisenwarenhandlung, ein paar Gemischtwarenläden und gelangweilten Teenagern, die auf Eingangstreppen sitzen und vorüberfahrende Autos beobachten. Er deutet auf das Haus, in dem früher sein Freund Learned Hand gewohnt hat, ein bekannter Richter, mit dem er sich anfreundete, als er vor fast zwanzig Jahren hierherzog, um New York zu entfliehen.

Jetzt sind wir in Cornish. Wir fahren an der eleganten Villa von Augustus St. Gaudens vorüber, die heute ein Museum ist, und ein paar Meilen weiter zeigt er mir das Haus seiner Ex-Frau Claire, der Mutter seiner Kinder. Sein eigenes Haus liegt ein Stück dahinter, am oberen Ende einer unbeschilderten Auffahrt, die von einem gewundenen Feldweg abgeht. Auf einem Schild am Ende der Auffahrt steht: PRIVAT, BETRETEN VERBOTEN.

Das Haus selbst ist ein schlichtes, einstöckiges Gebäude im Ranch-Stil, mit einer Terrasse, die nach Norden blickt, auf einen Horizont, den die unverstellte Aussicht auf den Mount Ascutney beherrscht. Bis auf Jerrys Gemüsegarten ist das Grundstück ums Haus verwildert, und unterhalb erstrecken sich mehrere Hektar freies Feld, über das Matthew mit seinem dreirädrigen Geländemotorrad fährt. Hinter dem Haus führt ein Pfad den Hügel hinauf. Joey, Jerrys Dackel, liegt auf der Terrasse in der Sonne, als wir vorfahren. »Wir sind daheim«, sagt Jerry.

Ich habe noch keine Stunde in der Gesellschaft Jerry Salingers verbracht, und doch fühle ich etwas, das ich noch nie empfunden habe.

»Ich habe lange auf dich gewartet«, sagt er. »Wenn ich es nicht besser wüßte, würde ich sagen, du gehörst hierher.«

»Manche Leute würden jetzt von einer peinlichen Situation reden«, sage ich. »Tatsächlich ist es die erste Situation seit langem, die mir nicht peinlich ist.«

Er sieht mich scharf an. Ich sehe nicht weg.

Sex ist für mich immer noch ein fürchterlich peinliches Thema. Aber bei diesem Mann fühle ich mich sicher. Ich weiß, daß er mich liebt. Ich kann mir nicht vorstellen, daß er mir jemals weh tun könnte.

Wir betreten Jerrys Haus durch den Keller, in dem eine riesige Gefriertruhe steht, gefüllt mit Nüssen, Straußfarn und Gemüse aus seinem Garten. Wir gehen von dort die Treppe hinauf ins Wohnzimmer. Darin stehen zwei abgenutzte, mit Daunen gefüllte Samtsofas und bequeme Sessel, Tische, auf denen sich Bücher und homöopathische Zeitschriften, Kataloge, Filmrollen und Zeitungen türmen. Ein paar Orientteppiche bedecken den Boden. Ein Fernseher und ein Plattenspieler, Stapel von Briefen und Zeitungen, Berge von alten *New Yorkern* und Ausgaben der *New York Times.* Das Haus ist klein – eine Küche, ein Wohnzimmer und je ein Schlafzimmer für Jerry und seine beiden Kinder, dazu eine mit Büchern und Papieren vollgestopfte Kammer, in der Jerrys Schreibmaschine steht. Außerdem besitzt er, auch wenn er ihn mir nicht zeigt (und in all den Monaten, die ich hier wohne, niemals zeigen wird), einen Safe – so groß wie ein Zimmer –, in dem er seine unveröffentlichten Manuskripte aufbewahrt. Obwohl das große Zimmer auf einer Seite Glastüren hat, die auf die Berge hinausgehen, ist es im Haus sehr dunkel.

Er hat ein Mittagessen für uns vorbereitet: Vollkornbrot, einen kleinen Cheddarkäse, Nüsse mit Honig. Er stellt zwei kleine Klapptische auf die Terrasse.

»Ich hoffe, das ist in Ordnung«, sagt er. »Ich habe selten Gäste. Nicht gerade wie bei der Junior League.«

»Mir fällt ein Stein vom Herzen«, sage ich.

Er schneidet sich ein Stück Käse und eine Scheibe Apfel herunter. »Gute Kombination«, sagt er kauend.

Ich schneide mir ebenfalls eine Apfelscheibe und etwas Käse ab.

»Und wie kommst du mit deinem Buch voran?« fragt er. »Die Typen in New York sollen bloß nicht versuchen, irgend etwas daran zu ändern.«

»Ich fange gerade erst an«, antworte ich. »Ich habe mir Listen mit Themen gemacht, die ich behandeln will. Als ich zu Hause war, bin ich in die Bibliothek gegangen und habe mir alte Nummern von *Life* angesehen. Nur um mein Gedächtnis aufzufrischen.«

»Wie ich aus deinem ersten Artikel ersehen konnte, erinnerst du dich an alles, was dir jemals widerfahren ist«, sagt er. »Es gibt nicht viel, was dir entgeht.«

»Mir wäre lieber, ich würde nicht so viel sehen«, sage ich. »Ich würde mich viel besser amüsieren, wenn ich nicht die ganze Zeit *beobachten* würde.«

»Das liegt daran, daß du eine Schriftstellerin bist. Das war mir sofort klar, als ich dein Gesicht auf der Titelseite der Zeitschrift sah.«

»Ich wollte nie Schriftstellerin werden. Ich will es noch immer nicht. Meine Eltern haben mir das Schreiben beigebracht, das ist alles. Es macht mir eigentlich gar keinen Spaß.«

»Spaß! Wie kommst du darauf, daß es Spaß machen soll? Wenn man vorhat, über eine Party zu schreiben, kann man nicht mitfeiern. Das Leben eines Schriftstellers ist alles andere als angenehm, und wenn wir beide tatsächlich die Wahl hätten, wären wir mit Sicherheit da draußen und würden etwas anderes machen. Ich persönlich würde lieber bei den Yankees spielen.«

»Am 1. Oktober soll ich mein Manuskript abliefern«, sage ich zu ihm.

»Irgendein Marketing-As im neunundvierzigsten Stock hat offensichtlich Angst, daß du nicht mehr jung genug bist, wenn dein Buch nicht schleunigst in Druck geht. Ich könnte es nicht ertragen, wenn du dich unter Wert verkaufen würdest.«

Nach dem Essen spazieren wir den Hügel hinter Jerrys Haus hinauf. Der Gesprächsstoff ist uns noch nicht ausgegangen, obwohl ich schon seit mehreren Stunden hier bin.

»Was ist mit dieser halbjüdischen Identität?« fragt er. »Wo stehst du bei der Sache?«

»Nirgendwo«, antworte ich. Ich sei hin und her gerissen.

»Meine Mutter feiert die jüdischen Feiertage nie«, sage ich. »Jahrelang bestand meine einzige Erfahrung in Sachen Kirche darin, daß ich am Ostersonntag mit meinem Vater vor der Episkopalkirche in der Stadt saß und frisch geröstete spanische Erdnüsse aß. Meine Freundinnen jammerten alle, weil sie von ihren Eltern in die Kirche geschickt wurden, aber ich wäre liebend gern hingegangen. Mit zehn oder elf ging ich in das Gotteshaus, das mir in unserer Stadt am meisten zusagte.«

»Laß mich raten«, sagt er. »Unitarier?«

Wieder kennt er mich. »Ich habe in der Sonntagsschule freiwillig eine Klasse von Fünfjährigen unterrichtet. Da wir bei den Unitariern waren, lasen wir natürlich nicht viel in der Bibel. Wir hörten Vorträge zu Themen wie ›Seltene Schmetterlinge Südamerikas‹ oder ›Was tun mit Vietnam?‹

Na, jedenfalls fuhr ich eines Samstags, um die Stunde am nächsten Tag vorzubereiten, mit dem Fahrrad zu einem Bach, an dem ich öfter mit meinem Vater war, und fing Kaulquappen. Ich schöpfte eine Anzahl in ein großes Glas und brachte sie am nächsten Morgen mit in meine Klasse. Ich hatte ein Projekt ausgearbeitet, bei dem wir von Woche zu Woche ihr Wachstum beobachten und ihre Verwandlung in Frösche verfolgen wollten.«

»Die Knirpse waren begeistert, möchte ich wetten.«

»Ja, sie waren unheimlich aufgeregt. So aufgeregt, daß sie in das Glas faßten. Doch als sie die Hände wieder herauszogen, hafteten die Kaulquappen so fest an ihrer Haut, daß ich sie nicht abbekam. Die Kinder begannen zu weinen. Da erkannte ich, daß es gar keine Kaulquappen waren. Ich hatte Blutegel mitgebracht. Am Ende mußte ich einen Vater holen, der eine brennende Zigarette an die Blutegel hielt, bis sie von den

Händen der Kinder abfielen. Und das war sie auch schon. Meine religiöse Erziehung.«

Jerry lacht. »Eine Intensivstudie an Blutegeln«, sagt er. »Gute Vorbereitung auf den Literaturbetrieb.«

Irgendwo auf dem Weg, auf dem wir, den Hund im Schlepptau, den steilen Hügel hinter seinem Haus hinaufgehen, nimmt er meine Hand.

Ich erzähle ihm von meiner Familie. »Mit der Trinkerei meines Vaters scheint es immer schlimmer zu werden, seit er im Ruhestand ist«, sage ich. »Am ersten Abend, als ich von New Haven nach Hause kam, wollte er mit mir über die menschliche Seele sprechen. Er sagte, es sei mir sicherlich nicht entgangen, daß die vorchristliche Welt die individuelle Seele in einem ganz anderen Licht gesehen habe als das Christentum. Er wollte mir den Druck einer Madonna Donatellos zeigen. Er war gerade dabei, einen Kunstband nach dem anderen herauszuziehen, da sprang er plötzlich auf und rief: ›Sibelius! Wir müssen Sibelius hören!‹«

»Ich ertappe mich ständig dabei, daß ich mit dir rede, als hätten wir beide dieselben traurigen Ereignisse erlebt«, sagt er. »Ich möchte dir irgendeine dämliche Frage stellen wie etwa, wo du am Siegestag der Alliierten im Zweiten Weltkrieg gewesen bist. Und dann muß ich mir an die Stirn schlagen und mich daran erinnern, daß du ja noch ein Kind bist.«

»Mit Gleichaltrigen konnte ich nie viel anfangen«, sage ich zu ihm.

»Damit wären wir schon zwei, mein Mädchen«, sagt er. »Ich kann Gesellschaft leidlich ertragen, solange ich meine Gummihandschuhe anbehalte. Obwohl ich sagen muß, daß ich in letzter Zeit den unwiderstehlichen Drang verspüre, mir ein Ohr abzuschneiden und den nächsten Zug in die Antarktis zu nehmen.«

»Aus demselben Grund bin ich in einem Einzelzimmer für Sonderfälle gelandet«, sage ich. Dann erzähle ich ihm von meinen Zimmergenossinnen und den Geräuschen in der Nacht.

»Wenn das keine Zumutung ist«, sagt er.

»Vielleicht bin ich einfach nicht der Typ fürs Collegeleben.«

»Wie wär's mit der Armee«, sagt er zu mir.

Ich erzähle ihm, wie ich zu meinem Namen kam. »Meine Schwester war vier, als ich geboren wurde. Sie war ein sehr sensibles Kind, sehr frühreif. Sie war es gewohnt, viel Zuwendung von meinen Eltern zu bekommen. Und so ließ sich meine Mutter, die wohl zu viele psychologische Bücher gelesen hatte, etwas einfallen, um Rona mehr für das neue Brüderchen oder Schwesterchen zu begeistern. Sie sagte ihr, daß sie sich einen Namen für mich aussuchen dürfe.«

»So was kann gefährlich werden«, sagt Jerry. »Man weiß nie, was eine Vierjährige ausbrütet. Thelma. Ebenezer. Howdy Doody.«

»Nun, meine Schwester war seit jeher ein Büchernarr. Schon mit vier. Meine Mutter hatte ihr ein Buch über Jeanne d'Arc vorgelesen, und sie war davon so begeistert, daß sie nur auf den Namen Joan hören wollte.«

»Ich vermute, sie haben die Streichhölzer weggesperrt?«

»Außerdem schwärmte sie für griechische Mythologie. Und so sagte sie zu meiner Mutter, daß sie das Baby, falls es ein Mädchen werden sollte, nach ihrer Lieblingsgestalt nennen wolle. Daphne.«

»Offensichtlich haben deine Eltern nicht Wort gehalten.«

»Doch. Daphne steht auf meinem Geburtsschein. Aber ich war kaum ein paar Tage aus der Klinik zu Hause, da eröffnete Rona unseren Eltern, daß sie das Baby nie wieder Daphne nennen dürften, unter keinen Umständen. Natürlich gehorchten sie. Joyce ist eigentlich mein zweiter Vorname.«

Jerry schweigt einen Augenblick. »Glaubst du, du hast einfach nicht ihrer Vorstellung von einer Daphne entsprochen?«

»Könnte man vermuten. Tatsächlich hat sie mir erst kürzlich den wahren Grund gestanden, warum sie meinen Namen ändern wollte. Ich war kaum ein paar Tage zu Hause, da wurde ihr plötzlich klar, daß der Name ihrer Lieblingsfigur der allerletzte war, den sie mir geben wollte. Und ich sage es nicht gern, aber so ist das mit unserer Beziehung. Ich liebe sie, und ich glaube, daß auch sie mich gern hat. Aber sie wäre die erste, die dir sagt, daß sie nicht gerade begeistert war, als ich auf der Bildfläche erschien. Wahrscheinlich wäre sie lieber ein Einzelkind geblieben.«

»Die gute alte Charlotte Brontë war auf Emily wahrscheinlich auch nicht besonders versessen.«

»Sie ist einfach sehr sensibel«, sage ich.

Ein Stück weiter frage ich ihn nach seinem Namen. Jerry ist die Kurzform für ...

»Jerome. Blöder Name. Klingt nach Fußpfleger. Oder Schriftsteller, du liebe Güte! Noch schlimmer.«

Zum Abendessen gibt es wieder Brot, gedünsteten Straußfarn und Apfelscheiben. Hinterher macht Jerry eine Schüssel Popcorn für uns, gießt aber Tamarisauce statt Butter darüber. Er räumt auf dem Samtsofa einen Platz für mich frei und wickelt mir eine Decke um die Füße. Ich habe leicht gehustet, und das bereitet ihm Sorgen.

Der erste Film, den er mir vorführt, ist einer seiner liebsten, ein früher Hitchcock, *39 Stufen*. Anschließend legt er eine andere Spule in den Projektor ein – *Der dünne Mann*. Irgendwann in der zweiten Hälfte schlafe ich ein.

Früher am Tag hat Jerry meinen Koffer auf das Gästebett in Peggys Zimmer gelegt. Ich bin ihr noch nicht begegnet. Jetzt, als er den zweiten Film zurückgespult hat, vergewissert er sich, daß ich alles habe, was ich brauche. Handtücher. Wasser. Das richtige Kopfkissen.

Er steht neben dem Bett und streicht sanft die Laken glatt. Ich habe meine Kontaktlinsen herausgenommen und trage jetzt meine Brille. Ich setze sie ab und lege sie auf den Nachttisch.

»Jetzt kann ich dich nicht mehr erkennen«, sage ich. »Du könntest jeder sein.«

»In Wahrheit bin ich Clarke Gable«, sagt er. »Oder besser Gomer Pyle.«

Irgendwann in der Nacht kommt Peggy herein und schlüpft in das Einzelbett neben meinem. Es ist spät. Sie ist bei ihrem Freund in Dartmouth gewesen. Als ich aufwache, schläft sie noch. Ich ziehe meine Jeans und ein T-Shirt an und gehe hinaus in die Küche.

Jerry ist schon auf. Er serviert auf der Terrasse das Frühstück, zarte kleine Erbsen von Bird's Eye und Vollkornbrot.

»Ich möchte dir meine Ernährungsweise erläutern«, sagt er. Kochen beraube Lebensmittel aller natürlichen Nährstoffe, erklärt er mir. Und nicht nur das: Industriell verarbeitete Produkte wie Zucker und Weißmehl, ja sogar Vollkornmehl, Honig und Ahornsirup, seien für den Körper sehr schädlich. Obwohl er mir Käse serviert habe, sei auch von Milchprodukten abzuraten, insbesondere wenn sie aus pasteurisierter Milch hergestellt seien, die ja auf über 65 Grad erhitzt werde, eine Temperatur, bei der wichtige Nährstoffe zerstört würden. Gebratenes Fleisch sei mit das Schädlichste, was ein Mensch überhaupt essen könne, und der Verzehr von rohem Fleisch sei natürlich riskant.

Aus diesem Grund hat Jerry eine besondere Methode der Fleischzubereitung entwickelt. Zunächst einmal nimmt er spezielles, nicht mit Chemiestoffen belastetes Biohackfleisch vom Lamm, das er im Naturkostladen kauft, formt daraus Medaillons und friert sie ein. Auf diese Weise, so glaubt er, werden mögliche Bakterien abgetötet. Dann gart er sie, aber nur bei einer Temperatur von 65 Grad.

Wenn es sich irgend vermeiden läßt, ißt Jerry keine gekochten Speisen. Er ernährt sich hauptsächlich von Rohkost und Nüssen. Was die meisten anderen Leute essen, bezeichnet er mit dem Wort »Gift«.

»Man spürt es nicht, aber der Körper ist voller Giftstoffe.« Kopfschmerzen, so sagt er, werden von Giftstoffen verursacht, die in den Körper gelangen.

»Ärzte!« sagt Jerry. »Eine Bande von Faulenzern, bei denen es nicht zum Golfprofi gereicht hat. Sie verschreiben ständig Medikamente, die nur die Symptome des Patienten verschleiern, anstatt sie als das zu begreifen, was sie sind, nämlich ein Warnsignal des Körpers, die Lebens- und Ernährungsgewohnheiten zu ändern. Wenn ich dir einen Rat geben darf, dann meide Ärzte.«

Jerry ernährt sich schon seit langem auf diese Weise, und abgesehen von einem Hörschaden auf einem Ohr – die Folge einer Kriegsverletzung –, ist er bei bester Gesundheit. Vedischen Schriften zufolge beträgt die natürliche Lebensspanne eines Menschen einhundert Jahre. Er hat die Absicht, so lange zu leben. Mittlerweile traue ich Jerry alles zu, was er sich vorgenommen hat.

Kurz vor Mittag kommt Peggy aus ihrem Zimmer – zerzaust, etwas verschlafen. Sie ist nicht unfreundlich, sprüht aber nicht gerade vor Begeisterung.

»Darf ich dir Joyce vorstellen«, sagt Jerry. »Ich habe dir von ihr erzählt. Von ihr war der Artikel.«

»Hi«, grüßt sie. Dann schnappt sie sich eine Zeitschrift und blättert darin. Kein Small talk.

»Was hältst du davon, wenn wir in die Stadt fahren und die Zeitung holen?« fragt Jerry. Auf dem Weg zur Tür tätschelt er Peggy den Kopf. Für eine Sekunde schaut sie von der Zeitschrift auf.

Es ist eine zehnminütige Fahrt, erneut über Feldwege und eine überdachte Brücke, die sich über den Connecticut River spannt und in das Städtchen Windsor in Vermont führt. Wir halten vor dem Zeitungsladen an der Hauptstraße, steigen beide aus und gehen zusammen in das Geschäft. Jerry grüßt den Mann hinter dem Ladentisch, der seinen Namen kennt. Er sucht für Matthew ein Jo-Jo aus.

»Das ist für mich ziemlich ungewöhnlich«, sagt er, als wir wieder draußen sind und über die Brücke zurückfahren.

»Ein Jo-Jo zu kaufen?«

»Jemanden in den Laden mitzunehmen«, sagt er. »Einen Gast. Nur daß man bei dir nicht das Gefühl hat, du seist ein Gast.«

Als Jerry in die Auffahrt einbiegt, stellt er die Automatik

auf »N« und hält für einen Augenblick an. Er beugt sich herüber, legt mir die Hände auf die Schultern und küßt mich. Ich erwidere den Kuß.

Hinterher sieht er mich lange an. »Du weißt zuviel für dein Alter«, sagt er. »Entweder das, oder ich weiß zuwenig für meines.«

Wir fahren den Hang zum Haus hinauf und erklimmen wieder die Treppe durch den Keller. Er wirft die Zeitung aufs Sofa. Matthew ist mittlerweile gekommen – mit seinem Freund, der ebenfalls Matthew heißt. Sie sehen fern und lesen Comics, *Tim und Struppi.*

Matthew ist ein Junge mit einem sehr lieben Gesicht, schon so groß wie ich, und vom ersten Augenblick an offen und freundlich zu mir. »Das ist Joyce«, sagt Jerry.

Matthew lächelt. »Hi«, sagt er. Jerry wirft ihm das Jo-Jo zu. Joey, der Hund, späht nach oben, rührt sich aber nicht. »Nicht eben wie Asta«, sagt Jerry.

»Dein Foto war in der *New York Times,* stimmt's?« sagt Matthew.

Irgendwann am frühen Nachmittag – nach einer weiteren Mahlzeit aus Nüssen, Brot und Käse – kommen Mark und Anna, die von Jerry eine Wegbeschreibung bekommen haben, vorbei, um mich abzuholen. Zu dritt sitzen wir im Wohnzimmer, während Jerry ein Tablett mit kühlen Getränken holt. Er fragt Mark nach seiner Arbeit als Verwaltungsrat von Dartmouth, nach den Büchern, die er in Exeter im Englischunterricht durchnimmt. Er ist besonders interessiert, als er hört, daß Anna in Deutschland aufgewachsen ist. Während des Zweiten Weltkriegs und danach hat er dort einige Zeit verbracht.

Als wir aufbrechen müssen, trägt Jerry meine Reisetasche hinaus zu Marks Wagen. Er überreicht mir ein Buch von einem Dr. Henry Bieler, *Food is Your Best Medicine.*

»Das nächste Mal suche ich einen Film aus, bei dem du nicht einschläfst«, sagt er. Er beugt sich über den Rücksitz des Wagens herunter und sieht mich an, küßt mich aber nicht.

»Ruf an, wenn du wieder in New York bist«, sagt er. »Du wirst in der Stadt für Furore sorgen.«

New York erscheint mir jetzt weit weg. Ebenso meine Heimatstadt Durham. Und New Haven.

Als wir die Auffahrt hinunterfahren, schaue ich mich nach Jerry um, der dort oben steht und auf dieselbe Weise winkt wie bei unserer ersten Begegnung. Mich überkommt ein so schmerzliches Gefühl des Verlustes und der Entwurzelung, daß ich wegsehen muß.

Bei meiner Rückkehr ins Haus meiner Eltern werde ich von meiner Mutter erwartet und mit Fragen bestürmt. Normalerweise würde ich ihr alles erzählen, aber ich spüre eine ungewohnte Distanz zwischen uns. Ich will meine Mutter nicht mehr an jeder Einzelheit in meinem Leben teilhaben lassen. Ich hege einen ungewohnten Argwohn, bleibe reserviert und ärgere mich sogar bis zu einem gewissen Grad darüber – was ich nicht ganz verhehle –, daß sie versucht, von meinem neuen Leben Besitz zu ergreifen.

»Wie war sein Haus?« will sie wissen. Sie ist enttäuscht, daß es nicht feudaler ist. »Was habt ihr gegessen?« Ich erzähle ihr von den tiefgefrorenen Erbsen und dem ungesäuerten Brot.

»Klingt ja grausig«, sagt sie. Meine Mutter hat sich angewöhnt, Menschen zumindest teilweise danach zu beurteilen, ob sie gutes Essen zu schätzen wissen. Es fällt ihr schwer, für jemanden, der Margarine statt Butter ißt, Respekt oder Sympathie zu empfinden.

Die Ansichten meiner Mutter – auch was das Kochen angeht – sind immer auch meine eigenen gewesen. Jetzt, als ich ihr schildere, wie Jerry Fleisch bei 65 Grad zubereitet, nimmt meine Stimme eine ungewohnte Schärfe an. »Wenn man es stärker erhitzt, zerstört man die wertvollen Enzyme im Eiweiß. Gekochte Speisen sind Gift«, erkläre ich. Dasselbe gelte für Weißmehl und Zucker.

»Was gab es zum Nachtisch?« fragt meine Mutter.

»Sonnenblumen- und Kürbiskerne mit nicht pasteurisiertem Honig«, antworte ich.

Aber wenn er zu uns zum Essen komme (ein Ereignis, das sie im Geiste schon plant), könne sie ihm doch gewiß Kuchen vorsetzen? Ich äußere Bedenken. Vielleicht mit einer Kruste aus Vollkornweizen (ein völlig inakzeptabler Gedanke). Jedenfalls nicht mit Eiscreme, so viel ist sicher. Dann erkläre ich meiner Mutter, was Eiscreme im Magen anrichtet.

»Zuerst nimmst du ein Produkt aus pasteurisierter Milch – fettreich, voller Zucker. Du frierst es ein. Dann ißt du es, und es schmilzt in deinem Magen. Jetzt liegt dir das ganze alte tierische Fett im Magen. *Und verfault.*«

Die ganze Sache klingt so ekelerregend, daß ich kaum darüber reden kann, ohne daß mir schlecht wird. Dabei habe ich Eiscreme immer gern gemocht.

Zwei Tage nach meiner Abreise aus Cornish trifft ein Brief von Jerry ein, am Vortag geschrieben und aufgegeben. Er habe mich den ganzen Tag vermißt, schreibt er.

Er habe Mark und Anna sehr sympathisch gefunden, sagt er, wohl wissend, wie wichtig sie mir sind. Nach meiner Abreise habe er einige Zeit damit verbracht, das richtige homöopathische Mittel für Peggy zu finden, die geringfügige Beschwerden hatte. Dann habe er ihr meinen Artikel aus der *New York Times* zu lesen gegeben. Offensichtlich liegt ihm viel daran, daß er Peggy von mir erzählen kann. Er ist stolz auf mich. Ich finde es toll, daß er es nicht für nötig hält, seiner Tochter zu verheimlichen, daß er sich für mich interessiert. Auch wenn er vielleicht nicht zeigt, wie weit sein Interesse geht.

Ich bin gerührt, daß er sich um mich sorgt, weil ich am Wochenende gehustet habe, und sogar amüsiert, weil er fürchtet, er könne mir mit seiner homöopathischen Fürsorglichkeit auf die Nerven gehen. Er sei heute abend zu müde, um mir alles zu schreiben, was ihm tagsüber zu mir durch den Kopf gegangen sei; es genüge, daß er mich einfach nur kenne. Er vermisse mich »arg«.

Ein paar Tage nach meiner Rückkehr aus Cornish fahre ich wieder weg, diesmal allerdings nach New York, zu meinem Job und ins Haus der Eheleute Katja und Ray Mendelson, die den Sommer auf Long Island verbringen und mir angeboten haben, in Central Park West zu wohnen, wenn ich dafür auf ihre Hunde aufpasse.

Das Haus der Mendelsons in der West Seventy-third Street, einen Block vom berühmten Dakota-Apartmenthaus entfernt, ist riesig und vollgestopft mit echter Kunst und hypermodernen Möbeln. Ein Privatlift führt in mein Zimmer im obersten Stock hinauf. Obwohl ein Großteil der Räume nicht genutzt wird, kommt jeden Tag ein Dienstmädchen und sieht nach dem Rechten.

Auch meine Unterbringung bei der *New York Times* ist für eine Achtzehnjährige beeindruckend. Ich sitze hinter einem riesigen Schreibtisch im Büro eines Redakteurs, der im Urlaub weilt, und blicke auf eine Wand voller Bücher zu welthistorischen und tagespolitischen Themen. Ich soll hier sitzen und Artikel schreiben. Mehrmals am Tag kommt ein Botenjunge herein, der ein paar Jahre älter ist als ich, und bringt mir ein frisches Bündel brandaktueller Agenturberichte, damit ich mich über das Weltgeschehen auf dem laufenden halten kann. Auf einmal schreibe ich Kommentare, dabei habe ich noch bis vor kurzem immer zuerst die Leserbriefe und gleich danach die Comic strips und den Klatsch über Hollywood-Stars gelesen.

An Neuigkeiten fehlt es im Sommer 1972 wahrlich nicht: George McGovern bewirbt sich um die Präsidentschaftskandidatur der Demokraten. Angela Davis, von einem kalifornischen Gericht wegen Mordes, Entführung und Verschwörung verurteilt, wird in zweiter Instanz freigesprochen. Der Oberste Gerichtshof erklärt die Todesstrafe für verfassungswidrig. Nicht ganz ein Jahr nach dem Tag, an dem überall auf dem Campus in Yale junge Männer ängstlich auf die Nummer warteten, die sie beim Einberufungs-Losverfahren gezogen hatten, gibt Präsident Nixon bekannt, daß keine neuen Wehrpflichtigen nach Vietnam geschickt werden. Und schließlich werden – auch wenn es noch keine Topmeldung ist – fünf Einbrecher verhaftet, die, wie sich herausstellt, Kontakte zur CIA unterhalten und in die Büroräume des Vorstands der Demokratischen Partei im Watergate Hotel eingedrungen sind.

Auch in meinem Leben, so möchte man meinen, häufen sich die aufregenden Ereignisse: Ich habe nicht nur den Job bei der *Times* und einen Vertrag für ein Buch, das ich im Oktober abliefern soll, sondern vor meinem Schlafzimmerfenster glitzert ganz New York, die Stadt, in der ich schon so lange leben will. Eines Tages, als ich im Central Park die Hunde der Mendelsons ausführe, geht John Lennon mit seinem Sohn an mir vorüber.

Und doch fühle ich mich irgendwie bedrückt. Ich schreibe meiner Schwester einen Brief, den sie getreu der Familientradition aufbewahrt. Fünfundzwanzig Jahre später schickt sie ihn mir zurück.

> Liebe Rona,
>
> … Ich vermute, Mummy hat dir mein Leben als angehende Schriftstellerin mit all ihrem jüdischen Mutterstolz und ihrem Hang zur Übertreibung geschildert. Die Sache ist jedoch komplizierter …
>
> … Plötzlich muß ich die Ziele, auf die ich so hart und so lange hingearbeitet habe, neu überdenken. Es ist sehr leicht möglich, daß ich das Studium hinwerfe und den Kontakt zu Gleichaltrigen abbreche, vielleicht bekomme ich mit neunzehn Geschwüre, vielleicht habe ich mich schon unnahbar gemacht …

Jerry Salinger geht mir nicht mehr aus dem Sinn. Wir telefonieren jeden Abend und manchmal auch tagsüber, wenn ich in meinem Büro bei der *Times* bin. Ich denke mittlerweile ununterbrochen an ihn.

Wenn ich in Fred Hechingers Büro sitze, verwende ich nicht viel Zeit darauf, Artikel für die *New York Times* zu schreiben. Meist schreibe ich Briefe an Jerry. Während ich durch die Columbus Avenue schlendere oder die Hunde ausführe, plane ich meinen nächsten Besuch in New Hampshire.

Seit meinem Besuch bei ihm hat sich unsere Freundschaft verändert. Haben wir uns vor dieser Begegnung noch seitenlange Briefe geschrieben – über Literatur, das Publizieren, Filme, das Theaterspielen, Homöopathie –, so sind sie jetzt kürzer, aber ich höre aus seinen Worten ein Verlangen heraus, das in seinen früheren Briefen nicht da war.

Er schreibt mir, wie einzigartig und intensiv unsere Freundschaft sei. Daß sie ihn glücklich mache, aber auch belaste, weil sie seine Gedanken so stark beschäftigt.

»All die Jahre warst du nicht da, und es schien mir nichts auszumachen«, sagt er mir am Telefon. »Aber jetzt, wo ich dich getroffen habe und du wieder fort bist, scheint alles aus dem Gleichgewicht zu geraten. Heute morgen habe ich mich dabei ertappt, wie ich zu dem Sessel hinübersah, in dem du gesessen hast, und es erschien mir unsagbar traurig, daß du nicht da warst. Ich will ständig zu dir hinübersehen, und du bist nicht da.«

In den Briefen, die er mir im Juni schickt, klingt er so fröhlich wie später nie wieder. Ich liebe es, wenn er mir sagt, daß er meinetwegen so vergnügt sei. Er erzählt mir, wie er einmal Matthew und Peggy zufällig in der Stadt traf und wie sehr sie sich freuten, einander zu sehen. Er sagt, es sei doch schön, wenn man ein paar Menschen in seinem Leben habe, die man wirklich lieben kann. Ich weiß, daß ich dazugehöre.

Nach Erhalt meines ersten Briefs aus New York schreibt er mir, daß er am liebsten den ganzen Brief, jede einzelne Zeile, mit Anmerkungen versehen hätte. Ich spüre, was er wirklich will. Er würde mir gern New York zeigen. Er kennt die Namen aller Apartmenthäuser in Central Park West. Er hat früher selbst in einem gewohnt.

In seinem Brief steht, daß er vor einer Minute noch mit mir telefoniert habe und daß er jetzt schreibe. Er könne einfach nicht aufhören, mit mir zu sprechen.

Er schreibt über meine Schriftstellerei, wie gewöhnlich, und darüber, was er sich für mich erhofft. In meinem letzten Brief habe ich ihm gestanden, daß mir das Schreiben gar nicht so wichtig ist. Nun schreibt er zurück, er hoffe, daß ich ihm auch die Wahrheit gesagt hätte. Er selber schreibe leider sehr gern, allerdings nur, wenn es gut laufe. Es sei für ihn mit Abstand die größte Freude, wenn er spüre, daß sein Leben und seine Arbeit ein harmonisches Ganzes bilden, und wenn er nicht ständig das Gefühl habe, daß das eine nichts mit dem anderen zu tun hat. Ein Leben zu führen, in dem sich alle Einzelteile ineinanderfügten, dieses Ziel, sagt er mir, verfolge er mit der Unbeirrbarkeit und Leidenschaft eines »Fanatikers«.

Die Briefe, die er mir jetzt schickt, klingen weniger verbittert. Kamen die ersten Briefe im April und Mai noch von einem Zyniker, der nur die Schattenseiten des Lebens sieht und mit der Welt abgeschlossen hat, so ist der Mann, der mich im Juni und Juli Abend für Abend anruft, voller Hoffnung, beinahe optimistisch.

»Ich habe mir gedacht, ich könnte auf dem Weg zu dir über Durham fahren«, sagt er. »Es wird langsam Zeit, daß ich mich deinen Eltern vorstelle, wie es sich gehört.«

»Als mein früherer Freund Jim zum ersten Mal bei uns zu Hause aufkreuzte«, erzähle ich, »fragte ihn mein Vater: ›Sagen Sie mir, junger Mann, wie definieren Sie Schönheit?‹« Nicht einmal Jerry vertraue ich an, welche Art von Fragen meine Mutter stellen kann.

»Immer noch besser, als über die Red Socks zu reden«, sagt er. »Ich will nicht bestreiten, daß mir das anfangs peinlich sein wird. Hut in der Hand und das alles. Aber es kann nicht schaden, wenn ich mir mal die Zeit nehme und mit Menschen, die ich wirklich respektieren kann, ein nettes längeres Gespräch führe.« Ob ich glaube, daß sie ihn mögen werden, fragt er.

Ganz bestimmt, antworte ich, gerührt von der Vorstellung, daß Jerry nicht als berühmter Schriftsteller, sondern als etwas schüchterner und verlegener Freier die Eltern seiner Liebsten für sich einzunehmen versucht.

»In einem Punkt werden wir uns jedenfalls einig sein«, bemerkt er. »Wir sind alle total in dich verknallt.«

Selbst die Ratschläge, die er mir gibt, klingen jetzt anders, haben einen zärtlichen und beinahe jugendlich schwärmerischen Ton. Er habe sich auf die ganze Sache eingelassen, sagt er, weil er »wahres Schreiben« liebe und weil er meine Art zu schreiben liebe. Er habe meine Art zu schreiben geliebt, noch bevor er mich geliebt habe. Und noch mehr liebe er mein Leben.

Er schickt mir einen Reklamezettel für eine Antiquitätenauktion, die nächste Woche irgendwo bei White River Junction stattfinden soll, und schlägt mir vor, daß wir zusammen hingehen. Er ruft an, um mir zu sagen, daß er im Garten die ersten Erbsen geerntet hat. Er ruft an, um mir zu sagen, daß er gerade die Kommentarseite der *Times* gelesen hat. »Wann bringen sie endlich etwas von dir? Also wenn du mich fragst, schreit diese Seite geradezu nach der Stimme eines Mädchens wie dir.«

»Für die Fahrt von La Guardia zum Lebanon Airport brauchst du eine Stunde«, schreibt er mir. »Du könntest dir am Freitagnachmittag am Times Square ein Taxi nehmen und wärst dann rechtzeitig hier, bevor es dunkel wird.« Am darauffolgenden Montag könne er mich mit dem Wagen nach New York zurückbringen. Doch noch ehe der Brief eintrifft, ruft er an und macht mir einen neuen Vorschlag. Jetzt will er mich am langen Vierten-Juli-Wochenende selbst mit dem Wagen abholen und mit mir nach New Hampshire fahren.

Ich freue mich riesig, fühle mich geschmeichelt, bin stolz und aufgeregt und habe Angst.

Zehn Tage nachdem ich den Job bei der *New York Times* angetreten habe, nimmt Jerry eine fünfstündige Fahrt nach New York auf sich, um mich abzuholen – mich und die beiden Hunde der Mendelsons. Ich fliege in seine Arme, als er vor dem Haus in der West Seventy-third Street vorfährt. Er streichelt mir das Haar. »Mein Gott, darauf habe ich eine Ewigkeit gewartet«, sagt er.

Wir kaufen an der Upper West Side eine Tüte Lachsbrötchen. Dann wendet er und fährt, sehr schnell und ohne ein einziges Mal anzuhalten, die vollen fünf Stunden nach New Hampshire zurück. Als ich diesmal sein Haus betrete, weiß ich, wohin es geht.

# *Kapitel Sechs*

Jerrys Schlafzimmer ist nicht besonders groß. Die spärliche Einrichtung besteht aus einem extra großen Bett, einem Nachttisch mit homöopathischen Zeitschriften darauf, einem Spiegel, einer Kommode. Das Fenster am Bett braucht keine Vorhänge, denn dahinter liegen nur freies Feld und der Himmel. Es wird gerade dunkel. Eine Tür führt ins Badezimmer, eine zweite in den Raum, in dem Jerry jeden Morgen schreibt und meditiert, und eine dritte in das restliche Haus mit den Zimmern der Kinder. Doch die Kinder sind nicht da. Matthew ist bei seiner Mutter, Peggy bei ihrem Freund.

Ich stehe am Fußende des Bettes, wieder in einem meiner kurzen Kleinmädchenkleider. Er zieht es mir über den Kopf. Kein BH an meinem mageren Körper. Ich brauche keinen. Nur einen Baumwollslip. Den zieht er mir aus.

Wir sprechen nicht über Verhütung, und ich denke nicht daran, danach zu fragen. Ich bin weniger reif als die meisten Achtzehnjährigen. Es ist erst ein paar Jahre her, daß ich meine Barbies weggeräumt habe.

Ich weiß sehr wenig über Sex, und was ich weiß, ist zumeist traurig und befremdend. Die gemeinsamen Besuche mit meiner Mutter in Calef's Country Store, in dem wir süßes Maisbrot kauften und schmutzige Witze lasen. Ihre Artikel in *Good Housekeeping* und *Woman's Day* über Sex vor der Ehe und Geschlechtskrankheiten.

Sex ist der Film über das Wunder der Menstruation, den sie uns in der siebten Klasse im Sportunterricht gezeigt haben, und meine tiefe Scham, als mir dieses Wunder zwei Jahre später selbst widerfährt und ich es einfach nicht über mich bringe, meiner Mutter davon zu erzählen. So vergeht ein volles Jahr, ehe sie mich zur Rede stellt, weil sie beim Putzen im hintersten Winkel meines Schranks eine braune Papiertüte entdeckt hat, gefüllt mit den gebrauchten Damenbinden eines Jahres, die nun von Ungeziefer wimmeln. »Wir konntest du nur?« fragt sie. Und ich schäme mich mehr denn je.

Sex, das ist das triste, dunkle kleine Arbeitszimmer meines Vaters, das nach Schnaps riecht, mit seinem Einzelbett und den halb korrigierten Schüleraufsätzen und Prüfungsheften, die verstreut auf dem Boden liegen, das sind seine Bücher mit Literatur aus dem achtzehnten Jahrhundert und seine komischen Großvater-Pyjamas und die Art, wie er am Morgen darin aus seinem Zimmer tritt und seine edelsten Teile, wie er sie nennt, mit der Hand bedeckt, und die Art, wie meine Mutter den Kopf zurückwirft und lacht, wenn er es tut. Sex ist das große, sonnige Schlafzimmer meiner Mutter, in dem ich sie morgens besuche.

Sex, das sind für mich die großen, vollen Brüste meiner Mutter, und meine eigenen kleinen. Die langen Seidengewänder, die sie trug, wenn sie Schüler zu Hause empfing, mit ihnen ihre Aufsätze las und kritisierte, ihr melodisches Lachen und ihre Art, mit High-School-Jungs zu flirten, wenn sie ihnen Tee einschenkte und Teller mit ihren köstlichen selbstgebackenen Plätzchen herumreichte und sie fragte, wann sie zum ersten Mal aufs Ganze gegangen seien.

Für mich, die aus einem solchen Elternhaus kommt, ist Sex etwas Komisches, Lächerliches und Mitleiderregendes, das meist nur andere Leute tun, etwas, was ich bei Partys mit Schauspielerkollegen in dunklen Ecken beobachte, während ich selbst dasitze und Plattenhüllen lese.

Sex ist die Einführungsveranstaltung für Studienanfängerinnen in Yale, bei der Gesundheitsbroschüren verteilt werden und aus meiner ein Kondom herausfällt, mir in den Schoß. Sex ist, im vierten Stock der Vanderbilt Hall oben auf meinem Stockbett zu liegen, während im Bett darunter meine Zimmergenossin und der Junge, den sie heute abend mitgebracht hat, sich auf der Matratze winden, sich immer schneller bewegen, bis plötzlich ein Stöhnen und Seufzen aus der Dunkelheit dringt. Dann Stille. Sex ist der Wasserfall, der mir mit solcher Wucht auf den Kopf prasselt, daß ich zu ertrinken glaube.

Nun, da ich in Jerry Salingers Schlafzimmer stehe und mich von ihm ausziehen lasse, beobachte ich die Szene, als gehöre sie zu einem Film, den er mir in seinem Wohnzimmer vorführt.

*Das junge Mädchen macht die Riemen ihrer Schuhe auf. Der ältere Mann zieht seine Bluejeans aus und dann seine Unterwäsche. Ein nackter Mann ist im Zimmer. Das Mädchen legt sich neben ihn aufs Bett. Der Mann schlingt die Arme um sie.*

Er sagt, daß er mich liebt. Ich sage dasselbe zu ihm. Ich fühle mich so, wie sich nach meiner Ansicht ein Mensch fühlen muß, der eine religiöse Erfahrung hat. *Erlöst.* Befreit, errettet, erleuchtet, berührt von einer göttlichen Hand.

Ich habe noch nie einen nackten Mann gesehen. Nun, da ich es tue, möchte ich mich in seinen Schoß kuscheln. Ich will, daß er mich in die Arme nimmt. Ich will, daß er mich festhält. All das tut er. Dann liege ich flach auf dem Bett, sein Körper ragt über mir auf und drückt meine Beine auseinander.

Als wir versuchen, Verkehr zu haben, ziehen sich die Muskeln meiner Vagina einfach zusammen und lösen sich nicht mehr. Nach ein paar Minuten müssen wir aufhören. Ich weine, weniger wegen der Schmerzen in meinen Genitalien als wegen der Schmerzen in meinem Kopf, der sich so anfühlt, als wolle er zerspringen.

Ich klettere aus dem Bett, wanke ins Badezimmer und

schütte mir Wasser ins Gesicht. Ich habe noch nie solche Kopfschmerzen gehabt.

»Leg dich hin«, sagt er ruhig. »Ich massiere deine Druckpunkte.« Er hat einen Morgenmantel übergezogen. Er sitzt neben mir auf der Bettkante und legt mir die Fingerspitzen auf eine Stelle zwischen Daumen und Zeigefinger jeder Hand. Nach ein paar Minuten lassen die schlimmsten Schmerzen nach, doch völlig verschwinden werden sie erst nach einigen Stunden.

»Ich wußte nicht, daß es so weh tun würde«, sage ich zu ihm.

»Ich mache dir etwas zu essen«, sagt er und springt auf. Er dünstet Sommerkürbis aus seinem Garten mit Tamarisauce und serviert ihn auf einem Klapptisch mit einem großen Glas Wasser. Er wickelt mich in die Bettdecke. Ich weiß nicht, was ich sagen soll. Bei allem, was ich je über Sex gehört habe, bei allen Ängsten, die ich gehabt hatte – nie hatte jemand die Möglichkeit angesprochen, daß man einfach nicht imstande sein könnte, es zu tun. Jetzt schäme ich mich mehr als jemals zuvor.

So viele Male hatte mich mein Körper im Stich gelassen – im Sportunterricht, wenn ich es als einzige nicht schaffte, einen Korb zu werfen oder einen Punkt zu erzielen, wenn ich beim Zusammenstellen einer Mannschaft, gleich für welches Spiel, immer als letzte ausgewählt wurde, wenn ich die Leiter zu einem Sprungbrett erklomm, dann oben stand, unfähig zu springen, und schließlich wieder hinabsteigen mußte, oder bei meinem ersten und einzigen Versuch Ski zu laufen, als ich mit dem Sessellift vom Gipfel des Berges wieder zu Tal fuhr, weil ich nicht wußte, wie man oben aussteigt – doch noch nie hatte mich mein Körper so total im Stich gelassen und in so tiefe Verzweiflung gestürzt.

»Tut mir leid«, flüstere ich. »Ich weiß nicht, was ich falsch gemacht habe.«

»Morgen schlage ich deine Symptome in der *Materia Medica* nach«, sagt er sanft. »Und vielleicht geht es dir morgen ja schon besser.«

Doch am nächsten Tag, als wir uns wieder ausziehen und

versuchen miteinander zu schlafen, geschieht dasselbe: Ich bekomme so heftige Kopfschmerzen, daß er mich wieder mit Akupressur behandelt.

»Ist schon in Ordnung«, sagt er. »Ich werde dir bei deinem Problem helfen.«

Nun, da ich entdeckt habe, daß ich keinen Sex haben kann, fühle ich mich von der Welt noch mehr ausgeschlossen als zuvor. Jetzt steht es fest: Ich werde nie ein normales Leben führen können. Wer hat jemals von einem Problem wie meinem gehört? Wer in der Geschichte der Menschheit hat jemals ein solches Problem gehabt?

Es ist mein neues, schreckliches Geheimnis, schlimmer noch als das Geheimnis, daß mein Vater trinkt. Daß Jerry es kennt, verbindet mich noch enger mit ihm. Wie könnte ich irgend jemand anderem davon erzählen?

Der einzige Ort, wo ich mich sicher fühlen kann, ist hier oben auf dem Hügel. Tagsüber machen wir unsere Spaziergänge und reden stundenlang über Filme und Theaterstücke, über den Alltag bei der *New York Times*, das Fernsehen, das Buch, das ich schreibe. Wir essen halbrohes Lammfleisch und Gartengemüse, und jeden Abend nach dem Essen wickelt er mich auf dem Sofa in meine Bettdecke und zeigt mir irgendeinen Film, den ich mir wünsche. Nach dem Film ziehen wir uns in sein Bett zurück, wo sich dieselbe Szene wiederholt. Der Versuch. Die Kopfschmerzen. Die Akupressur. Die Alternativen.

Ich weine. Er tröstet mich.

»Was ist nur mit mir los?« frage ich.

»Ich werde ein Mittel dagegen finden«, sagt er.

Nach dem Wochenende sollte ich eigentlich nach New York zurückkehren, aber ich fühle mich der Stadt noch nicht gewachsen. Wie sitzen auf der Terrasse und lauschen dem Knattern der Feuerwerke, die irgendwo hinter dem Hügel abgebrannt werden, als Jerry sagt: »Wahrscheinlich bringen sie deine Artikel sowieso nie. Warum rufst du nicht an und meldest dich krank?« Ich tue es.

Nach fünf Tagen verfrachtet er die Hunde der Mendelsons auf den Rücksitz und fährt mich nach Manhattan zurück. Fast die ganze Fahrt über bette ich meinen Kopf in Jerrys Schoß. In der Eingangshalle des Mendelsonschen Hauses setzt er meine Taschen ab und betritt mit mir den kleinen Lift.

»Aufregende Stadt, New York«, sagt er. »In einer solchen Stadt kann es ein Mädchen wie du weit bringen.«

»So toll ist es auch wieder nicht«, sage ich.

»Ich finde das Junggesellenleben auch nicht mehr so toll wie früher«, sagt er. »Du hast mich ganz durcheinander gebracht. Ich will ständig hören, was in deinem Kopf vorgeht.«

»Vielleicht sollten wir uns einen von diesen Fernschreibern besorgen, die sie bei der *New York Times* haben, dann könnte ich dir stündlich einen Bericht schicken. Matthew könnte mit den neuesten Meldungen in den Garten rennen ...« Aber mir ist nicht nach Scherzen zumute. Ich kämpfe mit den Tränen.

»Ich muß jetzt los, wenn ich rechtzeitig zu Hause sein will, um morgen einen Brief aufzugeben«, sagt Jerry zu mir. Er beugt sich vor und legt die Arme um mich.

»Ich hätte keine Mädchengestalt erfinden können, die mir besser gefällt als du«, sagt er zu mir.

Ich nehme meine Arbeit in der Redaktion wieder auf. Wir telefonieren und schreiben uns weiter regelmäßig. Jerry betrachtet unsere fünf gemeinsamen Tage als »ausgleichende Gerechtigkeit« in seinem Leben.

»Es gibt sicher einen guten Grund, warum wir in diesem Augenblick nicht zusammen sind«, sagt er zu mir. »Aber ich weiß verdammt noch mal nicht, welcher das sein könnte.«

Als ich den Entschluß gefaßt hatte, nach New York zu gehen, hatte ich mir vorgestellt, meine Zeit mit Freunden aus Yale und Exeter, die ebenfalls dort wohnen, zu verbringen. Vielleicht, so hatte ich mir gedacht, würde ich bei der *Times* oder anderswo sogar Freunde finden. Ich könnte zum Beispiel einen Tanzkurs machen.

Doch ich kann mit meinen Freunden nicht über mein jetziges Leben sprechen. Wenn ich also nicht in meinem Büro in der West Forty-third Street sitze, bin ich meistens allein – gehe ins Kino oder führe die Hunde aus, telefoniere mit Jerry oder schreibe ihm.

In seinen Briefen an mich schmiedet er nun unentwegt Pläne, wie wir uns sehen könnten, schlägt mir vor, mich mit dem Wagen zu besuchen, mit ihm übers Wochenende nach Hause zu fahren. Aber vielleicht, so schreibt er, könnte er auch für eine Weile nach New York ziehen. Er habe schon daran gedacht, seine Freundschaft mit William Shawn, dem Chefredakteur des *New Yorker,* aufzufrischen und dort für ein paar Tage in der Woche ein Büro zu beziehen, solange ich bei der *Times* arbeite. Er fragt mich, was ich von der Idee halte.

Da er weiß, wie gern ich Theater spiele, spricht er häufig davon, daß wir beide in seinem Wohnzimmer Szenen aus Shakespeare-Stücken spielen könnten. Für den Anfang vielleicht *Antonius und Cleopatra.* In einem Brief schlägt er vor, wir sollten zusammen ein Zwei-Personen-Stück schreiben und es selbst im Londoner West End aufführen.

Ich glaube ihm. *Ja,* sage ich. Ich würde sehr gern mit ihm zusammenarbeiten und in unserem Stück spielen. Ich sehe uns im Geiste schon gemeinsam auf der Bühne stehen, wie wir uns an den Händen halten und uns verbeugen. Ich sehe uns mit einem Londoner Taxi in unsere Suite im Claridge zurückfahren, in dem wir, wie von ihm vorgeschlagen, abgestiegen sind. Dicke Handtücher. Hotelseife, die ich in meinem Koffer verschwinden lasse. Zimmerservice. In seinen Armen einschlafen.

Er kommt mich wieder mit dem Wagen in New York besuchen und übernachtet bei mir in der Wohnung der Mendelsons. Wieder können wir nicht miteinander schlafen.

»Ich habe in der *Materia Medica* nachgeschlagen und mich über dein Problem informiert«, sagt er mir. »Es heißt Vaginismus. Eine seltene Störung, aber keineswegs unbekannt.«

Wir konsultieren keinen Arzt, doch er ruft Dr. Lacey in Colorado an und schildert es ihm als das Problem einer Freundin. »Ich kümmere mich darum«, sagt Jerry. Und das tut auch Dr. Lacey, obwohl er mich überhaupt nicht kennt.

Ich spreche mit niemandem über mein Versagen. Jerry auch nicht, glaube ich.

Wir haben eine Grenze überschritten. In unseren Gesprächen und Briefen gehen wir nun davon aus, daß wir eine gemeinsame Zukunft haben. Nicht daß ich keine Zweifel äußern würde. Einer betrifft seine Kinder und die Frage, wie sie reagieren würden, falls ich irgendwann, vielleicht in nicht allzu ferner Zukunft, zu ihm ziehen sollte?

»Kinder wollen, daß alles so bleibt, wie es ist«, sage ich zu ihm. »Bloß keine neuen Gesichter.«

»Nicht unbedingt«, sagt Jerry und erzählt mir, daß Matthew stets aufgeschlossen gewesen sei, wenn er in die Gutenachtgeschichte, die er ihm früher erzählte, neue Handlungsstränge und Figuren einführte. Er räumt ein, daß Peggy sich schwerer tun würde, mich zu akzeptieren, aber dann wechselt er abrupt das Thema und läßt sich darüber aus, wie großartig er es finde, daß ich die Frage von mir aus angesprochen hätte.

In einem Brief habe ich Bedenken wegen unseres Altersunterschiedes geäußert. Ein Thema, das bislang noch keiner von uns angeschnitten hat. Obwohl ich ausgiebig Gelegenheit hatte, darüber nachzudenken.

Mein Vater ist zwanzig Jahre älter als meine Mutter. Von den vielen Problemen in unserer Familie war das für mich nie das größte. Doch fünfunddreißig Jahre sind viel mehr als zwanzig. Mit zwölf wünschte ich mir in meinem Tagebuch einen Vater »mit Bürstenschnitt, nett und langweilig, der den Gehaltsscheck nach Hause bringt«. Ich äußerte sogar die Hoffnung, daß mein zukünftiger Ehemann nicht viel älter sein möge als ich, anders als bei meiner Mutter. Ich wünschte mir ein normales Leben. Eine normale Ehe – einen normalen Vater für meine Kinder und ein Leben, in dem man sich nicht so fremd und isoliert vorkam wie in meiner Familie.

Jetzt frage ich Jerry: »Werden wir uns am Ende gegenseitig unglücklich machen?«

Jerry sagt, daß er sich durch meinen Hang zum Schwarzmalen an sich selbst erinnert fühlt. Doch was er dann sagt, beruhigt mich: Er könne sich nicht vorstellen, sagt er, daß zwei Menschen, die füreinander so starke Gefühle empfinden wie wir, es jemals soweit kommen lassen, einander weh zu tun.

Wenn ich nur zu ihm ziehe, um am Ende dann doch wieder auszuziehen, will er lieber darauf verzichten und weiter getrennt leben, sagt er. Im gleichen Atemzug gibt er zu bedenken, daß er der Sache möglicherweise zuviel Wert beimißt. Er selbst sei noch nie so zuversichtlich gewesen.

Es sei nur so, sagt er, daß ihn mein Kommen und Gehen alles andere als kaltlasse. Und wenn es ihn jetzt nicht kaltlasse, dann deshalb, weil er sehr an mir hänge. An dieser Stelle unterbricht er sich – wie so oft in seinen Briefen, wenn ihm etwas sehr nahegeht – und spricht mit witzelnder Stimme weiter. Aber wie er mir selbst gesagt hat, schlägt er gern einen sorglosen Ton an, wenn ihm etwas Sorgen bereitet.

Ich bin wieder von New York nach Lebanon geflogen, um das Wochenende mit Jerry zu verbringen. Er holt mich mit dem Wagen vom Flughafen ab, und auf der Fahrt nach Hause erzähle ich ihm von einem Abend, den ich vor ein paar Tagen mit Joanie, einer Bekannten aus Yale, und ihrem Freund im Haus der Mendelsons verbracht habe.

»Joanie ist diese tolle Flötistin«, sage ich. »Und Brock, ihr Freund, hat sich ans Klavier der Mendelsons gesetzt. Die beiden haben über eine Stunde lang gespielt.«

»Ich würde viel lieber ein Instrument spielen können als schreiben«, sage ich. »Mir erscheint das viel authentischer, als Worte zu Papier zu bringen. Viel ungekünstelter, ausdrucksvoller, emotionaler. Nichts, was ich jemals geschrieben habe, könnte einen Menschen so erregen wie ein großartiges Musikstück. Meine Schreiberei kommt mir im Vergleich dazu trocken vor.«

»Hör mal«, sagt mir Jerry, indem er den Blick von der Straße wendet und mir einen Augenblick lang direkt in die Augen sieht. »Glaub ja nicht, daß deine Kunst irgendwie weniger wert sei, nur weil niemand vor einem verrauchten Club voller Leute in Rollkragenpullovern Schlange steht, um dich zu hören und sich von dir in einen ekstatischen Zustand versetzen zu lassen.«

»Ich will deine Freunde ja nicht herabsetzen«, fährt er fort. »Aber du weißt selbst, daß Jazz oft der reinste Schwindel ist. Ein netter Schwindel, und gelegentlich sogar überaus anregend. Aber glaub ja nicht, daß diese Jazzer im Besitz irgendeiner wunderbaren, überirdischen Kraft sind, die du und ich nicht begreifen können.«

»Es wirkte so frei«, sage ich. »Als könnten sie sich in ihrer Musik tatsächlich verlieren. Mir gelingt das beim Schreiben nie. Mein Gott, ganz im Gegenteil. Ich bin die ganze Zeit gehemmt.«

»Die mögen mehr Freiheiten haben, diese Musikertypen, da gebe ich dir recht. Sie hängen ständig mit anderen zusammen, trinken und rauchen, und das halbe Publikum verliebt sich in sie wegen ihrer sogenannten Improvisationen und ihrer primitiven sexuellen Energie. Dabei setzen sie einem die meiste Zeit nur olle Kamellen vor, Sachen, die sie schon mal gespielt haben, an einem anderen Abend, vor einem anderen Publikum, anderen phantastischen, aufregend coolen Fans, die sie bewundern.«

»Sie haben alles aus dem Stegreif gespielt«, sage ich zu ihm.

»Und du warst schwer beeindruckt, stimmt's? Und bist dir mit dem, was du tust, total minderwertig vorgekommen? Diese Jazzmusiker spekulieren darauf, daß du so empfindest. Die meisten Typen, die dieses Zeug spielen, lassen sich vorher mit Jack Daniel's vollaufen. Du kannst mir glauben, selbst der allerbeste Jazzmusiker greift beim Improvisieren auf verschiedene virtuose Effekte zurück, die er nur zu dem einen Zweck in sein Repertoire eingebaut hat, um seinen Bewunderern eine Art religiöse Ehrfurcht einzuflößen. Und um irgendeine süße Mieze in der Ecke so zu beeindrucken, daß sie sich nach der letzten Nummer von ihm abschleppen läßt.«

Er fährt schnell bei diesen Worten. Irgend etwas an den Jazzmusikern – nicht nur ihre Musik, sondern auch ihr Lebensstil, ihre Zelebration der Unordnung, ihre offensichtliche sexuelle Hemmungslosigkeit – hat Jerry so in Wallung gebracht, wie ich es noch nie an ihm erlebt habe.

»Vielleicht hast du ja recht«, sage ich, leicht eingeschüchert. »Ich verstehe nicht viel von Jazz. Ich hatte nur den Eindruck, daß Jazz viel mehr Spaß macht als das, was ich tue.«

»Spaß!« platzt er heraus. »Schreiben macht nicht viel Spaß, da gebe ich dir recht. Wir haben keine Noten, an die wir uns halten können. Keine tollen, orgastischen Rhythmen, die das Publikum mitreißen. Nichts Heldenhaftes, das irgend jemand wahrnehmen würde. Wir können nicht das geringste mit dem Körper machen, wir können allenfalls versuchen, so gut es eben geht unsere verfluchte Bewegungslosigkeit zu ignorieren. Mein Gott, wie widernatürlich das Schreiben ist. Und im Gegensatz zum Musikmachen wird es nie leichter, ganz egal, wie oft man schreibt. Jedesmal, wenn man sich zum Arbeiten hinsetzt, hat man wieder ein leeres Blatt vor sich. Sogar mit einer Doug-McLure-Retrospektive könnte man sich die Zeit besser vertreiben.«

Ende Juli fliege ich, nachdem ich jemanden besorgt habe, der sich für mich um die Hunde der Mendelsons kümmert, zum Parteikonvent der Demokraten nach Miami. Ich soll für das Magazin *Ms.* einen Artikel über die Jungwähler schreiben und habe außerdem eine Einladung erhalten, an einer Gesprächsrunde mit verschiedenen Jugendvertretern teilzunehmen und – unter dem Vorsitz von Patrick Caddell, dem Jungstar unter den Demoskopen – über die Themen zu diskutieren, die für die Stimmabgabe junger Leute ausschlaggebend sind.

Ich wohne in einem schönen Hotel in Strandnähe, sehe mir aber nie das Meer an. Ich hocke auf meinem Zimmer und schreibe einen zehnseitigen Brief an Jerry, in dem ich über alles berichte, was ich erlebe.

Mein Brief an Jerry ist besser als der Artikel, den ich, »die Stimme einer Generation«, an *Ms.* schicke. Auf seltsame Weise bin ich für Jerry zu einer Art Abgesandten geworden. Ich reise an Orte, die zu besuchen ihm nicht im Traum einfallen würde, obwohl er sie im Fernsehen sieht. Ich wage mich in die Welt hinaus. Anschließend komme ich zurück und erzähle ihm von meinen Erlebnissen oder berichte darüber in meinen Briefen. In diesem einen aus Miami schreibe ich über einen Politiker, Gouverneur Jimmy Carter, der mir sofort auffällt und meiner Meinung nach eine große Zukunft hat, und ich schildere eine Begegnung mit einer Gruppe von Feministinnen, die an einem bestimmten Punkt über mich herfallen, weil ich öffentlich erklärt habe, daß ich irgendwann heiraten und Kinder kriegen möchte. Ob mir nicht klar sei, daß die Frauenbewegung jedesmal einen Rückschlag erleide, wenn eine Frau so etwas von sich gebe?

Der Brief, den mir Jerry nach der Lektüre meines ausführlichen Berichts über den Konvent schreibt, beginnt wie immer mit einer freundlichen und liebevollen Würdigung dessen, was ich ihm geschrieben habe, wobei er besonders meine nicht sehr schmeichelhaften Porträts bestimmter Feministinnen hervorhebt, darunter Betty Friedan, deren Streitlust auf mich besonders abstoßend wirkt. Er bezeichnet meinen Brief aus Miami als schön. Wenn er meine Schilderung selbst gemachter Erfahrungen lese, wecke das in ihm wieder eine tiefe Liebe zum Schreiben, die er in letzter Zeit nicht oft empfinde.

Er spricht über ein Buch, das ich ihm geschickt habe, *Raisins and Almonds,* geschrieben von meiner Mutter – ihre in Kanada erschienenen Erinnerungen an ihre Kindheit als Jüdin in der kanadischen Prärie. Er sagt (nicht nur in diesem Brief an mich, sondern auch in einem anderen, den er meiner Mutter schreiben wird), daß ihm *Raisins and Almonds* sehr gut gefalle. In dem Brief an meine Mutter, in dem er auf das Buch eingeht, entschuldigt er sich zunächst lang und breit dafür, daß er ihr nicht schon früher geschrieben habe, um ihr für das wunderbare Geschenk zu danken, und stimmt dann eine wahre Lobeshymne an und beteuert, daß er das von ihr signierte Exemplar in Ehren halten werde.

Die Themen, über die 1972 in Miami gestritten wird – Gleichberechtigung für Frauen, Liberalisierung des Abtreibungsrechts –, sind Fragen, mit denen ich mich später leidenschaftlich auseinandersetzen werde. Das Leben meiner Mutter wäre ganz anders verlaufen, wenn es den Verfassungsänderungsartikel, der Diskriminierung aufgrund der Geschlechtszugehörigkeit verbietet, bereits 1948 gegeben hätte, als sie mit ihrem in Radcliffe erworbenen Doktortitel in der Tasche eine Anstellung suchte und zu hören bekam, sie solle lieber zu Hause bleiben und Kinder kriegen und das Unterrichten an der Universität ihrem Mann überlassen. Eines Tages werde ich erkennen, daß Betty Friedan für die Generation meiner Mutter und die Frauen der nachfolgenden Generationen, meine eingeschlossen, Großes geleistet hat. Doch im Sommer 1972 fühle ich mich der feministischen Revolution kaum verbunden. Und deshalb tut das Mädchen, das ich mit achtzehn bin, vieles davon als belanglos ab – wie auch immer mehr von dem, was um sie herum in der Welt geschieht.

Die Zeitschrift *Ms.* beschließt, den von mir eingereichten Artikel über meinen Besuch in Miami nicht zu drucken.

Meine Eltern haben mich auf unserer Familieninsel in tiefer Isolation großgezogen, und obwohl ich nicht glauben kann, daß Jerry die Absicht hat, ihr Werk zu vollenden, bestärkt er mich doch ständig in dem Gefühl der Entfremdung. Das Thema, auf das er in seinen Briefen immer wieder zurückkommt, ist mir seltsam vertraut. Ich dürfe Lesern, Schulmedizinern, Literaturagenten, Verlegern und den Leuten von der *New York Times* nicht trauen. Dasselbe gelte für Politiker. Psychologen oder Sexualtherapeuten. Feministinnen. Sogenannte Gurus. Jazzmusiker. Leute, die sich als Künstler gebärden. Leute, die sich als meine Freunde ausgeben.

Was Jerry in diesem Frühling und Sommer zu mir sagt, läuft auf die eine oder andere Weise immer auf dasselbe hinaus: *Du bist allein auf der Welt. Niemand ist so wie du. Niemand wird dich verstehen.* Noch spricht er es nicht aus, aber bald wird die Liste derer, denen nicht zu trauen ist – und von denen ich mich fernhalten soll, weil sie nicht so sind wie ich –, auch meine Eltern umfassen.

Natürlich bin ich nicht völlig allein. Es gibt einen Menschen, der mich versteht und mich durch und durch kennt: Jerry.

Während meines Aufenthalts in Miami, so schreibt er, sei ihm in aller Deutlichkeit zu Bewußtsein gekommen, daß er sich »verdammt« hilflos fühle, wenn er von mir getrennt sei.

Wenn ich von ihm höre, daß er sich in meiner Abwesenheit selbst einen verunglückten Haarschnitt verpaßt hat und daß das allein meine Schuld ist, löst das bei mir die seltsamsten widerstrebenden Gefühle aus: Erregung und Stolz darauf, daß ich auf einen so bedeutenden Mann eine solche Wirkung habe, und zugleich Besorgnis. Das Gefühl, für das Glück und Wohlbefinden eines erwachsenen Mannes verantwortlich zu sein, ist mir aus dem Zusammenleben mit meinem Vater vertraut, der jedesmal unruhig und bedrückt wurde, wenn meine Mutter und ich wegfuhren. Nicht aus Angst um unser Wohl, sondern aus Sorge um sein eigenes.

»Ich gehe vor die Hunde ohne dich«, sagte mein Vater jedesmal zu meiner Mutter, wenn sie von ihrer alljährlichen Reise nach Princeton, wo sie Bewerbungsaufsätze korrigierte, zurückkehrte und feststellte, daß er sich wieder schrecklich betrunken hatte. »Es geht mir nicht gut, wenn du fort bist.« Genau diese Worte sagt Jerry Salinger jetzt zu mir.

»Ich denke nur ungern an September, wenn du ans College gehst«, sagt er. »Würdest du die Abendschule in West Lebanon besuchen, könnte ich das vielleicht noch verkraften. Aber dieses Magisterstudium ist doch etwas extrem, wenn du mich fragst. Was für Aussichten sind das: Ich werde hier den ganzen Tag Trübsal blasen und mir vorstellen, wie du Sätze zerlegst und Frösche sezierst oder was immer man heutzutage am College so treibt. Wie dir irgendein Whiffenpoof-artiger Herzensbrecher den Hof macht, höchstwahrscheinlich in einem Pullover mit V-Ausschnitt und Tennisschläger unterm Arm und einer auf den Bauchnabel tätowierten Bulldogge.«

»Ich werde dir schreiben«, sage ich. »Ich rufe jeden Abend an.«

»Aber ich werde dein Gesicht nicht sehen«, sagt er mir. »Ich könnte dich wohl hin und wieder besuchen. Aber ich bin einfach nicht der Typ für den Campus. Im Umkreis von einer Meile um eine Eliteuni bekomme ich wahrscheinlich einen mysteriösen häßlichen Ausschlag. Das College war nie meine Sache, selbst als ich im passenden Alter dafür war.«

»Ich könnte mir in Westport einen kleinen Bungalow mieten«, sagt er. »Ich könnte einer von diesen armen Einfaltspinseln werden, die jeden Tag mit dem Zug nach Manhattan fahren. Du machst deinen Magister, ich arbeite beim *New Yorker.*«

Es ist berauschend zu erleben, welche Wirkung ich auf einen so bedeutenden Mann wie Jerry habe. Zwischen uns besteht nun die unausgesprochene Übereinkunft, daß wir zusammenbleiben werden. Die Pläne, die Jerry schmiedet, haben für mich etwas beruhigend Anheimelndes: Während ich meine Vorlesungen besuche, fährt er, fast wie ein spießiger Familienvater, jeden Tag zur Arbeit in die Stadt. Mit Jerry an meiner Seite, der sich um jede Kleinigkeit kümmert, werde ich nie wieder allein sein.

Mein Leben lang habe ich von leidenschaftlicher Liebe und überschwenglichen Gefühlen geträumt. Als Tochter eines Vaters, der meine Mutter sechs Jahre lang mit Sonetten, Zeichnungen und Telegrammen quer durch den Kontinent verfolgte, glaube ich an große romantische Gesten. Und doch lese ich mit gemischten Gefühlen, daß Jerry sich eine Wohnung nehmen will, um mir nahe zu sein. Bis zu diesem Augenblick hat mir der Gedanke, im Herbst ans College zurückzukehren und in die hübsche kleine Wohnung zu ziehen, die mich dort erwartet, eine gewisse Sicherheit gegeben in dem fremden, unerforschten Gebiet meiner Liebesaffäre mit Jerry Salinger. Falls mir die Sache über den Kopf wuchs, falls ich einfach nicht mehr wußte, was aus meiner Liebe zu diesem Mann werden sollte, der so vieles, was mir wichtig ist, verabscheut, konnte ich mich immer noch an die Hoffnung klammern, in Yale und New Haven wenn schon keinen Ausweg, so doch zumindest eine vorübergehende Zuflucht zu finden. Ich habe nie daran gedacht, Jerry im Herbst auf unbefristete Zeit zu verlassen. Aber ebensowenig habe ich daran gedacht, das College zu verlassen oder all das, wofür es in meinem Leben steht, aufzugeben.

Er sagt mir regelmäßig, daß er meine Art zu denken liebt.

Ich verstehe, was er damit meint. Mir geht es ebenso mit ihm. Ich liebe seine Art zu denken. Ich sehne mich danach, von ihm zu hören. Was Leser für seine Bücher empfinden, empfinde ich für *ihn*.

Nach einem Besuch alter Freunde vom *New Yorker*, die auf dem Rückweg von Brewster nach New York bei ihm vorbeigeschaut haben, fühlt er sich mutlos, klagt er. Über Besuche – selbst von Leuten, die er zugegebenermaßen mag – freut sich Jerry nicht, er erduldet sie. Er schreibt, daß er sich beim Besuch seiner Bekannten vom *New Yorker* gewünscht hat, er könne ein tieferes Gefühl der Freundschaft und Verbundenheit empfinden. Dieselben Gäste, die in dem Gefühl wegfahren, soeben eine Stunde oder einen Tag mit einem überaus herzlichen Gastgeber verbracht zu haben, würden nie erraten, was er mir eine halbe Stunde nach ihrer Abreise am Telefon sagt: »Gott sei Dank, daß es vorbei ist. Ich glaube nicht, daß ich das noch länger ausgehalten hätte.«

Besucher fernzuhalten ist einer der Gründe, warum er nach Cornish gezogen ist, sagt er. Er will nur eine Handvoll Menschen in seinem Leben, mehr nicht. Die meisten Schriftsteller, die er verehrt, sind tot. Und Schriftsteller, die er kennt und die noch am Leben sind, bewundert er lieber aus der Ferne in

Gestalt ihrer Bücher. Er verspürt kein sonderliches Bedürfnis, sie persönlich kennenzulernen.

Mit mir ist das etwas ganz anderes, das wissen wir. Selbst wenn er in die unerträglichste literarische Diskussion verwickelt werde, so sagt er mir, fühle er sich besser, wenn er an seine Liebe zu mir denke.

Er vermißt mich so sehr, daß er am nächsten Tag mit dem Wagen nach New York kommt, um mich zu sehen. Er kommt zur gleichen Zeit an wie der Brief.

Ich vermisse ihn. Und er vermißt mich auch. Wenn ich an meinem Schreibtisch bei der *New York Times* sitze, meinen dritten Becher Joghurt an diesem Tag löffle und auf die West Forty-third Street hinausstarre, weiß ich, daß ich an Nixon, an Drogen, die Frauenbewegung, die bevorstehenden Wahlen, Jugendkultur und Vietnam denken und etwas darüber schreiben sollte. Doch ich muß immerzu an Jerry denken, und er denkt immer nur an mich, sagt er.

Mit meiner Schwester Rona hat mich seit jeher eine seltsame Beziehung verbunden – Liebe und Distanz, Zuneigung und Rivalität. Als Teenager schloß sie sich in ihr Zimmer ein, hörte Janis Joplin, Bob Dylan und Joan Baez und las düstere, existentialistische Gedichte, während ich im Fernsehraum saß und mir lustige Familienserien oder, zusammen mit meinem Vater, *Gilligan's Island* ansah.

An ihrem einundzwanzigsten Geburtstag heiratete Rona plötzlich. Im Jahr darauf bekam sie ein Kind. Seit Monaten habe ich sie weder gesehen noch gesprochen. Sie lebt mit ihrem Mann Paul und ihrem kleinen Sohn Benjamin in Toronto und muß mit sehr wenig Geld auskommen.

Ich habe selten mit meiner Schwester ein intimes oder vertrauliches Gespräch geführt. Nun aber, da ich mit der Frage ringe, wie ich mit meinen Gefühlen für Jerry Salinger umgehen soll, will ich mir ihr reden, mehr als mit jedem anderen. Ich schreibe ihr einen Brief.

Selbst das Schreiben fällt mir schwer, verzeih mir also, wenn es sentimental oder wie Gestammel klingt.

Ich liebe Jerry Salinger und bin mit ihm glücklicher, als ich es jemals mit einem Jungen meines Alters gewesen bin, und ich glaube, er ist sehr glücklich mit mir. Wir sind uns wirklich sehr ähnlich, und selbst die Unterschiede sind schön – Zen-Buddhismus und Joga, Homöopathie und seine Verachtung für die Art von Medienrummel, die ich immer noch ziemlich toll finde. Ich glaube, daß er aus mir einen besseren Menschen macht und mich vor der sehr realen Gefahr bewahren kann, die superschlaue, oberflächliche, mitunter unausstehliche Zicke zu werden, die du immer in mir gesehen hast und die ich in der richtigen (falschen) Gesellschaft leicht werden könnte.

... Ich ertappe mich dabei, daß ich mir wünsche, ich sei dreißig und würde die grauhaarigen Männer, die mir auf der Straße begegnen, mit anderen Augen betrachten. Oh, ich stelle unablässig Berechnungen an – 53 und 18, 63 und 28, 73 und 38 ...

Ich bin nicht zu ihm gezogen. Wenn ich es täte, würde ich nie wieder weggehen, das weiß ich. Ich habe ihn ein paarmal besucht, und er ist nach New York gekommen. Er fehlt mir sehr, wenn er geht ... Aber ich hatte eigentlich keine andere wichtige Beziehung, die sich damit vergleichen ließe ... Ob es dasselbe wäre, wenn ich schon einmal eine richtige Beziehung gehabt hätte? ...

Ich habe keine Ahnung, was M und D denken. M scheint sich nach außen hin darüber zu freuen, daß ich einen so netten neuen Freund habe. Hat sie etwas zu dir gesagt? Daddy hat inzwischen seine Bücher gelesen und spricht gelegentlich von »Salinger«. Was ist da los? Halten sie den Gedanken, daß hier nicht nur zwei befreundete Autoren zusammenkommen, um sich über Interpunktion auszutauschen, für so absurd oder wollen sie bloß nicht zugeben, daß sie sich Sorgen machen? Würde ich einen dreiundfünfzigjährigen Mr. Nobody besuchen, wären sie bestimmt nicht so angetan ...

Falls ich erwartet habe, meine Schwester würde Bedenken äußern oder versuchen, mir die Sache auszureden, so habe ich mich geirrt.

Meine Schwester schreibt zurück: »Ich glaube, daß unsere Eltern sich ganz aufrichtig über dich und Jerry freuen, und vergeude keine Zeit damit, dir zu wünschen, er sei jünger.«

# *Kapitel Sieben*

Im Juli bringt die *New York Times* zwei Artikel von mir, die der redaktionellen Prüfung standgehalten haben. »Nicht schlecht für eine Hinterwäldlerin wie dich«, sagt Jerry, der mich am Nachmittag anruft, nachdem er sich die Zeitung gekauft hat. »Man merkt kaum, daß deine erste Sprache Litauisch war.«

Ich beginne mit der Arbeit an meinen Memoiren, die ich im Oktober, kurz vor meinem neunzehnten Geburtstag, abliefern soll. Mein Verlag Doubleday will das Buch unbedingt herausbringen, bevor ich zwanzig werde, damit er behaupten kann, ich sei nach Françoise Sagan und Anne Frank die jüngste Buchautorin. Was mir Jerry in seinem ersten Brief prophezeit hat, erweist sich allmählich als wahr, auch wenn keiner von uns darüber spricht.

Für ein Mädchen, das zeit seines Lebens davon geträumt hat, für einen großen New Yorker Verlag ein Buch zu schreiben, denke ich eigentlich nicht mehr viel über mein Buch nach. Das einzige, woran mir wirklich liegt, ist, mit Jerry Salinger zusammenzusein.

»Warum suchst du nicht jemand, der sich um die dämlichen Hunde kümmert, und ziehst für den Rest des Sommers zu mir?« fragt Jerry. »Ein Mädchen wie du sollte den August nicht in der Upper West Side vertun, wenn es frisch geernteten Mais essen und in den Teichen von New Hampshire schwimmen kann. Wie die *New York Times* schmeckt, hast du ausgiebig probieren können. Jetzt solltest du an deinem Buch arbeiten. Ich werde dir helfen.«

Anfang August teile ich John Oakes ohne Angabe von Gründen mit, daß ich die *New York Times* verlassen werde. Ich besorge einen Ersatz, der das Haus in Central Park West hütet und die Hunde ausführt, und Jerry kommt wieder mit dem Wagen nach New York und holt mich ab. Dann fahren wir in Richtung Norden, nach Cornish.

Unterwegs machen wir in Brewster im Bundesstaat New York halt und besuchen meinen Ex-Lehrer Mark und seine Frau Anna, die sich dort im Haus seiner Mutter aufhalten. Jerry bringt ihnen eine Flasche Scotch mit und trägt sich auf Wunsch von Marks Mutter ins Gästebuch ein: »Wunderbares Sportprogramm.«

Ich arbeite den Rest des Sommers an meinem Buch – wobei ich Jerry hin und wieder um Rat frage – und beabsichtige, im Herbst nach Yale zurückzukehren, doch ich schlage kein einziges Mal das Vorlesungsverzeichnis auf, das meine Eltern mir nachschickten, um mir die Veranstaltungen herauszusuchen, die ich belegen will. Ich rufe keine Freunde an. Kurz nach meiner Ankunft in Cornish habe ich einen Abstecher nach Durham gemacht und meine Schallplatten geholt, doch ich höre nur noch ganz selten Joni Mitchell und Bob Dylan – geschweige denn die Rolling Stones. Bei Jerry höre ich Big-Band-Musik.

Ich gehe in diesem Sommer nie schwimmen, und ich fahre nie Rad. Und ich fahre auch nie Auto ohne Jerry. Nur ein einziges Mal fahre ich mit dem Blazer (niemals mit dem BMW) in einen Laden, in dem es Singer-Nähmaschinen gibt. Ich muß in den nächsten drei Monaten ein Buch schreiben und sollte mir eigentlich eine elektrische Schreibmaschine zulegen, statt dessen kaufe ich für 400 Dollar eine Nähmaschine, eine Singer Golden Touch 'N Sew.

»Dieses Baby hätte man im Schützengraben gut gebrauchen können«, sagt er, als er die Maschine aus dem Kofferraum hebt und für mich die Kellertreppe hinaufträgt. »Stell dir so ein Ding auf den Kopf, und du brauchst kein Granatfeuer mehr zu fürchten.«

An dem Tag, als ich meine Sachen auspacke, macht Jerry eine Bemerkung über meine Angewohnheit, Apfelbutzen auf der Sofalehne liegenzulassen. Ein paar Gurkenschalen landen, als ich mir einen Imbiß zurechtmache, auf dem Fußboden. Ich komme nicht dahinter, wie die Waschmaschine bedient wird. Ich finde keinen Platz, wo ich die neue Nähmaschine aufstellen kann, ohne Jerrys Sachen in Unordnung zu bringen. Er kommt herein, als ich weine.

Er legt mir den Arm um die Schulter. »Was ist los?«

»Du kannst nichts dafür«, sage ich. »Es ist nun mal nicht mein Haus.«

Ich weiß, daß es ihm nicht recht ist, wenn ich Leuten sage, wo ich bin, doch ich hatte mir gedacht, daß ich wenigstens meiner Agentin Emmy Jacobson und meiner Lektorin Elsa van Bergen meine Telefonnummer geben könnte. Jetzt hört er, wie ich mit Elsa telefoniere. »Ich habe beschlossen, zum Arbeiten nach New Hampshire zurückzukehren«, sage ich. »Ich wohne im Norden bei einem Freund.«

»Du kennst diese Leute nicht«, sagt er. »Das sind Aasgeier. Wenn du ihnen den kleinen Finger gibst, nehmen sie die ganze Hand.«

»Aber wenn sie mich mal erreichen muß«, entgegne ich. »Manchmal haben die Leute Fragen an mich ...«

»Darauf kannst du wetten«, sagt er und fährt sich mit den Fingern durchs Haar.

Sehr vereinfacht – allzusehr vereinfacht – lassen sich die Grundprinzipien der homöopathischen Medizin folgendermaßen darstellen: Die Homöpathie verwendet eine breite Palette natürlicher Substanzen in kleinsten Dosen und behandelt den Patienten auf eine Weise, die dem Impfen nicht unähnlich ist, gemäß der Theorie, daß man einen Menschen heilt, indem man ihm sehr kleine Dosen von dem verabreicht, was ihn krank macht. Die Homöopathie verfügt über Medikamente gegen bestimmte Krankheiten, doch ein wirklich erstklassiger Homöopath konzentriert sich bei der Diagnose nicht auf ein spezifisches Leiden. Er betrachtet den Menschen in seiner Ganzheit und versucht, das passende Mittel für eine Person zu finden, das sogenannte Simile.

Dies erfordert ein überaus mühsames und zeitaufwendiges Verfahren, das in der westlichen Schulmedizin kaum eine Entsprechung hat. Keine Blutentnahme, kein Abhören, kein Blutdruckmessen. Dafür wird der Patient, der einen homöopathischen Arzt konsultiert, wahrscheinlich mit Fragen konfrontiert wie: »Mögen sie es, wenn Ihnen der Wind übers Gesicht streicht?« »Neigen Sie dazu, auf der linken Seite zu schlafen?« »Ekeln Sie sich vor Katzen?« »Haben Sie sich als Kind gerne Kopfhaare ausgerissen?« Auf der Suche nach dem Simile kann der Homöopath die Form der Ohrläppchen seines Patienten untersuchen oder ihn fragen, ob er ungewöhnlich häufig unter Schluckauf leidet.

Jetzt, als Jerry mein medizinisches Problem des Vaginismus angeht, stellt er sehr wenige Fragen nach meinem sexuellen Vorleben oder nach Ereignissen in meinen ersten achtzehn Lebensjahren, die für den Krampf meiner Vaginalmuskeln verantwortlich sein könnten.

Jerry erkundigt sich nicht nach meiner körperlichen Entwicklung oder Fehlentwicklung. Er hat mittlerweile genug über meine Familie erfahren, um zu wissen, daß ich in meinem Artikel »Mein Eltern sind meine besten Freunde« längst nicht die ganze Geschichte erzähle, doch wir gehen darauf nicht näher ein. Auch scheint er dem Umstand, daß ich seit Beginn unserer Beziehung keine einzige Monatsblutung gehabt habe, keinerlei Bedeutung beizumessen. Und er geht nicht der Frage nach, warum ich so mager bin, ja, er bemerkt nicht einmal, daß ich Eßstörungen habe. Über sein eigenes sexuelles Vorleben schweigt er sich aus.

Statt dessen erstellt er Listen mit meinen ganz persönlichen Eigenschaften. So sitzen wir zum Beispiel im Wohnzimmer – ich mit einer Zeitschrift, er mit einem homöopathischen Text –, und wie aus heiterem Himmel fragt er mich: »Hast du das Gefühl von Wolle auf deiner Haut jemals als unangenehm empfunden?« »Hast du manchmal das Bedürfnis zu fluchen?« »Wolltest du als Kind immer wieder dieselben Stellen aus einer Geschichte hören?«

Das Simile wird – wenn man es denn gefunden hat – in Form eines brosamengroßen Kügelchens einem Glasröhrchen entnommen, in dem es aufbewahrt wird, vorzugsweise ohne es mit den Fingern zu berühren. Manche homöopathischen Ärzte verordnen dem Patienten das Kügelchen wie ein Aspirin oder eine Vitamintablette und lassen es ihn unter die Zunge legen. Doch bei der von Jerry praktizierten Form der Homöopathie, die er von seinem Mentor in Colorado gelernt hat, wird das Heilmittel in einen Krug mit einem oder gar vier Litern destilliertem Wasser gegeben, je nach Grad der Verdünnung oder Potenz. Dann hämmert Jerry mit den Händen gegen den Krug, und wenn er damit fertig ist (eine Prozedur, die Verschütteln genannt wird), entnimmt er dem Wasser eine sehr kleine Menge – mal ein Glas, mal nicht mehr als einen Teelöffel voll. Das ist es, was der Patient einnimmt.

Im Verlauf der Monate, die ich bei Jerry wohne, erlebe ich, wie er nicht nur mich behandelt, sondern auch seine Kinder und sich selbst – und meine Mutter, meinen Vater, selbst den Hund von Mark, meinem Lehrer aus Exeter –, und das häufig mit dramatischen, ja spektakulären Erfolgen. Einige Monate nach Beginn unserer Beziehung, als meine Mutter uns einen Besuch abstattet, teilt sie Jerry mit, daß sie eine entzündete Zehe hat. Zuerst untersucht er die Zehe ein oder zwei Minuten lang, dann verschwindet er im Hinterzimmer, wo seine Bücher stehen. Nach einer halben Stunde taucht er mit einer Arznei wieder auf. Er verschüttelt sie auf die gewohnte Art, dann bittet er meine Mutter, das Wasser zu trinken. Sie trinkt, und innerhalb von Minuten schwillt die entzündete Stelle an ihrer Zehe auf ein Vielfaches ihrer Größe an und platzt dann auf. Der Schmerz ist verschwunden.

Bis zum Ende unserer Beziehung sucht Jerry Salinger nach dem Simile, das mich von meinem Leiden kuriert. Heile mich,

Punktum. Ändere mich. Verwandele mich von einer Frau, die dich nicht in ihren Körper eindringen lassen kann, in eine, die es kann.

Jerry probiert im Lauf der Monate, die ich bei ihm wohne, viele Mittel an mir aus, doch mein wahres Simile findet er nicht. Wenn ich auch nicht restlos davon überzeugt bin, daß die Lösung meines Problems irgendwo in seinen homöopathischen Büchern schlummert, ist mein Vertrauen doch so groß, daß ich keine Alternative in Erwägung ziehe. Die Schulmedizin mit Sicherheit nicht. Und eine Psychotherapie auch nicht.

Einmal, als wir mit dem Auto unterwegs sind, ergreift er plötzlich meine Hand und sagt: »Ich habe eine Idee. Zeig mir mal deine Fingernägel.« Irgend etwas an der Art, wie ich einen Apfel schäle, fällt ihm auf, oder ein Geräusch, das ich beim Niesen mache, und schon geht er los und wälzt seine Bücher. »Aha!« höre ich ihn manchmal aus seinem Arbeitszimmer rufen. »Hier habe ich vielleicht etwas gefunden. Hast du Heißhunger auf salzige Speisen, wenn du traurig bist? Bekommst du von Veilchengeruch Kopfschmerzen? Hast du manchmal das Bedürfnis, dich in aller Öffentlichkeit auszuziehen?«

Vielleicht, vielleicht auch nicht. Ich weiß kaum noch, was ich mag, was ich will, ich weiß nur, daß ich ihm gefallen möchte. Hätte man zu dem Zeitpunkt einen bösartigen Tumor bei mir festgestellt, ich hätte keine andere Behandlung akzeptiert, als die, die Jerry aus seinen mit homöopathischen Mitteln gefüllten Schubladen verordnen würde.

Jeden Spätnachmittag machen wir denselben Spaziergang auf Jerrys Hügel. An diesem speziellen Tag erzähle ich Jerry von meinem Besuch bei der Wahl der Miss Teenage America in Fort Worth im vorigen Herbst. Ich ahme beim Gehen verschiedene Bewerberinnen nach, die Kostproben ihrer Talente gaben: ein Mädchen, das ihren Stab zu *Stars and Stripes Forever* wirbeln ließ, einem Potpourri von Liedern aus *The*

*Sound of Music,* darunter auch eine Nummer, bei der die als Nonne verkleidete Kandidatin sich die lange schwarze Kutte herunterriß, unter der ein glitzerndes Trikot zum Vorschein kam, und dann zu steppen begann.

»Was diese Mädchen so alles von sich gaben!« sage ich zu Jerry. »Eine erzählte mir mit treuherzigem Gesicht, daß man sich die Zähne mit Vaseline einreiben muß, damit sie vor der Kamera blitzen. Wer könnte so etwas erfinden?«

Er sieht mich scharf an. »Ich habe keinen Zweifel, daß du mit einer solchen Geschichte Erfolg hättest, Joyce«, sagt er. »Es gibt wenig, was Beobachtern wie uns entgeht. Alle möglichen Leute würden dir anerkennend auf die Schulter klopfen, wenn du so etwas machst, wie einer Art weiblichem Truman Capote, der von einer nichtssagenden Szene zur anderen springt. Aber eines Tages, mein Kind, wirst du dich fragen müssen, was das Ganze soll. Muß das unbedingt sein, daß jemand die Zeitschrift *Esquire* aufschlägt und sich noch einen irrsinnig komischen Mordversuch mittels Schreibmaschine zu Gemüte führt? Früher oder später mußt du dich nüchtern fragen, ob das, was du schreibst, irgendeinem anderen Zweck dient, als nur deiner Eitelkeit zu schmeicheln.«

So ernst seine Warnung auch gemeint sein mag, sie klingt nicht unfreundlich. Seine Stimme ist leise und ruhig, als er das zu mir sagt. Ich weiß, daß es wichtig ist.

»Deine Art zu schreiben gefällt mir, das weißt du«, sagt er. »Aber gerade weil ich deine Art zu denken so liebe, würde es mich sehr traurig stimmen, wenn du dich unter Niveau verkaufen und, wie brillant auch immer, zu seichtem journalistischem Geplauder hergeben würdest.«

»Ich habe dir nur von diesem einen Zeitschriftenartikel erzählt«, sage ich. »Das ist doch nicht so wichtig.« Aber ich weiß, was er meint.

»Du könntest nämlich alles erreichen«, sagt er zu mir. »Ich könnte dich im Fernsehen sehen, wie du im Trenchcoat vor dem Weißen Haus stehst und sagst: ›Und damit zurück zu Ihnen, Walter.‹ Du könntest einen Schreibtisch bekommen wie Johnny Carson und ein Sofa, auf dem Prominente Platz nehmen, und irgendein schmieriger Typ wie Ed McMahon, der alles mitmacht, würde dir die Bälle zuspielen, und alle, die im Moment Rang und Namen haben, wären bei dir zu Gast und würden dir erzählen, wann sie in Las Vegas auftreten und wie ihr neuer Film ist, und deine Visage wäre auf dem Titelblatt von *TV Guide*, und du würdest in Geld schwimmen, wenn du so etwas machst.«

»Nein«, sage ich. »Das will ich nicht.«

»Und ich würde hier sitzen und dich im Fernsehen sehen. Allerdings kann ich nicht bestreiten, daß mich eine gewisse Wehmut überkommen würde, weil ich weiß, daß aus dir etwas wirklich Bedeutendes hätte werden können.«

Ein Leben als Korrespondentin im Weißen Haus, als Talk-Show-Moderatorin oder als Autorin populärer Erfolgsromane wäre ein Leben ohne Jerry Salinger. Dies veranlaßt mich mehr als alles andere, mir die Karrieren, vor denen er warnt, aus dem Kopf zu schlagen.

»Wie wäre es, wenn du dir etwas zum Thema nimmst, das du liebst und bewunderst«, sagt er ruhig. »An dem dir wirklich etwas liegt. *Das* wäre für dich eine schriftstellerische Herausforderung. Über einen Muffin-Backwettbewerb kann sich jeder Schreiberling lustig machen.«

Lange Zeit hatte ich davon geträumt, genau das zu werden, wovon Jerry gesprochen hat: eine bekannte Fernsehjournalistin, eine Talk-Show-Gastgeberin. Ich hatte mir vorgestellt, mir als Autorin pikanter, schonungsloser Prominenten-Porträts oder als scharfzüngige Chronistin von Phänomenen der amerikanischen Massenkultur einen Namen zu machen. Gerade in dieser Woche hatte ich der *New York Times* in einem Brief vorgeschlagen, mich zum Pillsbury-Backwettbewerb zu schicken.

»Ich würde mir für dich wünschen, mein Mädchen«, sagt er ernster, als ich ihn je erlebt habe, »daß du über das schreibst, was du wirklich liebst, und nichts, aber auch gar nichts weniger. Keine Schönheitswettbewerbe und High-School-Bälle, keine Fernsehgrößen und Filmstars, keine Interviews mit Töchtern republikanischer oder demokratischer Präsidenten, auch nicht mit den Präsidenten selbst. Oder wenn du solche Dinge schon tun mußt, dann möchte ich, daß du sie wenigstens auf originelle Weise angehst, mit Sensibilität und Liebe zur Sache.«

Wir gehen den Hügel hinauf, und minutenlang sind nur unsere Tritte auf dem Weg zu hören. Ab und zu bleiben wir stehen und werfen für Joey ein Stöckchen. Ich schiebe meine Hand in Jerrys Tasche.

»Die meisten Autoren sind nicht in deiner glücklichen Position, Jerry«, gebe ich zu bedenken. »Sie müssen Sachen schreiben, die jemand kaufen und veröffentlichen will.«

»Wie diesen Artikel über deine wunderbare, vollkommene Beziehung zu deinen Eltern«, erwidert er ruhig. »Gut geschrieben. Clever. Bestens zur Veröffentlichung geeignet. Und in dem ganzen Ding stand kein einziger ehrlicher Satz. Herrgott noch mal, dein Vater ist Alkoholiker.«

Wir sind stehengeblieben. Wir haben die Hügelkuppe erreicht, wo wir jedesmal umkehren und uns auf den Rückweg zum Haus machen. Ich starre auf die Erde und schöpfe Atem, während mich tiefe Traurigkeit überkommt. Mir ist, als habe er mir ein Bild meines – oder seines – Todes vor Augen geführt.

»Ich könnte nie über den Alkoholismus meines Vaters schreiben«, flüstere ich. »Ich kann ja nicht einmal mit meiner Mutter darüber reden. Es würde sie zu sehr mitnehmen.«

Er schüttelt den Kopf. »Eines Tages, Joyce«, sagt er zu mir, »wirst du eine Geschichte erzählen wollen, und zwar nur aus dem einen Grund, weil sie dir wichtiger ist als alles andere. Du wirst damit aufhören, das zu tun, was andere dir sagen. Du wirst nicht mehr nach anderen schielen und versuchen, es allen recht zu machen, du wirst einfach schreiben, was richtig und wahr ist. Ehrlichkeit beim Schreiben macht die Leute immer nervös, und sie werden alles Erdenkliche tun, um dir das Leben zur Hölle zu machen. Eines Tages in ferner Zukunft wirst du dich nicht mehr darum kümmern, ob andere mit dir zufrieden sind oder was sie über dich zu sagen haben. Dann wirst du endlich das leisten, wozu du fähig bist.«

Jedesmal, wenn Jerry mit meiner Mutter telefoniert, drängt sie ihn, zum Essen nach Durham zu kommen. Er hat ihr einen Brief geschrieben, sich darin lobend über ihre Lebenserinnerungen *Raisins and Almonds* ausgelassen und beteuert, daß er darauf brenne, sie und meinen Vater kennenzulernen. Doch meine Eltern scheuen lange Autofahrten und obwohl Jerry und ich ihnen jedesmal versprechen, demnächst nach Durham zu kommen, vergeht der Sommer, ohne daß wir sie besucht haben.

Jerry schreibt auch Mark, meinem Englischlehrer in Exeter, und seiner Frau Anna. Vielleicht hält er Mark für den einzigen von meinen Freunden, zu dem er eine gewisse Beziehung aufbauen könnte. Mark ist ein belesener, nachdenklicher und zutiefst ernsthafter Mensch, und wie Jerry einer meiner frühen Mentoren. Mit einundzwanzig wurde er in den Verwaltungsrat seiner Alma mater, des Dartmouth Colleges, berufen, ein Amt, das ihn hin und wieder nach Hanover führt. Jerry und ich überreden Mark, uns im August zu besuchen. In den darauffolgenden Monaten schauen er und Anna noch mehrere Male bei uns vorbei. Sie sind praktisch die einzigen Besucher.

Marks und Annas Besuche folgen dem üblichen Muster. Ein Mittagessen, bestehend aus Salat, Vollkornbrot und Käse. Spaziergang auf den Hügel. Ein Film.

Jerry ist aufgeräumt, charmant und zuvorkommend – bei solchen Gelegenheiten weit mehr Zuhörer als Redner.

»Gibt es eigentlich noch Studenten, die einfach gerne schreiben, aus Freude an der Sache?« fragt er. »Oder sind alle nur darauf versessen, sich einen Namen zu machen?«

»Was lesen sie mit echter Hingabe?« will er wissen. »Was ist mit Karen Blixen? Können sie mit *Gatsby* noch etwas anfangen? Mein Gott, wie habe ich Fitzgerald geliebt, als ich jung war. Hemingway natürlich auch. Aber Hemingway hat nicht Fitzgeralds intellektuelle Kraft. Er ist ganz Instinkt.«

Er fragt Mark nach seiner Jugend. Auch Mark ist das Kind eines jüdischen und eines nichtjüdischen Elternteils.

Ebenso wie den menschlichen Gästen, die um den Tisch

sitzen, widmet Jerry seine Aufmerksamkeit auch Marks und Annas geliebter Hündin Katie, die langsam alt wird und unter diversen Zipperlein leidet.

»Was würden Sie sagen: Liegt sie lieber in der Sonne oder im Schatten?« fragt er Anna. »Was für ein Hund ist sie? Rollt sie sich gern zu Ihren Füßen zusammen, oder will sie lieber ihre Ruhe haben?«

Er stellt eine Menge Fragen zu Katies Gewohnheiten und Charakter, dann wählt er ein homöopathisches Mittel für sie aus. Wie gewohnt gibt er das Mittel in einen Vier-Liter-Krug mit destilliertem Wasser, hämmert mit Fäusten und Füßen dagegen und setzt das Wasser Katie vor, die es aufschlabbert.

Obwohl Marks Schüler in dem Alter sind, in dem man sich am meisten für den *Fänger im Roggen* begeistert, haben wir ein Thema bislang noch nicht berührt, nämlich Jerrys Werk. Wir sprechen nicht über seine Rolle als bekannter Literat oder darüber, warum er hier wohnt und wie es kommt, daß ich mit ihm zusammenlebe.

»Geben Sie Katie jeden Tag davon«, sagt Jerry und reicht Mark eine kleine Kunststoffflasche mit einem homöopathischen Mittel gegen Katies Hüftbeschwerden, während wir beide Mark und Anna zum Auto begleiten. »Vielleicht sehen wir uns mal ein Spiel in Dartmouth an«, sagt Jerry. »Oder Joyce und ich kommen mit meinem Sohn Matthew nach Exeter.«

Da ich weiß, daß dieser Mann ein Buch geschrieben hat, in dem das Leben auf einer Privatschule als unerträgliche Heuchelei beschrieben wird wie in keinem anderen, kann ich mir beim besten Willen nicht vorstellen, daß wir jemals einen Ausflug auf den Campus von Phillips Exeter machen werden.

Im August sind Matthew und Peggy häufig da.

Ich mag Jerrys Kinder, aber ich habe mit dem stets gutgelaunten, freundlichen zwölfjährigen Jungen und seiner sechzehnjährigen, basketballverrückten Schwester wenig gemein.

Jahre später versuche ich mir vorzustellen, was Matthew

und Peggy in diesem Sommer empfunden haben müssen. Ich habe mittlerweile selbst Kinder und bin geschieden. In den Jahren nach meiner Scheidung vom Vater meiner Kinder habe ich versucht, mit einem anderen Mann eine Liebesbeziehung einzugehen. Und deshalb kann sich die Frau, die ich heute bin, einfach nicht vorstellen, daß ein Zwölfjähriger und eine Sechzehnjährige, so geborgen sie sich auch fühlen mögen und sosehr sie auch geliebt werden, nicht wie vor den Kopf geschlagen sind, wenn sie nach Hause kommen und dort ein Mädchen antreffen, das, gerade ein paar Jahre älter als sie, auf dem Schoß ihres Vaters sitzt oder sich auf dem Sofa an ihn kuschelt und den Kopf an seine Schulter lehnt.

Während ich mich zeitlebens immer sehr bemüht habe, der Welt in einem möglichst günstigen Licht zu erscheinen – ich habe meinen Charme spielen lassen und das niedliche Ding gemimt, um den Erwachsenen zu gefallen –, spricht aus Peggys Verhalten rückhaltlose Ehrlichkeit. Obwohl nur zwei Jahre jünger, wirkt Peggy viel selbstbewußter als ich. Wie unsicher sie sich auch fühlen mag, oder welche heimlichen Rivalitätsgefühle sie mir gegenüber auch hegen mag, ich begegne ihr mit einer Art Ehrfurcht und Scheu, denn in meinen Augen geht sie viel selbstsicherer durchs Leben als ich. In Peggys Gegenwart komme ich mir nackt und merkwürdig albern vor.

Matthew ist nett zu seiner Schwester, nett zu mir. Anscheinend macht ihm das Hin und Her zwischen dem Haus seines Vaters und dem seiner Mutter weiter unten an der Straße nichts aus, obwohl Jerry nie ihren Namen erwähnt. Matthew ist stets gut gelaunt, aufgeweckt und sportlich, und er liebt seinen Vater. Er scheint Jerry nur Freude zu machen. Und Jerry dankt es ihm mit einer grenzenlosen, liebevollen Nachsicht, die er sonst mit niemandem hat. Mit Peggy nicht, und mit mir schon gar nicht.

Jerry wirkt unbeschwert, wenn er mit seinem Sohn zusammen ist – wenn sie etwa ihre Peter-Sellers-Nummer *Birdy Num Nums* aus *Der Partyschreck* abziehen oder wenn er von einer Fahrt nach New York zurückkommt und zwei Stufen auf einmal nimmt, unter dem Arm ein neues *Tim und Struppi* für Matthew. Er braucht Matthew nur zu sehen, schon geht ein Lächeln über sein Gesicht.

Ich vergleiche mich nie mit Jerrys früheren Geliebten oder Ex-Frauen. Ich vergleiche das, was er für mich empfindet, mit dem, was er für seine Kinder empfindet. Wenn ich eifersüchtig bin, gestehe ich es mir nicht ein. Doch wenn ich sehe, wie Jerry zu Matthew sein kann, und zu mir nicht, werde ich traurig.

Ich habe es gern, wenn Matthew da ist, denn dann ist Jerry lockerer. Matthew kann Jerry dazu überreden, daß er zu einem Spiel nach Dartmouth fährt. Sie sehen sich alberne Filme an. Jerry hat Matthew ein dreirädriges Geländemotorrad gekauft. Matthew und Matthew brausen damit jeden Tag über Jerrys Wiesen.

Weil Matthew Pizza liebt, lädt uns Jerry zum Pizzaessen ein, obwohl Pizza eine verbotene Speise ist, ölig und dick mit Käse und fettiger Salami belegt, und bei hoher Temperatur gebacken wird.

Wir alle schlingen sie gierig in uns hinein. Dann gehen wir in einen Action-Film, den sich Jerry nur ansieht, weil Matthew ihn sehen will.

Als wir wieder zu Hause sind und Matthew ins Bett gegangen ist, sagt Jerry, daß es ihn anekele, dieses ungesunde Zeug im Magen zu haben. Es bekomme ihm nicht. Es bekomme mir nicht. Und natürlich auch Matthew nicht, aber Matthew sei ja erst zwölf.

Jerry und ich sind wieder allein, und all die unbeschwerte Freude und Leichtigkeit, die ich am Abend empfunden habe, verfliegt.

Er führt mich ins Badezimmer. »Man darf nicht zulassen, daß dieses Zeug im Magen vor sich hin gammelt«, sagt er, und dann zeigt er mir, wie man sich einen Finger in den Hals steckt und alles wieder erbricht.

Jerry wendet diese Methode an, wenn er etwas Ungesundes gegessen hat. Ich hingegen verspüre, sowie ich sie gelernt habe, einen Zwang, es jeden Tag zu tun.

Am Ende des Sommers betrachte ich das Haus am Ende dieser langen, ungeteerten Auffahrt als mein wahres Zuhause. Nie wieder ist davon die Rede gewesen, daß Jerry sich in Westport ein Häuschen mietet, und ich gehe davon aus, daß ich nur vorübergehend in meine Wohnung in New Haven ziehen werde – ich werde mich dort so wenig wie möglich aufhalten, solange ich das College besuche. An den Wochenenden werde ich nach Hause zu Jerry fahren.

Im September bringt mich Jerry mit dem Wagen nach New Haven. Zusammen tragen wir meinen Schrankkoffer die Treppe hinauf in meine Wohnung, und dazu noch eine Tasche mit Gemüse aus seinem Garten. Jerry hat seinen Projektor und den alten Film *Die letzte Nacht der Titanic* mitgebracht. Ich bereite uns einen Teller gedünstetes Gemüse und einen Teller Möhrenstreifen. Nach dem Essen machen wir Popcorn, legen uns zusammen in mein Einzelbett und sehen uns den Film an. *Die letzte Nacht der Titanic* ist voll von großartigen Obsessionen, köstlicher Ironie und herzzerreißenden Tragödien: die Hybris der Schiffsbauer, die ihre Titanic als unsinkbar bezeichnen, die reichen Passagiere der ersten Klasse und die armen Leute, die im Zwischendeck zusammengepfercht sind; das Entsetzen der Besatzung, als das Wasser eindringt, und die ignoranten Reichen, die noch lange nach der Kollision mit dem Eisberg lachen, trinken und Zigarren rauchen, überzeugt, daß ihnen kein Unglück widerfahren kann.

Eine Stelle in *Die letzte Nacht der Titanic* bringt mich zum Weinen. Es ist die Szene, in der die Rettungsboote ausgesetzt und die Männer von ihren Frauen und Geliebten getrennt werden. In Jerrys Armen zusammengekuschelt auf dem Bett liegend, sehe ich zu, wie die tapferen Männer ihre Liebsten drängen, in die Rettungsboote zu steigen, und wie die Frauen sich widersetzen, weil sie lieber ertrinken wollen, als sich von ihnen zu trennen.

Am nächsten Morgen muß ich mich für die Seminare anmelden. Jerry fährt nach New Hampshire zurück. »Ich rufe dich heute abend an«, sage ich.

»Wer weiß?« erwidert er. »Vielleicht lernst du irgendeinen

unwiderstehlichen Collegetypen kennen, und ich höre nie wieder von dir.«

Ich stehe am Bordstein vor meiner neuen Wohnung, und Tränen rinnen mir über die Wangen, als ich Jerrys BMW nachblicke. Über einen Monat lang waren wir kaum einmal länger als ein oder zwei Stunden voneinander getrennt. Einerseits habe ich Angst, weil ich nicht weiß, wie ich die Tage ohne Jerry durchstehen soll. Andererseits habe ich Angst davor, daß ich sie nur allzu gut durchstehen könnte und daß Jerry mich dann für ein schwaches und verdorbenes Mädchen halten wird, das den seichten Verlockungen dieser Welt erliegt. Das wäre noch schlimmer.

Aus ganz New Haven kehren an diesem Tag nach den langen Sommerferien fröhliche Studenten gespannt auf den Campus zurück, decken sich im Yale Coop mit Vorräten ein, erzählen, was sie den Sommer über gemacht haben, verabreden sich zum Essen oder fürs Kino. Zettel hängen aus, auf denen Vorsprechproben für Theater- und Musical-Aufführungen angekündigt werden. Obwohl wir Herbst haben, ist es so warm, daß man in Shorts und ärmellosem T-Shirt radfahren kann. Ich radle zum Supermarkt und fülle meinen Korb mit den Lebensmitteln, von denen ich mich seit meiner Umerziehung durch Jerry ernähre. Ich schreibe mich für Seminare ein und rufe ein paar Bekannte an, die gedacht haben, ich hätte den Sommer in New York verbracht. Wenn sie fragen, was ich gemacht habe, belasse ich es bei Andeutungen. »An einem Buch geschrieben«, sage ich. »In New Hampshire rumgehangen.«

Am Abend rufe ich Jerry an. Ich höre im Hintergrund *Der dünne Mann* laufen. Myrna Loy muß soeben Asta auf den Arm genommen haben. Der Hund bellt. »Wie gern wäre ich jetzt bei dir«, sage ich.

»Wenn wir uns das nächste Mal sehen, wirst du mich vermutlich mit einem von diesen geheimen Händedrücken begrüßen, von denen ich so viel gehört habe«, sagt Jerry. »Ach nein, wohl eher nicht. Sie sind ja geheim.«

Am nächsten Tag kaufe ich mir eine Schéfflera-Pflanze und

ein Usambaraveilchen. Ich gehe in den Trödlerladen Hadassah und kaufe mir einen gewirkten Teppich, einen Polstersessel, mehrere nicht zusammenpassende Teller und Kochutensilien. Ich überrede eine Bekannte, mit mir den Sessel nach Hause zu tragen, und bringe den Rest des Tages damit zu, die Wohnung zu schrubben, Poster aufzuhängen und mein Geschirr in die Schränke zu räumen. Bei Einbruch der Dunkelheit ist alles an seinem Platz. Ich finde meine kleine Wohnung wundervoll. In meinem Polstersessel sitzend und einen Apfel kauend, rufe ich Jerry an, wie gewöhnlich per R-Gespräch.

»Du würdest meine Wohnung nicht wiedererkennen, so gemütlich ist sie«, sage ich zu ihm.

»Ich wünschte, ich könnte dasselbe von meiner sagen«, erwidert er. »Hier ist nichts mehr wie zuvor.«

»Ich komme dich bald besuchen«, erinnere ich ihn.

»Schön«, sagt er. »Freut mich, daß du noch Zeit für mich hast.«

Am nächsten Tag kaufe ich Bücher und Notizblöcke und habe dabei fast ein schlechtes Gewissen. Doch ich schwänze das Kunstseminar, für das ich mich angemeldet habe. Ich radle stundenlang über den Campus von Yale. Ich denke daran, wie aufgeregt ich war, als ich an diese Universität kam, und wie hoffnungsvoll, als ich hier vor einem Jahr aus dem Bus stieg. Ich fahre mit meinem blauen Rad den Weg entlang, der an der Bibliothek vorbeiführt, an der Sporthalle, der Mensa des Berkley College, wo ich in meiner Rolle in *Punks* aufgetreten bin, dem Theater, in dem ich letztes Frühjahr saß und Frank Capra lauschte, der im Rahmen meines Filmseminars einen Vortrag hielt.

Am Abend rufe ich Jerry an. »Hol mich hier ab«, sage ich.

»Mein Gott, wie du mir gefehlt hast«, sagt er. »Es wird aber auch Zeit.«

Den meisten Bekannten sage ich nicht, daß ich weggehe, nur von einem Mädchen namens Jessica möchte ich mich verabschieden. Ich rufe sie an, und sie sagt, daß sie gern auf einen Sprung vorbeikommen würde, bevor ich abreise. Ich sage ihr, daß ich mich verliebt hätte, daß ich aber nicht darüber reden könne. Meine neue Telefonnummer gebe ich ihr nicht.

Wir hatten uns im Frühjahr während des ersten Semesters angefreundet, und ich mochte sie sehr. Ich hatte gehofft, wir würden uns besser kennenlernen. Jetzt rechne ich nicht damit, daß ich sie jemals wiedersehen werde.

Durch meinen Weggang aus Yale versäume ich nicht nur die Herbstseminare, ich verliere auch mein Stipendium und den monatlichen Scheck über 200 Dollar, den ich von der Sozialversicherung bekommen habe, weil mein Vater über fünfundsechzig ist. Einem anderen Mädchen namens Jean sage ich, daß sie mit ihrem Freund in meinem Apartment wohnen kann, bis ich einen Untermieter gefunden habe; laut Mietvertrag muß ich bis zum kommenden Juni Miete zahlen.

Ein paar Stunden später kommt Jerry, um mich abzuholen. Ich staple meine Kleider in den Kofferraum. Er ist mit dem BMW da, nicht mit dem Blazer, und so muß ich einen Großteil meiner Habe in der Wohnung zurücklassen. Das blaue Fahrrad der Marke Schwinn, das ich seit meinem zwölften Lebensjahr besitze, bleibt unangeschlossen vor dem Haus stehen. Als ich Monate später auf einer Fahrt nach New York mit Jerry wieder vorbeischaue, ist es fort.

Auf der Fahrt aus der Stadt kommen wir am alten Campus vorüber, und ich sehe Studenten im viereckigen Innenhof Gitarre spielen und mit Büchern ausgestreckt im Gras liegen. Heute ist es so warm, daß die Leute in den Wohnheimen ihre Fenster geöffnet haben. Musik rieselt auf die Straße. Led Zeppelin. The Doors. Neil Young.

Wir fahren hinaus auf den Highway, dann in Richtung Norden nach New Hampshire.

In Cornish ist es einsam. Selbst telefonieren ist weitgehend tabu. Ich schreibe ein paar Briefe. Möglicherweise nehme ich in dieser Zeit die Gewohnheit an – die ich jahrelang beibehalte –, mir auf dem Papier ein Leben zu erschaffen, das weniger mit der Wirklichkeit zu tun hat als mit meinen Wünschen.

Liebe Rona,
Ich habe meine Kleider hier in den Schrank gehängt und lasse mir die Post nachschicken, und ich bin zu der Ansicht gelangt, daß ich nur hier leben kann und nirgendwo sonst. Ich werde mich hier mehr zu Hause fühlen, wenn ich eine Gelegenheit finde, nach New Haven zu fahren und meine Pflanzen und meine Platten zu holen (auch wenn beides, wie ich fürchte, nicht besonders gut hierherpaßt).

Es macht mich ganz krank, wenn ich an meine Wohnung denke, besonders am Ersten jeden Monats, wenn ich wieder einen Scheck mit der Miete abschicke – rausgeschmissenes Geld. Ich sage mir, daß ich hier umsonst wohne und somit nicht mehr Ausgaben habe, als ich ursprünglich erwartet hatte, aber ich bin zu sehr zur Sparsamkeit erzogen worden, als daß ich mich so ohne weiteres mit dem Gedanken an eine leerstehende Wohnung abfinden könnte. Außerdem bin ich ein wenig traurig, weil die Wohnung so schön war. Sie war wirklich sehr hübsch, das muß ich sagen, nur war eben Jerry nicht da.

Er fehlte mir sehr, und ich mußte einsehen, daß es weder wünschenswert noch möglich war, getrennt zu leben, und so bin ich jetzt hier. Im Haus selbst fühle ich mich längst nicht so daheim wie in der George Street – J. und ich haben doch einen recht unterschiedlichen Geschmack –, aber ich betrachte es als mein Zuhause, keine Frage. Man hat hier nach allen Seiten einen herrlichen Ausblick… Und was viel wichtiger ist, ich fühle mich bei Jerry freier und glücklicher und bin mehr ich selbst als jemals zuvor. Trotz aller Probleme (und die gibt es zuhauf – Unterschiede im Geschmack, im Lebensstil, weil ich nicht gern lese und mein Ego nicht aufgebe – der Altersunterschied ist fast nebensächlich), trotz alledem kann ich mir ein Leben ohne ihn nicht mehr vorstellen. Zum ersten Mal seit Jahren spüre ich festen Boden unter den Füßen.

Ganz so einfach ist es nicht. Jerry kann launisch und griesgrämig sein, und selbst in seinem Humor liegt ein Anflug von bitterem, beißendem Hohn, der mich erschreckt. Sein Urteil über die Leute aus seinem Bekanntenkreis ist meist vernichtend, geradezu brutal. Ich höre, wie er mit einem alten Bekannten aus seiner Zeit in New York telefoniert. Er klingt geduldig und interessiert. Dann legt er auf und stöhnt. »Mein Gott«, sagt er, »die Welt ist voller langweiliger Idioten.«

Ich habe keine Zweifel, daß er mich liebt, aber neuerdings kritisiert er mich in einer Art und Weise, die ich nicht von ihm gewohnt bin. Obwohl sein Haus vollgestopft ist mit Büchern und Papieren, Filmspulen und Matthews Sportgeräten, ist Jerry viel pingeliger als ich.

Ich backe Bananenbrot in seiner Küche (Vollkornmehl, Honig statt Zucker, aber mit Eiern, und es wird – daran führt kein Weg vorbei – bei 180 Grad gebacken). Es ist schon schlimm genug, daß ich überhaupt Bananenbrot backe. Aber ich vergesse die Schüssel im Spülbecken. Und hinterlasse Bananenschalen und Teigspritzer auf der Arbeitsplatte.

Ich verstreue Kleider auf dem Fußboden. (Meine rot-weißkarierten Turnschuhe, die ihm auf dem Titelfoto der *New York Times* aufgefallen sind, findet er weniger entzückend, wenn sie mitten im Schlafzimmer auf dem Fußboden liegen.)

Ich kann mir angewöhnen, hinterher aufzuräumen. Ich könnte sogar darauf verzichten, Bananenbrot zu backen. Woran ich allerdings nichts ändern kann, ist mein Verlangen nach »weltlichen Dingen«, wie Jerry sie nennt. Das bemängelt er an mir am schärfsten.

Die *Seventeen* kaufe ich mir nicht mehr. Wenn ich mir jetzt im Supermarkt Zeitschriften ansehe, dann *Women's Day* und *Family Circle.*

Die Kluft zwischen uns wird tiefer. Jerry will sich von Bedürfnissen befreien. Die Selbstbeschränkung, die er sich beim Essen auferlegt – »Enthaltsamkeit« nennt er das –, überträgt er auch auf andere Lebensbereiche. Sein Ziel beim Meditieren ist das Überwinden der Begierde, das Auslöschen des Ichs. Er hat sich kein geringeres Ziel gesteckt, als alle Gedanken auszuschalten. Er verwendet dafür den zen-buddhistischen Ausdruck Samadhi oder »Nicht-Denken«.

Jerry meditiert jeden Tag, aber nicht so wie gewisse Collegestudenten, die zehn oder fünfzehn Minuten lang auf einer Matte hocken, oder ein Anhänger jener Form der transzendentalen Meditation, die der Guru Maharishi Mahesh populär gemacht hat. »Kein angenehmer Gedanke, daß ich es mir als Verdienst anrechnen kann, diesen ganzen modischen Firlefanz ausgelöst zu haben«, sagt er zu mir.

Jerry bevorzugt eine bestimmte Art von Overall aus grobem Baumwollstoff, wie ihn gewöhnlich Automechaniker tragen. Seiner ist marineblau und hat vorn einen langen Reißverschluß. Jeden Morgen nach dem Frühstück zieht er ihn an und verschwindet in seinem Arbeitszimmer, wo er schreibt und meditiert. Mitunter sehe ich ihn erst mitten am Nachmittag wieder. Er will, daß ich ebenfalls meditiere.

Doch jedesmal, wenn ich meine Jogastellung einnehme, die Augen schließe und mit der Atemübung beginne, kommen mir weltliche Gedanken. Ich zähle von zwanzig rückwärts, atme ein, atme aus, benutze dabei das Zwerchfell ... und denke an einen Brief, den ich gestern von einem Filmemacher erhalten habe, der mich für einen Dokumentarfilm über die sechziger Jahre, an dem er gerade arbeitet, interviewen möchte – ein Projekt, an dem ich gern mitwirken würde, doch ich lehne ab.

Ich denke an Peggy, die übers Wochenende nach Hause gekommen ist, von meiner Anwesenheit jedoch kaum Notiz nimmt. Ich denke an meinen alten Freund Jim.

Ich denke an Benjamin, das Baby meiner Schwester, und frage mich, wann ich selbst ein Kind bekommen werde. Ich denke an die Arthritis meines Vaters, die schlimmer wird, und an seine Trinkerei, die ebenfalls schlimmer wird. An die Zeitschriftenartikel meiner Mutter. Einen Songtext von Leonard Cohen.

Ich überlege, was ich anziehen soll, wenn wir demnächst Fotos für den Umschlag meines Buches machen, und ob ich mir die Haare schneiden lassen soll. Ich denke an meine Freundin Jean in New Haven, die mit ihrem Freund Tim in meinem Apartment in der George Street wohnt und bei einer Aufführung des *Zauberers von* Oz Regie führt, und an meinen Freund Josh, der zur Zeit an einem Musical arbeitet. Ich würde auch gern Regie führen.

Ich denke ans Essen. An das Bananenbrot auf der Anrichte. Ich will aufstehen und mir eine Scheibe herunterschneiden. Schließlich, nur um den Gedanken aus meinem Kopf zu verscheuchen, tue ich es. Nur will ich dann noch eine Scheibe, und noch eine, bis das Bananenbrot aufgegessen ist, und ich bin zerknirscht und beschämt über das, was ich getan habe – so daß mir nichts anderes übrigbleibt, als mich zu übergeben.

Dann muß ich wieder von vorn anfangen und alle Gedanken ausschalten. Jedesmal, wenn ich es tue, bin ich wie ein in den Sandstrand gegrabenes Loch, das sich mit Wasser füllt.

Eines Tages, vielleicht weil mein Versagen als Jogi bereits offenkundig ist, eröffnet mir Jerry, daß es etwas gebe, woran ich mich stets erinnern müsse.

Er sagt das wie ein Arzt zu einem Menschen, der eines Tages in die Lage kommen könnte, auf einer Landstraße Erste Hilfe leisten zu müssen.

»Der Tag kann kommen, an dem du vor einer besonders schwierigen Situation stehst und deine ganze Kraft zusammennehmen mußt«, sagt er. »Und wenn es soweit ist, möchte ich, daß du daran denkst, dieses Wort zu sagen. Das Wort lautet *Om.*«

Ich sitze auf dem Samtsofa mit einem Buch in der Hand, *Die Lehren des Ramana Maharshi.* Ich versuche heute nicht zum ersten Mal, dieses Buch zu lesen. Doch heute morgen hat mich Jerry so heftig dafür kritisiert, daß ich beim Frühstück immer im *TV Guide* schmökere, daß ich es mir hoch und heilig geschworen habe, es diesmal zu Ende zu lesen.

Ich lese ein Kapitel mit der Überschrift »Das Leben in der Welt«. Ich habe mir dieses Kapitel ausgesucht, weil es im Gegensatz zu den anderen, die ich schrecklich abstrakt finde, wenigstens noch einen entfernten Bezug zu meinem Alltag und den Dingen haben könnte, die mich interessieren. In diesem Kapitel verwendet Ramana Maharshi ein Wort, das auch Jerry gebraucht, wenn er über das Leben spricht, das er und ich, realistisch betrachtet, noch am ehesten anstreben könnten: »Hausvater«. Wenn ich schon nicht die höchste Stufe der Erleuchtung erreichen kann, auf der man allen irdischen Dingen entsagt, so kann ich vielleicht ein respektabler »Hausvater« werden.

In dem Buch bedient sich Ramana Maharshi der Form von Frage und Antwort, um seine Gedanken darzulegen:

> »Warum hältst du dich für einen Hausvater?« fragt er sich selbst.
>
> »Ob du im Haus bleibst oder entsagst und in den Wald gehst und dort lebst, dein Verstand folgt dir überallhin«, sagt er.
>
> »Das Ich ist die Quelle des Denkens. Es erschafft den Körper und die Welt und läßt dich denken, du seist ein Hausvater. Wenn du entsagst, so wird der Gedanke an die Familie nur durch den Gedanken des Entsagens und das Haus nur durch den Wald ersetzt. Doch die geistigen Hindernisse bleiben für dich immer bestehen ...«

Abgesehen von gelegentlichen Ausflügen nach New York führen wir in Cornish ein ruhiges Leben. Selbst wenn Peggy und Matthew übers Wochenende nach Hause kommen, verbringen sie einen Teil ihrer Zeit bei ihrem Vater und einen Teil bei ihrer Mutter. Einmal in der Woche kommt Eva Barrett zum Putzen. Unsere einzige regelmäßige Besucherin ist Sally Kemp, eine junge Nachbarin, die sich von Jerry in der Homöopathie unterweisen läßt.

Sally dürfte um die Dreißig sein, eine schlanke Frau – attraktiv, ohne daß sie besonders viel dafür zu tun scheint.

Jerry kennt Sally und ihren Mann Dan schon seit Jahren, ist aber nur mit Sally befreundet. Die beiden besitzen ein altes Farmhaus in einer Seitenstraße in Jerrys Nähe. Sie sind eins von jenen Paaren, von denen es in New Hampshire viele gibt und die beschlossen haben, ein einfacheres Leben zu führen und soweit wie möglich auf materiellen Besitz zu verzichten. Sie heizen ihr Haus mit Holz und bauen den größten Teil ihres Gemüses selbst an. Ihre Tochter, etwas über ein Jahr alt, wurde zu Hause von einer Hebamme entbunden. Sie fahren ein sehr altes Auto. Dan schnitzt Holzschalen aus den Auswüchsen von Bäumen, die er auf seinem Grundstück fällt. Er ist Buchdrucker und Wünschelrutengänger, ein Mann, der nach unterirdischen Wasseradern sucht, indem er mit einem gegabelten Zweig das Gelände begeht, der ausschlägt, wenn Dan Veränderungen im Energiefeld wahrnimmt.

Die Schwangerschaft und die bevorstehende Geburt brachten Sally auf die Idee, sich mit Homöopathie zu beschäftigen. Sie wollte in der Lage sein, ihr Kind auch ohne ärztliche Hilfe medizinisch zu behandeln. Sally kam nicht deshalb auf Jerry, weil sie für seine Bücher geschwärmt hätte. Sie interessierte sich nur für seine enormen Kenntnisse auf dem Gebiet der homöopathischen Medizin – ein Thema, in das sie sich mit solcher Zielstrebigkeit einarbeitete, daß sie während ihrer Schwangerschaft in der Stadt sogar einen Job annahm, nur um sich die Bücher kaufen zu können, die sie für die Fortsetzung ihrer Ausbildung brauchte.

Irgendwie ist Sally nicht ganz von dieser Welt. Jedenfalls scheint sie an den kleinen Dingen des Alltags, die mich in Anspruch nehmen – »Klatsch«, würde Jerry sagen –, kein Interesse zu haben. Sie stellt nie irgendwelche Fragen – wer ich bin, was ich hier tue, woher ich komme. Offenbar hat sie auch für Filme nichts übrig, oder für Literatur jeder Art.

Jerry sagt, daß sie eine fast schon überdurchschnittliche Begabung für die Homöopathie hat. Ich habe selbst versucht, Jerrys homöopathische Texte zu lesen, um an Jerrys Leben mehr Anteil zu nehmen. Doch jedesmal, wenn ich mich hinter die Bücher klemme, habe ich das Gefühl, ich müßte eine Seminararbeit schreiben. Ich kann mir die Namen der Heilmittel einfach nicht merken.

Wenn Sally einmal in der Woche herüberkommt, verschwindet Jerry mit ihr für lange Zeit in seinem Arbeitszimmer. Manchmal höre ich stundenlang nichts von ihnen. Das Baby, das noch gestillt wird, ist bei ihnen. Ich sitze im Wohnzimmer.

»Ich fühle, daß sie heute bedrückt ist«, sagt er und mustert das Gesicht des Kindes, als Sally es eines Nachmittags die Treppe heraufträgt. »Offensichtlich hat sie heute morgen die *Times* gelesen.«

Sally lacht nie.

Einmal kommt Dan, Sallys Mann, mit herüber. Wir finden uns allein im Wohnzimmer wieder, während Jerry und Sally an irgendeiner Diagnose arbeiten.

Dan ist in New Hampshire geboren: ein freundlicher Mann in zerknitterter Hinterwäldlerkluft, die ganz anders ist als Jerrys tadellose Markenklamotten von L. L. Bean. Er steht am Fenster und blickt hinaus auf das Vogelhäuschen und die Berge. »Einen herrlichen Ausblick habt ihr hier«, sagt er. »Ihr wohnt praktisch Tür an Tür mit dem lieben Gott.«

Er nimmt eine Handvoll Nüsse und blättert in der Zeitung. Die World Series ist im Gange. »Interessieren Sie sich für Baseball?« fragt er mich. »Ich bin selbst ein Fan der Red Sox. Meine masochistische Ader.«

Es ist Samstag nachmittag, und Matthew ist übers Wochenende von der Schule nach Hause gekommen. Da er momentan unter einer schweren Erkältung leidet, hat Jerry ihn behandelt und achtet mit besonderer Sorgfalt darauf, was er ißt. Keine schleimproduzierenden Milchprodukte dieses Wochenende. Keine Pizza.

Zu dritt sehen wir uns *Dick und Doof* an. Matthew lümmelt auf dem Sofa, den Kopf an Jerrys Schulter. Ich sitze im Sessel neben den beiden. Joey, der Hund, atmet schwer zu Jerrys Füßen. Jerry blättert im neuesten Katalog von L. L. Bean und befestigt Büroklammern an den Seiten, auf denen Artikel angeboten werden, die er bestellen will. Draußen regnet es.

Matthew und Jerry haben diesen speziellen Dick-und-Doof-Film schon viele Male gesehen. Ein Teil des Vergnügens besteht für sie in der Vorfreude auf jeden Gag und jede Geste. Ich kenne den Film nicht. Ich lache über Laurel und Hardy, aber noch lieber beobachte ich das Gespann Matthew und Jerry auf der Couch. Matthew übernimmt Ollies Rolle – obwohl er in Wirklichkeit ein großer, schlanker Junge ist, ganz anders als Oliver Hardy. Jerry hingegen hat tatsächlich eine gewisse entfernte Ähnlichkeit mit Stan Laurel. Das gleiche längliche Gesicht und den gleichen melancholischen Ausdruck.

Laurel und Hardy versuchen, ein Klavier eine Treppe hinaufzutragen. Matthew lacht, dann bekommt er einen Hustenanfall. Jerry holt ihm ein Glas Wasser und legt ihm eine Decke um die Schultern.

»Mir geht es gut«, sagt Matthew und schüttelt die Decke ab.

»Das ganze Glas«, sagt Jerry. Der Himmel über dem Mt. Ascutney ist grau. Wasser schießt vom Dach auf die Terrasse.

Auf der Leinwand kämpfen Stan und Ollie auf der Treppe weiter mit dem sperrigen Klavier, Ollie flucht, und Stan schüttelt töricht den Kopf. Er scheint den Tränen nahe.

Der Film ist aus. Das lose Ende der Filmrolle schlägt mit dem vertrauten Geräusch seitlich gegen den Projektor. Jerry stellt ihn ab. »Habt ihr Lust auf *39 Stufen*?« fragt er. Das wäre unser dritter Film heute. Matthew sagt, er werde wohl zu seiner Mutter gehen. »Sehr wohl, Sir. Ich hole den Wagen«, sagt Jerry. Diesmal mit britischem Akzent.

Matthew, der lange Unterwäsche trägt, wirft sich einen Parka über. Jerry stülpt seinem Sohn eine Wollmütze über den Kopf. »Bis dann!« ruft Matthew mir zu. Er nimmt die letzten drei Stufen jauchzend mit einem Satz.

Ich stehe am Fenster und sehe zu, wie die beiden vorn in den Blazer einsteigen. Matthew braucht bestimmt keine Hilfe beim Anschnallen, doch Jerry beugt sich hinüber und tut es für ihn.

Ich blicke den beiden Köpfen nach, bis sie am Fuß der Auffahrt verschwunden sind.

Fünf Minuten später kommt Jerry alleine zurück. Er hat aus dem Gefrierschrank in der Kellergarage einen Beutel mit tiefgefrorenem Sommerkürbis mitgebracht, den er zum Abendessen dünsten will. Dazu wird es etwas Misosuppe geben und Salat. Ein Glas Wasser. Ein paar Trauben.

»Matthews Husten gefällt mir nicht«, seufzt Jerry, als er den Kürbis in den Dampfkochtopf legt. »Seine Mutter gibt ihm weißen Zucker. Und in der Schule hat er Cola getrunken.«

Ich stelle im Wohnzimmer die Klapptische auf, während der Kürbis kocht. Wir sitzen nebeneinander auf dem Sofa vor dem Fernseher und essen schweigend unseren Kürbis.

Wir räumen das Geschirr ab. Wie sehen uns *All in the Familiy* an – eine Episode, in der Edith Bunker ankündigt, daß sie sich nach einem Job umsehen will, und Archie an die Decke geht. Hinterher schalten wir den Fernseher aus. Jerry geht hinaus auf die dunkle Terrasse, wo es immer noch regnet. »Der Regen soll bis Montag anhalten«, sagt er. »Ich bin nur froh, daß Vernon das Holz hereingeholt hat.«

Ich trete neben ihn auf die Terrasse. Irgendwo über uns am Nachthimmel muß Orion strahlen, die Gürtelsterne, die auf den Großen Wagen weisen, aber heute nacht zeigen sich keine Sterne. Von da, wo wir stehen, ist kein anderes Haus zu sehen. Den Anzeichen von Zivilisation nach könnten wir die letzten Überlebenden des menschlichen Geschlechts sein.

»Ich habe heute nichts zustande gebracht«, seufzt Jerry.

»Ich werde morgen ganz leise sein«, sage ich. Ich habe mir bei einer unserer letzten Fahrten in die Stadt einen Satz Rapidograph-Federn gekauft. Ich habe mir vorgenommen, wieder mit dem Zeichnen anzufangen. Eigentlich sollte ich an meinem Buch arbeiten, aber mir fehlt die Lust dazu.

»Ich geh ins Bett«, sagt er. Das bedeutet, ich auch.

Wir gehen zurück ins Haus. Jerry löscht das Licht und stellt den Geschirrspüler an. Ich folge ihm ins Schlafzimmer. Wir stehen zusammen am Waschbecken und putzen uns die Zähne. Ich nehme meine Kontaktlinsen heraus. Ich gehe ins Schlafzimmer, ziehe meine Jeans und meine Unterwäsche aus und schlüpfe in mein langes Flanellnachthemd.

Jerry kommt ins Zimmer. Er entkleidet sich und streift sein Nachthemd über. Er klettert auf seiner Seite ins Bett. Ich auf meiner. Ich rutsche näher zu ihm, so daß mein Kopf gegen seine Brust drückt, und schlinge die Beine um seine.

Meine Hände gleiten über seinen Körper. Im Dunkeln finde ich die Furchen seiner Wangen, die Linie seines Brustbeins – Hüftknochen, Oberschenkelknochen, Knie. Ich habe sie mir eingeprägt.

Seine Hände fassen nach meinen Schultern. Er streichelt mein Haar. Er hält meinen Kopf fest, dann, mit überraschender Bestimmtheit, dirigiert er mich unter die Decke.

Unter der Decke mit ihrem leichten Waschmittelgeruch schließe ich die Augen. Tränen rinnen mir über die Wangen. Doch ich höre nicht auf. Solange ich das tue, weiß ich, daß er mich lieben wird.

# *Kapitel Acht*

Wir stellen die Uhren zurück, und unser gemeinsames Leben verdunkelt sich. Und anstelle der großartigen weiten Panoramen sehe ich beim Blick aus dem Fenster einen Horizont, der sich mehr und mehr verengt. Braunes Laub. Im Frost erfrorene Tomatenpflanzen. Die Sonne geht jeden Nachmittag früher unter, und Wind peitscht gegen das Haus. Der Fernseher flimmert im Halbdunkel, wenn wir beide uns zu viele Sonnenblumenkerne und Wiederholungen von *Dick Van Dyke, Andy Griffith* und *Candid Camera* zu Gemüte führen.

Am Morgen essen wir auf Klapptischen unsere tiefgekühlten Bird's-Eye-Erbsen, machen Joga und meditieren, gehen an unsere Arbeitsplätze. Am Nachmittag fahren wir über die überdachte Brücke nach Windsor, kaufen die *New York Times* und die *Valley News*, holen die Post ab, fahren wieder nach Hause, lesen Zeitung, sehen fern, bereiten das Abendessen. Nach dem Essen verschwindet Jerry in seinem Arbeitszimmer und schreibt Briefe. Ich mache mir eine Schüssel Popcorn und schalte den Fernseher ein. Er liest Lao-tse, Vivekananda oder Idries Shah.

An anderen Abenden sehen wir uns seine alten Filme an, obwohl ich dabei gewöhnlich einschlafe.

Bis auf die Stunden am Tag, wenn Jerry sich allein in sein Arbeitszimmer zurückzieht, um zu schreiben oder seinen homöopathischen Studien nachzugehen, bleibe ich ihm sehr nahe – sitze auf seinem Schoß, lehne, wenn er sich Filme ansieht, den Kopf an seine Schulter, halte seine Hand, wenn wir die Straße entlanggehen. Doch selbst in unseren Zärtlichkeiten verbirgt sich eine Art wilde, lähmende Verzweiflung.

Sein Groll auf mich wird deutlicher. Ich habe die nasse Wäsche in der Waschmaschine gelassen. Meine Lektorin hat gefragt: Würde es Jerry etwas ausmachen, ein Statement zu meinem Buch abzugeben, das man bei der Werbung verwenden könnte? – und obwohl ich seine Antwort im voraus kennen müßte, richte ich ihm die Bitte aus. Nicht was er sagt, beschämt mich. Er sagt bloß: »Ich glaube, da muß ich passen.« Doch aus seiner Miene spricht kaum verhohlenes Entsetzen über meine Frage.

Eines Tages, als Peggy da ist, ziehe ich einen meiner alten Miniröcke an. »Hast du nichts anderes zum Anziehen?« fragt er.

»Ich mag den Rock«, sage ich.

»Du siehst lächerlich aus«, sagt er. Ich beginne zu weinen.

»Nimm es nicht persönlich«, sagt er. »Das ist eine verbreitete menschliche Schwäche.«

Wir machen einen unserer Spaziergänge auf den Hügel, Jerry und ich, und Joey hechelt auf seinen kurzen Dackelbeinen neben uns her. Es ist es mitten am Nachmittag, doch die Sonne steht in dieser Jahreszeit bereits tief. Das Laub längs des Weges, das vor ein paar Wochen noch rot und golden war, liegt jetzt braun und welk am Boden und wirbelt um unsere Füße.

Die Spaziergänge mit Jerry sind mit denen, die ich als Kind so häufig mit meinem Vater machte, nicht zu vergleichen. Beide Männer legen ein flottes Tempo vor, doch mit Jerrys ausgreifenden Schritten könnte mein Vater, der genau meine Größe hat, nicht mithalten. Und Jerry trägt keinen Spazierstock, dafür nimmt er einen Ball mit, den er ab und zu für Joey wirft, so wie mein Vater für unseren Hund Nicky Stöcke aufhob und warf.

Wenn mein Vater ins Freie geht, nimmt er die Natur stets mit der Leidenschaft eines Malers in sich auf. Jerry hat kaum ein Auge für das, was sich am Weg den Blicken bietet. Spazierengehen ist für ihn offenbar eine Art Meditationsübung, deren Zweck mehr mit dem inneren Ich zu tun hat. Er lebt seit zwanzig Jahren in New Hampshire, aber ich habe nicht den Eindruck, daß er deshalb hier ist, weil er diesen Teil der Welt besonders liebt.

Obwohl es hier in Cornish bestimmt viele schöne Fleckchen gibt, und in der Umgebung mit Sicherheit (die White Mountains sind nur eine Autostunde entfernt), gehen Jerry und ich jeden Tag dieselbe Strecke. Da das Land, auf dem wir spazierengehen, ihm gehört und überall um seinen Besitz Schilder mit der Aufschrift BETRETEN VERBOTEN aufgestellt sind, begegnet uns unterwegs nie jemand. Ich halte seine Hand, wenn wir den Hügel hinaufgehen. Manchmal singe ich beim Gehen.

»Ich werde nie mein erstes Pete-Seeger-Konzert vergessen«, sage ich. »Er trat an der Universität von New Hampshire auf, und meine Eltern nahmen mich mit. Irgendwann forderte Pete Seeger die Leute auf, mit ihm zusammen *This Land Is Your Land* zu singen. Für ein paar Minuten hatte ich das Gefühl, daß alle im Saal *gut* sind. Daß wir alle Freunde sind. Ich sah mich nur um und liebte alle. Es war ein sehr tröstliches Gefühl.«

»Das Lied ging zu Ende, nehme ich an«, sagt Jerry in einem sarkastischen Ton, der mich überrascht. »Da liegt der Haken. Man kann noch so viele Strophen singen, irgendwann fällt den Leuten wieder ein, wie sehr ihnen die anderen auf den Wecker gehen. Mit dieser Art von Gruppengefühl sollte man vorsichtig sein. Es ist nicht immer ein besonders schöner Anblick, wenn man einen Haufen Enthusiasten in einen Saal steckt und wenn sie anfangen, im Rhythmus der Musik zu klatschen. Könnte sein, daß mich das zu sehr an die Militärakademie erinnert. Von meiner alten Armee ganz zu schweigen.«

Mein Geburtstag im November verstreicht wie ein gewöhnlicher Tag. Drei Tage später wird Nixon wiedergewählt. Wir gehen beide nicht wählen.

Ich bin jetzt neunzehn. Ein Gedanke kommt mir in den Sinn. *Was, wenn ich zu alt für ihn werde?*

Jerry schreibt jeden Tag stundenlang. In den Jahren seit seiner letzten Veröffentlichung hat er mindestens zwei Bücher fertiggestellt, deren Manuskripte jetzt im Safe liegen.

Ich weiß, auch ohne zu fragen, was Jerry von Verlegern hält. »Lieber sitze ich zwei Stunden im Zahnarztstuhl als auch nur eine Minute im Büro eines Verlegers«, sagt Jerry. »Diese unerträglichen, selbstgefälligen Möchtegernliteraten, die seit dem College keine Zeile von Tolstoi mehr gelesen haben. Alle darauf versessen, einen Bestseller zu landen.

Obwohl ihnen jede echte Begabung und jedes Verständnis abgehen, entblöden sie sich nicht, vom Schriftsteller alle möglichen unsinnigen Änderungen zu verlangen, und das nur zu dem einen Zweck, ihre unentbehrlichen Talente unter Beweis zu stellen. Sie können dir ihre brillanten Einfälle einfach nicht vorenthalten. Selbst unfähig, auch nur eine originelle Zeile zu produzieren, sind sie wild entschlossen, deiner Arbeit ihren Stempel aufzudrücken. Wie oft habe ich das erlebt: höfliche Vorschläge, dieses oder jenes zu ändern, mehr Romantik hineinzupacken, diese irritierend mehrdeutigen Stellen zu streichen ... irgendeine furchtbar clevere Illustration auf den Umschlag zu knallen ...«

Letzteres konnte Jerry verhindern, wie er mir erzählt, indem er auf schlichte Einbände bestand, die zum Markenzeichen seiner Paperback-Ausgaben geworden sind: der unverwechselbare kastanienbraune Umschlag mit gelben Lettern für *Der Fänger im Roggen.* Der gelbe Umschlag für *Hebt den Dachbalken hoch, Zimmerleute.* Weiß für *Franny und Zooey.* Neun Farbfelder für die *Neun Erzählungen.*

»In dem Moment, wo du ein Buch veröffentlichst, solltest du dir darüber im klaren sein, daß du die Sache nicht mehr in der Hand hast. Die Kritiker treten auf den Plan, und sie wollen sich dadurch einen Namen machen, daß sie deinen ruinieren. Und das werden sie. Mach dir darüber keine Illusionen. Veröffentlichen ist ein verdammt unangenehmes Geschäft. Der bedauernswerte Idiot, der sich darauf einläßt, könnte ebensogut mit heruntergelassenen Hosen über die Madison Avenue spazieren.«

Jerry zeigt mir seine Arbeiten nicht. Was er mir zeigt, ist das Archiv der Familie Glass, die für ihn anscheinend ebenso real ist wie die Familie, in die er hineingeboren wurde, und für die er viel mehr Zuneigung empfindet. Er hat stapelweise Notizen und Aufzeichnungen über die Gewohnheiten und Verhältnisse der Glasses gesammelt – über die Musik, die sie mögen, über Orte, die sie besuchen, über Begebenheiten aus ihrem Leben. Er muß sogar jene Teile ihres Lebens kennen, über die er unter Umständen gar nicht schreibt. So gewissenhaft wie ein Elternteil trägt er die Fakten in die Sammelalben ein und hält sie auf dem neuesten Stand.

Über seine eigene Familie schweigt er sich aus, nur einmal erzählt er mir, daß seine Schwester Doris bei Bloomingdale's arbeitet. Viele Jahre später werde ich zufällig in einem Artikel über ihn lesen, daß sein Vater, ein Eiergroßhändler aus New York City, 1971 gestorben ist, nicht lange bevor ich Jerry kennenlernte. Jerry spricht nie über den Tod seines Vaters. Oder ganz allgemein über seine Eltern.

Auch über einen anderen Menschen sprechen wir nie: seine Ex-Frau Claire, die Mutter von Matthew und Peggy, die er geheiratet hat, als sie neunzehn war. Sie muß jetzt Ende dreißig sein. Sie wohnt noch immer in dem roten Haus eine knappe Meile weiter unten an der Straße, in dem die beiden früher zusammengelebt haben, und Matthew und Peggy pendeln zwischen den beiden Häusern. Manchmal setzt Claire ihren Sohn hier ab.

Ich habe sie nie kennengelernt oder auch nur gesehen.

Bei einem meiner Ausflüge nach New York mit Jerry macht ein Fotograf Bilder von mir für den Umschlag des Buches, an dem ich schreibe. Das Foto soll vorn auf den Umschlag kommen, nicht auf die Rückseite oder auf die Innenklappe. Wie bei meinem Artikel für die *Times* im letzten Frühjahr wird mein Text mit einem Bild von mir verknüpft, mit Ponyfrisur und gefühlvollem Gesichtsausdruck.

Das Foto soll an ein Mädchen irgendwo auf dem Land denken lassen, doch es wird im Central Park aufgenommen. Als ich fertig bin, gehe ich hinüber zu Bloomingdale's, wo ich mit Jerry verabredet bin, und wir kaufen Räucherlachs, den wir nach New Hampshire mitnehmen wollen. »Sollen wir nicht noch dableiben und deiner Schwester guten Tag sagen?« frage ich ihn in Erinnerung daran, daß sie hier als Einkäuferin arbeitet.

»Eine kleine Dosis Verwandtschaft wirkt bei mir sehr lange«, sagt er.

Wir werden noch häufig zu Bloomingdale's gehen und Räucherlachs kaufen. Doch wir fahren nie mit dem Aufzug in das Stockwerk hinauf, in dem Doris Salinger arbeitet. Ich mache den Vorschlag nie wieder.

Ich statte der Chefredakteurin und einer Redakteurin der Zeitschrift *McCall's* einen Besuch ab – zwei von vielen Journalisten, die seit dem Erscheinen meines ersten Artikels in der *Times* an mich herangetreten sind. *McCall's* hat vor, Auszüge aus meinem Buch abzudrucken, wenn es im kommenden Frühjahr erscheint. Die beiden wollen wissen, ob ich der Zeitschrift andere Themen vorschlagen möchte.

Ich zücke ein Notizbuch, in das ich Ideen gekritzelt habe, die zumeist unter die üblichen Themen von Frauenzeitschriften fallen. Ich würde gern Mary Tyler Moore interviewen (was ich schließlich auch tue). Ich möchte etwas über Jugendliche und Drogen schreiben. Über die Folgen der Gewaltdarstellung im Fernsehen.

Ich sitze in dem prächtigen Büro der Chefredakteurin von *McCall's*, blättere durch mein Notizbuch und preise meine Themen so an, wie es mir meine Mutter beigebracht hat. Auf einer Seite halte ich inne, obwohl ich genau weiß, daß ich meine Notizen nicht zu Rate ziehen muß. Mit gespielter Beiläufigkeit unterbreite ich meinen Vorschlag, als sei er mir soeben erst eingefallen: »Haben Sie gewußt«, sage ich, »daß immer mehr junge Leute am College so extrem Diät halten, daß sie nicht einmal mehr in die Mensa gehen? Manche übergeben sich sogar absichtlich. Ich kenne einige.«

Ich erwähne den Namen dieses Schlankheitswahns: Magersucht. (Daß das absichtlich herbeigeführte Erbrechen auch einen Namen hat, erfahre ich erst mehrere Jahre später.) Die Chefredakteurin meint, die ganze Sache sei für die Leserinnen von *McCall's* wohl etwas zu extrem. Wer könne damit etwas anfangen?

Joe und Joan McElroy haben Jerry und mich für heute abend zum Essen in ihre Wohnung in der East Thirtieth Street eingeladen.

Ich kenne Joe länger als jeden anderen außerhalb meiner Familie. Ich war drei, als er nach Durham kam und an der Universität von New Hampshire seine erste Dozentenstelle annahm. Er teilte sich ein Büro mit meinem Vater, der ihn öfter zum Essen mitbrachte. Er war damals ein gutaussehender Junggeselle; er brachte seine Gitarre mit und sang für uns. Meine Mutter verköstigte ihn jedesmal, und wie immer war sie in höchstem Maße auf Geschichten aus seinem Privatleben erpicht.

Ich war neun oder zehn, als Joe mit Joan, die er inzwischen geheiratet hatte, aus Durham fortzog. Joan war diejenige, mit der ich im Sommer nach meinem High-School-Abschluß den Plan faßte, ein Buch über selbstgemachte Puppenmöbel zu schreiben, obwohl uns zu diesem Zeitpunkt bereits klar war, daß ich meinen Teil des Buches wahrscheinlich nicht schaffen würde. Joan brachte das Buch schließlich alleine heraus.

In den Jahren nach seinem Wegzug aus New Hampshire hat Joe mehrere hochgelobte Romane veröffentlicht und eine Stelle als Literaturdozent am Queens College angenommen. Er interessiert sich besonders für zeitgenössische Literatur und mag Salingers Bücher sehr. Als wir mit dem Fahrstuhl zu Joes und Joans Wohnung im zwölften Stock hinauffahren, bin ich glücklich und stolz darauf, daß ich Jerry mit meinen Freunden und ihrer fünfjährigen Tochter Hanna bekannt machen kann. Hanna öffnet uns die Tür und wirbelt mit zwei Elfenflügeln, die auf ihrem Rücken befestigt sind, über den Flur. Jerry schlägt sich mit gespieltem Erstaunen an die Stirn. »Oh«, sagt er. »Wer hätte gedacht, daß es in New York Elfen gibt?«

Wie immer bei solchen geselligen Abenden erweckt Jerry durch sein Verhalten den Eindruck, daß er sich weitaus wohler fühlt, als er es tatsächlich tut. Er begrüßt Joe und Joan mit einem warmen Händedruck und sagt: »Joyce hat mir viel von Ihnen erzählt.«

In der mit Büchern vollgestopften Wohnung fragt er Joe, was er in letzter Zeit gelesen habe. Turgenjews *Aufzeichnungen eines Jägers,* antwortet er. »Und Sie?« »Kafka«, erwidert Jerry. Joe hat seine Magisterarbeit über Kafka geschrieben. »Ich lese die Tagebücher«, sagt Jerry.

»Kafka sagt, er habe dann am besten geschrieben, wenn er sich am miserabelsten gefühlt habe«, sagt Joe mit unbekümmerter Miene.

»Mir geht es miserabel, weil ich schreibe«, erwidert Jerry lachend.

So rasch wie möglich lenkt Jerry das Gespräch von der Literatur auf ein anderes Thema. Sein Hauptinteresse gilt Hanna, die ihrerseits von ihm begeistert ist.

»Ich würde mich freuen, wenn du uns mal in New Hampshire besuchen könntest«, sagt Jerry ohne Herablassung. »Wir könnten Schneemänner bauen und Schlitten fahren.«

Zu dem Zeitpunkt bin ich in der Küche. Joan ist eine gute Köchin und zaubert in der Regel recht exotische Gerichte, aber sie kennt unseren begrenzten Speisezettel. Sie hat sich bei einem Biometzger genau die Art von Lammhackfleisch besorgt, die Jerry und ich essen, und vorschriftsmäßig in Form von Medaillons eingefroren. Und ich achte jetzt darauf, daß sie bei 65 Grad gebacken werden.

Doch als wir uns schließlich zu Tisch setzen, stellt sich heraus, daß ich mit dem Fleisch etwas falsch gemacht habe. »Du hast das Fleisch zu lange im Rohr gelassen, Joyce«, sagt Jerry. Er rührt sein Medaillon nicht an.

Einen Großteil des Herbstes verbringe ich mit der Arbeit an meinem Buch, das den Titel trägt *Looking Back: A Chronicle of Growing Up Old in the Sixties.* Doch obwohl man meinen könnte, daß dies genau die Chance ist, auf die ich so lange gewartet habe (und von der so viele junge Autoren träumen), gehe ich lustlos und manchmal fast widerwillig an die Arbeit.

Jeden Tag sitze ich mit meinem gelben Schreibblock im Schoß auf Jerrys Samtsofa und zähle immer wieder die Seiten, so wie ich früher, wenn ich als Babysitter schwierige Kinder hütete, ständig auf die Uhr sah. Ich habe mir eine Liste mit den Themen gemacht, die ich in meinem Buch behandeln muß: High-School-Mode. *Dr. Kildare.* Die Angst vor der Bevölkerungsexplosion. High-School-Bälle. Politisches Engagement bei Jugendlichen. Jedesmal, wenn ich mit einem Thema durch bin, hake ich es erleichtert ab.

Kann sein, daß ich meine Beziehung zu Jerry und unsere gemeinsamen Zukunftsaussichten nicht besonders realistisch einschätze. Doch bin ich mir darüber im klaren, daß die Fertigstellung des Buches und sein Erscheinen im kommenden Frühjahr zwangsläufig zu Spannungen zwischen uns führen werden. *Looking Back* steht für all das, wovor Jerry mich gewarnt hat, und für all das, was er verabscheut: zu frühes Publizieren; die Ausbeutung meiner Jugend, meines Gesichts, meines Namens; Zugeständnisse an die modischen Launen des »Zeitungskiosk-Lands«, wie er es nennt; die Vermarktung meiner frühreifen Sprachgewandtheit, die meine Eltern von Kindesbeinen an auf Kosten wahrer Nachdenklichkeit gefördert haben. Die Anpassung an die Forderungen des Marktes.

Obwohl ich das alles weiß, wird mein Buch genau so, wie man es von einem solchen Buch erwarten darf. Leichtverdaulich. Flüssig im Stil. Streckenweise unterhaltsam, und sogar ehrlich. Aber auch zutiefst unehrlich, weil es so vieles nicht aussprechen kann und vieles andere verschweigt.

Ich schreibe in diesem Herbst 160 Seiten, vorgeblich über mein Leben, doch ich erwähne an keiner Stelle, daß ich bei einem alkoholkranken Vater aufgewachsen bin. Oder bei einer Mutter, die sich nie imstande sah, mit mir über den Alkoholismus meines Vaters zu sprechen.

Ich lasse mich über Joan Baez und Jackie Kennedy aus, schildere, wie ich in der *Ed Sullivan Show* die Beatles hörte und wie ich die Kuba-Krise erlebte, die Ermordung John F. Kennedys, die Kampagne McCarthys, schreibe über das Haschischrauchen, das in meinem Bekanntenkreis weit verbreitet ist, die Frauenbewegung. Ich spreche über das College, ohne zu erwähnen, daß ich das Studium abgebrochen habe.

Ich erzähle den Lesern, was sie meiner Meinung nach von mir hören wollen, die geschönte Version. Ich fürchte, wenn ich ihnen die wahre Geschichte erzähle – daß ich in einer Alkoholikerfamilie aufgewachsen bin, daß ich berühmt werden will und Angst vor Sex habe –, werden sie mich für einen so verschrobenen Sonderling halten, daß niemand mein Buch lesen will oder (die grauenhafteste Vorstellung) daß niemand mich *mögen* wird. Und so versuche ich statt dessen, eine Art Allerweltsfrau aus mir zu machen – ein Durchschnittsmädchen, einen typisch amerikanischen Teenager, der einer Fernsehserie entsprungen sein könnte.

In *Looking Back* schreibe ich über Twiggy, und wie ich die Zeitschrift *Seventeen* las und mir wünschte, wie die Models in dem Heft auszusehen, die ich mir im Supermarkt immer noch anschaue. Doch ich erzähle nie die Wahrheit darüber, was ich noch getan habe, um wie ein Model aus *Seventeen* auszusehen: daß ich nach der High-School einen ganzen Sommer lang täglich kaum mehr gegessen habe als einen Apfel und Baskin-Robbins-Eiscreme. Ich verliere kein Wort darüber, wie ich die Eiscreme, die ich esse, wieder loswerde, indem ich aufs Klo gehe und mir den Finger in den Hals stecke.

Ich bringe es nicht über mich, dem Leser zu gestehen, wer ich wirklich bin. Noch weniger kann ich mir selbst eingestehen, wer ich bin. Mir ist mehr daran gelegen, meinen Eltern zu gefallen – denen ich das Buch widme –, als daran, ein wirklich ehrliches oder glaubwürdiges Buch über meine Jugend zu schreiben.

Im Spätherbst liefere ich das Manuskript von *Looking Back* bei meinem Verlag ab. Doch meine Lektorin hat mich gebeten, noch einen Schlußteil anzuhängen, in dem ich ein Resümee ziehe. Ich schreibe ihn am 1. Januar 1973:

> Heute ist Neujahr. (Ich habe das neue Jahr mit Popcorn und Guy Lombardo eingeläutet, wobei ich zu meinem Bedauern feststellen mußte, das selbst die vermeintlich zeitlosen Royal Canadians Zugeständnisse gemacht haben und jetzt modern klingen, zeitgemäß. Ich sitze an einem Fenster in New Hampshire – ich habe Yale, Vorlesungen über Chaucer und Wohnheimstockbetten gegen die Berge eingetauscht – und beobachte die Abendkernbeißer, die sich am Vogelhäuschen drängen. Diese garstigen Vögel haben die Meisen verscheucht, aber sie sind hübsch anzusehen, wenn sie sich um Sonnenblumenkerne und Nierenfett balgen und beim leisesten Geräusch oder der kleinsten Bewegung, die ich in meinem Sessel mache, davonflattern. Jetzt, kurz vor Sonnenuntergang, weht ein kräftiger Wind. Das Thermometer zeigt acht Grad unter Null. Doch hier drin habe ich es warm. Das Feuer im Kamin ist angelegt, brennt aber noch nicht (alte *TV Guides*, die *New York Times* von heute morgen und tropfende, schneebedeckte Holzscheite), in einem Nebenraum atmet pfeifend der Hund (alt und asthmatisch hält er Winterschlaf und träumt von der Dachsjagd im Frühling), und eine Mandarinenschale, gefüllt mit Kernen, liegt neben mir auf dem Tisch. Der Fernseher ist aus – heute nachmittag gibt es nur Übertragungen von Golfturnieren und Footballspielen –, und so habe ich Monopoly gespielt, an jeder Straße Hotels gebaut und gewonnen… Ich denke darüber nach, was ich zu Abend essen soll, kritzele auf die Ränder meines gelben Schreibblocks, untersuche meine gespaltenen Haarspitzen, sehe zu, wie der Himmel sich verfärbt,

blicke auf die Uhr, in den *TV Guide,* wieder auf das Thermometer. Das Vogelhäuschen ist jetzt leer.

Ich habe gerade mein Manuskript zu Ende gelesen. Ich bin mit diesem gelben Schreibblock hierhergekommen, zu diesem Sessel, diesem Fenster, um den Schluß dieses Buches zu schreiben …

Im Verlauf der Monate, in denen ich das Buch schreibe, lese ich Jerry jede Seite laut vor, so wie ich früher meine Texte meinem Vater und meiner Mutter laut vorgelesen habe. Bestimmte Teile hat Jerry für mich abgetippt. Den handgeschriebenen Text auf dem Block versieht er mit Randbemerkungen.

»Pflanzen und Tiere fehlen bezeichnenderweise in meinen Erinnerungen an das Jahrzehnt«, schreibe ich. »Zu viele flüchtige Moden. Zu wenig von dem, was bleibt.«

Jerry hat das Manuskript an jenem Morgen zu Ende gelesen und anschließend zu mir gesagt: »Bezeichnenderweise fehlen Tiere und Pflanzen in deinen Erinnerungen. Zu viele flüchtige Moden. Zu wenig von dem, was bleibt.«

Aus diesem Grund habe ich auf den letzten Seiten meines Buches mehrere Tierarten erwähnt.

In meinen Teenagermemoiren finden sich viele Versäumnisse, die weit aufschlußreicher sind als die Nichterwähnung von Kernbeißern und Meisen. Eine der naheliegendsten Fragen, die in *Looking Back* unbeantwortet bleiben, ist: Warum verbringt eine Neunzehnjährige den Silvesterabend zu Hause, wo sie sich Guy Lombardo im Fernsehen ansieht und beklagt, daß das Orchester nicht mehr so gut ist wie früher?

Der Ausdruck »zeitgemäß«, mit dem der Niedergang von Guy Lombardos Royal Canadians beklagt wird (deren Niedergang ich selbst hätte schwerlich beklagen können, da ich sie nie zuvor gehört hatte), stammte von Jerry Salinger. Jerry hatte früher in Manhattan zu Guy Lombardos Musik getanzt, in den vierziger Jahren, bevor ich geboren wurde. Damals wurde er »Sonny« genannt.

Es ist sein Vogelhäuschen, das ich in meinem Buch erwähne, sein asthmatischer Hund, sein Samtsessel, und das Feuer daneben hat er angelegt, mit Holz, das er auf seinem Grundstück geschlagen hat, oben in den Hügeln über dem Connecticut River, in Cornish, New Hampshire. Die Person, mit der ich an diesem Tag Monopoly spielte, war nicht Jerry, sondern sein dreizehnjähriger Sohn, der sich erstaunlicherweise mit dem Gedanken angefreundet zu haben schien, daß eine junge Frau im Haus seines Vaters wohnte, die nur sechs Jahre älter als er und keine zwei Jahre älter als seine Schwester war.

Ich sitze im Samtsessel, und Jerry sitzt neben mir. Der Sommerkürbis für das Abendessen, über das ich auf der nächsten Seite spreche, stammt aus seinem Garten. Er und ich haben diese Kürbisse im vergangenen Sommer zusammen geerntet, kurz bevor ich in sein Haus zog. Wir standen an der Anrichte in der Küche, zerlegten sie und froren sie in Gefrierbeuteln für den Winter ein.

Nichts davon kann ich in meinem Buch erwähnen. Ich erwähne nicht, daß der 1. Januar 1973 Jerry Salingers vierundfünfzigster Geburtstag ist.

# *Kapitel Neun*

Ich möchte glauben, daß sich alles andere von selbst ergibt, wenn ich nur verliebt bin. Ich sehe mich in Cornish Brot bakken und Gemüse ziehen, nähen und zeichnen, mich abends mit Jerry auf das Sofa kuscheln, auf dem wir uns gegenseitig Theaterstücke vorlesen oder Filme ansehen. Ich werde mich mit Homöopathie beschäftigen. Jeden Morgen und jeden Abend werde ich mit Jerry meditieren, so wie er es mir beibringt. Ich werde einen herrlich geschmeidigen Körper bekommen, nicht nur vom täglichen Joga, sondern auch von der gesunden Ernährung, auf der er besteht: Körner und Gemüse, kein Zucker, nur sehr wenig Milchprodukte. Ich sehe mich wieder Gitarre spielen oder vielleicht sogar ein ganz neues Instrument erlernen – Flöte oder Geige. Ich bin fest davon überzeugt, daß Jerry und ich zusammen Kinder haben werden.

»Du kannst nicht mal etwas dafür«, sagt Jerry eines Tages, als ich vom Telefonieren komme, noch ganz euphorisch von der Aussicht, von einem prominenten Rundfunkmoderator über die sechziger Jahren interviewt zu werden. »Diese Leute haben dich verdorben. Sie haben aus dir einen weltlich gesinnten, gierigen, erlebnishungrigen Menschen gemacht.«

Ich mache mich selbst ganz krank. Ich hasse mich dafür, daß ich weltliche Dinge will, und trotzdem will ich sie. Die wunderbare Unbeschwertheit und Unschuld einer Phoebe

Caulfield beim Karussellfahren besitze ich nicht mehr. Ich war nie so jung, daß ich nicht diese gräßliche, allwissende Stimme in meinem Kopf gehört hätte, die mein Leben erzählt.

Meine einzige Hoffnung auf Rettung ist, ein Kind zu bekommen. Mit Jerry zusammen ein Kind zu haben wäre für mich die Chance, eine Kindheit zu erleben, die ich nie hatte, nach der ich mich aber immer sehnte. Wenn ich selbst schon nicht das Kind sein kann, das er sich gewünscht hat, dann wenigstens dessen Blutsverwandte. Wenn ich ihm so, wie ich bin, nicht genügend gefalle – und einiges deutet darauf hin –, dann werde ich ihn eben dadurch zufriedenstellen, daß ich ihm diesen anderen Menschen schenke, der nicht meine Schwächen hat. Ich werde zusehen, wie er es liebt. Er wird mich nie verlassen, denn ich bin die Mutter des Kindes.

Ich sage nicht einmal zu ihm: »Ich möchte ein Kind.« Vielmehr spreche ich eines Tages von der Zeit, »wenn wir ein Kind haben«.

»Sieh mal einer an!« sagt er. »Wir werden ein halbjüdisches Baby haben.«

Wir sprechen immer häufiger über das Kind, und wenn wir über das Kind reden, ist es immer ein Mädchen. Wir sprechen nicht darüber, wo wir wohnen sollen, wie unser Alltag aussehen wird, wenn wir ein Baby zu versorgen haben. Wir sprechen nicht darüber, was Matthew und Peggy dazu sagen werden, geschweige denn, wo das Baby in diesem kleinen, engen Haus schlafen und spielen soll, obwohl das sicherlich all die Fragen sind, die sich Jerry mit seiner Frau Claire stellen mußte, bevor Matthew und Peggy geboren wurden, und in den Jahren vor seiner Scheidung, als sie noch sehr klein waren. Ich frage nicht, wie er verhindern will, daß das Kind geimpft wird, obwohl ich weiß, daß Jerry in diesem Punkt unnachgiebig sein wird. Vielleicht wird es einfach nicht zur Schule gehen.

»Ich werde ihr ein Puppenhaus bauen«, sage ich. »Wir machen Puppen und Möbel und Spielzeuglebensmittel aus Stärkemehl, Salzteig und Lebensmittelfarben.« Ich erzähle ihm von den Kuchen, die meine Mutter in Kronkorken für meine Barbie-Puppen gebacken hat.

»Weißt du, was vielleicht das Schlimmste ist, was man einem Kind antun kann?« fragt Jerry. »Es zu Unrecht beschuldigen. Es gehört mit zum Widerwärtigsten, wenn eine Autoritätsperson ein Kind nur auf einen bloßen Verdacht hin zusammenstaucht.« Ich finde es seltsam, daß Jerry von allen Erziehungsfragen, über die man nachdenken kann, ausgerechnet dieser eine solche Bedeutung beimißt. Doch ich nicke. »Das wäre allerdings schrecklich«, sage ich.

»Und noch etwas«, sagt er. »Keine Militärakademie.«

Es gibt viele Geheimnisse zwischen uns und dem Rest der Welt, doch daß Jerry und ich die Absicht haben, ein Kind zu bekommen (und schließlich mehr als eines), ist keines. Meine Mutter scheint das Vorhaben zu billigen, als ich sie darüber informiere. »Ich sehe im Geiste schon die kleinen Salingers zu Besuch kommen«, schreibt sie ihrer Freundin Marion, »und sich mit ihrem Bio-Lunch aus Vollkornbrot und Keimlingen aus dem Auto zwängen ...«

Peggy kommt nur gelegentlich vom Internat nach Hause, und wenn, dann ist sie meist im Haus ihrer Mutter unten an der Straße oder bei ihrem Freund in Dartmouth. Manchmal hängen sie zusammen in Jerrys Wohnzimmer herum. Sie kommen Sonntag nachmittags und sehen sich Sportübertragungen an. Sie bringen ihre Basketbälle mit. Peggy transportiert ihren in einer Schutzhülle. Sie halten sich nicht an Jerrys Ernährungregeln, so viel ist sicher. Der Freund trinkt sogar Cola.

Für mich wäre es unvorstellbar, im Haus meiner Eltern so auf dem Sofa zu liegen, die nackten Füße im Schoß eines Freundes, seine Hand auf meinem Oberschenkel. Peggys Freund ist in meinem Alter – ein großer, gutaussehender, nicht übermäßig gesprächiger Typ, auf den eine Begegnung mit Bill Walton mit ziemlicher Sicherheit mehr Eindruck machen würde als mit J. D. Salinger. Was Jerry angeht, so scheint er nicht viel von dem Freund zu halten – er nennt ihn »Trottel« und »Blödmann«, wenn wir allein sind, und mokiert sich darüber, daß der Freund sich lieber Zeichentrickfilme im Fernsehen ansieht als schöne alte Filme. Doch wenn Peggy und ihr Freund im Haus sind, ist Jerry immer freundlich und sogar zuvorkommend, obwohl ich aus der Art, wie er ihn »Sportsfreund« nennt, einen spöttischen Ton heraushöre, den der Junge wahrscheinlich gar nicht wahrnimmt.

Ich kenne Elsa van Bergen, meine Lektorin bei Doubleday, mittlerweile seit fast zwei Jahren, seit damals, als ich ihr kurz nach meiner Abschlußprüfung in Exeter in einem Brief vorschlug, ein Buch über die Herstellung von Puppenhäusern zu machen. Wir hatten seitdem eine ganze Anzahl angenehmer, erfreulicher Begegnungen. Obwohl ich in jenen Tagen für Doubleday ganz gewiß keine große Nummer war, behandelte sie mich stets freundlich, unterstützte mich und machte mir Mut. Sie weiß, daß ich jetzt mit Jerry Salinger zusammenlebe, und seit dem einen Mal, als sie fragte, ob er eventuell einen Kommentar für den Buchumschlag beisteuern könnte, hat sie mir gegenüber nie wieder seinen Namen erwähnt. Sie weiß auch, daß sie nicht bei ihm zu Hause anrufen soll. Wir kommunizieren ausschließlich brieflich miteinander.

Im Spätherbst 1972 schreibe ich ihr. Kurz zuvor habe ich das nahezu vollständige Manuskript meiner Erinnerungen abgeliefert. Jetzt teile ich Elsa mit, daß ich mir über die Frage der Werbung für *Looking Back* Gedanken gemacht hätte. Ich hätte es mir in einigen Punkten anders überlegt.

Als ich Jahre später, mit vierundvierzig, den Brief lese, den ich Elsa in jenem Herbst geschrieben habe, kann ich über den scheinheiligen Ton, den ich anschlage, nur den Kopf schütteln.

Ich hielte es nicht mehr für angebracht oder wünschenswert, teile ich meiner Lektorin mit, mich an der Werbung in der Weise zu beteiligen, wie wir es in der Vergangenheit besprochen hätten. Besonders in Anbetracht meiner augenblicklichen Lebensumstände sei ich zu der Ansicht gelangt, daß ich mich damit allen möglichen Formen krasser Ausbeutung aussetzen würde, und das sei nicht in meinem Sinn. Mein Buch solle für sich sprechen. Ich hätte es nicht nötig, wie ein Starlet durch die Talk-Shows zu tingeln und dafür zu werben, nur damit sich die Investitionen des Verlags in mich bezahlt machten. Wozu müßten die Leute mein Gesicht sehen? Mein Text genüge doch. Oder sollte es zumindest.

»Der Wert des Geschriebenen hat nichts mit Ruhm zu tun«, teile ich ihr in einer Sprache mit, die stark von Jerry beeinflußt ist. »Mir ist nicht daran gelegen, berühmt zu werden, und ich bin beunruhigt und besorgt über den gegenwärtigen Trend, der Autoren nötigt, sich mit Dingen abzugeben, die nicht das Geringste mit dem Schreiben zu tun haben, sondern nur dazu dienen, die kommerziellen Interessen der Verlage zu wahren.«

Ich stünde für Talk-Show-Interviews nicht zur Verfügung, schreibe ich. Ich hätte nicht die Absicht, mich auf einer Lesetour zu exponieren.

Elsa schreibt zurück:

Liebe Joyce,
wo soll ich anfangen? Zunächst einmal sollten Sie sich die Möglichkeit offenhalten, selbst herauszufinden, daß man nicht unbedingt weniger Schriftsteller ist, nur weil man für sein Buch werben will. Schriftsteller haben längst begriffen, daß sie in den Menschen den Wunsch wecken müssen, ihre Werke zu lesen, wenn ihre Arbeit einen Sinn haben soll. Wie ich weiß, kennen Sie Schriftsteller an beiden Enden der »Ruhmesleiter«. Wenige sind in der glücklichen Lage, nicht das Geringste tun zu müssen, um bei der Öffentlichkeit Gehör zu finden …

Die Erfahrungen anderer Schriftsteller werden Ihnen nicht viel nutzen. Denn was Ihre Arbeit so wichtig macht, ist das, was Sie sind. Wir können uns der Tatsache nicht verschließen, daß Ihr Alter und Ihre Zugehörigkeit zu einer Epoche ein wesentlicher Aspekt von *Looking Back* sind; in gewisser Hinsicht hätte das Buch für viele Leute nicht mehr denselben Reiz oder wäre nicht mehr das, was es ist, wenn Sie nicht neunzehn wären, aber Sie irren sich, wenn Sie sich für ein »Starlet« halten. Sie stellen Ihr Licht unter den Scheffel, gemessen an dem, was Sie heute sind und was aus Ihnen werden kann …

Der Ton dieses Briefes ist von Sorge und Bestürzung geprägt, nicht aber … von der Angst vor den möglichen Folgen für den Verkauf und Ihre Zukunft, wenn Sie der Werbung ihre Unterstützung versagen. Natürlich würde sich das negativ auswirken. Aber die Sorge, die in diesen Zeilen anklingt, ist aufrichtig und freundschaftlich gemeint. Ich kann es nicht genau erklären, aber irgend etwas an der Art und Weise, wie Sie Ihren neuen Standpunkt darlegen, beunruhigt mich. Er scheint nicht so recht zu dem zu passen, was vorausgegangen ist …

Ein kluger Freund hat zu Ihnen gesagt, daß Sie Ihr Talent schützen müssen, aber dazu gehören viele Dinge … und nicht, daß man bei einem Buch Zurückhaltung übt, bei dessen besonderem Charakter eine solche Zurückhaltung unangebracht wäre …

Die Argumente in Elsas Brief leuchten mir ein, und beim Lesen spüre ich für einen Augenblick wieder eine schwache Hoffnung aufkeimen. Vielleicht muß ich mich ja doch nicht ganz von der Welt abschotten. Vielleicht ist mein anhaltendes Interesse an Dingen wie Lesungen in Buchläden und Interviews doch nicht so unverzeihlich. Ich gehe mit dem Brief zu Jerry.

Er überfliegt ihn nur kurz, dann faltet er ihn sauber zusammen und gibt ihn mir mit einem Seufzer zurück. »Vielleicht bist du ja doch wie alle anderen«, sagt er.

Jerry und ich haben ein kleines Ritual entwickelt. Samstag abends, wenn wir die Klapptische weggeräumt haben, sehen wir uns zusammen die *Lawrence Welk Show* an. Wir tanzen zu der Sendung.

Ich freue mich die ganze Woche auf dieses Ereignis. Manchmal dusche ich vor der Show, ziehe ein Kleid an und lege etwas Make-up auf.

Die Sendung beginnt damit, daß Mr. Welk sich einen Finger seitlich in den Mund schiebt und dann beim Herausziehen wie einen Sektkorken knallen läßt. Joan Baez und Joni Mitchell trennen Welten von der Champagnerlady Norma Zimmer, die *I Love Paris* zum besten gibt, oder dem Duo Guy und Ralna, die sich, in farblich aufeinander abgestimmtem Smoking und Abendkleid, tief in die Augen schauen und Händchen halten, wenn sie *True Love* singen und dabei Seifenblasen um ihre Haarlack-Frisuren schweben lassen.

Die heutige Sendung ist der Musik von Cole Porter gewidmet. »Wenn einer Cole Porter verhunzen kann, dann nur ein Kerl wie Welk«, sagt Jerry, als das Orchester seine Version von *I Get a Kick Out of You* anstimmt. Das Tanzpaar Bobby und Cissy läßt weiße Zähne in die Kamera blitzen, während es übers Parkett wirbelt.

Jerry und ich kennen mittlerweile alle Mitwirkenden: Henry Cuesta, den Klarinettenvirtuosen, Mr. Welks Schwiegertochter Tanya und Ana Cani, die »hübsche kleine Mexikanerin«. Bob Ralston, den Organisten. Myron Florin, den Akkordeonspieler. Ich kenne sogar die Reklamespots auswendig, in denen vorwiegend für Abführmittel und Präparate gegen Sodbrennen geworben wird.

Die nächste Nummer ist *Begin the Beguine,* gespielt von Henry Cuesta. Die Kamera schwenkt auf die zahlreichen Paare, die – mittleren Alters und älter – auf die Tanzfläche strömen, und die Frauen, die für einen Tanz mit Mr. Welk Schlange stehen.

Jerry ist ein ausgezeichneter Standardtänzer. Von dem wenigen, was er mir über seine Teenagerjahre erzählt hat, weiß ich, daß er in seiner Jugend auf der Upper West Side und (später) in der Park Avenue Tanzkurse besuchte. Es gab eine

Zeit, in der er als Lebemann in Manhattan Eugen O'Neills wunderschöne Tochter Oona in Lokale wie den Stork Club ausführte und Zigaretten rauchte. *Begin the Beguine* ist für ihn ein Teil seiner musikalischen Biographie wie für mich *Sergeant Pepper's Lonely Heart's Club Band.*

Letztes Jahr um diese Zeit lehnte ich im Tanzsaal des Plaza-Hotels an der Wand und beobachtete meine Freundin Marguey und elf weitere Mädchen, die beim Ball der Junior League in die New Yorker Gesellschaft eingeführt wurden. »Eines Tages«, so sagte ich mir damals, »wirst du selbst mit einem flotten, romantischen Partner übers Parkett wirbeln.«

Jerry ist so groß, daß ich ihm kaum über die Brust reiche, aber er gehört zu den Tänzern, die selbst einer ungeübten Partnerin wie mir das Gefühl geben, graziös zu tanzen. Im bläulichen Geflimmer der Fernsehers bringt er mir Foxtrott bei. Nur das Schnarchen des Hundes und der beinahe synthetische Klang der Klarinette sind zu hören, als Jerry mich durch den Raum schiebt, am Fernseher vorbei, hinüber zum Kamin, in die Küche und wieder zurück. Der Geruch von Kaminfeuer liegt in der Luft. Ich spüre den Druck seiner Hand auf meinem Rücken und seine langen Finger, die meine umschließen. »Ich liebe dich so sehr«, flüstere ich. »Für mich gibt es keinen anderen auf der Welt.«

»Komische Sache, die Liebe«, sagt er. »Sie bringt einen Menschen dazu, wider besseres Wissen alle möglichen verrückten Sachen zu machen.«

»Ich danke euch, Boys und Girls«, sagt Mr. Welk. »Und auch dir, Henry. Das was einfach wundervoll. Und jetzt, liebe Leute zu Hause an den Bildschirmen, von unseren verehrten Freunden von Ex Lax eine Information über ein Produkt, das euch zu einem guten, beschwingten Start in den Tag verhelfen kann ...«

Von Geschichten, die mir Jerry über Reisen nach Wien und Nächte in Manhattan in den vierziger und fünfziger Jahren erzählt, weiß ich, daß es eine Zeit in seinem Leben gegeben hat, in der er Schokoladenkuchen, Hamburger und Steaks aß und Martinis trank.

Er gibt mir die Fotokopie eines vierseitigen Artikels über die Grundlagen einer gesunden Ernährung.

> Beim Kochen müssen wir zwischen pflanzlichen und tierischen Lebensmitteln unterscheiden. Auf Gemüse wirkt sich die Kochtemperatur anders aus als auf tierische Lebensmittel …
>
> Wenn tierische Lebensmittel bei der Zubereitung so stark erhitzt werden, daß sie die Siedetemperatur von Wasser erreichen, verlieren sie ihren Nährwert und werden wertlos. Milch verliert beim Abkochen ihre Nährkraft, und ein Kalb, das ausschließlich mit abgekochter Milch gefüttert wird, d. h. zusätzlich zu der abgekochten Milch keine andere Nahrung erhält, stirbt in der Regel innerhalb von fünfzehn Tagen. Auch viele Kinder, die ausschließlich mit abgekochter Milch oder Dosenmilch gefüttert wurden, sind gestorben …

Unter der Überschrift »Verboten« sind (neben vielen anderen Produkten) folgende Speisen aufgelistet:

> Jede Form vom durchgebratenem Fleisch, durchgebratenem Fisch, durchgebratenem Huhn, Truthahn, Dosenfleisch, Fleischsuppe, Kraftbrühe …
>
> Hartgekochte Eier, Vanillepudding, Kuchen, Pfannkuchen, Rührei und alle Speisen, die Ei enthalten …
>
> Gekochte Milch und alle Speisen, die Milch und irgendein Milchprodukt enthalten …
>
> Raffinierter weißer Industriezucker und alle Speisen und Getränke, die solchen Zucker enthalten. Brauner Zucker und der sogenannte Rohzucker, Ahornzucker, Ahornsirup und Melasse sind ebenso schädlich …
>
> Alle Nahrungsmittel aus der Dose …
>
> Alle pflanzlichen Fette …
>
> Nudeln, Makkaroni und Spaghetti …

Jede Mayonnaise aus dem Laden und alle Nahrungsmittel, die unter Verwendung von Backpulver, Soda, Saccharin und Jodsalz hergestellt werden ...

Geschwefeltes Dörrobst ...

Einige Zerealien, darunter Cream of Wheat, Quaker Oats, Shredded Wheat, Wheaties und alle anderen Zerealien, sofern sie gedämpft, geröstet oder getrocknet wurden ...

Gebackene Kartoffeln und Süßkartoffeln, Bratäpfel, weil die in ihnen enthaltenen Mineralsalze zu stark erhitzt werden und nicht aufgenommen werden können, so daß sie sich in der Gallenblase, in den Nieren, Gelenken und Blutgefäßwänden niederschlagen und so zur Bildung von Gallen- und Nierensteinen führen und Arthritis und Arterienverkalkung fördern ...

Tomaten, roh oder gekocht, Rhabarber und Ananas ...

Tiefgekühltes Gemüse und Obst aus dem Laden ... Erbsen, grüne Bohnen und Spargel werden mit Kupferarsenit behandelt, das schön grün ist, aber auch ein starkes Gift ...

Kaugummi, Zahnpasta ... Kaffee, Whiskey, Punsch und getoastetes Brot. Zum Zähneputzen benutzt man am besten nur Wasser und Bürste oder Bürste, Wasser und Holzkohlenpulver ...

Die Liste der Nahrungsmittel, die erlaubt sind, ist kurz. Nüsse und Trauben. Obst, bevorzugt aus der Region. Popcorn. Frisches Gemüse. Lammburger. Streng genommen steht Brot nicht auf der Liste, doch wir kaufen uns gelegentlich im Reformkostladen eine ungesäuerte Brotsorte, die aus Vollkornmehl und Sonnenblumenkernen hergestellt wird. Das ist ein besonderer Genuß. Ebenso verboten sind Milchprodukte, doch ab und zu kauft Jerry ein Stück Cheddarkäse. Die einzige große Ausnahme auf unserem Speisezettel ist der Räucherlachs, den er von jeder Fahrt nach New York mitbringt – das Beste, was Bloomingdale's zu bieten hat. Früher habe ich nie Räucherlachs gegessen. Jetzt bin ich ganz wild darauf.

Tatsächlich nimmt Räucherlachs in unseren Gedanken so breiten Raum ein, daß Jerry auf die Idee kommt, selbst welchen zu räuchern. Dann könnten wir uns die Besuche bei Bloomingdale's sparen.

Wir fahren zusammen in den Eisenwarenladen. Jerry ersteht einen kleinen Drahtkorb von der Art, wie sie von Anglern benutzt werden.

Wir fahren bei Purity Supreme vorbei – »Puberty Supreme« nennt er den Laden. Wir kaufen zwei Pfund frisches Lachsfilet.

Als wir zu Hause sind, holt er eine Leiter, und während ich unten bleibe und zusehe, steigt er mit dem Korb und dem Lachs darin aufs Dach. Jerry fühlt sich auf Leitern oder Dächern nicht übermäßig wohl und klettert in seinem Overall wackelig über die Schindeln zum Schornstein. Er läßt den Korb mit dem Lachs in den Schornstein hinab. Er klettert vom Dach herunter und flucht leise, als er beinahe den Halt verliert. »Stell dir die Schlagzeilen vor«, sage ich. »Berühmter Schriftsteller verunglückt tödlich bei dem Versuch, Lachs in seinem Schornstein zu versenken.« Jerry lacht.

Zurück im Haus, schichtet er im Kamin Holz auf, das er eigens zu diesem Zweck gekauft hat und das dem Fisch ein rauchiges Hickory-Aroma verleihen soll. Mittlerweile schmieden wir große Pläne. »Wir werden verschiedene Holzarten ausprobieren«, sagt er. »Mal sehen, welche wir am liebsten mögen.« Ich stelle mir vor, wie ich jeden Tag geräucherten Lachs anstelle von Sonnenblumenkernen zum Frühstück esse.

Er steckt ein letztes Mal den Kopf in die Kaminöffnung, um den Rauchabzug einzustellen und sich zu vergewissern, daß der Korb mit dem Lachs auch an der richtigen Stelle hängt. Als er wieder auftaucht, ist sein Gesicht rußbedeckt und sein sonst so sorgfältig gekämmtes Haar strebt in alle Richtungen. Ich lehne den Kopf an seine Schulter. Er legt einen Arm um mich.

Jerry entzündet das Feuer. Innerhalb von Sekunden füllt sich das Zimmer derart mit Rauch, daß wir husten müssen.

Tränen treten uns in die Augen. Ich stoße die Terrassentüren auf. Mit der Feuerzange versucht Jerry, den Korb mit dem Lachs in eine andere Position zu bringen, doch der Rauch wird immer dichter.

Er rennt nach draußen. Er steigt wieder über die Leiter aufs Dach. Er klettert zum Schornstein und zieht an der Kette, an der der Korb hängt. Eine Minute später hat er den rußgeschwärzten Fisch geborgen. »Wenn ich mir's recht überlege«, sagt er, »sind die 15,99 Dollar, die sie bei Bloomingdale's für ein Pfund verlangen, wirklich günstig.«

Als ich Jerry kennenlernte, hatte ich gerade begonnen, mich einigermaßen normal zu ernähren – ich ging zu den Mahlzeiten in die Mensa, anstatt mir wie bisher auf meinem Zimmer im Wohnheim mit meinem heimlichen Müslivorrat den Bauch vollzuschlagen und am nächsten Tag dafür überhaupt nichts zu essen. Ich hatte tatsächlich wieder einige Pfunde zugelegt, die ich auf dem Höhepunkt meiner Magersuchtphase verloren hatte. Ich war immer noch dünn und achtete auf jedes Pfund und jede Kalorie, aber ich war nicht mehr bis aufs Skelett abgemagert.

Trotz meiner neuen Erbrechungstechnik, habe ich in letzter Zeit zugenommen. Da ich nach einer Mahlzeit nie satt bin und Heißhunger auf etwas Salziges oder Süßes habe, stopfe ich mich mit Nüssen und Körnern voll und habe dennoch Appetit auf mehr. Oder einfach auf etwas anderes. Wenn Käse im Haus ist oder wenn ich mir etwas gönnen will und einen Laib Vollkornbananenbrot backe, lacht mich die verbotene Speise in der Küche so lange an, bis ich sie ganz aufgegessen habe – und zwar auf einen Sitz. Mißbilligung liegt in Jerrys Ton, wenn er den Kühlschrank öffnet und sagt: »Ich dachte, wir hätten noch ein halbes Pfund Cheddar. Ich vermute, du hast ihn gegessen.«

Ich fange an, Lebensmittel zu stibitzen. Wenn ich, was selten vorkommt, allein mit dem Wagen wegfahre, halte ich unterwegs an und kaufe mir einen Becher Joghurt oder eine Packung Müsli. Wahrscheinlich ist dieser Zwischenstop der eigentliche Grund, warum ich überhaupt weggefahren bin. Ich verdrücke alles heimlich auf dem Parkplatz des Supermarkts, beseitige die Beweisstücke in einem Müllcontainer, halte an einer Tankstelle an und stecke mir auf der Toilette den Finger in den Hals. Manchmal, wenn Jerry wegfährt und mich allein zu Hause läßt – nur mit dem BMW, mit dem ich nicht fahren darf –, verschlinge ich Sonnenblumenkerne und Trauben, bis mein Leib aufgedunsen ist.

Ich zeichne. Vor Jahren betrieb ich mit meinem Vater Figurenstudien und übte Umrißzeichnen. Wir studierten Hände und Füße. »Du zeichnest das Ohrläppchen zu *mechanisch*«, sagte er ein ums andere Mal. »Du schaust nicht richtig hin.« Jetzt versuche ich, es besser zu machen.

Mein Hauptmotiv beim Zeichnen ist Jerry. Mit seiner langen, schmalen Gestalt und seinem länglichen, zerfurchten Gesicht, seinen leicht sorgenvollen Augen und seiner amüsierten Miene bietet er sich für meine Art von Karikaturen geradezu an. Ich zeichne ihn im Garten, beim Hacken, oder über seinen Schreibtisch gebeugt neben einem Stapel homöopathischer Texte, auf der Suche nach einem Mittel gegen irgendwelche Beschwerden, unter denen seine Kinder oder ich leiden. Ich zeichne uns zusammen im Bett. Er liest ein Buch über Sufismus. Ich lese die Ratgeberseite in der Zeitung. In dem Blick, den er mir zuwirft, liegt weniger Mißbilligung als Enttäuschung.

Auf einer anderen Zeichnung tanzen wir. Er ist auf dem Bild sogar noch größer als in Wirklichkeit. Ich stehe auf den Zehenspitzen und schaue bewundernd zu ihm auf. Der Hund döst auf dem Teppich vor dem Kamin, und im Fernseher ist das Gesicht von Lawrence Welk zu sehen, der seinen allgegenwärtigen Taktstock schwingt. Aus Jerrys Mund kommen die Worte: »Wer braucht schon den Rainbow Room?«

Alle zwei Wochen fährt Jerry nach New York zu einem Therapeuten, der nach Wilhelm Reichs Orgontheorie praktiziert. Jerry läßt sich nie näher darüber aus und sagt mir lediglich, daß man bei dieser Therapie mit den Muskeln arbeitet und die Stimme in einer bestimmten Weise benützt, die tieferliegende Energien freisetzt. Auf jeden Fall ist das nicht die Art von Therapeut, mit dem man über seine Kindheit spricht oder den Umstand erörtert, daß die junge Frau, mit der man zusammenlebt, keinen Geschlechtsverkehr haben kann.

Dieses Problem bleibt unverändert bestehen und wird immer seltener angesprochen, obwohl der Plan mit dem Baby so weit gediehen ist, daß bereits der Name für unser zukünftiges Kind feststeht. Es ist ein seltsamer Name – eigentlich überhaupt kein Name.

»Ich habe geträumt, wir beide hätten eine Tochter«, erzählt er mir eines Morgens. »Ich sah deutlich ihr Gesicht. Sie hieß *Bint.*«

Er schlägt im Wörterbuch nach. »Sieh mal einer an«, sagt Jerry. »Das ist ein altes britisches Wort für kleines Mädchen.« Von da an benutzen wir immer den Namen aus Jerrys Traum, wenn wir über unser zukünftiges Kind sprechen.

Wenn Jerry den Orgonomisten aufsucht, braucht er für die ganze Fahrt nur einen Tag – fünf Stunden für die Hinfahrt, zwei Stunden für die Therapie, eine Stunde, um in der Feinkostabteilung von Bloomingdale's Lachs und Bagels einzukaufen, fünf Stunden für die Rückfahrt. Ein paarmal habe ich Jerry begleitet, aber jetzt winkt er immer häufiger ab. »Du wirst nicht genug Zeit haben, etwas zu unternehmen«, sagt er. Ich bleibe zu Hause, sehe viel fern, esse Popcorn, stecke mir den Finger in den Hals und arbeite an meinem Buch.

Doch ein einziges Mal im Herbst nimmt er mich mit. Wir steigen im Plaza ab.

Am nächsten Morgen geht Jerry zu seinem Orgonomisten. Ich habe einen Termin mit meiner Lektorin. Jerry und ich haben uns zum Mittagessen im Algonquin-Hotel verabredet, wo William Shawn und Lillian Ross zu uns stoßen sollen – alte Freunde aus Jerrys Zeit beim *New Yorker* in den fünfziger Jahren. Jerry hat mir erzählt, daß Ross und Shawn seit Jahren ein Paar sind, obwohl Shawn mit seiner Frau weiter einen gemeinsamen Haushalt führt. »Beim *New Yorker* weiß jeder Bescheid«, sagt Jerry. »Aber niemand spricht mit ihnen darüber.«

Im Jahr 1972 ist William Shawn noch Herausgeber der Zeitschrift, doch Jerry hat seit Monaten nicht mehr über seine früher geäußerten Pläne gesprochen, eines Tages mit mir in New York zu leben, sich eventuell auf der Upper West Side ein Apartment zu mieten und tagsüber in den Redaktionsbüros des *New Yorker* zu schreiben.

Jerry erzählt mir, daß Lillian Ross und William Shawn – und seine Freunde S. J. Perelman, William Maxwell, Peter DeVries und Janet und Donald Malcolm – die letzten Hüter der, wie er sagt, guten alten Tradition des *New Yorker* sind, die mit Harold Ross begonnen hat.

William Shawn ist ein kleiner Mann – was neben Jerry besonders ins Auge sticht –, und er wirkt sehr alt. Lillian Ross ist eine adrette, geschmackvoll gekleidete Frau, die etwa im selben Alter sein dürfte wie meine Mutter.

Shawn und Jerry begrüßen sich mit Handschlag. Jerry küßt Lillian Ross auf die Wange. Wir setzen uns in eine Nische.

Jerry stellt mich vor und erinnert sie an meinen Artikel in der *Times.* »Joyce hat gerade ein Buch geschrieben«, sagt er. »Memoiren.«

»Ach, tatsächlich«, sagt Lillian Ross. »Ich hätte nicht gedacht, daß das in ihrem Alter möglich ist.«

Sie bestellen Drinks. Ich nehme Wasser.

William Shawn – »Shawn«, wie ihn Jerry nennt – ist eine sehr distinguierte Erscheinung, korrekt, präzise und förmlich, höflich, zurückhaltend und würdevoll. Lillian Ross trägt ein dezentes Kostüm, und dezent ist auch der Anzug des Mannes, den ich mit »Mr. Shawn« ansprechen werde. Ich trage ein marineblaues Trägerkleid und einen Rollkragenpullover in leuchtendem Lila mit dazu passenden Strumpfhosen.

»Ich habe eine Sammlung Ihrer frühen Essays aus dem

*New Yorker«*, sage ich zu ihr. »Meine Mutter hat sie mir gegeben, als ich ein kleines Mädchen war.«

»Wie schmeichelhaft«, sagt sie. »Ich nehme an, es war schrecklich aufregend für Sie, einen Artikel in der *Times* zu veröffentlichen.« »Oh«, erwidere ich, »ich schreibe schon seit Jahren für Zeitschriften.« Ich erzähle ihr von *Seventeen* – den Artikeln über Julie Nixon Eisenhower und Miss Teenage America. Sie fragt mich nach Autoren, die ich bewundere, und ich antworte, Jane Austen und Carl Reiner. Ich frage sie, ob sie in letzter Zeit interessante Leute interviewt hat. Sie wirft Shawn über den Tisch hinweg einen Blick zu. »Niemanden, der Sie interessieren könnte«, sagt sie. »Niemand, der auch nur annähernd so interessant ist wie Julie Eisenhower oder Miss Teenage America.«

Das ganze Essen über sitzt William Shawn mir gegenüber still in der Ecke und nickt. Ein weniger taktvoller Mensch hätte Lillian Ross vielleicht einen vielsagenden Blick zugeworfen. Wenn er sich ihr mitteilt, dann höchstens mit einem schwachen Heben einer Augenbraue oder einem kaum merklichen Zucken. Ich entdecke in seinem Gesicht keinen verächtlichen Ausdruck, nur in ihrem.

Wir verabschieden uns von William Shawn und Lillian Ross. Jerry ruft ein Taxi. Im Taxi sagt er nichts über das Essen. Er fährt mit mir direkt vom Algonquin zu Saks.

»Ich möchte dir einen Mantel kaufen«, sagt er. Aber er führt mich nicht zu den Mänteln, die Mädchen in Yale in diesem Herbst tragen.

Ich probiere mehrere an, die er für mich aussucht. Einer hat einen echten Pelzkragen. Einer sieht genauso aus wie der Mantel, den ich kurze Zeit später auf einem Foto im Magazin *Time* an Pat Nixon sehen werde.

Seine Wahl fällt auf einen schwarzen Kaschmirmantel, den, wie ich mir vorstelle, auch Lillian Ross tragen könnte. Er kostet 425 Dollar, und das 1972.

Hervorragend geschnitten, aber mir etwas zu groß, wäre er genau das richtige für die Vorsitzende eines Wohltätigkeitsvereins in Darien, Connecticut, doch nach Cornish paßt er nicht und noch weniger zu mir.

Ich trage den Mantel danach jeden Tag, ob es kalt ist oder nicht.

# *Kapitel Zehn*

Meine Eltern kommen zu Besuch. Ich bin alt genug, um zu begreifen, daß meine fünfzigjährige Mutter in Jerry Salinger einen überaus attraktiven und anziehenden Partner für sich selbst sehen könnte. Sie ist eine zutiefst frustrierte Frau, in künstlerischer, intellektueller, schöpferischer und sexueller Hinsicht. Seit zwanzig Jahren führt sie weitgehend ein Leben aus zweiter Hand und zehrt von den Leistungen und Erfahrungen ihrer Töchter, im Augenblick mehr denn je. Merkwürdigerweise akzeptiert sie meine Entscheidung, mit achtzehn alles aufzugeben, was mir nach eigenem Bekunden immer wichtig gewesen ist, und mit Jerry in den Bergen zu leben. Sie wägt ihre Worte immer sorgsam ab und hat sich für das Wort »entzückt« entschieden, um ihre Haltung ihm gegenüber auszudrücken.

Unsere Familie lebt nur sechzig Meilen südlich von Cornish, doch meine Eltern unternehmen nur selten eine so weite oder lange Fahrt. Vor unserer jährlichen Reise nach Ogunquit Beach in Maine, jeweils dreißig Meilen hin und zurück, hatte mein Vater immer so große Angst vor dem Verkehr, den Highways und rücksichtslosen Fahrern, daß er uns noch früher als sonst weckte, um »dem Verkehr zuvorzukommen«.

Ich möchte unbedingt, daß die drei Erwachsenen, die ich auf der Welt am meisten liebe, einander mögen und respektieren. Ich möchte, daß Jerry sieht, wie lustig und geistreich meine Eltern sind. Ich möchte, daß meine Mutter Jerrys Haus liebt, obwohl ich mir nicht vorstellen kann, meinen Eltern das Schlafzimmer zu zeigen, in dem ich mit Jerry schlafe.

Mein Vater entsteigt dem Wagen wie ein Astronaut einer Weltraumkapsel nach einer besonders schwierigen Erdumkreisung. Er und meine Mutter sind, wie mir von vornherein klar war, zwei Stunden früher losgefahren, um dem Verkehr in Richtung Cornish zuvorzukommen. Sie treffen ein paar Minuten vor Mittag ein. Mein Vater trägt Cordhosen und ein Viyella-Hemd, einen breiten Seidenschlips und einen Schlapphut. Meine Mutter ein rotes Kostüm und hochhackige Schuhe, dazu einen passenden Filzhut mit einer Feder.

Zum ersten Mal sehe ich meine Eltern mit Jerrys Augen. Sie bieten einen etwas mitleiderregenden Anblick – mein Vater in seinen ausgetretenen Halbschuhen, meine Mutter overdressed in ihrem zu engen Kostüm. Jerry, in Bluejeans und einem Sweater von L. L. Bean, zeigt keine Spur von Herablassung. Er begrüßt meine Eltern mit der Würde und Höflichkeit des Führers einer Weltmacht. Er küßt meine Mutter und schüttelt meinem Vater die Hand.

»Sie müssen sehr stolz auf Joyce sein«, sagt er freundlich. »Sie können die Hände in den Schoß legen und sich den Rest Ihres Lebens auf Ihren Lorbeeren ausruhen, nachdem Sie eine solche Tochter in die Welt gesetzt haben.«

»Joyce war immer ein aufgewecktes Mädchen«, sagt mein Vater.

»Rona auch«, sagt meine Mutter. »Rona hat schon mit neun Monaten gesprochen. Im Vergleich zu ihr fanden wir Joyce etwas zurückgeblieben… Ich habe von Rona ein Band aufgenommen, auf dem sie französisch singt, obwohl sie erst achtzehn Monate alt war. Joyce hat Ihnen vermutlich erzählt, daß eine Geschichte von Rona 1964 in *Best American Short Stories* erwähnt wird.«

Wir führen sie ins Haus. Mein Vater betrachtet ein Landschaftsbild, das in Jerrys Wohnzimmer hängt und das er, wie ich weiß, allenfalls als zweitklassig einstufen würde. Ich bete darum, daß er nichts sagt. Er sagt nichts.

»Ich nehme an, daß der Vertreter von Fuller Brush Sie hier oben nicht allzuoft belästigt«, bemerkt meine Mutter.

»Wenn alle Besucher so wären wie Sie, Fredelle, würde ich die ganze Sache vielleicht anders sehen«, sagt Jerry.

»Du hättest Jerrys Garten vor dem ersten Frost sehen sollen, Mummy«, sage ich.

Wir sitzen an Klapptischen, die Jerry im Wohnzimmer aufgestellt hat, und blicken hinaus auf die Terrasse. Er hat Salat gemacht, und dazu gibt es Räucherlachs, Käse, gutes Brot und – das macht mich nervös – Wein.

»Oh, es geht doch nichts über ein Stück guten Käse«, sagt mein Vater, der bisher ungewöhnlich schweigsam gewesen ist.

Jerry fragt meine Mutter nach ihrer schriftstellerischen Arbeit. Sie redet über das Buch, das sie kürzlich unter dem Titel *Guiding Your Child to a Creative Life* veröffentlicht hat und in dem sie die Methode, nach der sie meine Schwester und mich erzogen hat, darlegt.

»Aha. Wenn eine Mutter also das Buch kauft und Ihre Empfehlungen beherzigt, kann am Ende so jemand wie Joyce dabei herauskommen?« fragt Jerry.

Meine Mutter lacht. »Ach, Jerry«, sagt sie, »kein Wunder, daß meine Tochter Sie liebt.«

Im Moment, sagt sie, schreibe sie über die Midlife-Crisis bei Männern und darüber, wie man Kinder von Drogen fernhalten könne. Ein ziemlicher Sprung von Shakespeare und der Komödie der englischen Restauration, womit sie sich in Radcliffe beschäftigt habe. Mein Vater gießt sich sein zweites Glas Wein ein.

»Und was tun Sie zur Zeit, Max?« fragt Jerry. »Jetzt, wo Sie im Ruhestand sind?«

Mein Vater antwortet, daß er unlängst mit einem alten Freund aus Ottawa gesprochen habe. »Der Mann hat alle Eichämter in Kanada unter sich«, sagt er. »Wir kennen uns seit unserer Jugend. Erst letzte Woche flog Harry von Ottawa nach Paris, um den Goldbarren zu wiegen, der in allen Provinzen als Standard verwendet wird.«

»Faszinierend«, sagt Jerry.

»Oh, ich habe einen ziemlich erlesenen Bekanntenkreis, das kann ich Ihnen versichern«, erzählt mein Vater. »Mein Großneffe Derek bekleidet den Posten des Dominion-Archivars für British Columbia. Auf der Rolltreppe nach oben habe ich eine Menge Leute kennengelernt.«

In einem Brief, den meine Mutter kurz nach dem Besuch ihrer Freundin Marion schreibt, schildert sie das Gespräch bei Tisch folgendermaßen:

> Jerrys Gegenwart löste bei Max einen panischen Eitelkeitsanfall aus, anders kann ich es nicht beschreiben. Jerry hörte geduldig zu, war aber doch verwundert und kam offensichtlich zu dem Schluß, daß Max von einer richtigen Rolltreppe sprach. Joyce war die Sache sichtlich peinlich, und ich war einfach nur unsäglich traurig. Daß Max, der doch selbst Manns genug ist, so mit den Verdiensten anderer prahlt! Als Joyce klar wurde, daß die Rolltreppe nur metaphorisch gemeint war, sagte sie zum Scherz, aber doch gereizt: »Und jetzt sag uns, wen du auf dem Weg nach unten getroffen hast«, und Jerry rief: »Ganz schön frech!«

»Daddy«, sage ich. »Erzähl Jerry von deiner Arthritis. Wenn er dein Simile findet, kann er dir vielleicht helfen.«

»Es ist ein Trauerspiel mit diesen Gelenken«, sagt mein Vater und hält Jerry seine Hände hin, die so verkrümmt sind, daß er nur mit Mühe einen Pinsel halten kann. Sein Arzt habe ihm neulich Goldspritzen verordnet, sagt er mit einer gewissen Belustigung. »Doch ich fürchte, ich bin ein hoffnungsloser Fall. Alt werden ist deprimierend, nicht wahr, mein Freund?«

»Besteht die Chance, daß Sie irgendwann mal nach London

fliegen, Max?« fragt ihn Jerry. Er kenne dort nämlich einen hervorragenden Akupunkteur, der ihm eine große Hilfe sein könnte. »Wenn ich mich nicht irre, behandelt er die Queen.«

»Was? Die Queen?« sagt mein Vater. Er hat eine Schwäche für den Adel. »Tatsächlich habe ich neulich erst gedacht, daß ich mir mal die Turners in der Tate Gallery ansehen sollte.«

»Geben Sie mir etwas Zeit zum Nachdenken«, sagt Jerry. »Vielleicht finde ich ein Mittel für Sie.«

»Das wäre großartig«, sagt mein Vater.

»Jerry«, sagt meine Mutter. »Ich nehme an, Joyce hat Ihnen das Buch gezeigt, das sie schreibt. Sagen Sie uns, wie Sie es finden.«

»Es ist unverschämt gut«, antwortet er.

Wie immer bei den seltenen Gelegenheiten, wenn wir Besuch bekommen, erbietet sich Jerry, einen Film vorzuführen.

»Unmöglich, alter Freund«, sagt mein Vater. »Wir müssen zurück sein, ehe in Concord der Verkehr einsetzt und ehe es dunkel wird.«

Jerry läßt sich nicht die geringste Belustigung oder Bestürzung über den Besuch meiner Eltern anmerken. Als sie wieder fort sind, sagt er auffallend wenig über meinen Vater und meine Mutter. In dem Brief, in dem meine Mutter ihrer Freundin von dem Besuch erzählt, schreibt sie, ich hätte hinterher zu ihr über meinen Vater gesagt: »Manchmal frage ich mich, was ich früher an ihm gefunden habe.«

Als ich das Jahre später lese, schäme ich mich über diesen Verrat an meinem Vater. Ich bete darum, daß er meine Treulosigkeit an jenem Tag nicht bemerkt hat.

Einige Monate zuvor hatte ich meinem Redakteur bei der *New York Times* einen Vorschlag unterbreitet. Ich hatte von einem zwölfjährigen Wunderkind namens Lilit Gampel gehört, einer Geigerin, die in Los Angeles lebte. Ich schlug vor, ein Porträt über sie zu schreiben, und die *Times* erteilte mir den Auftrag.

Im Frühsommer war ich nach Los Angeles geflogen und

hatte Lilit, ihre Eltern und ihren jüngeren Bruder Alan, einen achtjährigen Pianisten, besucht. Es war mir damals nicht bewußt, aber daß ich mir aus allen in Frage kommenden Themen dieser Welt ausgerechnet die Person Lilit Gampels herauspickte, kam nicht von ungefähr. Es war bestimmt nicht leicht, eine Familie zu finden, die noch zielstrebiger auf die Karriere und den Erfolg der Kinder hinarbeitete als die, in der meine Schwester und ich erzogen wurden, doch die Gampels waren eine solche Familie. Abgesehen vom Schulunterricht, dem vorgeschriebenen Mittagsschlaf und den Zeiten, wenn ihre Mutter sie anwies, »nach draußen zu gehen und im Garten herumzutollen«, übte Lilit praktisch den ganzen Tag nur Geige. Sie und Alan hatten bereits mit sechs zu spielen begonnen.

Einmal, erzählt sie mir, war ihre Geige in Reparatur, und sie verbrachte zwei Tage ohne ihr Instrument. »Mir war so langweilig«, sagt sie. Und was sie dann hinzufügt, könnte ich selbst mit zwölf in mein Tagebuch geschrieben haben. »Wenn ich ins Bett ging, hatte ich das schreckliche Gefühl, ich hätte den ganzen Tag nichts getan.«

Obwohl ich im Sommer einige Zeit mit der Familie Gampel verbracht habe, möchte ich mir einen Auftritt Lilits ansehen. Kurz vor Thanksgiving gibt sie mit dem Cellisten Pierre Fournier und den Symphonikern von Phoenix ein Konzert. Ich buche einen Flug, um sie zu sehen. Seltsamerweise beschließt Jerry, mich auf der Reise zu begleiten. Lilit scheint ihn zu faszinieren.

Wenn wir in die Welt hinausfahren, reist Jerry häufig unter dem Namen »John Boletus« – »Boletus« ist ein lateinisches Wort für »Pilz«. Bei der Begegnung mit Lilit und Alan Gampel und ihren Eltern ist er jedoch Jerry Salinger, mein Freund und Reisebegleiter. Falls die Gampels überrascht sind, so verlieren sie kein Wort darüber. Der Erfolg und der Ruhm ihrer Tochter sind ihnen viel wichtiger.

Lilit hat ein schmales, verhärmtes Gesicht und trägt ein Klein-Mädchen-Kleid und Kniestrümpfe, mit denen sie jünger aussieht, als sie tatsächlich ist. An den Wänden ihres Zimmers reihen sich bedeutende Bücher und Kunstdrucke. Ihre

Lieblingsfilme, sagt sie, sind Verfilmungen berühmter Opern und Chaplin-Filme. Die Musik der Beatles kennt sie nicht.

Lilit sieht nie fern, nur hin und wieder das Bildungsprogramm. Doch der brennende Ehrgeiz, die Beste zu sein, und nicht nur die Beste, sondern auch die jüngste, und es ihren Eltern recht zu machen und fehlerfrei zu spielen, ist mir vertraut. Obwohl sie dünn ist, achtet sie auf ihr Gewicht und ringt mit sich, ob sie einen Schokoriegel essen soll oder nicht. Sie hat nicht viele Freunde. Sie glaubt, daß Zwölfjährige sie nicht verstehen würden. Ihr wichtigster Kamerad ist ihr Bruder, ein Junge, der gerne blöde Witze erzählt und im Almanach liest.

Jerry und ich hören uns Lilits Konzert an, und anschließend statten wir ihr und ihrer Familie hinter der Bühne einen kurzen Besuch ab. Zurück im Hotel, schüttelt er über das, was die Gampels Lilit antun, traurig den Kopf. »Es ist schrecklich, wenn ein Kind so auf Leistung gedrillt wird«, sagt er.

Lilit könnte eines von den Glass-Kindern sein und im Rundfunk-Quiz *It's a Wise Child* auftreten.

Am nächsten Abend fliegen wir nach New Hampshire zurück. Jerry wird das Thanksgiving-Wochenende mit Matthew, Peggy und ihrer Mutter Claire in Matthews Schule verbringen, und ich fahre nach Durham, wo meine Eltern und ich bei Helen, einer Freundin der Familie, zum Essen eingeladen sind. Helens Tochter Judith hat anscheinend ein Verhältnis mit einem berühmten russischen Dichter angefangen, der viel älter ist als sie und an der Ivy-League-Universität unterrichtet, an der sie im ersten Semester studiert. Helen macht sich deswegen Sorgen.

»Ein schneidiger Kerl mit russischem Akzent und Pfeife, der Gedichte vorträgt?« sagt meine Mutter. »Meinst du nicht, daß wir beide uns nicht auch bis über beide Ohren in ihn verliebt hätten?«

Jerry spricht zwar oft über meine Art zu denken und – wenn auch seltener als früher – über meine Art zu schreiben, doch er spricht nie über mein Aussehen. Manchmal, wenn wir nach meinem Simile suchen, sinniert er darüber, welche homöopathische Bedeutung irgendein äußerliches Merkmal von mir haben könnte – die dunklen Ringe unter meinen Augen, meine dunkle Haut, die seltsame Einkerbung oben auf meinem Kopf. Sonst wird kein Wort über unsere Körper gesprochen.

Er benutzt nie obszöne Ausdrücke. Er spricht praktisch nie über Sex. Soweit ich mich erinnern kann, hat er nur ein einziges Mal ein Wort für ein Geschlechtsteil benutzt.

Er erzählt mir von einer Frau, die er nicht leiden kann, einer Ladenbesitzerin in der Stadt Windsor, die er für neugierig und aufdringlich hält. Eine unattraktive Frau. Richtiggehend häßlich. Diese Frau hat, wie Jerry sagt, »einen Mund wie eine Fotze«.

Er macht diese Bemerkung ganz beiläufig, doch sie geht mir nicht mehr aus dem Kopf. Ist mein Mund wie das Wort, das ich nicht aussprechen kann? Und wenn mein Mund wie meine Vagina ist – meine *Fotze* –, was für eine Art von Mund ist er dann? Ein geschlossener Mund. Zusammengebissene Zähne. Ein Mund, mit Draht zugebunden wie die Münder dieser fetten Frauen, von denen ich gelesen habe und die nur auf diese Weise vom Essen abgehalten werden können.

Mein Mund ist auf eine Dauerdiät gesetzt, bestehend aus Nüssen, Körnern, Tiefkühlerbsen, Gurkenscheiben und halbgaren, ungewürzten Lammburgern. Nahrung ist etwas Schlechtes. Essen ist etwas, das man so wenig wie möglich tut.

*Einen Mund wie eine Fotze.* Ich möchte ihn fragen: »Was bedeutet das? Was ist das für ein Mund?«

Doch mein Mund bleibt geschlossen. In jeder Hinsicht.

# *Kapitel Elf*

Liebe Rona,
so gern ich mit Jerry zusammen bin, sehne ich mich hier oft nach einer Freundin, denn ich habe keine. Meine Freunde in New Haven leben mittlerweile in einer ganz anderen Welt, und selbst wenn ich sie regelmäßig sehen könnte, hätte ich ihnen nicht viel zu erzählen. Wenn ich sie tatsächlich mal sehe (so wie Jean und ihren Freund an Thanksgiving), scheint das mein Leben in Cornish in Gefahr zu bringen. Gespräche über Seminare, Klatsch über alte Bekannte aus Exeter, Diskussionen über das Stück, in dem Jean Regie führt – das alles scheint mich von Jerry zu entfernen, so daß ich, wenn ich wieder nach Hause komme (nach Cornish, meine ich), ganz anders rede, nämlich im Mummy-Stil wie früher, überdreht, schwatzhaft. Das bereitet mir große Sorgen.

Ich weiß noch, wie ich früher immer sagte, daß ich mich *niemals* so abschotten oder die Erfüllung meines Lebens so von meinen Kindern abhängig machen würde wie M und D, die in Durham praktisch keine Freunde hatten. Und jetzt bin ich hier, fünf Meilen von der nächsten Stadt entfernt, ohne eine einzige Freundin oder auch nur Bekannte irgendwo näher als Durham.

J haßt Weihnachten und wird davon trübsinnig. Wir sind gerade aus New York zurückgekommen – J hatte geschäftlich in der Stadt zu tun, und ich mußte meine letzten Sachen aus meiner Wohnung in New Haven räumen. Normalerweise macht mir Einkaufen Spaß, ich schleppe gern Einkaufstüten und höre sogar gern der Heilsarmee zu. Diesmal jedoch, als ich das alles mit J's Augen sah, wollte ich nur so schnell wie möglich weg … Ich werde uns einen Baum kaufen und schmücken, aber ganz allein zu feiern, wenn der andere müde lächelt und versucht, munter auszusehen, das macht keinen Spaß. Deshalb werde ich an Weihnachten nach Durham flüchten und J sein 65-Grad-Weihnachtsessen alleine verspeisen lassen …

Ich stelle in Jerrys Haus keinen Christbaum auf, ich spiele weder meine Platten mit Weihnachtsliedern, noch backe ich Plätzchen. Ich kaufe Geschenke für meine Familie, und ich gebe mehr Geld aus, als ich jemals für ein einzelnes Geschenk ausgegeben habe, und kaufe für Jerry ein kleines transportables Schreibpult. Es ist aus schönem Kirschholz gefertigt, mit eingelegten Verzierungen und einem Deckel mit grünem Filz, der sich hochklappen läßt, so daß man darunter seine Stifte und seinen Block verstauen kann. Ich stelle mir vor, wie Jerry in seinem Ledersessel am Fenster sitzt, das auf die Berge hinausgeht, und an diesem kleinen Pult schreibt. Dann braucht er sich nicht mehr die ganze Zeit in seinem Arbeitszimmer aufzuhalten, fern von mir.

Er schenkt mir einen Aktenkoffer aus Kunstleder, der, wie ich später erfahre, für Anwälte gedacht ist, die sperrige Akten zu transportieren haben. Obwohl ich etwas enttäuscht bin, als Jerry mir den Koffer überreicht, falle ich ihm um den Hals und sage: »Ich finde ihn toll.« Er tätschelt mir den Kopf und sagt zu mir über das Kapitänspult: »Danke. Das werde ich gut gebrauchen können, wenn ich das nächste Mal in See steche.« Er benutzt es nie.

Ein oder zwei Tage vor Weihnachten bringt mich Jerry mit dem Wagen nach Concord, wo Paul, der Mann meiner Schwester, mich abholt und mit mir die restliche Strecke zum Haus meiner Eltern fährt. An unserem Treffpunkt geschieht etwas Seltsames. Ich breche zusammen und verliere völlig das Bewußtsein. Der Geschäftsführer des Ladens hat offenbar den Eindruck, daß ich unter dem Einfluß von Drogen stehe, und befördert uns vor die Tür, sowie ich wieder stehen kann. Aber ich habe keine Drogen genommen. Ich habe nur eine Weile nichts mehr gegessen.

Weihnachten wird in unserer Familie nach einem strengen Ritual gefeiert. Wir spielen immer eine Platte mit Weihnachtsliedern von Joan Baez und den *Messias.* Meine Mutter bäckt vier oder fünf verschiedene Sorten Plätzchen: Meringen, Shortbread, schwedische Kanella, Minitörtchen. Mein Vater bekommt am Weihnachtsmorgen Bückling. Er wird an diesem Tag immer sehr melancholisch, und am Abend ist er betrunken.

In diesem Jahr ist erstmals mein Neffe bei uns – Ronas und Pauls Sohn Benjamin, der noch nicht ganz ein Jahr alt ist. Darüber sollten wir uns alle eigentlich freuen. Doch an diesem Weihnachten ist die Spannung in unserem Haus größer als in anderen Jahren, soweit meine Schwester und ich zurückdenken können.

Beim Essen am Heiligabend, dem ersten meines Schwagers im Kreise unserer Familie, spricht mein Vater über den neuen Milton-Experten, den die Universität von New Hampshire eingestellt hat. »Ein hervorragender Mann«, sagt mein Vater und gießt sich noch ein Glas Wein ein.

»Was um alles in der Welt willst du damit sagen, Max?« sagt meine Mutter und läßt ihre Gabel sinken. »Der Mann ist ein Scharlatan. Er hat irgendeinen Abschluß von einem College in, was weiß ich, Florida oder so. An dem Tag, als ich ihn bei der Cocktailparty der Byrons kennenlernte, sagte ich über einen Kollegen, er habe eine ›jesuitische Bildung‹, und er dachte doch tatsächlich, ich wollte damit sagen, daß der Mann Jesuit sei.«

Mein Vater verteidigt seinen Kollegen. In all den Jahren an der Fakultät hat er vernichtende Kritik an »zweitklassigen« Dozenten geübt, doch seit er im Ruhestand ist, legt er eine befremdende Loyalität und Parteilichkeit an den Tag. »Komm,

Fredelle«, sagt er. »Der neue Milton-Kenner ist ein feiner Kerl.«

»Feiner Kerl!« platzt meine Mutter heraus. »Er ist die Mittelmäßigkeit in Person!« Natürlich wäre sie liebend gern selbst von der Universität eingestellt worden, um über Milton oder praktisch jedes andere Spezialgebiet der englischen Literatur zu lesen. Nur hat man ihr nie, wie die ganze Familie weiß, einen solchen Job gegeben.

Meine Schwester und ich tauschen über den Tisch hinweg nervöse Blicke aus. Mein Schwager und sein einjähriger Sohn sind beide gleich verdutzt. Meine Mutter steht auf. Sie verschwindet in der Küche. Wir hören einen Topfdeckel klappern.

»Was eure Mutter sagt, ist lächerlich«, sagt Daddy. Er schenkt sich noch ein Glas Wein ein. »Großartiger Kerl, der Milton-Kenner.«

Jetzt fasse ich meinen Vater am Arm. »Entschuldige dich bei ihr, Daddy«, sage ich. »Bitte.«

»Wofür soll ich mich entschuldigen?« fragt er. Er fährt ruckartig vom Tisch hoch. Wein spritzt in alle Richtungen. Benjy lacht.

Rona hat Paul vom Tisch weggezogen. Ich sitze allein mit dem Baby da. Mein Vater steigt mit unsicheren Schritten die Treppe zu seiner Dachkammer hinauf.

Mehrere Stunden später bringt meine Mutter den Plumpudding herein, den sie schon vor Monaten angesetzt hat, so daß die Früchte genug Zeit hatten, im Brandy zu reifen. Sie zündet den Pudding an. Wir staunen, als die Flammen um den Teller züngeln. Mein Vater ist nicht wieder heruntergekommen.

Es ist das letzte Mal, daß meine Familie zusammen Weihnachten feiert.

Am Tag nach Weihnachten kommt Jerry mit dem Wagen nach Durham, um mich abzuholen. Diesmal nimmt er sich kaum die Zeit, meine Familie zu begrüßen, und spielt nur eine Minute mit Benjy. Ich habe mich nie glücklicher gefühlt, wieder mit Jerry zusammenzusein und in das Haus zurückzufahren, das ich nun als mein Zuhause betrachte.

»Mein Gott, wie du mir gefehlt hast«, sage ich, als ich in den Wagen steige. Ich warte, bis wir das Haus hinter uns gelassen haben, dann küsse ich ihn.

»Du redest wie deine Mutter«, sagt er schroff. »Jedesmal, wenn du sie siehst, geht etwas mit dir vor. Deine Stimme bekommt diesen falschen, theatralischen Ton. Du scheinst überhaupt nicht mehr du selbst zu sein.«

Ich würde gern etwas erwidern, aber ich habe Angst, wie meine Mutter zu klingen.

Daß ich wie meine Mutter spreche, ist nicht das einzige Problem. In den letzten Monaten hat Jerry durchblicken lassen, daß er meine Mutter längst nicht so schätzt, wie ich angenommen hatte. Jetzt rückt er damit heraus, was er wirklich von ihren Texten hält, auch von ihrem Buch *Raisins and Almonds,* das er letzten Sommer meiner Mutter und mir gegenüber in den höchsten Tönen gelobt hat. Damals hat er meiner Mutter in einem Brief geschrieben, daß er ihr Buch immer in Ehren halten werde.

»Ihr Geschreibsel ist oberflächlich und gekünstelt«, sagt er jetzt. »Sie huldigt der Mode, der Konvention und dem Klatsch. Ein guter Text muß offen und ehrlich sein. Deine Mutter ist eine Schwindlerin. Sie legt mehr Wert darauf, daß ein Satz gut klingt, als Sätze zu schreiben, aus denen die Wahrheit spricht.«

*Mummy weiß alles,* habe ich mit zwölf geschrieben. *Sie ist wundervoll. Ich bin so stolz auf sie. Was würde ich ohne sie anfangen?*

Nun sagt der einzige Mensch, von dem ich weiß, daß er stark genug ist, den Platz meiner Mutter in meinem Leben zu fordern, schreckliche Dinge über sie.

Wenn er über ihre Unehrlichkeit spricht – die Falschheit in ihrer Stimme und meine gefährliche Neigung, ähnlich falsch zu klingen –, weiß ich, was er meint. Ich denke an all die Artikel, die sie für die berühmte Psychologin geschrieben hat.

Ich denke an »Mein Problem und wie ich es gelöst habe«. Die erfundenen Zitate. Die Ratschläge, die meine Mutter in Zeitschriften veröffentlicht hat – über Kindererziehung, Ehe, die Lösung familiärer Probleme und alles, was in unserer eigenen Familie nicht angesprochen wurde, während sie solche Artikel schrieb. Ich denke an meine Großmutter: an den frustrierten Groll, den, wie ich weiß, meine Mutter gegen ihre Mutter hegt, weil sie versucht, sich in ihr Leben einzumischen. Und an die liebevolle und respektvolle Art, mit der sie in *Raisins and Almonds* über sie schrieb. So weit von der ganzen Wahrheit entfernt.

»Sie ist eine dumme, eitle Frau«, sagt Jerry zu mir. »Und das schlimme dabei ist: Du könntest ihr leicht nachschlagen.«

»Daddy ist so deprimiert, wie ich ihn noch nie erlebt habe«, sagt mir meine Mutter am Telefon.

All die Jahre hat mein Vater darauf gewartet, endlich wieder den ganzen Tag malen zu können. Jetzt, wo er im Ruhestand lebt und der Augenblick da ist, ist er verzweifelt. Er geht nahezu jeden Tag ins Anglistik-Institut, ohne besonderen Grund. An manchen Tagen sagt er, seine Bilder seien wertlos. Dann wieder hält er sie für großartig, doch das macht das Ausbleiben jeder Anerkennung als Maler nur noch unerträglicher. Seine Arthritis ist noch viel schlimmer geworden. War er früher stets ein pingeliger Mann, der sehr auf seine Kleidung und sein Äußeres achtete, so höre ich jetzt von meiner Mutter, daß er unrasiert und ungekämmt aus dem Haus geht. Er trinkt jetzt auch tagsüber, nicht mehr nur abends. Neuerdings hat er auch Gedächtnislücken.

Meine Mutter erzählt mir, daß eine Studentin namens Laura Ferris, die in den letzten ein, zwei Jahren vor dem Ausscheiden meines Vaters ein paar Seminare bei ihm besucht hat, in ihn verknallt ist. Wir wissen alle, daß Laura meinem Vater Briefchen schickt und seltsame Geschenke wie Kerzen und Räucherstäbchen in seinem Büro hinterläßt. Manchmal schneidet sie Fotos von Engeln aus Kunstbänden aus und schickt sie ihm mit der Post. Ein solches Verhalten war seltsam, aber nicht unbedingt neu. Als Dozent hat mein Vater in Studentinnen immer heftige Gefühle erweckt. Obwohl er mittlerweile siebzig ist, trinkt und in letzter Zeit auch sein Äußeres vernachlässigt, ist er immer noch ein überaus attraktiver Mann, der mit seiner starken Ausstrahlung auch außerhalb des Seminarraums imponiert.

Aus diesem Grund war Laura Ferris' Schwärmerei für meinen Vater für mich nichts Neues, als mir meine Mutter erstmals davon erzählte. Beim Lunch mit Jerry hatte sie witzelnd auf einen Brief angespielt, den Laura meinem Vater im Frühherbst geschrieben hatte und in dem sie ihm mitteilte, daß er der großartigste und klügste Mann sei, den sie jemals getroffen habe. Ein richtiger Weiser. Ein Poet. Mein Vater lachte nicht.

Jetzt ruft mich meine Mutter an und teilt mir unter Tränen mit, daß sie einen Brief auf dem Eßzimmertisch gefunden hat. Es ist ein Brief meines Vater an Laura, in dem er ihr schreibt, daß er nicht mehr ohne sie leben könne, und ihr verspricht, daß er meine Mutter bald verlassen werde. Er wolle mit ihr nach England gehen, schreibt er. Seine Ehe sei die Hölle, eine einzige Lüge.

Ich bin fassungslos. Ich habe gewußt, daß die Ehe meiner Eltern nicht vollkommen ist, doch ich hätte nie damit gerechnet, daß sie möglicherweise nicht für immer zusammenbleiben, ihren Tee trinken, über die Vorgänge am Anglistik-Institut diskutieren, mir lauschen würden, wenn ich ihnen im Wohnzimmer laut meine Texte vorlas.

Meine Mutter stellt meinen Vater zur Rede. Er ist entsetzt und reumütig. Er schwört ihr, daß er das, was in dem Brief stehe, nicht so gemeint habe. Laura bedeute ihm nichts. Er könne ohne meine Mutter nicht leben.

Meine Mutter hat in ihrer Ehe herbe Enttäuschungen erlebt, aber diesen Verrat kann sie nicht hinnehmen. Sie sagt ihm, er solle gehen.

Eine Woche nach der Entdeckung seines Briefes an Laura

ist mein Vater aus unserem Haus in der Madbury Road ausgezogen und hat sich in einer Pension in Durham ein Zimmer genommen. Mit seiner Gesundheit geht es weiter bergab. »Ich habe alles verloren, was mir am liebsten war«, sagt er. »Du hast's nun, König, Cawdor, Glamis, alles … Ich bin am Ende.«

Meine Mutter schreibt:

Die Geschichte mit Laura ist schrecklich. Und ihre Schwärmerei für Daddy ist wie ein Fall aus dem Lehrbuch. Ihr Vater war Alkoholiker (und ihre Mutter Lesbierin). Mit sechzehn lief sie von zu Hause fort, erlitt einen totalen Zusammenbruch und landete im Krankenhaus. Nach ihrer Entlassung heiratete sie einen Mann, der zwanzig Jahre älter war, einen frommen Gelehrten. Heute behauptet sie, er habe ihr gedroht, sie umzubringen. Sie verließ ihn und kam noch im selben Sommer hierher, besuchte Daddys Seminar und verliebte sich, wie sie sagt, auf den ersten Blick in ihn. Sie ist gläubig und abergläubisch. Sie glaubt an viele Formen des Lebens nach dem Tod, nimmt die Bibel wörtlich, glaubt, daß der Heilige Gral wirklich ein Becher ist, aus dem der Menschensohn getrunken hat. An Weihnachten bereitet sie sich auf eine wirkliche Wiederkunft vor. Sie meditiert und hört Engelsstimmen. Sie ißt kein Fleisch und benutzt keinen Lippenstift, raucht und trinkt nicht. Daddy sagt, sie habe seltsame lichte Momente, sei total naiv, »sonderbar« und schlampig (»sie könnte gut aussehen, aber sie hat keine Ahnung, wie man sich anzieht, und ich wußte nicht, wie ich es ihr sagen sollte«). Er meint, daß sie nichts gut kann (»im Gegensatz zu uns hat sie keinerlei Begabung …«); sie kocht abgrundschlecht, kann nicht einmal richtig stricken.

Ach ja, außerdem ist sie eine sogenannte Anthroposophin. Ich habe gefragt, was das ist, und D. hat gelacht und geantwortet, er wisse es nicht, habe es nie begriffen. Aber sie himmelt ihn an – und sie braucht ihn. Daddy sagt: »Es wäre leicht, Laura zu unterschätzen. Alles, was ich sage, klingt abschätzig. Aber sie ist gut, anständig und lernbegierig – und sie ist wirklich süß. Ich komme mir wie ihr Vater vor, oder ihr Großvater.«

Er sagte: »Du bist so stark. Mit dir war es ein einziges Kräftemessen. Wenn Laura Unsinn redet, tätschele ich ihr nur den Kopf.«

Meine Mutter kommt mit dem Wagen nach Cornish. Ich habe sie noch nie so verstört gesehen.

Jerry legt ihr einen Arm um die Schulter und führt sie zum Sofa. »Das muß ein schwerer Schock gewesen sein, Fredelle«, sagt er und stellt ihr ein Glas Wasser hin.

Die Worte sprudeln aus ihr heraus. Sie ist empört und weint. All das, was sie nie laut über meinen Vater gesagt hat, prangert sie nun an: ihre sexuelle Zurückweisung durch ihn vor Jahren, seine Arroganz und seinen Egoismus, seine Trinkerei.

»Ich bin es leid, auf ihn aufzupassen«, sagt sie. »All die Jahre habe ich, wo immer ich auch war, ständig auf die Uhr gesehen, damit ich ja nur pünktlich zum Dinner um sechs zurück war, weil ich wußte, daß Viertel nach sechs zu spät sein konnte. Ich rief ihn an, wenn ich in einer anderen Stadt war, um festzustellen, ob er betrunken war, obwohl ich nicht das Geringste tun konnte, wenn er es war. Ich fragte mich, ob er den Herd angelassen hatte, ob Nicky bellen würde, wenn er Rauch roch. Ob Max mit Mitarbeitern des Anglistik-Instituts peinliche Telefonate geführt hatte. Ob mich ein Durcheinander von Schallplatten und leeren Wodkaflaschen und angebranntes Essen im Ausguß erwartete, wenn ich nach Hause kam.«

»Es wurde unerträglich«, sagt sie. »Er ist nicht der Mann, der sanft entschläft. Der Gedanke an Alter, Gebrechlichkeit und Tod macht ihn rasend. Er ist verzweifelt über die Vergeudung seines Talents, und weil er eine Leere in seinem Leben empfindet. Erst vor ein paar Wochen hat er zu mir gesagt: ›Du brauchst mich nicht mehr. Die Mädchen brauchen mich nicht. Niemand braucht mich.‹«

Jerry beugt sich in seinem Ledersessel nach vorn, um besser zu verstehen, und lauscht schweigend. Dann spricht er wie ein Landarzt – mit ruhiger, fester Stimme, freundlich und überlegt.

»Vielleicht erweist sich die ganze Sache für Sie noch als Segen, Fredelle«, sagt er. »Ihr Leben mit Max war nicht leicht. Sie sind eine starke Frau, die sich nicht unterkriegen läßt. Haben Sie jemals von einem anderen, besseren Leben geträumt als dem, das Sie in Durham geführt haben? Sie haben doch gewiß eigene Ziele.«

Tatsächlich hat Jerry mit mir höhnisch über den maßlosen Ehrgeiz meiner Mutter gesprochen, über ihren brennenden Wunsch nach Anerkennung in der Zeitschriften- und Bücherbranche. Doch jetzt spricht er ungemein freundlich mit ihr. Vielleicht führe diese Krise, so niederschmetternd sie für sie auch sein müsse, ja zu positiven Veränderungen in ihrem Leben. Sie stimmt ihm zu und sagt, daß sie seit Jahren davor zurückgeschreckt sei, in dem Maße zu reisen, wie sie es eigentlich gern getan hätte, aus Angst, mein Vater könnte ohne sie nicht zurechtkommen. Wenn er fort sei, könne sie sich in die Welt hinauswagen.

»Sie müssen sich schonen, Fredelle«, sagt er. »Ich gebe Ihnen ein Mittel, daß Ihnen hilft, sich zu beruhigen. Und was meinen Sie, könnten Sie für ein paar Tage auf Kaffee verzichten? Ich habe darüber nachgedacht, und ich glaube, das würde Ihnen guttun.«

Sie schreibt Marion von ihrem Besuch an diesem Tag. »Jerry gab mir eine starke Dosis von einem Mittel, das mich wirklich zur Ruhe kommen ließ. Es wirkt anders als ein Beruhigungsmittel – von dem man eine Mattscheibe bekommt – und gibt mir die Möglichkeit, mein inneres Gleichgewicht wiederzufinden und meine Kraft zusammenzunehmen.«

Das Telefon in Cornish, sonst so stumm, klingelt in den folgenden Tagen regelmäßig. Dreißig Jahre lang haben meine Eltern das leidvolle, fast schon tragische Stück ihrer Brautwerbung, ihrer Liebe und ihrer ziemlich katastrophalen Ehe aufgeführt. Nun, da es zu Ende ist, ruft meine Mutter mehrmals am Tag an und will Jerry sprechen. Ich beobachte ihn – den Körper über das Telefon gebeugt, den Hörer mit den langen Fingern an das gute Ohr drückend, geduldig den Einzelheiten des Tages lauschend.

Mein Vater ruft an, in Tränen aufgelöst, und will mich sprechen. »Wenn sie mich doch nur wieder aufnehmen würde«, weint er. »Ich hatte ganz vergessen, wie sehr ich sie liebe.«

Meine Mutter ruft an und will wissen, was mein Vater gesagt hat. Alles ist in Bewegung geraten. Ein Zurück ist nicht mehr möglich. »Kann wohl des großen Meergotts Ozean/Dies Blut von meiner Hand reinwaschen? Nein,/Weit eher kann diese meine Hand mit Purpur/Die unermeßlichen Gewässer färben/Und Grün in Rot verwandeln.«

Die Arthritis bereitet meinem Vater unerträgliche Schmerzen, und er kann nicht schlafen. »Sie stößt mich in die Kälte hinaus«, sagt er. »Ich bin alt und schwach. Ich bin in jeder Hinsicht verarmt. Meine einzige Hoffnung ist, daß sie mich wieder aufnimmt.«

»Soll er doch zu Laura, der Verrückten, gehen oder sich in Durham ein kleines Zimmer mieten«, sagt sie, »und sich sinnloser betrinken als je zuvor, jetzt wo er sich neben seiner ohnehin schon erdrückenden Bürde eine neue unverzeihliche Schuld aufgeladen hat. Von mir aus kann er auch nach Sibirien gehen.«

»Ich verstehe Hiobs Schmerz«, sagt mein Vater zu mir. Meine Mutter berichtet Jerry, daß sie jetzt manchmal doppelt sieht. Meine Schwester findet die ganze Sache so furchtbar, daß sie nicht darüber reden kann.

Als das Telefon schließlich verstummt, werfe ich mich aufs Bett und vergieße meine eigenen Tränen des Kummers.

Wenn man Jerry mit meinen Eltern telefonieren hört, würde man nicht meinen, daß sein Leben mit ihrer Tochter selbst in rascher Auflösung begriffen ist. Ich weine jetzt viel, über meine Eltern und Jerry und mich. Ich vergesse es nicht: Er ist der Mann, der mir, sowie es im Haus etwas kühl zu werden schien, eine Decke um die Schultern legte, der niederkniete, um mir die Schuhe zu binden, und mir das Haar bürstete, als ich auf einem Bett im Plaza saß. Jetzt wird er immer einsilbiger und grimmiger. Abgesehen von den Gesprächen mit meiner Mutter verbringt er die meiste Zeit in seinem Arbeitszimmer, schreibt und meditiert. Um halb sieben, wenn ich aufwache, ist er bereits auf und sitzt an seinem Schreibtisch.

Vor Monaten, ehe ich die letzte Verbindung zu Yale abbrach, hatte ich mit Jerry über meine Befürchtung gesprochen, daß wir uns gegenseitig das Herz brechen könnten.

»Wie könnte mich ein Mädchen, das mich so glücklich macht wie du, jemals unglücklich machen?« erwiderte Jerry.

»Ich weiß nicht, wie wir mit unserem gemeinsamen Leben zurechtkommen werden«, sagte er zu mir im Herbst. »Aber wir beide sind so kluge Leute, daß wir sicher einen Weg finden, miteinander klarzukommen.«

Es stimmt immer noch, ich liebe ihn mehr, als ich jemals irgend jemand anderen geliebt habe. Ich glaube fest daran, daß er mich ebenfalls liebt.

Mitten in der Katastrophe mit meinen Eltern teilt mir meine Schwester mit, daß sie sich von ihrem Mann getrennt hat. Sie und ihr einjähriger Sohn Benjamin ziehen zu meiner Mutter. Kurz darauf lade ich meine Schwester ein, bei Jerry und mir ein Wochenende zu verbringen.

Aus vielen Gründen freue ich mich darauf, daß Jerry Ronas Bekanntschaft machen wird. Obwohl sie mitten in einer Ehekrise steckt, strahlt sie als einziges Mitglied der Familie so etwas wie innere Ruhe und Ausgeglichenheit aus. Ich bin mir ziemlich sicher, daß sie, im Unterschied zu meiner Mutter, Jerry nicht mit ihren Problemen behelligen wird.

Meine Schwester ist diejenige, die den *Fänger im Roggen* liebte und ihre ganze Jugend hindurch immer wieder las. Während ich als Kind stets als das Leichtgewicht in unserer Familie galt, hat sich meine Schwester seit ihrem dritten Lebensjahr ein ernstes, sehr nachdenkliches Wesen bewahrt. Ich möchte, daß Jerry sich selbst ein Bild von ihrer Wahrhaftigkeit macht. In unserer Familie hieß es immer, daß Rona nie etwas Unwahres sage oder schreibe.

Es gibt noch einen anderen Grund, warum ich mich auf den Besuch meiner Schwester freue, auch wenn wir als Kinder oft miteinander stritten und, bis auf die überraschende Flut von Briefen der jüngsten Zeit, in den Jahren, seit sie zu Hause ausgezogen ist, kaum Kontakt miteinander hatten: Ich brauche jemanden, mit dem ich reden kann.

Wir fahren nach Durham – schnell, über verschneite Straßen –, um Rona abzuholen. Bei meiner Mutter stürzt sich Jerry sofort auf Benjy. Er bückt sich, so daß er auf gleicher Höhe mit Benjy ist, und spricht zu ihm mit ruhiger, bedächtiger Stimme. Ich würde Benjy gern nach Cornish mitnehmen. Aber ich weiß, daß Rona sich nach einer Pause sehnt. Unsere Mutter hat sich bereit erklärt, sich um Benjy zu kümmern, damit Rona bei uns im Norden einen Abend für sich hat.

Auf der Rückfahrt macht Jerry im Wagen eine Bemerkung, die meine Schwester verblüfft. »Ich nehme an, Sie haben immer zu Joyce aufgesehen, wie alle jüngeren Schwestern«, sagt er.

Das ist seltsam. Rona ist nicht nur vier Jahre älter, sondern auch verheiratet und Mutter eines Kindes. Und ich bin gerade erst neunzehn geworden. Ich habe Jerry sogar davon erzählt, daß sich meine Schwester nach meiner Geburt zurückgesetzt gefühlt hatte.

»Joyce ist doch vier Jahre jünger als ich«, erklärt sie ihm ruhig. »Ich bin dreiundzwanzig.«

»Ach, ja«, sagt Jerry und schaltet den BMW in den fünften Gang. »Für mich seid ihr beide kleine Mädchen.«

Zurück in Cornish, bewirten wir Rona in gewohnter Manier: ein Abendessen, bestehend aus Salat, Erbsen und Lammburgern, gefolgt von Popcorn und den beiden Filmen *Mord* und *Tatjana.*

Wie gewöhnlich schlafe ich vor dem Ende von *Tatjana* ein.

Jerry zieht mir die Schuhe aus und bringt mich ins Bett, dann holt er Rona ein Handtuch und ein Glas gefiltertes Wasser und deutet auf Peggys vakantes Zimmer.

Später erzählt mir meine Schwester, daß das dunkle, trübselige Haus sie bedrückt hat, dieses Fehlen jedes Gegenstands, der über die reine Zweckmäßigkeit hinausweist. Und als Liebhaberin guter Küche, selbst als nahezu mittellose junge Mutter, ist sie entsetzt darüber, wie Jerry und ich uns ernähren.

»Ein Gutes hat der Speisezettel hier oben, man hat vermutlich selten Lust, sich den Bauch vollzuschlagen«, sagt sie am nächsten Morgen, als ich das Frühstücksgeschirr abräume. Jerry ist bereits in seinem Arbeitszimmer.

Meine Schwester und ich machen einen Spaziergang auf den Hügel, wobei wir unseren jeweiligen Kummer für uns behalten. Wir reden über das, was sich zwischen unseren Eltern abspielt, aber sie erzählt mir sehr wenig über die Gründe für ihre eigene Trennung. Und ich spreche nicht über die Sorgen, die ich mir wegen meiner Beziehung zu Jerry mache.

Jerry und ich fahren Rona wieder nach Hause. Jerry erklärt meiner Mutter mit einem Ausdruck des Bedauerns, daß er und ich nicht zum Abendessen bleiben könnten, wie sie gehofft hatte. »Mein Sohn erwartet mich zurück«, sagt er, obwohl Matthew am Wochenende gar nicht bei uns ist.

Bevor wir aufbrechen, erzählt uns meine Mutter das Neueste von meinem Vater und Laura: Sie wollen nach England ziehen, wo Laura an einer Waldorfschule unterrichten und Cello lernen will. Sie möchten ein Kind, mittels künstlicher Befruchtung.

Als ich allein mit Jerry nach Cornish zurückfahre, spreche ich über Benjamin und meine Sehnsucht nach einem Kind. »Ich hätte gern ein Tragetuch, mit dem man das Baby überallhin mitnehmen kann«, sage ich. »Ich weiß, daß man es ab und zu absetzen muß, doch am liebsten würde ich es die ganze Zeit bei mir haben.«

»Das könnte schwierig werden, wenn es elf oder zwölf wird«, sagt er. »Von Zahnarztbesuchen ganz zu schweigen.«

Jerry war freundlich und zuvorkommend, solange meine Schwester da war, doch jetzt ist seine Laune schlechter denn je. Obwohl er im Lauf der Monate immer wieder schroff zu mir war, war ich nie die Zielscheibe seines Zorns gewesen, sondern höchstens ein Zeuge seiner eisigen Herablassung. Jetzt, in der klirrenden Januarkälte, da draußen auf der Terrasse hoher Schnee vor den Glastüren liegt und nur noch ein paar Meisen im Vogelhäuschen picken, halte ich es nicht mehr für ausgeschlossen, daß ich bald zu den Menschen gehören könnte, über die Jerry mit Bitterkeit und Verachtung spricht.

Mein Buch ist redigiert und wird bald als Fahne vorliegen. Elsa van Bergen, meine ursprüngliche Lektorin, verläßt Doubleday. Wie zuvor schon meiner Agentin Emmy teile ich meiner neuen Lektorin mit, daß sie mich nur im Notfall unter Jerrys Nummer anrufen soll. Fast täglich bekomme ich jetzt von einer der beiden einen Brief, in dem es um irgendeinen Aspekt bei der Werbung für das Buch geht. Verkauf der Taschenbuchrechte. Übersetzungen. Rundfunkinterviews. Ich teile meiner Lektorin mit, daß ich auf letzteres verzichten müsse.

»Heutzutage verkauft niemand mehr Bücher nur wegen ihres Inhalts«, schreibt mir Emmy. »Man muß unter die Leute gehen und auch sich selbst verkaufen. Warum, glaubst du, bringt man dein Foto auf dem Buchumschlag? Und auf dem Titelblatt der *Times*? Die Leute werden dich sehen wollen.«

Jerry und ich streiten uns täglich darüber. »Das Gesicht eines Schriftstellers sollte nie bekannt werden«, sagt er.

»Wenn du mein Gesicht nicht gesehen hättest, hättest du mir dann geschrieben?« frage ich ihn. Er antwortet nicht.

Eines Tages im Januar klingelt das Telefon. Als Jerry abhebt, wird seine Stimme eisig. »Ja. Nein. Nein. Nein. Ich habe Ihnen nichts mehr zu sagen. Rufen Sie nicht mehr an. Wiederhören.«

Er legt auf. »Das war ein Reporter vom *Time-Magazine*«, sagt er. »Hat nach dir gefragt. Er sagte, Freunde von dir hätten ihm erzählt, daß du hier bei mir wohnst.«

»Nein«, sage ich. »Wer? Ich hab ja kaum noch Freunde.«

»All die Jahre habe ich alles getan, um meine Ruhe zu haben«, sagt er zu mir. »Und jetzt hat *Time* meine Telefonnummer.«

Wir waren im Schlafzimmer, als der Anruf kam. Er geht auf und ab. Er blickt hinaus auf die Berge, kehrt mir den Rücken zu.

»Tut mir leid«, sage ich. »Verzeih mir. Das kommt nie wieder vor.«

Er scheint mich kaum zu hören. Er ist auf die Bettkante gesunken, starrt zu Boden, spricht mehr mit sich selbst als mit mir.

»Wie konntest du mir das antun? Wie konnte ich das zulassen? Was habe ich mir da aufgeladen?«

Ich krieche hinter ihm aufs Bett. Ich schlinge die Arme um ihn. Ich streichle seine Schultern, sein Haar, das Gesicht, das ich liebe. Ich streiche mit den Fingern über seine Wangen, umschließe seine langen Finger. Er will mich noch immer nicht ansehen.

»Vielleicht ist es hoffnungslos«, sagt er. »Dieses Buch könnte unser Ende sein.«

»Nein«, sage ich, jetzt weinend. »Das lasse ich nicht zu. Ich kann ohne dich nicht leben.«

Wir erleben noch immer Augenblicke der Freude und Zärtlichkeit. Wenn wir zusammen über die überdachte Brücke fahren, singen wir im Auto Lieder aus den vierziger Jahren. Wenn wir uns Filme ansehen, lehne ich den Kopf an seine Schulter und schlafe. Ich flüstere ihm den Namen des Kindes zu, von dem er gesagt hat, daß wir es haben werden.

»Nach *einem* Buch werde ich mich bei ihrer Erziehung ganz bestimmt nicht richten«, sagt er grimmig, »und das ist

*Guiding Your Child to a Creative Life* von Dr. Fredelle Maynard.«

In gewisser Hinsicht bin ich im Lauf der Monate etwas ruhiger geworden, habe mich an den ruhigen, gemächlichen Gang unserer Tage gewöhnt. Die Erinnerung an das College ist verblaßt, und die Vorliebe für Dinge, die ich früher geliebt habe, hat nachgelassen. Seit Monaten habe ich keine Rockmusik mehr gehört, dafür kenne ich jetzt den Text von *Begin the Beguine, Sentimental Journey* und *The White Cliffs of Dover.* Ich kaufe mir keine Schminksachen mehr. Ich gehe in keine Modegeschäfte mehr. Als ich für einen Nachdruck meines Artikels für die *New York Times* unerwartet einen Scheck bekomme, kaufe ich von dem Geld eine 16-mm-Kopie des Hitchcock-Films *Rebecca.* Sie kostet 235 Dollar.

Gelegentlich lädt mich Jerry nach Hanover ins Kino ein, ins Nugget Theater, in das auch die Dartmouth-Studenten gehen. Ich trage meinen Kaschmirmantel, er seine alte Fliegerjacke. Wir sitzen nebeneinander, ich auf der Seite seines gesunden Ohrs.

Wenn wir uns nach der Vorstellung hintereinander aus dem dunklen Kino schieben, beobachte ich die Dartmouth-Studenten, die, in meinem Alter oder ein, zwei Jahre älter, noch ein Bier trinken gehen oder in ihre Wohnheime und Wohnungen außerhalb des Campus zurückkehren. Letztes Jahr um diese Zeit war ich in New Haven. Nicht glücklich, wie ich mich erinnere.

Eines Abends, als wir vom Kino nach Hause kommen, werfe ich mich aufs Bett und weine. Ich kann mir keinen anderen Platz auf der Welt vorstellen, wo ich zufrieden sein könnte. So einsam es auf dem Hügel mit Jerry auch sein mag, ich wohne mittlerweile lange genug hier, daß ein anderes Zuhause für mich nicht mehr in Frage kommt.

Doch wenn ich einen flüchtigen Blick auf ein anderes Leben werfen kann, werde ich oft sehr unruhig und streite mit Jerry. »Vielleicht möchte ich nach dem Kino einen Becher Eiscreme«, sage ich. Er bemerkt, daß ich stehenbleibe und ein

Plakat lese, auf dem Vorsprechproben für eine lokale Aufführung von *Der Menschenfeind* angekündigt werden.

»Du liebst die wunderbaren, aufregenden Dinge, die die Welt zu bieten hat«, sagt er, eher müde als verbittert, obwohl unüberhörbar auch Bitterkeit in seiner Stimme liegt. »Ich halte dich zurück. Und dafür bist du noch nicht bereit.«

Noch immer fahren wir jeden Nachmittag über die überdachte Brücke nach Windsor und holen Jerrys *New York Times* und die Post, bei der vielleicht die Fahnen meines Artikels über Lilit Gampel sind, oder Geschäftsbriefe, die mit meinem Buch zu tun haben. Einmal in der Woche fahren wir zu dem Reformkostladen in White River Junction.

Am Ende des Tages machen wir, wenn es nicht zu kalt ist oder zu heftig schneit, mit Joey unseren Spaziergang auf den Hügel. Wir bereiten unsere Lammburger und unseren Kürbis zu, stellen das Essen auf die Klapptische und sehen uns die Nachrichten an. Die ersten Wehrpflichtigen kehren aus Vietnam zurück. Evel Knieviel springt auf seinem Motorrad über zweiundfünfzig Autos. Indianeraktivisten besetzen das Sioux-Reservat Pine Ridge in Wounded Knee, South Dakota. Der Bundesstaatsanwalt ordnet weitere Ermittlungen im Fall des Watergate-Einbruchs an.

# *Kapitel Zwölf*

Im März haben Peggy und Matthew eine Woche Schulferien, und wir reisen zu viert nach Daytona Beach, Florida. Bei seiner Entscheidung für Daytona ist Jerry zumindest teilweise einer Empfehlung Dr. Laceys gefolgt, der dort eine Homöopathin kennt, die mit den von ihm und Jerry befürworteten hohen Potenzen arbeitet.

Jerry sagt, diese Ärztin in Florida könne mein sexuelles Problem angehen. Ich sage nichts zu dem Entschluß, diese Angelegenheit mit einem Familienurlaub zu verbinden.

Es ist ein besonders harter Winter in New Hampshire gewesen, ein Schneesturm nach dem anderen, Tag um Tag, mit Temperaturen, die nicht über den Gefrierpunkt stiegen. Ich habe mich nach dem warmen Florida gesehnt. Doch Daytona ist ein deprimierender Ort.

Unser Hotel liegt direkt am Meer, und Matthew ist, wie immer, glücklich, weil es im Hotel einen Spielsalon gibt, ein vibrierendes Bett und eine Schuhputzmaschine auf der Toilette. Peggy schmollt. Sie vermißt ihren Freund. Jerry hat mir bereits eröffnet, daß ich mit ihr in einem Zimmer schlafen werde und er mit Matthew im Zimmer nebenan. Das finde ich merkwürdig, da seinen Kinder ja nicht entgangen ist, daß wir seit Juli im selben Zimmer schlafen.

»Laßt uns schwimmen gehen«, sagt er. Wir machen uns auf den Weg zum Strand.

Noch bevor wir unsere Handtücher im Sand ausgebreitet

haben, lernen wir Daytona von einer ungemütlichen Seite kennen. Mit offizieller Erlaubnis fahren Autos am Strand auf und ab – schnell und laut. Matthew macht eine Bemerkung, doch sie geht im Lärm der Achtzylinder unter, die an uns vorüberrasen und sich ein Dragster-Rennen liefern.

Trotzdem verbringen wir den Nachmittag am Strand. Jerry warnt Peggy vor der Sonne, doch sie will unbedingt braun werden. Matthew hüpft in den Wellen. Jerry versucht, in seiner homöopathischen Zeitschrift zu lesen. »Komm ins Wasser, Dad«, ruft Matthew ihm zu. Jerry scheint keine Lust zu haben, steht aber auf und gesellt sich zu Matthew. Ich nehme mein Buch *Teachings of Ramana Maharshi* zur Hand und schlage eine beliebige Seite auf.

Am Abend essen wir im Speisesaal des Hotels. Die Kinder bestellen Spaghetti und Knoblauchbrot. Jerry und ich nehmen Salat, ohne Dressing.

Andere Hotelgäste, die unseren Tisch in Augenschein nehmen, könnten zu dem Schluß kommen, daß hier ein alleinstehender Vater mit seinen drei Kindern Ferien macht. Doch ich benehme mich ganz anders als seine Kinder. Ich bin vorsichtig und ängstlich.

Der Kellner bringt Jerrys Salat mit Dressing. Das kleine Kind der Leute am Nachbartisch quengelt, und die Frau beklagt sich, weil ihr Mann am Nachmittag zum Golfspielen will. Peggy spricht von einem Spiel, das sie verpaßt, weil wir hier sind. Aus Angst, daß all die störenden Kleinigkeiten fern von zu Hause Jerry auf die Nerven gehen könnten, bin ich still.

Nicht so Matthew. Er sticht seine Gabel in seinen Fleischkloß und hält ihn empor wie ein Olympionike seine Medaille. »Ta-ta!« ruft er. »Mark Spitz!«

»Hör damit auf, Matt«, sagt Peggy.

»Weiß du was, Dad?« sagt Matthew. »In der Halle liegen Prospekte mit tollen Sachen, die man sich ansehen kann. Hier gibt es einen Vergnügungspark mit einer Achterbahn, die echt stark aussieht.«

»Ich brauche einen neuen Badeanzug«, sagt Peggy. »Der, den ich dabeihabe, macht mich dick.«

Am nächsten Morgen haben Jerry und ich unseren Termin bei der Naturheilpraktikerin, die Dr. Lacey empfohlen hat. Jerry hat uns unter dem Namen John Boletus nebst Freundin Joyce angemeldet. Wir lassen Matthew und Peggy im Hotel zurück und fahren mit dem Taxi zu ihrer Praxis. Jerry hat Matthew Kleingeld für die Spielautomaten gegeben. Peggy hat einen schlimmen Sonnenbrand und möchte schlafen.

Bei seinem Telefonanruf aus New Hampshire hat Jerry der Ärztin nur mitgeteilt, daß er sich mit Homöopathie beschäftigt und zu einigen Fragen gern ihre Meinung hören würde. Sie führt uns beide ins Sprechzimmer.

Er erzählt der Ärztin, daß er in New Hampshire lebt und verschiedenen Forschungen nachgeht. Er habe ein lebhaftes Interesse an östlicher Medizin – Akupunktur, Akupressur. In den letzten zehn Jahren habe er sein Hauptaugenmerk auf die homöopathische Medizin gerichtet. Er persönlich befürworte eine Behandlung mit hohen Potenzen, wie sie von Dr. Lacey und anderen empfohlen werde. Und wie er höre, neige auch sie dazu, dieser Methode den Vorzug zu geben.

Ich sitze schweigend dabei und warte darauf, daß Jerry auf den eigentlichen Grund unseres Besuches zu sprechen kommt. Aber jetzt erörtern er und die Ärztin verschiedene Lehrmeinungen zur Potenzierung. Die Frage, ob man ein Mittel in Wasser verschütteln oder besser in Form von Kügelchen unter die Zunge legen soll. Er erwähnt verschiedene Mittel, mit denen er in jüngster Zeit gearbeitet hat. Ihre Namen klingen wie Zaubertränke aus einem Märchen: *Sanguinaria, Aconitum napellus, Drosera rotundifolia, Gelsemium, Passiflora incarnata* … Blutwurz, Eisenhut, Sonnentau, Gelber Jasmin, Passionsblume.

In letzter Zeit, teilt Jerry der Ärztin mit, habe er die Behandlung von Kopfschmerzen mit Pulsatilla erprobt. Sie zieht eine homöopathische Zeitschrift aus dem Regal. »Ich bin gespannt, ob Sie diesen Artikel zu dem Thema kennen«, sagt sie. »Ich selbst war begeistert, als ich die Ergebnisse hier las.«

»Ich hätte mich für eine C2-Potenz entschieden«, sagt Jerry. »Ich habe schon mehrmals mit einer ähnlichen Behandlungsform experimentiert ...«

Ich schaue aus dem Fenster. Palmen. Beton. Ich denke ans Schwimmen. Ich schrecke auf, als ich meinen Namen höre.

»Meine Freundin Joyce will Sie unbedingt wegen eines Problems konsultieren, bei dem ich ihr zu helfen versucht habe«, sagt Jerry. Zum ersten Mal wendet sich die Ärztin mir zu. Sie liest das Blatt auf ihrem Klappbrett, das ich bei unserer Ankunft ausgefüllt habe. *Weiblich. Neunzehn Jahre alt. 55,5 kg. 1,68 m. Schwierigkeiten beim Geschlechtsverkehr. Häufige Kopfschmerzen. Amenorrhöe.*

»So«, sagt sie. »Sie leiden also an einer Verspannung der Muskeln rund um Ihre Vagina. Wie lange geht das schon so?«

»Seit acht Monaten«, antworte ich.

»Und welche Mittel haben Sie in Betracht gezogen ...?« Sie wendet sich Jerry zu. Er zählt mehrere auf.

»Hat sie schon einmal eine Akupunktur bekommen?« fragt sie Jerry.

»Nur Akupressur«, sagt Jerry. »Ich habe ihre Druckpunkte massiert, aber ausschließlich gegen die Kopfschmerzen.«

»Ich würde sie gerne untersuchen«, sagt sie. Jerry verläßt den Raum, und sie fordert mich auf, meinen Slip auszuziehen, und zeigt mir, wie ich die Beine auf ihren Tisch legen soll.

Die Untersuchung dauert nicht lange. Keine Anzeichen einer physischen Anomalie, sagt sie, während ich meinen Slip wieder anziehe.

»Sie sind sehr verspannt«, sagt die Ärztin. »Ich würde es bei Ihnen gern mit einer kleinen Akupunktur probieren.« Dann bittet sie mich, mein Kleid auszuziehen und mich in Unterwäsche auf ihren Tisch zu legen.

Sie wäscht sich die Hände und nimmt ein kleines Tablett mit Nadeln zur Hand. Sie setzt mir eine auf den Bauch und beginnt sie auf der Stelle zu drehen, bis sie die Haut durchdringt. Es tut nicht weh.

Dann setzt sie rund um meine Nase mehrere Nadeln an und eine weitere an meinem Bauch, und jeweils eine an jedem

Ohr. Ich konzentriere mich auf das Brummen der Neonröhre und schließe die Augen.

In meinen hoffnungsvollsten Augenblicken vor diesem Arztbesuch stellte ich mich vor, die Ärztin würde mir ein winziges Kügelchen irgendeines Wundermittels überreichen und ich würde es mir unter die Zunge schieben und aufgehen wie eine Blume. Jerry und ich würden in unser Hotel, nach New Hampshire zurückkehren und könnten plötzlich wunderbar miteinander schlafen. Zu dem Zeitpunkt, als wir die Praxis verlassen, habe ich keinerlei Hoffnung auf Heilung mehr. Ich fühle mich genau wie zuvor, nur schrecklich gedemütigt.

Mit grimmiger Miene bezahlt Jerry die Rechnung. Wir eilen zur Tür hinaus. Im Taxi weine ich ein wenig. Ich habe mich nie zuvor einer Unterleibsuntersuchung unterzogen. Jerry nimmt mich in den Arm. Wir sprechen nicht über das, was passiert ist.

Bei unserer Rückkehr ins Hotel treffen wir Matthew am Pool und gehen auf die Zimmer. Peggy ist gerade aufgestanden. Wir ziehen unsere Badeanzüge an, nehmen unsere Handtücher und Bücher und gehen an den Strand. Peggy muß sich unter einen Sonnenschirm legen. Matthew rennt zum Wasser, ruft nach seinem Dad. Jerry hat ihm einen Drachen gekauft, und er will, daß Jerry ihn steigen läßt.

Jerry und ich sitzen für einen Augenblick allein auf unseren Liegestühlen. Er blickt hinaus aufs Wasser, zu den Kindern, den verkaterten Collegestudenten, die hier Ferien machen, den Autos, die in beiden Richtungen über den Strand rasen. Er sieht sehr alt aus. Er läßt die Schultern hängen. Er stützt die Stirn mit der Hand auf.

»Weißt du«, sagt er, »ich kann keine Kinder mehr haben. Die Sache ist für mich erledigt.«

Einer von diesen verrückten Fahrern von Daytona Beach ist gerade vorübergerast und hat mit seinem frisierten Motor einen solchen Lärm gemacht, daß ich mir für einen Augenblick nicht sicher bin, ob ich Jerry soeben richtig verstanden habe.

»Was hast du gesagt?« frage ich ihn.

Ich sehe Matthew in den Wellen plantschen, seinen neuen orangefarbenen Drachen im weißen Sand liegen. Jerrys Tüte mit Bananen und Sonnenblumenkernen. Die homöopathische Zeitschrift und das Buch von Ramana Maharshi. Die Handtücher mit dem Emblem des Hotels. Ich höre Musik aus einem Kofferradio – Neil Young singt *Heart of Gold.* Die Sonne steht im Zenit. Sand weht gegen meine Füße. Der Geruch von Sonnenöl.

Ich sehe Jerrys Gesicht, das mir so vertraut ist wie mein eigenes, und teurer als alles andere. Seinen langen schlanken Körper, in einer altmodischen Badehose. Seine Hände fahren durch sein silbergraues Haar. Meine Hände fassen nach meinem Strandtuch und meinem Buch und meinem Zimmerschlüssel. Der Klang meiner Stimme, als sei das, was ich höre, ein Dialog aus einem Film und nicht mein eigenes sprechendes Ich.

»Ich kann keine Kinder mehr haben«, wiederholt er, aufs Meer hinausstarrend. »Die Sache ist für mich erledigt.«

Dann dreht er sich zu mir und spricht mit einer Kälte, die ich nicht von ihm kenne, obwohl wir uns weiß Gott mehrmals gestritten haben. Das ist der eisige Wind, vor dem ich mich immer gefürchtet habe.

»Am besten, du fliegst sofort nach Hause«, sagt er. »Du mußt deine Sachen aus meinem Haus räumen. Wenn du gleich gehst, bist du mit allem fertig, ehe die Kinder und ich zurückkommen. Ich möchte ihnen die Aufregung ersparen, das alles mitanzusehen.«

Ich stehe vom Sand auf. Ich atme zwar, aber mir ist, als sei alle Luft aus meinen Lungen entwichen. Alles verschwimmt mir vor den Augen. Ich gehe ins Hotel zurück.

Im Hotelzimmer schäle ich mich aus meinem Badeanzug

und ziehe mein Kleid an. Ich räume meine Sachen aus den Schubladen und beginne zu packen. Ich nehme mein Ticket vom Schreibtisch, wo Jerry es hingelegt hat, und wähle die Nummer der Airline. »Wann geht die nächste Maschine nach Boston?« frage ich. Im Norden tobt ein Schneesturm. Voraussichtlich werden erst morgen wieder Maschinen Boston anfliegen, frühestens. Dasselbe gilt für New York.

Irgendwann am späten Nachmittag kehren Jerry und die Kinder in die beiden angrenzenden Zimmer zurück. Jerry ist mit Matthew und Peggy einkaufen gewesen. Falls den Kindern mein plötzliches Verschwinden merkwürdig vorgekommen ist, so erwähnen sie es nicht.

»Wenn Sie *eine* Stradivari gesehen haben, haben Sie alle gesehen«, sagt Jerry in seinem Inspektor-Clouseau-Akzent zu Matthew und legt seinem Sohn den Arm um die Schulter.

»Nehmen Sie Ihre dreckigen Pfoten von meiner Brillenschlange!« sagt Matthew, ebenfalls seiner Rolle gemäß.

»Ich habe einen Rückflug für morgen bekommen«, sage ich zu Jerry.

»Joyces Vater ist krank«, sagt Jerry zu Matthew und Peggy. Matthew sieht für einen Augenblick besorgt aus. »Aber er wird doch wieder gesund, oder?« fragt er. »Klar«, antworte ich.

Zu viert gehen wir zum Abendessen. Ich esse nichts. Anschließend sehen wir uns *Pferdewechsel in der Hochzeitsnacht* an, eine Komödie von Elaine May, in der Cybill Shepherd und Charles Grodin ein Paar spielen, das sich während Grodins katastrophaler Flitterwochen in Florida kennenlernt. Ich sehe mir den Film aufmerksamer an als jeden anderen, den ich das Jahr über gesehen habe.

Die ganze Zeit habe ich darauf gehofft, daß Jerry mich auf die Seite nimmt, um allein mit mir zu sprechen, und wir dann wieder in die vertraute Atmosphäre eintreten, die wir bewohnten, als wir beide einfach nur *Landsleute* waren. Ich warte auf ein Zeichen von ihm, doch es kommt keines.

Alles, was ich mir wünsche, als ich in der Dunkelheit liege

und Peggy neben mir schläft, ist, hemmungslos weinen zu können. Aber ich darf sie nicht wecken. Also gehe ich ins Badezimmer.

Mein Schluchzen weckt Jerry. Er steht in seinem Pyjama in der Tür. »Du mußt leiser sein«, flüstert er. Meine Knie geben nach. Er fängt mich auf. Er seufzt tief.

Er sitzt auf der Toilettenbrille. Ich sitze auf seinem Schoß. Sein Pyjamajacke ist naß von meinen Tränen.

»Ich glaube, ich kann ohne dich nicht mehr leben«, sage ich. »Schick mich nicht fort.«

»Du kennst die Gründe, Joyce«, sagt er. »Wir haben das alles schon besprochen. Machen wir es uns nicht noch schwerer.«

Wir sitzen lange da und sagen nichts. Schließlich, irgendwann vor Tagesanbruch, gehe ich wieder ins Bett, doch ich kann nicht einschlafen. Am Morgen, bevor Matthew und Peggy aufstehen, geht Jerry mit mir in die Lobby hinunter. Da er immer alles bezahlt hat, habe ich kein Geld auf die Reise mitgenommen. Jetzt drückt er mir zwei Fünfzigdollarscheine in die Hand. Wir treten hinaus vor das Hotel, wo Taxis in einer Reihe warten. »Die junge Dame muß zum Flughafen«, sagt er und hilft mir auf den Rücksitz wie einer gebrechlichen alten Frau. Ich sehe ihm in die Augen, immer noch in der Hoffnung, daß er sich in der ihm eigenen Art an die Stirn schlägt und sagt: »Mein Gott! Was ist nur in mich gefahren?« und mich aus dem Taxi zieht.

»Vergiß nicht, die Heizung abzustellen und hinter dir abzuschließen, wenn du das Haus verläßt«, sagt er. »Ich rufe dich an.« Er tätschelt mir die Schulter und gibt mir einen Kuß auf die Wange.

Ich schaue aus dem Fenster, als das Taxi anfährt. Er blickt auf seine Armbanduhr und fährt sich mit der Hand durchs Haar. Er dreht sich um und geht zurück ins Hotel.

Ich habe keine Erinnerung an meine Rückreise aus Florida.

Meine Freundin Jean, der ich meine Wohnung überlassen hatte, behauptet, daß ich am selben oder am nächsten Tag in

New Haven aufgetaucht sei. Sie will mich auf der Treppe eines Wohnheims gesehen haben.

Ich sage ihr, daß sie sich irren müsse. Daß ich mich nicht erinnern könne, in New Haven gewesen zu sein. Vielleicht später – im darauffolgenden Monat.

»Nein«, sagt sie zu mir. »Du warst braun gebrannt. Du hast mir gesagt, daß Jerry noch mit den Kindern in Florida sei. Du hast etwas von Autos am Strand erzählt. Ich bin aus dir nicht schlau geworden.«

Ich schaffe es irgendwie nach Hanover. Von dort fahre ich mit dem Taxi dasselbe Stück Landstraße entlang, das ich mit Jerry an jenem ersten Tag fuhr, als er mich abholte. Bis zu seinem Haus ist es eine halbe Autostunde.

Seit unserer Abreise vor nur zwei Tagen ist viel Schnee gefallen, und Vernon Barrett ist noch nicht mit seinem Schneepflug dagewesen. Mit bloßen Beinen und in Halbschuhen stapfe ich den Hügel und die Stufen hinauf und schließe die Tür auf. Im Haus ist es so kalt, daß ich meinen Atem sehen kann.

Ich räume meine Sachen aus dem Schrank. Ich stelle meine Platten und meine Schreibmaschine vor die Tür, außerdem die Nähmaschine, die ich mir gekauft habe und die immer noch in ihrem Karton ist. Ich habe überraschend wenig Besitztümer oder Kleider. Ich nehme ein paar Bücher mit, die mir Jerry empfohlen hat – die Meditationen von Lao-Tse, einen alten Roman mit dem Titel *The Dolly Dialogues,* den Jerry in einem Antiquariat für mich gekauft hat, und einen Krimi von Josephine Tey. Eine Einführung in die Homöopathie. Eine Fotokopie seiner Ernährungsregeln. Ich wünschte, ich hätte ein Foto von Jerry und mir, aber aus all den Monaten, die wir zusammen verbracht haben, gibt es keine Fotos von uns beiden.

Innerhalb einer Stunde habe ich alles gepackt und bin reisefertig. Ich rufe meine Mutter an. Ich brauche nur ihre Stimme zu hören, und schon breche ich so heftig in Tränen aus, daß sie nicht versteht, was ich sage, nur den einen Teil, der eindeutig ist. *Hol mich ab.*

»Bin schon unterwegs«, sagt sie.

Eine Stunde später ist sie da, steigt am Fuß von Jerrys nicht geräumter Auffahrt aus ihrem Wagen. Ich stehe im kalten Wohnzimmer und sehe sie mit einer Mütze aus weißem Kaninchenfell und roten Wildlederstiefeln das letzte Stück des verschneiten Wegs heraufstapfen. Als sie die Tür erreicht, sinke ich in ihre Arme, doch während wir dort stehen, wird mir klar, daß ich in ihren Armen nie wieder denselben Trost finden werde wie früher.

Wir beide müssen die Strecke durch den fast knietiefen Schnee nur zweimal zurücklegen, um meine Habe die Auffahrt hinunterzuschaffen. Ich kann den schmerzlichen Ausdruck auf dem Gesicht meiner Mutter nicht ertragen.

Als alles im Kofferraum verstaut ist, gehe ich ein letztes Mal allein ins Haus zurück, bevor ich endgültig verschwinde, und vergewissere mich, daß die Heizung abgestellt und die Lichter gelöscht sind. In die staubige Fensterscheibe in Jerrys Schlafzimmer schreibe ich mit dem Finger den Namen des Kindes, über das wir gesprochen haben: BINT.

# *Kapitel Dreizehn*

So schnell ist es vorbei.

An einem Tag ist Jerry Salinger der einzige Mensch in meinem Universum. Ich erwarte von ihm, daß er mir sagt, was ich schreiben soll, was ich denken soll, anziehen, lesen, essen soll. Am nächsten Tag ist er nicht mehr da.

Er hat mir den Weg zur Erleuchtung gezeigt. Es erforderte ein Maß an Disziplin und Selbstverleugnung, das ich nicht besaß, die Fähigkeit, eigensüchtige Interessen aufzugeben und dem Wunsch nach weltlichen Vergnügungen zu entsagen. Ich bin auf dem Weg immer wieder gestrauchelt. Aber ich habe nie daran gezweifelt, daß dieser Weg der richtige ist. Ohne Jerry, der mich leitet, fühle ich mich verlassen und verloren, nicht nur körperlich allein, sondern seelisch gestrandet. Einsamkeit war mir mein gesamtes Leben hindurch ein vertrautes Gefühl. Aber nicht diese Einsamkeit.

Jerry und ich haben uns ein paarmal den Film *In den Fesseln von Shangri-La* angesehen – die Originalfassung von 1937. Es ist eine romantische Geschichte um die Passagiere eines Flugzeugs, das irgendwo in den Bergen von Tibet abstürzt, in einer Schneewüste; die nächsten Spuren von Zivilisation sind anderthalbtausend Kilometer entfernt.

Die Reisenden haben die Hoffnung auf Rettung fast schon aufgegeben, da taucht eine kleine Gruppe von Führern auf und bringt sie an einen warmen, sonnigen, magischen Ort namens Shangri-La. Dort werden sie sehr freundlich aufgenommen. Sie bekommen Kleidung und Speisen, die sie noch nie zuvor gekostet haben. Zwei Männer – der Anführer der Passagiergruppe, gespielt von Ronald Colman, und sein jüngerer Bruder – verlieben sich in zwei wunderschöne junge Frauen, die dort leben, gespielt von Jane Wyatt und einer Schauspielerin namens Margo.

Mit Ausnahme der Frau, die von Margo gespielt wird, sind die Einwohner von Shangri-La vollkommen mit ihrem Leben zufrieden. Sie besitzen das Geheimnis der Unsterblichkeit. Solange die Neuankömmlinge in ihrem Reich bleiben, werden auch sie nicht altern und nicht krank werden.

Doch so herrlich das Leben in dem neuen Land auch ist, nach einiger Zeit wird der Filmbruder von Ronald Colman unruhig. Er sehnt sich nach der Stadt, nach den Abenteuern der Welt draußen. Er eröffnet Ronald Colman, daß er und seine Gefährtin Margo fortgehen werden. Ronald Colman ist verzweifelt. Er möchte bei Jane Wyatt bleiben, aber er kann nicht dulden, daß sein Bruder allein den gefährlichen Marsch über die Berge unternimmt.

Nach schweren inneren Kämpfen willigt Ronald Colman schließlich ein, seinen Bruder und Margo zu begleiten, Shangri-La zu verlassen, obgleich er weiß, daß sein Entschluß unwiderruflich ist. Sie brechen auf, ziehen in die Schneelandschaft hinaus, kehren dem Paradies den Rücken, und da geschieht etwas Schreckliches. Entsetzt sehen Ronald Colman und sein Bruder zu, wie Margos schönes Gesicht innerhalb von Minuten verwelkt. Vor ihnen steht eine häßliche alte Frau.

An dem Tag, als ich in meinem alten Schlafzimmer meine Habseligkeiten zusammenpacke, fühle ich mich genauso aus dem Paradies verstoßen. In den ersten vierundzwanzig Stunden, nachdem ich Jerry Lebewohl gesagt habe und in Daytona Beach ins Flugzeug gestiegen bin, kann ich an nichts anderes denken als daran, wie ich zu ihm zurückkomme.

Ich rufe Jerry in seinem Hotel in Daytona Beach an. Ohne eine Spur von Stolz flehe ich ihn an, daß er mir noch eine Chance gibt.

»Matthew und Peggy sind hier«, sagt er mit ausdrucksloser Stimme. »Wir können jetzt nicht reden.«

Ich rufe ihn am nächsten Tag wieder an und dann noch einmal ein paar Tage später in Cornish. »Nimm mich zurück«, bitte ich unter Tränen. »Mein Zuhause ist bei dir. Ich brauche nichts auf der Welt, ich will nur mit dir zusammensein.«

Seine Stimme ist kalt. »Das nützt nichts, Joyce. Es ist vorbei.«

Im Laufe unseres Zusammenlebens habe ich ein paarmal mitbekommen, wie er am Telefon mit entfernten Bekannten sprach, die glaubten, sie wären bessere Freunde, als sie es tatsächlich waren. Ich saß neben Jerry, wenn solche Anrufe kamen, und ich weiß, mit welch tiefem Seufzer er danach den Hörer auflegt. »Gott sei Dank, das ist erledigt. Ich hoffe, sie rufen nicht wieder an. Ich würde sie nicht vermissen, auch wenn ich nie wieder von ihnen hören würde.«

Jetzt spricht er mit mir im gleichen Ton wie früher zu solchen Anrufern. Es wäre mir lieber, wenn er heftig zu mir wäre. Statt dessen ist er ruhig und vernünftig und abgeklärt.

Ich bin so außer Fassung, daß ich nicht sprechen kann. Das macht ihn sicher, hart sogar. Er spricht zu mir wie zu einem unfähigen Hotelangestellten oder wie zu seinem Hund, wenn er ihn dabei erwischt, wie er auf den Orientteppich pinkelt.

»Reiß dich zusammen, Joyce. Ich muß jetzt auflegen. Matthew ruft mich.«

Es ist April 1973, in zwei Wochen soll mein Buch erscheinen. Ich habe wieder mein altes Zimmer im Haus meiner Mutter.

Mein Hals ist wund vom vielen Erbrechen. Jeden Tag schreibe ich an Jerry. *Was immer ich getan habe, es tut mir leid. Ich werde mich ändern, wie immer du es willst.*

Jeden Abend in den zwei oder drei Wochen im Haus meiner Mutter gehe ich in die Stadt und rufe Jerry von einem Münzfernsprecher an. Ich will nicht, daß meine Mutter und meine Schwester es mitbekommen. Nach ein paar Tagen wird er ungeduldig, ärgerlich und dann einfach meiner überdrüssig.

»Warum lebst du nicht einfach dein Leben weiter?« seufzt er. »Zieh los und verscherble dein Buch. Laß dich feiern, das hast du dir doch immer so gewünscht.«

Eines Abends kann ich vor lauter Schluchzen nicht sprechen, und er hängt ein. Ich lehne mich gegen die Glaswand der Telefonzelle und betrachte mein Spiegelbild im silbern glänzenden Metall des Telefonapparates. Dann werfe ich Geld ein und rufe ihn wieder an. Diesmal hebt er nicht ab.

Irgendwann bald nach meiner Rückkehr in mein Elternhaus kommt ein Päckchen mit den ersten Exemplaren meiner Autobiographie. Das Bild auf dem Umschlag zeigt mich, wie ich auf einem Felsbrocken im Central Park sitze.

»Im Grunde bin ich ein optimistischer Mensch«, habe ich in dem Buch geschrieben. »Irgendwie ... wird alles gut ausgehen, denke ich – wie im Fernsehen.«

Die ersten Rezensionen von *Looking Back* seien gut, teilt meine Lektorin mir mit. Die Nachfrage sei groß. Das Buch wird als Fortsetzungsserie in der *New York Post* abgedruckt. Ich bin in die *Today Show* eingeladen und soll von Barbara Walters und Edwin Newman interviewt werden. Für *Newsweek* soll ich einen Beitrag über die Jugend in Amerika schreiben, und sie bieten mir an, daß ich vor einer Konferenz ihrer größten Werbekunden in Florida eine Rede halte. »Arnold Palmer wird dort sein und Golfstunden geben. Und Yvonne Goolagong gibt Tennisunterricht.«

Nichts hat irgendeinen Reiz für mich. Seit Jerry nicht mehr da ist und das sagt, was er immer gesagt hat, verhalte ich mich wie er. Ich sage meiner Lektorin, daß ich nicht auf der Tagung des Amerikanischen Buchhändlerverbandes sprechen möchte. Der einzige Mensch, dessen Meinung für mich zählt, nimmt nicht länger Notiz von mir.

Ich fliege nach New York zu dem Interview für die *Today Show*, mein Gesicht ist aufgedunsen vom vielen Erbrechen. Wie es Jerry prophezeit hat, soll Richard Avedon für *Vogue* ein ganzseitiges Foto von mir machen für eine Reihe mit dem Titel »Die amerikanische Frau heute«.

Avedons Bild vermittelt einen Eindruck von Niederlage

und Erschöpfung, vollkommen anders als mein Bild in der *Times* ein Jahr zuvor. Mit achtzehn wirkte ich hoffnungsvoll und strahlend. Die Neunzehnjährige, die dem Leser aus der *Vogue* entgegenblickt, wirkt hauptsächlich trostlos und tief bekümmert.

Mein Vater lebt inzwischen mit Laura in England. Meine Schwester und Benjy wohnen bei meiner Mutter, die die Scheidung eingereicht und zum ersten Mal in ihrem Leben eine Therapie begonnen hat.

Die wenigen Menschen meines Alters, die ich als meine Freunde ansehe, sind auf dem College. Die Atmosphäre in meinem Elternhaus ist unsäglich traurig.

In meinem ersten Artikel für die *New York Times* habe ich geschrieben: »Ich spüre auf einmal den Wunsch, Land zu kaufen – nicht viel, nicht als Investition, sondern nur ein kleines Stück Erde, damit ich, was immer sie in diesem Land auch tun werden, einen Platz habe, wohin ich gehen kann – meine Art Schutzbunker. Wie sich manche Leute auf das Alter vorbereiten, bereite ich mich auf mein nächstes Lebensjahrzehnt vor. Ein kleines Haus, ein bequemer Sessel, Ruhe und Frieden – Rückzug klingt verlockend.«

Damals, als ich diese Worte schrieb, kannte ich die Passage im *Fänger im Roggen* noch nicht, in der Holden Caulfield davon spricht, der Welt den Rücken zu kehren.

> ...von dem Geld würde ich mir irgendwo eine kleine Blockhütte bauen und dort für den Rest meines Lebens bleiben. Die Hütte müßte am Waldrand stehen, aber nicht im Wald drinnen, damit sie immer ganz sonnig wäre. Ich würde mir selber kochen, und später, falls ich heiraten wollte oder so, würde mir dieses schöne Mädchen begegnen, ebenfalls eine Taubstumme, und wir würden heiraten. Sie würde zu mir in die Blockhütte ziehen, und wenn sie mir etwas zu sagen hätte, müßte sie es auf einen verdammten Zettel schreiben, so wie alle andern auch.

Ich habe zwanzigtausend Dollar auf der Bank vom Verkauf meines Buches. Ich beschließe, daß ich mir von dem Geld eine Hütte am Waldrand kaufen werde.

Dreitausend Dollar bar auf die Hand zahle ich für ein neues Auto. Ich habe nicht einmal eine Vorstellung, in welchem Bundesstaat meine Hütte liegen soll, also sehe ich mir verschiedene an: New York. Vermont. Massachusetts. Connecticut. Maine. Ich kaufe mir Immobilienratgeber und Karten und fahre immer weiter. Abends suche ich mir ein Motelzimmer, schalte den Fernseher ein, esse einen Joghurt und rufe Jerry an.

»Heute hat mir der Makler ein Steinhaus im Wald gezeigt, wo ich Bienen züchten könnte«, erzähle ich ihm. »In der Küche war eine Pumpe für das Wasser.«

»Klingt großartig«, erwidert Jerry.

»Es ist unglaublich«, berichte ich. »Ein alter Mann hat mehrere Baumhäuser gebaut, verbunden durch Brücken. Ein Teich ist da und ein Ruderboot.«

»Phantastisch.«

Egal in welcher Kleinstadt ich mich gerade aufhalte, ich besorge mir am Morgen die Lokalzeitung und studiere den Immobilienteil. Im Laufe von drei Wochen lege ich über anderthalbtausend Kilometer mit meinem neuen Auto zurück.

Eines Tages bin ich wieder in New Hampshire und halte vor einem Maklerbüro in einem kleinen Ort namens Hillsboro, knapp hundert Kilometer entfernt von da, wo ich aufgewachsen bin, und rund achtzig Kilometer von da, wo Jerry lebt.

Viele Makler nehmen mich nicht ernst, wenn ich sage, daß ich mir Häuser ansehen möchte, aber diesen scheint es nicht zu irritieren, daß eine Neunzehnjährige in sein Büro spaziert und ihm mitteilt, daß sie ein Haus auf dem Lande kaufen möchte. Er weiß genau das Richtige für mich.

Wir fahren acht Kilometer aus der Stadt hinaus auf einer staubigen Straße, die an einem Farmhaus endet. Das Haus ist über zweihundert Jahre alt und wurde lange Zeit nur im

Sommer bewohnt, es ist nicht isoliert und hat keine Zentralheizung. Aber dazu gehören zwanzig Hektar Land, und soweit das Auge reicht, sind keine anderen Gebäude zu sehen. Ganz in der Nähe befindet sich ein Wasserfall, auf der hinteren Veranda hört man ihn rauschen. Auf dem Grundstück wuchern Brombeeren, wilde Rosen ranken die Steinmauer empor, etwa zwei Hektar sind brachliegende Ackerfläche, ideal für einen Gemüsegarten. Das Haus, ganz im alten Stil belassen, wird mitsamt dem Inventar angeboten, bestehend aus bunt zusammengewürfelten altmodischen Polstersesseln, Fleckenteppichen und Stehlampen, Einzelbetten mit zerschlissenen Bettüberwürfen, zwei Schaukelstühlen und einem großen alten Tisch, einer Holzplatte auf zwei Böcken, auf der Veranda. Es sind drei Kamine vorhanden und ein Backsteinofen zum Brotbacken. Im Schlafzimmer unter dem Dach steht ein Kinderbett, unten stapeln sich in einer Vorratskammer Töpfe, Pfannen und Teller, und ich finde einen bestens ausgerüsteten alten Picknickkorb mit Blechtellern und Silberbesteck.

Ich frage nicht, ob das Dach dicht ist und die Kanalisation funktioniert. Aber ich inspiziere gründlich den Picknickkorb.

»Ich möchte das Haus kaufen«, sage ich dem Makler. Es soll 65 000 Dollar kosten – ein stolzer Preis für 1973, aber ich feilsche nicht. Wir fahren zurück in sein Büro und füllen einen Finanzierungsantrag aus. Ich schreibe sofort einen Scheck über tausend Dollar aus, damit ist mein Angebot verbindlich. Er wird noch am selben Abend eingelöst. Zwei Wochen später – am Memorial Day – unterzeichne ich die Papiere und ziehe ein. Um diese Zeit beginnen die Kriebelmücken zu schwärmen.

Ich habe keine Arbeit, und das Honorar für mein Buch ist dahin. Ich habe noch nie selbst Feuer gemacht, Schnee geschippt und eine Klärgrube ausgepumpt. Ich weiß nicht, wieviel Holz ein Klafter ist und wie man einen Rasenmäher in Gang setzt. Ich habe keine Vorstellung, wie mein Leben in dieser kleinen Stadt, wo ich niemanden kenne, aussehen soll.

Am Tag nach meinem Einzug entdecke ich bei einer Fahrt

durch die Hauptstraße ein Schild, daß Welpen zu verschenken sind. Ich nehme zwei mit nach Hause. Ich pflanze Blumen, Tomaten und Erbsen. Ich kaufe Petroleumlampen und Kerzen, eine Hängematte, eine Teekanne, ein Buch über Vollwertküche, ein Hackbrett, einen Korb für Schnittblumen und einen Victrola-Plattenspieler. In jedem Zimmer stelle ich eine Vase mit Flieder auf.

Ich mache mir einen Stundenplan und klebe ihn an den Kühlschrank, jede Stunde meines Tages ist verplant.

> Sechs Uhr morgens: Aufstehen. Gymnastik. Joggen.
> Sieben Uhr: Banane essen. Meditieren. Duschen.
> Acht Uhr bis zwölf: Schreiben.
> Zwölf bis ein Uhr: Frei. Spaziergang mit den Hunden.
> Ein Uhr bis drei Uhr: Schreiben.
> Drei Uhr bis vier Uhr: Spaziergang zum Wasserfall. Schwimmen.
> Vier Uhr: Gartenarbeit. Gute Bücher lesen. Zeichnen.
> Halb sechs: In die Stadt fahren. Lebensmittel einkaufen.
> Halb sieben: Abendessen. Fernsehnachrichten.
> Sieben Uhr bis neun Uhr: Lesen. Briefe schreiben.
> Neun Uhr bis halb zehn: Gymnastik. Ins Bett.

Irgendwann Mitte Juni rufe ich schließlich Jerry an. »Ich dachte nur, du möchtest vielleicht meine Telefonnummer haben«, erkläre ich. »Ah ja.« Es klingt nicht so, als würde er sie notieren.

In jenem Sommer schreibt meine Mutter einen Brief an ihre Freundin Marion.

> Joyce erlebt tatsächlich alle Katastrophen, die ich ihr ausgemalt habe, als ich ihr auszureden versuchte, daß sie ihr Geld bis auf den letzten Cent in dieses Haus steckt. In der letzten Woche ist sie mit ihrem Auto übers Feld gefahren. (Sie hat ein Picknick gemacht, und obwohl der Platz nur ein paar hundert Meter von ihrem Haus ent-

fernt ist, wollte sie unbedingt das Auto nehmen.) Dabei hat das Auto einen großen Stein gerammt, das Getriebe ist herausgerissen. Ersatzteile nicht vorrätig. Bis auf weiteres ist sie von der Außenwelt abgeschnitten.

Sie hat es sich mit dem Klempner verdorben, weil sie den Auftrag für den Einbau einer Heizung wieder zurückgezogen hat. Zu teuer. Letzte Woche gab es kein Wasser in ihrem Haus – kein Wasser aus der Leitung, keine WC-Spülung. Jetzt muß sie sich einen neuen Klempner suchen oder jemanden, der nach Wasser gräbt.

Da stellt sich heraus, daß die Klärgrube nicht dicht ist. Glaub mir, ich empfinde nicht das geringste Triumphgefühl, daß ich es ja von Anfang an gewußt habe. Meine Therapeutin sagt, ich soll sie in Ruhe lassen …

Die Rechnungen stapeln sich.

Seit ich Jerry verlassen habe, kann ich überhaupt nicht mehr normal essen. Ich weiß gar nicht, wie es ist, regelmäßig drei Mahlzeiten am Tag zu sich zu nehmen. Was ich eingekauft habe, muß ich sofort aufessen. Wenn es etwas sehr Kalorienreiches ist, erbreche ich anschließend. Eine Stunde später esse ich dann meistens etwas anderes.

Wie mein Vater, der in all den Jahren, in denen er Alkoholiker war, trotzdem seiner Lehrtätigkeit nachgegangen ist, schaffe ich es zu arbeiten, obwohl mich mein Diätzwang immer mehr beherrscht. Kurz nach dem Kauf des Hauses in Hillsboro nehme ich ein Angebot von CBS Radio an und kommentiere neben einigen anderen Personen politische und soziale Ereignisse im Rahmen einer Sendereihe mit dem Titel *Spectrum.*

Dafür muß ich zweimal in der Woche eine Radiosendung aufnehmen. Neben Murray Kempton und Jeff Greenfield soll ich den liberalen Standpunkt zu allen möglichen aktuellen politischen und kulturellen Themen vertreten. Ich spreche die Beiträge auf Kassette und schicke sie nach New York. Einmal im Monat fahre ich nach New York zur Aufzeichnung einer Diskussion für die *CBS Morning News.* Dabei werde ich gegen die besonders konservativen Kommentatoren des Senders in den Ring geschickt, oft gegen Phyllis Schlafly. Einmal streiten wir über den Nutzen der B-1-Bomber. Ein anderes Mal geht es um vorehelichen Sex. In den Kommentaren, die ich zu Hause aufnehme, verbreite ich mich über Energieeinsparung angesichts der Ölkrise, die Todesstrafe, Watergate, den Geburtstag von Fred Astaire.

In einer Woche im Juli wähle ich das Thema Eiscreme, denn so kann ich landesweit über den Äther verbreiten, was mich Jerry Salinger über die todbringenden Eigenschaften dieses Nahrungsmittels gelehrt hat. In meinen zwei Minuten Sendezeit lese ich aus einem Buch vor, das Jerry mir gegeben hat, *Essen ist beste Medizin* von Dr. Henry Bieler.

»›Der Gefriervorgang‹«, zitiere ich Bieler, »›krönt und vollendet die physiologische Verdorbenheit der Creme. Wie beim Schmelzen der Gletscher animalisches Gewebe aus der eisigen Lagerung befreit wird, in der es so lange konserviert war, und damit Verwesung und Verfall preisgegeben ist, setzt die schmelzende Eiscreme im Körper die Kadaver der Sahne- und Milchzellen frei und liefert sie den unermüdlichen Attacken zirkulierender Gärstoffe aus, auch wenn dem Geschmackssinn die Wahrnehmung der Zersetzung verborgen bleibt, weil sie bis zur Unkenntlichkeit von dem großen Betrüger, dem Zucker, überlagert wird. In diesem physiologischen Bestattungsvorgang spielt das Eis die Rolle des Einbalsamierers und der Zucker die Rolle der zum Einbalsamieren verwendeten Lösung.‹ Das war Joyce Maynard für *Spectrum*.«

Meine Agentin Emmy akquiriert Zeitschriftenaufträge für mich. Ich schreibe einen Artikel über Barbie-Puppen, berichte, wie es war, als ich zum ersten Mal die Beatles gehört habe, und verbreite mich über *Leave It to Beaver.* Wenn 1973 eine Zeitschrift einen Beitrag darüber haben möchte, was junge Leute tun und denken, ruft der Redakteur häufig mich an. Ich werde zur Sprecherin meiner Generation – das erste und keineswegs das letzte Mal, daß ich auf dem Papier eine Person schaffe, die wenig Ähnlichkeit mit meiner wahren Person hat. Mit solchen Aufträgen verdiene ich so viel Geld, daß es für eine Zentralheizung, Fensterläden und neue elektrische Leitungen reicht.

In jenem ersten Sommer allein in Hillsboro rufe ich Jerry immer wieder an und schreibe ihm Briefe. Manchmal stelle ich ihm Fragen. »Soll ich Fleischtomaten anpflanzen oder Eiertomaten?« In Wahrheit möchte ich, daß er kommt und sich mein Haus ansieht.

»Wir könnten draußen ein Picknick machen.« Diesmal würde ich nicht mit dem Auto fahren. »Meine Hunde werden dir gefallen.«

»Ich bin ziemlich beschäftigt«, erwidert er. »Matthew ist da. Zahnarzttermine. Das Auto streikt.«

»Es ist nicht weit. Wir können spazierengehen.« Er bleibt unverbindlich, und ich lege meinen beiläufigen Tonfall ab.

»Ich muß dich sehen«, dränge ich. »Ich weiß nicht, was ich tun soll.«

»Na gut. Ich denke, ich kann vorbeischauen.«

Er kommt mit Matthew. Ich habe den ganzen Vormittag damit zugebracht, ein Mittagessen für uns vorzubereiten – ich habe Gurkenscheiben zu einer großen Blume arrangiert, Suppe und Salat sind fertig, es gibt Weizenvollkornbrot und einen großen Laib Käse aus Rohmilch. Lange bevor sein Auto auftaucht, ist der Tisch gedeckt.

»Wir haben schon gegessen«, sagt er. »Ich fahre mit Matthew nach Concord, dort besorgen wir ein Ersatzteil für das Auto.«

Wir sitzen auf meiner Veranda. »Ich möchte einen Weg zu dem Feld da hinten anlegen«, erzähle ich ihm. »Und an dem Baum werde ich wohl eine Schaukel aufhängen.«

»Toll«, sagt Matthew. Ich frage ihn, was er im Sommer vorhat. »Nichts besonderes«, erwidert er.

»Ich zeige dir meinen Garten«, sage ich zu Jerry. Gestern habe ich den ganzen Nachmittag Unkraut gejätet, damit der Garten gut aussieht.

»Ich würde gern, aber wir müssen uns wieder auf den Weg machen. Was meinst du, Matt?« Matthew springt von seinem Sessel auf.

»Ein schönes Plätzchen hast du dir hier eingerichtet, Mädchen«, ruft mir Jerry auf dem Weg zum Auto zu.

»Ich wollte euch noch den Weiher zeigen und den Wasserfall, wo ich schwimme. Matthew, ich wette, du wärst so mutig gewesen und von den Felsen gesprungen.«

»Ein andermal«, sagt Jerry. Eine halbe Stunde nach ihrer Ankunft sind sie wieder fort.

Im August schreibe ich Jerry und frage ihn einiges zu homöopathischen Mitteln: Was sollte ich im Haus haben und in welcher Konzentration? Welche homöopathischen Zeitschriften sollte ich abonnieren? Um es ihm so leicht wie möglich zu machen, lege ich ein selbstentworfenes Formular bei mit Kästchen zum Ankreuzen und freien Zeilen. *Schau, wie wenig ich verlange,* ist die Botschaft.

Er beißt nicht an.

»Liebe Joyce«, schreibt er und wendet sich sofort dem geschäftlichen Teil zu. Er werde meine Formulare nicht ausfüllen. Homöopathie sei komplizierter als ein paar Kreuzchen auf einem Blatt Papier, sagt er mit leichtem Vorwurf.

Dann erklärt er mir, wo ich eine *Materia Medica* kaufen kann (Indien).

Weil so viele Homöopathie-Zeitschriften aus England kommen, habe ich ihn in meinem Brief nach dem aktuellen Kurs des britischen Pfunds gefragt. Der Tageskurs liege bei 2,44 Dollar, teilt er mir mit.

Auf meine Frage, ob ich die beiden Hunde gegen Staupe impfen lassen soll, antwortet er, wenn jemand seinem Hund etwas anderes zu fressen gibt als die spezielle Naturkost, die er empfiehlt, wäre eine Impfung wohl angebracht.

Er listet die fünfzehn in seinen Augen wichtigsten Medikamente auf.

Das sei alles, schreibt er.

Ich komme zum letzten Absatz und hoffe, daß er dort etwas über uns beide sagen wird. Ich möchte lesen, wie sehr er mich liebt, wie sehr er mich vermißt, wie traurig er ist, daß wir nicht mehr zusammensein können, wenn es denn stimmt, daß wir nicht nicht mehr zusammensein können. Ich möchte wieder lesen, daß ich seiner Meinung nach eine glanzvolle Zukunft habe, denn ich kann mir das nicht mehr vorstellen. Der letzte Absatz besteht nur aus drei Sätzen:

Er sei müde, es sei schon spät. Seit seiner Rückkehr aus New York habe er den ganzen Tag Briefe beantwortet. Auf dem Heimweg habe er Matthew bei einem Freund in Connecticut abgesetzt. Sie hätten sich unterwegs verfahren. Unterschrieben ist der Brief mit: »Herzlich, J.«

Weil es das einzige Wort ist, mit dem er seine Verbindung zu mir erwähnt, sinne ich lange über das »Herzlich« nach. Ich erinnere mich, als er das erste Mal einen Brief an mich so unterzeichnet hat und an die Fülle von Möglichkeiten, die dieses Wort damals barg. Nun gibt es keine Möglichkeiten mehr. Dies ist sein letzter Brief an mich.

Ich halte mich nicht an den Stundenplan an meiner Kühlschranktür. Ich schreibe Beiträge für Zeitschriften und Radiosendungen, aber eher lustlos. Mein Vater ruft oft an und möchte über meine Mutter sprechen. Meine Tomatenpflanzen werden vom Unkraut erstickt. Rehe und Waldmurmeltiere fressen meine Kürbisse, und mein Mais kümmert vor sich hin. Ich unternehme lange Spaziergänge mit den Hunden. Ich habe eine Freundin, Jan, eine wiedergeborene Christin, sie ist ein paar Jahre älter als ich und sie lebt mit ihrem Mann und zwei kleinen Kindern ein Stück weiter die Straße hinauf. Wir lassen beide keine Folge der Seifenoper *All My Children* aus. Jeden Tag diskutieren wir, wie es mit Erica wohl weitergehen wird.

Eines Tages öffne ich beim Umräumen der Möbel in meinem Schlafzimmer unter dem Dach die Tür zum Dachboden, und eine Fledermaus kommt mit entgegen. Dann noch eine. Innerhalb einer Minute ist das Zimmer voller Fledermäuse. Sie prallen gegen Wände und Fenster und stoßen aufgeregte, schrille Schreie aus. Ich sitze auf dem Fußboden, unfähig, mich zu rühren. Schließlich gehe ich hinunter und rufe einen Nachbarn an. Er sagt, daß er kommt und mir hilft, die Fledermäuse loszuwerden, und das tut er auch. In den nächsten Nächten lasse ich eine Petroleumlampe neben meinem Bett brennen, starre an die Decke und rechne damit, daß jeden Augenblick die nächste Schar Fledermäuse herabstürzt.

Meine Mutter schreibt mir und drängt mich, ich solle ihre Therapeutin aufsuchen. Sie hat vorgeschlagen, ich sollte wegen meiner Eßstörungen ins Krankenhaus gehen, denn die Situation hat sich so zugespitzt, daß ich inzwischen keinerlei Lebensmittel mehr im Kühlschrank haben kann.

In meinem Antwortbrief lehne ich das Angebot meiner Mutter ab, mir Geld für eine Psychotherapie zu geben. Es geht einfach nicht.

»Ich kann es nicht«, schreibe ich ihr. »Es mag ja sein, daß ein Therapeut in der Lage wäre zu helfen, aber er kann es nur, wenn ihm vertraut und geglaubt und wenn er respektiert wird – und zu nichts davon bin ich fähig. Darüber zu diskutieren ist zwecklos. Du kannst glauben, daß ich in einer Täuschung lebe, aber solange die Täuschung besteht, ist sie für mich realer als jede Vorstellung von Realität, die du vielleicht hast. Es nützt nichts, wenn du einem Mann im Alkoholdelirium sagst, daß nicht wirklich auf seinem ganzen Körper Ameisen herumkrabbeln...«

Weil ich erkenne, daß ich unbedingt irgendwie Struktur in mein Leben bringen muß, rufe ich meinen alten Englischdozenten Mark an und frage, ob ich in Dartmouth ein oder zwei Kurse besuchen könnte. Er kümmert sich darum. Ich schreibe mich für einen Kurs über moderne Literatur ein und fahre zweimal in der Woche eine Stunde nach Hanover. In Hanover halte ich jedes Mal nach Jerry Ausschau, aber ich sehe ihn nie.

Eine Frau, die für *Esquire* schreibt, ruft mich an und sagt, daß sie gern einen Artikel über mich schreiben würde.

Vielleicht denke ich, daß ich durch den Artikel Jerry zeigen kann, wie genau ich mich an seine Regeln halte mit meinem organischen Gartenbau und meiner Rohkosternährung. Der einzige wirkliche Verstoß gegen Jerrys Regeln besteht darin, daß ich mich für eine Zeitschrift interviewen lasse.

Die Journalistin kommt an einem kühlen Novembermorgen, es ist mein zwanzigster Geburtstag. Ich hole sie am Flughafen in Lebanon ab – dort bin ich immer angekommen, wenn ich Jerry während der kurzen Zeit, die ich für die *New York Times* gearbeitet habe, besuchte. Sie begleitet mich nach Dartmouth zu meinem Literaturkurs und sitzt neben mir im Auto, während ich einen Beitrag für *Spectrum* auf Kassette aufnehme, die Kassette muß ich am Nachmittag als Expreßsendung in Hanover aufgeben. Wir fahren zurück nach Hillsboro, und sie übernachtet in meinem Haus. Am nächsten Tag bringe ich sie zurück zum Flughafen.

Ihr Artikel erscheint ein paar Monate später. Es war nicht schwer für sie, mich als unglückliche, neurotische junge Frau darzustellen.

»Immer wieder schlägt irgendwo ein Fensterladen gegen die Wand«, schreibt sie. »Joyce Maynard sitzt, in eine Decke gehüllt, in ihrem Schaukelstuhl vor dem Kamin und wiegt sich hin und her. Make-up verdeckt die dunklen Ringe unter ihren Augen…«

Es klingt sehr düster, wie sie von dem vielen unbenutzten Spielzeug und dem leeren Kinderbett in meinem Haus berichtet. Auf dem Tisch steht ein Glas mit Salamandern, die ich nach einem Gewitter eingefangen habe, und Katzen springen auf den Tisch. In meinem Badezimmer sehe es »schlampig« aus, die Haarbürste sei förmlich verfilzt.

»Sie schläft in einem Flanellnachthemd in einem Bett voller Wärmflaschen. Jawohl, all die großmütterlichen Tugenden – sittsam, züchtig, empfindsam, Stiefel neben dem Kamin. Aber innerlich zum Zerreißen gespannt und aufgewühlt. In einem Augenblick ist sie sechs. Im nächsten eine verbrauchte Sechzigjährige. Selbst ihr Körper ist rein. Sie ißt nur einmal am

Tag – Joghurt, Gemüse, Obst, ein paar Weizenkeime. Rohkost. Niemals zwei Lebensmittel vermischt …«

Meine Eltern, schreibt sie, haben meinen Geburtstag vergessen.

Das Thema J. D. Salinger taucht auf.

»Joyce sagt: ›Wenn ich eine Beziehung zu einem berühmten Menschen hätte, würde ich nie seinen Namen nennen.‹ Sie klingt sehr rein und moralisch, ganz sanfter Tadel und niedergeschlagene Augen.«

»›Bitte …‹« zitiert sie mich. »›Wenn Sie nur eine Spur von Respekt für bestimmte große Bücher haben, die Ihnen vielleicht einmal etwas bedeutet haben …‹ Sie spricht von dem heiligen Recht auf Ungestörtheit, auf die jedes Genie einen Anspruch habe. Das ist ihr Pfand. Sie sagt, sie werde niemals mit irgend jemandem über Salinger sprechen. Ihre Reinheit weht wie ein Lufthauch durch das Zimmer … Sie schlingt die Arme um sich und wiegt sich vor dem Kamin …«

Monate vergehen, ganze Jahreszeiten. Ich bin jung, aber das Leben, das vor mir liegt, erscheint mir wie eine endlose Fläche Eiswasser ohne Ufer und so tief, daß kein Taucher sich hineinwagt. Die Lücke, die Jerry hinterlassen hat, ist größer als die verbleibende Landmasse.

Nach und nach begreife ich langsam, daß Jerry für immer aus meinem Leben verschwunden ist. Mit diesem Wissen kann ich mir nicht vorstellen, daß ich jemals wieder einen Mann so lieben werde, wie ich ihn geliebt habe. Eines Tages werde ich heiraten und Kinder bekommen, aber nie wieder wird jemand mich so verstehen, wie Jerry es vermochte.

Ich hege auch die unerschütterliche Überzeugung, daß Jerry niemals wieder jemanden so lieben wird, wie er einmal mich geliebt hat. Ich ziehe wenigstens ein bißchen Trost aus der Gewißheit, daß es das, was zwischen uns gewesen ist – obschon unwiederbringlich dahin –, kein zweites Mal geben wird. Kein anderes Mädchen könnte den Platz in seinem Herzen ausfüllen, den ich eingenommen habe.

Es ist Winter 1974. Ein halbes Jahr ist vergangen, seit ich zum letzten Mal etwas von Jerry gehört und gesehen habe, fast ein Jahr, seit ich aus Daytona Beach weggegangen bin. Es ist spät am Abend. Ich sitze beim Schein einer Petroleumlampe im Wohnzimmer meines Hauses in Hillsboro, meine Hunde liegen schwer atmend auf dem Teppich vor dem Kamin. Ich höre schwermütige Countrysongs – diese Musik höre ich inzwischen am meisten, weil sie den besten Bezug zu meinem Leben zu haben scheint. Heute abend ist es George Jones, wie so oft. *Today I Started Loving Her Again. Just Someone I Used to Know. The Grand Tour.* Ich lese Salingers *Neun Erzählungen,* die 1953, in dem Jahr meiner Geburt, erschienen sind.

Die sechste Geschichte trägt den Titel *Für Esmé mit Liebe und Unrat.* Sie handelt von einem Soldaten, der einen speziellen, hochgeheimen Vor-Invasions-Ausbildungskurs durchläuft und gegen Ende des Krieges in Devon in England stationiert ist, genau wie einst Jerry.

Die Geschichte beginnt an einem verregneten Nachmittag. Der Soldat hat dienstfrei. Er bleibt vor einer Kirche stehen, in der ein Kinderchor probt. Er geht hinein, setzt sich hin und hört eine Weile zu. Ein Kind zieht seine Aufmerksamkeit auf sich.

Sie ist dreizehn – aschblondes Haar, »herrliche« Stirn und »hochmütige« Augen, »die sehr wahrscheinlich ihr Publikum zählten«. Aber letztlich fesselt ihn ihre Stimme – sie »hob sich«, so schreibt er, »sehr von der Stimme der anderen Kinder ab«. Sie hatte »die beste hohe Tonlage«. Sie sang »am lieblichsten und sichersten und führte die anderen ganz von selbst«. Es schien das junge Mädchen »zu langweilen, daß sie gut singen konnte«. Ein- oder zweimal gähnte sie, »ein damenhaftes Gähnen mit geschlossenem Mund, aber man konnte es nicht übersehen«.

Später an jenem Nachmittag geht der junge Soldat in eine Teestube in der kleinen Stadt. Das Mädchen kommt herein mit ihrem jüngeren Bruder – der Junge erzählt immer wieder den gleichen abgedroschenen Witz und erinnert mich außerordentlich an Lilit Gampels kleinen Bruder Alan. Das Mädchen lächelt dem Soldaten zu – »merkwürdig strahlend«. Der Soldat lächelt zurück. Das Mädchen kommt an seinen Tisch.

Das Mädchen erzählt dem Soldaten von ihren Eltern, die beide tot sind. Ihre Mutter, sagt sie, sei »sehr sinnlich« gewesen, und sie fragt den Soldaten, ob er sie kalt finde. Die Frage klingt seltsam aus dem Mund eines jungen Mädchens. Aber Esmé ist ein ganz besonderes Mädchen – eine sonderbare Mischung aus Kind und Frau.

Sie entschuldigt sich, ihr Haar müsse wohl gräßlich aussehen wegen des Regens, und sie fragt den Soldaten, ob er verheiratet sei, was er bejaht. Sie fragt ihn, was er getan hat, bevor er zur Armee gegangen ist. Er antwortet, er betrachte sich gern als Schriftsteller. Sie sagt, sie würde sich »enorm geschmeichelt fühlen«, wenn er eines Tages eine Geschichte für sie schriebe. Am besten gefielen ihr »Geschichten über Unrat«.

*Für Esmé mit Liebe und Unrat* ist eine Liebesgeschichte, auch wenn nichts Sexuelles zwischen dem Soldaten und dem Mädchen passiert. Nichts irgendwie Unziemliches. Es ist eine Begegnung von außerordentlicher Zartheit und Korrektheit, und sie endet mit einem Händedruck. Das Mädchen fragt den Soldaten, ob er sich über einen Brief von ihr freuen würde. Sie schreibe »enorm artikulierte Briefe für ein Mädchen meines ...«

*Alters,* wollte sie sagen. Ein Mädchen ihres Alters. Aber er unterbricht sie. Er sagt, er würde sich über einen Brief freuen, und gibt ihr seine Militärpostnummer.

Esmés Brief kommt »mehrere Wochen nach dem 8. Mai 1945«, der Soldat ist nach einem Nervenzusammenbruch an der Front in einem Lazarett in Bayern. Esmés Worte sind eine durch und durch entwaffnende Mischung von bemühter Raffinesse und Unschuld. Sie gibt sich alle Mühe, wie eine Frau von Welt zu klingen. Aber sie ist alles andere als eine Frau von Welt. Sie ist nur das perfekteste, unwiderstehlichste, magischste Kind, von dem ein gequälter Soldat in einem Augenblick seines Lebens, da ihm die Welt unendlich düster und hoffnungslos erscheint, einen Brief bekommen könnte.

Eine Kleinigkeit an der Beschreibung des Mädchens Esmé verblüfft mich so, daß ich das Buch einen Augenblick sinken lassen muß, bevor ich weiterlesen kann:

Esmé trägt eine übergroße Herrenuhr, »viel zu groß für das schlanke Handgelenk« – die Uhr ihres toten Vaters. Es ist eine Armbanduhr mit einem »riesigen Zifferblatt«, registriert der Soldat, die sie beinahe als Gürtel umschnallen könnte. Es ist eine Uhr wie die, die ich auf dem Titelblatt des *New York Times Magazine* trage und die Jerry Salinger aufgefallen ist.

Zwei Jahre lang lebe ich allein in meinem Haus am Ende der Straße.

Meine Schwester und ihr Mann haben wieder zueinander gefunden und ziehen gemeinsam in Toronto ihren Sohn groß. Meine Eltern sind geschieden – mein Vater ist aus England zurückgekehrt und lebt mit Laura in Wilton, New Hampshire. Meine Mutter hat ein Verhältnis mit einem Geschäftsmann englischer Abstammung begonnen, Sydney Bacon, er hat ihr etliche Briefe geschrieben, nachdem er ihr Buch *Raisins and Almonds* gelesen hat. Nun spricht sie davon, daß sie zu ihm nach Toronto ziehen will.

Die Beziehung zu meiner Mutter ist in den letzten Jahren schwierig geworden. Sie behauptet, ich würde sie für den Bruch mit Jerry verantwortlich machen. Ihre Therapeutin hat ihr auseinandergesetzt, wie ungesund es war, daß sie so viele Jahre ihre eigenen Bedürfnisse ganz hinter meine und die meiner Schwester zurückgestellt hat, und nun reagiert sie sehr empfindlich auf jedes Zeichen meiner vermeintlichen Selbstsucht und Gedankenlosigkeit ihr gegenüber, wird sofort ärgerlich und macht mir Vorwürfe. Ihre Therapeutin vertritt die Auffassung, sie müsse sich »von Joyce freimachen«. Ich bin mit der Vorstellung aufgewachsen, daß meine Mutter mich immer loben und bewundern würde, und so ist es für mich verblüffend und beängstigend, daß sie mir nun in Worten, die ganz und gar nicht wie ihre eigenen klingen, vorhält, wie ich sie ausgenutzt und verletzt habe.

Sie schreibt über mich an meine Schwester.

> Joyce ist fülliger als jemals zuvor. Sie würde im Boden versinken, wenn sie wüßte, wie viele Leute sich darüber ausgelassen haben. Selbst Emmy hat eine Bemerkung gemacht. (Sinkt der Marktwert des Produkts?) Marilyn Hapgood hat sie im Fernsehen gesehen und meint, es sei wohl die Kameraeinstellung. Das runde Gesicht war nicht die elfengleiche Joyce... Letzten Sonntag bin ich nach Hillsboro gefahren. Dort wäre ungeheuer viel zu tun – das Haus ist sehr dreckig und vollgestopft mit Schätzen wie Decken vom letzten Basar, der Garten ist verwildert und mit Unkraut überwuchert. Sie sagt, sie würde gern nach New York ziehen, wenn sie es sich leisten könnte, und ich wünschte, sie könnte es sich leisten. Aber ich bin nicht mehr so dumm und schwach, daß ich auf die Idee komme, ich sollte ihr Geld geben.

Meinen Vater sehe ich regelmäßig. Er malt wieder und besucht Treffen der Anonymen Alkoholiker. Immer wieder spricht er davon, daß er Laura verlassen will, weil sie oft sehr in Wut gegen ihn gerate und manchmal auch körperlich gewalttätig werde. Wie gern würde er sich aus New Hampshire »davonmachen«. Aber er kann seinen Hund Nicky nicht zurücklassen, der alt, gebrechlich und unglücklich ist – all das trifft auch auf meinen Vater zu.

Er ruft mich spätabends an, wenn er getrunken hat, oder mitten am Tag – manchmal weint er, dann wieder erzählt er mir voller Empörung neue Details, wie meine Mutter ihn vernachlässigt hat. »Bitte komm«, sagt er. Und ich komme.

Eines Tages im Herbst 1974 – November, Jagdsaison – höre ich ein Auto in meiner Einfahrt.

Direkt vor meiner Haustür steht ein dunkles, offiziell aussehendes Fahrzeug, auf dem Dach ist ein lebloser Tierkörper festgezurrt, ein schmales Rinnsal Blut läuft über die Windschutzscheibe. Es ist mein Hund Sammy. Der Jagdaufseher schaut mich streng an, die Hände in den Gürtel geschoben. »Er hat gewildert. Ich mußte ihn erschießen.«

Noch einen Winter in diesem Haus halte ich nicht aus. Ich bin in keiner guten Verfassung, und ich weiß es.

Mein Produzent bei CBS teilt mir mit, daß sie die Sendefolge von *Spectrum* verändern und daß ich nicht mehr dabei bin. In derselben Woche bekomme ich einen Anruf von meinem alten Freund Josh, der inzwischen in der Abschlußklasse in Yale ist. Er führt Regie bei einer Inszenierung von Sondheims *Eine kleine Nachtmusik.*

»Hättest du nicht Lust, eine Rolle zu übernehmen?« fragt er mich.

Ich soll ein zwölf- oder dreizehnjähriges Mädchen spielen. Es sind nur ein paar Zeilen Text, ein Gedicht und ein Lied. Sonst habe ich immer gesagt, daß ich an Nebenrollen nicht interessiert bin, aber diesmal ist es mir egal.

»Ja«, antworte ich.

# *Kapitel Vierzehn*

Mein Freund Josh, der Regisseur, hat mit dem Dekan seines Colleges vereinbart, daß ich für die Dauer der Proben zur *Kleinen Nachtmusik* auf dem Campus wohnen kann. Ich bekomme ein Zimmer in einem der Betonwürfel, die das Ezra-Stiles-Wohnheim bilden. Weil sich mehrere Bewohner ein Bad teilen, wäre es schwierig für mich, mich wie gewohnt zu erbrechen. Ich sage mir, daß das vorbei ist, und klebe einen neuen Stundenplan an die Wand meines winzigen Einzelzimmers:

> Sechs Uhr: Aufstehen. Gymnastik. Laufen. Zeichnen.
> Halb sieben: In den Speisesaal. Obst und Körner essen.
> Acht Uhr: Bibliothek. Lesen.
> Neun Uhr: Kurse. Fahrradfahren. Schreiben.

Jeden Abend ist Probe. Danach gehe ich oft mit den anderen Schauspielern in die Cafeteria der Campus-Bibliothek, wir sprechen über Sondheim, Seminare und darüber, welche Stücke wir noch gern aufführen würden.

An einem Abend nicht lange nach meiner Ankunft in New Haven stößt ein Freund von Josh zu uns, der nicht in dem Stück mitspielt. Glenn bereitet sich auf das Medizinstudium vor, er kommt aus Scarsdale. Er ist der Sohn eines angesehenen Arztes, nett, ernsthaft und nur ein Jahr älter als ich.

»Ich begleite dich zu deinem Wohnheim«, bietet er an, als die Bibliothek schließt und unsere Gruppe sich auflöst. Draußen in der Dunkelheit legt er seinen Arm um mich. Vor dem Wohnheim küßt er mich.

Am nächsten Abend setzt sich Glenn wieder in der Cafeteria zu uns an den Tisch. Am darauffolgenden Abend treffen wir uns nicht mit den anderen. Glenn hat mich zum Abendessen in ein chinesisches Restaurant in New Haven eingeladen.

Ich habe seit Jahren nicht mehr in einem Restaurant gegessen und esse überhaupt nur ganz selten eine komplette Mahlzeit. Mein Abendessen besteht häufig aus einem Kopf Salat, einer Packung Eiscreme oder einer Schüssel Popcorn. Beim Lesen der Speisekarte zieht sich mein Magen zusammen.

»Ich habe ein Problem«, beginne ich. Glenn strahlt etwas aus, daß ich nach so kurzer Zeit schon spüre, ich kann mich ihm anvertrauen. Er hört sehr genau zu, und ich erzähle ihm mehr, als ich für möglich gehalten hätte. Ich erzähle ihm die ganze Geschichte, wie ich mir seit Jahren das Essen verweigere. Und dann berichte ich von meinen sexuellen Schwierigkeiten.

In den dreieinhalb Jahren, in denen ich vergebens versucht habe, mit einem Mann zu schlafen, habe ich nur mit der Ärztin in Daytona Beach darüber gesprochen, und damals hat eigentlich Jerry gesprochen.

»Na, dann erzähl mal«, sagt Glenn und schiebt mir seinen Teller herüber, damit ich die Krabben in Hummersauce probieren kann.

In den nächsten vier Wochen probe ich mein Stück, Glenn bereitet sich auf seine Prüfungen vor, und er sorgt dafür, daß ich esse. Wir gehen fast jeden Abend aus, meistens in Restaurants in der Nähe von New Haven. Wir verbringen viel Zeit in seinem Zimmer, küssen und streicheln uns.

An einem Wochenende eröffnet er mir, daß wir zusammen nach New York fahren. Er möchte mir Tavern on the Green zeigen.

Während wir an jenem Samstag die Fifth Avenue hinunterschlendern, sagt Glenn, daß er mir ein Kleid kaufen möchte. Wir gehen in ein Kaufhaus, ich probiere viele Kleider an, führe sie ihm vor, und er sagt, was mir am besten steht.

Am Abend speisen wir Seezunge und Jakobsmuscheln mit Schnecken – lauter Gerichte, die ich nie zuvor gekostet habe. Dazu trinken wir Wein, und als Dessert gibt es Mousse au chocolat. Wir haben zwar noch nicht zusammen geschlafen, aber wir können zwanglos über Themen reden, die ich früher für unaussprechlich gehalten hätte. Wenn Glenn und ich über Sex sprechen, ist keine Spur von der amüsierten Lüsternheit dabei, die ich von meiner Mutter kenne.

In der letzten Probenwoche für die *Kleine Nachtmusik* habe ich kaum Zeit für Glenn. Am Wochenende stehen vier Vorstellungen auf dem Programm.

Nach der letzten Vorstellung bittet mich Glenn, mit ihm in sein Zimmer im Wohnheim zu kommen. »Ich werde jetzt mit dir schlafen.«

Wir steigen die Treppe bis zum obersten Stockwerk hinauf, er sperrt mir die Tür auf. Er hat Kerzen aufgestellt und legt eine Platte auf – die Musik zu seinem Lieblingsmusical vom Broadway, *Pippin.*

Wir haben schon viele Stunden schmusend in seinem Zimmer verbracht, aber diesmal zieht er mich aus, führt mich zu seinem schmalen Einzelbett und berührt meinen ganzen Körper. Er spricht sanft und leise mit mir, und als er in mich eindringt, spüre ich nur einen kurzen, scharfen Schmerz. Kein Vergleich mit der altbekannten Qual, daß jemand versucht, eine verschlossene Tür mit der Brechstange zu öffnen.

»Ich wußte, daß es klappen würde«, sagt Glenn hinterher und wischt mir die Tränen ab. Ich schlafe ein.

Ich habe einen Mann gefunden, mit dem ich glücklich und entspannt sein kann – kein Landsmann, aber ein Mann, mit dem ich endlich Sex haben kann –, und nun denke ich, daß wir für immer zusammenbleiben werden. Ein paar Tage später fahre ich zurück nach New Hampshire, und ich rechne damit, daß Glenn mich bald besuchen kommen wird. Ich weiß, daß er an einem Sommerkurs in New York teilnehmen will und daß er in einem Labor arbeiten möchte. Aber ich denke, daß wir schon einen Weg finden werden, wie wir uns sehen können.

So weitreichenden Plänen fühlt sich Glenn mit seinen zweiundzwanzig Jahren, unmittelbar vor Beginn seines Medizinstudiums, nicht gewachsen. Er ruft jeden Abend bei mir an, und wenn ich ihn frage – ich frage ihn jedesmal –, wann er kommt, meint er, er wisse es noch nicht. Schließlich sagt er mir eines Abends, daß er nicht mehr kommen wird. »Ich weiß nicht, wie ich es dir erklären soll, Joyce. Im Augenblick werden einfach so viele Dinge von mir verlangt.«

Ich bin am Boden zerstört. Ich habe mir vorgestellt, daß wir beim Wasserfall baden, daß wir zusammen wunderbare Mahlzeiten kochen und bei Kerzenlicht auf der Veranda essen. Und nun bin ich wieder allein in meinem Einzelbett.

In den letzten Sommertagen des Jahres 1975 beschließe ich, nach New York zu ziehen und mein Haus in Hillsboro zu vermieten. Ich finde ein kleines Apartment an der Ecke Nineteenth Street und Irving Place und klappere Zeitschriftenredaktionen ab auf der Suche nach Aufträgen.

Die ersten Monate in Manhattan sind einsam und hart. Solange ich mit Glenn zusammen war, dachte ich, daß ich meine Eßstörungen überwunden hätte, aber jetzt stelle ich fest, daß das Essen wieder mein Leben beherrscht. Abwechselnd stopfe ich mich voll und hungere. Ich lebe in der Stadt, die ich seit meinem zwölften Lebensjahr erforschen will, aber meine Gedanken drehen sich nur um das Feinkostgeschäft und das Gymnastikstudio. Zweimal gehe ich in eine Fastenklinik im Norden des Staates und lebe eine Woche nur von Wasser, das gibt mir ein kurzes Hochgefühl. Kaum bin ich zurück, verfalle ich innerhalb weniger Tage wieder in mein altes Verhaltensmuster.

Die ersten Platten, die ich hörte, waren Bob Dylan und Joan Baez, später kam Rock 'n' Roll, und in den letzten Jahren habe ich hauptsächlich Countrymusik gehört – richtig heftige Herz-Schmerz-Songs. Meine Lieblingssänger sind Tammy Wynette, Merle Haggard, Dolly Parton und George Jones.

Im November 1975 beschließe ich, nach Nashville zu fahren. Ich möchte die Leute kennenlernen, deren Songs in den letzten Jahren mein Leben musikalisch begleitet haben.

Ich nehme mir ein Zimmer im Hall-of-Fame-Motel an der Music Row. Ich rufe Plattenfirmen an, stelle mich als Journalistin vor und sage, daß ich Interviews mit einigen bekannten Künstlern führen möchte, die bei ihnen unter Vertrag sind. Ich habe eine vage Vorstellung, daß ich etwas über Nashville schreiben möchte, aber keinen konkreten Auftrag für einen Artikel.

Ich finde überall offene Türen. Am nächsten Tag schon sitze ich im Büro von Mae Boren Axton, sie hat *Heartbreak Hotel* geschrieben. Nach zwanzig Minuten ruft sie Freunde in der ganzen Stadt an und erzählt ihnen, in ihrem Büro sei ein nettes Mädchen, das gern mal vorbeikommen und hallo sagen würde.

Ich spaziere die Straße hinunter zu Porter Wagoner, er nimmt sich zwei Stunden für mich und gräbt Erinnerungen an seine Zeit mit Dolly Parton aus. Tammy Wynette lädt mich in ihr Haus ein, wir sitzen auf einem weißen Plüschsofa, und sie spricht über ihre gescheiterte Ehe mit George Jones. Dolly Parton sagt, sie mache sich gerade auf den Weg zu einem Auftritt in den Smokies. »Hättest du nicht Lust mitzufahren?« Ich fahre mit. Vor dem Song *Jolene* blickt sie suchend ins Publikum und sagt: »Den nächsten Song widme ich meiner Freundin Joyce.«

Am Tag darauf gehe ich in einen kleinen Club an der Music Row, er heißt Possum Holler und gehört George Jones. An dem Abend steht er auf der Bühne.

Ich sitze allein an einem Tisch direkt an der Wand und höre George Jones zu. Etwas an seiner Art zu singen berührt mich, wie es kein anderer vermag. Ich glaube, ich verstehe, von welchem Schmerz er singt.

Auf einmal steht ein Drink vor mir auf dem Tisch. »Ich hab das nicht bestellt«, sage ich der Bedienung.

»Ist von ihm.« Sie deutet auf einen sehr großen Mann, der ganz in Schwarz gekleidet und mit einem Cowboyhut in der Ecke steht. Als sich unsere Blicke kreuzen, nickt er mir zu.

Ich nippe an dem Drink. Den Mann sehe ich nicht wieder an. Kaum ist das Glas leer, steht ein zweiter Drink vor mir. Ich trinke auch das zweite Glas.

Irgendwann sitzt der Mann neben mir. Er blickt starr geradeaus zur Bühne und faßt meine Hand. Ich erwidere den Druck nicht, aber ich schiebe seine Hand auch nicht weg.

Als George Jones seinen Auftritt beendet hat, erhebe ich mich und bleibe noch einen Augenblick am Tisch stehen, um mich zu strecken. Zum ersten Mal spreche ich den Mann an. »Danke für die Drinks. Ich gehe jetzt.«

Ohne ein Wort folgt er mir hinaus auf die Straße, wo ich nach einem Taxi Ausschau halte. »Ich nehme Sie mit«, sagt er. »Das ist nicht nötig«, lehne ich ab, aber er nimmt meinen Arm und steuert mich zu einem riesigen Cadillac. Ich setze mich auf den Beifahrersitz. Er schiebt eine Kassette in den Recorder, auf dem Cover ist ein Bild von ihm. Seine Stimme klingt blechern, irgendwie künstlich, kein Vergleich mit den Countrysängern, die ich mag.

»Ich wohne im Hall-of-Fame-Motel.« Mir ist, als stünde ich neben mir und beobachtete die Szene.

Vor dem Motel steige ich aus und bedanke mich noch einmal. Aber er steigt auch aus. Er folgt mir in die Halle und weiter in den Aufzug.

Ich bin immer noch wie in Trance.

Ich drücke den Knopf für das falsche Stockwerk. Dann drücke ich einen anderen Knopf für ein anderes Stockwerk. Als der Aufzug hält, weiß ich nicht, was ich tun soll. Ich drücke den Knopf für das richtige Stockwerk und gehe zu meinem Zimmer. Ich stecke den Schlüssel ins Schloß. Ich drehe mich zu ihm um und sage: »Ich gehe jetzt schlafen.«

Der Mann legt seine Hand auf meine Hand auf dem Türgriff, stößt die Tür auf und schiebt mich hinein. Er zieht den Reißverschluß an seiner Hose herunter und drückt meinen Kopf gegen sein Becken.

Als er fertig ist, geht er langsam ins Bad, spült seine Kontaktlinsen und setzt seinen Cowboyhut wieder auf. Ohne ein Wort geht er hinaus.

Am nächsten Morgen nehme ich ein Taxi zum Flughafen und fliege nach New York zurück. Ich erzähle niemandem von dem Abend.

Mein Ein-Zimmer-Apartment in New York liegt knapp unter dem Niveau der Straße. Ein Fenster geht hinaus auf den Bürgersteig, so kann ich die Beine der Passanten beobachten. Das Zimmer ist so dunkel, daß ich selbst an sonnigen Tagen Licht machen muß.

Kurz nach Weihnachten finde ich eine viel bessere Wohnung, ein kleines Apartment mit einem Schlafzimmer und eng wie eine Schiffskabine, aber im obersten Stockwerk eines wunderschönen alten Gebäudes genau gegenüber vom Gramercy Park. Das Apartment ist an drei Seiten von einem Balkon umgeben mit Blick auf den Park und die Skyline von Manhattan, einschließlich des Empire State Building, das anläßlich der Zweihundertjahrfeier rot, weiß und blau angestrahlt ist.

Im Januar schreibe ich wieder einen Brief an die *New York Times* – diesmal an Abe Rosenthal, den Chefredakteur der Tageszeitung. Ich frage, ob ich Aussicht auf eine Anstellung als Reporterin habe. Zwei Tage später ruft er mich an und lädt mich zu einem Vorstellungsgespräch ein.

Ich war noch nie zuvor bei einem Vorstellungsgespräch, und vielleicht erklärt das, warum ich das entscheidende Gespräch mit Seymour Topping, einem stellvertretenden leitenden Redakteur der Zeitung, mit der Bemerkung eröffne: »Sie sind für mich das *Topding* des heutigen Tages. Ich hoffe, ich *sehe mehr* von Ihnen.«

Sie stellen mich trotzdem ein.

Mein neuer Job ist der Traum eines jeden Journalisten. Ein interessanterer Arbeitsplatz als der zweite Stock im Gebäude 229 West Forty-third Street ist schwer vorstellbar. Und ganz besonders gilt dies für das Jahr 1976, in dem die Zeitung die neuen Sonderteile »Heim«, »Lebensstil«, »Sport« sowie »Wochenende« unter der Leitung von Arthur Gelb, dem Assistenten des Chefredakteurs, begründet.

Mein Schreibtisch steht in der Mitte des Nachrichtenraumes. Wenn ich später die Zeitung besuche, sitzen die Reporter in schmalen Kabinen durch Trennwände voneinander abgeschirmt vor Computerbildschirmen. Aber 1976 stehen alle Schreibtische in einem Raum, wir haben mechanische Schreibmaschinen, ringsherum läuten unzählige Telefone, und Botenjungen laufen hin und her. Manchmal fahre ich abends mit dem Lift ins Untergeschoß hinunter und sehe den Setzern zu, wie sie meine Beiträge in Blei setzen, einen Buchstaben nach dem anderen. Nachdem ich zum ersten Mal beobachtet habe, wie die Druckerpressen arbeiten, rufe ich mit der durckfrischen Ausgabe der Zeitung in der Hand meine Mutter an. »Meine Geschichte ist wirklich in der Zeitung«, erzähle ich ihr. »Morgen früh werden Leute überall in der Stadt beim Frühstück die Zeitung aufschlagen und lesen, was ich wenige Stunden zuvor geschrieben habe.«

»Dir steht eine wunderbare Karriere bevor«, sagt meine Mutter.

Die *New York Times* wird meine Welt. Ich bin morgens als eine der ersten am Schreibtisch, und oft sitze ich abends um neun oder zehn immer noch da. Selbst wenn ich nicht im Gebäude der *Times* bin, läßt mich die Arbeit nicht los. Bei jedem Schritt in der Stadt halte ich Ausschau nach einer Geschichte.

Die meisten Probleme bei meiner Arbeit als Reporterin bereitet mir, daß ich nicht an einer Schreibmaschine und nicht mit dem Getriebe um mich herum arbeiten kann. Ich bin an das Muster gewöhnt, das sich in meinem Elternhaus eingespielt hat: Ich sitze mit einem gelben Schreibblock auf meinem Bett und schreibe mit der Hand, nur so kann ich schreiben. Als Reporterin mit dem Redaktionsschluß vor Augen muß ich meine Arbeitsweise umstellen. Meistens sammle ich morgens die Informationen für meine Geschichte. Am frühen Nachmittag bespreche ich mit dem Assistenten des Chefs der Stadtredaktion, was ich schreiben werde. Dann fahre ich mit dem Taxi zurück zum Gramercy Park, nehme meinen Block und schreibe die Geschichte. Ich stürze hinunter, nehme wieder ein Taxi, fahre zur *Times,* tippe meine Geschichte und lege sie vor. Wenn es sein muß, kann ich das alles innerhalb von wenig mehr als einer Stunde erledigen.

Ich habe noch nie so hart gearbeitet. Ich arbeite auch an den Wochenenden, recherchiere für Geschichten und interviewe berühmte Leute. Manchmal übernimmt die Zeitung sogar meine Zeichnungen zur Illustration einer der unterhaltsameren Geschichten. Ich mache mir allmählich einen Namen als vielversprechende Nachwuchsreporterin.

Kurz nachdem eine Geschichte von mir über den Selbstmord des Schauspielers Freddie Prinze erschienen ist, ruft mich Abe Rosenthal in sein Büro. »Ich habe Sie im Auge behalten«, eröffnet er das Gespräch. »Ich denke, Sie haben eine großartige Zukunft als Journalistin. Als Auslandskorrespondentin. Kritikerin. Kolumnistin. Im Grunde könnten Sie alles. Ich würde gern hören, welche Richtung Sie sich selbst vorstellen.«

Beifall und Lob vom Chefredakteur der *New York Times* sind berauschend. Aber in Wahrheit wünsche ich mir ein normales, geregeltes Leben mit Kindern, einem Garten, einem Hund. Ich möchte in meinem Haus in New Hampshire leben, drei Mahlzeiten am Tag essen und in den Armen eines Mannes einschlafen, der mich nie verlassen wird. An so vieles, an das ich einst geglaubt habe, glaube ich heute nicht mehr.

»Ich weiß noch nicht, was ich will«, antworte ich.

# *Kapitel Fünfzehn*

Trotz meiner vielen Arbeit bei der *New York Times* halte ich weiter Kontakt zu Zeitschriftenredakteuren und übernehme nebenher Aufträge für einzelne Beiträge.

Eine meiner Ansprechpartnerinnen ist Redakteurin bei *Cosmopolitan*. Ihr schlage ich eine Geschichte darüber vor, wie schwierig es ist, in New York einen netten Mann zu finden – das Problem hängt wohl mehr mit meiner gegenwärtigen Verfassung zusammen als mit den Männern in New York. Die Redakteurin gibt mir den Auftrag, die Geschichte zu schreiben. Dann fragt sie mich, ob sie ihrem Neffen meine Telefonnummer sagen könne. Er sei vor kurzem nach New York gezogen und wolle sich hier als Künstler einen Namen machen. Er teile sich einen Loft in der Duane Street, nehme Aufträge für Malerarbeiten an und wandere mit seinen Arbeitsproben von Galerie zu Galerie. »Vielleicht erinnern Sie sich an Steve noch aus Yale.«

Es ist fast fünf Jahre her, seit Steve und ich zusammen Polka getanzt haben und beim Wasserfall geschwommen sind. Am Sonntag darauf steht er bei mir vor der Tür.

Ich hatte Steve als einen sehr gut aussehenden jungen Mann in Erinnerung. Doch als ich an jenem Nachmittag die Tür öffne, verschlägt es mir den Atem. Er hat glatte Haut, Gesichtszüge wie gemeißelt, den Körperbau und die natürliche Anmut eines Sportlers oder Tänzers. Vielleicht hängt es mit seinem umwerfend guten Aussehen zusammen, daß er eine so lockere Selbstverständlichkeit ausstrahlt. Er lächelt mich an. »Ich dachte, wir könnten uns zusammen ein paar Bilder anschauen.«

Aus der Art, wie Steve über Jackson Pollock spricht (den er verehrt – und den Jerry wie alle modernen Maler ablehnte), erkenne ich, daß Gemälde für ihn lebendig sind. Sein Blick verändert sich, wenn er mir Gemälde erklärt. Seine Stimme drückt Feuer und Leidenschaft aus. Für jemanden, der sonst so sparsam mit Worten ist, als müsse er für jedes einzelne bezahlen, ist er beim Thema Kunst erstaunlich beredt.

Nach dem Besuch im Museum gehen wir zu Fuß die vierzig Blocks bis zu meiner Wohnung. Steve hat Hunger. Er schaut in meinen Kühlschrank. Weil er darin nur drei Eier findet, schlägt er uns ein Omelette in die Pfanne, ich zünde unterdessen Kerzen an und lege eine Schallplatte auf. Wir sitzen auf Kissen auf dem Fußboden, essen und hören Doc Watsons *If I Needed You*.

*»Wenn ich dich bräuchte, würdest du ... kommen und meinen Schmerz lindern?«* In den Jahren, als ich allein in Hillsboro gelebt habe, habe ich diese Platte jeden Abend gehört. Damals war keine Liebe in Sicht, und der Text von Townes Van Zandt wurde für mich fast so etwas wie eine Hymne.

Steve erzählt mir, daß seine Nachbarn in der Duane Street, die Mieter über dem Loft, ein Baby haben. Am Abend zuvor war er dort und hat mit der Kleinen gespielt.

Ich erzähle ihm nicht, daß ich in meinem Haus in New Hampshire bereits ein Kinderbett habe. »Ich kenne niemanden hier in der Stadt mit einem Baby«, sage ich statt dessen. »Alle sind so beschäftigt mit ihrem Beruf.«

Er beugt sich zu mir herüber und küßt mich. Ich lehne mich auf den Kissen zurück.

Irgendwann mitten in der Nacht fragt Steve mich, ob ich ihn heiraten will. Ich sage ja.

Am nächsten Morgen muß er früh los zu einem Malerauftrag. Während wir in der Küche zusammen Kaffee trinken, erzähle ich ihm von meinem Haus in New Hampshire. »Wir könnten am Wochenende hinfahren«, schlage ich vor. »Das Haus steht leer. Es ist so ruhig da.«

»Toll«, antwortet er. »Ich habe seit Monaten die Sterne nicht mehr gesehen.«

Es ist Montag. Am Abend wundere ich mich, daß er nicht anruft. Auch am nächsten Tag meldet er sich nicht, und ich merke, daß ich nicht einmal seine Telefonnummer habe. Mittwoch, immer noch Schweigen. Ich esse eine ganze Packung Eiscreme und erbreche anschließend.

Am Donnerstag ruft er an. »Wann fahren wir los?«

»Wann du willst«, sage ich erleichtert.

Normalerweise dauert die Fahrt von Manhattan nach Hillsboro viereinhalb Stunden, aber diesmal zieht sich der letzte Kilometer endlos in die Länge, weil es frisch geschneit hat. Die Sackgasse zu meinem Haus ist zwar geräumt, aber vor der Haustür türmt sich der Schnee. Drinnen ist es eiskalt. Ich drehe die Heizung auf. Steve macht Feuer im Kamin.

Wir haben kurz beim Lebensmittelgeschäft angehalten, aber ich konnte es nicht abwarten, in mein Haus zu kommen, und habe nur das Allernötigste gekauft. Während Steve sich die Zimmer anschaut, setze ich Wasser für Spargel auf. In einem zweiten Topf lasse ich Butter zerlaufen und rühre Milch und Mehl hinein. Ich reibe Käse darüber und gieße das ganze in eine Schüssel. Wir holen uns Kissen an den Kamin, der Spargel steht auf einer Platte zwischen uns, wir nehmen uns eine Stange nach der anderen und dippen sie in die Sauce.

»Tolle Sauce«, sagt Steve.

»Ich hab nicht mal ein Rezept. Ich hoffe, beim nächsten Mal weiß ich noch, wie es geht.«

»Wollen wir nicht zusammen ein Kind kriegen?« schlägt er vor.

Steve lädt mich in seinen Loft ein und zeigt mir seine Werke. Er macht sehr große, dreidimensionale Gerippe aus Holz, ähnlich wie die Rahmen von Drachen, und bespannt sie mit

Leinwand. Manche sind in grellen Schockfarben bemalt, aber mir gefallen die gedämpften, zarten Töne am besten. Sie bauschen sich von der Wand wie Segel, die der Wind bläht. Steves Werke sehen völlig anders aus als alles, was in den Galerien von SoHo zur damaligen Zeit gezeigt wird.

Das Jahr 1977 ist für junge Maler in SoHo eine vielversprechende Zeit. Julian Schnabel und David Salle, beide noch keine dreißig, sind erst vor kurzem entdeckt worden und schon werden ihre Bilder in den Galerien, an denen wir vorbeikommen, für stattliche Summen angeboten. Gerade eine Woche zuvor hat Steve einen Anruf von dem bekannten Galeristen O. K. Harris bekommen, er möchte sich ein paar Arbeiten von Steve anschauen. Auch Paula Cooper hat Interesse angemeldet. Steve bestreitet seinen Lebensunterhalt zwar immer noch mit Malaufträgen, aber er ist so voller Energie, voller Vertrauen und ganz und gar überzeugt von seiner Kunst, daß ich mir allmählich zu glauben gestatte, es werde nur eine Frage der Zeit – und wahrscheinlich keiner langen Zeit – sein, bis er eine Galerie findet, die ihn vertritt und seine Werke verkauft. Zwar hat das Unvermögen meines Vaters, von seiner Malerei zu leben, unser Familienleben schwer belastet, aber ich kann mir nicht vorstellen, daß dieser wundervolle junge Mann mit seiner Kunst keinen Beifall und keinen Erfolg finden sollte.

Eines Abends spazieren wir eine Straße in Lower Manhattan entlang. Irgend etwas überkommt mich und ich sage zu ihm: »Mach was, das mir zeigt, daß du mich liebst.« Steve zögert nur eine Sekunde und bleibt dann mitten auf der Straße stehen. Er hebt einen Fuß an, so daß er nur noch auf dem rechten Bein steht, streckt den linken Fuß vor und hält ihn mit der rechten Hand fest. Einen Augenblick balanciert er so auf einem Bein. Dann fliegt dieses Bein in die Luft. Sein anderes Bein und die Hand bilden immer noch einen Ring. Der rechte Fuß schwingt durch den Ring, und Steve landet geschmeidig wie eine Katze wieder auf einem Bein.

Einmal bringt er mir ein Geschenk mit, ein zweibändiges

Lexikon aus einem Antiquariat mit alten Stichen zur Illustration der interessanteren Wörter. An einem Abend sitzen wir da und malen die Bilder mit Buntstiften farbig aus, dabei hören wir eine alte Aufnahme von Stephan Grapelli. Ein andermal zeichnen wir uns, wie wir engumschlungen mit einer Flasche Wein beim Essen sitzen, ringsherum Kissen.

Ich käme nie auf die Idee zu sagen, daß Steve ein *Landsmann* von mir ist. Er ist ein sehr zurückgezogener, schwer faßbarer Mensch. Während mich bei Jerry oft verblüfft hat, wie ähnlich wir beide die Welt sahen, überrascht mich Steve immer wieder mit seinen Bemerkungen.

»Woran denkst du gerade?« frage ich ihn manchmal, wenn wir schweigend nebeneinander sitzen.

»An die Vorstellung von negativem Raum«, antwortet er dann vielleicht. Oder etwas sehr Praktisches. »Ich habe darüber nachgedacht, welchen Zeichenstift ich mir besorge.«

Er ist nicht poetisch und nicht romantisch. Er sagt mir nicht, daß er mich schön findet oder daß er an meinen Körper denkt, daß er verrückt danach ist, mit mir zu schlafen, daß er sich uns beide in einer exotischen Umgebung ausmalt. Bei ihm ist alles sehr nüchtern. Er hat mir gesagt, daß er mich liebt. Er hat mich gefragt, ob ich ihn heiraten will. Wir sind übereingekommen, daß wir ein Baby haben wollen. Es wirkt alles vernünftig und unkompliziert.

Ich nehme es als ein gutes Zeichen, daß wir so verschieden sind. Er liebt seine Familie offensichtlich, aber er verspürt kein besonderes Bedürfnis, über sie zu sprechen, und er stellt mir so gut wie keine Fragen über meine Familie und meine Vergangenheit. Ich habe ihm kurz von meinem Jahr mit J. D. Salinger erzählt, er fragt nichts weiter und erwähnt das Thema nicht mehr. Ihn beschäftigen abstrakte Begriffe mehr als Einzelheiten und Geschichten aus dem Leben eines Menschen. Er bittet mich nicht, ihn lesen zu lassen, was ich geschrieben habe, und er interessiert sich nicht für meine Kinderfotos. Eines Abends erzähle ich ihm ausführlich von der Trunksucht meines Vaters.

»Schlimm«, sagt er, »war sicher schwer.«

Viele Jahre zuvor, als ich noch ein Kind war, erschien in Comicheften immer eine Anzeige, die mich fasziniert hat: »Hundert Püppchen für einen Dollar.« Der Gedanke, das Geld hinzuschicken und die Puppen zu bekommen, war wunderbar, erschien mir aber immer undurchführbar. Jetzt mache ich es, obwohl der Preis inzwischen auf 2,98 Dollar gestiegen ist.

Es kommen hundert winzige Puppen aus grell rosarotem, gepreßtem Plastik, so ähnlich wie die Figuren in den Cracker-Jack-Schachteln. Ein paar Puppen sind Clowns. Ein paar sehen aus wie Carmen Miranda. Ein paar sind Ballett-tänzerinnen. Einmal nimmt Steve am Abend zwei Puppen mit zu sich in die Duane Street: einen Cowboy und ein Cow-girl aus rosa Plastik. Am nächsten Tag bringt er sie zurück. Er hat jede Einzelheit bis hin zur Verzierung der Stiefel und den Gürtelschnallen angemalt. Die Augen und die Fransen am Rock des Mädchens hat er mit einem einzigen Pinselhaar bemalt. Ich habe keinen Zweifel mehr, daß ich ihn heiraten werde.

Ein paar Wochen nach der Wiederbegegnung mit Steve fahre ich im Auftrag der *New York Times* nach Berrien Springs in Michigan, dort soll ich Muhammed Ali und seine Frau interviewen. Geplant war, daß das Interview nur eine Stunde dauert, aber Ali findet mich offensichtlich sympathisch und schlägt vor, ich solle doch ein paar Tage bleiben. Ein tolles Angebot.

Ich sage Muhammed Ali, daß ich nach New York zurück muß. Mittlerweile verbringen Steve und ich jede Nacht zusammen. Ich kann es nicht ertragen, von ihm getrennt zu sein. Dieses Gefühl ist so stark, daß ich ein für die nächste Woche geplantes Interview mit dem begehrten Nachwuchsstar John Travolta absage. Zur verständlichen Empörung einiger Frauen in der Redaktion kündige ich meinen Job bei der *New York Times,* ziehe von einem Tag auf den anderen aus der Wohnung am Gramercy Park aus, packe meine Besitztümer auf einen Transporter und gehe mit Steve zurück nach New Hampshire.

Nicht einmal drei Monate nachdem ich Steve wiedergetroffen habe, bin ich schwanger. An dem Tag, als wir es erfahren, fallen wir uns in die Arme und tanzen im Schlafzimmer, ganz ohne Musik.

Wenn ich zurückblicke, wird mir klar, daß ich mich nie hoffnungsvoller gefühlt habe als in jenen ersten Monaten mit Steve. Endlich würde ich Teil einer glücklichen Familie sein.

Wir fahren nach Ohio zu seinen Eltern, sie scheinen sehr erfreut über die Aussicht, mich als Schwiegertochter zu bekommen. Wir holen uns einen Welpen – einen Mischling mit großen Pfoten, halb Retriever, halb Labrador. Ich verstreue überall Blumensamen und male mir aus, wie wunderbar der Garten leuchten wird, wenn wir im Sommer unsere Hochzeit feiern. Ich pflanze Tomaten, Bohnen, Kürbisse, Bohnen und Karotten. Ich backe Pasteten. Steve malt mich nackt mit dem Welpen. Abends essen wir bei Kerzenlicht auf der Veranda, schauen auf die Apfelbäume hinter dem Haus und weit hinaus in die Wälder. Einmal verbringe ich einen ganzen Nachmittag damit, selber Kartoffelchips zu machen – es ist so mühsam, daß ich am Schluß wenig mehr als ein Dutzend habe.

In meiner Familie hat man sich bei den Mahlzeiten immer unterhalten und Geschichten erzählt – so lebhaft, daß meine Eltern nicht selten unter dem Tisch einen Kassettenrecorder mitlaufen ließen. Die Mahlzeiten mit Jerry fanden ohne besonderes Zeremoniell meist vor dem Fernseher statt, offensichtlich dienten sie nur dem Zweck der Aufnahme von gesunder Nahrung. Dann kamen die Jahre meiner Eßstörungen, und ich vergaß, was richtige Mahlzeiten sind.

Mit Steve will ich das Ritual der gemeinsamen Mahlzeit am Tisch wieder einführen. Ich decke den Tisch mit besonderen Tellern, die ich auf Flohmärkten kaufe – jeden Abend andere –, mache Musik an, ziehe mich um, und wenn wir am Tisch sitzen, danken wir für das Essen.

Aber Steve spricht nicht viel. Ich gewöhne mir an, daß ich im Laufe des Tages Gesprächsthemen für den Abend sammle, doch seine Antworten sind oft schrecklich einsilbig. Manchmal stelle ich, nur damit das Gespräch nicht versiegt, meine übliche Frage: »Woran denkst du?«

»Farbe«, sagt er. Oder »an die Eisenwarenhandlung«. Er nennt irgendein physikalisches Phänomen oder Zelltheorie oder seine neuen Laufschuhe.

Von dem Tag an, an dem ich weiß, daß ich schwanger bin, sitze ich stundenlang über Lennart Nilssons Buch mit Fotos von der Entwicklung des Ungeborenen im Mutterleib, aber mein liebstes Schwangerschaftsbuch ist *Spirituelle Geburtshilfe.* Darin berichten Frauen, allesamt Mitglieder einer Gemeinschaft in Tennessee, die auf Hausgeburten schwört, wie sie die Geburt erlebt haben. Da ich von Jerry das Mißtrauen gegen Ärzte übernommen habe, sage ich Steve, daß ich eine Hausgeburt will.

Wir haben den 2. Juli als unseren Hochzeitstag festgelegt. Meine Mutter und Sydney kommen zwei Tage davor aus Toronto. Die Zeremonie soll in einer kleinen alten Dorfkirche stattfinden, anderthalb Kilometer von unserem Haus entfernt. Nach der Trauung gibt es im Garten hinter dem Haus ein Picknick für Freunde, ringsherum wollen wir Steves Skulpturen aufstellen. Mit der Möglichkeit, daß es regnen könnte, beschäftigen wir uns nicht.

Seit meine Mutter mit Sydney zusammen ist, hat sie die jüdische Religion für sich neu entdeckt, und sie hat offensichtlich gehofft, daß Steve und ich Sydney bitten würden, die Rolle des Kantors zu übernehmen, aber wir haben schon Kirchenlieder ausgesucht. Ich habe nie einen Fuß in eine Synagoge gesetzt und kann mir deshalb eine traditionelle jüdische Hochzeit nicht für mich vorstellen. Als Kompromiß schlage ich vor, daß nach alter jüdischer Tradition der Brautvater und die Brautmutter die Braut zum Altar führen. Mein Vater kommt später an jenem Nachmittag, und ich erkläre es ihm.

Bei der Probe am Abend vor der Trauung erlebe ich meine Eltern zum ersten Mal seit ihrer Scheidung wieder zusammen. Von Anfang an herrscht eine schreckliche Spannung zwischen ihnen. Als wir zu dem Teil kommen, wo sie beide rechts und links von mir zum Altar schreiten sollen, kippt die Szene geradezu ins Groteske um. Der Mittelgang der kleinen Kirche im neuenglischen Stil ist schon für zwei Leute ziemlich schmal, drei können dort eigentlich nicht nebeneinander gehen, selbst wenn sie sich im Gleichschritt bewegen könnten, wozu meine Mutter, mein Vater und ich anscheinend nicht in der Lage sind. Meine Mutter zieht mich zu ihrer Seite. Mein Vater packt mich mit eisernem Griff auf seiner Seite.

Ich stimme meiner Schwester zu, die meint, daß es vielleicht keine gute Idee ist, daß wir drei nebeneinander zum Altar schreiten. Unsere Mutter ist gekränkt.

Am Abend, beim Essen nach der Probe gemeinsam mit Steves Familie, betrinkt sich mein Vater. Als sich die Versammlung langsam auflöst, greift er vor allen Leuten meine Mutter an. Er spricht schleppend und seine Augen sind feucht. »Oh ja, Fredelle, natürlich bis du klug und brillant und von einzigartiger Energie. Ich habe dich vor dreißig Jahren bewundert, und ich bewundere dich immer noch. Aber was hast du letzten Endes aus dir gemacht? Ein schlauer Kopf ohne einen echten Kern, ein Schiff ohne Ruder. Was weißt du von Gott? Was verstehst du schon von Schönheit?«

Meine Mutter kocht. Meine Schwester verschwindet so schnell wie möglich. Steves Eltern sehen verwirrt aus und flüchten zu ihrem Auto. »Wenn unsere Kinder heiraten«, sage ich zu Steve, »wird es so etwas nicht geben.«

Der Morgen unseres Hochzeitstages ist klar, es verspricht ein sonniger Tag zu werden. Steve und ich stehen sehr früh auf, fahren Richtung Stadt und sammeln unterwegs körbeweise Gänseblümchen, mit denen wir die Kirche schmücken wollen. Später am Morgen gehen wir unsere Auffahrt entlang und ersetzen das Schild mit dem Namen MAYNARD, das ich vier Jahre zuvor aufgestellt habe, durch ein Schild mit seinem Namen.

Unsere Trauung wird von einem bereits im Ruhestand befindlichen Pfarrer und Zinnwarenhersteller vollzogen, seine Frau spielt Blockflöte, und ein Freund spielt das alte Harmonium in der Kirche. Inmitten unserer Gänseblümchen steht Steve in der sonnendurchfluteten Kirche zu mir gewandt und liest die Zeilen vor, die meine Mutter ausgewählt hat.

> Nichts löst die Bande, die die Liebe bindet.
> Sie wäre keine, könnte hin sie schwinden,
> Weil, was sie liebt, ihr einmal doch entschwindet;
> Und wäre sie nicht Grund, sich selbst zu gründen.
> Sie steht und leuchtet wie der hohe Turm,
> Der Schiffe lenkt und leitet durch die Wetter,
> Der Schirmende, und ungebeugt vom Sturm,
> Der immer wartend unbedankte Retter.
> Lieb' ist nicht Spott der Zeit, sei auch der Lippe,
> Die küssen konnte, Lieblichkeit dahin;
> Nicht endet sie durch jene Todeshippe,
> Sie währt und wartet auf den Anbeginn.

Mein Gelöbnis ist ebenfalls von Shakespeare. Ebenfalls von meiner Mutter ausgewählt.

> Mein Liebster hat mein Herz, und ich hab seins,
> Im Tausche haben wir sie hingegeben,
> Mir ist seins teuer, er bewahret meins,
> Und beß'ren Handel gab es nie im Leben.

Mein Vater ist inzwischen wieder nüchtern und hat ein rundes Dutzend Freunde von den Anonymen Alkoholikern mitgebracht, damit sie ein Auge auf ihn haben. Die beiden gutaussehenden Brüder von Steve geleiten meine Mutter in die Kirche. Sie trägt ein tiefausgeschnittenes mexikanisches Spitzenkleid und darunter keinen Büstenhalter. Steves Eltern sind konservativ gekleidet.

Eine angesehene, schon ziemlich alte deutsche Fotografin, die ihren Lebensabend in unserer Stadt verbringt, macht Schwarzweiß-Fotos, hauptsächlich von den AA-Freunden meines Vaters. Es gibt keine offiziellen Hochzeitsfotos von Steve und mir. Aber Freunde von uns nehmen Schnappschüsse auf, wie wir auf der Tanzfläche herumwirbeln. Wenn ich die Fotos heute betrachte, suche ich nach Hinweisen auf die Schwierigkeiten, die bald kommen sollten, aber ich finde keine. Auf den Fotos strahle ich, ich bin barfuß, mein weißes mexikanisches Hochzeitskleid spannt schon über meinem schwangeren Bauch.

Steve nimmt in jenem Sommer mehrere Maleraufträge an, und ich schreibe den Handlungsentwurf für einen Fernsehfilm, der allerdings nie über das Planungsstadium hinausgelangt. Steve fährt jede Woche für einen oder zwei Tage nach New York, macht die Runde durch die Galerien und läßt seine Dias da. Ein reicher Sammler hat Interesse bekundet, eine große Arbeit für den Eingangsbereich seines Büros in Auftrag zu geben. »Hast du ihn zurückgerufen?« frage ich Steve. »Mach ich noch«, antwortet er. Aber er hat die Nummer verlegt. »Wie konntest du nur?« werfe ich ihm vor. Er nimmt es auf die leichte Schulter. »Wenn der Typ wirklich etwas von mir will, wird er meine Nummer schon rauskriegen.«

Einmal frage ich ihn nach seiner Rückkehr aus New York, wie es gegangen ist. Er sagt, die Frau, mit der er verabredet war, sei nicht aufgetaucht. »Du bist fast vierhundert Kilometer gefahren, und dann ist sie nicht aufgetaucht? Hast du denn nicht angerufen? Hast du den Termin nicht bestätigt, bevor du gefahren bist?«

»Es ist nicht so einfach, wie du dir das vorstellst«, sagt er ruhig.

Meine Mutter hat uns eine Waschmaschine geschenkt, aber wir haben kein Geld und können den Klempner nicht kommen lassen, daß er sie anschließt. »Wir brauchen mehr Geld«, sage ich zu Steve. »Wenn du dich nicht drum kümmerst, muß ich es tun.«

»Kannst du mich nicht in Ruhe lassen? Ich *versuche* es ja.«

Bald nach unserer Hochzeit leidet Steve immer wieder an schrecklichen Migräneanfällen, die ihn vollkommen lähmen. Wenn sich ein Anfall ankündigt, kann ich nichts für ihn tun, und er kann auch nichts tun, außer allein in einem abgedunkelten Raum zu sitzen und zu warten, daß der Anfall vorübergeht.

»Möchtest du etwas essen?« frage ich ihn. »Ich könnte dir den Rücken massieren.«

»Nein danke. Bitte geh weg.«

Inzwischen ist meine Schwangerschaft so weit fortgeschritten, daß ich rund und schwer wirke, aber noch nicht eindeutig schwanger aussehe, ich fühle mich matronenhaft und plump. Ich breche in Tränen aus. Ich möchte, daß Steve mich tröstet, aber das ist nicht seine Art. »Ich werd eine Runde laufen«, sagt er.

Ich erzähle ihm ein bißchen von meinen Eßstörungen und daß ich ab und zu immer noch den Drang verspüre, drei Becher Joghurt auf einmal zu essen. Steve hat einen Rat: »Iß, was ich esse, mach einfach, was ich mache.«

Jahrelang habe ich jede Kalorie gezählt und mich bemüht, so wenig wie möglich zu essen. Ich habe meinen Körper so genau beobachtet, daß ich immer sagen konnte, wann ich ein Pfund zugenommen hatte. Ich mußte nur meine Hand auf den Bauch oder die Rippen legen, und ich wußte, wie erfolgreich ich in meinen Bemühungen gewesen war.

Jetzt, in der Schwangerschaft, ist alles anders. Es wird von mir erwartet, daß ich jede Woche zunehme, und ich nehme zu. Zum ersten Mal seit Jahren esse ich wieder regelmäßig.

Eines Tages spüre ich tief in mir ein unbestimmtes Vibrieren. Zuerst ist es nur ganz leicht, und ich bin mir nicht sicher, was es ist, aber bald erkenne ich, daß unser Baby sich bewegt. Ein paar Wochen später boxt etwas von innen in meinem Bauch. Ich ziehe mein T-Shirt hoch und sehe einen kleinen Fuß oder eine Faust gegen meinen Bauch drücken. »Komm her!« rufe ich Steve.

Noch etwas liebe ich an der Schwangerschaft. So lange ich denken kann, bin ich jeden Morgen mit dem schwer auf mir lastenden Bewußtsein aufgewacht, daß es meine Pflicht ist, etwas Bedeutsames zu schaffen. Schon mit sechs oder sieben bin ich jeden Abend mit der Frage ins Bett gegangen: »Was habe ich heute geschrieben? Was habe ich heute Wichtiges gemacht?«

Jetzt mache ich ein Baby. Ich muß kein Wort niederschreiben, und trotzdem vollbringe ich das Allerwichtigste.

Ich muß allerdings trotzdem schreiben, denn wir haben kein Geld. Steve fährt weiter alle paar Wochen nach New York und legt seine Dias in Galerien vor, aber noch hat sich keine Galerie bereit erklärt, ihn zu vertreten. Er sieht sich nach Malerauftträgen in New Hampshire um, aber es gibt kaum welche. Mit seinem jüngeren Bruder baut er ein schönes Atelier auf unserem Grundstück, dafür nehmen wir einen Kredit auf unser Haus auf. Aber das Geld ist so knapp, daß es gerade für die Hypothek reicht. Die Hebamme, die unser Baby auf die Welt bringen soll, wird mit Malerarbeiten bezahlt, und ein Nachbar beliefert uns für alle Zeiten mit frischen Eiern als Gegenleistung dafür, daß Steve ein Aktbild von seiner Ehefrau gemalt hat.

Jeden Sonntagnachmittag in jenem Herbst stehe ich hinter einem Klapptisch an der Straße durch Hillsboro, auf dem Tisch sind unsere Hochzeitsgeschenke ausgebreitet. Wir verkaufen eine Kristallschüssel für fünfzehn Dollar. Einen Satz Weingläser für fünf Dollar. Ich verkaufe meinen im letzten Jahr für hundert Dollar bei Bloomingdale's erstandenen schwarzen Hosenanzug und mein Wickelkleid von Diane von Fürstenberg, jeweils für drei Dollar. Abends lege ich meine Einnahmen auf den Küchentisch und zeige sie Steve. »Toll«, sagt er.

»Mehr hast du nicht zu sagen?«

»Ich weiß nicht, was du von mir willst, Joyce.«

Ich friere in großen Mengen Lebensmittel ein – Gemüse aus unserem Garten, Beeren für Obstkuchen, Spaghettisauce aus unseren Tomaten. Auf einem der wenigen Fotos aus der Zeit der Schwangerschaft stehe ich vor der offenen Tiefkühltruhe und deute stolz auf die Berge vorbereiteter und eingefrorener Mahlzeiten. Auf einem anderen Foto – aufgenommen ganz am Ende der Schwangerschaft – ist zu erkennen, daß ich geweint habe.

»Du hast mich während der Schwangerschaft so gut wie nie fotografiert«, habe ich Steve damals unter Tränen vorgehalten.

»Na dann.« Und *klick.*

Ich hatte gehofft, wenn Steve und ich erst verheiratet wären, würde ich ein bißchen freie Zeit haben und das Haus für das Baby herrichten können. Ich habe mir ausgemalt, wie ich, wenn das Baby erst da wäre, es wiegen und stillen würde, wie ich zum Wasserfall spazieren und am Ufer des Loon-Weihers sitzen würde. Ich habe mir vorgestellt, daß zu diesem Zeitpunkt Steve seine Gemälde verkaufen würde. Und wenn nicht, hätte er sich einen anderen Weg einfallen lassen, um für uns Geld ins Haus zu bringen.

Im Oktober sind wir mit allen unseren Rechnungen im Verzug, und ich bin verzweifelt. Wir streiten über Geld. Steve verschwindet in sein Atelier. Sehr oft essen wir schweigend zu Abend. Ich frage ihn nicht mehr, was er denkt.

Einmal fahren wir zur Tankstelle in Hillsboro, wir kaufen dort immer nur Gas für ein paar Dollar. Ein Mann tritt auf unser Auto zu und fragt, ob ich Joyce Maynard sei. Ich sage ja, auch wenn ich jetzt Steves Namen trage.

Er gibt mir ein Schreiben: Weil ich vor Monaten Hals über Kopf aus meiner Wohnung in New York ausgezogen bin, soll ich jetzt die ganze ausstehende Miete zahlen, und ich werde auf Schadenersatz verklagt, alles in allem mehrere tausend Dollar. Steve und ich finden schließlich einen Rechtsanwalt in der Stadt, der den Rechtsstreit für tausend Dollar beilegt, aber auch das ist mehr Geld, als wir haben.

Meinen vierundzwanzigsten Geburtstag im November verbringe ich am Telefon. Ich rufe in den Redaktionen von Frauenzeitschriften in New York an und schlage ihnen Themen für Artikel vor. Ich hänge mir wieder den alten Mantel der Sprecherin der Jugend um und biete an, einen Artikel über die Einstellung meiner Generation zur Ehe zu schreiben. Ich schreibe eine Geschichte für eine Sonderrubrik der *New York Times* darüber, wie Steve und ich einmal glaubten, wir hätten bei einem Preisausschreiben unserer örtlichen Supermarktkette etwas gewonnen. Es stellte sich heraus, daß wir uns geirrt hatten.

Beim Erzählen mache ich aus dem Vorfall eine amüsante Geschichte. Diesem ersten Mal sollten noch viele Gelegenheiten folgen, bei denen ich ein niederschmetterndes Ereignis in eine lustige Geschichte verwandelte.

In den Jahren zuvor habe ich immer gesagt, daß ich vom Artikelschreiben für Frauenmagazine ein für allemal genug hätte. Ich habe Jerry Salingers vernichtendes Urteil über die Art von Beiträgen übernommen, die meine Mutter an *Woman's Day* und *Good Housekeeping* geliefert hat. Ich nannte die Artikel meiner Mutter unehrlich, unecht, ein schrecklicher Kompromiß zugunsten des Kommerz auf Kosten der Kunst. Jetzt telefoniere ich selbst alle alten Kontakte meiner Mutter durch, biete Artikel an, wie man die Verliebtheit in der Ehe bewahrt, wie man auch in mageren Zeiten gut lebt, wie man den Ehemann dazu bringt, mehr zu reden. Mehr als einmal in jenen Monaten werfe ich mich schluchzend aufs Bett. »Wo soll das Geld herkommen?« frage ich Steve. »Was sollen wir machen?«

Einmal verschwindet er nach einer solchen Explosion ohne ein Wort in sein Atelier. Wenig später kommt er zurück, in der Hand ein Bündel Papier, lauter Blätter genau in der Größe von Dollarnoten mit einem Kopf darauf, der wie George Washington aussehen soll. Er stellt sich neben das Bett, auf dem ich schwanger und weinend liege, läßt das nachgemachte Geld auf mich herabregnen und geht davon.

Irgendwann Ende Januar fahre ich mit unserem Renault nach Concord zur Hebamme. Es schneit, und die Straße ist glatt. Das Auto rutscht gegen einen Baum. Mir passiert nichts, aber das Auto hat einen Totalschaden.

Wir haben kein Geld für ein neues Auto, nicht einmal für einen Mietwagen, und müssen warten, bis die Versicherung bezahlt. Zwei Wochen sitzen wir im Haus wie auf einer Insel. Ab und zu kommt ein Nachbar vorbei und bringt uns ein paar Lebensmittel. Dann fegt der schlimmste Schneesturm seit hundert Jahren über Neuengland hinweg. Es dauert Tage, bis wir wieder Strom haben und die Straße zu unserem Haus geräumt ist. Der Schnee liegt so hoch, daß wir aus den Fenstern im Erdgeschoß nicht mehr hinaussehen können. Steve fährt auf Skiern jeden Tag zum Briefkasten und schaut nach, ob der Scheck von der Versicherung eingegangen ist. Am Valentinstag ist er endlich in der Post. Wenige Tage vor dem errechneten Geburtstermin finden wir einen Valiant, Baujahr 1966. Wir fahren sofort zum Einkaufszentrum, und gemeinsam mit Steve suche ich einen leuchtend rosa Frotteebademantel und drei Strampelanzüge für das Baby aus. Zwei Tage später setzen bei mir die Wehen ein.

Jahre zuvor, in der Zeit mit Jerry Salinger, hatten sich die Muskeln tief innen, im intimsten Teil meines Körpers eisern zusammengezogen, wenn ich versuchte, sie zu lösen. Die ganze Schwangerschaft hindurch hat mich die Angst begleitet, daß mich mein Körper in der Stunde der Geburt erneut im Stich lassen könnte.

Die ersten Wehen sind die heftigsten Empfindungen, die ich jemals gespürt habe, aber ich kann damit umgehen. Ich liege auf dem Bett, atme, und im Geist sehe ich mich Wellen reiten – was ich niemals getan habe. Ich reite jede Welle perfekt. Ich lasse die Strömung auslaufen. Dann kommt die nächste Welle, ich schwinge mich wieder hinauf und schaffe es immer, den Kopf gerade so hoch zu halten, daß das Wasser nicht über mir zusammenschlägt und mich hinunterzieht.

Dann presse ich. Steve kniet auf der einen Seite neben mir, die Hebamme kniet am Fußende des Bettes zwischen meinen Beinen. Mit einem letzten durchdringenden Schrei spüre ich, wie unsere Tochter in die Welt hineinplatzt.

Vom ersten Augenblick an ist Audrey ein wunderschönes Kind – dunkel wie eine Zigeunerin, mit dichtem schwarzem Haar und großen Augen. Ich lege sie an die Brust. Ich sehe ihren Mund an meiner Brustwarze, die kleine Faust um meinen Finger geballt, höre ihr leises Schnüffeln, während sie saugt, und um mich herum versinkt die Welt. Ich bin so begeistert und beglückt, daß ich den glühenden Schmerz der letzten, explosiven Wehe, als ihr Kopf aus mir herausdrang, gefolgt von der Plazenta wenige Augenblicke später, gar nicht richtig registriert habe. Erst jetzt merke ich, daß mein Körper wund und zerrissen ist. Mir tut alles so weh, daß ich nur »Nein!« schreie, als die Hebamme vorschlägt, mich mit ein paar Stichen zu nähen. Sie sagt es kein zweites Mal.

Am nächsten Morgen vergräbt Steve die Plazenta neben unserem Kirschbaum im Schnee. Ziemlich genau ein Jahr ist vergangen, seit er zum ersten Mal vor der Tür meiner Wohnung am Gramercy Park stand. Wenn ich jetzt an diese Zeit zurückdenke, kommt es mir vor, als gehörte sie in das Leben eines anderen Menschen, nicht in mein Leben.

Seit ich ein kleines Mädchen war, habe ich mir gewünscht, Mutter zu sein. Jetzt bin ich Mutter, ich habe, was ich mir am meisten gewünscht habe.

Aber manchmal, wenn ich Audrey an die Brust lege, überkommt mich ein solches Gefühl der Mutlosigkeit, daß ich fast darunter zusammenbreche. Neun Monate lang sind all meine Energien in das heranwachsende Baby geflossen. Jetzt ist sie nicht mehr in mir, und ich fühle mich auf schreckliche Weise innerlich leer. In all den Monaten habe ich mich so ganz ihr überlassen, daß ich nicht mehr weiß, wer ich getrennt von ihr bin.

Während der Schwangerschaft mit Audrey habe ich zweiundzwanzig Kilo zugenommen. Ich habe mir vorgestellt, daß ich am Tag nach der Geburt auf die Waage steigen würde und das meiste Gewicht wieder verloren hätte. Doch am Tag nach der Geburt meines sechs Pfund schweren Babys wiege ich immer noch zwanzig Kilo mehr als sonst. Ein Jahr zuvor habe ich in New York gelebt, bei der *New York Times* gearbeitet, bin Taxi gefahren und habe meine Kleider bei Bloomingdale's gekauft. Jetzt habe ich keine Arbeit, kein

Geld. Ich lebe am Ende einer Sackgasse acht Kilometer von einer Kleinstadt entfernt, in der ich niemanden kenne.

Nach der Geburt habe ich auch so starke Schmerzen, daß es mir jedesmal, wenn ich zur Toilette gehe, die Tränen in die Augen treibt. Ich habe keine Freundinnen mit Kindern hier und kann niemanden fragen, ob das normal ist. Die Hebamme untersucht mich und schlägt wieder vor, ein paar Stiche zu machen. Ich kann den Gedanken nicht ertragen, daß mich jemand berührt.

Drei Tage nach Audreys Geburt kommt meine Mutter zu Besuch. Keinen Menschen auf der Welt möchte ich jetzt lieber sehen als meine Mutter, wie sie mit ihrem breiten Hut aus dem Flugzeug steigt, in jeder Hand eine Einkaufstasche voll mit Suppe, Plätzchen und Babytüchern, die sie aus alten Nachthemden genäht hat. Sie ist der einzige Mensch, der sich genausosehr wie ich für jede Kleinigkeit im Leben meines Babys und in meinem Leben interessieren wird. Am Flughafen begrüßt sie mich mit den Worten: »Nun besteht ja wohl kein Zweifel mehr. Ihr habt *es* tatsächlich getan.«

Steve nimmt fassungslos zur Kenntnis, daß meine Mutter mindestens zehn Tage zu bleiben gedenkt und daß sie in unserem Haus und nicht in einem Hotel wohnen wird.

Binnen einer Stunde nach der Ankunft meiner Mutter streckt ihn ein schwerer Migräneanfall nieder. Am nächsten Tag ist es noch schlimmer. Meine Mutter scheint Steve vollkommen zu ignorieren, am Telefon erzählt sie Sydney, wie sehr Audrey mir ähnelt, und sie nennt sie »Joyces Baby«.

Steve leidet immer noch, ich koche Tee, und mit Audrey im Arm schlage ich vor, daß wir drei einmal miteinander reden sollten. Ich sage meiner Mutter, daß ich finde, sie ignoriere meinen Ehemann. Meinem Ehemann sage ich, daß es in jüdischen Familien anders zugeht, als er es gewohnt ist. Gefühle spielen eine größere Rolle. Zu meiner Mutter sage ich, daß ihr offensichtliches Mißtrauen gegenüber meinem Ehemann vielleicht daher rührt, daß sie ihn mit meinem Vater gleichsetzt – und von ihrem generellen Mißtrauen gegenüber Männern.

Steve erkläre ich, daß ich meine Mutter sehr liebe und daß ich sie hierhaben will, damit sie sich um mich kümmert.

Als ich fertig bin, denke ich, daß es mir ziemlich gut gelungen ist, meine Gefühle auszudrücken und zugleich beiden zu zeigen, daß ich sie liebe. Meine Mutter teilt mir wenig später überraschend mit, daß sie auf der Stelle nach Toronto zurückkehren müsse. Sydney brauche sie. Ich bin enttäuscht, aber zu sehr mit dem Baby beschäftigt, um mir größere Gedanken wegen ihrer überstürzten Abreise zu machen.

Drei Tage später rufe ich sie in Toronto per R-Gespräch an, wie ich es immer tue. Ich höre, wie sie der Vermittlung sagt: »Nein, ich übernehme die Gebühren nicht.«

»Mum, du mußt dich verhört haben. Hier ist *Joyce.*«

Mit eiskalter Stimme wiederholt sie: »Ich übernehme die Gebühren nicht.« Dann hängt sie ein. Ich sinke auf dem Boden zusammen.

Steve ruft sie an und fragt, was los ist. »Ich denke, es ist besser, wenn Joyce und ich keinen Kontakt mehr haben«, sagt sie. »Offensichtlich will sie mich nicht mehr in ihrem Leben haben.«

Im Laufe der folgenden Monate versucht meine Schwester herauszufinden, was passiert ist. Sie berichtet mir, meine Mutter habe gesagt, ich hätte antisemitische Bemerkungen zu ihr gemacht. Es habe meine Mutter zutiefst verletzt, daß bei meiner Hochzeit im letzten Sommer christliche Kirchenlieder gespielt wurden. »Wie konnte Joyce das nur tun? In der Kirche waren auch Überlebende des Holocaust.«

Es ist sehr kalt in unserem Haus in jenem Winter. Zum Teil werfe ich Steve vor, daß er mich gezwungen hat, die unmögliche Wahl zwischen meinem Ehemann und meiner Mutter zu treffen. Ich sehne mich danach, mit ihr zu sprechen. Ich sehe meinen Vater, der mit Laura in einer Mietwohnung in einer nahegelegenen Stadt lebt, aber mein Vater konnte schon früher nie Hilfe und Trost spenden und kann es heute erst recht nicht. Er würde sich am liebsten »davonmachen«, aber er kann seinen Hund Nicky nicht allein lassen. Er sagt mir, seine Hände seien so knotig, daß er kaum Auto fahren könne, vom Malen ganz zu schweigen. Er muß sich Geld leihen, damit er die Miete bezahlen kann, und obwohl wir selbst nur sehr wenig haben, gebe ich ihm dreihundert Dollar.

Eines Tages ruft er unter Tränen an. Meine Mutter hat ihm einen Brief geschrieben als Antwort auf Dutzende Briefe von ihm an sie. Er liest ihn mir am Telefon vor.

Sie schreibt, sie wolle nichts mehr von ihm hören. Sie habe ihm nichts zu sagen. Zum Schluß zitiert sie Draytons *Sonnet on Parting*, eines der ersten Gedichte, das sie und mein Vater zusammen gelesen haben.

> Nein, ich bin fertig, du bekommst nichts mehr von mir,
> Und ich bin froh, ja froh von ganzem Herzen,
> Daß ich mich endlich so befreien kann.
> Ein letzter Abschied, alle Schwüre sind dahin,
> Und wenn wir uns noch einmal begegnen,
> Soll nicht einmal ein Augenbrauenzucken zeigen,
> Daß wir noch einen Funken der alten Liebe hegen.

Der Brief endet ohne einen Gruß, nicht einmal ihren Namen hat sie daruntergesetzt.

Audrey wird die Quelle der Freude in meinem Leben. Seit ich meine Tochter habe, fühle ich mich endlich zugehörig. Im Supermarkt kommen Fremde auf mich zu und bewundern mein Baby. Wir sprechen über Babynahrung und Schlafgewohnheiten, über die ersten Zähne und Wutanfälle, das erste Lächeln, die ersten Stehversuche und über ihre langen Wimpern.

Aber mehr als allen anderen möchte ich meine Tochter meiner Mutter zeigen, und sie spricht nicht mit mir, schreibt mir auch nicht mehr ihre wunderbaren, getippten Briefe voller lustiger Geschichten. Ich schreibe ihr trotzdem weiter. Ich spreche nicht von mir und dem schrecklichen Riß zwischen uns. Ich erzähle ihr nur von meiner Tochter und lege Fotos bei. Den Fotos wird sie nicht widerstehen können, das weiß ich, auch wenn sie mir widersteht.

Ein halbes Jahr nachdem meine Mutter mich verstoßen hat, ruft sie an. Sie werde Joe und Joan in New York besuchen. »Ich dachte, vielleicht hättest du Lust, mit dem Baby in die Stadt zu kommen.«

Natürlich habe ich Lust. Ich ziehe Audrey ihr rotes Kleid an mit weißen Spitzenstrümpfen und gestrickten Babyschuhen. Steve und ich fahren los.

Ich begreife gar nicht richtig, was passiert. Als ich Steve abgelöst habe und am Steuer sitze, dreht sich das Auto auf einmal um hundertachtzig Grad. Ich sehe ein anderes Fahrzeug, mit dem wir gleich zusammenstoßen werden, und blicke in das entsetzte Gesicht des Fahrers, als er in uns hineinkracht. Wie durch ein Wunder wird niemand verletzt. Wir können mit dem Valiant sogar noch bis nach New York weiterfahren. Meine Mutter erwartet uns schon.

»Du hast sie hergebracht«, sagt sie.

# *Kapitel Sechzehn*

Unsere Ehe verändert sich nach Audreys Geburt. Wir sind Eltern, aber immer weniger Liebende. Wir streiten auch häufiger über Geld, darüber, wer sich um das Baby kümmert, und weil ich möchte, daß Steve mehr mit mir spricht, er hingegen möchte, daß ich ihn in Ruhe lasse.

Er verbringt ganze Tage in seinem Atelier. Genau wie ich betet er Audrey an. Er macht wunderschöne Zeichnungen von ihr, und wenn er joggen geht, wickelt er sie ein, bindet sie sich vor die Brust und stützt ihren Kopf, damit er nicht zu sehr hin und her geschüttelt wird.

Aber Steve kommt aus einer Familie, in der es ganz allein Sache der Mutter war, sich um die Kinder zu kümmern. Er brennt darauf, zu malen. Er sagt, er brauche Zeit für sich allein. Er möchte joggen, Sport treiben und Dinge tun, bei denen er das Kind nicht brauchen kann. Überdies kann auch nur ich ihren Hunger stillen.

Von Anfang an nehmen wir unsere Rolle als Eltern sehr unterschiedlich wahr. Ich bin einfach glücklich, daß ich ein Kind habe, und denke, daß ich mit allem schon irgendwie fertigwerde. Ich werde mich um sie kümmern und weiter Artikel für Zeitschriften schreiben und eine liebevolle Ehefrau sein und die zwanzig Kilo Übergewicht abnehmen.

Doch bald bin ich erschöpft. In meinem Wunschbild von der Mutterschaft sitze ich mit meinem Kind in den Armen im Schaukelstuhl vor dem Kamin, statt dessen bette ich sie auf einem Kissen in meine Armbeuge, damit ich gleichzeitig stillen und schreiben kann. In meinem Wunschbild kommt mein Ehemann mit einem Gehaltsscheck nach Hause.

Einige Monate vor Audreys Geburt hat ein kleines College in Südkalifornien mich eingeladen, einen Vortrag über das Schreiben zu halten. Das Honorar war nicht sehr üppig – fünfhundert Dollar plus Flugkosten –, aber ich habe zugesagt. Jetzt steige ich mit meinem knapp vier Wochen alten Säugling in ein Flugzeug nach San Diego.

Das Fliegen macht sie quengelig. Die Zeitumstellung bringt ihren Schlafrhythmus durcheinander. Um die Zeit, als ich meinen Vortrag halten soll, ist Audrey hellwach und schreit. Weil sie daran gewöhnt ist, daß sie immer prompt gefüttert wird, läßt sie sich nur durch meine Brust beruhigen. Während die Direktorin des Instituts ihre Einführungsworte spricht, knöpfe ich meine Bluse auf und hänge mir eine geliehene Decke wie einen Poncho um. Mit Audrey unter der Decke, beide Arme um den zappelnden Körper geschlungen, betrete ich das Podium und beginne meinen Vortrag.

Zwanzig Jahre später treffe ich eine Frau, die damals dort studierte und im Publikum saß. »Zuerst haben wir nicht verstanden, was los war«, erzählt sie. »Es sah aus, als hätten Sie eine Art Schal an. Aber dann war so viel Bewegung unter dem Schal, als wäre etwas Lebendiges darunter, und auf einmal sah man einen strampelnden kleinen Fuß. Und dann haben Sie es erklärt.«

Audrey ist sechs Wochen alt, als ich einen Auftrag von der Zeitschrift *New York* für einen Bericht über Bordelle an der Upper East Side in Manhattan erhalte. Weil ich stille, nehme ich Audrey mit nach New York, packe sie in ihren Kindersitz neben mir im Auto und mache mich auf den Weg zu den Recherchen. Über einen alten Kontakt, einen Detektiv, den ich in meinen Reportertagen einmal interviewt habe, bekomme ich die Adresse des Inhabers einer Hostessenagentur. Er ist erst so spät abends zu erreichen, daß es für meine Tochter schon fast Stillzeit ist. Er nennt mir die Adresse eines Hauses an der East Side, eine seiner Angestellten dort hat sich bereit erklärt, am nächsten Tag um Mitternacht mit mir zu sprechen.

Audrey schreit, während ich mir Notizen machen sollte. Sie will nicht in die Trage gepackt werden zu einer Stunde, in der sie sonst immer neben mir im Bett liegt. Am zweiten Tag ist mir klar, daß ich den Bericht nicht schreiben kann. Auf dem Heimweg mit der wieder friedlichen Audrey im Babysitz frage ich mich, wie ich nun Geld verdienen soll. Verzweiflung überkommt mich.

Als Steve nach dem College nach New York gezogen war, hatte er sich vorgenommen, innerhalb von zwei Jahren etabliert zu sein. Er ist weggezogen, bevor die zwei Jahre vorüber waren. Im Winter nach Audreys Geburt kommen wir überein, daß wir drei das Haus in Hillsboro verlassen und wieder nach Manhattan zurückkehren werden. Wir ziehen als Untermieter in eine Dachwohnung in der West Twentieth Street und suchen eine Betreuung für Audrey, damit ich wenigstens halbtags arbeiten kann. Steve kann jetzt gründlicher die Galerien abklappern, und er kann zusätzlich Malераufträge annehmen.

Kurz nach dem Umzug – in der Woche, in der Audrey ein Jahr alt wird –, stelle ich fest, daß ich wieder schwanger bin.

Wir haben kein Geld. Wir streiten auch viel über die immer gleichen Dinge, über Geld, darüber, wer sich um das Kind kümmert, über mein, wie Steve findet, übertriebenes Bedürfnis nach Nähe und Zuwendung und seine, wie ich finde, Neigung zu Rückzug und Distanz. Trotzdem bin ich glücklich, als ich das Ergebnis des Schwangerschaftstests erfahre, und ich begrüße Steve mit der Neuigkeit, als er abends von einem Malerauftrag zurückkommt.

»Ein zweites Kind geht auf keinen Fall«, sagt er.

»Es wird nicht viel kosten«, wende ich ein. »Ich werde wieder zu Hause entbinden. Wir haben alles, was wir für ein Baby brauchen. Zwei Kinder machen auch nicht viel mehr Arbeit als eines.«

»Ich hatte in meinem Leben noch anderes vor, als nur Vater

zu sein.« Er klingt abweisend. »Ich laufe eine Runde.« Bei der Rückkehr sagt er zu mir: »Du weißt, was wir tun müssen.«

Die ganze Woche hängt unausgesprochen der Satz in der Luft, daß ich abtreiben soll. Steve redet nicht viel mit mir, weder darüber noch über etwas anderes. Er bekommt einen weiteren lähmenden Migräneanfall. Audrey hat eine Ohrenentzündung und schreit eine Nacht durch vor Schmerzen.

Ich denke daran zurück, wie sehr Steve sich über meine erste Schwangerschaft gefreut hatte. Ich stelle mir die Einsamkeit einer Schwangerschaft vor, über die er sich nicht freuen kann. Ich habe ihn noch nie in so düsterer Stimmung erlebt.

Eine Woche nach dem Schwangerschaftstest willige ich in die Abtreibung ein. Wir sind so knapp bei Kasse, daß wir uns das Geld von Malerkollegen borgen müssen.

Steve muß arbeiten, also fahre ich allein mit einem Taxi an die Upper East Side zu dem Eingriff. Audreys Tagesmutter habe ich erklärt, daß ich sie heute erst später als üblich abholen werde.

Im Wartezimmer studiere ich die Gesichter der anderen Frauen. Die meisten sind sehr jung, noch Teenager. Ein paar sind mit ihren Freunden gekommen. Eine lehnt den Kopf an die Schulter ihrer Mutter.

Ich werde aufgerufen, in einen Raum geführt und bekomme ein Krankenhausnachthemd. Eine Schwester erklärt mir den Ablauf und gibt mir ein leichtes Beruhigungsmittel. Ich lege mich auf den Stuhl und schiebe meine Füße in die Halterungen.

Es ist gerade ein Jahr vergangen, seit ich Audrey geboren habe, in unserem Ehebett, die Füße gegen eine zusammengerollte Steppdecke gestützt, die Steves Großmutter gemacht hat, während unsere Fenster zugeschneit sind und der Geruch eines Holzfeuers das Zimmer erfüllt. Jetzt flackert ein grelles Licht an der Decke über mir, während ein Schlauch in mich hineingeschoben wird. Einen Augenblick später wird die Absaugmaschine angestellt, es gibt ein schreckliches Rauschen und Gurgeln, wie wenn Wasser in den Abfluß läuft. Dann ist es vorbei.

Nach wenigen Stunden bin ich wieder zu Hause. Ich wickle mich auf dem Sofa unter dem Dach in Decken ein, aber das Zittern hört nicht auf.

Zwei Wochen später schreibe ich für die Zeitschrift *Redbook* einen Artikel, wie es ist, wenn man abtreibt. Ich schildere das Kopfzerbrechen und die Zweifel angesichts der Entscheidung, aber ich erwähne mit keinem Wort die schrecklichen Auseinandersetzungen zwischen Steve und mir, die zu der Entscheidung geführt haben.

Mit dem Geld, das ich für den Artikel bekomme, können wir Steves Freund die geliehene Summe zurückgeben, und es reicht noch für ein paar offene Rechnungen. Die *New York Times* bietet mir an, sechs Kolumnen unter der Überschrift »Ihr Standpunkt« zu schreiben, die in den nächsten sechs Wochen erscheinen sollen. Für eine Journalistin gibt es kaum ein interessanteres Angebot. Aber ich spüre nur Kummer und Verlust. Ich fange an, Steve innerlich Vorwürfe zu machen, weil er mich gezwungen hat, etwas zu tun, was sich so falsch anfühlt.

Von dem Tag der Abtreibung an habe ich das Gefühl, mir fehlt ein Kind. Ich kann an nichts anderes denken, als wieder ein Kind zu bekommen.

Vier Monate nachdem wir die Wohnung in Manhattan gemietet haben, kehren wir nach New Hampshire zurück. Jeden Monat – egal was in unserem Leben passiert, egal wie schlecht wir zurechtkommen, wie überarbeitet wir sind und wie knapp das Geld ist – frage ich meinen Mann nun: »Können wir nicht noch ein Kind haben?« Wenn ich auf der Straße eine Schwangere sehe, mache ich Steve darauf aufmerksam. »Schau, sie bekommt ein Baby.«

»Warum freust du dich nicht über die Tochter, die du hast, statt immer nach einer zweiten zu jammern?« sagt er. Ich freue mich ja an ihr. Aber sie wird größer, und weil ich sehe, wie außerordentlich kontaktfreudig sie ist und wie sehr sie mit anderen Kindern zusammensein will, argumentiere ich auch mit ihren Wünschen.

»Sie braucht Geschwister. Die meiste Zeit kümmere sowieso ich mich um sie. Ich könnte mich genausogut um zwei kümmern, als sie kilometerweit zu Spielkameraden zu fahren.«

Am Abend besuchen wir unsere Freunde Laurie und Dave, und sie eröffnen uns, daß Laurie wieder schwanger ist, ganze fünfzehn Monate nach der Geburt ihres ersten Kindes. Den ganzen Heimweg über weine ich. Je mehr ich über das Thema rede, desto hartnäckiger leistet Steve Widerstand. »Du wirst langsam verrückt, Joyce«, sagt er. »Ich kann es nicht mehr hören.«

Weil Steve gesagt hat, daß wir uns ein zweites Baby nicht leisten können, versuche ich, mehr Geld zu verdienen. Ohne eine blasse Ahnung, was daraus werden soll, schreibe ich die ersten Zeilen für einen Roman, der *Baby Love* heißen soll. Es ist eine erfundene Geschichte, aber im Mittelpunkt steht eine junge Frau, die ähnliches erlebt hat wie ich in den Monaten voller Verzweiflung, nachdem ich aus Daytona Beach weggegangen bin und das Haus in Hillsboro gekauft habe. Auch die Hauptperson in meinem Roman hat der großen Liebe ihres Lebens am Strand von Florida Lebewohl gesagt.

Die gescheiterte Beziehung zwischen einer jungen Frau und einem sehr viel älteren Mann wird in dem Roman nur angedeutet. Weil sich für mich alles um den Wunsch nach einem weiteren Kind dreht, tauchen in meinem Buch lauter junge Frauen auf, die entweder schwanger sind oder Babys haben.

Das Buch handelt von der Erfahrung einer großen, überwältigenden Liebe und Hingabe und dem lähmenden Bewußtsein eines Verlusts, und diese Gefühle setze ich in Kontrast zur Erfahrung der Elternschaft.

Ich schreibe wie im Fieber. Als der Roman fertig ist, empfinde ich ein Glücksgefühl, wie ich es seit der Geburt meiner Tochter nicht mehr erlebt habe.

Ich schicke das Manuskript an meine Agentin. In der nächsten Woche erhalte ich ein sehr gutes Angebot von Knopf für die Veröffentlichung des Buches. Joseph Heller und Raymond Carver loben mein Werk. Voller Stolz schicke ich Jerry eine Kopie des Manuskripts.

Vier Tage später läutet das Telefon.

»Hier ist Jerry Salinger.« Seine Stimme trifft mich wie ein Messer ins Herz. Als wüßte ich es nicht. »Ich hab dein Manuskript gelesen ... dieses Ding, das du ... deinen *Roman* nennst ... Allerdings ist mir schleierhaft, warum du gedacht hast, ich würde mich dafür interessieren.« Er spricht von dem Buch, als hätte er es mit einem Stück verfaultem Fleisch zu tun.

»Ich dachte, es würde dir vielleicht gefallen.«

»Ich bin abgestoßen und angewidert. Es ist einfach Müll.«

»Was ist falsch daran?« frage ich ihn. »Du hast mir immer gesagt, ich soll über das schreiben, was ich liebe.«

»*Liebe?* Das soll wohl ein Witz sein. Hast du überhaupt kein Schamgefühl? Das ist geschmackloser, billiger, perverser Mist.«

Mir wird schwindelig. Es geht nicht nur darum, daß ich einen Roman geschrieben habe, den Jerry ablehnt, oder daß ich mit weißem Mehl backe oder meine Tochter habe impfen lassen.

Eine Zeitlang habe ich davon geträumt, daß ich eines Tages wieder nach Cornish fahren und mit meinem Baby auf Jerrys Veranda sitzen könnte. Nach *Baby Love* weiß ich nun, daß es keine Hoffnung gibt, jemals zu ihm zurückzukehren. In seinen Augen bin ich ein Mensch, dem er den richtigen Weg gezeigt hat und der bewußt davon abgewichen ist.

Kurz nach dem Tod seines Hundes Nicky kündigt mein Vater an, daß er zurück nach Britisch-Kolumbien ziehen werde. Ich müsse ihm bei seinem Auszug mitten in der Nacht helfen, drängt er mich, Laura sei über das Wochenende verreist, sie dürfe nichts mitbekommen. Kürzlich sei sie mit dem Nudelholz auf ihn losgegangen. Er fürchtet sich vor dem, was sie ihm antun könnte, wenn sie merkt, daß er sie verlassen will.

Mein Vater hat als junger Maler in Victoria gelebt, aber von einigen wenigen kurzen Besuchen abgesehen, ist er seit fast fünfzig Jahren nicht mehr dort gewesen. Seine Geschwister sind alle schon lange tot. In Victoria lebt noch eine Nichte von ihm mit ihrem Mann. Deren Sohn Derek arbeitet im Archiv der Provinz und hat Interesse an den Gemälden und Zeichnungen meines Vaters bekundet. Aber Dereks Versprechen, er werde die Werke meines Vaters in Galerien vorstellen, dürfte für einen gebrechlichen und fast völlig verarmten Mann von fünfundsiebzig Jahren eigentlich kein ausreichender Grund sein, in eine mehrere tausend Kilometer entfernte Region umzuziehen.

Mein Vater läßt sich indes nicht umstimmen. Schließlich setze ich ihn ins Flugzeug. Er reist mit leichtem Gepäck nach Westen: Nur seine Bücher, seine Farben und sein Lebenswerk an Bildern nimmt er mit.

Die ersten Nachrichten aus Britisch-Kolumbien klingen überraschend hoffnungsvoll. Mit Dereks Hilfe hat er ein kleines Ein-Zimmer-Apartment in einer Seniorenresidenz in Victoria gefunden. Etliche alte Freunde sind zu Besuch gekommen. Er geht regelmäßig zu Treffen der Anonymen Alkoholiker und hat sich dort bald den Ruf eines besonders leidenschaftlichen Warners vor den verheerenden Auswirkungen des Alkohols erworben. Mehrere attraktive Frauen aus der AA-Gruppe, berichtet mein Vater, kämen regelmäßig bei ihm vorbei und holten ihn zu Spazierfahrten ans Meer oder zum Tee ab.

»Ich hab nichts mit ihnen im Sinn, Kleine«, sagt er zu mir. »Das ist für mich vorbei. Aber es sind nette Damen. Ganz reizende.«

Ein halbes Jahr nach seiner Ankunft in Victoria verkaufen sich Gemälde von Max Maynard zu Preisen von mehreren tausend Dollar. Derek hat sein Versprechen gehalten und meinen Vater bei Kunsthändlern in Victoria eingeführt, eine Galerie hat meinem Vater sogar angeboten, ihn zu vertreten. Er soll eine Einzelausstellung in Vancouver bekommen.

Nachdem der dicke Scheck für *Baby Love* bei uns eingegangen ist, stimmt Steve einem zweiten Baby zu. Ich werde fast sofort schwanger.

Bei der ersten Schwangerschaft mit Audrey hat mich der beinahe magische Vorgang begeistert, wie ein Fötus langsam heranwächst, und ich habe auf die Verwandlung gewartet, nach der ich mich so lange gesehnt habe: die Verwandlung in eine *Mutter.* Nun bin ich seit drei Jahren Mutter, und diesmal begeistert mich die Aussicht, daß eine Schwester oder ein Bruder für unsere Tochter heranwächst. Audrey soll all das haben, was ich mit meiner Schwester nicht haben konnte. Das Baby soll kurz nach Audreys viertem Geburtstag auf die Welt kommen. Ich bin knapp in der sechsten Woche, als ich ihr von dem Baby erzähle, und von diesem Augenblick an bereitet sie sich auf ihre Rolle als Schwester vor.

Ich sage ihr, daß sie sich um das Baby kümmern darf. Zur Einübung ihrer neuen Pflichten kaufe ich eines Tages eine sechs Pfund schwere Schinkenkeule und lasse Audrey damit im Haus herumspazieren. Sie setzt der Keule eine Mütze auf und nennt sie »Schinkenkopf«. Sie sagt, wenn ihr Bruder oder ihre Schwester erst auf der Welt ist, wird sie so stark sein, daß sie ihn oder sie überallhin tragen kann.

Irgendwann im zweiten Drittel der Schwangerschaft ruft mein Vater aus Britisch-Kolumbien an. Er will eine Kreuzfahrt nach Alaska mitmachen und unterwegs die unberührte Natur und Gletscher zeichnen. Ich solle mitkommen, schlägt er vor. Er ist stolz, weil er sich zum ersten Mal im Leben eine solche Reise leisten kann. Und er würde mich gern seinen Freunden in Britisch-Kolumbien vorführen – seine charmante Tochter, die genau weiß, was sie sagen muß, um Herren in vorgerücktem Alter gut zu unterhalten.

In all den Jahren, die mein Vater nach der Scheidung von meiner Mutter in New Hampshire gelebt hat, als er viel zuviel trank und mich mitten in der Nacht anrief, habe ich mir jeden Tag Sorgen gemacht, was ihm alles zustoßen könnte. Nun lebt er fünftausend Kilometer entfernt und ist offensichtlich so gut versorgt mit seinem neuen Erfolg als Künstler und seiner wiedergefundenen Familie, daß ich beschlossen habe, Distanz zu halten.

Ich weiß, daß es ihm sehr viel bedeuten würde, wenn ich mit ihm nach Alaska führe. Wir könnten wie in alten Zeiten zusammen zeichnen, die Vögel und die Natur beobachten und studieren, wie das Licht auf die Landschaft fällt. Aber ich bin jetzt auch Mutter, mehr Mutter als Tochter. Es gibt außer ihm noch jemanden, um den ich mich kümmern muß: meine Tochter. Und das Baby in meinem Bauch.

Mein Vater unternimmt die Reise nach Alaska allein. An Bord des Kreuzfahrtschiffs entsteht eine wundervolle Sammlung von Zeichnungen und Gemälden. Nach der Rückkehr erzählt er lauter Geschichten von klugen und schönen Frauen, die sich reihenweise in ihn verliebt haben, die er aber alle abgewiesen hat. Selbst jetzt noch, mit beinahe achtzig Jahren, ist er höflich und elegant und charmant.

Aber er hat sich auf der Reise eine Erkältung eingefangen. Im Laufe der Wochen wird daraus eine Lungenentzündung. Er ist in seiner Seniorenresidenz ans Bett gefesselt und läßt sich eine Flasche Whiskey besorgen. Dann eine zweite.

Ein paar Tage später findet ihn ein Freund. Er hat nicht nur eine Lungenentzündung, sondern auch eine schwere Vergiftung. Er kommt ins Krankenhaus.

Im Januar fahre ich nach Britisch-Kolumbien und besuche ihn. Ich bin im siebten Monat schwanger und habe achtzehn Kilo zugenommen. Mein Gesicht ist rund und voll, meine Gelenke sind geschwollen, meine Brüste schwer. Ich trage ein Umstandskleid, das mir irgend jemand vererbt hat. Ich bin blaß, und weil ich kaum Zeit für Schönheitspflege habe, habe ich mir die Haare kurzerhand abschneiden lassen.

Gleich nach meiner Ankunft in Victoria fahre ich ins Krankenhaus. Während ich schwerfällig den Flur entlanggehe, sehe ich mein Spiegelbild in einem Fenster, und ich schäme mich. Es ist mir unangenehm, daß mein Vater mich so sehen muß: so voluminös und so offensichtlich *Frau,* genau das Gegenteil des dünnen Mädchens, an dem er so viel Freude hatte und dem er eine wundervolle Zukunft prophezeite.

»Ach, Kleine«, sagt er, als ich mich zu ihm herunterbeuge und er mich sieht, *»wie siehst du denn aus.«*

Ich umarme ihn. Ich habe englische Marmelade mitgebracht, Cashewkerne und Austern in der Dose. Ich ziehe mir einen Stuhl heran, und er erzählt mir von einer Krankenschwester, die ihn offenbar besonders ins Herz geschlossen hat. »Nettes Mädchen, aber es wird natürlich nichts daraus. Ich habe ihr eine Zeichnung geschenkt.«

Auf dem Tisch neben dem Bett sehe ich einen Stapel Zeichnungen auf Papiersets. Die Linien sind ein bißchen zittrig, aber es ist unverkennbar sein Stil.

Er fragt mich nach Steves Arbeiten. Ich zeige ihm Fotos von Audrey und ein Bild, das sie von uns gemalt hat, wir drei und ihr noch nicht geborenes Geschwister. Anders als meine Schwester und wohl auch ich in dem Alter erkennt meine Tochter noch keinen Caravaggio und kann auch noch nicht einen Monet von einem Manet unterscheiden. Aber mein Vater setzt seine Brille auf und studiert ihre Strichmännchen eingehend. »Nimm bitte eine Zwanzigdollarnote aus meiner Brieftasche«, sagt er zu mir. »Ich möchte, daß du ihr eine Packung Zeichenstifte kaufst. Sie braucht das richtige Zeichenmaterial.«

Ich bleibe drei Tage in Victoria. Wir sprechen über seine Zeit als junger Maler in Kanada, über seine hoffnungsvollen Pläne für meine Schwester und mich – und über meine Mutter. Seine Gefühle ihr gegenüber sind eine seltsame Mischung aus Bitterkeit und höchster Bewunderung. »Was für eine großartige, phantastische Frau«, seufzt er. »Ich habe nie wieder eine Frau wie sie getroffen. Was für eine Verschwendung.«

Am Tag meiner Abreise fahre ich ein letztes Mal zum Krankenhaus. Mein Vater möchte mit mir in den Aufenthaltsraum gehen. Er begrüßt mich rasiert und gekämmt, und obwohl er Pyjama und Bademantel trägt, hat er ein Halstuch umgebunden.

Mühsam setzt er sich auf und schwingt die Beine auf einer

Seite aus dem Bett. Sie sind dünn und weiß. Er bittet mich, ihm ein paar Socken aus der Schublade zu holen.

Es sind gute Wollsocken mit Rautenmuster. Anders als meine Mutter kauft mein Vater nie Sonderangebote. Eine Socke hat vorn ein Loch, meine Mutter hätte es gestopft.

»Ich möchte dir etwas beibringen, Kleine«, sagt er zu mir. Früher folgten dann Ausführungen über den richtigen Beinschlag beim Kraulen oder (sein Lieblingsthema) über die Notwendigkeit, das Alte Testament zu lesen. Aber jetzt führt er mir vor, mit welcher Technik er sich die Socken anzieht. Seine Mutter habe es ihm beigebracht, als er ein kleiner Junge war, erklärt er mir, und nun, mit der schlimmen Arthritis in den Händen, sei es sehr praktisch. »Man kann nie wissen. Vielleicht finden es deine Kinder auch einmal hilfreich.«

Statt den Fuß ganz in die Socke zu schieben und sich mit den Zehen vorzuarbeiten, soll man die Socke aufrollen und größtenteils umdrehen, dann muß man nur noch die Zehen in die Sockenspitze stecken und die auf links gewendete Socke am Fuß entlang rollen. »Schau her.« Ich sehe ihm zu, wie er mir das Verfahren langsam mit seinen bleichen Füßen vorführt, erst mit dem einen, dann mit dem anderen.

»Ich werde es mir merken«, sage ich und gebe ihm einen Kuß. Später, im Flur, als ich im Eilschritt auf mein wartendes Taxi zustrebe, hält mich eine Krankenschwester an. »Wissen Sie, wir sind hier alle ganz verliebt in Ihren Vater.«

Wir haben Ende März, ein weiterer langer Winter in New Hampshire geht zu Ende. Mein Ehemann liegt auf dem Sofa in unserem Wohnzimmer und schaut sich ein Spiel der Celtics an. Larry Bird ist einfach großartig. Ab und zu höre ich Steves Stimme, wenn er einen weiteren Punkt bejubelt oder über ein Foul schimpft. Boston wird gewinnen.

Ich stehe, im neunten Monat schwanger, in der Küche an unserem mit Holz beheizten Herd und backe. Meine langjährigen Eßprobleme und die Erfahrung, daß das Geld bei uns oft sehr knapp war, haben dazu geführt, daß ich unbedingt Lebensmittel für die Zukunft horten will. Neben der

Tiefkühltruhe hängt ein Block an einer Schnur, auf dem ich den Inhalt notiert habe: Sechs Packungen Lasagne. Vier Portionen geschmortes Hühnchen. Spanokopita. Vier Apfelkuchen und drei Heidelbeerkuchen. Dreizehn Literdosen Himbeeren. Sechs Mohnkuchen.

Jetzt warte ich, daß die frischgebackenen Schokoladenplätzchen auskühlen, damit ich sie einfrieren kann, und räume unterdessen die Küche auf. Es ist halb elf, und ich will bald ins Bett gehen. Mein Mann wird sich das Spiel zu Ende ansehen.

Das Telefon läutet. Am Apparat ist eine Frau aus Britisch-Kolumbien, eine Bekannte aus der AA-Gruppe, die ich bei meinem Besuch im Januar kennengelernt habe. Sie sagt mir, daß der Zustand meines Vaters sich sehr verschlechtert hat. Er liegt unter einem Sauerstoffzelt, der Blutdruck fällt. Die Nacht wird er wohl nicht überleben.

Man kann nichts tun. Er ist nicht bei Bewußtsein. Ich kann nicht mit ihm sprechen. Ich könnte meine Mutter in Toronto anrufen oder meine Schwester. Aber jedesmal, wenn das Gespräch auf meinen Vater kommt, entsteht eine Spannung zwischen meiner Mutter und mir. Für meine Schwester wird der Tod unseres Vaters sehr schmerzlich und schwierig sein, aber ich weiß auch, daß sie ihm im tiefsten Inneren grollt, daß sie ihm vorwirft, er habe sich nie richtig für sie interessiert, und daß wohl nicht einmal sein bevorstehender Tod zärtliche und liebevolle Gefühle in ihr wecken wird. Es gibt niemanden, den ich angesichts des Todes meines Vaters anrufen könnte.

Mein Wunsch, mich einem Geschwister verbunden fühlen zu können, fließt in meine Phantasien über das ungeborene Baby ein. Wie ich wird dieses Kind vier Jahre und einen Monat nach seiner älteren Schwester zur Welt kommen. Ich sage es nicht laut, aber ich hoffe, daß es ein Junge ist. Ich kenne nur eine Geschichte über zwei Schwestern mit vier Jahren Altersunterschied, und diese Geschichte handelt von Distanz und Absonderung – eine leidvolle Sprachlosigkeit auf beiden Seiten. Wenn eines Tages bei einem meiner Kinder das Telefon läutet und ihm gesagt wird, daß ein Elternteil im Sterben liegt, dann wünsche ich mir, daß es sich als erstes an seinen Bruder oder seine Schwester wenden kann.

Ich lege den Hörer auf. Meine Hand zittert. Ich rufe Steve, aber er hört mich nicht gleich. »Mein Vater stirbt«, sage ich, weinend an den Küchentresen gelehnt. Steve kommt herein und legt einen Arm um mich.

Ich zittere am ganzen Körper. Ich fühle mich so elend wie nie zuvor. Es kommt mir vor, als würden meine Eingeweide zusammengepreßt und ausgewrungen. Steve bringt mich ins Bett. Ich zittere so stark, daß Steve mich nur mit seinem Körpergewicht zur Ruhe bringen kann.

Stöhnend und schluchzend wandere ich zwischen Badezimmer und Bett hin und her. Ein glühender Schmerz fährt mir durch den Körper. Dann folgt ein tiefer, seufzender Laut, den ich erst einmal gehört habe. Ich lege mich hin und halte mit beiden Händen meinen Bauch. Ich hebe mein Nachthemd hoch. Der Kopf unseres Babys ist zu sehen.

Steve stürzt in die Küche und ruft die Hebamme an, aber es besteht keine Aussicht, daß sie die vierzig Kilometer bis zu unserem Haus noch rechtzeitig schafft. Ich schreie. *Komm her. Komm her.* Als er da ist, packe ich seine Hand so fest, daß sich meine Fingernägel in die Haut eingraben.

»Ich bin gleich wieder da«, sagt er. »Ich muß nur mal vor die Tür und eine rauchen.«

Ich umklammere seine Hand noch fester und schreie: »Laß mich nicht allein!«

»Ich bin in zwei Minuten wieder da.«

»Du verstehst es nicht!« rufe ich ihm hinterher, als er geht. »Ich brauche dich! Geh nicht weg!«

Ich folge ihm, gekrümmt, eine Hand zwischen meinen Beinen.

Steve dreht sich um und schaut mich an. »Du bist hysterisch, Joyce. Ich muß nur meine Gedanken ordnen.«

Ich liege auf dem Fußboden und halte sein Bein fest, als er nach dem Türknopf greift. »Reiß dich zusammen, Joyce. Du drehst ja durch.«

Meine Hand umklammert seinen Stiefel. Er schüttelt mich ab. Er geht hinaus, ich krieche hinter ihm her. Ich liege auf der Veranda, vor mir steht Steve in der verschneiten Einfahrt. Er zündet sich eine Zigarette an, und ich fange an zu schreien.

Ein Gefühl tiefster Verzweiflung überkommt mich. Ich schleppe mich zurück ins Haus und zum Bett. Steve kommt. Er kniet sich zwischen meine Beine und schiebt zwei Finger in mich hinein. Mit einem kurzen Schub bricht das Baby aus mir heraus in seine Hände. »Ein Junge!« ruft er.

Das Baby liegt bereits eine Weile an meiner Brust, als die Hebamme eintrifft. Ich höre, wie sie aufstampft, um den Schnee von den Schuhen zu schütteln, und höre Steve fragen, wie die Fahrt war und wie die Straßen aussehen.

Wir haben mit dem Durchtrennen der Nabelschnur auf sie gewartet. Sie hebt den Kleinen hoch und macht ihn sauber. Er ist rund und rosig und hellwach, eine glatte Zehn auf der Apgar-Skala. Sie schätzt ihn auf neun Pfund.

»Ihr zwei seid ja wohl ganz gut ohne mich zurechtgekommen«, scherzt sie.

Steve sagt: »Zum Glück habe ich gestern noch einmal in meinem Fireman für medizinische Notfälle nachgelesen. So wußte ich, mit welchem Handgriff ich um den Kopf des Babys nach der Nabelschnur tasten muß.« Er klingt entspannt und stolz.

Ich stehe auf, damit die Hebamme das Bett frisch beziehen kann. Dann legt sie mir das Baby in den Arm.

Nachdem die Hebamme fort ist, schaltet Steve den Fernseher aus, er ist die ganze Zeit gelaufen. Das Basketballspiel ist gerade zu Ende. Er legt sich neben mich. »Wollen wir ihn also Charles nennen?« fragt er. So heißt sein Vater. Und auch sein älterer Bruder.

Gegen sechs oder sieben kommt Audrey ins Schlafzimmer. Noch bevor ich ihr die Neuigkeit erzählen kann, hat sie schon den kleinen, noch feuchten dunklen Haarschopf erspäht.

»Mein Traum ist wahr geworden«, sagt sie und klettert zu uns ins Bett.

Bis zu diesem Augenblick habe ich noch gar nicht begriffen, daß es inzwischen Morgen ist und daß es geheißen hat, mein Vater werde die Nacht nicht überleben. Ich stürze zum Telefon.

Es ist eine überraschende Besserung eingetreten, und ich kann ihm seinen neuen Enkel beschreiben. Wenige Wochen später nimmt mein Vater an der Eröffnung der Ausstellung seiner Bilder aus Alaska teil.

Aber trotzdem hat es einen Todesfall gegeben. Das spüre ich an jenem Morgen, und sosehr ich mich bemühe, die Erinnerung auszulöschen, sie bleibt. Die Erinnerung an Steves Stiefel. Ich sehe, wie sich meine Hände um seinen Knöchel klammern. Er schüttelt mich ab und geht hinaus.

Mein Vater stirbt ein halbes Jahr später. Ich fliege zur Beerdigung nach Britisch-Kolumbien. Im Sarg sieht mein Vater sehr klein aus mit seinem Tweedjackett, einem blauen Halstuch, die Hände um einen Filzhut gefaltet. Der Wandteppich, den wir vor vielen Jahren in Mexiko nach seiner Zeichnung von einem Pferd weben ließen, hängt vorn in der Kirche. Freunde treten vor und erzählen Erinnerungen an ihn. Ein alter Freund erinnert sich, wie mein Vater mit siebzehn in einer Aufführung von *Richard III.* gespielt hat. Ein anderer, ein ehemaliger Schüler der Grundschulklasse in Okanagan in Britisch-Kolumbien, wo mein Vater einmal unterrichtet hat, erzählt davon, wie mein Vater den Landkindern Cézanne und Van Gogh vorgestellt hat und wie er ihnen später einmal sämtliche Strophen des Gedichts *The Lady of Shalott* vorgelesen hat, und obwohl sie noch sehr klein waren, zudem müde und hungrig, habe keiner gewollt, daß mein Vater aufhörte. Jack Shadbolt, ein befreundeter Maler, steht vorn in der Kirche und führt die kräftigen, rhythmischen Kraulbewegungen meines Vaters vor.

Irgend jemand erzählt die Geschichte, daß mein Vater als junger Mann einmal in einer Nacht auf die Mauer gegenüber der Wohnung einer Frau, in die er sehr verliebt war, ein großes Gemälde gemalt hat: sie beide spärlich bekleidet tanzend im Wald, wie zwei Figuren bei einem Bacchanal.

»Ich habe nie einen anderen Menschen kennengelernt«, sagt ein weiterer Freund, »der sich so leidenschaftlich auf alles eingelassen hat, was er begonnen hat. Er besaß eine verblüffende Begeisterungsfähigkeit. Ich habe nie jemanden kennengelernt, der die Kunst so geliebt hat, wie Max Maynard sie geliebt hat.«

# *Kapitel Siebzehn*

Keine andere Aufgabe in meinem Leben hat mir so sehr entsprochen wie das Großziehen meiner Kinder. Natürlich bin ich manchmal erschöpft, deprimiert und ungeduldig, ich habe auch Wutausbrüche, die mich erschreckend an meinen Vater erinnern. Aber ich empfinde ein Maß an Ruhe und Zufriedenheit, das ich bis dahin nicht gekannt habe.

Meine heranwachsende Tochter und dann ihr Bruder bringen mich zur Welt. Weil ich nicht will, daß sie mit den gleichen Ängsten groß werden wie ich, nehme ich sie auf eine Skipiste mit, wo ich mich kaum auf den Beinen halten kann. Mit sechs sitzt Audrey neben mir im Sessellift, das habe ich als Kind nur ein einziges Mal gewagt und seither nie mehr. Sie kennt keine Angst und sagt mir, wann ich den Haltebügel lösen und wann ich aussteigen muß.

Manches mache ich bei meinen Kindern genauso, wie es meine Eltern bei mir gemacht haben: Jeden Abend gehen Audrey und Charlie und ich mit einem Stapel Bücher ins Bett. Selbst in Zeiten, als das Geld sehr knapp ist, haben wir Malsachen, Schlittschuhe und Fahrräder. Im Frühling, wenn das Eis taut, falte ich mit meinen Kindern Papierschiffchen wie früher mein Vater mit mir, als ich klein war. Wir werfen die Boote in Beard Brook ins Wasser, laufen am Ufer entlang und sehen zu, wie sie über die Wellen hüpfen, bis sie unseren Blikken entschwunden sind. Im Sommer fangen wir Frösche und baden jeden Tag in dem Teich, den wir bei unserem Haus gegraben haben. Im Winter fegt Steve die Eisfläche, damit wir Schlittschuh laufen können, und legt hinter dem Haus eine Rodelbahn an. Er nimmt die Kinder mit in sein Atelier und malt Wandbilder mit ihnen. Wir zapfen Ahornsirup aus unseren Bäumen, lassen Apfelsaft vergären, bauen Puppenhäuser und Raumschiffe, nähen Barbie-Kleider, machen Skulpturen und errichten Festungen.

Im Laufe der Jahre nehme ich die gleichen Entfernungen auf mich wie meine Mutter, um unseren Kindern faszinierende Erlebnisse und kulturelle Eindrücke zu ermöglichen. Als Audrey vier ist, melde ich sie in einer Vorschule fast fünfzig Kilometer von uns entfernt an. Weil die Fahrt dorthin eine Stunde dauert, bleibe ich mit ihrem kleinen Bruder in der nahegelegenen Stadt Keene, wir gehen ins Schwimmbad oder setzen uns in die Bibliothek, bis wir sie wieder abholen. Als ich erfahre, daß im Museum für Natur und Technik in Boston die Ramses-Ausstellung gezeigt wird, ein einmaliges Ereignis, das sich zu unseren Lebzeiten nicht wiederholen wird, packe ich meine Kinder samt einigen kleinen Freunden ins Auto und fahre nach Boston – und während ich mich um meine Tochter kümmere, der vom Autofahren schlecht geworden ist und die gespuckt hat, kommt mir mein Sohn, der gerade laufen kann, abhanden. Als Zweijähriger ist Charlie von Michael Jacksons Video *Thriller* begeistert, und ich vereinbare mit der *Times*, daß ich einen Artikel schreibe, wie ich mit Charlie einen Auftritt von Michael Jackson in den Meadowlands in New Jersey besuche. Am nächsten Morgen müssen wir wieder zu Hause in New Hampshire sein, und so fahre ich nach der Vorstellung die ganze Nacht durch.

Audrey ist noch keine sechs, da nehme ich sie mehrmals im Jahr mit nach New York. Wir fahren Bus, U-Bahn und Aufzug, und ich gehe mit ihr durch Drehtüren. Ich zeige ihr Calders Zirkusfiguren, wie meine Mutter mir bei unserer ersten Reise nach Manhattan, als ich zwölf war. So vieles möchte ich Audrey vorführen: den Wal im Museum of Natural History und die *Seerosen* im Museum of Modern Art, die Geschäfte im Zentrum, auf der West Side, wo es Perlen gibt und ausgefallenen Hutschmuck, den wir als Verzierung für ihre Latzhosen und Kleider kaufen. Wenn sie aufs Klo muß, gehe ich mit ihr ins Plaza-Hotel.

Ich nehme sie mit ins Theater und zu Konzerten mit Pete Seeger und Arlo Guthrie in der Carnegie Hall, ich zeige ihr die Redaktion der *New York Times* und meine ehemalige Wohnung mit dem Balkon über dem Gramercy Park. Wir schauen uns im Lincoln Center den *Nußknacker* an, und Audrey findet die Kleider der anderen Kinder mindestens so interessant wie die Ballettänzer auf der Bühne. Zu Hause höre ich, wie sie in ihrer Malstunde mit dem gerade zweijährigen Charlie das Thema vorgibt: »Heute lernen wir, wie man ein reiches Mädchen malt.«

Unsere Kinder spüren die Spannungen zwischen ihrem Vater und mir. Aber wir glauben immer noch, daß wir in der Lage sind, ihnen Geborgenheit zu vermitteln und die Gewißheit, daß ihr Wohlergehen nicht davon abhängt, was sie leisten. Ich halte meine Kinder nicht von klein auf zum Schreiben an.

Die Abtreibung und die Ereignisse in der Nacht von Charlies Geburt lassen mich nicht mehr los. Ich stelle mir vor, daß ich die Erinnerung abschütteln könnte, wenn wir noch ein Baby bekämen.

Diesmal spreche ich vorher nicht mit Steve darüber. Unser drittes Kind wird gezeugt.

In jenem Winter mietet sich Steve in einem Atelier in New York mit ein, damit er ein Standquartier für seine Besuche bei New Yorker Galerien hat. Ich bleibe mit Audrey und Charlie zu Hause. An den langen Nachmittagen, wenn die Sonne um halb vier untergeht und die Temperatur unter Null fällt, hält Charlie sein Schläfchen, während Audrey und ich uns auf der Couch zusammenkuscheln und alte Folgen von *The Loveboat* anschauen.

Das Leben auf dem Kreuzfahrtschiff hat etwas Verlockendes – dem Alltag entrückt, sorglos, jeder findet jemanden, in den er sich verliebt, und für alle Probleme gibt es eine Lösung. »Wäre es nicht toll, wenn wir auch mit dem *Loveboat* davonfahren könnten?« fragt Audrey.

Ich besorge mir die Adresse der Schiffahrtslinie Cunard. Im siebten Monat schwanger schreibe ich ihnen einen Brief und biete an, daß ich an Bord Vorträge über das Schreiben halten könnte. Sie reagieren nicht.

Steve bekommt das Angebot, seine Gemälde in Savannah auszustellen, das beste Angebot, seit wir verheiratet sind. Die Eröffnung der Ausstellung ist auf den Tag angesetzt, an dem unser Kind geboren werden soll.

Steve meint, meine Freundin Laurie könne sich um mich kümmern.

»Du hast ja schon Übung. Es wird eine Kleinigkeit für dich sein.«

Keines unserer Kinder ist zu früh auf die Welt gekommen, aber angesichts der Perspektive, daß Steve in fünf Tagen nach Georgia fahren soll, kaufe ich eine Flasche Rizinusöl und trinke sie in einem Zug aus. Mir wird schlecht, und die Wehen setzen ein.

Willys Geburt verläuft problemlos. Die Wehen sind gut auszuhalten, ich atme mit und kann zwischen zwei Wehen immer ein bißchen ausruhen. Er ist gleichfalls neun Pfund schwer, aber sein Eintritt in die Welt erfolgt weniger abrupt und gewaltsam als der seines Bruders.

Während der Schwangerschaft habe ich Steve gesagt, daß ich das Baby, wenn es ein Junge wird, nicht nach ihm nennen will. Nun, als das Baby da ist, schlägt er noch einmal vor, daß wir ihn Stephen nennen. Ich bin einverstanden. Aber nur unter der Bedingung, daß wir ihn mit seinem zweiten Vornamen rufen.

Audrey ist in der Schule, als Willy geboren wird, und Charlie haben wir für den Tag in die Krippe in unserer Stadt gegeben. Wir haben ihm gesagt, daß er bald ein großer Bruder sein wird, aber mit dreiundzwanzig Monaten kann er sich darunter nichts vorstellen, bis er am Nachmittag heimkommt und Willy in unserem Bett an meiner Brust liegt.

Ich sehe die Szene immer noch vor mir: Charlie steht ein bißchen verwundert da, einen Daumen im Mund, die andere Hand auf Willys Kopf. Noch Jahre später hat Charlie, wenn die beiden im Auto nebeneinander sitzen oder auf dem Sofa nebeneinander lesen, einen Daumen im Mund, ein spezielles blaues Band, das er besonders liebt, um den Mittelfinger gewickelt und seine andere Hand auf Willys Kopf, als erhalte er so den Energiefluß zwischen ihnen aufrecht. Wenn Charlie mit einem Freund spielt, sitzt sein kleiner Bruder aufmerksam im Kinderstühlchen daneben. Charlie geht nie an ihm vorbei, ohne ihm mit der Hand über den Kopf zu streichen.

Audrey hat zwei Tage nach Willys Geburt Geburtstag. Wir schenken ihr Rollschuhe, und Steve nimmt sie mit in sein Atelier, damit sie sie ausprobieren kann. Fünf Minuten später trägt er sie zurück ins Haus. Sie ist mit den Rollschuhen gestürzt und hat sich den Arm gebrochen.

Am nächsten Morgen fliegt Steve nach Savannah zur Eröffnung seiner Ausstellung. Es schneit weiter.

Steve kommt fünf Tage später zurück. An jenem Wochenende soll Audreys Geburtstagsfeier stattfinden, wir haben zwanzig Kinder eingeladen. »Du wirst immer hysterisch, wenn du einen Geburtstag vorbereitest«, sagt Steve und geht Ski laufen. Am späten Nachmittag läutet das Telefon: Steve ist auf dem Skihang schwer gestürzt, ich soll ihn abholen.

Ich packe die Kinder ins Auto und fahre los. Als ich ankomme, ist es dunkel. Steve hat starke Schmerzen und ist kaum bei Bewußtsein. Wir haben keine Krankenversicherung. Es wird Monate dauern, bis Steve wieder arbeiten kann. Der Arzt sagt, es handle sich um einen Trümmerbruch des Handgelenks und es sei fraglich, ob Steve seine linke Hand je wieder richtig werde gebrauchen können. Ein Orthopäde soll ihn operieren, aber erst muß die Schwellung abklingen.

Am nächsten Tag erscheinen zwanzig Kinder zu Audreys Geburtstagsfeier. Wir spielen die bei Kindergeburtstagen üblichen Spiele. Als alle wieder weg sind, gehe ich zu Steve ins

Atelier. Er liegt mit zusammengebissenen Zähnen auf einer Matte auf dem Boden.

Ein paar Tage darauf fahre ich ihn ins Krankenhaus. In einer fünfstündigen Operation implantiert der Orthopäde eine Metallplatte in sein Handgelenk, dann gipst er den Arm ein, verschreibt Schmerzmittel und sagt, sobald Steve sich etwas besser fühle, solle er sich um gute Krankengymnastik kümmern. Statt dessen beschließt Steve, künftig Dämmplatten anzubringen, der härteste und unbeliebteste Job auf der Baustelle. Schließlich kann er seine Hand wieder uneingeschränkt gebrauchen.

Durch die Unfälle von Audrey und Steve haben sich Arztrechnungen in Höhe von fast zehntausend Dollar angesammelt, die wir selbst bezahlen müssen. Ich liege nachts wach und denke darüber nach, wie ich Geld verdienen kann, stelle Listen mit Vorschlägen für Artikel zusammen. Willy lernt seinen Kopf zu heben und beginnt zu krabbeln. Früher als ich es je bei einem Baby erlebt habe, kann er sein Fläschchen halten.

Willy ist noch keine drei Monate alt, da bekomme ich einen Anruf von der Schiffahrtslinie Cunard, an die ich vor einiger Zeit geschrieben habe. Sie fragen an, ob wir bereit wären, mit der Queen Elizabeth 2 von New York nach Southampton und zurück zu fahren – eine zehntägige Rundreise –, es soll am nächsten Montag losgehen. Sie bieten mir zwei Passagen erster Klasse und die Übernahme aller sonstigen Kosten an als Gegenleistung für zwei Vorträge über das Schreiben.

Unser Baby wird noch gestillt, unser älterer Sohn ist gerade zwei geworden. Bei unserer Tochter wurde soeben der Gips entfernt. Steve hat noch immer starke Schmerzen, er denkt, daß eine Schiffsreise seiner Genesung förderlich sein könnte.

Eine junge alleinerziehende Mutter aus unserem Bekanntenkreis ist bereit, für die Dauer unserer Abwesenheit bei uns zu wohnen und sich um die Kinder zu kümmern. Ich kaufe mir eine Milchpumpe und hoffe, daß die Milchproduktion nicht versiegen wird, solange ich von Willy getrennt bin. Steve leiht sich von Lauries Vater ein wunderschönes weißes Dinnerjacket und einen Smoking für feierliche Mahlzeiten an Bord. Ich wiege nach der Schwangerschaft immer noch ein paar Kilo zuviel und leihe mir ein paar weite Abendkleider.

Auf den Bildern des Schiffsfotografen, die jeden Tag auf einer Tafel neben den Shuffleboard-Plätzen ausgestellt werden, sieht Steve aus wie ein Senator oder ein Diplomat. Auf einem Foto schüttelt er dem Kapitän die Hand. Er hat immer noch Schmerzen im Arm, trägt aber keine Schlinge mehr. Der Händedruck wirkt kraftvoll, er lächelt offen und freundlich.

Meine Gesichtszüge wirken härter. Drei Monate nach Willys Geburt habe ich immer noch dunkle Ringe unter den Augen und die vollen Brüste und den runden Bauch einer stillenden Mutter.

Tagsüber sitzen wir in unseren Liegestühlen, lesen oder unterhalten uns mit anderen Passagieren. Dreimal täglich gehe ich in unsere Kabine und pumpe die Milch ab. Irgendwann schütte ich die ganze Milch in den Atlantischen Ozean.

Abends wird an Bord getanzt. Ich tanze sehr gern, und Steve ist ein guter Tänzer. Doch wir tanzen nicht. Wir sitzen an unserem Tisch, nippen an Drinks und sehen den Paaren auf der Tanzfläche zu.

Der zur Unterhaltung der Passagiere engagierte Komiker kommt an unseren Tisch. »Probieren Sie das mal bei Ihren Kindern.« Er faltet eine Dollarnote zu einem C und legt sie mir in die Hand.

»Sagen Sie dreimal ›Dwin‹.«

»Dwin, dwin, dwin.«

Er nimmt die Dollarnote, als wäre sie ein Telefonhörer, und spricht hinein: »Hawo? Hawo? Hawo.«

»Ein toller Abend«, sagt Steve.

# *Kapitel Achtzehn*

Hin und wieder meldet sich ein Journalist bei mir, der über Salinger schreibt und etwas von mir hören möchte. Solche Anrufe kommen beispielsweise, nachdem bekannt geworden ist, daß Mark David Chapman den *Fänger im Roggen* mit sich herumtrug, als er vor dem Dakota-Building John Lennon erschoß. Auf die Frage nach Jerry Salinger habe ich eine Standardantwort parat: »Ich habe ihn vor langer Zeit gekannt. Ich spreche nicht über ihn.«

Ich werde nach New York zu einer Party eingeladen, bei der ein Essayband aus der Feder von Frauen gefeiert wird, in dem etliche meiner Kolumnen für die *New York Times* enthalten sind. Die Party findet im obersten Stockwerk eines luxuriösen Apartmenthauses mit Blick auf den Central Park West statt. Viele Schriftstellerinnen sind gekommen.

Phyllis Theroux tritt auf mich zu. »Ich habe gehofft, daß ich Sie hier treffen würde«, begrüßt sie mich. »Vor ein paar Jahren hatte ich ein Au-pair-Mädchen für die Kinder. Ich kam ins Zimmer, als sie gerade auspackte, und sah einen Stapel Briefe auf dem Bett. Ich fragte sie, von wem die Briefe sind. ›Ach, die‹, antwortete sie. ›Das sind Briefe von Jerry Salinger.‹ Ich fragte nach, ob sie J. D. Salinger meine. Sie bejahte.«

Falls die Geschichte noch weitergeht, bekomme ich es nicht mit. Mir wird weich in den Knien, und Übelkeit steigt auf. Ohne ein Wort lasse ich Phyllis Theroux stehen.

Unsere Begegnung hat keine drei Minuten gedauert. Aber danach hat sich für mich die Welt verändert. Den Verlust von Jerry Salinger habe ich schon vor Jahren verwunden. Ein paar Jahre danach habe ich ihn zum zweiten Mal verloren, als er mich seine Verachtung für meine Art zu schreiben spüren ließ. Nun, als ich dachte, ich hätte nichts mehr zu verlieren, trifft mich dieser neue Schlag.

In all den Jahren hatte ich geglaubt, mein Platz in Jerry Salingers Leben sei einzigartig. Er liebte mich zwar nicht mehr, aber ich war mir ganz sicher, daß er mich auf eine Weise geliebt hatte wie niemanden sonst. Ich bin der festen Überzeugung – wie in einem Countrysong –, daß er genau wie ich nie mehr eine solche Nähe und Verbundenheit mit einem anderen Menschen spüren wird, wie es sie zwischen uns gegeben hat. Diese Gewißheit habe ich all die Jahre wie eine Perle in der Tasche mit mir herumgetragen. Ab und zu habe ich die Perle zwischen den Fingern gedreht. Mag sein, daß ich zu einer Frau geworden bin, die Jerry Salinger nicht lieben konnte. Aber ich habe nie daran gezweifelt, daß er das Mädchen, das ich einst gewesen bin, so geliebt hat wie keine andere.

Jetzt stehe ich hier in diesem Raum mit lauter erfolgreichen Schriftstellerinnen, ein Glas in der Hand, die glitzernden Lichter von Manhattan unter mir, und ich fühle mich ausgestoßen. Jerry Salingers Briefe an mich waren mein geheimer Schatz, der Beweis, daß ich etwas Besonderes bin. Es wäre mir nie in den Sinn gekommen, daß ein anderes Mädchen irgendwo auf der Welt ebenfalls Briefe von ihm besitzen könnte.

Ich werde für *Mademoiselle* die monatlichen Buchbesprechungen schreiben. Jeden Tag hält nun der Kleinlaster von UPS vor unserem Haus, und ich bekomme Pakete mit Büchern und Fahnen zum Lesen. Eines Tages sind die Fahnen für eine Salinger-Biographie von Ian Hamilton dabei.

Ich lese den Titel: *Auf der Suche nach J. D. Salinger.* Es gab eine Zeit, da hat mich allein der Name mit Sehnsucht erfüllt. Schon vor Jahren habe ich mir gesagt, daß das vorüber ist.

Ich überfliege die Fahnen nur kurz. Hamilton ist augenscheinlich ein ernsthafter und seriöser Biograph, aber Salinger hat in keiner Weise mit ihm kooperiert. Hamilton stützt sich zu einem guten Teil auf Briefe Salingers an Freunde und Lektoren aus der Zeit von 1939 bis in die frühen sechziger Jahre. Die Empfänger der Briefe haben sie an verschiedene Universitätsbibliotheken verschenkt oder verkauft, und Hamilton hat sie dort aufgespürt.

Ich lege die Fahnen beiseite. Irgendwann teilt mir Hamiltons Verlag Random House mit, daß das Buch in dieser Fassung nicht erscheinen darf. Salinger hat erfahren, daß Hamilton ausführlich aus seinen Briefen zitiert, und daraufhin ein Copyright für seine unveröffentlichten Briefe erwirkt. Nun klagt er gegen Hamilton wegen Verletzung des Copyrights.

In erster Instanz bekommen Hamilton und sein Verlag recht. Das Gericht erkennt zwar an, daß Salinger das Copyright für seine Briefe besitzt, aber es argumentiert, der Umfang, in dem Hamilton aus den Briefen zitiert oder sie paraphrasiert, falle unter die urheberrechtliche Möglichkeit der freien Benutzung.

Diese Entscheidung wird später durch ein erstaunliches Urteil der Berufungsinstanz aufgehoben. Nach diesem Urteil gibt es praktisch keine freie Benutzung von unveröffentlichtem Material wie Briefen. Hamiltons Zitate und Zusammenfassungen seien so umfangreich, daß der Tatbestand der Copyright-Verletzung erfüllt sei.

Ich verfolge Hamiltons Bemühungen, seine Salinger-Biographie doch noch zu veröffentlichen, nur am Rande, und in den Monaten, solange die juristische Auseinandersetzung währt, schaue ich nicht mehr in die Fahnen hinein. Irgendwann erscheint Ian Hamiltons Biographie von J. D. Salinger dann in stark veränderter Form, doch ich bringe es nicht über mich, sie zu lesen.

Steve hat sich auf die Installation von Dämmplatten spezialisiert. Er kommt erschöpft nach Hause, gießt sich ein Bier ein, tobt vor dem Abendessen mit den Kindern herum, schaut sich ein Spiel im Fernsehen an und geht früh zu Bett.

Er hat sich eine neue Art zu malen ausgedacht. »Bodyprints« nennt er es. Er will einen nackten Körper mit Farbe bemalen und ihn dann wie einen menschlichen Stempel auf ein Stück Leinwand drücken. Der Körper, den er dazu verwendet, ist mein Körper.

Es ist Winter, und in dem nicht isolierten, nur mit einem Holzofen beheizten Atelier wird es nie richtig warm. Steve wärmt die Farbe auf dem Ofen an. Ich stelle mich dicht daneben und ziehe mich aus. Er cremt mich dick mit Vaseline ein und trägt die warme Farbe mit einer Rolle auf.

Auf dem Boden liegen bereits große Stoffbahnen. Ich lege mich auf eine Bahn und presse meinen Körper fest dagegen, damit es einen möglichst guten Abdruck gibt. Steve zieht mich hoch, denn es ist wichtig, daß die Farbe nicht verschmiert.

Das Studio hat keinen Wasseranschluß, also renne ich nackt, von oben bis unten mit Farbe bedeckt, hinüber ins Haus und springe unter die Dusche. Ich stehe lange Zeit im warmen Wasserstrahl und rubble gründlich jeden noch so kleinen Farbrest von meinen Brüsten, denn ich stille meinen Sohn immer noch.

Wir haben wieder mal kein Geld. Inzwischen ist es nicht mehr das Hauptproblem, daß mir die Zeit fehlt, am Schreibtisch zu sitzen. Wenn ich einmal am Schreibtisch sitze, fällt mir nichts mehr ein.

Nach der Veröffentlichung von *Baby Love* hat mein Lektor bei Knopf durchgesetzt, daß mir ein Vorschuß für die Arbeit an einem zweiten Roman gewährt wird. Seit Monaten leben wir von Geld, das es mir ermöglichen soll, einen Roman zu schreiben. Statt dessen habe ich ein Baby bekommen. Das Geld ist aufgebraucht.

Ich teile meinem Lektor mit, daß ich keinen Roman abliefern kann. Ich schaffe es einfach nicht, eine ernsthafte Schriftstellerin und Mutter zugleich zu sein.

Eines von den Märchen, die ich meinen Kindern beim Zubettgehen vorlese, hat mich immer besonders fasziniert: die Geschichte von der Müllerstochter, die aus Stroh Gold spinnt. Jeden Abend wird sie in einen Raum mit einem Berg Stroh eingesperrt. Jeden Morgen, wenn die Tür aufgeht, ist aus dem Stroh Gold geworden.

Ich habe immer gesagt, daß ich schlecht geschriebene Texte retten kann. Das habe ich in den Jahren gelernt, als meine Mutter in unserem Wohnzimmer ihre Studenten unterrichtet hat und ich zugehört habe. Ich weiß genau, wo ich den Rotstift ansetzen muß.

Ich rufe eine Redakteurin bei *Good Housekeeping* an, die lange mit meiner Mutter zusammengearbeitet hat und die ich von unserer Reise nach New York, als ich zehn war, kenne. Sie arbeitet jetzt bei *Family Circle.* Mit dem Bild der Müllerstochter vor Augen, die aus Stroh Gold macht, unterbreite ich ihr einen Vorschlag.

»Ich komme einmal im Monat für zwei Tage nach New York. Setzen Sie mich irgendwo in ein Büro. Stapeln Sie Manuskripte auf meinem Schreibtisch. Es ist mir egal, worum es geht und wer sie geschrieben hat. Ich werde sie so redigieren, daß sie veröffentlicht werden können. Mein Name muß nicht darunter stehen. Die Verfasserzeile interessiert mich nicht. Ich möchte jeden Monat einen Scheck über tausend Dollar.«

So überlasse ich künftig einmal im Monat die Kinder Steve und einem Babysitter und fahre nach New York. Einige Monate zuvor habe ich nach der Veröffentlichung meiner »Ihr Standpunkt«-Kolumnen einen Brief von einer Mutter von vier Kindern erhalten, Vicky. Meine Art zu schreiben gefalle ihr und sie wäre gern meine Freundin. Jetzt übernachte ich bei meinen monatlichen Besuchen in New York im Haus von Vicky und ihrem Mann in Brooklyn Heights. Meine Arbeitstage verlaufen so, wie ich es der Redakteurin vorgeschlagen habe: Sie legt mir Manuskripte hin, die bearbeitet werden müssen, und ich poliere sie auf. Die Zeitschrift arbeitet auch mit einem ausgezeichneten Kinderarzt zusammen, der mehr von Babys versteht als vom Schreiben. Ich soll ihm helfen.

In mehrfacher Hinsicht wiederhole ich die Geschichte meiner Mutter. Genau wie sie schreibe ich für Frauenzeitschriften – sogar als Ghostwriter für andere –, und auch in meiner Ehe habe ich Kompromisse gemacht wie sie.

Ich will den Schein wahren, daß alles in Ordnung ist, und bin wie besessen davon, die Sachen meiner Kinder in Ordnung zu halten. Abends schleiche ich wie unter Zwang auf Zehenspitzen in ihre Zimmer und sortiere ihre Legosteine nach Farben in kleine Eimer: rote, blaue, gelbe, weiße. Ich reihe Charlies Schlümpfe säuberlich nebeneinander auf der Fensterbank auf. Einmal verliert Audrey einen Schuh ihrer neuen Crystal Barbie, und ich stelle stundenlang das ganze Haus auf den Kopf auf der Suche nach dem Schuh. Ein anderes Mal läßt Charlie, genau wie ich es ihm prophezeit habe, ein dreißig Zentimeter langes Plastikschwert aus dem Fenster unseres Kombis fallen. Ich fahre achtmal mit aufgeblendeten Scheinwerfern das entsprechende Straßenstück ab, bis ich das Schwert schließlich gefunden habe.

Für *Family Circle* schreibe ich einen Artikel über »Ausgebrannte Mütter«. Darin zitiere ich etliche überforderte Mütter. Tatsächlich stammt jedes einzelne vermeintliche Zitat von mir.

Während mein Leben immer mehr dem Leben meiner Mutter ähnelt, empfinde ich inzwischen so starken Groll ihr gegenüber, daß der Kontakt zwischen uns beinahe unmöglich wird. Meine Schwester berichtet mir Geschichten darüber, wie unsere Mutter in Kanada lebt: daß sie zu einer Party hundert Männer einlädt und keine einzige Frau, daß sie eine Shakespeare-Truppe anheuert, die durch die Zimmer zieht, und regelmäßig in die Szenen hineinplatzt und die weibliche Hauptrolle übernimmt.

Wenn ich solche Geschichten höre, überkommt mich die übliche Mischung widersprüchlicher Gefühle: Ärger und

Stolz. Liebe und Bestürzung. Sehnsucht nach ihr und Furcht vor einer Begegnung. Ich möchte nach Toronto fahren, aber ich habe auch Angst, daß sie mich wieder zurückweisen könnte.

Ich schicke jemand anderen an meiner Stelle: meine Tochter.

Mit vier Jahren fliegt Audrey allein von Boston nach Toronto zu ihrer Großmutter, die sie Oma Del nennt. Ich weiß, daß es Audrey bei meiner Mutter gefallen wird. Meine Mutter wird mit ihr all das tun, was ein kleines Mädchen begeistert – mit ihr Milchshakes in einem schicken Restaurant trinken, Plätzchen backen, Anziehpuppen aus Papier ausschneiden, Verkleiden spielen mit ausgefallenen Kleidern und Hüten. Sie wird Audrey Geschichten erzählen, die wahr sein mögen oder auch nicht und die auf jeden Fall besser sind als jede Fernsehsendung. Audrey wird nach Belieben mit Schokoladenpudding herumschmieren dürfen, und meine Mutter wird sie zu einer Fabrik mitnehmen, die Stoffbänder herstellt. Audrey darf sich einen ganzen Einkaufskorb voller Reste von bunten Bändern aussuchen, und wenn sie dann wieder zu Hause sind, wird meine Mutter mit ihr Puppenkleider nähen und Kuchen backen und die Fingernägel lackieren. Meine Mutter wird für Audrey fast so etwas wie eine Zauberin sein.

Meine Tochter wird meine Mutter lieben, und meine Mutter wird nicht kritisch über sie urteilen, wenn sie nach Toronto zu Besuch kommt. Später, als ich Audrey am Flughafen abhole und sie in meine Arme schließe, kann ich mir vorstellen, wie es ihnen zusammen ergangen ist, und ich erinnere mich, wie es mir mit meiner Mutter ergangen ist, als ich klein war. Am Abend rufe ich meine Mutter an, und wir sprechen darüber, was für ein wunderbares kleines Mädchen Audrey ist. Meine Mutter berichtet mir alles, was sie zusammen unternommen haben.

»Hat sie dir erzählt, wie ich ihr erlaubt habe, alle meine Seidenschals zu holen?« fragt meine Mutter. »Sie hat die Sessel zusammengeschoben und die Schals darüber ausgebreitet, und das war dann ihr Haus. Wir haben kleine Kuchen gebacken für ihre Puppen. Sie hat sie auf einem Tablett in das Zelt gebracht. Und dann hat Joyce gesagt …«

*»Audrey«*, korrigiere ich meine Mutter.

»Ach ja, richtig, ich meinte Audrey.«

# *Kapitel Neunzehn*

Im Frühjahr 1984, nicht lange nach Willys Geburt, bietet mir das Zeitungskonsortium, zu dem die *New York Times* gehört, eine wöchentliche Kolumne über den Familienalltag an. Die Kolumne »Häusliche Angelegenheiten« soll in mehr als zwanzig Zeitungen erscheinen.

Durch meine wöchentlichen Artikel erfahren die Leser, daß Charlie am Daumen lutscht und sehr nachdenklich, geradezu philosophisch veranlagt ist; daß Audrey einen praktisch unerschütterlichen Optimismus besitzt und Freunde, Fremde und ihre Brüder gleichermaßen liebt; daß Willy derjenige in unserer Familie ist, der am ehesten in Schwierigkeiten gerät, dabei aber immer so lustig ist, daß wir uns mühsam das Lachen verkneifen müssen, wenn wir eigentlich mit ihm schimpfen sollten. Über meine Ehe spreche ich nur vage. Aus meinen Geschichten wird deutlich, daß Steve nicht viele Worte macht und ich genau das Gegenteil bin. »Komm auf den Punkt«, sagt er zu mir, wenn ich zu weit aushole.

Ich habe das Geschichtenerzählen von meiner Mutter gelernt. Sie hat sich in ihr Leben hineinerzählt mit dem machtvollsten Werkzeug, das ihr zu Gebote stand, ihren eigenen Worten. Wie meine Mutter praktiziere ich eine Art korrektives Erzählen und erschaffe eine Familienmythologie, die besser ist als die familiäre Realität, vor der ich am liebsten die Augen verschließe. Meine Mutter konnte brillant schreiben, sie hat die Worte gleichermaßen dazu benutzt, sich vor unangenehmen Wahrheiten zu schützen wie sie auszusprechen. »Schreibe so, wie du sprichst«, hat sie mir immer gesagt. Nur zu oft habe ich wie meine Mutter gesprochen – und genau dies verabscheute Jerry Salinger an mir, wie er mir gesagt hat.

Ich weiß, daß es Steve nicht recht behagt, daß ich so über unsere Familie schreibe, wie ich es tue, wenngleich ich Tabuzonen respektiere. Wenn mich jemand fragt, was mein Mann über meine Kolumne denkt, antworte ich wahrheitsgemäß: Er liest sie nicht.

In der Anfangszeit von »Häusliche Angelegenheiten« konzentriere ich mich auf die amüsanten Aspekte des Familienlebens und der Kindererziehung. Ich bin Lucy, und Steve ist Desi. Wir sind unterschiedlicher Meinung, wir streiten, aber am Ende stehen unsere beiden Namen immer ineinander verschlungen in einem großen roten Herz, und ich sage mir, wie glücklich ich bin und wie gut unser Leben ist. Oft sehe ich auch ein, daß ich dumm und vorschnell gewesen bin. Ich gebe meinem Mann die Rolle des Starken, Schweigsamen, der mich wieder auf den Boden der Tatsachen zurückholt, wenn meine Impulsivität mit mir durchgeht.

In meiner Kolumne erzähle ich, wie einmal ein unverhoffter Scheck ins Haus flattert und ich spontan einen Orientteppich für zweitausend Dollar kaufe, obwohl damals das Geld bei uns knapp und unser Haus mit Möbeln vom Flohmarkt ausgestattet ist. Wir streiten, und Steve setzt durch, daß ich den Teppich zurückbringe. In der Kolumne sehe ich zu guter Letzt ein, wie recht er mit seiner Entschiedenheit hatte und wie dumm es von mir war, den Teppich zu kaufen. Ich schreibe nicht, daß dieser Scheck wie die meisten anderen der Lohn für meine Arbeit war. Ich gestatte mir nicht, die Sehnsucht und Enttäuschung und Abhängigkeit gründlich zu untersuchen, die mich dazu gebracht hatten, den Teppich ohne Absprache mit meinem Mann zu kaufen.

In der Kolumne erzähle ich zwar, daß ich manchmal die

Beherrschung verliere, aber ich verschweige das wahre Ausmaß meiner Wutanfälle und daß ich Steve manchmal im Streit anschreie mit den Worten: »Gleich spring ich aus dem Auto!« Ich erzähle, wie enttäuscht ich war, als er mir zum Geburtstag einen Dampfkochtopf geschenkt hat, aber ich schreibe nichts von seiner Enttäuschung, als ich es nicht richtig gewürdigt habe, daß er zu unserem zehnten Hochzeitstag unser Schlafzimmer renoviert hat. Es gibt Verletzungen auf beiden Seiten. Ich zitiere nicht, wie er begründet hat, warum es richtig ist, daß ich im Haushalt mehr tue als er: »Weil ich auf der Baustelle mehr Kalorien verbrauche.« Aber ich lasse mich auch nicht wirklich auf die Frage ein, was es für einen Mann bedeutet, der Maler sein möchte, wenn er jeden Morgen ein Vesperbrot einpackt, auf Baustellen fährt und Dämmplatten anbringt.

Als ich von der Nacht erzähle, in der Charlie geboren wurde, beschränke ich mich auf den Teil der Geschichte, wie Steve allein unseren Sohn entbunden und zuvor überprüft hat, daß nicht die Nabelschnur um seinen Hals gewickelt ist. Den anderen Teil mit der Zigarette und dem Stiefel erzähle ich nicht, und ich erzähle auch nicht, wie mich seine offensichtliche Gleichgültigkeit einmal so zur Verzweiflung gebracht hat, daß ich mir eine Schere geholt und gedroht habe: »Ich schneide mir die Haare ab.«

»Es sind deine Haare«, hat er gesagt.

Meine Unfähigkeit, die Dinge ehrlich zu schildern, hinterläßt bei mir einen bitteren Nachgeschmack. Aber auch wenn ich so vieles nicht erzähle, habe ich seit *Looking Back* einen langen Weg zurückgelegt. In meinen Artikeln versuche ich im kleinen deutlich zu machen, daß das Familienleben am Ende dieser bestimmten Straße in New Hampshire und wohl auch bei den meisten Lesern meiner Kolumne eine tägliche Herausforderung und ein ständiges Ungenügen ist. Ich möchte damit auch die unspektakuläre und oft übersehene Leistung all der Menschen würdigen, die Kinder großziehen und ein Zuhause schaffen.

Zum zweiten Mal in meiner schriftstellerischen Laufbahn finde ich ein großes Echo bei meinen Lesern. Jede Woche trifft ein dicker Umschlag aus New York ein mit langen Briefen, in denen mir Menschen aus ganz Amerika ihr Herz ausschütten.

Nachdem ich die Kolumne eine Zeitlang geschrieben habe, entwickle ich eine Beziehung zu meinen Lesern, die mir ganz neu ist. Die Menschen schreiben mir, daß sie mich zu kennen glauben. Es wird für sie zur Gewohnheit, am Samstagmorgen die Zeitung aufzuschlagen und zu schauen, worüber ich mir Gedanken gemacht habe und was sich bei uns zu Hause ereignet hat. Und ich erkenne die Handschriften auf den Briefumschlägen, weiß bald die Namen der Ehemänner und der Kinder. Ich hefte Fotos aus den Briefen an meine Pinnwand, in kurzer Zeit ist sie mit den Bildern von lauter Frauen bedeckt, denen ich nie begegnet bin. Die Stimmen der fremden Menschen in meinem Briefkasten – genau die Stimmen, vor denen mich Jerry Salinger einst gewarnt hat – werden so etwas wie eine Rettungsleine für mich.

Viele Frauen schreiben mir, weil ich in meiner Kolumne ruhig und behutsam die problematischen Seiten von Ehe und Mutterschaft erörtere. Manche Leser sehen vielleicht nur die lustigen kleinen Geschichten über Kinderstreiche und eheliche Meinungsverschiedenheiten, aber die Frauen, die mir schreiben, wissen es besser. Sie sehen auch meine Traurigkeit und Einsamkeit, sie durchleben in ihrem Alltag die gleichen Gefühle und Sehnsüchte.

Die Briefe meiner Leser haben in den acht Jahren, in denen ich über »Häusliche Angelegenheiten« berichte, eine große Wirkung auf mich. Später schreibe ich auch noch Kolumnen mit lustigen Geschichten, aber die Verwicklungen lösen sich nicht mehr so leicht in Wohlgefallen auf.

Als ich nach vielen Jahren in meiner Kolumne ankündige, daß mein Mann und ich uns trennen werden, reagieren viele Leser bestürzt und ablehnend und manche kritisieren die Entscheidung heftig. Sie hätten gewußt, daß die Dinge nicht perfekt waren. Die Dinge seien nie perfekt. Aber wir hätten doch eine so liebevolle Beziehung gehabt.

Andere Leser schreiben mir, daß sie es schon die ganze Zeit kommen gesehen hätten. Es habe immer zwischen den Zeilen gestanden. Es sei auch in dem eigenartig melancholischen Foto enthalten, das so viel Spannung ausdrücke, auf dem Titelblatt der Buchausgabe meiner gesammelten Kolumnen – auf dem Foto stehe ich mit unseren drei Kindern vor unserem Haus in New Hampshire. Meine Augen sind gerötet, aus gutem Grund: Ich habe geweint, bevor der Fotograf gekommen ist, weil Steve nicht mit auf das Bild wollte.

Aufmerksamen Lesern ist nicht entgangen, daß unsere Ehe dabei war zu scheitern. Eine Leserin, selbst Kolumnistin für den *Oregonian* in Portland, spekulierte in einer Kolumne einmal: »Joyce und Steve haben Probleme« und verwies darauf, daß ich kürzlich eine Umfrage unter meinen Lesern durchgeführt hatte, was sie von ehelicher Treue halten. Bei einem Vortrag in einer anderen Stadt vor Lesern meiner Kolumne bin ich überrascht, wie viele Leute mich hören wollen. Eine Frau stellt in der Diskussion nach meinem Vortrag als erstes die Frage: »Haben Sie sich dann doch einen Orientteppich gekauft?«

»Nein«, antworte ich mit einem Lächeln.

»Sie sollten es tun«, meint die Fragestellerin. »Das ist billiger als eine Scheidung.«

An jenem Abend rufe ich Steve zu Hause in New Hampshire an. »Du wirst es nicht glauben«, erzähle ich, »aber es sind tausend Leute zu meinem Vortrag gekommen.«

»Daß dir das bloß nicht zu Kopf steigt«, erwidert er.

Wenn mich später Leute fragen, woran ich gemerkt hätte, daß meine Ehe in die Brüche ging, antworte ich: »Ich habe meine Kolumnen in der Zeitung gelesen.«

Eines Tages taucht ein Landvermesser bei uns auf. »Wir machen neue Karten«, erklärt er uns. »Da Sie und Ihre Familie die einzigen Anwohner dieser Straße sind, können Sie einen Straßennamen aussuchen.«

Ich serviere die Neuigkeit als besonderen Leckerbissen beim gemeinsamen Abendessen. »Stellt euch vor, in Zukunft wird auf allen Karten von Hillsboro der Name stehen, den wir auswählen.«

Willy, inzwischen drei Jahre, möchte den Namen Sackgasse. Charlie ist für Happy Road. Audrey schlägt Fifth Avenue vor. Steve möchte, daß die Straße seinen Familiennamen trägt.

Der Straße Steves Namen zu geben erscheint mir so, als würde ich ausgelöscht. Ich will sie auch nicht *Maynard-Straße* nennen. Ich möchte, daß sie einen Namen bekommt, der für uns alle steht.

Wir streiten nicht lange. Wie so oft, versinken wir angesichts unserer Meinungsverschiedenheit in Schweigen.

Charlie lutscht seit der Babyzeit am Daumen. Bevor er in den Kindergarten kommt, will er damit aufhören. Ich gehe mit ihm zu einem Kieferorthopäden, der ihm für hundertfünfzig Dollar eine Spange anpaßt, mit der das Daumenlutschen so unbequem ist, daß er es über kurz oder lang aufgeben wird. In der ersten Nacht mit der Spange weint er leise in seinem Bett. Irgendwann kann ich seinen Kummer nicht mehr ertragen und schlage vor, daß er die Spange herausnimmt, wenigstens in dieser ersten Nacht. Aber er schüttelt den Kopf. »Ich werde es aushalten.«

Am nächsten Tag fahre ich Audrey und zwei Freundinnen ins fünfzig Kilometer von Hillsboro entfernte Keene zum Turnen. Meine Söhne nehme ich immer mit, und nach dem Turnen gehen wir alle zusammen Hamburger essen.

Kurz vor acht verlassen wir den Imbiß. Wir sind die halbe Strecke gefahren und alle müde, da stößt Charlie einen Schreckenslaut aus. Er hat seine Spange auf dem Tisch liegengelassen.

Ich wende und fahre zurück nach Keene. Der Imbiß schließt gerade, als wir auftauchen. Die Bedienung hat auf unserem Tisch keine Spange gefunden. »Vielleicht ist sie in den Abfall geraten.«

»Wo ist der Abfall?« frage ich. Sie zeigt auf einen großen Müllcontainer an einer Wand.

Ich schiebe die Rucksäcke und Gymnastikbeutel der Kinder enger zusammen, damit Platz wird für vier riesige Müllsäcke.

Zu Hause bringe ich die Kinder ins Bett und breite Zeitungen auf dem Küchenfußboden aus. Ich schleppe die Müllsäcke herein, leere einen Sack nach dem anderen auf den Zeitungen aus und durchwühle Pommes frites, Reste von Hamburgern und saure Gurken. Am nächsten Morgen hört Charlie, daß ich die Spange nicht gefunden habe, und er sagt mir, er wird auch so nicht mehr an seinem Daumen lutschen, und tatsächlich ist das Kapitel damit abgeschlossen.

Die meiste Zeit gehe ich ruhig und liebevoll mit meinen Kindern um. Aber manchmal bin ich auch erschöpft und ausgelaugt und einsam und enttäuscht. Hin und wieder – im Laufe der Jahre zunehmend häufiger – explodiere ich. Manchmal trifft es meinen Mann. Manchmal unsere Kinder.

Einmal passiert es am Weihnachtsmorgen. In den letzten beiden Wochen bin ich erst spät ins Bett gekommen, ich habe gebacken und genäht und bin einmal um drei Uhr morgens einkaufen gegangen, in ein Warenhaus, das zur Entlastung der hektischen Weihnachtseinkäufer rund um die Uhr geöffnet hat. Wir haben eine Party für fünfzig Leute gegeben, und ich habe es für notwendig befunden, ein Dutzend erlesener Gerichte zu servieren – unter anderem ein besonders aufwendiges aus einem Julia-Child-Kochbuch, zu dem gehörte, daß ich ein rohes Hähnchen an die Lippen halten und so kräftig blasen mußte, daß sich die Haut ablösen ließ. Das Fleisch wurde mit einem Sortiment teurer Zutaten in der Maschine zerkleinert und wieder in die Hühnerhaut hineingestopft und diese dann zu einem großen

Ball zusammengenäht. Das Ganze nennt sich »Hühnchenmelone«.

Ich bin stundenlang herumgefahren auf der Suche nach einer lebensgroßen Schaufensterpuppe für Kinderkleider, Audreys sehnlichstem Wunsch, und einer karibischen Steel Drum für Steve. Ich habe hundert Weihnachtskarten verschickt mit einem Foto von uns fünf, aufgenommen mit Selbstauslöser. Wir sitzen auf dem Sofa neben dem Weihnachtsbaum und sehen glücklich aus.

Am Weihnachtstag stehe ich morgens in der Küche, nachdem alle ihre Päckchen ausgepackt haben. Im ganzen Haus liegt Geschenkpapier herum. Ich habe soeben einen Kuchen mit Schokoladenglasur überzogen und eine Schüssel Mokkacreme kaltgestellt, jetzt bereite ich aus Eischnee Meringen für eine *bûche de Noël* zu. Steve und sein Bruder schauen sich ein Footballspiel im Fernsehen an. Willy fängt an zu weinen.

Ich bitte Steve, daß er mir hilft. »In einer Minute«, antwortet er.

Ich schaue hinüber ins Wohnzimmer, sehe die perfekte Familienidylle, und auf einmal gerät alles aus den Fugen. Erschrocken und fasziniert beobachte ich das Geschehen.

*Jetzt greift Joyce nach dem Weihnachtskuchen, den sie gerade fertiggemacht hat. Sie stopft ihn in die Mülltonne. Sie greift nach einer Mülltüte. Sie zieht sie ins Wohnzimmer. Aber sie wirft nicht das Geschenkpapier hinein. Sie sammelt die neuen Stofftiere ein, den Weihnachtspullover ihres Ehemannes, die Barbie-Puppe und den Skianorak ihrer Tochter.*

»Weihnachten ist vorbei!« schreie ich. Meine Familie beobachtet mich voller Entsetzen. Audrey versucht mich aufzuhalten. »Setz dich hin, Mum.« Charlie schiebt den Daumen in den Mund. Willy brüllt. Steve sagt: »Nimm dich zusammen, Joyce« und geht hinaus. Sein Bruder ist schon verschwunden.

Schließlich breche ich in Tränen aus und entschuldige mich bei allen. Ich hole die Spielsachen wieder aus der Mülltüte. Ich backe einen neuen Kuchen.

»Wenn du dich sehen könntest, Joyce«, sagt mein Mann kopfschüttelnd. Ich schnappe nach Luft. Seine Stimme ist von eisiger Ruhe. Er richtet die Videokamera auf mich, und das rote Licht leuchtet auf.

# *Kapitel Zwanzig*

Im Dezember 1988 – wir sind elf Jahre verheiratet, unsere Kinder sind neun, fünf und drei – drehe ich einen Videofilm über unsere Familie. Ich beginne in der Vorweihnachtszeit. Eine Einstellung zeigt, wie Steve einen schneebedeckten Weihnachtsbaum hereinträgt und wie die Kinder ihn schmükken. Ich filme, wie sie unser Lebkuchenhaus verzieren und wie Audrey und ihre Freundinnen bei ihrer alljährlichen Plätzchenparty Weihnachtslieder singen. Ich filme Charlie als Weihnachtsmann verkleidet und Willy, wie er nur mit einem T-Shirt von Steve bekleidet in der Küche herumhüpft und *The Twelve Days of Christmas* singt, und wie Audrey singt *Go Tell It on the Mountain*.

Ich filme den Weihnachtsabend und den nächsten Morgen: Steve hält seinen neuen Pullover in die Kamera und die mehrbändige Enzyklopädie, die seine Eltern geschickt haben. Audrey und Charlie bauen etwas mit Legosteinen. Willy hat sein neues Stofftier im Arm, dem ich etwas zum Anziehen genäht habe, so wie meine Mutter früher Kleider für meine Stofftiere genäht hat. Später, am Abend, gehe ich mit der Videokamera durchs Haus und filme meine Kinder, die in ihren Betten liegen und schlafen. Am nächsten Tag nimmt Audrey die Kamera und filmt mich beim Schlittschuhlaufen auf unserem Teich, wie ich Figuren auf dem Eis drehe zu einem Lied, das laut aus einem mitgebrachten Kassettenrecorder tönt.

Ich schicke unser Weihnachtsvideo nach Toronto zu meiner Mutter. Sie soll sehen, wie glücklich wir alle zusammen sind. Es kommt keine Reaktion von ihr.

Schließlich rufe ich sie an. Ihre Stimme am Telefon klingt distanziert. Auf meine Frage nach dem Videoband weicht sie aus. »Ich kann jetzt nicht sprechen«, sagt sie. Ich höre, wie sie den Namen meiner Cousine ruft und wie der Hörer auf den Tisch fällt.

Meine Cousine flüstert ins Telefon, sie sei hergekommen, weil meine Mutter anscheinend in eine seltsame, schreckliche Depression verfallen sei. Seit Tagen könne sie nicht mehr aufhören zu weinen. Drei Wochen zuvor war sie mit Sydney in Mexiko. Zwei Monate zuvor hat sie einen neuen Band Memoiren publiziert mit dem Titel *The Tree of Life,* und sie hat wie üblich ihre Fernseh-Talk-Show zu Erziehungsfragen moderiert. Jetzt kann sie das Bett nicht mehr verlassen.

»Was war der Auslöser?« frage ich meine Cousine.

»Dein Videoband.«

Gail war zu Besuch bei meiner Mutter, als das Band eintraf. Beim Anschauen des Bandes wurde meine Mutter zunehmend unruhig und aufgeregt. Es ging an der Stelle los, wo Audrey *Go Tell It on the Mountain* singt und von Jesus Christus spricht. Es wurde schlimmer, als Steve den Karton mit den Nachschlagewerken auspackt, die seine Eltern uns geschenkt haben, und wir alle sagen, wie gern wir sie jetzt bei uns hätten. An der Stelle, wo ich Schlittschuh laufe, wurde meine Mutter so zornig, daß sie von der Couch aufsprang, zum Videorecorder ging und das Band so heftig herausriß, daß die Kassette dabei kaputtging.

»Joyce ist in Schwierigkeiten«, sagte sie zu Gail. »Sie ist schrecklich unglücklich. Ihre Ehe zerbricht.«

Nach dem Vorfall – ich nenne es später »Die schreckliche Sache mit dem Videoband« – sucht meine Mutter einen Psychiater auf. Er erklärt ihr, sie leide an einer Depression, deren Ursache ihre Beziehung zu mir sei. In dieser Phase hat meine Mutter zunehmend Orientierungsschwierigkeiten, wenn sie weggeht, findet sie nicht mehr den Weg nach Hause. Meine

Schwester nimmt sie mit ins Schwimmbad, und dort prallt meine Mutter dauernd gegen die Wände des Beckens.

Am Passahfest ist sie zum Seder-Mahl bei einer Freundin eingeladen. Als die Reihe an ihr ist, aus der hebräischen Haggada vorzulesen, artikuliert sie die Worte wie üblich klar und mit der Fähigkeit des professionellen Redners, sich bis in den hintersten Winkel eines Raumes Gehör zu verschaffen. Nur sind die Worte, die sie so melodisch vorträgt, weder Hebräisch noch Englisch. Sie sind Kauderwelsch.

Der Psychiater behandelt sie weiter wegen Depressionen. Am Muttertag bricht sie zusammen und wird ins Krankenhaus gebracht. Dort wird eine Kernspintomographie durchgeführt, die ergibt, daß meine Mutter einen großen, inoperablen Tumor hat – lokalisiert in dem Teil des Gehirns, in dem auch das Sprachzentrum sitzt. Nach Einschätzung der Ärzte hat sie wahrscheinlich nur noch ein paar Wochen zu leben.

An dem Tag, als der Anruf kommt, fliege ich nach Toronto. Ich fahre direkt ins Krankenhaus. Vor dem Zimmer meiner Mutter treffe ich Sydney, ihren Lebensgefährten. Er hat ihr gesagt, daß sie wohl einen kleinen Schlaganfall erlitten habe. »Sie will sicher wissen, was sie wirklich hat«, sage ich zu ihm.

Ich gehe ins Zimmer und trete ans Bett meiner Mutter. Ich beuge mich zu ihr hinunter und streiche über ihre erstaunlich glatte Wange. Mit sechsundsechzig ist meine Mutter immer noch eine schöne Frau.

»Joyce«, sagt sie. Ihr Gesicht spiegelt schreckliche Angst, ich kann mich nicht erinnern, diesen Ausdruck schon einmal bei ihr gesehen zu haben. Ich weiß, was sie beschäftigt: ob es Alzheimer ist.

»Was ist los mit mir?« fragt sie.

»Du hast Krebs«, antworte ich und nehme sie in den Arm. »Einen Gehirntumor.«

»Aha.« Ihre Augen sind fest auf mich geheftet. Die Panik ist aus ihrem Blick verschwunden. »Und was gedenken sie zu tun?«

»Sie können verschiedenes versuchen. Aber allem Anschein nach ist er nicht operabel.«

»Du meist, ich werde sterben?« fragt sie. Bei den nachmittäglichen Schreibkursen in unserem Wohnzimmer hat sie ihren Schülern immer eingeschärft, die Dinge beim Namen zu nennen. *Sterben,* nicht *fortgehen.*

»Es sieht so aus.«

»Hm.« Sie wirkt eher verblüfft als erschrocken. »Ist das Leben nicht *interessant*?«

Den größten Teil des Sommers verbringe ich in Toronto, im Haus meiner Mutter, Steve kümmert sich mit Hilfe von Babysittern um die Kinder.

Meine Mutter wird sterben, der Tumor beeinträchtigt ihre Sprache und ihre Bewegungen, aber sie hat keine Schmerzen und kann zu Hause bleiben. Sie ist bei klarem Bewußtsein und kann sich unterhalten. Der Tumor, der sie umbringt, macht es ihr schwer, die Worte zu artikulieren, aber seltsamerweise hat sie noch nie so aufrichtig mit mir gesprochen. Sie konnte immer sehr freimütig sein, aber sie war nicht immer ehrlich. Der Arzt hat uns erklärt, daß es ein Symptom dieser Art von Tumorerkrankung ist, Hemmungen auszuschalten.

»Ihr Kinder seid meine Sätze«, sagt sie zu Rona und mir. Sie meint »Schätze«.

»Sydney und ich hatten so guten Sex, bis dieser Tumor dazwischengekommen ist«, sagt sie einmal verträumt.

Ein Freund von ihr, der Geistlicher ist, besucht sie. Zum Abschied beugt er sich zu ihr hinunter und küßt sie. »Wir sehen uns wieder, Fredelle.«

»Nicht unbedingt, Bob«, erwidert sie. »Ich kann jeden Tag den Löffel abgeben.«

»Wir sehen uns wieder«, wiederholt er ganz ruhig.

In der Stimme meiner Mutter schwingt jetzt leichte Ungeduld mit. »Nicht *unbedingt,* Bob.«

»O doch, Fredelle«, beharrt er. »Du verstehst mich nicht. Ich weiß, daß wir uns wiedersehen.«

Jetzt breitet sich ein zärtliches und zugleich spöttisches Lächeln auf dem Gesicht meiner Mutter aus. »Aber Bob. Erzähl mir nicht, daß du immer noch an dieses Zeug glaubst.«

Über Wochen geht es meiner Mutter einigermaßen gut. Sydney und sie beschließen zu heiraten, wir feiern die Hochzeit in ihrem Garten mit einer *Chuppa,* einem Trauhimmel, inmitten der Blumen.

Als ich mich in ihrem Zimmer für die Hochzeit umziehe, fragt sie mich: »Haben deine Brüste schon immer so ausgesehen? Oder erst in letzter Zeit?« Am Arm ihres Enkels Benjamin unternimmt sie einen Rundgang durch die Versammlung der vielen Freunde in ihrem Garten und begrüßt jeden einzelnen.

»Ach Tony«, seufzt sie. »Dich hätte ich gern geheiratet, wenn du nicht schwul wärst.«

»Und du, Joe, hast in deinem Alter noch ein Kind gezeugt. Eine phantastische Leistung!«

»Margaret! Wie gern hätte ich genauso viele Liebhaber gehabt wie du!«

Der Rabbi beendet die Zeremonie. »Fredelle Bruser und Sydney Bacon, möge euch ein langes Leben beschieden sein.« Sydney zerbricht das Glas. Die Stimme meiner Mutter ist immer so volltönend, daß es durch den ganzen Garten klingt, als sie wehmütig sagt: »Wenn es nur so wäre.«

Steve kommt mit den Kindern nach Toronto, damit sie ihre Großmutter noch einmal sehen können. Für Charlie und Willy, sechs und vier Jahre alt, ist die Krankheit meiner Mutter traurig, aber sie erfassen die volle Tragweite nicht. Sie haben meiner Mutter auch nie die langen Besuche abgestattet, die ihrer Schwester so viel bedeutet haben.

Audrey ist elf. Bevor meine Mutter krank wurde, hatten sie geplant, im Sommer nach Audreys zwölftem Geburtstag gemeinsam eine Reise nach Mexiko zu machen. Meine Mutter hat Audrey immer, auch als sie noch sehr klein war, Ansichtskarten von ihren Reisen mit Sydney geschrieben und Päckchen mit Glitzerschmuck und Stoff, Hotelseifen, Parfümproben und lustigen Gedichten geschickt. Bei Audreys letztem Besuch haben sie ein Schnittmuster ausgewählt und meine Mutter hat Audrey ein Kleid genäht mit einer Zickzackborte und Applikationen auf den Taschen. Anschließend hat Audreys Puppe das gleiche Kleid bekommen.

An ihrem achten Geburtstag hat Audrey auf Charlies Frage, was sie sich beim Kerzenausblasen gewünscht habe, geantwortet: »Ich habe mir gewünscht, daß Oma Del ewig lebt.«

Audrey weiß, daß ihre Großmutter stirbt. Jetzt kommt sie herein, mit ihren langen Zöpfen und der Hornbrille und dem dunklen Teint, ihrem stämmigen kleinen Körper, auf dem Kopf einen rosafarbenen Samthut, marschiert geradewegs auf das Bett meiner Mutter zu und umarmt sie. Lange bleibt sie über meine Mutter gebeugt. Dann zieht sie sich einen Stuhl heran und setzt sich hin, als wäre es eine gemeinsame Teestunde.

»Du hast geheiratet!« sagt sie zu ihrer Großmutter. »Jetzt heißt du also Mrs. Bacon.«

Kurz zuvor hat Audrey die Rolle von Koko in *Mikado* gespielt – obwohl es eine männliche Rolle ist. Wenn meine Mutter gesund gewesen wäre, hätte sie die Vorstellung auf keinen Fall versäumt. Sie bittet Audrey, ihr Lied *Tit-Willow* zu singen. Und Audrey singt mit einem klaren, reinen Sopran. Meiner Mutter laufen Tränen über die Wangen, aber sie lächelt.

»Ich werde sie so sehr vermissen«, sagt sie, als Audrey mit ihrem Lied fertig ist.

Während der Zeit in Toronto hole ich die Ordner mit den alten Briefen meiner Mutter hervor, Hunderten von Briefen, die ersten aus den vierziger Jahren, die letzten erst wenige Monate alt. In einem Brief ist von ihrem ewigen Kampf mit der Waage die Rede. »Wenn ich einmal einen Gehirntumor bekommen sollte«, schreibt sie 1962, »werde ich keine Kalorien mehr zählen, das sage ich dir.«

Jetzt koche ich für sie. Jeden Tag backe ich einen Mohnkuchen oder eine Pastete für ihre vielen Besucher. Meine Mutter hat die besten Pasteten weit und breit gebacken und mir all ihre Tricks beigebracht. Ich erkläre etlichen ihrer Freundinnen, wie man so gute Pasteten backt wie sie.

Sie sitzt mit den Besuchern draußen im Garten bei Mohnkuchen und Tee. Sie hat immer viele Fragen, womit jemand beschäftigt ist und wie seine Zukunftspläne aussehen. Sie erinnert sich, wenn jemand kurz zuvor eine vielversprechende Liebesbeziehung begonnen hat und wenn es Schulprobleme mit einem Kind gibt. Und wie immer interessiert sie sich brennend für alles, was mit Sex zu tun hat. So ziemlich jeder Freundin, die sie in jenem Sommer besucht, stellt sie die Frage: »Wie viele Liebhaber hast du gehabt? Welcher war der beste?« Wenn sich die Freundinnen verabschieden, fordert meine Mutter sie auf, sich einen Hut aus ihrer großen Sammlung von Hüten auszusuchen.

Wir reden viel miteinander in jenem Sommer, mehr als in den ganzen letzten Jahren.

Meine Mutter kann noch immer aus dem Schlafzimmer herunterkommen, allerdings wird sie im Laufe der Wochen wackliger. Sie sitzt so gern im Garten, und einmal am Tag schiebe ich sie im Rollstuhl in den Park. Sie weiß immer genau, welche Blumen als nächste blühen werden. Bei meiner Ankunft waren es Hyazinthen und Tulpen. Jetzt sind es Ringelblumen und Zinnien.

Meine Schwester und Sydney sagen immer wieder, daß wir jemanden zur Pflege meiner Mutter einstellen müssen, weil sie beide arbeiten, aber ich will keinen Fremden im Haus. Ich finde, sie soll von jemandem gepflegt werden, der sie liebt, und ich bin bereit dazu.

Im Laufe der Wochen wird das zu einem Streitpunkt zwischen uns. Rona sagt zu mir: »Du steigerst dich zu sehr hinein, Joyce.« Sie hält mir vor, ich sei regelrecht besessen und könne nicht loslassen.

Ich bin sehr dünn, meine Haare habe ich zu zwei straffen Zöpfen geflochten, und ich trage Tag für Tag dasselbe formlose Hängerkleid. Täglich schaue ich bei drei verschiedenen Obsthändlern, wer die schönsten Himbeeren hat und fahre mit dem Bus zu der Bäckerei, die das Challah-Brot hat, das meine Mutter am liebsten ißt.

Es ist Ende Juli, und ich bin mit meiner Mutter allein im

Haus. Sie ist inzwischen ziemlich schwach, und als ich sie zu unserem Spaziergang die Treppe hinunterführe, bricht sie mir auf halber Treppe zusammen. Ich kann sie nicht hochheben. Ich hole Hilfe, gemeinsam bringen wir sie ins Bett zurück. Unten höre ich die Stimmen von Sydney und meiner Schwester und von einer Bekannten Sydneys. »Es war heller Wahnsinn, daß sie versucht hat, mit ihr in den Park zu gehen«, sagt Sydney. »Sie denkt manchmal nicht mit«, erklärt Rona mit ruhiger Stimme.

»Die Küche ist ein Chaos. Von Wischtüchern hat sie anscheinend noch nichts gehört.« Das ist die Stimme von Sydneys Bekannter.

Meine Schwester kommt zu mir, wir reden in einem angrenzenden Zimmer. »Du bist überfordert, Joyce. So kann es nicht weitergehen.«

Ich fahre für ein paar Tage heim nach New Hampshire zu Steve und den Kindern, am Wochenende will ich nach Toronto zurückkommen. Ich sage Steve am Telefon, daß ich gern eine Nacht mit ihm allein irgendwo in Vermont verbringen würde.

Ein paar Tage später essen wir im Four Columns Inn in Newfane, Vermont. Wir haben gerade bestellt, da kommt ein Kellner an unseren Tisch. »Ein Telegramm für sie«, sagt er und zeigt mir den Weg zum Telefon.

Das Telegramm ist von Sydney. Ich rechne damit, zu hören, daß meine Mutter gestorben ist. Aber nein. Er teilt mir mit, daß er und meine Schwester eine Pflegerin und eine Haushälterin eingestellt haben. Ich könne nach Toronto zurückkommen, wenn ich wolle, aber ich müsse seine Bedingungen akzeptieren.

»Du kannst deine Mutter zweimal am Tag besuchen für jeweils maximal eine Stunde. Du wirst nicht mehr in unserer Küche kochen. Bei deinen künftigen Aufenthalten in Toronto wirst du nicht in unserem Haus wohnen. Tony und Eddie haben angeboten, daß du bei ihnen übernachten kannst.«

Nachdem die Frau in der Vermittlung mir den Text vorgelesen hat, hänge ich ein und kehre an unseren Tisch zurück.

Mein Essen ist gekommen, aber ich bringe nichts hinunter. Ich schluchze hemmungslos, die Leute um uns herum sind mir egal.

Mir gegenüber kaut Steve sein Fleisch und schaut mich an. »Ich kann dir nicht helfen, Joyce«, sagt er.

Nach dem Wochenende fliege ich nach Toronto zurück und richte mich bei Tony und Eddie ein. Zweimal täglich besuche ich meine Mutter.

Gutes Essen ist eines der wenigen Vergnügen, die ihr noch geblieben sind. Die neue Haushälterin serviert ihr Gerichte, die sie bestimmt nicht mag, das weiß ich genau – Wakkelpudding und gekauften Kuchen mit grellbunter Glasur. Ich registriere all dies geradezu zwanghaft. Ich bin damit aufgewachsen, daß meine Mutter den Toast auf beiden Seiten mit Butter bestrichen hat, weil sie Butter so liebte – und sie hat immer genau darauf geachtet, die Butter bis zum Rand zu verteilen und sie auf den noch warmen Toast zu streichen, damit sie richtig einziehen konnte. Die Haushälterin streicht eine dünne Schicht Margarine auf den kalten Toast.

Eines Morgens frage ich die Haushälterin nach meinem Besuch um halb elf, ob ich ihr zeigen könne, wie man den Mohnkuchen macht, den meine Mutter so gerne ißt. Sie ist gleich einverstanden, und ich sage, daß ich am nächsten Morgen früh kommen und alle Zutaten mitbringen werde.

Am nächsten Morgen kommt mir Sydney schon draußen entgegen. »Es ist noch nicht Zeit für deinen Besuch, Joyce.«

»Ich will einen Kuchen für meine Mutter backen«, erwidere ich. »Ich zeige der Haushälterin, wie es geht.«

»Nein, das wirst du nicht.«

Ich setze meine Tasche ab. Eier, Butter, brauner Zucker, Mohnsamen und Sauerrahm kullern auf den Bürgersteig. Ich stöhne auf.

Später, bei meinem regulären Besuch, weiß ich, daß ich mich von meiner Mutter verabschieden muß.

Ich lege mich neben sie. »Ich muß nach New Hampshire zurückfahren, Mum.«

»Ich weiß, Liebes.«

»Du warst eine außergewöhnliche Mutter.«
»Ich weiß.«
»Ich liebe dich.«
»Ihr beiden Mädchen. Meine größte Leistung.«

Ich höre ihre Stimme nur noch einmal, am Telefon, als ich wieder zu Hause bin und wir alle wissen, daß sie bald sterben wird. Meine Schwester hält ihr eine Minute den Hörer hin. Meine Mutter kann kaum noch sprechen. Sie sagt nur ein Wort, immer wieder, mir ins Ohr. *Liebe. Liebe. Liebe. Liebe.*

# *Kapitel Einundzwanzig*

Kurz bevor bei meiner Mutter Krebs diagnostiziert wird, hat mir Steve gesagt, daß unsere Ehe am Ende ist. Wir sind gemeinsam zu einem Eheberater gegangen, weniger um die Ehe noch einmal zu retten, sondern weil wir Trost für die bevorstehende Trennung suchten. Einmal fragte uns der Eheberater, was jeder von uns sich von der Ehe wünsche. Ich sagte, ich wünschte mir, verliebt zu sein und selbst sehr geliebt zu werden. Steve schüttelte den Kopf. »Ich war einmal verliebt.« Ich wußte, daß er mich meinte. »Und ich bin froh, daß es jetzt vorbei ist. Ich habe noch andere Dinge in meinem Leben vor, außer jemanden zu lieben.«

Jetzt, wo ich jeden Tag mit dem Tod meiner Mutter rechnen muß, kann ich es nicht ertragen, auch noch meinen Mann zu verlieren. Als ich im August nach Hause zurückkomme, sage ich ihm, daß ich unsere Ehe retten und vielleicht auch noch ein Kind haben möchte.

»Es war ruhiger, solange du in Toronto warst«, sagt er. »In diesem Sommer habe ich gemerkt, daß es besser für uns ist, wenn wir nicht zusammen sind.«

Ich bin am Boden zerstört. Das ist nicht mehr mein Zuhause. In meiner Abwesenheit wurde ein Straßenschild aufgestellt, und der Vermessungsbeamte hat den Straßennamen in seine Unterlagen aufgenommen. Unsere Straße trägt jetzt den Namen meines Mannes.

Ich tue das gleiche, was ich getan habe, als mir zum letzten

Mal ein Mann, den ich liebte, gesagt hat, daß es aus ist: Ich suche ein Haus.

Meine Mutter stirbt am 3. Oktober 1989. Ich habe seit fünf Monaten gewußt, daß dieser Augenblick kommen würde, doch als ich dann den Anruf erhalte, daß sie nicht mehr lebt, durchflutet mich ein schreckliches Gefühl der Einsamkeit. Ich gehe hinaus zu unserem Teich. »Ich bin Waise!« schreie ich hinaus.

Fünf Tage später ziehe ich in ein großes, altes viktorianisches Haus knapp fünfzig Kilometer entfernt, das ich für meine Kinder und mich gekauft habe.

Ich fliege nicht nach Toronto zu dem kurzen Gottesdienst im Anschluß an die Feuerbestattung meiner Mutter. Der einzige Mensch, den ich in Toronto sehen möchte, wird nicht dasein.

Ich bin fünfunddreißig Jahre alt, als Steve und ich uns trennen. Von den anderthalb Jahren in New York abgesehen, habe ich seit meinem neunzehnten Lebensjahr in dem Haus in Hillsboro gelebt, fast mein halbes Leben. Jetzt wache ich nachts auf, weiß nicht, wo ich bin, und laufe gegen eine Wand, weil ich mich in unserem alten Schlafzimmer wähnte. Die Stadt, in der wir nun leben – Keene in New Hampshire, zwanzigtausend Einwohner – ist gewiß alles andere als eine Großstadt, aber ich bin den Verkehrslärm und die Straßenbeleuchtung nicht gewöhnt.

Die Kinder reagieren auf die Mitteilung, daß wir uns trennen, ganz unterschiedlich, jeder gibt seinem Kummer auf seine Weise Ausdruck. Willy stößt ein animalisches Heulen aus, trommelt gegen die Wand und schreit: »Jetzt seid ihr für den Rest meines Lebens geschieden!« Er ist lange Zeit wütend.

Charlie geht ruhig aus dem Zimmer und holt sich einen Kasten Buntstifte. Ohne ein Wort zu Steve oder mir beginnt er zu malen. Er malt ein Herz – kein kleines wie diese Ausstechformen für Plätzchen, sondern eines, das aussieht, als sei es Zentimeter um Zentimeter mit Blut gemalt worden.

Am Schluß setzt er einen kleinen Punkt auf das Papier genau über dem Herz, das soll der Nagel in der Wand sein. Er malt zwei Linien, die das Herz mit dem Nagel verbinden, als wäre es ein Bild, das an dem Nagel hängt. Darunter schreibt er: »Liebe ist die größte Kunst von allen.«

Audrey tut so, als wäre nichts Schlimmes passiert. Sie ist ruhig, umgänglich und scheint fröhlich, auch wenn ihr Lächeln angespannter wirkt als sonst. Über Wochen – während ihre Großmutter stirbt und ihre Mutter nach und nach den Umzug vorbereitet – erzählt sie ihren Freundinnen nicht, was passiert ist.

Nicht lange danach wird Audrey heiser, und die Heiserkeit bessert sich einfach nicht. Innerhalb kurzer Zeit kann sie nicht mehr sprechen. Ein Spezialist für Halserkrankungen diagnostiziert Knötchen auf den Stimmbändern. Die Sache sei gravierend und könne nur operativ behoben werden. Im Anschluß an die Operation dürfe Audrey sechs Wochen kein Wort reden.

Ich finde, daß einem elfjährigen Mädchen ein totales Sprechverbot von anderthalb Monaten nicht zuzumuten ist, und suche eine Logopädin. Zwei Jahre lang fahren wir einmal in der Woche zu ihr, und ganz langsam findet Audrey ihre Stimme wieder, aber es ist eine andere Stimme. Ihre alte Stimme war hoch und kleinmädchenhaft; ihre neue Stimme ist tiefer und seltsam rauchig für ihr Alter.

Den ganzen Sommer schreibe ich darüber, wie es ist, das Sterben meiner Mutter mitzuerleben. Als sie tot ist, teile ich das in meiner wöchentlichen Kolumne mit. Eine Woche später erzähle ich auch das andere: daß Steve und ich uns trennen, daß ich aus unserem Haus ausziehe. Die Kolumne werde ich weiterführen.

Zum ersten Mal kann ich die vielen Frauen und Männer ansprechen, deren Ehen gescheitert sind. Ich fühle mich den alleinerziehenden Eltern nahe – viele haben mir geschrieben, daß sie sich manchmal ausgeschlossen gefühlt hätten, wenn sie meine Berichte über mein Leben mit Ehemann und Kindern lasen.

Aber mehr als ein Dutzend der vierzig Zeitungen aus dem Konsortium, die meine Kolumne bringen, stellen danach die Veröffentlichung ein. Eine Zeitung, der *Minneapolis Star,* druckt nicht einmal mehr die Kolumne, in der ich meine Trennung bekanntgebe, und viele Leser in den Twin Cities, Minneapolis und St. Paul, denken (wie ich später aus Briefen erfahre), daß ich nicht mehr arbeiten kann, weil der Tod meiner Mutter mich so mitgenommen hat. Die Leser von *The Sacramento Bee* schreien nach der Einstellung der Kolumne so empört auf, daß die Zeitung sie weiter bringt.

Das Zeitungskonsortium teilt mir mit, daß eine für die Familienseiten zuständige Redakteurin befunden habe, »Joyce Maynard sei nicht mehr qualifiziert, über Familienangelegenheiten zu schreiben«. Die Tatsache, daß ich meinen Mann verlassen habe, zeige, daß ich meine Bedürfnisse über die meiner Kinder stelle. Ich schreibe in meinen Kolumnen nicht, daß es nicht meine Entscheidung war, zu gehen.

In den Wochen nach der Trennung bekomme ich fast so viel Post wie nach der Veröffentlichung meines ersten Artikels in der *New York Times* siebzehn Jahre zuvor. Etliche Männer schreiben mir und werfen mir vor, ich sei für das Scheitern ihrer Ehen verantwortlich. »Meine Frau und ich führten eine sehr gute Ehe«, heißt es in einem Brief, »bis Sie Ihre Trennung angekündigt haben.« Eine Frau schreibt, sie habe im Bus von unserer Trennung gelesen und sei in Tränen ausgebrochen.

Viele der Frauen sind wütend auf mich.

In den ersten zwei Jahren nach der Trennung übernimmt mein Sohn Charlie die Rolle des Schlichters und Friedensstifters in unserem Haushalt. Willy ist lustig und zärtlich und oft ganz aufgeregt wegen irgend etwas. Aber er ist auch sehr erschüttert, und so gehe ich mit ihm zu einem Kindertherapeuten. Mit seiner Wildheit und seinem Ungehorsam kann ich umgehen. Aber ich bin immer völlig verzweifelt, wenn er mich ausschließt und sich weigert, mit mir zu sprechen. Ich kann den undurchdringlichen Gesichtsausdruck nicht ertragen, die zusammengekniffenen Augen, denen nichts abzulesen ist, die zusammengebissenen Zähne.

Er hört in seinem Zimmer laut Musik. Ich habe ihn dreimal gebeten, daß er das Geschirr wegbringt, das er im Wohnzimmer stehengelassen hat. Jetzt stürme ich in sein Zimmer, er liegt auf dem Bett und sortiert Karten mit Baseballspielern.

»Komm sofort runter.«

»Gleich.« Er wendet den Blick nicht von den Karten.

»Sofort.« Charlie kommt herein.

»Mom dreht durch«, sagt Willy.

Ich gehe zu seinem Plattenspieler und reiße den Stecker aus der Wand. »Das ist vorbei«, sage ich und trage das Gerät hinaus.

Willy ist erst sechs, aber er ist kräftig und stark. Er schreit mir ins Gesicht: »Das ist meiner. Gib ihn mir wieder! Ich sag's meinem Daddy!«

Ich packe ihn bei den Schultern. »Ist gleich wieder in Ordnung, Mom«, sagt Charlie. »Du kennst Willy doch.«

»Schau mich an«, sage ich zu Willy. Er dreht das Gesicht weg.

»Du sollst mich anschauen. Hör auf, so zu tun, als wäre ich nicht da!« Mein Sohn ist erstarrt, er fixiert die Wand. Sein Gesicht spiegelt Trotz und schreckliche Traurigkeit.

Ich möchte ihn in die Arme nehmen. Ich denke daran, wie er letzte Woche beim Baseball im entscheidenden Spiel einen Homerun geschlagen hat, als alle Male besetzt waren, und wie er, nachdem er über das dritte Mal gerannt ist und das Ziel erreicht hat, nicht stehengeblieben, sondern weitergelaufen ist bis in meine Arme.

»Ich hasse dich!« schleudert er mir entgegen.

Ich weiß, daß ich es bereuen werde, aber ich kann nicht anders. Ich hebe die Hand und gebe ihm eine Ohrfeige.

Im Frühjahr 1991 hat sich unser Scheidungsverfahren zu einer Schlammschlacht entwickelt. Mein Mann hat den Antrag gestellt, mir die Kinder wegzunehmen, weil ich aus psychischen Gründen ungeeignet sei, sie zu erziehen. Aufgrund dieses Antrags werden wir von einem vom Gericht bestellten Vertreter der Jugendfürsorge begutachtet, er stellt mir viele Fragen nach der Alkoholsucht meines Vaters. Steves Anwältin zitiert später Passagen aus meiner Kolumne als Beweis dafür, daß ich psychisch instabil bin und daß ihr Mandant sehr viel besser geeignet ist, das Sorgerecht für unsere Kinder wahrzunehmen. Ein wichtiger Punkt in ihrer Argumentation ist das eine Mal, als ich Willy geschlagen habe. Willys Kindertherapeut soll vor Gericht aussagen, daß es sich um einen Fall von Kindesmißhandlung handelt, aber er lehnt das ab.

Ich sitze im Gerichtssaal und höre, wie mein Mann über ein Gespräch mit unserem Sohn nach dem Vorfall mit der Ohrfeige berichtet.

»Und als die Kinder am nächsten Wochenende zu ihrem regelmäßigen Besuch gekommen sind, wie haben Sie mit Willy über das gesprochen, was seine Mutter getan hat?« fragt die Anwältin ihn. »Wie haben Sie ihn getröstet?«

»Ich habe einen Zeitungsartikel hervorgeholt, in dem Michael Jackson erzählt, wie sein Vater ihn mißhandelt hat und daß er ihm vergeben hat. Ich habe zu Willy gesagt, ich hoffe, daß er eines Tages genauso seiner Mutter vergeben kann. Ich habe ihm gesagt, daß jemand ihr bei ihren Problemen helfen wird.«

Bis jetzt habe ich meine Kolumne weitergeführt. Aber nun kann ich nicht mehr darüber schreiben, was in meinem Leben geschieht. Ich kann nicht mehr so tun, wie ich es so lange gemacht habe, als wären die Dinge besser, als sie tatsächlich sind. Nach acht Jahren teile ich dem Zeitungskonsortium mit, daß ich meine Kolumne über »Häusliche Angelegenheiten« aufgebe.

Es ist die Woche, in der die letzte Kolumne erscheinen soll, und ich habe noch nicht einmal begonnen zu schreiben.

Ich weiß nicht, wie ich mich von meinen Lesern verabschieden soll. Ihre Briefe waren mir in den einsamsten Jahren meiner Ehe eine beständige Quelle des Trostes. Zum ersten Mal in den acht Jahren rufe ich meine Redakteurin an und sage ihr, daß ich nicht rechtzeitig fertig werde. Sie meint, daß sie den Redaktionsschluß um eine Stunde hinauszögern kann, allerhöchstens um zwei.

»Schreib so, wie du sprichst«, hat meine Mutter mir immer gesagt. Um halb zwei beginne ich schließlich zu sprechen. Um drei bin ich fertig.

Die Mütter meiner Generation sind mit vielen Vorstellungen aus dem Fernsehen groß geworden. Einer meiner Bekannten – dreiundvierzig und immer noch Junggeselle – sagt, er habe sein ganzes Leben nach Donna Reed gesucht. Das tun doch alle, antwortete ich ihm.

... Ich bin Mutter geworden, während sich eine Revolution vollzog. An der Schwelle zum Frausein haben meine Freundinnen und ich von der Gesellschaft die Botschaft bekommen, daß wir alles haben könnten. Ehe und Kinder und dazu noch eine Karriere. Keine Bridgeclubs mehr. Wir würden Erfüllung im Beruf finden. Und abends würden wir nach Hause kommen, Plätzchen backen und Kindergeburtstage feiern genau wie unsere Mütter, ohne etwas auszulassen. Mütter können alles. Mütter sind perfekt.

... Ich hatte mir vorgestellt, ich würde mich verlieben, heiraten, Kinder bekommen und fortan glücklich leben. Ich hatte recht: Kinder zu haben wurde das größte Glück in meinem Leben. Ich wußte nur nicht, daß die Kinder nicht nur den größten Reichtum in mein Leben bringen würden, sondern auch das Gefühl, vollkommen ermattet, ausgelaugt, am Ende zu sein. Ich wußte nicht, wie oft ich in der Küche stehen würde mit einem kleinen Kind in den Armen, das mir mehr bedeutet als mein Leben. Es weint, ich kann seine Tränen nicht aufhalten, und ich fühle mich allein und hilflos und verzweifelt wie nie zuvor ...

Seit dreizehn Jahren versuche ich herauszufinden, was von Müttern erwartet wird ... Ich dachte, die Aufgabe einer Mutter wäre es, dafür zu sorgen, daß das Leben ihrer Kinder so vollkommen ist, wie es ihr eigenes nicht war.

... Wenn Kinder sehr klein sind, denken sie genauso. Mit drei oder vier sagten meine Söhne regelmäßig zu mir: »Du bist schuld«, wenn sie ihre Milch verschüttet oder ein Spielzeug verloren hatten. Wenn eine Mutter sich für das Glück ihrer Kinder verantwortlich macht, muß sie sich auch die Schuld für allen Kummer geben lassen, den ihre Kinder erleben.

Ich werde den Tag nie vergessen, als Charlie neben mir im Auto saß und die Sonne ihm in die Augen schien. Charlie war damals zwei. Er blinzelte, hielt sich die Hände vor die Augen und fing schließlich an zu weinen. »Die Sonne scheint dir in die Augen«, sagte ich zu ihm.

»Nimm sie weg!« weinte er. Er dachte wirklich, ich könnte das.

Vor zwei Jahren, als meine Ehe in die Brüche ging, kamen wieder viele Leute und sagten mir, was Mütter tun sollten und was Mütter nicht tun sollten. Mütter bleiben mit den Vätern verheiratet ... Mütter stellen immer das Wohlergehen ihrer Familie an die erste Stelle, ganz gleich, wie es ihnen selbst auch ergehen mag ...

... Nicht nur die Kinder wachsen. Auch Eltern wachsen. Genau wie wir beobachten, was unsere Kinder aus ihrem Leben machen, beobachten sie uns, was wir aus unserem Leben machen. Ich kann meinen Kindern nicht sagen, sie sollen nach der Sonne greifen. Ich kann nur selbst nach der Sonne greifen.

# *Kapitel Zweiundzwanzig*

Die Scheidung wird rechtskräftig. Die Kinder bleiben bei mir, jedes zweite Wochenende und die Ferien verbringen sie in unserem alten Haus in Hillsboro, das jetzt das Haus ihres Vaters ist. Die bitteren Zeiten unserer Ehe hätten wir vielleicht überwinden können, aber die Wunden der Scheidung haben bei mir eine solche Wut hinterlassen, daß ich es mir angewöhnt habe, stundenlang im Schwimmbad meine Bahnen zu ziehen. Das Wasser ist einer der wenigen Orte, wo ich ruhig bin.

In meinem Körper fühle ich mich immer noch nicht zu Hause. Mich verfolgt die Stimme meiner Mutter, wie sie mich kurz vor ihrem Tod, als der Gehirntumor ähnlich wie ein Wahrheitsserum zu wirken schien, gefragt hat: »Haben deine Brüste schon immer so ausgesehen?« Ich denke daran, wie gern ich meine Kinder gestillt habe. Damals habe ich mich vollkommen gefühlt, reif und fruchtbar und reich und – nach all den Jahren in einem kindlichen Körper – endlich *weiblich.*

Ich lasse mich für 3000 Dollar operieren – lasse Silikonkissen in meine Brüste implantieren. In dem Gespräch mit dem Arzt frage ich, wie groß meine Brüste anschließend sein werden. »Das kommt darauf an, wieviel Gewebe wir ausfüllen müssen«, erklärt er mir. Ich wache aus der Narkose auf mit Brüsten in Körbchengröße D, rund wie zwei Scheinwerfer.

Nach der Operation habe ich einen Körper wie eine weibliche Comicfigur. Einige Zeit später treffe ich Sydney, den

Ehemann meiner Mutter, in Toronto, und er sagt anerkennend zu mir, nun sähe ich aus wie meine Mutter.

Ich schreibe für die Zeitschrift *Self* einen Artikel über meine Operation. Eine Antriebskraft dabei sind meine ständigen Geldsorgen. Nach dem Sorgerechtsstreit mit meinem Mann schulde ich meinem Rechtsanwalt über 50000 Dollar. Ich mußte eine Grundschuld auf mein Haus eintragen lassen. Doch obwohl das Schreiben in erster Linie dazu dient, Geld zu verdienen und Schulden abzutragen, gehe ich die Arbeit auch mit einem Gefühl der Erleichterung an. Ich habe mich noch nicht ganz von dem Zwang befreit, manche Dinge zu verschweigen, aber ich habe viel gelernt seit den Tagen, als ich die Teile meines Körpers nicht einmal in meinem Tagebuch benennen konnte.

Seit mehr als dreißig Jahren sucht Jerry Salinger Schutz in Abgeschiedenheit und Schweigen. Ich bin zu der Überzeugung gelangt, daß ich am besten Schutz finde, wenn ich mich öffne. Die Entblößung macht mir nichts aus, die Scham ist das Schlimme, und ich habe mit so viel Scham gelebt. Mir machen die Dinge angst, über die niemand spricht.

Wenn ich sage, was ich tue, kann mich kein anderer bloßstellen. Wenn ich mein Leben so lebe, daß ich mich nicht dafür schäme, warum sollte ich dann nicht darüber sprechen können? Ich bin sicher nicht die einzige Frau, die jeden Tag erbrochen hat, die gegenüber ihren Kindern die Beherrschung verloren und die sich ungeliebt gefühlt hat. Ich bin sicher nicht die einzige Frau, die nach mehreren Schwangerschaften ihre Brüste im Spiegel betrachtet hat und in Tränen ausgebrochen ist. Ich weiß jetzt – endlich –, daß ich nicht die einzige bin, die einen alkoholkranken Vater hatte. Damals habe ich zum ersten Mal erfahren, was Scham bedeutet, und diese erste Scham macht, daß mir jede Scham unerträglich erscheint.

In all den Jahren, die ich in dem Haus in Hillsboro lebte – zuerst drei Jahre allein, dann zwölf Jahre mit Steve –, habe ich immer ein Ritual befolgt: In der letzten Kurve, wenn das

Haus in Sicht kam, habe ich aufatmend gesagt: »Ich bin daheim.« Meine Vorstellung war, wenn ich diese Worte einmal auszusprechen versäumte, würde etwas Schreckliches passieren. Wer weiß, was es sein würde? Ich bin kein Risiko eingegangen.

Mehr als einmal sagte mein Mann in besonders schwierigen Phasen unserer Ehe: »Wir können uns nicht scheiden lassen. Du könntest dieses Haus nie verlassen.« Ich hätte darauf hinweisen können, daß ja auch er derjenige sein könnte, der ausziehen würde, aber er liebte das Haus und das Grundstück auch – den Teich, den wir ausgehoben hatten, das Atelier, das er mit seinem Bruder gebaut hatte.

Es gab keinen Ausweg. Für mich war mit dem Haus das Wissen verbunden, daß ich unter diesem Dach unsere drei Kinder geboren hatte. Und das Haus war meine Zuflucht gewesen in der dunkelsten Zeit meines Lebens – hier hatte ich ein Heim gefunden, als ich glaubte, ich würde nie wieder ein Heim haben.

Aber ich habe das Haus schließlich doch verlassen – habe es Steve überlassen, weil es für mich und meine Kinder allein zu einsam und abgelegen gewesen wäre. Beim Auszug dachte ich wie einst beim Auszug aus Jerry Salingers Haus, daß ich mich wohl nie wieder irgendwo so zu Hause fühlen könnte. Das große alte viktorianische Haus in der School Street habe ich ausgewählt, weil man von dort aus Schulen und Spielplätze und alles, was mir sonst noch zu einer normalen, glücklichen amerikanischen Kindheit zu gehören schien, gut mit dem Fahrrad erreichen kann. Es ist eine Gegend wie in den Familienserien, die ich mir früher so gerne im Fernsehen angeschaut habe.

Das Haus meiner Mutter in Toronto wird verkauft. Unter ihren Hinterlassenschaften finde ich eine Gipsmaske meines Vaters; als der Abdruck genommen wurde, muß er etwa fünfunddreißig gewesen sein. Ich hänge sie in unserem neuen Haus an die Wand, und Charlie fragt mich ziemlich erstaunt: »Warum hängt denn die Maske von Daddy an der Wand?«

Ich betrachte das Gesicht meines Vaters an der Wand, und zum ersten Mal fällt mir auf, wie ähnlich sich die beiden Männer sind. Beide sehen unglaublich gut aus – scharfes Kinn, prägnante Wangenknochen und Augen, die sich in das Gegenüber hineinbrennen. Beide sind fast gleich groß und von gleichem Körperbau. Bisher habe ich die Ähnlichkeit tatsächlich nicht bemerkt.

Nach und nach verwandeln wir das neue Haus in ein richtiges Zuhause. Rund um den kahlen Hof lege ich Blumenbeete an. Unser Freund Geoff baut für uns einen Patio, so können wir im Sommer draußen grillen, ein anderer Freund hebt einen Goldfischteich mit einem Wasserfall aus. Auf die Veranda kommt eine Schaukel und in den Hof ein großes Trampolin. Ich streiche das Haus rosa an, die Wände des vorderen Zimmers rot, und stelle ein Puppenhaus ins Fenster. Zu Halloween basteln wir mit Hilfe einiger Kinder aus der Nachbarschaft aus in Streifen gerissenen Leintüchern, die uns die Nachbarn geschenkt haben, und Maschendraht eine anderthalb Meter große Puppe – mit nach vorn ausgestreckten Armen –, hängen sie in einen Baum direkt vor unserem Eingang und strahlen sie mit einem Scheinwerfer an. Aus der ganzen Stadt kommen die Kinder, die an Halloween von Haustür zu Haustür gehen, und sehen sich unsere Puppe an. Thanksgiving verbringen unsere Kinder bei ihrem Vater, ich backe Pasteten für die Suppenküche der Stadt, lade Freunde dazu ein und zeige ihnen die Tricks meiner Mutter. Einen ganzen Monat lang werden in unserem Eßzimmer Geschenke vorbereitet – überall Flitter und buntes Papier.

Wir schaffen uns einen Terrierwelpen an und nennen ihn Opie. Meine Söhne spielen im Frühling Baseball und im Herbst Fußball. Meine Tochter nimmt an Langlauf-Rennen teil. Jeden Mittwochnachmittag fährt Frank, der Musiklehrer meiner Söhne, der in der unitarischen Kirche in der Stadt Klavier spielt, mit seiner Harley, die er sich zum fünfzigsten Geburtstag gekauft hat, bei uns vor, ein Baritonhorn und eine Trompete auf den Gepäckträger geschnallt, und gibt Charlie und Willy Unterricht. Charlie spielt die Rolle des Gauners in *Oliver.* Willy spielt Ben Franklin in *1776.* Audrey bekommt ein Auto, einen 1967er Valiant ganz ähnlich dem, den Steve und ich sechzehn Jahre zuvor in der Woche vor ihrer Geburt erstanden hatten, mit dem Unterschied, daß ihr Auto mit Aufklebern, Seidenblumen und Quastenborten verziert ist.

Unser Haus ist voller Kinder, sie üben Hockeyschläge im Keller, springen Trampolin, hören Musik in Audreys Zimmer. An der Zimmerdecke hat Audrey über hundert getrocknete Rosen aufgehängt, lauter Geschenke aus den letzten Jahren.

Ich verdiene mein Geld hauptsächlich mit einer Kolumne über Kindererziehung für die Zeitschrift *Parenting*. Daneben nehme ich noch viele andere Aufträge an, und finanziell geht es uns endlich einmal besser als seit langem. In einem Sommer schreibe ich, während meine Kinder bei Steve sind, einen Roman mit viel schwarzem Humor, *To Die For.*

Ich führe immer noch Kämpfe, aber ich habe meine alten, besessenen Ansprüche an mich gelockert. Ich lerne Tennis spielen, das habe ich mir immer schon gewünscht. Einige Jahre spiele ich Tennis mit Willy – bis er so viel besser ist als ich, daß es für ihn keinen Reiz mehr hat. Eine Zeitlang ist in den schlimmsten Augenblicken zwischen uns, wenn er besonders wütend oder beunruhigt ist über die Vorgänge zwischen seinem Vater und mir, der Tennisplatz der Ort, wo wir unsere Auseinandersetzungen austragen. Im Sommer fahren wir manchmal abends um zehn mit den Rädern zu den mit Flutlicht beleuchteten Plätzen beim College und dreschen bis Mitternacht auf die Bälle ein.

Ich finde Freunde in der Stadt. Eine Frau, frisch geschieden und Mutter einer Freundin von Audrey, erwähnt bei einer unserer ersten Begegnungen, daß sie mit ihrer Familie aus Cornish in New Hampshire hierhergezogen sei.

»Ach wirklich?« frage ich. »Vor langer Zeit habe ich auch einmal da gelebt. Wo haben Sie gewohnt?«

»Ganz in der Nähe von J. D. Salinger, ein Stück weiter die Straße hinunter.«

»Hatten Sie Kontakt mit ihm?«

»Ich nicht«, erwidert sie, »aber meine jüngere Tochter Mary war gut mit ihm befreundet. Er war ganz verrückt nach ihr.«

Ich streite mich mit Audrey. Sie ist dreizehn oder vierzehn. Sie hat unsere sämtlichen Filzstifte zu ihrem Vater mitgenommen und nicht wieder zurückgebracht. Wenn ich jetzt einen Filzstift brauche, ist keiner da. »Er reicht nicht, daß ich für diese Familie alle Malutensilien kaufe, die es gibt«, schreie ich. »Ich muß auch noch ihn damit versorgen!«

Audreys Stimme ist seit ihrer Erkrankung sehr leise, aber sie antwortet mit großer Entschiedenheit. »Laß deinen Ärger nicht an uns aus, Mom«, sagt sie. »Es tut mir leid, daß du so vieles bezahlen mußt. Aber das ist nicht meine Schuld und auch nicht die Schuld der Jungen.«

Ich schaue in das Gesicht meiner Tochter. Sie gleicht mir so sehr, wie ich in ihrem Alter ausgesehen habe, und es verblüfft mich immer wieder, wie anders sie ist – in vieler Hinsicht klüger, als ich mit dreizehn war und selbst mit zwanzig oder dreißig. Erst in diesem Augenblick wird mir klar, daß ich mich an keine einzige Gelegenheit in all den Jahren des Heranwachsens erinnern kann, wo ich meiner Mutter ins Auge gesehen hätte wie jetzt Audrey mir und ihr gesagt hätte, daß sie im Unrecht ist.

»Du hast recht, Audrey. Es tut mir leid.«

Meine Schwester und ich haben langsam wieder eine vorsichtige Zuneigung entwickelt. Wir telefonieren regelmäßig einmal im Monat.

Nach ihrem Auszug von zu Hause hat Rona über viele Jahre als freie Journalistin gearbeitet und über die Themenbereiche Wirtschaft, Medizin und Erziehung berichtet. Sie hat nie über sich selbst geschrieben.

Nach dem Tod unserer Mutter hat sie eine Kolumne in einer kanadischen Zeitschrift übernommen, und darin behandelt sie zum ersten Mal Themen aus ihrem eigenen Leben. »Ich habe so lange gebraucht, um wie *ich* schreiben zu können«, sagt sie jetzt. »In den Jahren unter Mutters Anleitung ist mir meine eigene Stimme abhanden gekommen.«

Sie wird Redakteurin bei Kanadas größter Frauenzeitschrift *Chatelaine.* Meiner Mutter hätte das sehr gefallen. Im Editorial spricht sie oft voller Wärme und Stolz von unserer Mutter und davon, wie stark der Einfluß unserer Mutter auf sie und viele andere Menschen, die sie kannten, immer noch ist.

Zwischen Steve und mir gibt es nach wie vor so viel Groll, daß es schon schwierig ist, wenn wir bei den Sportveranstaltungen der Kinder auf einer Bank nebeneinander sitzen müssen. Die Freitagabende, wenn die Kinder ihre Sachen in braune Einkaufstüten packen und sich auf den Weg nach Hillsboro machen, und die Sonntage, wenn ich sie wieder abhole, sind voller Spannungen und Auseinandersetzungen, meistens um banale Dinge. Trotzdem schaffen es unsere Kinder, den Graben zwischen ihrem Vater und mir zu überwinden.

Nach der Veröffentlichung von *To Die For* hat ein Produzent Interesse an den Filmrechten angemeldet. Über Jahre hinweg hege ich die Hoffnung, daß der Film gemacht wird, denn ich weiß, daß das viel Geld für mich bedeuten würde. »Wenn unser Schiff einläuft, mache ich eine Reise mit euch«, sage ich. »Wenn unser Schiff einläuft, lassen wir unsere Auffahrt teeren und stellen einen Basketballkorb auf.« »Es gibt neue Fahrräder für alle, wenn unser Schiff einläuft.«

Im Winter 1995 kommt der Anruf, daß unser Schiff eingelaufen ist. Nicole Kidman wird die Hauptrolle übernehmen, Buck Henry schreibt das Drehbuch, Gus Van Sant führt Regie. Ich kann endlich die Rechnung meines Anwalts bezahlen und all die anderen Rechnungen, die ich seit der Scheidung vor mir herschiebe, und es bleibt noch genug Geld übrig, daß ich etwas für die Collegeausbildung der Kinder zurücklegen kann. Zur Feier des Tages gehe ich mit allen dreien ins beste italienische Restaurant von Keene essen. Wir machen eine Reise nach Hawaii. Wir lassen die Auffahrt teeren und stellen einen Basketballkorb auf.

Ich versuche, auch eine Rolle in dem Film zu bekommen,

und schicke den Produzenten ein Videoband, auf dem ich aus dem Drehbuch vorlese. Sie sind einverstanden und geben mir eine kleine Rolle mit ein paar Sätzen Text als Anwältin von Nicole Kidman. Der Film wird in Toronto gedreht. Die Dreharbeiten beginnen im Mai, dem Monat, in dem meine Mutter immer ihre traditionelle Gartenparty gab.

Ihr ganzes Leben lang, seit dem Tag, als sie in den Gemeindesälen Gedichte vortrug bis zu ihrer späteren Karriere als Moderatorin einer Talk-Show, in der sie mit ihren Gästen über Kindererziehung diskutierte, hat meine Mutter eine Bühne gesucht. Sie genoß es, zu einem Publikum zu sprechen. Mir erschien sie immer als eine überlebensgroße Gestalt. Sie hätte zum Film gehen sollen.

Ich teile den Produzenten von *To Die For* mit, daß ich kein Hotel brauche, weil ich bei meiner Schwester wohnen werde. Es ist mein erster Besuch bei ihr seit dem Tod unserer Mutter.

Am Abend meiner Ankunft sagt Rona, sie wolle mir etwas geben. Sie geht hinaus und kommt mit einer kleinen Plastiktüte zurück. Der Inhalt sieht aus wie kleine Steine und Sand – die Asche unserer Mutter.

»Das lag die ganze Zeit bei mir in der Schublade«, sagt sie und reicht mir die Tüte. »Mit Asche kann ich nichts anfangen.«

Sehr früh am nächsten Morgen holt mich ein Wagen ab und bringt mich zum Drehort. Weil ich vom Set direkt zum Flughafen fahre, habe ich meinen Koffer mit der Asche meiner Mutter bei mir.

Der Fahrer setzt mich vor einem Wohnwagen ab, wo die Garderobiere mir die Sachen für meine Rolle gibt: ein wunderbar geschnittenes Kostüm, das meiner Mutter sehr gefallen hätte, hochhackige Schuhe und eine Aktentasche. Meine Haare werden zu einem Knoten zusammengebunden. Nicole Kidman sitzt in dem Sessel neben mir. In der Realität ist sie noch viel schöner als auf der Leinwand. Ich bitte sie um ein Autogramm für meine Kinder. Dann gehe ich in meinen Wohnwagen und ziehe mich um.

Den ganzen Vormittag arbeiten wir an meiner dreiminütigen Szene, und der Regisseur dreht sie mit allen denkbaren Einstellungen. Nicole und ich bahnen uns mindestens dreißig Mal den Weg durch die Statisten, die Reporter spielen, ich halte meine Aktentasche umklammert und sage meine paar Zeilen. Schließlich verkündet der Regisseur: »Im Kasten.« Ich gehe zurück zu dem Wohnwagen, ziehe das wunderbare Kostüm und die hochhackigen Schuhe aus und gebe die Aktentasche zurück.

Vorher nehme ich aus der Aktentasche aber noch die kleine Plastiktüte mit der Asche meiner Mutter heraus, die ich am Morgen hineingelegt habe. Ich weiß, meine Mutter hätte ihren Spaß daran, daß sie auf diese Weise doch noch zum Film gekommen ist.

Irgendwann verstreuen Audrey und ich die Asche meiner Mutter in New Mexico.

Ich kann meine Mutter immer noch nicht loslassen. Manchmal sehe ich auf der Straße eine Frau Mitte sechzig mit einem großen, bunten Hut und dem gleichen zielstrebigen Gang wie meine Mutter. Dann folge ich ihr eine Minute lang, als wäre sie meine Mutter.

Im Bad einer Freundin steht ein Fläschchen mit dem gleichen Parfüm, das meine Mutter benutzt hat. Ich öffne es und rieche daran. Ich fasse in die Tasche eines Mantels, der einmal ihr gehört hat, und finde einen Zettel, auf dem sie sich verschiedene Dinge notiert hat, den Titel eines Buches oder einer Schallplatte oder eines Films. *Hörnchen. Saure Sahne. Bergkristalle.* Die Steine waren für Audrey gedacht.

Nach so vielen Verlusten wünsche ich mir, ich könnte wieder einmal mit dem Menschen sprechen, der vor langer Zeit mein Landsmann war. Und so schreibe ich Jerry Salinger wieder einmal einen Brief. »Kann ich dich irgendwann besuchen und mit dir spazierengehen?« Er antwortet nicht.

Ich wünsche mir auch Frieden mit Steve.

Mir kommt die Idee, daß ich vielleicht eine Romanfigur

schaffen könnte, eine Frau wie ich, in einer ähnlichen Situation wie ich, nach einer Scheidung, mit ähnlich viel Bitterkeit wie ich. Wenn ich einen Roman über diese Frau schreibe, könnte ich Steve vielleicht klarmachen, wie ich mich fühle. Und meine Romanfigur könnte zur Vergebung bereit sein, wozu ich noch nicht bereit bin.

Im Frühjahr 1994 verbringen die Kinder ihre Ferien bei ihrem Vater. Ich packe meinen Computer ein und fahre ins fünfzehn Kilometer entfernte Brookside Motel. Dort bleibe ich drei Wochen und schreibe die erste Fassung meines Romans *Where Love Goes.*

Die Frau in meinem Roman erkennt schließlich, daß sie ihren Mann einst geliebt hat. In gewisser Weise wird sie ihn immer lieben. »Wie kannst du dein Kind anschauen und in ihm nicht den Teil sehen, der von seinem Vater kommt?« fragt sie sich. »Wie kannst du diesen Teil nicht lieben?«

Am Ende von *Where Love Goes* hat die geschiedene Mutter ihrem Mann verziehen. Sie sind zwar nicht Freunde geworden, aber sie können bei Fußballspielen nebeneinander sitzen und miteinander sprechen, wie es sich meine Kinder von ihrem Vater und mir wünschen.

Mit der Verfilmung von *To Die For* sollen die Filmfestspiele von Toronto eröffnet werden. Ich beschließe, alle drei Kinder zur Galapremiere mitzunehmen. Ich rufe meine Schwester an und erzähle ihr die Neuigkeit.

»Ich hoffe, wir bekommen noch Karten«, meint sie. »So etwas ist schnell ausverkauft.«

»Rona, ich besorge natürlich Karten für euch.«

»Dann wirst du ein Hotelzimmer brauchen?« fragt sie.

Meine Schwester und ihr Mann haben ein großes, schönes Haus. Benjamin lebt nicht mehr bei ihnen. »Ich dachte, wir könnten bei euch wohnen«, sage ich.

»Oh.«

Am nächsten Tag ruft sie mich an. »Ich habe über euren Besuch nachgedacht. Du kannst mit den Kindern in unserem Haus wohnen.«

»Wunderbar.«

»Paul und ich gehen ins Hotel.«

Und das tun sie tatsächlich. Aber jeden Morgen vor der Arbeit kommen sie aus dem Hotel zu uns in ihr Haus zu einem fröhlichen gemeinsamen Frühstück.

»Weißt du, Rona«, sage ich eines Tages zu ihr, »manchmal habe ich das Gefühl, daß du mich überhaupt nicht magst.«

»Nein.« Sie spricht sehr langsam, und ich merke, wie schwer es ihr fällt.

»Das ist es ganz und gar nicht. Es nur so, daß du ... so viel ... Raum ... einnimmst.«

Es ist Sonntag, Mitte Januar 1995, und ich bin dran, unsere Kinder in Hillsboro abzuholen. Heute abend fahre ich besonders ungern, und nicht nur weil es schneit.

Steve und Charlie sind mit Freunden zum Abendessen ausgegangen, Audrey ist an diesem Wochenende nicht nach Hillsboro gefahren, also werde ich nur Willy abholen. Normalerweise bleibe ich bei laufendem Motor im Auto sitzen und warte, daß die Kinder mit ihren Sachen herauskommen. Aber weil Steve nicht da ist, meint Willy, ich solle doch mit ins Haus gehen.

Ich bin seit Jahren nicht mehr in unserem alten Haus gewesen, und ich bin nicht darauf gefaßt, was geschieht, als ich meine ehemalige Küche betrete. Ein bitterer Geschmack steigt in mir auf. Ich gehe in die Diele und werfe einen Blick ins Schlafzimmer, auf das Bett, in dem alle unsere drei Kinder geboren wurden. Der Vollmond leuchtet ins Zimmer. Ich gehe zurück in die Küche, streiche mit der Hand über das Holz des Küchentresens, wo ich bestimmt Tausende von Mahlzeiten zubereitet habe, und schaue aus dem Fenster, wo ein schaurig-schöner Lichtstreifen auf den frischen Schnee fällt. Ich erinnere mich an eine andere Vollmondnacht, als Steve und ich uns so heftig gestritten haben, daß ich bis zum Morgengrauen durch das Haus gewandert bin, mich zu einem Kind und dann zu einem anderen ins Bett gelegt habe und keine Ruhe finden konnte.

Den bitteren Geschmack spüre ich nicht zum ersten Mal: Ich habe ihn auch an jenem Tag vor sieben Jahren gespürt, als ich den Lastwagen mit allen meinen Sachen die Auffahrt hinunter gelenkt habe, und an dem Tag, als ich im Gerichtssaal dem Vertreter der Jugendfürsorge zugehört habe, der sich über meine Leistung als Mutter ausließ. Überraschend ist für mich, daß mich nach so vielen Jahren, als ich zum ersten Mal wieder in meiner Küche stehe, dieselbe rasende Wut überkommt, die ich längst überwunden geglaubt habe.

Willy ist begeistert, daß er mir all die neuen Sachen in seinem Zimmer zeigen kann. Ich bewundere die Bilder an den Wänden und den Felsbrocken, den er im Wald gefunden hat, ein geschnitztes Pferd von einem Flohmarkt und ein Bild von einem Außerirdischen, das Steve für ihn gemalt hat. Aber in meinem Kopf hämmert es.

Auf dem Küchentresen liegt ein Akkuschrauber, den Steve zum Anbringen der Dämmplatten verwendet. Ich nehme ihn in die Hand, als wäre es ein Revolver. Ich lege ihn hin und nehme ihn wieder. Ich schaue nach, wo mein Sohn ist. Auf der Toilette.

Ich schiebe den Akkuschrauber unter meine Jacke und gehe zur Tür hinaus. Ich stehe in der Auffahrt, schaue zum Mond hinauf, der als große gelbe Scheibe rechts über meinem Kopf steht und auf die Apfelbäume, die Fliederbüsche und den zugefrorenen Teich herabscheint. Es schneit stark.

Ich hebe meinen Arm, wie es mir meine Söhne beigebracht haben, wenn sie Bälle fangen geübt haben, und schleudere den Akkuschrauber weg. Ich sehe, wie er zwischen schneebedeckten Büschen landet, gehe ins Haus zurück und rufe Willy.

Zu Hause in Keene ist mir ganz schlecht vor Scham und Verlegenheit. Am nächsten Morgen versuche ich zu arbeiten, aber ich muß immer daran denken, wie Steve seinen Akkuschrauber sucht und ihm irgendwann auffällt, daß er genau an dem Abend verschwunden ist, als ich Willy abgeholt habe.

Ich ziehe meine Jacke an und setze mich ins Auto. Mit dem

vielen Neuschnee auf den Straßen dauert es fast eine Stunde, bis ich in Hillsboro bin.

Als ich um die letzte Kurve biege, sehe ich mit Erleichterung, daß Steves Wagen nicht in der Auffahrt steht. Ich halte vor der Veranda und gehe hinüber zu den Büschen, wohin ich den Akkuschrauber geworfen habe. Zuerst kann ich ihn nicht entdecken.

Aber dann sehe ich den Griff, er schaut gerade ein kleines Stück aus dem Schnee heraus. Ich trockne ihn an meiner Bluse ab, bringe ihn zur Veranda und lege ihn dort auf einen Tisch. Dann setze ich mich wieder ins Auto und fahre weg.

# *Kapitel Dreiundzwanzig*

Im Winter 1996 wird mir klar: Ich muß New Hampshire verlassen. So lange ich hier lebe, wird mich meine Geschichte verfolgen. Audrey geht in einigen Monaten von zu Hause fort. Bei meinen Söhnen dauert es noch ein paar Jahre, bis sie sich auf den Weg in die Welt machen, aber ich denke, sie sind jetzt auch alt genug, daß sie es bewältigen können, wenn sie künftig von einem Elternteil weiter entfernt leben.

Meine Freundin Shirley, eine Immobilienmaklerin, stellt ein Schild mit der Aufschrift ZU VERKAUFEN in unseren Vorgarten, unter den Baum, an dem wir die Halloween-Puppe aufgehängt haben. Am Nachmittag führt sie die erste von vielen fremden Familien durch unser Haus.

Unser Leben wird sich verändern. Ich weiß nicht wie. Ich weiß nicht einmal, wohin wir gehen, ich weiß nur, daß es Zeit ist zu gehen.

Die folgenden Monate werden sehr hart. Ich wandere von Zimmer zu Zimmer in dem Haus, das ich inzwischen ins Herz geschlossen habe, schaue aus dem Fenster und sehe die Kinder auf dem Trampolin im Hof hüpfen – die Jungen haben so weite Hosen an, daß sie sie manchmal beim Hochspringen verlieren –, und ich frage mich, was ich mir nur dabei gedacht habe, als ich diese ganze schreckliche, gewaltsame Veränderung in Gang gesetzt habe. Unser Haus ist vom Keller bis zum Dach vollgestopft, ich habe alle Spielsachen meiner Kinder aufgehoben, weil ich mich nicht davon trennen konnte. Die Schubladen quellen über von alten Schulheften und Briefen und Malstiften, von Modeschmuck, Stoffresten, Knöpfen, Fotos, in den Schränken habe ich die Nähmaschine meiner Mutter, ihren Mixer, ihre Hüte. Freunde fragen mich, wie um alles in der Welt ich dieses Haus ausräumen will, es sei so viel. »Am besten hältst du ein Streichholz dran«, sagt jemand.

»Wie wär's, du könntest doch nach New York ziehen«, schlägt eine Freundin vor. Vicky, die Leserin, bei der ich in den Tagen von *Family Circle* immer übernachtet habe, meint, ich könnte doch nach Brooklyn Heights kommen. Eine andere Leserin und Freundin fände Denver gut. Und wieder jemand anders Portland in Oregon.

Ich fahre für ein Wochenende nach Nordkalifornien und sehe mir Häuser an. Drei Wochen später fahre ich ein zweites Mal hin – diesmal mit Charlie – und besichtige ein Objekt einer Maklerfirma in einer Kleinstadt ein Stück nördlich von San Francisco. Das Haus kostet mehr, als ich mir leisten kann, aber weil ich eine beachtliche Steuerrückzahlung vorweisen kann, aus dem Jahr, als ich meinen Roman an eine Filmgesellschaft verkauft habe, kann ich eine Hypothek aufnehmen. Ich stelle mir selbst die Frage: »Was ist das Schlimmste, das passieren kann?« und unterbreite ein Angebot für das Haus.

An dem Tag, als ich den Zuschlag bekomme, ruft mich Audrey aus Keene an und sagt mir, daß in unserem Haus eingebrochen wurde. Verschwunden sind unsere Fahrräder, Snowboards, die Stereoanlage, die Gitarre, der Videorecorder, die Kamera, mehrere Computer – auch der Computer, an dem ich arbeite, mit Hunderten von Seiten Text, von denen ich keine Kopien auf Disketten habe.

Wieder zu Hause verbringe ich Stunden mit der Polizei und den Ermittlern der Versicherung. Es stellt sich heraus, daß meine Tochter in der Nacht vor dem Einbruch eine Party in unserem Haus gefeiert hat, Nachbarn haben wegen dem Lärm bei der Polizei Anzeige erstattet. Als sie zwei Tage darauf den Einbruch meldete, waren sie und ihre Freunde die

Hauptverdächtigen. »In solchen Fällen«, erklärt mir der Detective, »war es meistens jemand aus der Familie.«

Die Polizei befragt sämtliche Freunde von Audrey. Eines Tages sehe ich zufällig durchs Fenster, wie ein Ermittler sich mit einem der Jungen unterhält, die jeden Tag nach der Schule zu uns kommen und auf unserem Trampolin hüpfen. Bald kommt niemand mehr. Alle jungen Leute in unserem Hof sind verdächtig. Auch ich schaue sie mit anderen Augen an. Könnte es der Junge gewesen sein, den ich immer zu Plätzchen eingeladen habe, oder der andere dort drüben?

Meine Tochter und ich hatten das ganze Jahr schon Probleme miteinander, und jetzt streiten wir heftig. »Du weißt genau, daß du keine Party hättest feiern dürfen, solange ich weg war«, halte ich ihr vor. *Jetzt haben wir die Bescherung.*

Mit Einwilligung der Polizei veröffentliche ich einen Brief in unserer Lokalzeitung. »Die Festplatte meines Computers wurde gestohlen«, schreibe ich. »Ich verdiene meinen Lebensunterhalt mit Schreiben. Wenn jemand etwas über den Verbleib der Festplatte weiß, möge er sie bitte zurückgeben. Legen Sie sie einfach vor die Tür. Es werden keine Fragen gestellt.«

Zwei Tage später läutet um zehn Uhr abends das Telefon. Am Apparat ist eine Frau aus der Stadt. »Kommen Sie gleich zu mir«, sagt sie. Ich brauche nicht zu fragen, warum.

Sie und ihr Ex-Mann, der ganz in der Nähe wohnt, sitzen im Wohnzimmer, vor sich die Festplatte meines Computers, die sie von ihrem zwanzigjährigen Sohn haben. Audrey kennt ihn flüchtig von der High-School, ist aber nicht mit ihm befreundet. Der Vater sagt, er habe die Festplatte in einem Schuppen hinter dem Gebäude gefunden, in dem er seine Wohnung hat. Aber er schwört, sein Sohn sei nicht in mein Haus eingebrochen. »Er hat auf der Party einen Collegestudenten kennengelernt, und der hat ihn gebeten, daß er das Ding ein paar Wochen für ihn verwahrt«, sagt der Vater. »Er hat nur dem Jungen einen Gefallen getan.«

»Unser Sohn hat noch nie etwas angestellt«, beteuert seine Mutter.

Ich wünschte, sie hätten den Computer einfach vor meine Tür gestellt, aber vor allem bin ich sehr glücklich, daß ich meine Festplatte wieder habe. Ich sage dem Vater, er solle sie morgen zu meinem Haus bringen und vor der Tür ablegen, ich werde der Polizei nur diesen Teil der Geschichte erzählen und den Namen ihres Sohnes heraushalten.

Am nächsten Morgen ist die Festplatte wieder da. Aber es stellt sich heraus, daß der junge Mann noch einen weiteren Gegenstand besitzt, den seine Eltern nicht erwähnt haben: meinen Laptop. Er ist beschädigt und nicht mehr brauchbar.

Ich weiß, wenn ich der Polizei und der Versicherung auch von dem kaputten Laptop berichte, wird meine Geschichte unglaubwürdig klingen, und sie werden nicht bezahlen. Die Polizei hat Audrey schon stundenlang verhört, obwohl ihr, da bin ich mir sicher, nur der eine Vorwurf zu machen ist, daß sie gegen meinen Wunsch eine Party in unserem Haus gefeiert hat.

Ich rufe den Vater des jungen Mannes an. »Lassen Sie den Laptop verschwinden«, sage ich zu ihm. »Ich kann nichts damit anfangen.« Er meint, sein ehemaliger Schwiegervater habe einen Bagger. Ich stelle keine Fragen.

Ich rufe die Polizei und die Versicherung an und teile ihnen mit, daß irgend jemand meine Festplatte zurückgebracht hat, von dem Laptop sage ich nichts. Die Polizei schickt einen Beamten, der die Festplatte auf Fingerabdrücke untersucht.

Ich ersetze die gestohlenen Gegenstände und bezahle Tausende von Dollar mit meiner Kreditkarte. Ich denke, daß nun alles vorbei ist.

Drei Wochen später rufe ich den Angestellten bei der Versicherung an, der für die Schadensregulierung zuständig ist, und sage ihm, daß ich den Scheck brauche, damit ich die Kreditkartenabrechnung bezahlen kann. Er eröffnet mir: »Die Versicherung kann noch nichts an Sie auszahlen. Der Fall wird noch einmal aufgerollt.« Meine Kreditkarte wird gesperrt, Strafgebühren und Zinsen laufen auf.

Ein neuer Ermittler taucht bei uns auf – er wirkt sehr viel strenger als sein Vorgänger. »An der Sache ist etwas faul«, erklärt er, »und wir denken, daß es mit Ihrer Tochter zusammenhängt. Ich lasse nicht locker, bis ich die Wahrheit herausgefunden habe.«

Kaum ist er zur Tür hinaus, rufe ich einen der wenigen Anwälte in Keene an, die ich noch nicht im Rahmen meines Scheidungsverfahrens kennengelernt habe – einen Strafverteidiger, den Ex-Mann der Scheidungsanwältin meines Ex-Mannes. Er grillt gerade mit seiner Familie, aber ich sage ihm, daß ich ihn auf der Stelle sprechen muß. »Kommen Sie in mein Büro.«

Eine halbe Stunde später sitze ich ihm gegenüber und erzähle ihm die ganze Geschichte. Ich rechne damit, daß er mir sagt, er könne alles wieder in Ordnung bringen.

Er teilt mir mit, daß der Junge, der meinen Computer hatte, wegen einer anderen Sache unter Anklage steht. Dann eröffnet er mir, daß ich mich zweier Verbrechen schuldig gemacht habe: Behinderung der Justiz und Versicherungsbetrug. Mir droht eine Gefängnisstrafe.

Er zeigt mir die Möglichkeiten auf. »Sie können selbst zur Polizei gehen und die Wahrheit sagen. Oder ich kann versuchen, die Sache für Sie zu regeln. Wie Sie sich auch entscheiden, geben Sie auf jeden Fall nichts zu, ohne daß Sie vorher mit mir gesprochen haben.«

Am nächsten Morgen ruft der Ermittler an. Mein Rechtsanwalt hat sich bei ihm gemeldet und ihm alles erzählt. Fünf Minuten später steht der Kripobeamte vor meiner Haustür.

Bei unserer letzten Begegnung war er sehr hart und furchteinflößend. Diesmal ist er vollkommen verändert. »Hören Sie zu«, sagt er zu mir und legt mir eine Hand auf die Schulter. »Ich kann verstehen, wie so etwas passiert. Sie sind eine alleinerziehende Mutter. Mitten im Umzug. Eine Menge Streß, denke ich mir. Ich will folgendes. Schreiben Sie einfach alles auf, was passiert ist. Von Anfang an.«

Ich bin unendlich erleichtert. Natürlich sage ich ihm alles. Schreiben ist für mich kein Problem. Wann will er es haben?

*Sofort.*

Ich gehe an meinen Schreibtisch und tippe meine Geschichte, der Beamte wartet nebenan. Es werden sechs Seiten. Ich lasse nichts aus.

Ich drucke meinen Text aus und gebe ihn ihm. »Donnerwetter«, meint er. »Sie tippen ganz schön schnell.«

Ich bin immer noch so erleichtert, daß ich ein Exemplar von *To Die For* aus dem Regal nehme und es ihm schenke.

Eine halbe Stunde später ist mein Anwalt am Telefon. Der Ermittler hat meinen Bericht über den Einbruch in unserem Haus als Geständnis an den Bezirksstaatsanwalt weitergeleitet, und der Staatsanwalt hat in zwei Punkten Anklage gegen mich erhoben. Gegen den zwanzigjährigen Jungen, der den Einbruch allem Anschein nach begangen hat, wird keine Anklage erhoben.

»Sie haben denen einiges zuviel erzählt«, meint mein Anwalt. »Ich werde mit dem Bezirksstaatsanwalt reden.«

Mein Anwalt erreicht, daß ich mit einer Entschuldigung und einer Verwarnung davonkomme.

Ende Mai macht Audrey ihren High-School-Abschluß. Charlie und Willy schließen die siebte und achte Klasse ab. Zum Ende des Schuljahres führen sie die *West-Side-Story* auf. Willy spielt Ace, einen von der Gang der Weißen. Charlie, dunkel geschminkt und mit schwarz gefärbten Haaren, ist Bernardo, der Anführer der Puertoricaner.

Ich sitze in dem abgedunkelten Theater – es ist einer meiner letzten Abende in New Hampshire – und schaue zu Steve hinüber, der ein paar Reihen weiter sitzt. Er ist der Mensch im Publikum, dem ich am engsten verbunden und zugleich am meisten entfremdet bin.

Unsere Söhne sehen ihm so ähnlich. Vor allem Charlie – wie er da in der großen Tanzszene unmittelbar vor dem Kampf der Banden über die Bühne wirbelt, könnte er Steve sein in jener Nacht, als wir zusammen Polka getanzt haben. Die gleiche athletische Anmut. Ein Gesicht, das einer Frau das Herz brechen kann.

In meinem Leben als Mutter wird es nicht viele schönere Augenblicke geben als diesen, wo ich meine beiden Söhne zusammen auf der Bühne sehe: Willy schmettert *When You're a Jet*, Charlie tanzt. Ich weiß, daß die Figur, die er darstellt, stirbt. Doch als dann das Messer in die Brust meines Sohnes gestoßen wird, schreie ich auf.

Nach der Aufführung warten Steve und ich in verschiedenen Ecken auf unsere Kinder, die sich umziehen und abschminken, und wir blicken uns an.

»Waren sie nicht großartig?« frage ich vorsichtig.

»Das waren sie«, antwortet er.

»Vielleicht sehe ich dich nicht mehr. Wir gehen nächste Woche weg.«

»Ich weiß. Gute Reise. Und viel Glück.«

Mit Charlie und Willy baue ich das Trampolin ab. Wir packen jetzt jeden Tag. Aber ich habe mich auch entschlossen, daß ich nur wenige von unseren Sachen nach Kalifornien mitnehmen werde. Meine Kinder sollen auswählen, was sie aus unserem Haushalt behalten wollen, ich gebe jedem einen Koffer, und sie können hineinpacken, was sie möchten. Ich verpacke unsere liebsten Kinderbücher, Audreys Puppenhaus, meine Schallplatten und CDs. Einige Möbelstücke, meine Sammlung von alten Andenkentellern aus fast allen fünfzig Bundesstaaten. Ich nehme die Bilder meines Vaters mit und ein paar Schachteln mit alten Briefen, die ich nach dem Tod meiner Mutter aus ihrem Haus geholt, aber noch nicht geöffnet habe.

Ich hänge auf der Vorderseite unseres Hauses ein großes Schild auf, daß wir am letzten Wochenende im Juni einen Flohmarkt veranstalten. Eine meiner Leserinnen hat in Florida von unserem Flohmarkt gehört und reist eigens an, etliche andere kommen aus New York. Zwei treue Leserinnen meiner Kolumne, die ich nicht persönlich kenne, kommen aus Indiana und helfen mir bei den Vorbereitungen. Eine der beiden ist seit ihrer Teenagerzeit in kein Flugzeug mehr gestiegen. Ein ehemaliger Spieler aus der Footballmannschaft übernachtet vor dem Flohmarkt bei uns, damit er die Antiquitätenhändler und Trödler in die Flucht schlagen kann, die sich in aller Frühe bei uns hereindrängen wollen. Um neun Uhr parken so viele Autos vor unserem Haus, daß die Polizei die Straße absperren muß.

Das ganze Wochenende spazieren Leute durch unser Haus und wühlen in den Bergen von Kleidern und Geschirr und altem Spielzeug und Möbeln, die im Hof aufgeschichtet sind.

Ich beschließe, daß ich unseren Flohmarkt als eine Party betrachte, die größte Party, die in unserem Haus jemals stattgefunden hat. Alle Menschen, die wir in der Stadt kennen, kommen. Jeder Besucher nimmt etwas mit, das einmal uns gehört hat – Spielzeug meiner Kinder, Audreys Bergkristallschmuck und Hüte, meine Salzstreuer und Teetassen, Willys Bauchrednerpuppe Charlie McCarthy, den wertvollen Eßtisch aus Teakholz, der meiner Mutter gehört hat, den Kaschmirmantel, den Jerry Salinger für mich gekauft hat. Abends ist unser Haus leergeräumt.

Am 2. Juli, dem Tag, der mein neunzehnter Hochzeitstag gewesen wäre, schließe ich zum letzten Mal die Tür zu unserem großen rosa Haus. Audrey, Charlie, Willy und ich stehen auf dem Bürgersteig und entzünden eine Silvesterrakete. Draußen vor der Stadt sehe ich überall Traktoren auf den Feldern, und die Luft riecht wohlvertraut. In ganz New Hampshire bringen die Farmer an diesem Wochenende das Heu ein.

# *Kapitel Vierundzwanzig*

Unser neues Haus ist nicht einmal halb so groß wie das, aus dem wir ausgezogen sind. Für einen Garten ist kein Platz und für ein Trampolin auch nicht. Es gibt kein Arbeitszimmer für mich, und so stelle ich meinen Computer in unserem Wohnzimmer auf. Über den Kamin hänge ich die *Frau mit rotem Hut* von meinem Vater. In meinem Schlafzimmer hänge ich ein weiteres Bild auf, eine Landschaft in New Hampshire. Auf der Rückseite klebt noch das kleine Schild, das mein Vater vor langer Zeit angebracht hat, als er das Bild bei einer örtlichen Kunstausstellung zeigte. Er hat den Preis auf 25 Dollar festgesetzt.

Unser Haus liegt auf halber Höhe eines Berges. Von meinem Schreibtisch aus sehe ich unten Bussarde kreisen, und ich schaue hinauf zum Gipfel des Mount Tamalpais. Oft ist der Berg morgens, wenn ich aufstehe, ganz von Wolken und Nebel eingehüllt. Im Laufe des Vormittags treten die Konturen dann immer deutlicher zutage, wie ein Polaroidfoto, das sich langsam vor meinen Augen entwickelt. Am Mittag steht er dann massig, teils grün bewachsen, teils nackter Fels, genau meinem Arbeitsplatz gegenüber.

Alles sieht anders aus von hier. Meine Familie, meine Ehe, meine Scheidung. Dinge, die riesig wirkten in der School Street in Keene, an meinem Küchentisch in Hillsboro, auf Jerrys Samtcouch oder in meinem alten Zimmer in Durham, sind nun fast fünftausend Kilometer weit weg. In New

Hampshire kam es mir vor, als gäbe es kein Stück Straße, das ich noch nicht entlanggefahren wäre. Überall lauerten Geister.

Die ersten Wochen in Nordkalifornien bin ich weitgehend für mich. Meine Söhne verbringen die Sommerferien wie mittlerweile ihre meisten Ferien bei ihrem Vater in New Hampshire. Audrey hat einen Job auf Cape Cod.

Ich unternehme Wanderungen in den Bergen, Spaziergänge an der Küste und erkunde die unbekannten Straßen von San Francisco. Nie treffe ich jemanden, den ich kenne.

In den ersten Monaten in Kalifornien empfinde ich so etwas wie Euphorie. Es ist eine enorme Erleichterung, daß die Tortur des Umzugs, der Einbruch und die Auseinandersetzungen mit Steve vorüber sind. Oder wie Willy es am Ende der Ferien vor seinem ersten Schultag in der neuen Schule ausdrückt: »Hier können wir sein, wer wir wollen.«

Ich bedaure es nicht, daß ich die Zelte abgebrochen habe. Meine Kinder gewöhnen sich gut ein. Sie finden neue Freunde. Ich auch. Im Herbst fährt meine Tochter nach Westen und sucht sich einen Job in einem Wintersportort am Lake Tahoe. Wir kommen zurecht.

Doch als der Herbst zu Ende geht, erfassen mich melancholische Gefühle.

Eines Nachts im Traum steht ein Satz vor mir. Er bewegt mich so sehr, daß ich davon aufwache. Es ist die erste Zeile von Tania Blixens Roman *Jenseits von Afrika,* ein Buch, das ich seit zwanzig Jahren nicht mehr in der Hand gehabt habe. »Ich hatte eine Farm in Afrika, am Fuße der Ngongberge.«

Es ist ein so schlichter, gewöhnlicher Satz. Und das eine Wort, *hatte,* drückt so viel Verlust und Sehnsucht aus. Die Farm ist dahin. Die Frau wird nie mehr zurückkehren.

Kurz vor meinem Umzug an die Westküste bin ich nach New York gefahren und habe mit einer Lektorin über ein Projekt für ein Buch gesprochen. Es sollen Erinnerungen werden, habe ich ihr gesagt. Zum ersten Mal sei ich in der Lage, über Dinge zu sprechen, über die ich bis dahin nicht hätte sprechen können. Ich glaube, ich bin nun soweit, daß ich die Geschichte von Jerry Salinger und mir erzählen kann.

Ich habe einen Vertrag für dieses Buch unterschrieben. Ich bekomme einen Vorschuß, der, wenn ich umsichtig bin, ein Jahr für den Lebensunterhalt meiner Familie reichen wird. Ich lasse nichts über den Inhalt des geplanten Buches verlauten, weil ich Jerrys Reaktion fürchte. Zwar will ich endlich diese Geschichte erforschen, doch gleichzeitig erschreckt mich immer noch der Gedanke, daß ich mir seinen Zorn zuziehen könnte. Ich erzähle so gut wie niemandem, woran ich schreibe.

Das Problem ist nur, daß ich das Buch gar nicht schreibe. Fünfundzwanzig Jahre lang bin ich fast jeden Morgen an meinen Schreibtisch gegangen und habe gearbeitet, gleichgültig was sonst in meinem Leben geschah. Ich habe jeweils am Tag nach der Geburt meiner Kinder wieder am Schreibtisch gesessen und an dem Tag, an dem meine Mutter starb. Jetzt sitze ich wieder am Schreibtisch, blicke hinaus auf den Berg und bin nicht in der Lage, aus meiner tiefen Traurigkeit aufzutauchen. Ich nehme Aufträge für Zeitschriften an, damit ich die Arbeit an dem Buch hinauszögern kann. Ich ringe immer noch darum, meine Geschichte für mich zu ordnen.

In all den Jahren meiner Ehe und auch noch nach meiner Scheidung, als ich in Keene lebte, habe ich Jerrys Briefe nicht wieder gelesen. Eine Zeitlang wußte ich nicht einmal, wo ich sie aufbewahrt hatte. Als mir vor ein paar Jahren plötzlich klar wurde, daß ich die Briefe schon sehr lange nicht mehr gesehen hatte, suchte ich sie und konnte sie tagelang nicht finden. Sie lagen überall verstreut. Ein paar Briefe habe ich nicht mehr gefunden, und von den übrigen fehlen Seiten.

Bei der Suche merkte ich, wieviel mir die Briefe bedeuteten. Der Gedanke, daß sie für immer verschwunden sein könnten, erfüllte mich mit einem so tiefen Gefühl des Verlusts, wie ich es bei keinem anderen Gegenstand aus unserem Haus empfunden hätte.

Schließlich fand ich die Briefe, aber ich las sie nicht. Ich kannte ihren Inhalt und die Ansichten des Mannes, der sie geschrieben hatte, mehr als genau.

Nun, mit dreiundvierzig Jahren, hole ich den Stapel Briefe erneut hervor. Ich tue dies an einem Abend, an dem die Kinder bei Freunden sind. Ich breite die Briefe auf meinem Bett aus und betrachte die vertraute Handschrift, das Druckbild der Schreibmaschine, bei dessen Anblick einst mein Herz höher schlug.

Ich beginne zu lesen. Diesmal wirken Jerry Salingers Worte – die vertrauten Worte – anders auf mich.

In den Weihnachtsferien 1996, ein halbes Jahr nach unserem Umzug nach Kalifornien, beginne ich, während die Kinder in New Hampshire sind, endlich mit der Arbeit. Ich schreibe eine Woche an dem einzigen Kapitel meiner Geschichte, das, so denke ich mir, mit Jerry Salinger zu tun haben wird. Ich schreibe vierzig Seiten – eine flotte, objektiv klingende Zusammenfassung, die nach Ansicht eines Freundes, dem ich den Text zu lesen gebe, das Skript für einen PBS-Dokumentarfilm sein könnte – und sage, ich sei fertig. Ich lege das Kapitel beiseite und schaue es ein halbes Jahr nicht mehr an.

Im Juli 1997 fahren die Kinder wieder in die Ferien, ich vermiete unser Haus, weil es ein bißchen zusätzliches Geld einbringt und weil ich spüre, daß ich Abstand brauche, um die Passagen niederzuschreiben, die mir besonders schwer fallen werden. Ich verbringe einen Monat in San Francisco und hüte Haus und Hund einer Familie, die verreist ist.

Ich hole die Geschichte meiner Zeit mit Jerry Salinger wieder hervor.

Ich rufe meinen alten Englischlehrer in Exeter an, Mark – er ist immer noch mein Freund, auch wenn wir uns in den letzten Jahren aus den Augen verloren haben. Ich erzähle ihm, woran ich arbeite. »An was erinnerst du dich noch von deinen Besuchen bei Jerry in jenem Jahr?« frage ich ihn. Ich suche einen Zeugen neben der Achtzehnjährigen, die ich damals war, jemanden, der aus der Perspektive des Beobachters berichten kann, einen von den wenigen Menschen, die ein bißchen von dem mitbekommen haben, was damals zwischen Jerry und mir geschah.

Die Reaktion meines alten Freundes überrascht mich. Seine Stimme am anderen Ende klingt reserviert und distanziert. »Ich muß darüber nachdenken.«

Als ich nichts von ihm höre, schreibe ich ihm und stelle meine Frage noch einmal. Er antwortet, er könne mich bei meinem Vorhaben nicht unterstützen. Er betrachtet das Buch, das ich schreiben will, als eine Verletzung von Jerry Salingers Privatsphäre. Das Wort »ausschlachten« verwendet er nicht, aber viele andere werden es in den kommenden Monaten tun. Er und seine Frau haben nichts zu sagen.

Ich wußte, als ich mit diesem Buch begann, daß manche Menschen daran Anstoß nehmen würden. Aber solche Worte von einem alten, engen Freund machen mich fassungslos. Ich lege seinen Brief hin und schaue aus dem Fenster, mir ist elend zumute.

Im Laufe der nächsten Wochen schreibe ich rund hundertfünfzig Seiten – sie decken die Zeit von der Veröffentlichung meines ersten Artikels in der *New York Times* bis zu meiner Abreise aus Daytona Beach ab.

Ich bin aufgewühlt. Ich beginne mit mehr Gefühl zu schreiben.

Während ich noch in San Francisco bin, teilt meine Schwester mir mit, daß sie all die Jahre die Briefe aufgehoben hat, die ich ihr als junges Mädchen geschrieben habe. Sie schickt mir einen dicken Umschlag, und als ich ihn öffne, kommt es mir vor, als hörte ich eine Stimme – nicht gerade aus dem Grab, aber von einer Person, die nicht mehr existiert. Die Lektüre erschüttert mich. So vieles hat dieses Mädchen nicht gewußt.

Seit nunmehr fünfundzwanzig Jahren verdiene ich meinen Lebensunterhalt mit Schreiben, aber noch bei keiner Geschichte ist mir das Erzählen so schwergefallen, war es geradezu körperlich schmerzhaft wie bei dieser Geschichte. Alle paar Stunden muß ich von dem Tisch aufstehen, an dem ich arbeite. Ich schnappe mir die Hundeleine und gehe mit dem mir anvertrauten Hund die Fillmore Street hinunter, bestelle irgendwo einen Kaffee und lasse mir beim Austrinken viel Zeit.

Vier Wochen bin ich allein in dem Zimmer. Ich bin dankbar, daß der Hund da ist, und dankbar für die Telefongespräche mit meiner kühlen, reservierten und schmerzhaft ehrlichen Schwester. Hin und wieder, wenn ich die Stille unterbrechen will, rufe ich eine Leserin an, die ich im Laufe der Jahre über Briefe kennengelernt habe, und lese ihr am Telefon die eine oder andere Passage vor. Meine Kinder melden sich in bester Laune aus Idaho, wo sie mit ihrem Vater zelten. Manchmal sitze ich allein da und rufe mir Jerry Salingers Gesicht ins Gedächtnis. Ich stelle mir vor, daß er mir über die Schulter schaut, was ich schreibe. Ich stehe auf und gehe mit dem Hund hinaus.

Eine Zeitlang gibt es einen Mann. Aber als ich tiefer in meine Geschichte eindringe, will ich ihn nicht mehr um mich haben und auch keinen anderen Mann. Ich bin ruhelos und nervös und durcheinander. Ich verliere den Appetit. Ich will keine Musik mehr hören.

Zu den vielen bleibenden Einflüssen, die Jerry Salinger in meinem Leben hinterlassen hat, gehört, daß ich Ärzten mißtraue und ihnen möglichst aus dem Weg gehe. Bei den Geburten meiner Kinder waren Hebammen dabei. Hin und wieder bin ich zu Kinderärzten gegangen für Vorsorgeuntersuchungen und Impfungen, und gelegentlich mußte ich mit dem einen oder anderen Kind zur Notaufnahme fahren, weil es sich etwas gebrochen hatte. Vor einigen Jahren fand ich in New Hampshire einen Homöopathen, zu dem ich die Kinder brachte. Aber ich selbst bin nie zu einem Arzt gegangen.

In jenem Sommer leide ich jedoch an gynäkologischen Problemen, wie sie mir in den letzten Jahren immer wieder zu schaffen gemacht haben. Jetzt gehe ich zum ersten Mal in meinem Leben zu einer Frauenärztin.

Erschüttert höre ich mir an, was sie mir nach der Untersuchung zu sagen hat.

»Bei einer Ihrer Entbindungen haben Sie sich schwere Verletzungen zugezogen, äußerlich und innerlich«, erklärt sie mir.

»Sie müssen in den letzten Jahren starke Schmerzen gehabt haben. Das hätte schon vor langer Zeit operiert werden sollen.«

Beim Durchblättern der gelben Seiten auf der Suche nach einem Arzt bin ich auf einen bekannten Namen gestoßen. Mein einstiger Freund Glenn, der Mann, an den ich schließlich meine lange gehütete Jungfräulichkeit verloren habe, ist Arzt geworden und praktiziert in San Francisco. Ich rufe ihn an.

Er ist verheiratet, hat zwei kleine Kinder und lebt nur wenige Kilometer entfernt. Obwohl es zwanzig Jahre her ist, seit wir zum letzten Mal miteinander gesprochen habe, fühle ich mich in seiner Gegenwart unbefangen. Ich erzähle ihm von meinem Buch. Ich frage ihn, was er von meinen sexuellen Schwierigkeiten noch in Erinnerung hat.

»Ich wußte, daß wir es hinkriegen würden«, sagt er. »Ich mußte nur behutsam sein.«

Der Tag kommt, an dem ich meine Kinder am Flughafen abhole, und mit großer Erleichterung lege ich das Manuskript wieder beiseite.

Ich sehe meine Söhne, wie sie aus dem Flugzeug steigen – sie sind gewachsen, braungebrannt und grinsen mich fröhlich an, Charlie hat sein Skateboard unter dem Arm, Willy trägt seine Tennistasche. Ich schließe sie in die Arme. Sie haben sich die Haare raspelkurz schneiden lassen. Auf dem Weg zum Gepäckband muß ich immer wieder über ihre Köpfe streichen.

Im Herbst beschäftige ich mich mit anderen Dingen: Audrey geht jetzt in Santa Cruz aufs College. Ich schreibe ein Drehbuch für *Where Love Goes.* Charlie und Willy spielen Fußball in derselben Juniormannschaft, und ich schaue mir mit

Begeisterung ihre Spiele an. Im letzten Spiel der Saison schießt Willy das entscheidende Tor und dann noch eines. In den letzten Spielminuten will der Trainer Charlie, der die ganze Saison über Verteidiger gewesen ist und unbedingt im Angriff spielen möchte, anstelle seines Bruders als Stürmer einsetzen. Charlie sagt, daß er dann doch lieber auf seiner alten Position bleibt, und beendet die Saison mit seinem Bruder zusammen in einer Mannschaft.

Audrey ruft an und teilt mir mit, daß sie in ihrem Kurs »Einführung in die Frauenforschung« ein Referat halten und eine selbstgemachte Steppdecke zeigen wird. Sie spricht über die Bedeutung von Nähen und Patchwork im Leben von Frauen. Ich nehme mir den Tag frei und fahre zwei Stunden nach Santa Cruz, um sie zu hören.

Ich beobachte meine Tochter, wie sie ihre Steppdecke vor dem großen Auditorium hochhält und voller Selbstsicherheit spricht, und wieder einmal denke ich, wie sehr meiner Mutter das gefallen hätte. Bei unserem letzten Flohmarkt in New Hampshire sind wir kistenweise Stoffreste losgeworden, die wir im Laufe der Jahre gesammelt hatten, darunter viele von meiner Mutter. Aber ein Quadrat in Audreys Quilt, chinesische Seide in Orange und Rot, stammt von einem der bodenlangen, selbstgenähten Kleider, in denen mich meine Mutter immer empfangen hat, wenn ich aus der Schule nach Hause kam.

Nach dem Seminar nimmt mich Audrey mit in die Wohnung im Studentenheim, die sie sich mit sechs anderen jungen Frauen teilt. Sie kochen ein Gericht aus Tofu und biologisch angebautem Gemüse. Allen ist es sehr wichtig, gesund und kräftig zu sein.

An der Wand in ihrem gemeinsamen Wohnzimmer hängt ein Kunstwerk von Audrey und ihren Zimmergenossinnen. Sie haben Gipsabdrücke von ihren nackten Oberkörpern gemacht und sie mit Silberfarbe angemalt. Während wir am Tisch sitzen und essen, betrachte ich die sieben Bäuche und vierzehn Brüste. »Sind sie nicht alle wunderschön?« sagt meine Tochter.

Ich denke jeden Tag an mein Buch, auch wenn ich seit August das Manuskript nicht mehr angerührt habe. Wenn ich allein zum Gipfel des Mount Tam hinaufwandere oder über den Berg nach Stinson Beach hinunter, denke ich an Jerry Salinger, an die Briefe, an meine Ehe.

Ich lese alle Werke von Salinger noch einmal. Mehr als zehn Jahre nach der Veröffentlichung gehe ich in die Bibliothek und leihe mir Ian Hamiltons Salinger-Biographie aus, die ich bis dahin nicht lesen wollte. Da er Salingers Briefe nicht verwenden konnte und da nur wenige Menschen über Salinger sprechen wollten und auch sonst kaum Informationen zur Verfügung standen, konnte Hamilton sich nur auf wenig Material stützen.

Eine Zeile in dem Buch fällt mir ins Auge. Es sind die Worte einer Schriftstellerin namens Leila Handley zu Hamilton, sie kannte Jerry Salinger in den späten fünfziger Jahren. Sie sagt über Salinger: »Es war keine sexuelle Macht, es war eine geistige Macht. Es kam einem vor, als hätte er die Macht, jemanden geistig einzusperren. Als wäre der eigene Geist in Gefahr, nicht die Tugend.«

Ich denke kurz darüber nach, mich mit den Ereignissen im Zweiten Weltkrieg zu befassen, in die Jerry Salinger bekanntlich als Offizier des Geheimdienstes verwickelt war. Eines der bedeutenderen ist unter der Bezeichnung Slapton Sands in die Geschichtsbücher eingegangen. Als Probe für die Landung in der Normandie führten alliierte Soldaten im April 1944 in Slapton Sands in Devon eine Landung durch, sie wurde einer der schlimmsten Mißerfolge der Alliierten im Laufe des Krieges. Durch eine Reihe von Pannen bei der Nachrichtenübermittlung bekamen die Deutschen Wind von dem Plan und griffen in einer Weise an, auf die die alliierten Truppen ganz und gar nicht vorbereitet waren. 745 alliierte Soldaten fielen an einem einzigen Tag. Der Vorfall wurde vertuscht (diese Aufgabe dürfte den Geheimdienstoffizieren in der Armee zugefallen sein). Erst nach dem Ende von Eisenhowers Präsidentschaft kam die Sache ans Tageslicht.

In Salingers Erzählung *Für Esmé mit Liebe und Unrat* heißt es, die Begegnung zwischen dem jungen Soldaten und dem Mädchen Esmé habe am 30. April 1944 in einer Stadt ganz in der Nähe der Küste von Devon stattgefunden, das wäre drei Tage nach der Schlacht von Slapton Sands. Einige Monate später, am Ende der Geschichte, leidet der Soldat offensichtlich unter den Folgen eines Nervenzusammenbruchs.

Ich erwäge, mich mit voller Kraft in die Erforschung der Ereignisse von Slapton Sands zu stürzen, weil es mir so vielleicht gelingt, das Geheimnis zu lüften, warum Jerry Salinger so verschwiegen ist und warum er die Entscheidung getroffen hat, der Welt den Rücken zu kehren. Schließlich sehe ich ein, daß ich das, was ich mit Jerry erlebt habe, nicht dadurch verstehen kann, daß ich ferne Schlachtfelder erforsche.

Von einer befreundeten Zeitschriftenredakteurin bekomme ich die Telefonnummer von Phyllis Theroux.

»Wir sind uns vor vielen Jahren bei einer Party in New York begegnet«, eröffne ich das Gespräch. »Ich weiß nicht, ob Sie sich erinnern –«

»Natürlich erinnere ich mich. Ich habe mich deswegen immer unbehaglich gefühlt. Ich habe Ihnen die Geschichte von den Briefen unseres Au-pair-Mädchens erzählt, weil ich vage im Hinterkopf hatte, Sie hätten Salinger einmal gekannt, und ich dachte, das könnte Sie interessieren. Ich hatte keine Ahnung, daß es Sie so treffen würde. Sie sahen aus, als hätte ich Ihnen einen Schlag versetzt.«

Ich habe ebenfalls Briefe mit J. D. Salinger gewechselt, erzähle ich ihr. Bis zu dem Tag hätte ich geglaubt, ich sei die einzige.

Das Au-pair-Mädchen hieß Colleen O., sagt mir Phyllis. Sie war einundzwanzig, als Phyllis sie im Sommer 1980 für den Haushalt und die Kinder einstellte.

Colleen kam aus einer katholischen irischen Familie. Einige Zeit bevor sie die Stelle bei Phyllis antrat, fuhr sie mit dem Bus zum Dartmouth Winter Carnival, weil sie dort jemanden besuchen wollte, vielleicht einen jungen Mann, mit dem sie befreundet war. Das muß 1977 oder 1978 gewesen sein.

Auf der langen Busfahrt nach Norden begann sie ein Gespräch mit einem sehr charmanten, grauhaarigen Mann neben ihr. Der Bus endete in White River Junction, und sie mußte von dort weiter nach Hanover, acht Kilometer entfernt auf der anderen Seite des Flusses. Sie fragte den Mann, wo sie einen Bus oder ein Taxi bekommen könnte. Er bot ihr an, sie hinzufahren. Er habe »harmlos« ausgesehen, erzählte sie Phyllis. Sie stieg in sein Auto.

Er sagte ihr, er heiße Jerry Salinger. »Sie meinen J. D. Salinger?« fragte sie.

Sie tauschten ihre Adressen aus und schrieben sich Briefe.

Die Korrespondenz zog sich über einige Monate hin. Phyllis war sicher, daß es sich um keine Liebesgeschichte gehandelt hatte. Colleen zeigte Phyllis bereitwillig die Briefe. Phyllis zufolge waren es vorwiegend unterhaltsame Schilderungen, was bei ihm passierte, mit seinem Sohn, mit seinem Garten, seinem Haus. Nichts, was ein Au-pair-Mädchen vor den Blicken seiner Gastfamilie hätte verbergen müssen.

»Colleen war beeindruckt, daß sie Briefe von einem berühmten Schriftsteller erhielt. Als sie mir die Geschichte erzählte, sagte sie leichthin, daß sie ihm noch einen Brief schuldig sei. Fast als wäre es eine lästige Pflicht. So in der Art: ›Nägel schneiden. Haare waschen. J. D. Salinger schreiben.‹ Es schien keine große Sache in Colleens Leben zu sein.«

Die große Sache in ihrem Leben war damals ein junger Mann, den sie kennengelernt hatte, kurz bevor sie bei Phyllis angefangen hatte. Jetzt rief er sie jeden Abend an, sobald die billigeren Telefontarife galten. Nach wenigen Monaten war klar, daß Colleen ihn liebte.

Schließlich gab Colleen O. ihren Au-pair-Job bei Phyllis Theroux auf und zog zurück nach Maryland, weil sie Mike D. nahe sein wollte, dem jungen Mann, der sie den ganzen Sommer über am Telefon umworben hatte.

Die beiden heirateten. Phyllis meint, irgendwo müsse sie

noch ein Hochzeitsfoto haben, das Colleen ihr geschickt habe. Colleen war Thema eines Artikels, den Phyllis veröffentlicht hat. Es hatte nichts mit J. D. Salinger zu tun. Sie werde mir eine Kopie schicken.

Ein paar Tage später ist der Umschlag mit dem Artikel in der Post. Es ist eine einfühlsame Geschichte über ein junges Mädchen, das so umsichtig und effizient war, daß es im Alter von einundzwanzig Jahren mit dem eigenen Dampfkochtopf bei Phyllis Theroux erschien. Colleen hatte in einer Galerie gearbeitet und wollte weiter auf die Schule gehen und reisen, Abenteuer erleben, aus dem heimatlichen Belair in Maryland herauskommen und die Großstadt kennenlernen. Aber jeden Abend rief der junge Mann an und drängte sie, nach Hause zurückzukehren und mit ihm zu leben. Sie war schrecklich hin und her gerissen.

Phyllis hat ein Foto von Colleen und Mike an ihrem Hochzeitstag mit in den Umschlag gelegt. Er wirkt nett und sieht gut aus – dunkles Haar, blaue Augen. Auf dem Foto schmiegt er sich an Colleen und lächelt. Es ist das Bild eines verliebten jungen Mannes.

Das Mädchen auf dem Hochzeitsfoto sieht ebenfalls vollkommen glücklich aus, keine Spur von Konflikten. Sie trägt ein schlichtes blaues Taftkleid mit kurzen Ärmeln und einem weißen Peter-Pan-Kragen, vorn mit einer blauen Taftrose verziert.

Sie ist sehr hübsch, mit sandfarbenen Locken und braunen Augen und einem breiten, vertrauensvollen Lächeln. Ihre Wangen schimmern von Natur aus rosig, ohne eine Spur von Make-up.

Ich will mehr über Colleen O. erfahren. Wenn ich verstehe, was jemand anderem widerfahren ist, wird es mir vielleicht gelingen, endlich zu verstehen, was mir widerfahren ist und warum Jerry Salinger solche Macht über mich besessen hat in all den Jahren, als ich glaubte, er habe niemanden so geliebt, wie er mich liebte.

Ich möchte wissen, was er ihr in seinen Briefen geschrieben

hat. Hat er ihr auch gesagt, sie seien Landsleute, und hat er ihr das Bild vermittelt, daß sie ein ganz besonderes Mädchen ist und daß sie mit ihm und niemandem sonst herausfinden kann, was Erleuchtung bedeutet?

Phyllis Theroux hat mir gesagt, sie habe gehört, daß Colleen und Mike sich vor einiger Zeit hätten scheiden lassen. Sie hat schon lange keinen Kontakt mehr mit Colleen. Aber ich bekomme die Telefonnummer ihres Ex-Mannes heraus, er lebt in einer kleinen Stadt im Süden von Pennsylvania.

Es ist eine seltsame Art, mich einem Fremden vorzustellen, daß ich das Gespräch mit der Mitteilung eröffne, ich hätte vor fünfundzwanzig Jahren eine Liebesaffäre mit J. D. Salinger gehabt. »Ich versuche zu begreifen, was es bedeutet hat«, erkläre ich ihm. »Ich glaube, ihre Ex-Frau hat ebenfalls mit J. D. Salinger korrespondiert.« Ich sage ihm, daß ich es verstehen könnte, wenn er lieber nicht mit mir sprechen wollte.

Aber er will sprechen. Seine Stimme am anderen Ende der Telefonleitung klingt erschüttert, aber auch begierig, ja geradezu hungrig, mit mir zu reden. »J. D. Salinger?« wiederholt er, als spreche er den Namen zum ersten Mal seit vielen Jahren aus. Er nennt mich »Ma'am«.

»Ich kann es gar nicht richtig glauben, daß Sie mich deswegen angerufen haben«, sagt er. »Nach all den Jahren gibt es vielleicht doch noch eine Erklärung.«

Als Mike D. Colleen O. kennenlernte, hatte er einen neun Monate alten Sohn, ebenfalls mit Namen Mike; die Mutter hatte ihn und das Baby verlassen. Er war alleinerziehender Vater und Student. Colleen studierte ebenfalls.

»Sie war das süßeste, unschuldigste Mädchen. Sehr vertrauensvoll. Altmodisch in mancher Hinsicht. Sie hatte hohe Ideale. Sie wollte unbedingt etwas aus sich machen. Sie war sehr liebevoll, sehr großzügig. Wie hätte ich mich nicht in sie verlieben sollen? Sie war die große Liebe meines Lebens.«

Er warb um sie den ganzen Sommer, als sie bei Phyllis Theroux arbeitete. Sie hatte ein Stipendium für das College bekommen, aber nachdem ihre Entscheidung gefallen war, den Job bei Phyllis aufzugeben und Mike zu heiraten, studierte sie nicht weiter. »Ich sagte ihr, sie müsse nicht aufhören, aber sie wollte arbeiten und Mike jr. eine Mutter sein.« Sie adoptierte das Baby.

»Wir hatten eine schöne Zeit zusammen«, erzählt Mike. »Einen kleinen Jungen, den wir sehr liebten, und wir wollten noch mehr Kinder haben.« Ich höre ihm zu, und nach der Erfahrung meiner eigenen Scheidung denke ich daran, wie unterschiedlich zwei Menschen ihre Ehe sehen können. Aus dem Mund der Frau, deren Mann sagt, sie hätten ein wunderschönes Leben gehabt – wie Mike mir sein Leben mit Colleen schildert –, hört sich alles vielleicht ganz anders an.

Mike litt an einer Nierenkrankheit, und während seiner Ehe mußte er dreimal in der Woche zur Dialyse fahren. Aber es ging ihm gesundheitlich immer gut. Er wollte abwarten, bis Mike jr. größer war, und sich dann für eine Nierentransplantation anmelden. Er fühlte sich so gut und kräftig, daß er und Colleen ein aktives Leben führen konnten. Sie unternahmen Wochenendausflüge mit ihrem Sohn. Er trieb Sport. An Zärtlichkeit mangelte es nicht.

Sie hatte ihm erzählt, daß sie Briefe von J. D. Salinger besaß. Sie war sehr stolz darauf. Sie sprach von J. D. Salinger wie von einem guten Freund. »Daran siehst du, daß du nie weißt, wer dir über den Weg läuft«, sagte sie zu Mike.

Hin und wieder bekam sie einen Brief von diesem Jerry Salinger. »Ich habe die Bücher dieses Herrn nie gelesen«, sagte mir Mike, »aber wenn meine Frau mit ihm befreundet sein wollte, dann sollte mir das recht sein.«

Mike und Colleen kauften eine Farm, wo sie Hühner und Pferde halten konnten. Auf dem Küchentresen lag aufgeschlagen ein Tagebuch, darin notierten sie, was sich alltäglich bei ihnen zutrug.

Colleen war gläubige Christin gewesen, als Mike sie kennenlernte, doch im Laufe der Jahre entwickelte sie ein zunehmendes Interesse für Christian Science.

»Aus heiterem Himmel rief sie mich an Thanksgiving am Arbeitsplatz an – später am Tag sollten alle Verwandten zu uns kommen – und eröffnete mir, daß sie uns verlassen werde. Sie packte ihre Sachen zusammen und zog zu ihrer Schwester. Mike jr. war damals vier Jahre alt. Wir waren todunglücklich.«

Mike hatte den Eindruck, daß sie in ein oder zwei Wochen nicht einmal mehr mit ihm sprechen würde, und so ging er zu ihr, solange er es noch konnte. »Vergiß, daß ich dein Mann bin. Stell dir vor, daß ich einfach irgend jemand bin, und versuch mir zu erklären, warum du fortgehst«, sagte er zu ihr. Sie hatte keine Antwort für ihn.

Sie blieb nicht lange bei ihrer Schwester und zog wieder um. Mike erfuhr nie ihre Adresse oder Telefonnummer, er hatte nur die Anschrift eines Postfachs in Windsor im Bundesstaat Vermont. »Zwei Jahre lang schrieb ich ihr jeden Tag. Ich dachte mir, daß sie vielleicht irgendeinen Zusammenbruch erlitten hatte. Ich wußte nicht, was sie brauchte, aber sie sollte wissen, daß wir zu Hause sie immer noch liebten. Ich schenkte ihr eine goldene Kette mit einem Kreuz und schrieb ihr, sie solle es jeden Tag tragen, es werde sie beschützen. Ich verstand einfach nicht, was los war.«

In den zwölf Jahren, seit Colleen – er nennt sie »Col« – gegangen ist, hat sie ihm nie eine Erklärung gegeben. »Wenn ich mir im Fernsehen solche Sendungen wie *Unsolved Mysteries* angeschaut habe, habe ich fast damit gerechnet, daß gleich ihr Gesicht auf dem Bildschirm erscheint.«

Mike hat die Scheidung nicht eingereicht, aber als die Scheidungspapiere kamen, hat er sie unterzeichnet. Er wollte ihr bei ihren Plänen nicht im Weg stehen. Jahrelang trug ihr Sohn ein Foto von Colleen mit sich herum, weil ihm niemand glaubte, daß er eine Mutter hatte, das Foto war sein Beweis.

Mike D. hat nicht wieder geheiratet. Vor ein paar Jahren hat er, als er auf die Nierentransplantation wartete, die Farm verkauft und die Hühner weggegeben, weil er wußte, daß es für seinen Sohn allein zuviel Arbeit sein würde. Vor vier Jahren bekam er schließlich seine neue Niere, aber es gab Komplikationen, und er mußte länger im Krankenhaus bleiben als geplant. Er richtete seinem Sohn ein Konto ein und brachte ihm bei, einfache Gerichte zu kochen. Mike jr., damals zwölf, mußte sich ein halbes Jahr allein zu Hause versorgen.

Mike sen. ist heute gesund. Er hat ein Dialysezentrum eröffnet und leitet es neben seinem Job als Krankenpfleger. Er trainiert Baseball-Jugendmannschaften.

Colleen besucht sie ein- oder zweimal im Jahr. Bei einem Besuch bemerkte er einen sehr schlichten goldenen Ring an ihrem Ringfinger. »Unserem Sohn sagte sie, diesen Ring nehme sie niemals ab.«

Bei ihrem letzten Besuch im Sommer fragte sie Mike jr., ob er nicht einmal eine Woche zu ihr nach Vermont kommen könne. Sie erwiderte, das sei nicht möglich. Mike und sein Vater stellten keine weiteren Fragen. »Sie ist sehr verschlossen«, sagt er.

Er meint, es wäre leichter, wenn sie nur wüßten, was geschehen ist. »Seit zwölf Jahren lebe ich mit diesem Rätsel.«

Ihr Sohn ist inzwischen in der zehnten Klasse, er geht auf eine katholische Schule. (Das ist vielleicht der Grund, warum er den *Fänger im Roggen* nicht kennt.) Er ist ein guter Schüler, sagt sein Vater. Er spielt Baseball. Er hat viele Freunde. Und sie haben immer noch das Foto von Colleen.

Sie schickt jeden Monat 50 Dollar Unterhalt für das Kind, als Absender ist das Postfach in Windsor, Vermont, angegeben. Zum letzten Weihnachtsfest hat sie ihrem Sohn einen Schal und 25 Dollar geschickt. Jedes Jahr zu seinem Geburtstag kommt ein Umschlag mit soviel Dollarnoten, wie er Jahre alt wird. Dieses Jahr waren es sechzehn.

Anderthalb Jahre sind vergangen, seit ich aus New Hampshire weggezogen bin. Seitdem bin ich nicht mehr dort gewesen. Jetzt, im November, einige Wochen nachdem das Herbstlaub seine schönste Färbung angenommen hat, spüre ich den starken Drang, in meinen Heimatstaat zurückzukehren.

Ich weiß, daß die Arbeit an dem Buch ihren Anteil daran hat. Ich zermartere mir das Gehirn auf der Suche nach einem Teil meiner Geschichte, den ich noch nicht aufgedeckt habe. Ich weiß, daß es ihn gibt. Ich denke, wenn ich nach New

Hampshire fahre, wo sich nahezu alles zugetragen hat, was mir in meinem Leben widerfahren ist, werde ich Klarheit und Erkenntnis finden. Drei Tage vor meinem vierundvierzigsten Geburtstag steige ich in ein Flugzeug und fliege ostwärts.

# *Kapitel Fünfundzwanzig*

Ich mache einen Abstecher nach Washington, D. C. Die Kongreßbibliothek verfügt über zweihundert Seiten Salinger-Briefe, die nur dort gelesen weden können. Vielleicht, so denke ich mir, wird mir die Stimme Jerry Salingers etwas sagen, wenn ich sie lese. Vielleicht werde ich irgendwo auf diesen Seiten einen Teil meiner Antwort finden.

Ich treffe um acht Uhr morgens in Washington ein und fahre im strömenden Regen mit dem Taxi vom Flughafen zur Kongreßbibliothek. Ich mache den speziellen Dokumentensaal ausfindig, in dem Salingers Briefe unter Verschluß gehalten weden. Fotokopieren ist nicht erlaubt, und selbst die Notizen, die man bei der Lektüre macht, werden geprüft, bevor man geht. Doch gegen eine Gebühr von zehn Dollar darf sie jeder lesen.

Die frühesten Briefe, aus den vierziger Jahren, sind an Whit Burnett gerichtet, Herausgeber der Zeitschrift *Story* und ehemaliger Literaturdozent Salingers in Columbia, dessen Unterricht er mit Anfang Zwanzig besuchte. Die Briefe an Burnett zeigen ihn als einen jungen Mann von unbändigem Ehrgeiz, der darauf brennt, seine Arbeiten zu veröffentlichen – anmaßend, von sich eingenommen, bisweilen großspurig und überraschend servil. Der junge Salinger legt größten Wert auf die Meinung von Verlegern und Kritikern, vergleicht sich regelmäßig mit anderen Schriftstellern – Fitzgerald, Lardner, Hemingway – und kommt zu dem Schluß, daß er talentierter sei als alle drei, und jünger. Geldverdienen ist ihm sehr wichtig, und er teilt Burnett mit, daß er beabsichtige, ein Vermögen zu machen.

Aus Europa, wo er als Soldat stationiert ist, schreibt er, daß er zutiefst unglücklich sei, fügt aber hinzu, daß er trotz allem niemals besser geschrieben habe. Er arbeite an einigen Geschichten über einen großartigen Jungen namens Holden. Jerry Salinger erklärt, daß er mit einem Roman schwanger gehe, ihn aber erst in Angriff nehmen werde, wenn er sich der Aufgabe gewachsen fühle. Der Redakteur irgendeiner Zeitschrift hat ihn offensichtlich als »Handwerker« bezeichnet, doch er würde lieber als derjenige gelten, der die Kurzgeschichte ehrlicher und einfacher gemacht hat. Er fühlt sich von allen verkannt.

Eine Reihe von Briefen sind an eine Frau namens Elizabeth Murray adressiert, die Schwester eines ehemaligen Mitschülers, mit der er jedoch kein Verhältnis hatte. Die Briefe an Elizabeth Murray enthalten, wie auch jene an Whit Burnett, flüchtige Hinweise auf das eine oder andere Mädchen, mit dem Jerry vorübergehend liiert war, allerdings werden nur selten ihre Namen erwähnt.

Eine sticht allerdings deutlich heraus: Oona O'Neill, eine Jugendliebe, die ihn anscheinend aber nie erhört hat. Einer dieser Briefe enthält eine bizarre Passage, in der Jerry eine mit versteckten sexuellen Anspielungen gespickte Szene zwischen der achtzehnjährigen Oona und dem bemitleidenswert alten Charlie Chaplin schildert, dem Dreiundfünfzigjährigen, den sie zu Jerrys offenkundiger Empörung geheiratet hat. Jerry Salinger muß auf diese Passage stolz gewesen sein: In einem Brief an Whit Burnett, den er mehrere Monate später schreibt, läßt er sich mit denselben Worten über Chaplin und O'Neill aus.

In diesen Briefen klingt eine tiefe Verzweiflung an, die mit Humor kaschiert wird. Wenn er von den Ereignissen an der Front berichtet, ist er mitunter lustig und ironisch und häufig sarkastisch. Er witzelt über einen Vorfall, bei dem er in einen Bach sprang, um dem feindlichen Feuer zu entgehen, doch der Leser gewinnt den Eindruck, daß ihn die Kriegserlebnisse zutiefst erschüttert haben. Es kostet ihn große Mühe, nicht den Verstand zu verlieren. Er denkt darüber nach, ob er nicht heiraten soll, und sei es nur, um seine Nerven zu beruhigen. Häufig nehmen die Mädchen seinen Antrag an, aber dann verliert er das Interesse.

Bei der Lektüre dieser Briefe von der Front hat man das Gefühl, daß der junge Jerry Salinger schreckliche und zutiefst bestürzende Dinge erlebt hat. Er sinnt darüber nach, ob er sich eine Kugel in die Hand schießen soll, und fragt sich, ob ihn die Folgen der Verletzung beim Tippen behindern würden.

Er erwähnt kurz einen Lazarettaufenthalt, der offenbar psychische Gründe hatte. Meist jedoch berichtet er, selbst in seinen Briefen von der Front, über seine schriftstellerische Arbeit, die alles andere deutlich in den Hintergrund drängt. In einem Brief, den er wenige Tage nach dem japanischen Überfall auf Pearl Harbor verfaßt, kommt er erst gegen Schluß auf das Desaster im Pazifik zu sprechen. In einem weiteren Brief an Elizabeth Murray berichtet Jerry Salinger über mehrere Absätze hinweg von Erzählungen, an denen er arbeitet oder die er veröffentlicht, ehe er ihr eröffnet, daß er in ein oder zwei Wochen heiraten werde, ein »prächtiges« Mädchen, dessen Namen er nicht erwähnt.

Ein Brief an Ernest Hemingway, dem er während des Krieges kurz begegnet war, verrät, daß er um seinen Platz in der Literaturgeschichte besorgt ist. Er würde viel darum geben, von der Armee entlassen zu werden, dürfe aber nicht das Risiko eingehen, nach dem Krieg, wenn er den geplanten Roman veröffentliche, Schwierigkeiten zu bekommen, weil er aus psychischen Gründen freigestellt worden sei.

An Hemingway schreibt er, daß er an einem Bühnenstück arbeite, in dessen Mittelpunkt eine Figur namens Holden Caulfield steht. Nach dem Krieg würde er die Rolle gerne selbst spielen, an der Seite von Margaret O'Brien.

Abgesehen von einer einzigen Zeile in diesem Brief, in der er einen Witz über seine Mutter macht, spricht Jerry so gut wie nie von seinen Angehörigen – weder von seinen Eltern noch von seiner Schwester. In einem Brief erwähnt er kurz, daß er soeben die Ehe gelöst habe, die er nach dem Krieg geschlossen hatte, und erklärt Elizabeth Murray, daß er und seine Frau einander unglücklich gemacht hätten und daß er in der gesamten Zeit, die er mit ihr zusammengewesen sei, nicht habe schreiben können. Bei der Lektüre dieses Briefes überläuft mich ein kurzer Schauder. Er datiert vom 13. Juni 1946 und wurde in Daytona Beach, Florida, geschrieben.

Die Briefe, die am ehrlichsten wirken, stammen aus den fünfziger Jahren, als er mit Claire verheiratet war und mit ihr in dem roten Haus in Cornish lebte.

Diese Briefe sind an den Richter Learned Hand gerichtet, seinen älteren Freund, den er sehr bewunderte und der in dieser Zeit mit seiner Frau die Sommer in Cornish verbrachte. Der Ton dieser Briefe ist frei von Sarkasmus. Häufig ist er melancholisch und sehnsüchtig und rücksichtsvoll.

Jerry äußert in diesen Briefen die Besorgnis, daß Claire in den langen, einsamen Wintern mit ihrem Baby Peggy unruhig werden könnte. An einer Stelle beschreibt er, wie seine junge Frau versucht, das Beste aus ihrer Situation zu machen und verträumt in Zeitschriften blättert, während er sich Tag um Tag abkapselt und schreibt.

Sie sei erst sechsundzwanzig, schreibt er. Sie sollte mehr Spaß haben.

# *Kapitel Sechsundzwanzig*

November 1997. New Hampshire ist unwirtlich. Noch liegt kein Schnee, doch um diese Jahreszeit erscheint mir die Luft immer am kältesten.

Die Bäume haben fast alle Blätter abgeworfen, und selbst diejenigen, die sie noch nicht verloren haben, sind eher braun als orangefarben oder rot. Die Gemüsegärten der Leute bieten einen trostlosen Anblick mit den vertrockneten Überresten erfrorener Pflanzen und alten verfaulten Kürbissen, die auf dem krustigen Boden liegen. Die Sonne geht um diese Zeit früh unter; vor fünf ist es dunkel.

Ich wohne im Haus einer Freundin in dem kleinen Ort Harrisville, gleich neben der Vorschule, in die Audrey ging, als sie vier war. Ich besuche meine ehemaligen Nachbarn aus unserer Straße in Keene. Ich klopfe an die Tür unseres früheren Hauses, und die neuen Besitzer, eine Familie mit drei Kindern, führen mich durch die Zimmer.

Bei der Fahrt durch die Straßen sehe ich meinen Anwalt, meinen Briefträger, Kids, die früher auf unserem Trampolin sprangen. Ich winke den Eltern von Audreys Ex-Freund.

Ich mache mit meiner Freundin Peggy einen Spaziergang um den Dublin Lake. Ich habe ihr erzählt, was ich zur Zeit schreibe. Ich komme zu dem Teil, der davon handelt, daß ich mit Jerry Salinger keinen Geschlechtsverkehr haben konnte. Früher habe ich meine Unfähigkeit, die Beziehung zu Jerry zu vollziehen, immer als ein schreckliches und sogar tragisches Ereignis in meiner Jugend betrachtet. Jetzt, als ich Peggy davon erzähle, sehe ich die Sache erstmals in einem anderen Licht.

Mein Körper gab mir ein Signal. Niemand aus meinem Umfeld – weder meine Mutter noch meine Freunde oder mein Lehrer – riet mir zur Vorsicht, warnte mich davor, einen Fehler zu begehen. Aber mein Körper verweigerte den Zugang.

»Ich weiß nicht, wie ich die Sache zu Ende bringen soll«, sage ich zu Peggy.

»Was würdest du Jerry Salinger heute fragen, wenn du mit ihm sprechen könntest?« will sie wissen.

Ich frage Peggy, ob ich mir den Truck ihres Mannes leihen kann.

Am nächsten Tag, dem 4. November, ist es bewölkt. Es sieht nach Regen aus. Bis nach Cornish sind es sechzig Meilen. Ich lasse die ganze Fahrt über Musik laufen.

Ich fahre zuerst nach Windsor, Vermont, die Kleinstadt, die von New Hampshire aus gleich hinter dem Connecticut River liegt und in der Jerry sein Postschließfach hatte. Ich gehe in die Post und streiche mit der Hand über die Postfächer. Hier holte er meine Briefe ab, und hier warf er die Briefe an mich ein.

Ich habe viele Monate in dieser Stadt gelebt, doch die einzigen Menschen, deren Namen ich kannte, waren Sally und Dan Kemp. Gestern habe ich Dan angerufen und gefragt, ob ich ihn besuchen könne. »Na so was«, sagte er. »Wir haben seit einem Vierteljahrhundert nicht mehr miteinander gesprochen.«

Als ich zu Dans Haus komme, räumt er mit dem Hecklader seines Traktors gerade einen Holzhaufen weg. Er ist jetzt Ende fünfzig, hat einen offenen Gesichtsausdruck und trägt ein abgenutztes Flanellhemd und Jeans. Er führt mich ins Haus und setzt Teewasser auf.

In meiner Zeit in New Hampshire war ich oft in Häusern wie diesem, insbesondere zu Beginn meiner Ehe in den siebziger Jahren. Kräuter, die über dem Holzofen trocknen, und der rauchige Geruch von einem Holzfeuer. Pflanzen in Makrameehalterungen, Öllampen und handgewebte Teppiche, alte Ausgaben von *Mother Jones* und *Mother Earth News* und Holzschüsseln, die Dan in seiner Werkstatt aus Baumauswüchsen gefertigt hat.

Er ist ein herzlicher Mann, mit dem man sofort warm wird. Er redet mit mir, als seien wir alte Freunde.

Wir sprechen über allerlei. Seine Ehe mit Sally, ihre Scheidung und die Frau, mit der er jetzt zusammenlebt. Er zeigt mir Fotos von seinen Töchtern. Die ältere war das Baby, das Sally immer zu ihren homöopathischen Sitzungen mit Jerry Salinger mitbrachte.

»Jerry hat Ihren Kindern wohl sehr viel Aufmerksamkeit geschenkt«, sage ich.

»Um die Wahrheit zu sagen, sie mochten ihn nicht besonders«, sagt Dan. »Sie sagten, er habe sie ständig geküßt.«

Ich erinnere mich, daß Jerry nicht viel von Dan Kemp hielt. Was ihn allerdings nicht davon abhielt, Dan hin und wieder um einen Gefallen zu bitten.

Dan sagt, Jerry habe ihn gelegentlich angerufen, wenn er sein Auto verkaufen wollte, weil er die Öffentlichkeit scheute. In den sechziger Jahren hätten sie regelmäßig Baseball gespielt und über die Teams gesprochen, für die sie schwärmten – Jerry für die Yankees, Dan, der in New Hampshire geboren war, für die Red Sox.

Wenn sie sich heute über den Weg laufen, reden sie über ihre Gemüsegärten. Jerry hat Dan nach Sally gefragt, die vor nicht allzulanger Zeit wieder in die Stadt gezogen ist und jetzt ganz in der Nähe wohnt, aber sie hat ihren ehemaligen Mentor nie besucht.

»Vor langer Zeit hat Jerry Sally vorgeschlagen, mich zu verlassen und zu ihm zu ziehen«, sagt Dan. »Sie lehnte ab, und es wurde nie etwas daraus.«

»Hat Jerry jemals über mich gesprochen?« frage ich ihn. »Fanden Sie es nicht seltsam, daß ich hier war? Hat Sally ihn nie danach gefragt?«

»Er hat Sally etwas erzählt von wegen, daß Ihr Verlag Sie

hier heraufgeschickt hat, damit Sie mit ihm an einem Buch arbeiten.«

»Gab es andere Frauen?«

»Frauen gab es immer irgendwie. Zur Zeit lebt wieder eine bei ihm. Sie ist schon ein paar Jahre da. Davor kamen und gingen andere. Er hatte so eine Art, Briefe zu schreiben. Einmal hatte es ihm eine junge Frau drüben in England angetan. Er flog rüber und traf sich mit ihr. Er warf einen Blick auf sie und flog mit der nächsten Maschine zurück.«

Es gab noch eine.

»Sie war ein Collegemädchen aus Kalifornien, 1977, glaube ich. Vielleicht auch 78. Jerry dürfte um die Sechzig gewesen sein. Die beiden schrieben sich eine Weile. Dann kam das Mädchen auf die Idee hierherzukommen. Eines Tages taucht sie in Windsor auf und ruft ihn an. Darauf ruft Jerry Sally an. Sie müsse sofort zu ihm rüberkommen. Er will, daß sie sich als seine Freundin ausgibt und mitkommt, um das Mädchen abzuwimmeln. Sie treffen sich im Diner. Jerry sagt dem Mädchen, daß er mit Sally zusammen sei. Sie machen es kurz und schicken sie fort.«

»Wie hat es die junge Frau aufgenommen?« frage ich.

»Sehr schlecht, nachdem was Sally erzählt hat. Das Mädchen fiel aus allen Wolken. Sie war am Boden zerstört, könnte man sagen.«

Einen oder zwei Monate später, so erzählt Dan, suchte er einen Mitarbeiter für seine Druckerei und gab eine Stellenanzeige auf. Und wer meldete sich auf die Anzeige? Das Mädchen. Er kannte ihren Namen aus Sallys Erzählung.

Sie sei ein hübsches Mädchen gewesen. Gescheit. Redegewandt. Sie habe sogar einiges vom Drucken verstanden, da ihr Vater Drucker gewesen war.

»Ich konnte sie nicht einstellen«, sagt er. »Jerry hätte getobt. Als ich ihr erzählte, daß ich ihn kenne, brach sie in Tränen aus. Sie sagte dauernd, daß sie ihn unbedingt wiedersehen müsse. Daß sie zu ihm müsse. Sie brauche den Job, damit sie in Hanover und in seiner Nähe bleiben könne.«

Später, erzählt mir Dan, hatte die junge Frau eine Art Nervenzusammenbruch. Sie kam für einige Zeit ins staatliche Krankenhaus in Concord. Heute lebt sie wieder in Hanover.

»Heute?« frage ich. »Sie muß inzwischen …«

»Sie dürfte in Ihrem Alter sein«, sagt er. »Manchmal sehe ich sie auf der Straße, sie führt Selbstgespräche und erkennt mich nicht. Sie verbringt viel Zeit in der Bibliothek von Dartmouth. Ein Polizist aus der Stadt trinkt hin und wieder einen Kaffee mit ihr. Er sagt, daß sie Salinger immer noch Briefe schreibt. Wenn Jerry einen erhält, übergibt er ihn den Cops.«

»Ich muß weiter«, sage ich zu Dan. Ich habe noch einen Besuch zu machen Er begleitet mich zum Auto und verabschiedet sich von mir.

Es ist vier Uhr, als ich zu Jerry Salingers Haus komme. Die Dämmerung bricht herein. Dunkle Wolken bedecken den Himmel. Welkes Laub wirbelt um die Reifen meines Trucks.

Ich erkenne die Stelle wieder, obwohl der einzige Wegweiser das Schild mit der Aufschrift BETRETEN VERBOTEN ist. Es steht immer noch am Fuß der steilen Auffahrt, die zu seinem Haus hinaufführt.

Wenn damals, als ich hier wohnte, Leute hierher pilgerten, um ihn zu sehen, stellten sie ihre Wagen immer neben der Schotterstraße ab und gingen zu Fuß den Berg hinauf. Diese Besucher waren gewöhnlich junge Leute. Als ich zu der Stelle komme, weiß ich, daß ich nicht hier parken werde. Ich fahre den Hang hinauf.

Gleich hinter der Kuppe kommt das Haus in Sicht. Vor ein paar Jahren habe ich gelesen, daß es hier einen verheerenden Brand gab, aber er hat offensichtlich große Mühe darauf verwendet, das Haus wieder aufzubauen. Es sieht genauso aus wie in meiner Erinnerung. Die Terrasse mit Blick auf die Berge, und darunter ist die Garage, allerdings gibt es inzwischen eine zweite Garage mit zusätzlichen Stellplätzen für drei Autos. Auch die Satellitenschüssel ist neu.

Ich schalte den Motor ab und steige aus dem Truck. Ich

blicke zum Mt. Ascutney hinüber, beobachte, wie die Wolken sich ballen, wie die Schatten auf die Wiesen fallen. Sein Garten ist winterfest gemacht.

Ich stapfe das letzte Stück der Steigung zum Haus hinauf. Ich gehe hinten herum, zur Tür neben der Küche. Mein Herz schlägt überraschend ruhig.

Jetzt stehe ich an der Tür, neben dem Vogelhäuschen. Durch das Fenster über der Treppe sehe ich eine Frau am Ausguß stehen und Geschirr spülen. Sie hat ein nettes Gesicht und einen praktischen Haarschnitt, trägt einen Rollkragenpullover und saubere Bluejeans. Es dauert einen Augenblick, bis mir auffällt, daß ich die Frau schon einmal gesehen habe, in einem blauen Taftkleid mit Peter-Pan-Kragen: Colleen O., die große Liebe von Mike D. und die Frau, deren Foto Mike jr., als er klein war, in seiner Brieftasche aufbewahrte, um zu beweisen, daß er eine Mutter hatte.

Ich klingele.

Colleen läuft hin und her, entschwindet für ein, zwei Augenblicke meinen Blicken, dann ruft sie, nicht unhöflich, aus dem Fenster: »Was wollen Sie?«

»Ich möchte Jerry sprechen«, antworte ich. »Könnten Sie ihm sagen, daß Joyce Maynard da ist?« Meine feste Stimme überrascht mich. Ein Lächeln huscht über ihr Gesicht.

Sie geht in einen der hinteren Räume. »Eines Tages könntest du dich in einer Lage wiederfinden, in der es dir helfen kann, wenn du dieses Wort sagst«, hat er einmal zu mir gesagt. *Om.*

Es gibt gewisse Augenblicke im Leben, in denen die Schärfe aller Sinne zuzunehmen scheint und du jede Einzelheit bemerkst. Deine Augen sehen mehr, und was sie sehen, nehmen sie mit einer Schärfe wahr, die sie zehn Minuten vorher nicht hatten und zehn Minuten später nicht mehr haben werden – eine Wolkenformation, einen Stock auf dem Boden, der so aussieht, als habe ihn ein Hund angenagt. Du hörst das Geräusch, das deine Stiefelabsätze auf der Gummimatte vor der Türstufe machen, und das Picken eines Vogels, der ein einzelnes Korn Vogelfutter aufpickt. Du spürst, wie das Blut durch deine Adern strömt.

Bei der Geburt meiner Kinder habe ich solche Augenblicke erlebt. Oder wenn ich mehrere Stunden lang ein Baby im Arm hielt, ihm beim Saugen zusah. Oder als ich neben meiner im Sterben liegenden Mutter saß, und ich nichts weiter tun konnte, als zuzusehen, wie der Atem in sie hinein und aus ihr heraus strömte.

Es ist schwer zu sagen, wie lange ich vor der Haustür stehe. Vielleicht fünf Minuten. Eher zehn. Es gibt nicht den geringsten Grund, warum er aus diesem Zimmer kommen sollte. Doch ich weiß, daß er kommen wird, und er tut es.

In all den Jahren habe ich ihn mir immer als einen sehr großen Mann vorgestellt. Jetzt, als Jerry langsam aus seinem Schlafzimmer auftaucht und vor mir unter die Tür tritt, habe ich den Eindruck, er sei geschrumpft. Seine Gestalt ist leicht gebeugt.

Er trägt einen sehr feinen Bademantel und Pantoffeln. Er ist schmaler als je zuvor. Mit achtundsiebzig hat er noch sein volles Haar. Es ist jetzt schlohweiß. Sein Gesicht ist glattrasiert und tief zerfurcht.

Er bittet mich nicht herein. Ich bleibe auf der Schwelle stehen. Ich habe nie einem Menschen ins Auge geblickt, der mich mit einem Ausdruck größerer Bitterkeit oder Wut ansah.

»Was willst du hier?« fragt er. Die Worte springen mich an. *Ausgespuckt.* »Warum hast du nicht geschrieben?«

»Ich habe dir viele Briefe geschrieben, Jerry«, sage ich. »Du hast sie nie beantwortet.«

»Was willst du hier?« fragt er. Seine Stimme kommt aus den Tiefen seines Zwerchfells, das zu benutzen ihm der Orgonomist beigebracht hat. Diese Stimme braucht nicht laut zu sein, um sich Gehör zu verschaffen.

»Ich bin hier, weil ich dich etwas fragen will, Jerry«, sage ich. »Welche Rolle sollte ich in deinem Leben spielen?«

Ich hätte nicht gedacht, daß mich ein Mensch noch wütender ansehen könnte als er in dem Moment, als er mich erblickte. Doch jetzt verzieht sich sein Mund, obwohl er noch nicht spricht, als habe er in eine Frucht gebissen und festgestellt, daß sie voller Maden ist.

»Welche Rolle sollte ich in deinem Leben spielen?« frage ich wieder. Das Bild vom Rumpelstilzchen kommt mir in den Sinn, so wie ich es mir immer vorgestellt und vor vielen Jahren sogar gespielt habe, in meinem Bett, wo sich meine Söhne und meine Tochter neben mir aneinanderkuschelten – Rumpelstilzchen in dem Augenblick, als die Müllerstochter nur noch eine Chance hat, seinen Namen zu erraten, sonst verliert sie für immer ihr Kind an ihn. Und sie errät ihn. So sieht Jerry Salinger jetzt aus, als ich ihm die Frage stelle.

»Diese Frage...« sagt er, fast zu wütend zum Sprechen. »Diese Frage... diese Frage... diese Frage ist *zu tiefgründig.* Du verdienst keine Antwort auf diese Frage.«

»O doch«, sage ich.

Ich bin immer noch ruhig. Ich spüre, wie mich warmes Wasser umspült. Ich schwimme in meinem Kraulstil, und mein Atem geht gleichmäßig. Ich laufe Schlittschuh auf dem schwarzen Eis des Loon Pond in einer mondhellen Nacht, Steves Arm um meine Taille. Ich zerschneide Äpfel für einen Kuchen, während ein Baby in einem Kinderstuhl neben mir auf der Anrichte sitzt. Ich spiele im Flutlicht der Keene-State-Courts um Mitternacht Tennis mit meinem Sohn. Ich fahre mit meiner Tochter im Sessellift, und ich weiß genau, wann ich die Stange heben und die Spitzen meiner Skier senken muß.

»Du schreibst etwas, stimmt's?« fragt er.

»Ich schreibe immer«, sage ich. »Ich bin *Schriftstellerin.*« Ich habe mich noch nie so genannt. Ich habe immer nur gesagt, daß ich schreibe.

»Du schreibst ein *Buch,* stimmt's?« fragt er. Er sagt es so, als sei es ein pornographischer Akt. »Ich habe gehört, daß du so etwas wie... wie *Lebenserinnerungen* schreibst.«

»Ja«, sage ich. »Ich schreibe ein Buch.«

»Du hast deine Laufbahn mit Klatsch vertan«, sagt er.

»Du schreibst inhaltlosen, sinnlosen, abstoßenden, ekelhaften Klatsch. Du führst das Leben einer erbärmlichen, schmarotzerhaften Klatschtante.«

Ich betrachte seine Hände, deren Finger den Gürtel seines Bademantels umschließen. Dieselben langen, eleganten Finger, die ich liebte – Finger, die meine nackte Haut berührten, bevor es irgendein anderer Mann tat, bevor so viele andere Dinge geschahen.

»Ich schäme mich nicht für meine Arbeit«, sage ich. »Ich habe mich bemüht, eine ehrliche Schriftstellerin zu werden.«

Er wirft den Kopf zurück, als wolle er lachen, doch es kommt kein Lachen aus ihm heraus – nur der erstickte Laut der Silbe *»Ha«*. »Du hattest schon immer eine zu hohe Meinung von dir und deinen sogenannten Talenten«, sagt er.

»Hör mal«, sage ich. »Ich habe mich nie ernsthaft für eine Schriftstellerin gehalten, bis du mir gesagt hast, daß ich eine sei.«

Einen Augenblick lang steht er nur da. Dann tritt er einen Schritt zurück und hebt den langen dünnen Finger, so daß er direkt auf mein Herz zielt.

»Du, Joyce …« sagt er, den Finger noch auf mich gerichtet. »Du. Du. *Du.«*

Er zittert am ganzen Leib, und seine Augen starren mich an, als habe er ein Bild unsagbaren Grauens erblickt.

»Dein Problem ist, Joyce, daß … daß *du – die – Welt – liebst.«*

*»Ja«*, sage ich lächelnd. »Ja, ich liebe die Welt. Und ich habe drei Kinder großgezogen, die sie ebenfalls lieben.«

»Ich wußte, daß aus dir nie etwas wird«, sagt er. *»Nie.«* Er, der Mann, der zu mir sagte, daß, wenn er etwas mit Sicherheit wisse, dann daß aus mir eine wahre Schriftstellerin werde, egal, was geschehe. Das kann dir niemand nehmen, sagte er einst zu mir. Vergiß das niemals, sagte er. Laß dir nie von jemandem vorschreiben, was du sagst. *Vertraue nur auf deine eigene starke Stimme.*

»Ich möchte dir Lebwohl sagen, Jerry«, sage ich.

»Ich höre nicht sehr gut«, sagt er. Seine Stimme erscheint

mir nicht mehr so kräftig wie noch vor ein paar Minuten. Ich kann nicht mehr lächeln. Ich empfinde nichts, nur noch Traurigkeit. Er war einmal ein wunderbarer Mann. Ich liebte ihn mehr als alles andere auf der Welt. Ich tanzte mit ihm im Wohnzimmer zum magischen Akkordeon von Myron Florin, Lawrence Welks bestem Musiker. Ich habe nicht den Wunsch, ihm weh zu tun. Ich will nur endlich von ihm loskommen.

»Du willst deine Beziehung zu mir für deine Zwecke ausnutzen, stimmt's?« fragt er.

»Es mag sein, daß jemand, der hier an der Tür steht, einen anderen, der hier an der Tür steht, ausgenutzt hat. Ich überlasse es dir, darüber nachzudenken, welcher von uns beiden welcher ist.«

Als ich weggehe, ruft er mir noch etwas nach: wahrscheinlich die letzten Worte, die ich von dem Mann höre, der meine erste Liebe war.

»Ich habe dich nie ausgenutzt«, brüllt er. *»Ich kenne dich ja nicht einmal.«*

Langsam gehe ich zu Chris' Truck. Ich steige nicht gleich ein. Ich bleibe einen Augenblick stehen und blicke ein letztes Mal zum Mt. Ascutney. Das letzte Licht des Tages erlischt.

Ich klettere ins Führerhaus. Lasse den Motor an. Ich fahre ganz langsam den Berg hinunter. Auf der Hauptstraße angekommen, halte ich an und zücke mein Notizbuch. Ich schreibe alles auf, was soeben geschehen ist.

Gerade als ich den Motor wieder starte, bricht das Unwetter los. Wegen des Regens und meiner verschleierten Augen kann ich durch die Windschutzscheibe kaum etwas erkennen. Eine Minute später ramme ich mit dem Truck ein Stoppschild und beschädige dabei den Auspuff, aber nicht so schlimm, daß ich nicht zum Highway weiterfahren könnte.

Die CD, die ich den ganzen Tag immer wieder gespielt habe, läuft wieder, und ich beginne zu singen. Und in diesem

Augenblick – schon in einer Stunde wird es nicht mehr so sein – verfüge ich über eine wunderschöne Singstimme. Ich fühle, wie meine Lungen sich weiten. Es ist Paul Simons Song über seine Reise nach Graceland.

»*The Mississippi Delta was shining like a National Guitar*«, singe ich. Jetzt überquere ich den Connecticut River. Ich bin auf dem Highway, auf dem Weg nach Hause.

Irgendwo zwischen Lebanon, New Hampshire, und Keene, als die Nacht hereinbricht, steigt aus der Erinnerung ein Bild vor mir auf, das ich vergessen hatte, und ich fahre auf dem Highway rechts ran.

Es stimmt nicht, daß ich noch nie ein so wütendes Gesicht gesehen habe. Ich *habe* ein solches Gesicht gesehen.

*Es ist der Tag, an dem der Anruf vom* Time-Magazine *kommt. Wir sind in seinem Schlafzimmer.*

*»Meine Arbeit«, sagt er und sinkt aufs Bett. Die Hände vorm Gesicht. Seine Finger fahren durch sein Haar. »Alles, was mir immer wichtig gewesen ist. Du machst es kaputt. Was habe ich mir nur dabei gedacht?«*

*»Ich werde verschwinden«, sage ich. »Ich werde ihnen erklären, daß ich nichts sage, wenn mein Buch herauskommt. Ich will das alles nicht. Ich will nur mit dir zusammensein.«*

*»Doch, du willst es«, sagt er, wendet sich mir zu und sieht mich mit einem schrecklich künstlichen Lächeln an. »Und wie! Du willst es so sehr.«*

*»Nur dich«, sage ich. »Ich will nur, daß du mich liebst, sonst nichts.«*

Jetzt, als das Bild vor mir erscheint, wie eine Szene aus einem Film, den ich vor langer Zeit verschlafen habe, sehe ich es so, als sei es das erste Mal.

Was ich sehe, ist sein Gesicht, so wie ich es in der Erinnerung nie zuvor gesehen habe. Es ist genau dasselbe Gesicht, das ich heute sah, und seine Stimme erschreckt mich mit ihrer Kälte.

*»Du sprichst von Liebe«, sagt er. »Deine Liebe ist so groß, nicht wahr? Du bist gierig und gefräßig und kannst nicht genug kriegen. Du kannst nicht aufhören, all die närrischen, nichtssagenden und wertlosen Dinge zu lieben, die die Welt dir zu bieten hat – all das, was deine Mutter liebt, all die wertlosen Preise, die dir so ungeheuer wichtig sind. Das hast du von ihr. Du hast den Weg deiner Mutter eingeschlagen. Ich hoffe, du wirst dabei glücklich. Ich bezweifle es.«*

*»Nein«, schreie ich. »Ich will das nicht. Ich will dich. Nicht sie. Dich.«*

*»Es ist hoffnungslos, Joyce«, sagt er. Er spricht sehr leise, zischend, kaum vernehmlich. »Sieh dich doch an.« Er schüttelt den Kopf, als bemitleide er mich, und steht auf. Er geht in die Küche. Ich höre, wie er einen Topf herausholt. Er macht sich etwas zu essen. Das Atmen fällt mir schwer.*

*Ich möchte nicht, daß er mich so sieht. Ich öffne die Tür zum Schrank und klettere hinein. Ich schließe die Tür und bleibe, auf dem Boden zusammengekauert, lange dort sitzen. Stundenlang.*

*Es ist Nacht, als er ins Zimmer zurückkehrt und zu Bett geht. Jetzt komme ich heraus, entkleide mich, ziehe mein Nachthemd an und schlüpfe neben ihn.*

*»Es tut mir leid«, flüstere ich. »Ich werde nie wieder mit jemandem über dich sprechen.«*

*»Du dummes kleines Mädchen«, sagt er. »Du dummes, dummes kleines Mädchen. Hast du eine Vorstellung, wie sehr ich deiner überdrüssig geworden bin?«*

Ich bin auf den Straßen von New Hampshire Tausende von Meilen gefahren, meistens mit meinen Kindern. Im Rückspiegel konnte ich ihre Gesichter sehen: Willy, der einen Bagel an einer Schnur um den Hals trug und wie ein Lastwagen brummte. Audrey, die ein selbsterfundenes Lied über Prinzessinnen vor sich hin sang oder ihren Brüdern vorlas, Charlie, der am Daumen lutschte. Ab und zu stritten meine Kinder, und ich fuhr auf dem Highway rechts ran, stellte den Motor ab, schloß die Augen und zählte bis zehn. Oder ich befahl einem von ihnen sogar, auszusteigen und Hampelmänner zu machen oder sich für eine Minute ins hohe Gras zu setzen, bis das Problem, was immer es war und wie ernst es auch erschien, sich in einem anderen Licht zeigte. Ein- oder zweimal stieg ich selbst aus und setzte mich auf einen Stein, und sie riefen: »Komm zurück, Mom. Wir sind jetzt wieder brav.«

Als Mutter war ich manchmal bitter enttäuscht, erschöpft, ungeduldig, einsam und ängstlich. Aber nie wirklich verzweifelt. Ich glaubte immer daran, daß sich alles zum Guten wenden würde, und das tat es auch.

Jetzt, allein in dem Truck, sage ich die Namen meiner Kinder – drei Wörter, die, mehr als alle anderen, Optimismus und Freude heraufbeschwören. Ich muß sie nur noch selten irgendwo hinfahren. Sie fahren selbst, und wenn sie fahren, bekommen sie manchmal Strafzettel wegen Geschwindigkeitsüberschreitung. Sie werden in die Welt entlassen wie die Papierschiffchen, die wir früher bastelten und in dem Bach neben der Straße, die zu unserem alten Farmhaus in Hillsboro führte, schwimmen ließen, um dann eine Weile am Ufer neben ihnen herzurennen, bis die Strömung sie forttrug. Nur eine Handvoll Jahre bleiben, in denen eines meiner Kinder mit mir unter einem Dach leben wird. Ich empfinde das mal als Verlust, mal als Chance.

»Du brauchst dir meinetwegen keine Sorgen mehr zu machen, Mum«, sagte meiner Tochter neulich. »Du hast deine Sache gut gemacht, was mich angeht. Ich werde nicht immer tun, was du gerne hättest, und ich werde wahrscheinlich einige schwere Fehler machen. Aber wenn ich sie mache, werde ich stark genug sein, um damit fertigzuwerden. Ich entwickle mich noch, aber mich wirft so leicht nichts aus der Bahn.«

Ich fahre auf der Route 89 South bis zur Ausfahrt Bradford, New Hampshire, und besuche meine Freundin Laurie und ihren Mann Dave, Steves Partner im Dämmplattengeschäft, die sich mit ihren Töchtern gerade zum Abendessen hingesetzt haben. Wir essen einen Teller Suppe. Von dort fahre ich weiter nach Hillsboro. Ich gelange zu dem Schild am Ende unserer alten Straße, auf das Steve am Tag unserer Hochzeit seinen Nachnamen gemalt hat.

Er ist nicht zu Hause, doch ich steige aus dem Truck und stelle mich in der Dunkelheit auf die Wiese. Nur für einen Augenblick. Ich hinterlasse an der Tür eine Nachricht für ihn. *Habe kurz vorbeigeschaut. Schade, daß du nicht da warst.*

Ich schaue noch bei Geoff und Leslie vorbei. Goeff hat Pizza mit nach Hause gebracht. Leslie macht Kaffee. Sie erzählen mir von ihren Kindern. Ich erzähle ihnen von meinen.

Es ist spät, als ich nach Keene zurückkomme. Ich werde bei meinen Freunden Shirley und Bill schlafen. Als ich kurz vor Mitternacht durch die Tür trete, erwarten mich Papierschlangen und Kuchen. Bill sagt, er werde Wasser für Pasta aufsetzen; im Topf köchelt eine selbstgemachte Tomatensauce. In zehn Minuten habe ich Geburtstag.

PIPER

## Adele Mailer
## *Die letzte Party*

Mein Leben mit Norman Mailer. Aus dem Amerikanischen von Renate Weitbrecht. 407 Seiten. Geb.

Durch ihren schon in jungen Jahren weltberühmten Mann Norman Mailer lernt die junge Adele Morales die Künstlerszene New Yorks der 50er und 60er Jahre kennen: Truman Capote, James Baldwin, Montgomery Clift, Marilyn Monroe, Arthur Miller ... Doch die Traum-Ehe wird mehr und mehr zum Alptraum. Kein Abend ohne wilde Partys, Alkohol, Drogen. Bis Norman schließlich am 19. November 1962 nach einem der wilden Feste seine Frau fast umbringt ...
In »The Last Party« enthüllt uns Adele Mailer die intime Geschichte ihrer Ehe mit dem großen Autor. Es ist die atemberaubende Story eines literarischen Genies auf der Suche nach sich selbst und die Geschichte der Frau, die ihn dabei begleitete. Adele Mailer hat nach so vielen Jahren den Mut gefunden, diese Zeit zu beschreiben. Ihr ist dabei selbst ein Stück Literatur gelungen.

PIPER

## Norman Mailer
## *Picasso*

Portrait des Künstlers als junger Mann. Eine interpretierende Biographie. Aus dem Amerikanischen von Klaus Fritz und Renate Weitbrecht. 462 Seiten mit 48 Seiten Farbtafeln und 230 Schwarzweißabbildungen. Leinen

»Behutsam nähert sich der Pulitzer-Preisträger Norman Mailer (73) dem Maler Pablo Picasso (1881-1973) in seinem neuen Buch ›Picasso, Porträt des Künstlers als junger Mann‹. Schriftsteller Mailer beschreibt Maler Picasso als Urgewalt, getrieben von einer positiven Schöpferkraft, die sich in zwei Kanälen Bahn bricht: in der Malerei und in Frauen-Liebschaften. Picasso hatte ein mächtiges Ego: ›Ich bin König‹, später ›Ich bin Gott‹. Er widmete sich ausschließlich der Bedeutung seines Werkes, keine Frau, kein Unglück, kein Glück konnten ihn davon abhalten. Ein außerordentliches Buch, wunderbar beschrieben und schön bebildert.«
*Blick*

»Insgesamt ein sehr empfehlenswertes Buch, auch weil es etwas über die Quellen der Kunst ganz generell aussagt.«
*Die Presse*

LONE
nox
ME